KB263372

경희대 인문학연구원
고전명작 이본총서

토끼전 전집 ④

김진영·김현주·김동건·이성희·김필래 편저

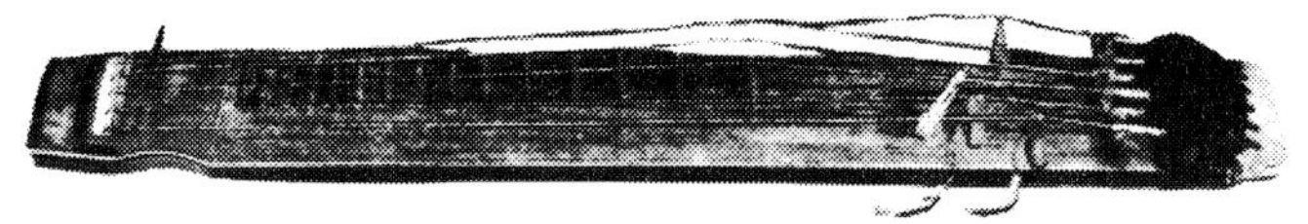

도서
출판 박이정

머리말

　요즘은 우리의 이본 총서 작업이 연례 행사처럼 되어가고 있다. 각 팀이 그동안 작업한 분량을 모아서 해마다 한번씩 묶는 형태로 가고 있기 때문이다. 구성원의 교체와 출판사 자체의 사정 등 여러 가지 요인으로 이전만큼 활발하게 이본 총서가 묶여 나오지는 않고 있다. 그러나 무리하게 빠른 것은 절대 좋지 않다고 우리는 생각하고 있고, 늦어도 좋으니 차근차근 나아가려고 한다. 개인들도 이 작업에만 매달리지 말고 자기 영역의 자료들을 바탕으로 연구 논문도 쓸 것을 우리는 주문하고 있다. 그래서 이미 이본 총서 작업 구성원들 중 세 사람이 각각 〈심청전〉·〈토끼전〉·〈화용도〉에 대해 박사 학위 논문을 쓴 바 있다. 앞으로도 학위 논문은 물론이고 좋은 연구 논문들이 많이 나오리라 기대하고 있다. 그리고 이본 자료에 대한 서지학적 논구뿐만 아니라 주제, 인물, 플롯, 문체 등등에 관해 관심을 가져줄 것과, 거기에 접근하는 방법론도 심화해줄 것, 그리고 판소리 문학으로부터 고전 서사체 전반으로 시야를 확산해줄 것을 요구하고 있다. 아마도 가장 바람직한 것은 이본 속의 조그마한 단서로부터 출발하여 그 이본의 형성과정과 작가의 성격 규명, 그리고 나아가 고전소설의 작법과 작자층의 의식세계를 보아내는 것이 아닐까 생각한다.

　이번에는 〈적벽가〉 4권, 〈토끼전〉 2권, 〈춘향전〉 1권, 이렇게 7권을 묶어내게 되었다. 〈적벽가〉는 판각본 3종과 필사본 27종을 정리했는데, 아직 정리가 안된 필사본이 약간 남아 있고, 활자본까지 하면 2권 정도 분량이 남았다고 판단된다. 〈토끼전〉은 필사본 24종을 정리했는데, 이제 남아 있는 필사본도 얼마 되지 않고, 활자본도 그리 많지 않아 아마

금명간 끝이 날 것으로 생각된다. 이렇게 필사본도 많이 수합 정리되어 〈심청전〉과 더불어 〈적벽가〉와 〈토끼전〉은 막바지를 향해 가고 있다. 그러나 이번에 한 권을 내는 〈춘향전〉은 아직 갈 길이 멀다. 수합 정리할 필사본이 많이 남아 있고, 활자본도 굉장히 많기 때문이다. 비교적 이본 수가 많지 않은 〈홍부전〉은 작업에 긴 기간이 소요될 것 같지는 않다. 이렇게 보면 우리 이본 총서 작업도 가장 힘든 필사본 작업을 많이 진행했기 때문에 내리막길에 있는 것만은 분명해보인다. 마지막까지 최선을 다 하리라고 다짐해본다.

　이번 작업에 포함된 이본들의 소장자 여러분들께 감사의 말씀을 올린다. 마치 자식과 같이 귀중하게 소장해온 자료를 널리 공개함으로써 학계의 연구에 도움을 주고자 한 이분들의 충심에 깊은 사의를 표하면서 거기에 대한 보답은 이본 자료의 정확한 활자화와 훌륭한 연구 성과라고 우리는 생각한다. 이본 자료가 정확하게 활자화되었는지에 대해서는 우리가 최선을 다했음에도 불구하고 두려움을 느끼지만, 학계에 길이 남을 훌륭한 연구는 이제 모두의 앞에 놓여진 숙제가 될 것이다. 마지막으로 어려운 출판 환경에도 처음부터 지금까지 초지일관으로 이본 총서를 내고 있는 박이정 출판사에게도 고마운 마음을 전한다.

2001년 11월 2일

김진영 · 김현주

일 러 두 기

1) 〈토끼전 전집〉 4권에는 단국대 나손문고에 소장되어 있는 필사본 5종, 박순호 교수가 소장하고 있는 필사본 2종, 조동일 교수가 소장하고 있는 필사본 4종, 홍윤표 교수가 소장하고 있는 필사본 1종, 도합 12종의 필사본 이본 자료를 수록하였다.

2) 원문 상태 그대로 옮기되 띄어쓰기만 했다. 띄어쓰기는 현대 정서법상의 띄어쓰기를 원칙으로 하였다. 그리고 장수(張數) 개념을 적용하여 장수를 표기하였다. 예컨대 〈23-앞〉, 〈23-뒤〉 등으로 매장이 시작될 때 밝혀주었다.

3) 원본이 오자나 탈자 상태일 경우라도 전혀 수정 가감하지 않고 그대로 놓아두어 이본 자료로서의 가치를 그대로 보존하고자 하였다. 그리고 판독이 불가능한 글자에 대해서는 ○○○○ 표시로 복자 처리를 하되, 자수를 맞추려고 하였다.

4) 새로운 이본이 시작될 때마다 이본의 서지사항과 내용상의 특성 등에 대해 간략히 소개했으며, 대상본의 소재처를 밝혀두었다.

5) 각 이본의 명칭은 소장자의 이름과 장수, 그리고 작품 표제명을 가지고 붙였다. 예를 들어 '단국대 나손문고 소장 59장본 〈경화수궁전〉'이다.

차 례

단국대 나손문고 소장 59장본 〈경화수궁전〉

　　단국대학교 율곡도서관에 소장되어 있는 국한 혼용 필사본이다. 표제는 "경화수궁전"이라 되어 있는데, 이는 후대에 새로 쓴 것으로 보이며, 본래의 표제는 종이가 해져 '傳'자만 알아볼 수 있을 뿐이다. 1면의 내제는 "경화수궁전"이라 되어 있다. 크기는 가로 18.5cm, 세로 16.5cm이다. 매면 10-12행, 매행 16-20자이며, 총 59장의 완결본이다. 필체로 보아 4인이 돌아가며 필사한 것으로 보이며, 문맥이 어색한 곳이 상당히 많이 나타난다. 표지 우면에 "丙辰正月二十七日"이라는 필사 연기가 기록되어 있다. 이 책의 필사 시기는 병진년(丙辰年)인 1916년인 것으로 보인다. 남해 광리왕이 영덕전 낙성연으로 인해 득병하는 것으로 되어 있다. 병사설과 명의를 초청하여 용왕의 병을 구원하는 대목이 들어 있다. 토간 지시는 천상에서 내려온 청의도사에 의해 이뤄진다. 별주부의 사신택출은 사신논란이 한참 진행된 후 별주부의 자원으로 이뤄진다. 여타 이본과는 달리 별주부의 호난극복 대목이 모족회의 대목 뒤에 설정되어 있다. 우생원만남 삽화와 암자라동침 삽화가 들어 있다. 용왕이 토끼를 돌려보내라고 하명하는 대목에서 작품이 종결되어 토끼의 육지 도착 이후 부분은 탈락되고 없다. 원본은 단국대학교 율곡도서관에 소장되어 있으며(청구번호 : 古853.5/경713), 한국정신문화연구원에는 마이크로필름으로 보관되어 있다.
(청구번호 : MF-R35P-000001-7)

단국대 나손문고 소장 59장본 〈경화수궁전〉

〈1-앞〉

경화수궁젼
甲申年 仲夏月의 南海 廣利王이 永德殿 노피 지고 大宴을 排設ㅎ고 三海
君王을 發使淸來ㅎ니 江漢之長과 川澤之君이 一時에 모여던 거시엿다 開盛
宴於九즁ㅎ고 擊琴敲於鳴敲라 굉주교착ㅎ야 數三日 노던이 南海 廣利王이
海天熱風을 腹中의 過이 쏘여 万身의 빙이 들되 이숭ㅎ게 드던 거시엿다
웃덕케 머리의 頭통을 겸ㅎ고 귀예 이롱을 兼ㅎ고 코의 鼻창을 검ㅎ고 목
의

〈1-뒤〉

咽喉을 兼ㅎ고 입의 김칭을 兼ㅎ고 눈의 眼질의 雙다럭기에 雙십을 兼ㅎ고
목의 연쥬 니력을 검ㅎ고 가삼과 胸膈의 젼乳○을 검ㅎ고 비의 腹통의 졔
창을 兼ㅎ고 허리예 등창을 兼ㅎ고 팔의 肩臂통의 腋下종을 검ㅎ고 발의
복상씨예 瓜腫을 검ㅎ고 믹군역의 셜사의 곱똥을 검ㅎ고 그 중의 젼신이
부어 손구락은 달리 갓고 다리는 허리 갓고 허리은 아방궁 들보 갓치 되여
구나 코난 별록별록 눈은 씀격씀격 ㅎ난구나 全身을 둘너본이

〈2-앞〉

알난 곳 제쳐노면 셩ㅎ 곳지 젼여 읍다 水府 朝庭 百官더리 晝夜로 치빙을
ㅎ되 万無利害라 용王니 永德殿 노푼 집의 붓읍시 홀노 누워 榻上을 쌍쌍
치며 방셩통곡 우름을 운다 이상ㅎ 빙이 들러 살 길이 젼여 읍다 하며 嘆息
ㅎ니 龍子 龍孫 ㅎ난 말이 경화水府 文武百官이 만컨마는 뉘라셔 우리 大

王 회춘케 홀리요 홀 수 읍시 죽게쏘다 이러덧시 통곡ㅎ니 도승지 문어가
엿즈오디 웃지 大王의 이○신 덕澤을로 회춘치 못ㅎ시리요 ㅎ니 龍王 우

〈2-뒤〉

롬을 우던 거시엿다 웃덕케 그져 씩씩 ㅎ는구나 天下 明醫가 드 모여든다
華佗의 扁鵲이 唐나라 張春卿이 孫思伯 허사백이 朝○ 明醫 許遵이 다 모
여들러 ㅎ창 藥乙 씰 졔 病勢乙 分別치 못하야 두로 藥을 씬 거시엿다 웃덕
케 滯증이 急ㅎ니 편유산을 드리라 敵沭 두 돈 陳皮 ㅎ 돈 五分 종과 厚朴
各 한 돈 木香 甘草 各 五分의 干參총이ㅎ여 수전반복ㅎ되 食滯여던 신국
미아 加入ㅎ고 肉滯여던 빈낭상스 加入ㅎ야씨되 效害가 읍셔신

〈3-앞〉

이 상으로 藥을 씰 졔 藿香증기산을 드러라 藿香 蘇葉 各 ㅎ 돈 五分 빅지
大복피 白伏令 陳皮 白沭 各 ㅎ 돈 半夏 길졍 甘草 各 五分의 干三죠복ㅎ고
방風 픠독산을 드리여라 강할 독할 시호 半夏 各 ㅎ 돈 五分 길경 川弓 白
伏令 仁參 甘草 各 ㅎ 돈 干三됴이 즌복하되 效害 읍셔시이 소범으로 다시
리라 소시호탕을 드리라 ○○ 敵朮 蘇葉 各 두 돈 빅작약 부즈 各 ㅎ 돈 五
分 증마 葛根湯 川弓 白지 各 ㅎ 甘

〈3-뒤〉

草 五分 干三됴이 加入ㅎ야 十餘疊을 연복ㅎ되 身熱이여던 黃금 黃연 加入
ㅎ고 大변 不通이어던 大黃 망草 加入ㅎ고 ○변 不通이어던 우영 틱시 加
入ㅎ야 五六疊 連복ㅎ되 분효가 읍셔시이 虛졍으로 藥乙 씰 졔 大보湯을
드려라 仁參 白沭 白伏令 슉지황 各 두 돈 빅작藥 川弓 當句 향계육 各 ㅎ
돈 甘草 五分 干參됴이 죠복ㅎ고 身熱이여던 신기湯을 드리라 슉地黃 山藥

산슈유 白伏令 틱

〈4-앞〉

스 各 八分 오미즈 五分 조복ㅎ고 心虛여던 大호부湯을 드여라 天門冬 믹
문동 격장포 各 도 돈 白伏令 仁參 各 흔 돈 五分 지골피 황연 원지 各 흔
돈 염탕의 조복ㅎ되 긔허어던 황연 토스즈 加入ㅎ고 양허어던 白流 산藥
加入ㅎ고 음혀어던 인삼 황기 加入ㅎ야 數十帖을 連복ㅎ되 분효가 읍셔신
이 평즁으로 다시일 졔 방풍 토승산을 드여라 비허여던 청심흔 가入ㅎ고
두풍이여던 강활 방풍 加入ㅎ고 비풍이어던

〈4-뒤〉

독활 부즈 加入ㅎ고 피풍이어던 청이子 위영仙 加入ㅎ야 十餘疊 連복ㅎ되
從無效害라 藥으오난 다실밀 슈 읍이시이 神道로 다시일 졔 各處經客을 명
영ㅎ야 듸츅스臥 玉經秋을 月餘을 일그되 差效可 읍셔시이 무女을 명영ㅎ
야 구셜ㅎ되 終無分效라 홀 슈가 젼여 읍셔 水府 晁廷 百官이 擾亂홀 졔 玄
雲黑霞가 碧天을 가리우고 飄風細雨가 颯颯히 쑤리던이 靑衣道士가 白鶴을
빅겨 타고 空

〈5-앞〉

中으로 나러오겨늘 形容이 端正ㅎ고 骨격이 청슈ㅎ야 商山四皓 늬 늘근이
죽은 後의 동반이 다시 난 듯 安期生 갓다마는 赤松子가 彷佛ㅎ나 錦虎門
박계 셰셰 龍王을 부루거날 龍王이 놀닉여 則時 請入ㅎ니 道士 元元이 堂
上의 올나 禮畢坐定 後의 廣利을 눈 겨오 쩌셔 道士을 살펴보니 凜凜흔 風
致은 不世之才요 표연흔신 神이라 廣利 曰 道士는 웃지 陋地예 下降ㅎ신이
가 道士 曰 약水 三千里예 히당

〈5-뒤〉

花을 구경ᄒ고 白雲遙地예 万年桃을 求ᄒ옵고ᄌ ᄒ야 지나옵던니 過次 過便의 듯ᄌ오니 大王 病熱 慰重타 ᄒ기로 뵈옵고ᄌ 와나이다 廣利 반겨 問曰 寡人의 病이 尋常치 안이하야 有死之心ᄒ고 無生之氣ᄒ니 願컨디 道士은 즉效 藥을 가라쳐 주소ᄉ 道士 曰 저가 藥은 모로나 執脉이나 좀간 ᄒ여 보ᄌ ᄒ고 執脉홀 졔 스름 갓트면 手足이 分明ᄒ련이와 비를 밋틔 나오난 거시 모도 다 발목 쑌이라 어

〈6-앞〉

디을 잡고 執脉할니요 홀 슈가 읍슈 가읍 관목이 갓멱멋 쥬염쥬염 역거쥐고 두루마리 脉을 보던니 거시엿다 웃덕케 심소장은 火요 간담경은 木니요 페디즁은 金니요 신경은 水요 비위은 土라 간목니 티과ᄒ야 木克土ᄒ니 비위승셩ᄒ 거시요 담에 승상ᄒ니 水克金니라 페디장니 수즁ᄒ고 간담경니 지진니라 의서 일너시되 비위는 一身之죠죵니요 一身之표분니라 심졍則 萬病而息ᄒ고 심동則 萬病而生니라 ᄒ야시니 三百六十四血에 血處

〈6-뒤〉

마다 病니 미쳐신니 약으로 議論컨디 死者養氣湯 읍고 漢武帝 長生方과 마嫗仙女 연심환果 三神山 不死약도 씰 디 읍고 잠간 단방文 卽效약이 잇나니다 廣利 반겨 問曰 무슌 약니 卽效ᄒ오잇가 道士 笑曰 큰 황장목을 디톱으로 씨고 디픠로 골고로 미러 左右 묘 밋기ᄒ고 天地板의 ○쌍으로 가입ᄒ면 단통 낫게나니다 廣利 曰 道士는 날을 쏙 죽으란 말니요 도사 笑曰 大王의 病셰을 살펴보니 神農氏 상빅초ᄒ던 약은 씰 디 읍고

〈7-앞〉

相克을 으더셧여 藥니 되난니다 무어시 相克니 되난잇가 道士 曰 塵世上에
톡기 간이 약니 되난니다 웃지ᄒ여 그려ᄒ오 道士 曰 大王은 辰이요 톡기
은 卯라 卯乙巽은 음목이묘 艮辰戌은 陽兎오ᄂ니 水生木兎라 약을 웃지 못ᄒ
면 누루 黃 泉 도라가리이다 말이 맛지 못ᄒ여 因忽不見 간 디 읍거날 廣利
츄然嘆曰 인져난 할 슈 읍시 쥭거쏘다 水中의 인난 약 가트면 求ᄒ기 쉬우
연니와 창히 진셰 万里 밧게 白雲이 九万里요 묘연혼 水국 中의 뉘가 相議

〈7-뒤〉

ᄒ니요 약슈 三千里이라 水國 塵世上 往來間의 유현이 노슈ᄒ니 安得相克
일리요 日모靑山 져문 날의 죵젹이 영걸이라 웃지 웃지 ᄒ잔 말고 万乘天
子 진셰皇은 영악혼 皇帝로셔 不死약을 못 으더먹고 沙丘平臺 崩ᄒ시고 통
一天下 漢太祖은 짝 읍난 創業主로셔 五十三의 崩ᄒ여시니 興亡盛衰 쎄가
잇고 受命長短 在天이라 그려ᄒ나 톡기라 ᄒ난 거시 海外一月 발근 쎄의
白雲니 無定處의 임즈읍시 任意로 往來ᄒ난 져 짐싱니라 웃지ᄒ여

〈8-앞〉

즈부리요 속졀읍시 쥭게쏘다 이러타시 歎息하니 도졔주 은구어기 엿즈오디
泰山之下의 유졀각지곡ᄒ고 堯舜之國의 有股肱之臣이라 ᄒ여시이 水國이
雖小나 웃지 갈忠輔之臣이 읍스오잇가 水府 晁廷 百官을 불너 議論ᄒ옵소
셔 그 말이 올타 ᄒ고 百官을 입시하니 職品 差예로 드러오던 거시엿다 奉
朝賀 오졍魚 영의졍 금고리 左의졍 금거북 右의졍 금魚 도졔쥬 은구魚 디
동당승 홍魚 判의禁 불거지 同知禁 날치

〈8-뒤〉

츙훈府 시오 도증지 황魚 우셩지 노魚 吏曹判書 숭魚 吏曹參判 긔이 吏曹
左郞 방魚 戶曹判書 조긔 南兵使 남샹이 北兵使 北魚 戶曹參판 영魚 戶曹
佐郞 병魚 兵曹判書 쇠오리 兵曹參判 상魚 예曹判書 쳥魚 功曹參判 참마지
海雲郡 방긔 訓鍊大將 잉魚 禁義大將 전복 左표將 고동魚 右포將 삼치 都
監 中軍 쎡졍이 禁구별將 도로목이 사셩의 黃대구 大사看檢 금임魚 主부의
즈

〈9-앞〉

守門將 도룡용이 校理예 남지리이 渤海太守 미어기 魚변察訪 송스리 만호
쳠스 웅魚 눈 큰 쥰치 허리 기인 갈치 입 넙젹 흔魚 등 고분 시방이 슈만는
곤장이 등물이 左右로 더려와셔 階下의 伏地ᄒ니 廣利 자셔이 살펴보고 ᄒ
온 말니 卿네 두고 보니 世上의 나가시면 飯饌果 슐安酒감이 左右로 모여
구나 과인은 魚物塵 보난 기운이 인네 그려ᄒ나 靑衣도土게 무운즉 塵世上
의 톡기 肝이 약니라 ᄒ니 諸臣 中의 웃던 臣下 世上의 쌜니 나가 톡기을
즈바ᄃ가 寡人의 빙을 회츈케 ᄒ

〈9-뒤〉

리요 左右諸臣이 面面相顧ᄒ고 默默不答이여날 광이王이 歎息曰 난의 나라
의는 忠臣 잇셔 홀고스군 介子츄臥 誑楚만신 紀信이넌 죽을 人君 살여시니
君臣之義가 分明ᄒ건마넌 실푸다 우리 水國 文武諸臣 만건만은 一 忠臣니
읍셔시니 이 안니 願통흔가 죽을 박겨 슈가 읍다 이고 이고 슬운지고 흔챵
일리 통곡할 졔 영의졍 금거복이 엿즈오디 臣이 世上의 나ᄀ 톡기을 즈바
오니다 광이 曰 卿은 등의다 河圖洛書을 点点이 그려셔 造化을 푸어 잇고

〈10-앞〉

국양은 넉넉ᄒ나 등복판이 더모 고로 世上 사람이 求ᄒ난 비이 못 나ᄀ리라 ᄒ니 도승지 금고리가 츌반주ᄒ고 썩 나안지며 曰 臣이 비록 才조 읍사오나 ᄒ변 用身ᄒ오면 불탄万里之行ᄒ고 쏘ᄒ 쳥연거스의 니太白을 등의지고 天上 玉경乙 속時간의 단여왓스오니 읏지 톡기 잡기을 근心하오리가 이졔 世上의 쌜니 나가 톡기을 자바다가 大王의 病勢을 회츈케 ᄒ오리다 하니 廣利王 曰 卿은 바다 곳 안니면 容身

〈10-뒤〉

ᄒ기 어려운니 萬一 世上의 나가다 물결의 밀여 乾川의 나가던면 世上 스롬 求ᄒ난 바라 눈을 쎼여 鸚鵡盞 민들고 鬚髥 쎼여 즈 민들고 등스동뼈로 졀구통 파고 五臟으로 기름 너계데면 ᄒ 양푼의 푼五塵 금시로 할터니이 空然이 世上의 나가다 기름금시만 너고 속졀읍시 죽을 거시이 못 나가리라 ᄒ니 海雲郡 방계 엿즈오디 臣이 世上의 나가 톡기을 즈바오리다 ᄒ디 廣利 曰 卿은

〈11-앞〉

外骨內肉ᄒ고 양목이 죠쳔ᄒ니 겁이 만는 고로 토붤여지라 뒤거름을 조화ᄒ는 바이 못 나가리라 ᄒ니 방기 다시 엿즈오디 臣의 故鄕이 世上이오니 山林碧海 슈음間의 數三年을 잇셔 비즈 쥬즈 禽獸덜果 山間兎 月中兎 顔面이 잇스오니 이졔 곳 出世하와 톡기을 만나오면 중가락의 심을 쥬여 톡기 놈의 등실미으 꼿 지버 오리이다 ᄒ니 渤海太守 미여기 그 거티 셧다가 하난 말니 아모리 水國의 一 忠臣이 읍신덜 너 갓튿 거슬 世上의 니보니리요 臣이 世上의 나가 톡기을 지바오리다 ᄒ니 廣

〈11-뒤〉

利 曰 卿은 中心이 濶發호고 將帥大口 好男子나 식양이 너른 고로 죠고만 호 니물의 요긔감을 求호야 호고 이리 져리 단일 젹의 簑笠 씬 져 늘근이 斜風細雨 불슈귀라 믹기 쐬여 담문 낙시 呑食으로 지버슴츄면 단불요디 낙 귀 니여 이疾 腹疾 셜스 비아리예 아죠 죠은 藥이 되는 거시니 寡人의 病勢 藥을 求호다가 되리여 世上 스롬 藥만 돌 터니이 그 안이 難處혼가 호고 공 논니 紛紛활 째 宮女 죠긔 나오든 거시엿다 졔 죠긔 그동 보소 茶진 花冠을 슬겨 씨고 百万嬌態로 나오난디 衣裳은 표拂호고 香臭

〈12-앞〉

는 진동혼데 흐리는 곡지 붓더시 아장아장 흘흔들 거리고 드려와 흔거러온 거름으로 階下의 복지쥬曰 臣니 비록 女子온나 國祿지臣 되여나셔 웃지 坐 而待死 호오닛가 쌀이 世上의 나가 톡기 만나오면 쐬족혼 쥬동이을 들입더 물고 발발 쓸 양니면 톡기 안이라 단山 猛虎라도 忌憚읍시 즈바오리라 호 니 증언魚 갈치 엿즈오더 조긔은 鐵甲이 든든호오나 古書의 호엿시되 졔간 蚌鷸之勢예 坐收魚人之功니라 호엿시니 空然니 世上의 나가다가 다리 말슉 혼 白鷺 만나면 匕首 갓튼 쇠부리로 아조 흠벅 무려 탁 찌글트니 이 못

〈12-뒤〉

니이다 호니 말니 맛지 못호여 永德殿 뒤로 한 臣下 드려오던 거시엿다 음 목단쥭이요 長경죠衣라 긔염긔염 드려와셔 階下의 伏地호고 상蔬을 올이되 惶恐伏地 拜臣은 上書호나니다 臣聞大聖은 聖德이 熙熙호야 鳳무훈젼 南풍 五絃之琴할 시 慶星니 在天호시고 文王은 仁義蕩蕩호야 天無烈風호고 海不 揚波호실 시 三年之間의 白雉을 흔묘호시고 黃河滄浪之淸果 익칸쥰마之셔 은 在於王之不行니요 先之不先이니 春臺日月果 玉燭乾坤이 莫非水府며 莫

非龍宮지아 今大王之賢德果 無窮之造化 洽于四海ᄒ난니

〈13-앞〉

昔日 전죠의 슈유拾항히난 망지德니나 未有過於大王之恩德으로 豈不過於禽
슈之尾物乎릿가 方今之時ᄒ야 玉體 未寧ᄒ시니 豈在君子之졍의 상유유위지
야 由此관之컨더 九重春光이 욕스어 일진狂風之츄ᄒ고 鳴鳳舞蝶이 산비어
牧丹옥퓌지즁니이 伏白臣은 水國 忠臣 後裔로셔 錐處市中ᄒ야 穎脫而出ᄒ
던 毛遂의 才造臥 呑炭爲啞ᄒ야 行乞於市ᄒ던 豫讓의 忠成果 六國을 通合
ᄒ던 蘇秦 張儀예 口辯果 孟獲乙 七從七擒ᄒ던 諸葛孔明의 智謀乙 품어사
오니 何愁海外於一介之兎乎잇가 伏願 聖上은 罷奪紛紜之

〈13-뒤〉

議ᄒ시고 今令小臣으로 斯速出世ᄒ와 靑山月兎을 착來어졍ᄒ야 玉체 安寧
ᄒ옵심 臣之所願이로소니다 廣利 보시고 曰 美哉라 主簿之忠이여 그려ᄒ나
水國 忠臣은 世上 사람의게난 眞味라 万一 世上의 나가다가 눈 노룬 漁翁
만나면 곳 죠흔 쇠꾜치로 등 복판을 팍 찔어 자바다가 富者 집의 팔게데면
왕비탕의 쥭을 거시니 그 안니 怨痛혼가 主簿 다시 꾸러안져 엿즈오디 孝
當竭力이요 忠則盡命이라 ᄒ여사오니 前日 忠臣으로 볼쟉시면 智伯之臣 豫
讓은 呑炭爲啞ᄒ던 忠臣니요 比干은 諫而死ᄒ던 忠臣니요 張良은 五代

〈14-앞〉

相韓 忠臣니요 臣은 五代 水國 忠臣으로셔 쥭기을 辭讓ᄒ고 살기을 도모ᄒ
면 웃지 忠臣이라 ᄒ오닛가 이졔 쌜니 世上의 나가 톡기을 자바오리다 ᄒ
니 廣利 曰 卿이 膝下의 잇셔 毛遂의 才造臥 龐統의 버금일 쥴을 알아시나
隣國之將은 敵國之讐라 蕭何 韓信은 沛公의게 忠臣니요 項羽의게난 盜賊니

라 니 나라 忠臣니 世上 사람의게난 밥반찬니라 이 안니 난쳐훈가 主簿 다
시 엿즈오디 臣니 擁看卽入ᄒ던 樊噲 씨넌 도리방퓌을 등의다 지고 六國
統合ᄒ던 蘇秦 張儀에 口辯果 南陽 隆中의 三分天下ᄒ던 諸葛孔明의 국양

〈14-뒤〉

을 가져시며 陸路 水路을 임意로 出入ᄒ고 물 우의 번쩟 쩌셔 四方을 살펴
보온니 人間의 나가 봉변은 읍실가 ᄒ나니다 ᄒ니 廣利 主簿의 忠成을 보
시고 奇특키 여겨 가기을 許諾ᄒ니 主簿 다시 엿즈오디 臣니 水國 生長으
로셔 톡기 모양을 모로오니 톡기 화상을 글여 쥬옵소셔 ᄒ니 廣利 그 말니
올타 ᄒ고 화사을 卽時 불너 톡기 화상을 그리던 거시엿다 읏덕케 洞庭유
리 靑黃연과 광쥬 분안 거북 연적 게의 금슈츄파 물을 다머 오록죠록 쌀켜
부어 오졍魚 불너 墨 갈니고 大黃毛 無心筆을 半中등 덤

〈15-앞〉

벅 푸려 유록 도홍 셔촉 단쳥ᄒ던 썃긋퇴 두로두로 墨을 찍어 디도연지 펴
쳐 노코 이리 져리 글릴 젹의 입도 먹고 꼿도 막난 입 그리고 蘭草 芝草 香
니 죠타 니 잘 만넌 코 그리고 긔花요草 雲霧 中의 할겨 보고 望月ᄒ넌 눈
그리고 千山万壑 지푼 골의 실낫 갓튼 쇼리 듯넌 귀 그리고 嚴冬雪寒 風雪
中의 彷風ᄒ난 털 그리고 두 귀난 쫑곳 몸은 웃독 허리난 잘속 꼬리난 몽톡
네 다리 알속 層암절벅 절묘한데 구분 소나무 그늘 속의 들낙날낙 앙금조
촘 근난 톡기 화상을 卽時

〈15-뒤〉

그려닉니 峨嵋山 半輪兎덜 이예셔 더할손야 主簿 바다가지고 품의 품ᄌᄒ
니 압셥 읍셔 못 품고 쥬먼이여 넛즈ᄒ니 쥬먼니 읍셔 늘 슈 읍고 옷고름의

달즈 ᄒ니 옷고롬 읍셔 달 슈 읍시니 즈리 졔싼이 지談ᄒ던 거시엿다 우리
父母 날 민들 졔 지간 ᄒ 칸 더 민들어뎌면 요련 씨예 참 요진니 씰 거셜
主簿 의뭉니 나셔 즈른 목을 길게 쑥 쎄고 집버 너코 옴치리니 一点水덜 무
들손가 나라의 스은ᄒ고 조정의 作벌ᄒ고 졔 집으로 도라와셔 祀堂의 ᄒ직
ᄒ고 母친前의 拜退ᄒ니 즈리 母親이

<h2 style="text-align:center">〈16-앞〉</h2>

달려들며 여봐라 主簿야 니 말을 들어바라 니 나히 七十인디 三代獨子 너
을 두고 死後終身 미더더니 險惡ᄒ 世上의 나가니 니 안니 민망ᄒ야 네의
祖父 우리 시아반임도 食탐을 過이 ᄒ시다가 반울 갓튼 철낙시의 목을 쏘
여 속졀읍시 죽거 잇고 네의 父親도 風景을 좃츠 世上의 가다가 낮 조흔 쇠
꽂치의 등복판을 쑥 쩔여 빈통읍시 죽어시니 代代로 니역이 이러ᄒ데 너도
쏘ᄒ 出世ᄒ야 ᄒ니 이 안니 罔極ᄒ야 졔발 덕분 가지 마라 主簿 디답ᄒ되
어먼임은 염예 말으소셔 事君之道

<h2 style="text-align:center">〈16-뒤〉</h2>

가 分明ᄒ고 쳔의 神明이 昭昭한텐 웃지 客死ᄒ오릿가 ᄒ고 졔 아니더러
이른 말리 여보 나은 世上으가 무엇 ᄒ러 世上 가오 奉命ᄒ고 世上 가오 奉
命은 무슴 奉命 大王의 病勢 慰重키로 톡기 즈부러 世上 가오 鱉夫人 ᄒ난
말이 여보 鱉邏史 가지 므오 堂上의 白髮老母 뉘 게다 依託ᄒ고 실下의 어
인 子息 뉘게다 밋고 ᄀ랴시요 空然이 世上의 나갓다가 왕빅湯의 죽게데면
未見君子라 悠悠我思로다 夏之日 冬之夜 여미망차여쳔의라 금금난옥 각침
의 져의 展轉不寐

〈17-앞〉

어이할고 슈만은 諸臣 中의 自願出世 무삼 일고 즈리 빙긋 웃고 ᄒᄂᆫ 말이
여보 두 말 말고 져기 져 션반 우의 갓거리 갓모 발강기 돈 덧양이나 니여
쥬오 王命이 至重ᄒ니 暫時 짓체 못ᄒ리라 ᄒ고 쯷더리고 썩 ᄂ셔셔 물 우
의 번듯 쪄셔 세상을 살펴보니 경긔도 장이 죳타 웃더고 高高天邊 一輪紅
은 扶桑의 둥실 놉피 쩟다 양곡의 즈린 연긔 月峯山 도러들고 어화촌 긔가
짓고 회온峯의 구름 쩟듯 蘆花은 눈이 되고 浮萍은 물의 쩟다 魚龍은 잠을
즈고 즈규은 둥실 나려든다 그은 景긔 중간 보고 압발로 碧波을 푹푹 찍거

〈17-뒤〉

당긔면셔 뒤 발로 蒼浪을 탕탕 치니 銀玉 갓튼 물결은 츌렁츌렁 흘너간다
大海 中의 변덧 셔 四海八方을 살펴보이 庭洞이 如天파시츄은 금성츄파 예
온니야 太山이 굴탁ᄒ고 楚야도 광大로다 吳楚은 어이ᄒ야 東南으로 툭 터
지고 乾坤은 무슴 일로 日夜로 둥실 놉피 쪄 놀 졔 巫山 十二峯은 구름 박
계 버러 잇고 海外小山 一千里는 눈 압폐 景이로다 岳陽樓 놉푼 집의 杜子
美 지은 글언 昔聞洞庭湖요 今上岳陽樓라 두려시 부쳐 잇고 江風漁火더슈
변한데 夜半鐘聲이 到客船

〈18-앞〉

이라 탁즈 압폐 늘근 즁 布長숨 쯷쳐 입고 구벅구벅 염불ᄒ니 寒寺고종이
예 안이야 蒼梧山 거문 고롬 남훈前 明月夜의 五絃琴성 쓴쳐지고 낙포의
飛鳥閣은 秦武關 속의 楚懷王의 怨魂이로다 採石江의 쯴 빈는 李太白의 긔
경비승쳔 後의 風月 실너 가던 비요 雲間의 논은 시은 漢武帝 片紙 물고 요
지연의 往來ᄒ던 셔王母의 靑鳥로다 강혼이 굴룽ᄒ나 황금이 쳔편이요 노
화의 풍긔ᄒ니 白雪이 万点이라 飛飛셜화ᄀᆼ지츄의 白鷗 白鷺 지피 든 잠

무슴 실품을 어던야 羽山落照 젼문 늘과

〈18-뒤〉

옥누졍風 가을 경은 ᄼᆞᆼ목 굴원이 셜어ᄒᆞ다 티희 경 다 본 後의 遠近山川 바라본니 稽山罷霧盃且峨ᄒᆞ니 山은 疊疊 롭퍼 잇고 경水無風也自파라 물은 츌넝 편넌디 万山은 盃盃 菊花은 点点 澗水은 潺潺 蒼松은 落落 山鳥聲은 폭포 소리예 셕겨 울고 奇岩喬石은 處處의 自起峯ᄒᆞ고 高山심동 폭표셩은 天外예 쑥 ᄶᅥ러진다 萬경디 白운 속의 흑션이 어려잇고 칠보디 비로봉은 山峯이 소ᄉᆞᆫ디 누각은 비경ᄒᆞ고 화치년 영농이라 一落夕陽 져문 날의 山鳥은 우져지 운임으로

〈19-앞〉

나려들고 山林澗鳥은 處處聲이요 鴛鴦飛鳥쑌니로다 落花은 여고목졔비ᄒᆞ고 춘슈는 공장千日쇠이라 왕ᄌᆞ는 어디 가고 을푸신 쥴 모르시나 잔잔ᄒᆞᆫ 져 紅花은 두우의 불거 잇고 奇奇ᄒᆞ 변쵸는 곡구의 버러 잇고 난향지기은 處處셩니요 난봉 공작은 깃들리고 쳥학 빅학은 흔를우줄리 춤을 츄고 그 져 便 바라보니 왼갓 잡시 나라든다 김쳔씨 긔관ᄒᆞ던 만신문장 봉황시 万里長天 나라쳣다 비진南天 大鵬시 거가철연금시귀 유조유조 영위시요 졍창희비 목셕ᄒᆞ니 이만 썻다 져 뼉국이 약水 三千里의 消息 젼ᄒᆞ던 靑鳥시 隴山月下春

〈19-뒤〉

風ᅵ의 말 잘ᄒᆞ난 鸚鵡시 關關雎鳩 在河之洲 夫婦有別 진경시 有鵲有巢有鳩居之 비둘기 어ᄉᆞ부즁의 오야졔ᄒᆞ니 반포ᄒᆞ던 가마구 風水海月三更天의 슬피 운다 초혼시 호죠영츈가후원의 노래 조혼 쯧골리 花落空庭月明時에

울고 간다 주규시 셩셩졔혈 슬피 운다 촉빅잔月 杜鵑시 소즁낭 北海上의
片지 傳던 기려기 時哉 時哉 山陽雌雉로다 월裳氏 까토리 비입심쌍빅승가
ᄒ니 頡之亢之 지비로다 富貴春衣슈유ᄒ니 놉피 썻다 곤니시 片片江上의
빅鷗시 ᄋ러 말슉 되오리 목 긴 게우 금꾜 졀문 굴쑥시

〈20-앞〉

쎄만는 갈가마귀 갈곡 갈곡 울고 간다 그런 景기 다 본 後의 雲深高峰 긔여
올나 花滿江上 말니타의 水國을 발아본니 故鄕니 千里로다 잇써 즈러 그동
보소 담비 혼 ᄃ 피워 물고 뒤짐을 걸더집고 흐늘흐늘 근일면셔 遠近山川
을 바라보니 웃더혼 김싱니 나려온다 머리 우의 뿔니 잇고 고리눈의 꾜각
발의 털빗쳔 黃金 갓고 体身니 長大ᄒ여 뒤동거리고 날여온다 즈러 보고
깜작 놀리여 톡기 畵像을 니여노코 比교할 졔 화상 보고 김싱 보고 화상 보
니 톡기 分明 안니로다 姓名은 모로나 大丈夫 王命을 뫼시고 이 곳거지 나
왓다가 웃지 두려오미 잇

〈20-뒤〉

시리요 아모 거시나 혼 변 불너 通姓니나 ᄒ여보즈 ᄒ고 져기 오시난 져 親
旧 뉘라시요 그 김싱 혼난 말니 게셔난 뉘라시요 예 나는 水國의셔 主簿 벼
살ᄒ년 벌主簿란 사람니요 게셔난 뉘라시요 그 김싱 혼난 말니 나난 져근
너 들말 사난 牛生員니요 主簿 니론 말니 老兄난 体身니 長大ᄒ고 비가 너
르고 큰니 知識니 남의버더 더ᄒ야 모를 거시 읍실 덧ᄒ오 牛生員이 仰天
大笑ᄒ고 혼난 말니 그ᄃ 참 知人之鑑而 무던ᄒ오 主簿 이른 말니 老兄은
무어시로 소업ᄒ오 牛生員 혼난 말니 니 말을 들어보오 말을 ᄒ즈 ᄒ면 胸

〈21-앞〉

隔이 沓沓ᄒᄋ 웃지ᄒ여 그려ᄒᄋ 이르거던 들러시요 神農氏 子孫으로 식
호경ᄒ올 젹의 力山의 밧쳘 갈고 그 길로 돌어와셔 牛山 下의 누어던니 육
山표림 桀紂時의 九族을 다 죽기고 齊宣王 庖廚間의 죽을 목슴 거오 살어
임쳔초야 슘은 날을 無知ᄒᆫ 百姓덜니 無但니 안니 보고 낭걸 휘여 코을 쏘
리고 셰가닥 드린 식기쥴로 목을 미여 길게 잡고 리려 져려 모라다가 멍의
장기 목의 메웨 百畝田을 갈어갈 졔 ᄒᆫ 발만 실족ᄒ면 모진 치로 쌍쌍 두다
린니 五子胥의 쑤염질果 楚覇王의 당실 심도 속

〈21-뒤〉

졀읍시 氣진ᄒ여 눈을 감고 업더지니 풀 인난 곳 모러다가 소腹나나 시기
난 거시 人情間의 올컨만난 屠牛坦니 불너다가 두피족을 각각 너여 살고기
난 져의길이 分肉ᄒ고 쑬을 쎄여 활부비ᄒ고 가죽 벽겨 북 메우고 쎠 발나
골퓌 민던니 그 안니 沓沓ᄒᆫ가 밧 간라 남이 먹고 나을 죽여 쏘 먹언이 龍
逢 比干의 구전 節기 싱견어 어지다가 死後 츙셩 록컨만난 웃지ᄒ야 니의
팔즈 生前의 괴로이 지니다가 야종의 그릇 죽노 天子 王侯 重大臣 또 나 아
니면 놉다 ᄒ며 英雄豪傑 뉘실는지 五福 中의 貴ᄒᆫ 거시 一曰 壽요

〈22-앞〉

二曰 富라 耕田而食 안니 ᄒ고 福 닛다구 富者 될가 니 功을 남니 먹고 날
죽여 쏘 먹은니 赤松子 張子房은 밥 갈러 안니 먹고 肉食도 멸니 ᄒ되 長生
不死 ᄒ건만난 人心도 强迫ᄒ고 無情ᄒ다 니 신셰 싱각ᄒ면 몸 둘 고지 비
이 읍소 혼심ᄒ고 가련ᄒᆫ 말 그려ᄒ니 디강니나 드려보오 주부 이른 말니
참 죽기은 바삭이 아들놈으로 죽소 그어나 路上의셔 장간 만나 情談을 다
못ᄒ고 作別ᄒ니 마음은 셥셥ᄒ나 男兒何處不相逢니라 ᄒ여잇니 日後의 다

시 만나 보즈 흐고 쓸쩌리고 드려셔셔 쏘 흔 곳 바라보니 으덧흔 김셩니 나
러온다 이

〈22-뒤〉

아 머리 兩 귀밋치 쑥 쩌지고 눈은 警釖 갓고 입은 朱紅 갓고 다리난 阿房
宮 기둥 갓고 발은 그집 쥬츄돌 갓고 허리난 흔 쥼 쏘리난 슈발 寄岩喬石
雲霧 中의 소셔난데 全身니 猛烈흐고 威風이 영악흔더 層岩絶壁의 엉코리
어흥 합품흐고 안져셔 오작으로 戲弄흐니 즈리 보고 氣가 믹켜 흐난 말이
져거시 무어시야 世上의 凶흔 거시 호랑니라 흐던니 아마도 져거시 虎狼이
로다 무아거시나 흔번 불너 通姓 後의 톡기 有無나 무러보리라 흐고 져기
안진 이 虎同知요 虎狼이 이 말 듯고 깜짝 놀니 져 虎狼이 그

〈23-앞〉

동 보쇼 虎帥을 거시리고 나여올 졔 나무도 직근 돌도 왈칵 시날가튼 발톱
으로 즌데 풀 우의 왕모리을 덥벅덥벅 집어 嚴冬雪寒 白雪격으로 활활리
휘쑤리며 거 뉘가 날을 춘난가 主簿 압폐 와셔 웃듯 셔셔 어흥 흐니 즈리
氣가 믹켜 즈은 목을 느리치고 쥐쥭다시 업드러지이 虎狼이 四面을 둘니둘
니 살폐보더니 니거시 나을 불넌난가 前의 보지 못흐던 거시라 지버들고
四面을 두우두우 보더니 그 졔 의미를 부덜 거 먹기난데 혼즈 말로 지談흐
던 거시엿다

〈23-뒤〉

쏙지 읍난 소두방이가 그도 안니요 누워말은 쇠쏭인기 그도 온니요 목 부
러진 살부치가 들고 활활이 부쳐보더니 그거도 안이요 발읍난 둘리盤인가
그거도 안니요 부쳐마른 밀부구미가 밀북구미 ᄀᆞᆺ틋면 고손니가 날트니 고

손너가 읍시이 그거도 안이요 일쑨이 빠지운 기쩍인가 기쩍 갓트면 밥풀리
부터실 트인데 밥풀이 읍셔시니 그거도 안이요 황병이 無內싸라 ᄒ니 수수
팟쩍인가 팟쩍 가트면 고물이 무더질 테인데 고물이 읍셔시이 그거도 안이
요

〈24-앞〉

제의 부덜 거 이거시 무어시야 아무거시나 먹어보즈 먹을 박게 수가 읍다
ᄒ고 입의다 집어느코 싱키랴고 우물우물 ᄒ다가 ᄒ난 말니 大丈夫 無名不
食이라 ᄒ니 먹기도 어렵도다 ᄒ고 도로 비트노코 ᄒ난 말니 눈도 코도 읍
난 거시 무어시야 두트리 方席인가 올너나 안져보즈 ᄒ고 압발로 지그시
누루니 즈즈 슘이 ᄎ셔 움죽움죽 ᄒ이 虎狼이 ᄒ난 말니 이아 조고마ᄒ 연
셕이 듬심은 딘단ᄒ데 두 발로 즌득 눌누니 즈리 견딜 슈가 읍셔 목아지가
졈졈 나온다 虎

〈24-뒤〉

이 ᄒ난 말이 익고 이것 바라 우숩다 졔 할미 씹할 거시 그 즁의 좃 나온다
허허 근양 나오다가은 ᄒ 百 발리나 나오거다 小體○大이라더니 춤 딘단ᄒ
데 즈리 그계야 목을 염여읍시 나오거날 虎狼이 깜짝 놀너여 썽졍 쑤여 물
너가며 ᄒ년 말리 大體 네가 무어시야 즈리 슘촌 즁의 ᄒ난 말니 니가 총이
다 ᄒ니 虎狼이 싱각ᄒ되 들고 딩기는 총도 避치 못ᄒ거던 졀노 싱겨 딩기
난 총을 웃지 避ᄒ리요 죽을 박게 슈가 읍다 ᄒ고 즈리 목아지 두로난디로
피ᄒ야 안

〈25-앞〉

거날 즈리 그져야 염여읍시 ᄃ시 問난 말니 게셔은 뉘라시요 虎狼이 벌벌

썰며 숨을 겨우 둘너 ᄒ난 말니 나은 百首之將 山君이요 万首將軍 虎狼일다 ᄌ리 긔가 막커 ᄒ난 말니 이고 니거셜 어니 할고 져 놈니 골을 니면 나은 속졀읍시 져 놈의 비속의 들녀가 움집 진 거 갓틀지라 이 일을 어니 할고 身數가 불길튼가 이고 이고 웃지 할고 못 보건니 못 보건니 우리 大王 못 보건니 忠誠니 부족튼가 山神니 미워ᄒ시던가 客死 身勢 ᄌ리 팔ᄌ 이 안니 불상훈가 明天니 感動ᄒᄉ 逐殺猛虎ᄒ고 호연將軍 셕살을 비러 射

〈25-뒤〉

殺白虎 ᄒ고지고 이고 이고 슬운지고 이텃타시 슬피 운니 虎狼이 ᄒ난 말니 너은 뉘라 ᄒ난다 主簿 디답ᄒ되 나난 水國의서 主簿 벼살ᄒ던 金ᄌ리다 虎狼이 이 말 듯고 虎帥을 거시이고 風致을 훨신 펴고 ᄒ난 말니 ᄌ리라 이 반갑다 ᄒ니 ᄌ리 니 말 듯고 싱각ᄒ되 져 놈니 나을 보고 져리 반가ᄒ니 나고 무삼 寸數가 잇난가 ᄒ고 계셔 나고 무삼 寸數가 닛소 虎狼니 曰 寸數난 너 어미 북고 디경 갈 寸數 니 평생의 원ᄒ던 게 비왕湯일는니 오날 날니야 만나시니 윈通으로 먹어보ᄌ ᄌ리 ᄒ난 말리 앗다 애 잘 속난다 니

〈26-앞〉

가 ᄌ리도 안니다 그러면 네가 무어시야 ᄌ리 ᄒ난 말니 니가 남셩일다 남셩이면 더옥 조치 白雪靑山 雲霧 中의 是非읍시 단일 젹의 食각痛이 잇더이 오늘 너을 만나시이 먹어보ᄌ 앗다 애 남셩이도 안이다 무어시야 둑겁비다 둑겁비면 더옥 조치 蟾蛇酒을 먹어시면 治膽의 第一일다 니가 너을 ᄌ바먹고 밥이나 여나무 스발식 먹어보ᄌ ᄌ리 ᄒ난 말니 훈 근연셕 비위난 노너기 회을 먹글 놈이로다 몽죠리 다 먹게구나 ᄒ며 ᄌ리 그 중의 ᄒᄒ변 셔던 거시엿다 虎狼 너 듯거라 나놈 南海 龍宮 忠臣 佐郎 兼 鼈主簿란 스롬일다 虎狼이 이른 말이 졔

〈26-뒤〉

미을 할 놈 싱긴 모양 보다가셔는 職品은 곳 찰난ᄒ데 목아지은 웃지ᄒ여 우멈거지가 되고 이곳젼 웃지ᄒ야 완나야 이른거던 드러보라 우리 水國이 頹落ᄒ야 千餘間을 시로 짓고 니 손으로 기와ᄒ다가 츈야 싯티 쑥 쩌러져 이니 목이 우먼거지 되야 晝夜로 治病ᄒ되 終是 낫지 않키여 明醫게 무로 則 塵世 上의 虎狼이 肝이 藥이라 ᄒ기여 오로랑 鬼神을 즈버타고 虎손양 을 나와더니 네가 虎狼이면 天醫神昭ᄒ 일이로다 ᄒ고 오로랑 鬼神 게 인 넌야 水國의의 드던 칼로 져 虎狼이 비을 갈너라 ᄒ며 즈리 즈른 목을 길게 쩨여 들고 엉금엉금

〈27-앞〉

달려드러 虎狼이 압발을 匕首 갓튼 釗쑤리로 흠벅 탁 지그니 虎狼이 大驚 ᄒ야 썽졍 쑤며 압발을 휙 쏠이이 져 즈리 그동 보소 끈 쩌러진 담비 쌈지 모양으로 空中의 쩌나가셔 나무등컬의 탁 걸이니 쨍과리 짝 모양으로 달여 구나 虎狼이 그겨야 싱줄똥을 싸고 긔음츤中 놀닌 픠왕 초가셩의 다러나덧 北風의 구룸 닷 듯 萬頃蒼波 너론 물의 片舟 닷듯 왜물쫏총 철안 닷듯 萬疊 靑山 드러가셔 바회 틈의 隱身ᄒ고 져 혼즈 지談ᄒ던 거시엿다 요시 니 才 造가 안일너면 오로랑 鬼神을 웃지 避할손야 ᄒ거늘 즈

〈27-뒤〉

리 그 其動 보고 ᄒ난 말이 호호 유슙다 짜은 허풍손이 아덜놈이로다 그러 나 虎狼이난 山中 영물이라 니의 忠誠을 보고 變化을 할 듯ᄒ기로 져 놈이 나을 避ᄒ야 가시이 山神祭을 지니리라 ᄒ고 溪邊楊柳 두어 가지을 쑥 걱 거 진퇴을 활활 썰고 秋風落葉 널분 입풀 쥬서다가 좌면紙로 펴쳐 노코 山 果木實 쥬어다가 紅東白西 블여노코 시닌물 어로만져 精潔이 씨고 四方의

예 壇할 졔 角亢氏房心尾箕은 三八木 靑龍인이 쳥목으로 예단ᄒ고 斗牛女
虛羽室壁은 二七火 朱雀인이 紅木

〈28-앞〉

으로 예단ᄒ고 奎婁牛卯畢觜參 四口金 白虎인이 白木으로 예단ᄒ고 井鬼柳
星張翼軫은 一六水은 玄黑 武木으로 예단ᄒ고 구진동ᄉ은 一十土 中인이
黃신긔을 민드러 곳고 말꼬 말근 감여슈을 도토이 싹즁이예 혼 준 가득이
부어 祭酒로 올예 노코 ᄌ단香 불 피워 녹코 祝文 지여 告ᄒ던 거시엿다 維
歲次 甲申 八月 申未朔 初三日 癸酉 南海 龍王 忠臣 諫議大夫 佐郞 兼 鰲主
簿 敢昭告于 土地之神令 爲四方山嶺之臣은 곳 南海 龍王 廣利王이라 君臣
之道가 슈부의 구즁ᄒ오

〈28-뒤〉

나 國運이 不吉ᄒ와 廣利王이 偶然 得病ᄒ야 數月 治病ᄒ되 終無效害ᄒ온
則 病之所守가 지독出於간경이온이 兎肝 一보을 으더 먹은 則 卽時 快差ᄒ
리라 ᄒ기야 臣이 王命을 밧고 遠海 三万里을 不顧ᄒ고 來於此山則 비ᄌ
쥬ᄌ 편만山川ᄒ와 웃던 거시 토기 온 지 알 슈 極亂ᄒ오니 찰산간之물形
ᄒ와 千年兎 一首을 許給ᄒ시기을 千萬 바라와 玆감만만之情乙 仰告ᄒ오니
神位 感動ᄒ옵소셔 俾無後艱 謹謹淸酌 脯醢祗薦于神尊獻 尙饗 빌기을

〈29-앞〉

다훈 後의 모리 속의 藏身ᄒ고 遠近山川 바라보니 잇써 왼갓 김싱이 山神
祭物을 分食ᄒ야 ᄒ고 다 모여든다 孔夫子 作春秋 時의 折筆ᄒ던 麒麟이며
슴구사면 그동 時예 天子 玉輦 코키리며 옥경션관 승치할 졔 風采 죠흔 ᄉ
심이며 출입風雲 용밍 中의 万首將軍 虎狼이며 伏羲氏 양희승할 졔 길너니

던 노양 少양이며 姜太公이 渭水 上의 有熊有羆 곰이며 滄海 博浪沙 中의
狙伏ㅎ던 다리미며 江水東流우ㅓ夜上의 슬피 운다 준내비며 꾀마은 여虎
발 밧튼 너구리 털 죠흔 돈피 쌀 조흔

〈29-뒤〉

ᄉ심 地中의 두젹이 계랑쳥 되야지 獐都監 노루 담비 쩨톡기며 이리 싀양
고양이며 족졔비 等物이 모도 다 모여드러 座席이 紛紛홀 졔 獐都監 노루
ㅎ난 말이 朝廷의 莫如爵이요 鄕黨읜 莫如齒라 ㅎ여시이 年齒을 치져 座을
定ㅎ미 웃더ㅎ고 座中이 다 그 말니 올다 ㅎ고 뉘가 此 中의 나이 그 中 만
느야 ㅎ니 虎狼이 니다려며 니가 上坐ㅎ일다 ㅎ니 山猪 ㅎ난 말이 오늘 잔
치예 年齒 차져 上坐을 定ㅎ난 게 올커날 그디는 호갓 强暴만 밋고 廉恥읍
시 上坐 홀야 ㅎ난다 虎狼이 ㅎ난 말니 니 廉

〈30-앞〉

恥은 읍시나 職品果 威嚴이 너의 물이臥난 다르이 妖罔ㅎ 너의 잔치예 왓
다가 上坐을 안이코야 웃지 大丈夫라 ㅎ랴 山다남이 ㅎ난 말니 오날 즈리
가 조정이 안이여던 웃지 風致臥 職品을 議論ㅎ리요 職品 놉푼 舜임君은
靑春의 효ᄌ 되고 風采 조흔 關雲張은 졔 兄을 웃지 恭敬ㅎ가 風采도 그러
ㅎ고 職品도 놉건만은 그디 말 드러보니 아직도 口尙乳臭로다 虎狼 ㅎ난
말이 너 요연셕 니 年齒을 드러보라 화손道士 陳道南이 쳔일슈을 파흔 後
의 宋太祖 日出時예 바둑 두어 니기할 져 니가 거긔

〈30-뒤〉

참예ㅎ여 生死文도 議論ㅎ고 周濂溪 ᄎ져갈 졔 風月도 議論ㅎ고 朱夫子 비
을 타고 회양으로 도라와셔 邵康節 줌간 ᄎ져 보고 그 길로 도라와셔 人間

의 驗혼 길을 程明道게 물여시이 니 나히 웃더호야 너구리 흐난 말이 이 虎
同知 말 드러보니 아직도 우물 안 고기요 니 말 드러보오 南陽艸堂 츠져가
셔 孔明先生 줌간 보고 崔쥬平 徐光元의 소견이 不足다 흐기여 水鏡先生
츠져가셔 거문고 드른 後의 三國風塵 擾亂 時예 關雲長 靑龍刀로 五官斬將
흐올 젹에 曹孟德이 百万大兵을 거나이고 赤壁

〈31-앞〉

江의 陣을 치고 비 우의 슐을 싯고 달 아릭 불어 창을 집고 戲弄할 졔 東
武昌 南 屛山 西 夏口 北 올임 그져便 브라보니 山容은 그님이요 川勢은 병
풍이라 수국더중 황신긔을 옥경황 中의 놉피 쏘고 盞슐을 셔노 난워 勝戰
鼓로 질거놀 져 竹林七賢 츠져가셔 豪傑덜로 더부러 詩酒을 和答ᄒᆞ이시니
니 나시 웃더호야 虎狼이 그 말 듯고 할 일 읍셔 上坐을 辭讓홀 졔 뿔 조흔
사심이 니다르며 너구리을 꾸지져 이른 말이 너의 놈아 니을 드러브라 周
文王 靈堂上의 德化 中 놉흔 일은 드러 씰 더 읍건이

〈31-뒤〉

臥 首陽山 올나가이 孤竹君 두 아들이 叩馬而諫 도라와셔 採薇歌을 을푼
후의 尼丘山 도라온니 大聖賢이 나오랴고 山神게 祭祝할 졔 至誠으로 破祭
後의 大聖賢 나오시고 吳王 句賤이 風月時의 관규宮 놉푼 집의 니 게가 춤
예ᄒᆞ고 韓信이 낙시쥴은 楚漢坤乾 어터 썬고 漂母의 寄食ᄒᆞ고 屠中少年 辱
을 볼 졔 英雄인 쥴 뉘가 알며 楚나라 項羽軍은 烏江亭江 치催할 졔 烏騅馬
목 메이고 項籍이 눈물 흘여 虞兮 虞兮 奈若何오 八千人으로 渡江而西할
졔 今無一人還이라 何面目으로 復見於諸夫리

〈32-앞〉

요 自刎이死할 졔 그런 구경 다 ᄒ여시이 닌 나히 읏더ᄒ야 졔낭쳥 도야지 니다르며 이것덜 라 ᄌ랑ᄒ니 춤 가소롭다 나을 드러보라 鑿井而飮ᄒ고 耕田而食할 졔 擊壤歌을 드은 後의 康衢烟月 太平 時의 一天下 草木 禽獸 帝力인덜 읍실소야 우로 즁의 잠긴 몸 中華日月 다시 만나 경역손 파ᄒ 後의 남훈젼 五絃琴을 月下의 빅겨 타고 八元八凱 츔을 츌 졔 慶雲慶星 비츌 젹의 山澤間의 슘어 잇셔 唐虞天地 百姓되고 괘죽ᄒ던 許由 심ᄉ 그록도 ᄒ건이臥 夏禹氏 治水할 졔 박게 잇셔 遵

〈32-뒤〉

山遵水을 역역히 그려 닐 졔 닌가 거긔 춤예ᄒ여시이 三代 上 人物이라 닌 나히 읏더ᄒ야 公論이 紛紛할 졔 쳐양한 우룸 쇠리 들이거날 坐中이 大驚ᄒ야 ᄒ 고졀 바라보니 희포 무근 옴둑겁비 압발을 욱드리고 엄금엄금 긔여오며 유난 말이 슬푸다 닌 일이야 엇그졔 風塵 歲月 덧읍도다 白髮될 줄 어이 알이 졔 그녀 션년 나무 반갑고 슬푸도다 닌의 曾孫 어디 가고 져 나무만 홀로 셨노 이고 이고 쳡쳡 슬운지고 이럿타시 歎息할 졔 猍僉知 닌다으며 ᄒ난 말이 蟾同知 웃지ᄒ야 오시잇가 둑거비 디답ᄒ되 이른

〈33-앞〉

거시 사러다가 公會 말이 반갑기로 춤예코즈 완나이다 ᄒ니 猍僉知 問난 말이 年甲은 늘근(老人)이라 ᄒ니 年歲가 얼마나 되야소 둑거비 對答ᄒ되 닌 나히은 잇져버러 모로거이와 져근너 셨년 나무로 어임ᄒ로라 웃지ᄒ여 그러ᄒ오 이으거던 드러보오 닌예 曾孫이 져 낭구을 시머던이 두 가지가 ᄌ러나셔 天開於子ᄒ고 地關於丑ᄒ고 人生於寅ᄒ야 天地 肇判할 졔 빌 방망이로 한 가지 비여 가고 쏘 ᄒ 가지은 銀河水 도랑칠 졔 가리중치로 비여

가고 쏘 거긔 움이 나셔 神農氏 비어다가 장기을 민들고 쏘 거긔 움이 나셔
秦始皇이 비어다가 阿房宮

〈33-뒤〉

들보 언고 쏘 거기 움이 나셔 오딕등 되야시이 니여 曾孫 어더 가고 팔즈읍
난 이 늘근이 이리 오러 살어다가 이 座中의 왓네 座中 이른 말이 진실로
그러ᄒ면 우리보다가은 王尊丈이ᄂ 되이 上座을 쥴 박게 슈가 읍다 ᄒ니
虎狼이 그 졋테 안졔다가 고을 니예 눈을 부릅쓰고 호슈을 거스리고 와르
륵 호통ᄒ며 이 中의 살진 놈으로 두윗 잡아 슘츄즈 ᄒ며 왈칵 쮜드려 도쏘
르이 싹중이예 부워논 슐을 지버 훌젹 마시더이 엿다 그 슐 디단이 毒ᄒ데
ᄒ며 上座ᄒ야 할 졔 虎狼이 ᄒ난 말이 니 나은 千식 千식 百千을 먹거다
ᄒ니 座中이 니른 말이 千식 千식 百千은 발간 그진

〈34-앞〉

말이다만난 어졔 나셔 밤의 커셔도 威風이 ᄒ 險惡ᄒ니 上座 쥴 박게 슈가
읍다 ᄒ니 졔낭청 도야지 ᄒ고 獐都監 노구ᄒ구 두리 모여 귀을 한데 디고
감만이 ᄒ난 말이 져거시 골을 니면 야종의 ᄒ나 훔쳐갈 트인이 살찌기난
우리 둘박게 읍시이 아마도 危殆ᄒ다 ᄒ니 노루 ᄒ난 말이 글셰 그러면 우
리 두리 먼져 가즈 ᄒ고 가거날 그 김성덜이 山神祭物을 다 分食ᄒ고 各各
혀여지이 즈러난 靑山벽계 슈음 間의 藏身ᄒ고 萬壑千峯 살펴보니 朝陽春
風 아츰 날의 웃더ᄒ 김셩 나려온다 耳目이 端正ᄒ고 월노精神을 胸中의
품어나 듯 葉도 먹고 꽂도 먹고 강중강중 가불가불 헌들헌들

〈34-뒤〉

나려온다 즈리 보고 ᄒ난 말이 져거시 무어시야 齊宣王 庖◯間의 곡속無罪

而就死地라 興鐘ᄒ던 소도 안이요 天下一杯土周公의 六畜만만어던이 기닥
안이요 綠楊芳草春山中의 스심미만어거던 눈 우의 쐴이 읍서시이 스심도
안이요 즌니귀만 역여던이 셜화분분파교上의 밍호연이 읍셔시이 즌나귀도
안이로다 져거시 무어시야 톡기 畵像을 니여 노코 比校할 졔 톡기 보고 畵
像 보고 畵像 보고 톡기 보니 톡기 一身 彷佛ᄒ다만난 分辨ᄒ기 어렵노다
이리 보면 이러ᄒ고 져리 보이 져리 보면 져려ᄒ니 웃지 分辨ᄒ이요 눈을
닥고 ᄌ셔이 살펴보이 耳目口鼻가 山中兎 亦 畵中兎요 畵中

〈35-앞〉

兎 亦 山中兎라 톡기 一身 分明ᄒ다 거기 오시난 니 뉘시요 톡기 쑤여 나여
오며 ᄒ난 말이 可當츤케 ᄒ던 거시엿다 웃데케 거 뉘라셔 나을 츤나 首陽
山 伯夷 叔齊 採薇ᄒᄌ 날을 찬난가 商山四皓 네 늘근니 바둑 두ᄌ 날을 찬
나 靑山歸路빅학셔의 春風佳節 귀경 가ᄌ 셩진화상 날 츤난가 渭水 上의
姜太公니 미역 쌈ᄌ 날 츠나 赤壁江 蘇子瞻이 玩月ᄒᄌ 날 츠나 採石江 李
太白이 風月ᄒᄌ 날 츠나 날 츠지 리 읍건마난 거 뉘라셔 날을 찬나 요리
강장강장 나려온다 ᄌ리 톡기을 살펴보니 耳目口鼻가 虎狼이 갓거날 ᄌ리
싱각ᄒ되 이거시 虎狼니 식긴가 ᄒ고 겁을 니여 ᄌ는 목을

〈35-뒤〉

움치리고 가만니 업드려시니 톡기 와셔 둘네둘네 보더니 ᄒ 大體 怪異ᄒ다
니거시 무어신야 ᄒ날님 눈 쏭닌가 ᄒ며 ᄌ리 등의 옷독 올나셔이 ᄌ리 그
졔야 四足果 목을 길게 쑥 ᄌ바 ᄲᅡ니 톡기 쌈짝 놀니여 ᄒ난 말니 이고 니
것 바라 뉘가 두루 쥬먼니예다가 빔을 ᄒ나 잔득 자브느셔 거다 ᄲᅡᆨ 쥐어구
나 이 닐을 웃지 할고 걱졍니 분쥬할 졔 ᄌ리 들셕들셕 ᄒ고 속中으로 ᄒ난
말니 잇거이 톡기 갓트면 肝사발니나 드려것다 ᄒ며 問난 말니 계셔 뉘라
시요 톡기 答ᄒ되 나난 天上月宮의셔 理陰陽順四時ᄒ야 大小月 간驗ᄒ고

晦初을 分別ᄒ건 工部尙書 月中兎너니 도약

〈36-앞〉

쥬부 長生약 그릇 쩟고 此山으로 증비出送ᄒ시니 世上예셔 부루난 別호난
兎先生니라 ᄒ오 ᄌ리 듯고 멋져셔 ᄒ난 말니 나난 南海 龍王國에셔 諫議
大夫 佐郎 兼 主簿 ᄌ리요 우리 彼此 士大夫의 子孫니요 ᄌ리 漸漸 조와라
고 文字을 씨되 可當찬케 씨던 거시엿다 웃덕케 참 인져 만나기 男七女九
요 擧石而紅面니요 구앙셩화요 今日 相逢은 累巨万万불식니요 明基爲敵乃
可復니요 草綠江邊馬糞醜요 口生乳臭요 톡기 듯고 만文字을 씨되 쏘 可當
칸케 씨던 거시엿다 웃드케 我가사챵니요 予담絶角니요 莫非王土요 天生약
골니요 不可獨食니요 ᄌ리 듯던니 나도 有識ᄒ거니와 참 계셔도

〈36-뒤〉

有識ᄒ오 그러나 그듸 싱긴 모양을 보이 寸步難處홀 덧ᄒ오 톡기 曰 그듸
ᄒ난 말이 웃잔 말이며 이곳젼 웃지 와소 主簿 曰 니 모양은 이러ᄒ나 陸路
水路을 임으로 往來ᄒ난 거시요 여보 兎公은 世上을 살펴보니 춤 可憐ᄒ
게 世上이요 兎公 이 곳계셔 무어시로 消日ᄒ오 톡기 曰 여보 그 말 마오
나 단난 居處을 드러면 水宮 싱각이 읍시리다 ᄒ이 主簿 曰 웃지ᄒ여 그러
ᄒ오 이르거던 드러보오 니 몸 閑暇ᄒ여 天地間의 웃듬이라 日暮黃昏 졈문
날의 月出東嶺 잠을 씨여 斗牛間의 徘徊할 졔 임ᄌ읍난 山果木實乙 실투록
쥬어먹고 身與浮雲無是非라 是非읍시

〈37-앞〉

名山 차져 往來할 졔 廬山南東 五老峯果 진九名山 万丈峯 天台 金剛 九月
山果 峨嵋 묘양 太白山 안니 본 곳 비의 읍셔 蓬萊山 上上峯 巖巖이 긔여올

너 白雲을 무읍시고 牛山 落照景果 양谷 日出景 眼下의 合閇ᄒ니 登太白山
而小天下ᄒ년 孔夫子의 大觀인덜 이여셔 더홀소야 鸚鵡 鴛鴦으로 브졀 삼
고 白雲으로 치일 치고 奇岩喬石 屛風 ᄉ마 밤이면 玩月ᄒ고 나지면 遊山
할 졔 物外 江山 홍미 地上仙이 나 ᄲᆞᆫ이라 安期生 赤松子을 니예 弟子 ᄉ마
두고 長生ㅅ 사라질 졔 잇나금 그틋년 종아리도 지고 四時風景 더옥 조다
春三月 도라

<h3 align="center">〈37-뒤〉</h3>

오면 花辰風月노 부러 万花方暢 꼿 될 젹의 ᄉ등토계 舜人君은 八元八凱
츔을 츄고 완갓 꼿 다 팔 젹의 君王富貴 木단花며 首陽山 月훈 中의 슌허원
니 몸니 되여 太山 갓치 구든 節介 죠결귀리 호영ᄒ던 舜人君의 츙신 항一
花 심양處士 陶淵明이 五斗錄 마다 ᄒ고 田園으로 도라와셔 樂琴書而쇼우
ᄒ던 알葡萄 菊花꼿 오陵亭 발근 달은 머리 우의 노버 잇고 顔子의 陋鄕淸
風은 쎄속의 부러시니 寒土淸風 梅花꼿 六國風塵 擾亂할 졔 商山四皓 네
늘근니 九승葛布 몸의 입고 靑藜杖의 빅겨 누어 石楊 우의 잠니 든니 老人
彷佛 비

<h3 align="center">〈38-앞〉</h3>

꼿치며 二十歲 동將軍이 背水陣을 넛근너 漢나라을 中興ᄒ고 丞相 印綬 가
져신니 靑春少年 셕쥭花며 風月無邊 周濂溪은 孔孟으로 스승 삼고 靑鳥로
브졀 지여 티극도셜 의論ᄒ니 君子節의 蓮꼿치며 셜도가치 묘훈 美色 玉窓
紗窓 빗겨 안져 紅塵白馬야유낭을 츄파을 번듯 드러 살펴보니 창기 갓튼
힉당花며 졀디佳人 玉手 쥐고 사竹으로 즌도ᄒ야 空山 우의 올나가니 風流
야낭 紅桃 碧桃 桃花꼿 쏘 훈 곳을 브라보니 왼갓 雜시 우룸 운다 약水 三
千里 요지연의 消息 젼튼 靑鳥시며 사마장경 쥴소리의 오유사장 鳳凰시며
芙蓉

〈38-뒤〉

雲霧 中의 그림 속의 孔雀시며 一千年 花表柱의 巧音好音 鸚鵡시며 歸蜀道
不如歸라 졔혈三更 杜鵑시며 綠楊絲絲 북니 되야 몸을 쓰넌 쇠쏘리며 一雙
飛去각두회ᄒ니 枝上雙雙 鴛鴦시며 相親相近水中鷗ᄒ니 희오리며 泛泛中流
놉피 썻다 雙去雙來 되오리 곳곳마다 츔을 츄고 가지가지 노리 ᄒ니 百花
中의 기피 든 잠 쇼미예 놀니 찌어 시興을 구경ᄒ니 투항ᄒ넌 봄나뷔 날을
보고 반기난 듯 너울너울 츔을 츄고 介子츄 말근 節介 寒食으로 弔喪ᄒ고
도라셔이 有山谷水쑨니로다 杜子美 죽은 後의 花草가 임ᄌ읍시 되야더니
오늘 어졔 오늘 어졔 빗치 난다 夏三色

〈39-앞〉

도라오면 赤帝乾坤 南風 부니 四月 南風 大麥黃ᄒ고 綠陰芳草勝花時라 왼
갓 草木 茂盛ᄒ다 落落亭亭 君子節의 소나무며 春夏秋冬 四時節의 丁丁獨
立 즌나무며 万頃蒼波 水中 風浪 바남 압폐 회花나무며 五子胥 무덤 압폐
츙셩할ᄉ 가쥭나무며 數尺之枋良工不棄 아람드리 즌나무며 望美人兮天一方
ᄒ니 더덕더덕 산츄나무며 ᄌ단 오목 珊瑚 박달니며 가사목 향나무 핑나무
넙젹ᄒᆫ 쩍갈 눈버들 葡萄 다리 원츌니며 느르지고 펑퍼지고 六月桃즁 복상
니며 鬱鬱蒼蒼 숩피 되고 골골마도 그늘진더 碧溪水 흘너나려 潺潺이 소리
난다 白石

〈39-뒤〉

灘의 발을 씨고 도러오니 山容심ᄉ 淡白ᄒ다 五月不熱의 疑淸秋라 天中節
端午日의 淸포酒 가득이 부어 굴삼여 츙혼을 慰怒ᄒ니 강기ᄒᆫ 슬푼 마음
비할 곳 젼여 읍셔 흉금을 거드치고 도라션니 別乾坤 말근 ᄌ최 나박계 뉘
잇시야 봄 ᄒᆫ 쳘 여름 ᄒᆫ 쳘 盛ᄒᆫ 景介 다 본 後의 秋三月 도라오면 金風언

소실ᄒ고 万학千봉 丹楓드이 치石屛風 奇岩 속의 山人富貴 그록할ᄉ 秦始
皇의 帝力인덜 이니 風景 아셔갈가 산엽이 紅於二月花은 일로 두고 일름니
라 西山落照 져문 날의 東嶺秋月 발거온다 아람다온 져 달빗쳔 오늘 밤의
희고 힐ᄉ 江南湖上 李太白이 죽은

〈40-앞〉

後의 쥬잠읍넌 져 風月을 나 혼ᄌ 츠지ᄒ여신니 宋玉의 悲秋賦은 千古의
有傳ᄒ나 니게 디면 小丈夫라 天下名山 徧踏ᄒ야 丹相귀경 가ᄌ셔라 蓬萊
山을 올나가니 赤松子 왕ᄌ진니 石榻 우의 바독 둘 졔 不老草臥 仁參과을
슈읍시 으더먹고 天台山 넌짓 올나 마姑仁女 잠간 보고 崑崙山 올나가셔
天下을 졉디ᄒ니 夏禹氏 治水 유젹 비門의 宛然니 부쳐난디 大丈夫 여긔
와셔 ᄌ최읍시 못 가리라 無心筆을 넌짓 니여 半中등 덤벅 푸러 題名ᄒ되
某月 某日의 兎處士은 過此라 岩上의다 크게 씨고 그 길로 나려달여 羣山
을 徧踏ᄒ고 巫山 十二봉은 놉피 소ᄉ 슈월岩을 호위ᄒ고 石경

〈40-뒤〉

으로 올나간니 경쇠소리 징징니 들이난디 七百里 洞庭湖난 瀟湘을 通ᄒ야
고 岳陽樓 회ᄉ정과 이비의 더숩풀은 千古의 宛然ᄒ다 忠臣烈士 씨친 글은
九으山의 부쳐스니 강긔혼 男子 츙금 비할 곳 젼여 읍다 그 길로 날려와셔
峨眉山 올나가 반운月歌을 읍조리니 靑蓮거士 李太白이 유젹닌 무산의 잔
나비와 錦江의 기러기난 客의 懷포을 지촉혼다 南屛山 올나가니 七里壇 비
던 터요 赤壁江 바라보니 曺孟德이 어디 가고 天衿地席 쓴니로다 詩酒風流
조흘시고 임ᄌ읍난 山果 가실 슈읍시 쥬어먹고 원山石경 구분 길로 흔늘흔
늘 도라와셔 冬至 슷달 雪寒風의 落葉

〈41-앞〉

은 蕭蕭ᄒ고 白雲는 紛紛할 졔 奇岩喬石 말근 기운 白玉으로 단장ᄒ고 三
千尺 瀑瀑水은 万쳑빙의 슈졍 갓치 걸여시니 경군요디 걸의 집果 치젼ᄒ던
隨楊帝은 奢侈타 ᄒ련니와 造化 어니 알니요 雲山石室 靜潔ᄒ디 地下石門
구지 닷고 閑居니 안져스니 顔子의 一簞食은 生涯가 녁넉ᄒ다 石崇의 富ᄌ
와 秦始皇의 貴혼 일흔 꿈박계 머러시며 형치죠츠 비봄ᄒ다 月三更 지워
갈 졔 ᄉ창을 놉피 열고 雪月을 구경ᄒ니 孟호연니 팔용 風景은 헛일음 쑨
니로다 四時風景 그러ᄒ니 디강나나 드려보오 ᄌ리 공종 안져셔 디가리만
쓰덕니며 듯던니 그디 ᄒ시난 말삼

〈41-뒤〉

이 그록ᄒ나 八난을 알고 ᄒ난 말심니요 모로고 ᄒ난 말심니요 톡기 이지
러진 입술을 너불고리며 두세 번 팔난 팔난니 무어싯고 이르거던 드러보오
天氣은 下降ᄒ고 地氣은 上盛할 졔 鸚鵡 원낭 쓴쳐지고 奇花요초 시러진디
千樹万樹李花기 지지봉봉 써인 거션 눈쑨니라 셜노만쳡 기푼 골의 北風육
화 흔날인다 무엇 먹고 ᄉ라 날고 고푼 비 트러퓌고 ᄇ회 틈의 던진디시 만
진 그동 일월고즁 北海 上의 蘇中郞의 고성인딜 이예셔 더할손야 엄동雪寒
다 보니고 碧桃紅花 春三月의 곳곳지 진달너요 봉봉니 翠竹니라 花鳥白蝶
은 雙雙니 향기을 조츠 나니 나뷔로

〈42-앞〉

다 시원혼 곳 보야 ᄒ고 펄펄 두여 니다을 졔 무지 져 독슐니 반空中의 노
피 썻다가 죽지을 져버들고 비호갓치 달여드여 그디 디가리을 덥벅 잡고
골팍리을 아조 팍팍 프 먹은니 關雲長 靑龍刀로 五官斬將 베일딘딜 이예셔
더할손야 이고 그 친구 쌈쏙시러운 소리도 ᄒ오 왜 게박게 갈 데가 읍다구

요 그러면 어디로 갈야시요 넙젹훈 썩갈나무 속으로 가지요 니르거던 드러
보오 상티峰의 션는 거션 미 바던 슈알치군이요 中허리로 도난 거션 모리
군 산양기라 길나문 집펑이로 넙젹훈 썩갈나무을 쌍쌍 치며 워리츅츅 기
불를 졔 놀넌 톡기 쮜여나며 톡기 낫다 미 노와라 海東

〈42-뒤〉

天 보라미 구록피 져쌀슨果 도리당ᄉ 코 방울은 예셔 썰넝 졔셔 썰넝 슈루
룩 달여드려 兎先生의 양 귀 밋쳘 쌍그락케 츄켜 들고 장박이 골치을 아조
팍팍 파 먹근니 白登七日 困究 中의 漢太祖의 고싱인덜 이예셔 더할손야
이고 그 분 初面의 말을 웃지 그리 독ᄒ게 ᄒ오 그러미 뉘가 그리로 간다구
요 그려면 어디로 갈야시요 中間으로 가지요 이르거던 드러보요 불 잘 논
난 山陽炮手 밀집 갓튼 왜물족총 스동짜리 鐵을 박어 왼편짝의 살족 찌고
즈옥징거 드러가셔 兎先生 슘목통의 건너 디고 화문을 활닥 열고 고草 가
튼 火승불을 방아쇠예 먹겨 들고 날늠釖 쌋딕ᄒ니 방아釖 썰쩍 귀불리 쎈
젹 탕ᄒ면 赤壁江 火炎 中'의 曹孟德의

〈43-앞〉

고싱인덜 이예셔 더할손야 톡기란 놈 그동 보소 디글디글 궁글더니 정신을
겨오 츠려 ᄒ난 말이 이고 나 죽기다 안니 여보 웃지ᄒ야 탕소리을 그리 심
드려ᄒ오 참 탕소리는 불공大天地怨讐요 남 듯기 길인 소리 너머 마오 主
簿 빙긋 웃고 ᄒ난 말니 老兄의 말삼니 江山風月 景處을 다 츠지ᄒ야 世上
걱경 읍다던니 입으로 ᄒ은 탕소리예 그더지도 놀너시요 톡기 가심 별덕별
덕 ᄒ며 ᄒ난 말니 그려키예 휠젹 너른 들로 가지요 이르거던 보오 들노 나
려가면 百人축지 쇠리 질너 읍넌 기도 후구니며 풀 비던 農人 牧童 보 막던
防川말果 즈루 진 낫셜 들고 달여드려 四面으로 쪼칠 젹의 시오등 곱고리
고 즈른 꼬리 스터 찌고 山上으로 올나갈

〈43-뒤〉

졔 코군역의 단니 나고 목군역의 톱질ㅎ니 秦武關 구든 집의 楚懷王의 몹실 팔즈 이예셔 더할손야 암만ㅎ여보 게 박게 갈 디 읍다구요 그러면 어디로 갈야시요 져근너 셔덕 바오 밋데 굴속으로 가지요 여보 兎公은 드려보오 그디 즈옥 츄尋ㅎ야 여려 樵君더리 古木 가지 靑솔가지 秋風落葉 널분 입펼 슈북니 모와 노코 왈락왈락 불을 찐니 阿房宮 三月火덜 니예셔 더할소야 毒흔 烟기 모진 불꼿치 五장六보 血脉 속의 함박 기여 드러가니 웃지 웃지 사잔 말가 兎先生 三魂七魄 흐질 제 身體조츠 온全홀가 四肢을 다 各各 노나 들고 등걸불의 밧삭 구어 아작아작 톡기 쌍장 쒸며 ㅎ난 말니 이고 이고 老兄

〈44-앞〉

니 나고 무삼 慊의가 닛소 남 듯기 실인 말을 그리 ㅎ오 나가 人間의 잇셔 쥭을 일을 종종 보기예 긋써문으로 으리 늑소 水國은 읏더ㅎ오 水國 景介 좀 드려봅시다 예 그리ㅎ오 우리 水국니 壯觀이지요 天下之間의 海爲最大요 人物之內에 神爲最靈니라 無邊大海 中의 靈德殿 노푼 집니 雲霧 中의 소스난디 卦龍骨而爲樑ㅎ니 스기가 半宮니요 執魚鱗而作瓦ㅎ니 영光니 요日이라 白玉으로 門을 달고 유리로 기瓦ㅎ고 호박으로 쥬츄 박고 珊瑚로 난간 쓰고 珠玉으로 城을 샇아 水宮퓌월 영농ㅎ니 應天上之三光ㅎ고 門外슈상○ㅎ니 備人間之五福이라 夜光珠로 燈불 삼아 日月光을 아셔 잇고 雲

〈44-뒤〉

霧 屛風 슌금 龍床의 우리 龍王 卽位ㅎ니 三千宮女 擁위ㅎ고 黃酒 金盞 千日酒臥 쳔비玉盤 다문 安酒 쥭지 안넌 不死약果 늑지 안넌 不老草을 실토록 飽食ㅎ고 一興니 挑挑ㅎ야 八仙女 侍慰ㅎ고 金冠朝服 百官덜니 추여로

느려안져 靈德殿 션악 소리 海中의 震動ᄒᆞᆫ디 셔王母의 琵琶 타니 졍졍ᄒᆞᆫ
옥픠셩과 연연ᄒᆞᆫ 고은 틱도 거름마다 蓮花 피고 野廣天抵樹 ᄒᆞ날 갓치 너
른 들예 璣花瑤草 썰기썰기 누른 즁의 셤노너니 金은치완 곳치 되야 곳곳
마다 丘山 갓치 씨여 닛고 景處을 볼작시면 七百里 군산 널은 北海 太平ᄒᆞ
고 時和年豊ᄒᆞᆫ데 康구烟月 南風詩을 四時로 和答ᄒᆞ야 水상 위水 양

<h3 style="text-align:center">〈45-앞〉</h3>

진 평여 南海八景 瀟湘 洞庭 或來船遊할 졔 淸風泛遊 蘇子瞻果 翫月 採石
李太白니 글런 景介 드려더면 발셔 드려올 거시요 求仙ᄒᆞ던 漢武帝臥 求藥
ᄒᆞ던 秦始皇니 글런 景介 알러시면 이 世上의 죽을년가 여보 兎公은 팔난
世上의 잇지 말고 날을 ᄯᅡ러 水國 가면 너푼 버살 할 거시요 海邊 구경 안
니 할야시요 그디 갓튼 俊骨男子 우리 龍王 아르시면 즉일상니 픠초ᄒᆞ야
디광보국 슉녹大夫 영의졍을 졔슈ᄒᆞ야 말만ᄒᆞᆫ 黃金印을 腰下의 빅겨 ᄎᆞ고
廟堂之上 놉피 안져 百官을 지시할 졔 이리 할 일 니리 ᄒᆞ고 져리 할 리 져
리 할라 號令 ᄒᆞᆫ 번 나리오면 그암 갓치 엄숙ᄒᆞ고 동틱 갓치 氣

<h3 style="text-align:center">〈45-뒤〉</h3>

勢 堂堂ᄒᆞ니 그역할 길 젼여 읍셔 리이 져리 그힝ᄒᆞ고 國事의 다 본 後의
別堂으로 도라가면 교초단삼 화문셕의 디모병風 둘너치고 ᄎᆞ 다려 드릴 젹
의 쵸디 ᄌᆞ분 玉童子臥 소盤 든 金童女덜언 화단으로 몸을 싸고 珠玉으로
단장ᄒᆞ야 쥬야읍시 논닐 젹의 湖中天地 別건곤니 水國박게 ᄯᅩ 인난가 톡기
니 말 듯고 마음니 自然 황홀ᄒᆞ고 放蕩ᄒᆞ야 그려면 그 곳졀 드려가셔 벼살
도 ᄒᆞ련니臥 八仙女 잇다 ᄒᆞ니 그도 ᄒᆞᆫ 가지로 놀이잇가 主簿 曰 그난 참
如反掌이지요 그리 ᄒᆞᆫ가지로 놀면 戲弄도 ᄒᆞ올잇가 그넌 맘디로 ᄒᆞ지요 토
기 코을 홀젹홀젹 ᄒᆞ며 問난 말니 원낭금침 비翠衾의 옥슈나삼 부

〈46-앞〉

여잡고 月三更 지워 갈 졔 두 몸니 호 몸 되여 초양왕 영디상의 운우몸롱
조홀시고 비목 갓치 쫙을 지여 홍걸홍걸 호올잇가 主簿 디답호되 그더 갓
튿 風致로셔 우리 水國 드려가면 벼살은 스달니 놉고 지붕게 올나가덧 할
거시요 一等美色더런 쳥기골리 믹구영의 실빔 짜러단니듯 호오리다 톡기
다시 問난 말이 水國의난 날 갓튼 人物니 읍단 말니요 참 읍지요 우리 水國
의 水獺니라 호난 사람니 잇셔 至今 訓鍊大將의 영의졍을 兼호여 나니다
톡기 그동 볼작시면 침을 모와 쑬덕쑬덕 싱키면셔 호난 말니 万一 그 고졀
드려갓다가 벼실도 으더 걸니지 못호면 웃지

〈46-뒤〉

할야시요 主簿 曰 날 갓튼 人物의도 관착의 참여호야 옥루분벽 스칭의안
秋月春風 四時읍시 美色달여 논일 젹의 연연홍미로 消日호거든 老兄 갓튼
風致와 늠늠호 긔골니야 참 짱 집고 허염호기지요 톡기 눈을 말동밀동 쥬
동니을 날놈날놈 호며 호난 말니 가고난 시부오나 水國 陽氣 길이 달너 예
로부터 셔로 통셥지 못호난니 語不相及 어니 갈고 主簿 曰 글낭은 조금도
염여마오 니 등의 어펴시면 망망호 蒼海 中의도 陸地 삼여 가오 압다 악갑
도다 악가올스 兎先生 선풍도골 塵世 上의 넌짓 나셔 出入博覽 읍난 故로
草木과 同部호이 웃지 안니 可憐할가 이 前의 스인 셔슨문이도

〈47-앞〉

黃巾力士 짜러와셔 永德殿 놉푼 집의 上樑文 잠간 짓고 유리반의 진쥬 다
마 윤팔지지 호야시니 조고마호 文士게도 지은 보은 호야거든 兄 갓튼 雄
才大畧니야 功名호기 어려올가 톡기 曰 兄의 말삼언 그려호나 아모리 싱각
호되 갈 ᄆ음니 젼여 읍소 主簿 變色더曰 즘 위틱호거던 진작니나 파을 호

난 거시 大丈夫 쩟쩟훈 일니라 日後의 다시 만나즈 흐고 그짓 어디로 가난
체 흐거날 톡기 브라보다가 참지 못흐야 부르되 여보 主簿 어디로 가랴시
요 主簿 디曰 닉 水國의셔 드르니 虎狼니가 白首之將 山君니라 흐믹 그디
버더 소견니 넉넉할지라 이 말 흐즈고 시방 가난 참이요 톡기 소

〈47-뒤〉

曰 虎狼 叔主도 百事을 다 니계 와셔 議논흐거던 보와도 씰 디 읍거니와 흐
물며 쏘 出入흐여 기시니 老兄은 잠간 노염을 참으시고 이리 오읍소서 主
簿 再三 시양흐다가 마지 못흐여 돌오오니 톡기 우시며 曰 兄니 져디지 걸
걸흐시니 셜마 기망흐오릿가마난 아모리면 싱소훈 곳절 가랴거던 疑心니
읍실손야 兄을 未信흐난 거시 도로려 불인흐오니 함구 水國 가시다 주부
마음니 깃부나 다시 당부흐야 曰 疑心이 즁 잇거던 진작 파의흐라 드른 디
로 가랴 흐로라 톡기 웃고 훈가지로 가기을 쳥흐거날 강잉흐야 許락흐난
체흐고 두리 셔로 戲弄흐여 흐를 거리고 나려오던 거시엿다 즈러 압

〈48-앞〉

폐셔 엉금엉금 톡기 그 뒤여 싸불싸불 원로희변 나여올 졔 져근너 靑山 바
회 밋데 원첨지 니다르며 이익 톡기야 네 어디을 가난야 톡기 디답흐되 온
야 나난 水國 간다 어허 니 子식 어리도다 옛 일을 모로난야 칼 잘 씨던 衛
人 荊卿도 易水寒風 슬픈 로릭 드러보라 壯士一去 後의 다시 오지 못흐고
千秋원혼니 되여 잇고 楚懷王의 몹실 팔즈 秦武關의 훈 변 가셔 도라오지
못흐고 소상야雨 綵雲간의 졔즈되야 우러 닛고 年年春艸 푸룬 풀은 王孫니
歸不歸라 톡기 너도 水國 가면 다시 오지 못흐리라 명나슈 지나다가 屈原
忠臣 만나거던 道德君子 猩獫知언 잘 잇다고 그 말 잔간 젼흐여라 톡

〈48-뒤〉

기도 万里 水國 먼먼 길의 드러가서 부디 부디 잘 죽어라 톡기 그 말 듯고
어허 그려면 가지 마지 원첨지 族長 안니네면 큰 일 날번 ᄒᆞ엿다 ᄒᆞ고 主簿
은 平安니 가시요 즈리 골을 풀젹 니며 ᄒᆞ난 말니 니 놈 너굴아 심스가 슌
天下 기아덜놈리로다 여보 兎先生은 가나 안니 가나 니 말 잠간 듯고 가오
져 놈 四寸 水獮니가 져 놈을 薦擧ᄒᆞ여 들러온 則 우리 龍王게 연품ᄒᆞ야 戶
曹參判 졔슈ᄒᆞ되 졔가 마다 ᄒᆞ고 訓鍊大將 졔슈도 마다 ᄒᆞ고 無任으로 잇
다가 쥬사쳥루의 放蕩ᄒᆞ고 有夫女 通간을 無슈니 ᄒᆞ고 戶曹돈 三万양을 도
젹ᄒᆞ야기로 우리 大王 알으시고 잡바드

〈49-앞〉

려 죽려 ᄒᆞ다가 다시 싱각ᄒᆞ시고 他國 人物乙 죽기면 무어시 上快ᄒᆞ랴 ᄒᆞ
시고 장 八十도의 졔 곳으로 증비出送ᄒᆞ엿더이 져 놈이 恒常 後悔莫及이라
ᄒᆞ던이 이졔 兄이 느을 짜라 水國 가면 조흔 벼살 할 쥴 알고 心術을 부려
ᄒᆞ난 말리오니 兎公은 다시 싱각ᄒᆞ소사 ᄒᆞ니 獮僉知 이 말 듯고 우리 中의
그러흔 者가 잇난가 ᄒᆞ야 有口無言ᄒᆞ고 가거날 톡기 獮僉知가 主簿의게 無
顏을 當ᄒᆞ고 가거널 보고 싱각ᄒᆞ고 ᄒᆞ넌 말이 獮僉知 말을 드려면 그 말이
올고 主簿의 말을 드르면 그 말이 오르이 양슈집병 難處나 ᄒᆞ유현이 로슈
ᄒᆞ니 安得상급이리요 즈리 ᄒᆞ난 말이 山中은 亂邦이라 亂邦不

〈49-뒤〉

居은 聖人의 겡게흔 말을 모으시요 톡기 答曰 아 글셰 가고난 시부오나 水
國 千里 먼먼 길으 一去消息 꼬쳐지면 그 안니 怨痛흔가 主簿 曰 옛 일을
모로시요 孟子게셔도 不遠千里而來 ᄒᆞ야 梁惠王을 보시고 呂尙도 文王을
짜라 드러가서 貴이 되고 百里도 秦穆公 짜라 秦國 가서 貴이 되여시이 兎

公도 나을 싸라 우리 水國 가셔 貴이 되 쥴 어이 알가 톡기 이 말을 듯고
흔가지로 가기을 請ㅎ거날 즈리 許諾ㅎ고 셔로 읍셔거이 뒤시거이 흘닐흘
닐 날려가셔 南海水邊 다다르이 景介도 조흘시고 五湖蒼浪 돗단 빈난 되용
되용 쩌나가난 거시 閑居

〈50-앞〉

ㅎ고 楚江漁夫 風月 실너 가난 비요 泛泛中流 노난 거션 雙雙白鷗 놉피 써
셔 或出或沒 ㅎ난 거시요 蕭蕭秋風송안군ㅎ니 울고 가난 기러기라 너 어디
로 向ㅎ난야 萬壑千峯 지나거던 울이 붓임 鸚鵡시 만나거던 白雲靑山 노던
톡기 碧海水國 가더라고 그 말 부디 傳ㅎ야라 遠海風浪 三萬里 太山 갓치
것둥구려 졔근너 병풍셕의 쌍 마주쳐 우루렁 츌넝 부드치이 톡기 쌈적 놀
니여 이고 이익 이 물 바라 나을 덥넌다 면셔 흔속금 쒸다가 이고 졔밀할
이니 몸이 水國 가셔 龍이 된더도 게 갈 바삭이 아덜놈 읍소 ㅎ고 主簿 平
安이 가시요 ㅎ니 主簿 大怒ㅎ

〈50-뒤〉

야 쑤지져 曰 방장맛다 져 톡기야 혈북ㅎ다 져 톡기야 妖罔할ㅅ 져 톡기야
호의 만타 져 톡기야 知識 읍다 져 톡기야 네 목슘 실낫 가치 朝夕間의 잇
난 쥴을 네 모로고 이 곳졀 太으로 싱각ㅎ니 이달고 怨痛ㅎ고 불상코 可憐
ㅎ다 네 상을 다시 보니 옥안기즈모골기ㅎ니 廣眉大口인즈격라 ㅎ여시이
이 골격이 쳥슈ㅎ야 인즁이 쌀너시이 읏지 臥席從身ㅎ리요 톡기 그 말을
듯고 疑感ㅎ야 가만이 솔입펼 쩌여 인즁을 건쥬어 보이 비녹능슈을 즈바시
ㄴ 쥐고 남져지가 읍난지라 톡기 그졔야 놀니여 다시 問曰 인즁이 쌀나도
水國의 드러가면

〈51-앞〉

或 壽도 ᄒ고 ᄯᅩ 슈厄도 免할리잇가 主簿 對答ᄒ되 우리 水國의 數百歲 壽
도 ᄒ고 벼살이 一品의 인난 者도 그디 보더 ᄒᆫ 치나 읍난 인즁니 無數ᄒ니
일로 보와도 分明ᄒᆫ 世界라 밋지 못ᄒ거던 니예 인즁을 보라 니너 像을 가
지고 人間의 잇시면 벼살언 말도 말고 목슘을 웃지 이ᄲᅥ쩌지 保全ᄒ엿실까
일로 보와도 分明이 그디예 薄福ᄒᆫ 타시로다 이 곳졀 樂地로 알고 지너니
그도 인즁이 쌀은 타시로다 갈야거던 가고 말야거던 말거시요 그더을 우리
水國 가셔 貴이 된덜 니게 字關字 읍시이 증 실거든 그만 두러라 예 이 슌
톡쌍이 갓튼

〈51-뒤〉

잠연셕 네 어밀 붓고 디명을 갈 연셕 너을 다리고 말ᄒ난 니가 슌 天下 잠
놈의 아덜연셕이로다 네 목슘이 今日 午時 前의 金炮手 날닌 鐵의 兩眉間
을 탕 마져 쥭으리라 톡기 쌍장 쒸며 曰 안이 여보 水國의난 총이 읍단 말
이요 水克火라 ᄒ이 웃지 총이 잇단 말이요 톡기 두셰 변 水克火 水克火 이
거 보던이 아참 그러ᄒ건넌데 ᄒ며 웃쌀고 어 졔밀 붓틀 거 大丈夫 쥭을지
연졍 親曰의 말을 듯지 안이 ᄒ리요 ᄒ고 이졔난 疑心읍시 갈 거시이 쥭으
나 스나 항게 가셰 主簿 그계 大喜ᄒ고 등의다 업고 落日西山 히 쩌러짓덧
물의 풍덩 쒸여드러 万頃蒼波 風浪 中의 泛泛中流 가난 양언 븜소군이 셔
시 싯

〈52-앞〉

고 오호연월 차져가듯 求藥ᄒ던 秦始皇이 方士 徐市의 말을 듯고 同男童女
五百人을 돗더읍난 당두리船의 가듀이싯이 蓬萊山을 치져가듯 或出或沒 나
려간다 톡기놈의 그동 보소 두 눈을 쌍그락게 부릅쓰고 ᄒ난 말이 이고야

氣 막켜 나 죽써다 노와다고 숨 막켜 나 죽써다 노와다고 귀의 물 드러 나
죽써다 노와다고 主簿 이른 말이 어허 이 놈 잡말 마라 입의 찬물 드러가면
질계 죽으리라 ᄒᆞ니 톡기 눈을 꽉 쌈고 니을 박박 갈며 즈리 등의 엽드려
물소리예 肝臟니 다 녹난 듯ᄒᆞ야 겨딀 슈가 읍셔 精神만 슈습ᄒᆞ고 가만니
업드려더이 이

<h2>〈52-뒤〉</h2>

윽ᄒᆞ야 물소리 끈어진니 主簿 曰 니이 톡기야 눈 써 바라 ᄒᆞ니 톡기 반겨
눈을 벼젹 써셔 四面을 살펴보니 蒼浪언 쥬졍ᄒᆞ고 졍의연소ᄒᆞ니 완然혼 別
乾坤니라 南大門 다다르니 守門장 도롱용니 옹위ᄒᆞ고 三層門 우의 黃金 大
字로 싁겨시되 경화水宮 디안門니라 현판을 두려시 붓쳐난디 東편을 바라
보니 요간 부상 三百尺의 금계계파일홍니라 南便을 바라보니 우야묘지왕모
당의 一雙靑鳥向人啼라 西便을 브라보니 堯之日月니요 舜지건곤니라 北便
을 바라보니 납납건근大혼데 죡슈난 진경도요 靑雲은 洛水橋라 톡기 그제
야 마음니 황홀ᄒᆞ야 主簿

<h2>〈53-앞〉</h2>

의게 스예ᄒᆞ되 인졔넌 보니 兄의 말삼니 참 허사가 안니로다 우리 世上의
니려혼 곳지 힌쌀의 뉘만치만 잇셔도 간디도록 니련 구찬혼 거금을 안이
할 거셜 여러 히 곳싱ᄒᆞ다가 니졔 仙경을 귀경ᄒᆞ니 고진감니요 웃지 깃부
자 안니 ᄒᆞ리요 이졔난 富貴貧賤니 兄의게 잇스오니 조흘 도리로 薦擧ᄒᆞ오
주부 안마음의 닝쇼ᄒᆞ고 예셔 기다니라 니 드러가 訓鍊大將 교지臥 玉교子
을 니보니리라 톡기 曰 百난之中의 待人난이라 ᄒᆞ니 부디 速速히 보닉시요
그리ᄒᆞ라 ᄒᆞ고 브로 闕內의 드러가 龍王게 伏地혼디 龍王니 반겨 問曰 近
海 三万里乙 無事니 往來ᄒᆞ고 톡기을 즈바 완난야 주부 曰 디령히

〈53-뒤〉

여난니다 龍王니 大喜ᄒ야 밧비 ᄌ바드리라 ᄒ신ᄃ 주부 다시 엿ᄌ오ᄃ 톡
기예 쇠난 三國젹 조조의 쇠버더 三百비나 더ᄒ오니 븜연니 ᄒ야션은 잡지
못ᄒ리다 ᄒ니 廣利王니 젼교ᄒ되 都감 炮手 三千名果 포쳥 軍士 三千名을
무발ᄒ야 靑사 紅사 오라줄을 가지고 一時의 나오난ᄃ 쳥도 ᄒ 雙 나발 ᄒ
雙 영기 ᄒ 雙 고각 ᄒ 雙 마쥬ᄃ ᄒ 雙 뒤쓰려져 나오면셔 방포一셩니 탕
ᄒ니 톡기 니쩌 니졍 消息을 탐지코ᄌ ᄒ야 뒤짐을 걸더집고 금호門 박게
셜셜리 근일면셔 군소리 ᄒ고 단니면셔 어허 그 집 잘 지엇다 나도 올를 볏
덤 訓鍊大장 ᄒ면 金冠조복

〈54-앞〉

ᄒ고 이 門을 단일렷다 오리지 안니ᄒ야 訓鍊大將 교지와 玉괴子가 나올렷
다 ᄒ고 뒤짐 지고 근일 져게 不疑의 탕 소리가 나니 톡기 쌈짝 놀니여 잇
커 니 거시 무슨 소린고 ᄒ면셔 마음니 不平ᄒ야 ᄒ난 말니 水國의난 총니
읍다더니 총소리가 世上버덤 三百비나 더흔 총소리가 웃지ᄒ야 나난고 ᄒ
면셔 기와장을 덜시여 덥고 가만니 엽드려시니 主簿 슈卒乙 거날니고 나와
보니 톡기 간 ᄃ 읍거날 己往 톡기예 얏튼 쇠을 아난 고로 뒤짐을 딜머지고
도라단니면셔 ᄒ는 말리 단비ᄌ언 無복者라 인즁이 쓰어거던 무슨 福니 잇
시리요 ᄒ고 軍士더러 웨여 曰 시로 졔슈ᄒ 訓鍊大將 兎公은 어ᄃ 가신야
톡기 이 말

〈54-뒤〉

듯고 일변은 반갑고 일변은 겁니 나셔 쥬동니만 니여 노코 나 여셔 뒤 보신
다 익커 져기 톡기로다 어셔 밧비 ᄌ바 가ᄌ ᄒ며 여려 놈 달여드니 톡기
놈의 그동 보소 앗다 잘 속난다 나가 톡기 안니라 그려면 네사 무어신야 富

者집 마당가의 도적 지키넌 기다 기면 더옥 조치 六月 三伏의 너을 즈바 肉
기장니 조타더라 앗다 니가 기도 안니다 그려면 무어신야 소다 소라니 더
옥 조타 육산포님 桀紂의도 너 안니면 소복ᄒ랴 져 소 밧비 즈바 소복ᄒ즈
이고 내가 소도 안니다 안니면 네가 무어신야 암만히도 니 안니 가리쳐 쥬
거다 다시는 안 즈바 각세 브로 일너라 응 공죵 안니히 우리가 作난혼 브라
그리신니 참 녜가 무어신야 브로 말니지 니가 참 말

〈55-앞〉

니다 네가 말너라 ᄒ니 져 말 밧비 모라가즈 일단션풍도花色언 위졀도의
젹토馬라 두 귀을 덥벅 잡고 이러 니 말 어서 가즈 혼 軍士 니다르며 그만
두고 드러가즈 兎先生 읍난 거셜 어디 가셔 츠리지요 악갑다 兎先生 우리
大王 젼교ᄒᆞ스 訓鍊大將으로 부르시되 兎公니 읍신니 웃지 안니 원통할가
ᄒ니 그 말니 分明ᄒ면 니가 톡기다 ᄒ니 여려 놈 一時에 달려 朱紅사 오라
쥴로 四肢을 잔득 묵거 마쥬디 슷데다 싹꾸로 쏘여 들고 드려간니 톡기 曰
이거시 玉교아 온아 玉교다 올치 水國은 地下라 발니 우로 딘니넌구나 온
야 그려타 여려 놈니 메고 드려가셔 靈德殿 너른 마당의 혼 번 니동뎅질 쳐
셔 즈버드러 ᄒ난 소리에 宮궐니 뒤눕넌 듯 ᄒ거날 廣利 曰

〈55-뒤〉

과人니 빙니 드러 百약니 無效ᄒ야 累月 신음던이 靑衣도사 나려와셔 執脉
ᄒ고 ᄒ난 말니 塵世上의 톡기 肝을 求ᄒ야 먹으면 卽時 快差ᄒ리라 ᄒ기
로 死中求生 計구을 내여 주부을 압숑ᄒ야 너을 즈바와신니 너가 無罪혼
쥴은 아나 과人의 一身니 너와 달너 万一 不幸ᄒ면 一國 臣民 保全키 으러
올 쥴 녜덜 안니 짐작할야 네 一身이 죽은 後의 과人니 살어나면 一等忠臣
네 안니야 별달니 사당 짓고 千万年니 다가도록 春秋항화 끈지 말면 殷나
라 比干니臥 漢나라 紀信넌덜 네예셔 더할손야 죽로라고 스러마라 톡기 氣

가 막켜 ᄒ난 말니 웬 흉惡ᄒ 잠놈의 쬐의 ᄲ져셔 죽을 고의 와구나 猿儉知
의 말삼니 참 明談이라

〈56-앞〉

ᄒ고거날 龍王니 ᄒ교ᄒᄉ 武士을 불너 水國의 드넌 칼로 져 톡기 비 갈너
라 ᄒ니 武士 달여드러 톡기야 네 누어라 비 갈느즈 ᄒ니 톡기 기가 막켜
쌍쌍 쒸이 武士 曰 아 가만니 잇시면 조치 톡기 눈만 쌈작니며 헐젹 너른
靈덕殿 쓸 우의 던진더시 홀로 안즈 百〇思之 싱각ᄒ니 지양니 촉번의 進
退有谷니라 千万가지로 싱각ᄒ되 無可奈何라 愚者千慮의 必有一得니라 ᄒ
쬐을 싱각ᄒ고 톡기 當突니 나안지며 恭遜이 디답ᄒ되 殿下 하교 니려텃
감축ᄒ오니 小兎 百 番 죽ᄉ와도 玉體 곳 平부 ᄒ압시면 웃지 살기을 도모
ᄒ고 웃지 죽기을 시양ᄒ오잇가마난 一生一死넌 自古在天니라 웃지 죽은덜
怨痛타 ᄒ리요

〈56-뒤〉

마난 그러치 안니ᄒ ᄉ졍니 잇ᄉ오니 통촉ᄒ옵소셔 太山이 崩頹ᄒ고 五星
이 암암할 졔 실갈 노리 소라예 億兆蒼生 뉘 안니 질기리요 탐虐ᄒ던 商紂
桀니 比干니 비 속의 七竅이 닛다 ᄒ와 比干의 비을 갈너본니 일곱 궁기 잇
삽더지 小兎예 비을 갈나 肝니 닛시면 조커니와 万一 肝니 읍시면 空然而
殺生만 되고 積惡만 될 테니 大王은 통촉ᄒᄉ 살니소셔 廣利 曰 니 놈 姦邪
ᄒ 말니로다 古書의 ᄒ여시되 비슈病則 口不能言니요 肝슈病則 目不能見이
라 ᄒ여신니 肝니 읍고 웃지 눈을 본단 말니야 톡기 엿즈오더 小兎의 肝은
望出晦入ᄒ와 初一日로 望日꺼지 精潔ᄒ 곳졔 너여걸어 아참 니실 날빗치
며 밤셔리

〈57-앞〉

달 精기을 無數이 쏘여짜가 十六日로 晦日꺼지 本경의 드려글고 심신을 안
정후고 生産을 정영후기로 世上의셔 리은 바 望月兔라 후나니다 그력키예
神農氏 상百초 中의도 第一인 쥼 世上의셔 다 알기로 病든 니가 잇셔 小兔
게 通기만 후면 시용후거던 후물며 殿下 病患의 씨실 쥴 아라더면 自청후
여 드러올 거셜 이달올ᄾ 벌주부야 怨통할ᄾ 벌주부 호疑 만타 벌주부야
本事을 기망후고 안니 올가 염여후여 誘人케만 위쥬후니 잇써너 望前니라
行裝니 促迫키로 너여 둔 肝을 가져오지 못후여신니 말미을 쥬옵시면 주부
을 안동후여 小兔의 肝 둔 곳졔 가셔 그티야 小兔의 肝쑨니 안니라 친구의
게 널이 求후여 肝셥

〈57-뒤〉

니나 드려오리다 후니 어허 니 놈 당치 안인 말 후지 말라 五장六보라 후난
거션 人牛禽獸 一般니라 티싱의 긴 거셜 임意로 出入혼단 말니 當初의 가
믈찬다 이 놈 너갓치 미부혼 거시 妖罔혼 말로 當突而 誣訴후니 쥭거도 功
니 읍시리라 후고 武士을 호令후야 國門 박계 ᄌ버너여 비 갈르라 분부가
至嚴후되 톡기 안色을 不變후고 다시 쑬러안ᄌ 엿ᄌ오디 小兔가 쥭기을 두
려위 후미 안니오라 殿下 玉體 平복지 못후시면 不상혼 목슘만 쥭ᄉ오니
古書의 후여씨되 一婦呼言의 五月飛霜니라 후엿시니 殿下 졍치 니 안니 송
상후릴니가 小兔가 肝 出入후난 表可 잇ᄉ온니 下察후옵소셔 廣利 曰 무슌
表可 잇난

〈58-앞〉

야 톡기 奏曰 밋구역니 시시온디 혼 구역으로난 大변을 보고 쏘 혼 구역은
小변를 보옵고 쏘 혼 구역은 肝을 쩌로 너고 드리난○ 밋지 못후거던 믹구

역을 下감ᄒ옵소셔 廣利 怪異 여겨 갓기이 오라 ᄒ야 본 則 果然 시시거날 廣利 問曰 肝을 어디로 너고 드리녓야 톡기 염여읍시 디답ᄒ되 닐 ᄶ녓 밋 구역으로 너고 드일 ᄶ녓 입으로 싱커온디 天地五行之기을 應ᄒ와 出入ᄒ난니다 三八木 東方 靑기臥 二七火 南方 赤기臥 四九金 西方 百기臥 一六水 北方 黑기臥 五十土 中央 黃기臥 天地陰陽之氣臥 四時 五行 日月 光彩 아침 안기 젼역 니실을 交合ᄒ야 너고 드리녓 故

〈58-뒤〉

로 世上 약 中의 第一 이지요 廣利 曰 그러면 ○上의셔 네 肝으로 效음본니가 或 더러 잇난야 톡기 廣利王니 닌 말을 惑ᄒ난 줄을 알고 신기ᄒ여 더옥 天然실니 안져 말을 ᄒ던 거시엿다 일으거던 들여보오 小兎의 父친이 風景을 조어ᄒ여 遊山遊水 ᄒ올 져게 汾陽水邊 조분 길로 앙금 쌀쌀 도라가다가 소졍의 믹기러져 낙포 물의 풍덩 ᄲ져 거으 죽게 되엿더니 漢武帝 東方朔이 一葉片舟 즈븟타고 求仙할 ○○기다가 우리 父친 살여기로 그 은 惠 感檄ᄒ여 肝을 스푼 죵 쥬엇던니 東方朔니 바다먹고 三千甲子 살어 잇

〈59-앞〉

고 그 前에 肝을 너여 月彩을 쏘나다가 火德이 衰盡ᄒ여 공갑니 음亂ᄒ야 狂風陰氣 기졀기로 渭水의 당귀 노코 휠넝헐넝 씨실 젹의 窮八十 姜太公니 그 물 빗쳘 짐작ᄒ고 표쥬박으로 넌짓 쓸너 그 물 덤벅 ᄶ셔 셰 모금을 마셔던니 達八十 더 살 젹의 彭祖가 그 말 듯고 山中으로 츳ᄌ와셔 젼조단발ᄒ고 신영百모ᄒ고 千日山祭 至誠으로 지닐 젹의 졔 精成이 至極키로 肝 半푼죵을 쥬어더니 바더먹고 八百年을 더 산 고로 所聞이 자자ᄒ야 男女老少 上下읍시 小兎을 츳ᄌ와셔 빙든 父母 살니읍게 肝 소금 빌니소셔 獨身家長 살이읍게 肝 조곰 빌니소셔 三代獨子 외아덜이 거의 죽게 되얏신니 졔발 덕분 肝 조금 活人

〈59-뒤〉

호소 층양니 비난 소리 실로 민망호올 젹의 玉皇上帝 쑤지져 曰 너은 웃더
호 놈니게 肝을 가지고셔 天命을 쏙쏙 살어니니 니 놈 너는 쳔리을 그릇호
난 놈니로다 호고 걱졍니 위즁호시기로 마음을 쑤지져 머고 事졍니 읍습더
니 니졔 大王게압셔난 南海 龍宮을 누리야고 멍을 할양읍시 틋스오나 偶然
니 빙니 기펴 死生의 當호여신니 기상을 다시 보온즉 벽뇌츄쳔의 문우변화
지흉걱니온니 小兎에 肝을 들릴 박게 슈가 읍고 쏘호 원 보치로 잡슈시면
不老長生호와 無빙强力호옵고 쏘호 신기은 싱바람 壁을 뚤소리다 호니 廣
利王 그 中의 신기 조탄 말을 듯고 조와호야 左右 諸臣을 도라보며 갈오디
兎先生 말심니 그러호니 世上의 니노와 보니라 호시더라

단국대 나손문고 수장 낙장 35장본 〈토끼전〉

　　단국대학교 율곡도서관에 소장되어 있는 국문 필사본이다. 표제는 낙장되어 알 수 없으며, 1면의 내제는 "토끼전다"라 되어 있다. 크기는 가로 19.5cm, 세로 21cm이다. 매면 12-17행, 매행 16-19자 정도이며, 총 35장 69면으로 되어 있다. 처음 몇 장은 1-2 줄 가량만 남고 잘려나가 내용을 파악할 수 없는데 온전히 내용을 파악할 수 있는 처음 부분이 "○○는 양목이 상쳔ㅎ고 외골니 육 고히ㅎ다"로 사신 논란부터 나타나는 것으로 보아 앞 부분이 상당 분량 낙장된 것으로 보인다. 필체로 보아 두 사람에 의해 필사된 것으로 여겨진다. 마지막 장 69면에 "으류연 이월 초의 흘게 뻿긴 칙이라"라는 필사 연기가 기록되어 있다. 이 책의 필사 시기는 을유년(乙酉年)인 1885년으로 보인다. 별주부의 사신택출은 도사의 지명으로 이뤄진다. 우생원만남 삽화와 암자라동침 삽화가 들어 있다. 모족회의 대목에서 두더지가 등장하여 호랑이에게서 별좌를 얻어낸다. 토끼가 변심하자 호랑이를 대신 데려가겠다고 회유하는 대목이 들어 있다. 토끼의 그물위기 극복과 독수리위기 극복이 모두 들어 있다. 토끼를 놓친 용왕은 죽음을 맞이하며 별주부는 소상강에 피신하였다가 수궁 소식을 듣고 자결한다. 원본은 단국대학교 율곡도서관에 소장되어 있다.(청구번호 ： 古853.5/토2436)

단국대 나손문고 소장 낙장 35장본 〈토끼전〉

(앞부분 낙장)

〈1-앞〉

○○는 양목이 상쳔ᄒ고 외골니육 ○히혼다 형용이 그러키로 즁졍이 허박
ᄒ며 어려온 일 둥두ᄒ면 엽거름 일숨고 안광이 부족ᄒ야 시풍니 얼는ᄒ면
지쳑을 모로ᄂ니 허명은 놉파쓰ᄂ 실슝은 쓸 곳 읍고 요약즁군 방어는 골
ᄃ육○ ○○ 잇고 괴로운 일 ○○○○○○○○○ 부러고 정신이 ○○○○
○○○○○○ 모로즈고 틱학ᄉ 오젹어는 문필니 유려키로 먹통을 가져쓰ᄂ
우쥴ᄒ고 약질리라 크게는 쓸 디 읍고 발호즁군 고러는 심슐리 불양ᄒ고
긔슝니 음춤ᄒ야

〈1-뒤〉

목젼의 어룬 업고 살싱만 일삼으니 도로혀 우환이라 힝실이 그러ᄒ니 슈외
의 바려두고 경목공 가즈미와 졀치공 복젼어는 불회가 막심ᄒ니 인군을 어
이 알며 디구령 머역이는 욕심이 과ᄒ기로 음식으로 유인ᄒ면 불분ᄉ싱 달
려들고 ᄂ라 일노 불여보면 샌져나기 잘도 ᄒ니 ○○○ 쓸 디 업고 그 나문
신○○○○○○○○○ 잇○ 금번 ᄉ신 몸의 디왕의 싱ᄉ와 국가○○이
달려ᄉ오니 가즁 두렵고 큰지라 본다시 항우 갓튼 긔력과 공밍 갓튼 긔야
라니과 소진 갓튼 구변과 즈방 갓ᄒ 변통을 겸ᄒ 신ᄒ희야야 능히 디ᄉ룻
당 맛길 거시요니 노인의 소견의는 쥬부 ○○○○○○맛당홀지라 쥬부

〈2-앞〉

눈 약방 졔죠라 더왕 병즁의 거힝ᄒᄂᆞᆫ 거슬 보오니 마암니 상신ᄒ고 진퇴
영니ᄒᆞᆸ고 ᄯᅩ 등의 갑엇슬 입어스니 시젹을 폐홀 거시요 눈이 누루고 ᄉ
족이 완실ᄒᆞ니 힝보의 넘여읍슬 거시요 니가 견강하니 철셕이라도 너ᄒ면
부셔질 ○○○ 비의 님군 왕ᄌᆞ을 써쓰니 명이 즁○○ 거시요 목을 님으로
출입ᄒᆞ니 원○○ 줄 살필 거시요 비간의 비가름과 역싱 펑함을 보고도 졀
기 변치 으니홀 거시오니 졔신 즁 읏씀니라 그 밧긔 보니 리 읍ᄉ오니 더왕
원 노부의 말을 헛도이 싱각 마

〈2-뒤〉

마르소셔 농왕니 더ᄒ며 쥬부을 갓가니 불너 손을 줍고 왈 죠졍 더신이 드
경의 ○략을 모로되 오직 션싱니 알아 츤거ᄒ시니 경니 과인을 위ᄒᆞ야 ᄒᆞᆫ
번 수고을 앗기지 아니ᄒᆞ면 셩공ᄒ고 도라온 후의 일품 강노의 충후을 봉
○ᄒᆞ야 ○○○온 일홈을 후셰의 젼케ᄒᆞ리라 혼○○○ 부 복지쥬왈 쇼신이
무삼 지략이 잇셔 이러혼 즁임을 감당ᄒ오릿가 그러ᄒ오나 하교를 읏지 ᄉ
양ᄒ올잇가 농와이 더희ᄒᆞᆺ 틱일ᄒᆞ여 쥬부를 보닐 시 존치를 비셜ᄒ고 친
이 잔을 잡아 위로 왈 경이 말이타국의 가 공을 일위고 무ᄉᆞ이 도라와 과인
의 목슘을 ○○

〈3-앞〉

○○○○ 잔을 잡고 츄연ᄒᆞ여 쳔은을 감축 후의 도ᄉᆞ긔 뵈온더 도시 우어
왈 그더를 더여 부탁ᄒ거니와 일즉 토ᄭᅵ를 보지 못ᄒᆞ엿슬 거시니 비록 만
ᄂᆞᆫ들 엇지 알니요 ᄯᅩ 셰상의 두려운 거시 범이라 승품이 밍열ᄒ고 용녁이
무쌍ᄒ이 ᄉ불여의ᄒ면 잇던 졍도 몰나보니 이는 임시ᄒᆞ여 ᄒᆞ려니와 그 두
가지 짐싱의 형용을 글여 가지고 빙쥰ᄒᆞ여 쇼홀홈이 업게 ᄒ라 인하여 ○

공을 불너 두 형용을 그리른 ᄒ니 화공 ○○을 듯고 유록 도홍 셔쵹 단쳥을
디황모 무심필을 즁허리를 넌짓 풀어 디장지를 펼쳐 노코 이리져리 그려닐
졔 두 귀 쫑긋 두 눈 동골 입은 쎄쪽 코ᄂ 빡곰 쏘리 몽톡 킈ᄂ 살망 압ᄃ
리 딩공 뒷ᄃ리

〈3-뒤〉

살망 인즁은 즈르고 털은 모이니 이ᄂ 토씨요 멀이ᄂ 팔십 노승이 숑낙을
쓰고 은즈 죠으ᄂ 듯ᄒ고 눈은 경쇠녜 도금ᄒ 듯ᄒ고 허리ᄂ 아방군 들보
갓고 발은 쥬추돌 갓고 머역줄기 바독 졈의 쏘리ᄂ 무지기 션 듯 ᄒ고 안진
그동은 금각손 ○암괴셕니 운무즁니 소슨 듯ᄒ고 ○○이 밍열ᄒ야 이른바
순군니라 주부 븟더 품의 품고 하직ᄒ 츠의 홀년 도ᄉ 간 디 읍거늘 놈왕니
그 홀홀ᄒ믈 못니 치ᄉᄒ더라 잇쎄 쥬부 흥중을 수습ᄒ여 국문 밧긔 ᄂ셔
며 물머리을 혀여 줍고 범범즁뉴 놉피 쩌셔 압발노

〈4-앞〉

헤우치며 뒤발노 미러치며 물가의 다다러셔 ᄉ면을 살펴보니 인젹이 고요
ᄒ디 ᄋ모란줄 모롤너라 방쵸간의 몸의 슘겨 산슈풍경터니 샹봉셕양쳔의
ᄒ 짐싱이 날여온다 머리 우희 쓸이 ᄂ고 고리눈 각발의 털빗츤 황금갓고
신쳬가 장디ᄒ여 흐늘흐늘 뵙시 업게 ᄂ려 온다 쥬부 온 마음의 헤오디 져
긔 오ᄂ 거시 토씨도 ᄋ이○○ 범도 안이라 그 셩명을 ᄋ지 못ᄒ니 디장뷔
왕명을 밧즈와 이 곳가지 와셔 엇지 두려워 ᄒ리요 ᄒ모리커나 그 슈쟉을
들으면 알니다 ᄒ고 산요의 거러셔 쇼리ᄒ여 왈 져긔 오ᄂ 져 분 잠간 무를
말이 잇ᄂ이다 그 짐셩이 괴이 넉여여 왈 그디 뉘신잇가 쥬뷔 답 왈 나ᄂ

〈4-뒤〉

답왈 나ᄂᆞᆫ 우 져 근너 ᄉᆞᄂᆞᆫ 우싱원이라 ᄒᆞᄂᆞ이다 쥬부 왈 ᄂᆡ 일즉 셔화ᄂᆞᆫ 들어건이와 뵈ᄋᆞᆸ기 ᄒᆞ상견지만야오 우싱원이 답 왈 형의 직함은 죤귀ᄒᆞ 쥴 아라건이와 엇지 이간의 오시잇가 쥬부 답 왈 ᄂᆡ 비록 슈부의 잇ᄉᆞ오나 인간의 친구 만키로 날모다 상봉ᄒᆞ옵던 이졔 토셕ᄉᆞ의 편지를 보고 오날 이곳○ 만나 ᄒᆞᆫ번 쇼충이나 ᄒᆞ랴 ᄒᆞ엿던이 두로○ᄌᆞ만나지 못ᄒᆞ엿스니 노형은 혹보아 겨신잇가 우싱원이 왈 토셕ᄉᆞ의 셩명은 들어ᄉᆞ오나 츌입이 둘으기로 상면치 못ᄒᆞ엿신이 엇지 ᄋᆞ올잇가 쥬부왈 노형의 신슈 져ᄃᆡ지 장ᄃᆡᄒᆞ고 ᄇᆡ가 져리 크오니 지식이남○○더ᄒᆞ여 셰상만ᄉᆞ의 모롤 것 시 업슬

〈5-앞〉

가 ᄒᆞᄂᆞ이다 우싱원이 본ᄃᆡ 무식ᄒᆞ여 헛비만 불너쓰나 쥬부를 젹게알고 우ᄒᆞᆫ 마음의 ᄂᆡᆼ쇼ᄒᆞ고 왈 셩인이야 능지 셩인이니 형은 진실노 지인지감이 잇도다 쥬부 문 왈 형이 토셕ᄉᆞ와 츌입이 달으ᄃᆞ ᄒᆞ오니 형은 인간의셔 쇼업이 무엇신이잇기 우싱원이 앙쳔탄 왈 말슴을 ᄒᆞᄌᆞᄒᆞ면 실노 가삼이 막히여 답답ᄒᆞ여이다 우리도 실농씨 ᄌᆞ숀을 ○시교ᄒᆞ실 ᄯᅢ의 역산의 밧슬 갈고 그 길로 ᄅᆞ와셔 귀 씻ᄂᆞᆫ 영쳔슈를 들업ᄃᆞ ᄋᆞ니 먹고 산의 누엇던니 육산포님걸쥬시의 ○족을 ᄃᆞ 죽이고 졔션왕 보랴ᄃᆞ가 죽을 몸이 ○오살아 세상을 하직ᄒᆞ고 님쳔쵸야 슯은 날을 무심ᄒᆞᆫ ᄉᆞ람들이 심상이 ᄋᆞ니 보고 삽

〈5-뒤〉

갑드란 삭기쥴노 목을 얼거 거러ᄆᆡ고 남글 휘여 코를 ᄭᅰ여 이리져리 모ᄅᆞᄃᆞ가 ᄇᆡᆨ묘젼 갈ᄋᆞ갈 졔 ᄒᆞᆫ 번 곳 실슈ᄒᆞ면 우독ᄒᆞ두 발질길노 한두ᄡᅧ를 ᄂᆞ리ᄎᆞ니 오ᄌᆞ셔의 ᄭᅱ염질과 쵸ᄑᆡ왕의 당길심도 쇽졀읍시 긔지ᄒᆞ여 눈을 감고 업더지니 일분 안정 ᄇᆞ이업셔 도우탄을 즉시○불너 두피족을 각각ᄂᆡ여

쳔츠졔 후디신슈○ 우리 고기 포식ᄒ고 쌀을 쩨여 활 붓치고 가○으로 북
메우이 니 혼 몸의 잇는 것시 온이 쓸 디 읍건마는 니가 갈어 졔가 먹고 날
잡○셔 졔 먹으니 용망비간 구든졀긔 공밍즈의 거록혼 덕 싱젼의 어질기로
스후까지 악씨는디 니 혼 몸은 무슴 죄로 괴로이 지니ᄃ가 ᄂ죵의도 그룻
죽노 민승쳔즈 어이 허 니 ○니먼 놉ᄂᄒ며 영웅호셜어ᄒ여 니 ○니면
귀ᄐ할가 오복즁의 귀혼 거시 슈부○ 남지라 경젼식 ○니 ᄒ면 복 잇ᄃ고
부즈○○○날을 잡어 져 먹으니 젹숑즈 여동빈○○○

<h3 style="text-align:center">〈6-앞〉</h3>

○니 먹고 육시죠츠 멀니 ᄒ되 장시불○○○여쓰니 밧갈기 가ᄅ칠 졔 니
○니면 뉘가할○ 신셰를 싱각ᄒ니 몸 둘 곳지 젼여 업다 한심ᄒ고 가련혼
말 디강이나 드르시요 쥬부 둧기를 ᄃᄒ민 박장디쇼 왈 져리 웅장혼 싱원
이 죽기는 박식의 아들이요 우싱원이 고기를 숙이고 왈 형의 말슴이 당연
ᄒ여이다 노즁의 잠간 ᄆ나 졍회를 ᄃ 못ᄒ니 셔운ᄒ건니와 남아하쳐불상
봉이라 일후 ᄃ시보이○니다 ᄒ고 어디로 가는지라 쥬부 혼즈 우셔외○ 셰
상의 헛된 즈식도 보도다 ᄒ고 토씨를 ○즈갈 졔 쳡쳡쳔봉은 산이 되고 잔
잔계는 시니 되야 벽포강산총혼 물결 임즈읍는 갈머역이 구븨구븨 흘너가
고 쳔장만장 비류폭포의 시은하낙구쳔은 엿글의 도드럿쩌니 여긔와셔 보리
로다 긔암괴셕은 좌우의 굼니는 듯 졍졍독닙 창숑슷티 쌍빅학이 깃드리고
장디세

<h3 style="text-align:center">〈6-뒤〉</h3>

류 쳔만스는 여미인지요디로다 벽도화 쩔기 쇽의 죽공망혜 한가ᄒ다 흔늘
흔늘 거러가셔 암상의 츠즈올나 원근을 살피더니 쥬부 비록 슈부의 잇스나
힝장이 찰는ᄒ다 향스단귀 쥬머니 쥬홍당스 벌미돕을 괴탄음시 풀어 노코
빅통연죽삼동쵸의 부쇠쌀 얼는쳐셔 요○읍시퓌워 물고비 회고면 ᄒ며 토씨

죵젹○피더니 홀연 훈 곳 ㅂ륵보니 쳥계샹슈○의 왼갓 즘싱 모왓눈디 흰범 삼동표와 너구리 싱랑 약디 노로 스슴 집돗 묏돗 슈달 식양 원슝이며 토소 즁 토씨 ♀들 챠례로 모와 온져 디연을 비셜ㅎ고 질고 논일 젹의 연지위츳 닷톨 젹의 호랑이 상좌ㅎ니 너구리 이른말이 그디 ♀모리 풍치 비범ㅎ고 용녁이 졀눈ㅎ나 오날날 노롬의는 노쇼를 츳조 차례를 졍함이 올커눌 그디 한갓 강

<h3 align="center">⟨7-앞⟩</h3>

포만 밋고 연치 업시 임으로 상좌ㅎ눈다 호랑이 디로ㅎ여 쇼리질너 ㅎ눈 말이 니 셜영 연쇼ㅎ나 직품을 싱각ㅎ면 너의 무리 ♀니여눌 고금영웅호걸 덜도 날을 먼져 일너시니 요망훈 너의 연셕의 연치를 시양ㅎ고 엇지 디장 부라ㅎ리요 너구리 웨여 왈 오날날 내 잘이가 죠졍이 ♀니여든 웃지 직품 을 의논ㅎ리요 직품으로 말할진디 스품 죠흔 슌임군은 아비의게 효조되며 풍○흔 과운장은 형을 어이고졍ㅎ리 직품○거룩ㅎ고 풍치도 죠컨마는 불의 지스 ♀니ㅎ되 형이 유독 상좌할고 노형의 ㅎ눈 말이 구상유취 가이업니 호랑이 더옥 노ㅎ여 ㅎ눈 말이 그리면 니 느흘 들어보라 화산도스지단도쳔 일슈를 ㅍ훈 후의 세상을 귀

<h3 align="center">⟨7-뒤⟩</h3>

경튼가 눙티죠 일출시의 쳔명을 짐작홀 ㅂ독두어 니기할 졔 니ㄱ 거긔 밋 쳐ㄱ셔 싱스문을 훈슈ㅎ고 산곡간의 누엇더니 쥬렴계 츳조와셔 풍월을 희 롱ㅎ고 이쳔의 비를 씌워 회암으로 도라드러 쇼강졀 잠간 츳조 미릭스를 의논ㅎ고 인간흠○길을 명도씨 무러쓰니 니 느히 웃더훈요 너○ 디 왈 그 디 쇼 왈 그디 연치 조랑ㅎ는 말이 진실노 요동짜 돗치요 움물의 크고기로 다 웃지 디장부ㄹ ㅎ리요 노부의 연치를 들어보쇼 남야쵸당 츳조드러 계갈 공명 츳조보고 **최쥬평**과 셕광원은 쇼견이 부족키로 쥬경션싱 츳조가셔 거

문고 드른 후의 삼국풍진구경터니 관운장 오관참장 거록ㄷ ㅎ거니와 죠밍
덕 빅만딕병 적벽강의 진을 치고 비우의셔 시를 지어 월하○○

〈8-앞〉

ㅎ며 창을 잡고 희롱할 졔 동은 하구 셔은 무창 남은 번셩 북은 오림 쏘 져
편 ㅂㄹ보니 남병산 둘너시되 형용은 긔린이요 쳬셰는 병풍이리 슈구원슈
황진딕긔 옥경풍경 느러셧다 졍즁셔 구문약과 허져셔 황하후돈은 글귀 지
어 숑덕ㅎ고 투고 버셔 뵈이거늘 삼비쥬 셔로 난화 승젼고로 질겨놀고 화
룡도불쇼리의 죵젹을 잠간 숨겨 시졀을 평논터니 쥭님칠현 호걸 벗님 달을
씌고 도ㄹ와셔 풍월화답 ㅎ엿스니○ 디 ㄴ만 못할숀가 호랑이 비록 분ㅎ나
할 일 업셔 죠ㅏ를 허ㅎ거늘 너구리 상좌혼 후의 스승이 닙더 셔며 너구리
를 꾸지져 왈 앗글 의르기를 칙인즉명 ㅎ고셔 긔즉암이라 ㅎ엿스니 너를
두고 이음이라 너 가튼 용녈혼 것시 어루이라 즈칭ㅎ니 당돌ㅎ고 괴이ㅎ다

〈8-뒤〉

니의 ㄴ흘 들어보라 쥬문왕 영딕상 덕화로 노던 닐을 녁녁히 보왓시며 슈
양산 드러ㄱ니 고쥭군의 두 ㅇ들이 고마이간 도ㄹ와셔 치미가 슬푼 곡죠
츈흥이 덧읍거다 니구산 드러가니 슉양흘이 안씨녀로디 셩인을 나ㅎ랴고
산신긔 긔도ㅎ여 디셩지셩 탄싱ㅎㅅ 삼쳔졔즈 드리시고 힝단츈풍 근오쳔의
옛악ㅅ어 ㄱ라칠 졔 현가를 함긔 듯고 고쇼디월명야의음식야류○일 젹의
니가 거긔 쥬즈되여 풍월을 도와쥬고 홍망이 덧업기로 그곳즈로 니드ㄹ셔
회음셩ㅎ 츠즈가니 한신이 낙시쥴의 쵸한건곤 어디민고 표모의게 밥을 빌
고 도즁쇼년 진욕할 졔 영웅인쥴 그 뉘 알니 니가 혼즈 벗지 되고 구의산
놉히 올나 풍지을 살피던니 계명산 츄야월의 장즈방의 옥쇼 쇼리 잠든 피
왕 놀니거다 졀디가인 피를 울고 팔쳔졔즈 어이ㅎ리오 츄마목이 메고 오강
졍장 지쵹할 졔 니 졍녕

〈9-앞〉

보왓스며 빅뇽퇴 올ᄂ가니 왕쇼군이 츌○할 졔 기입 슈건 눈물 씻고 옥빈
의 김이 끼여 박명쳡을 한튼ᄒ고 한쳔ᄌ를 원망토강쥭은 후원이 깁퍼 무덤
우의 푸르 풀이 장부심장 ᄃ 셕인다 퐁혜쥬과 져물츠려 호국고혼 위로ᄒ니
너의 ᄂ흔 웃더ᄒ고 너구리 할 말 읍셔 ᄌ리를 허ᄒ거늘 원승이 넙더 셔며
사슴을 ᄭ지져 왈 요망ᄒ 놈이 어린 ᄋ희를 ᄃ리고 연치를 ᄌ랑ᄒ니 우슙
고 분ᄒ도다 너의 나흘 들어보라 오십년 치불치를 미복으로 알고 착져이음
○○젼이 식격양가 드럿슬가 강구연월 티평시졀 긔상을 그렷스니 일쳔지하
목금슈 계력인들 업슬숀야 우로 즁의 잠긴 몸이 즁화일월 ᄃ시 만나 경녀
산 ᄑ호 후의 남훈젼 오현금을 월하의 비겨ᄐ니 팔원팔기 츔을 츄고 경운
경셩 빗치놀 졔 미턱간의 슘어잇는

〈9-뒤〉

쇼부 심ᄉ 담박ᄒ다 치슈ᄒ던 하우씨도 팔년을 박긔 잇셔 도산도슈 어려올
ᄉ 농문산의 물터질 졔 긔셰도 거록ᄒ다 창오샤 ᄌᄭ의 만나 옥도치를 엇
더시니 회악으로 압흘 막고 졍갑시 호령ᄒ여 역스를 크게 할 졔 너가 거긔
밋쳐 ᄀ셔 한팔심을 빌녀스니 나는 삼ᄃ상 인물이라 너의 예셔 졈ᄃᄒ랴
말이 맛지모○ᄒ여 말셕의 잇던 토끼 두렷시 ᄂ안지며 원승이 이를 ᄭ지져
왈 니 비록 형용이 약쇼ᄒ나 승졍이 죠금ᄒ여 어룬답든 ᄋ니ᄒ나 연셰를
싱각ᄒ면 너의 쇼년들과 디ᄒ기 쳔격이라 니 당쵸의 입을 녈어 말ᄋ니 ᄒ
기ᄂ 우리 호랑 슉쥬계옵셔 훈계ᄒ시기를 우리 슉질이 남의 좌즁의 시비ᄆ
쟈 경계ᄒ시기로 참고 잇던이 어룬을 몰나보고 무엄이 막심ᄒ니 엇지 분치
ᄋ니ᄒ리요 원승이 왈 죠르ᄒ것시○

〈10-앞〉

신 나히 들어 어룬을 몰느 보고 담방담방ᄒ○○ 토끼 답 왈 니의 나흔 셰상
이 ᄃ 아는 비라 너 혼ᄌ 모로는다 쳔지 상긴 후의 음양으로 일월이 되여
항아 선니 악졀고를 나 혼ᄌ 츠지ᄒ여 밤이면 달야ᄒ고 낫지면 일이 와셔
쇼일이 이러키로 너의 갓튼 시싱 만나 망년지교 벗시된들 죠밥의 도 어이
덩이 쳘즁의도 징징이라 니가 엇지 겁을 니리 원슝이 할말읍셔 고기를 슉
이고 좌를 허ᄒ거늘 토끼 호랑의긔 ᄋ쳠ᄒ여 왈 오날 쇼질이 슉쥬의 상좌
ᄒ옵기 도리ᄋ니라 먼져 ○리를 졍ᄒ신 후의 쇼질이 ᄃ음의 ᄋ지리이다 호
랑이 디희ᄒ여 ᄃ시 상좌ᄒ고 비반이 낭ᄌ터니 기즁 여호 말셕의 안ᄌᄃ가
뒤흘 도라보니 호 짐싱이 혼ᄌ 안져 울거늘 보니 이는 두지기라 괴히 넉여
문 왈 너는 무삼 셔름이 잇셔 우는다 두지기 답 왈 좌즁의 참녜ᄒ면 마음의
잇는 말

〈10- 뒤〉

슘 ᄒ려니와 그리치 못ᄒ 고로 ᄌ져ᄒ기는 너의 신슈부죡ᄒ 탓스로 좌츠의
안지 못ᄒ옴은 져긔 ᄋ진 호랑이가 심슐이 괴이ᄒ여 노쇼를 모로 챠ᄆ 무
셔워 못가겟니 여호 그말더로 좌상통긔ᄒ니 호랑이 즉시 분부ᄒ여 드러오
라 ᄒ거늘 두지기 졍신을 모와 셥슈잇게 들어ᄀ니 좌즁이 박장디쇼 ᄋ니
리 업더라 호랑이 우음을 긋치고 문 왈 쳐지만물이 ᄃ 유유ᄒ기로 스람을
셰상의 잇셔 부모와 인군을 좃고 고기는 물의 잇셔 뇽왕을 좃고 비금은 남
긔 잇셔 봉황을 좃고 쥬슈는 산의 잇셔 긔린과 날을 좃느니 너는 그 뉴의
ᄃ지 못ᄒ고 ᄶ을 포죵젹이 은밀ᄒ니 괴이ᄒ거니와 무삼 스름이 잇셔 우는
다 두지기 답 왈 우리 시죠계옵셔 후즉으로 혼돈씨와 혼인ᄒᄌ ᄒ엿삽던이
신슈 부죡ᄃ ᄒ여 퇴혼ᄒ후 디면ᄒ기 무싴ᄒ여 ᄶ흘 포고 단니건니와 너희
좌즁의 져 ᄋ희들 넌치 ᄌ랑 ᄒ는 말을 드른니

〈11-앞〉

일을 싱각ᄒ여 우노라 호랑이 디쇼 왈 너의 말노 볼진디 문벌도 귀할 ᄲᆞᆫ더러 네 나히 더옥 만틋 ᄒ니 날을 염녀 말고 ᄆᆞᆷ터로 말ᄒ라 두지기 답 왈 노부 나흘 듯고져 ᄒ거든 귀를 ᄶᅥ드러 보라퇴고ᄶᅥᆨ 홍몽시의 음양이 시판할 졔 쳥긔는 우으로 하늘이 되고 탁긔는 ᄋᆞ릭로 짜이 되여 인물과 쵸목금슈는 짜으로 좃고 일월셩신과 ᄉᆞ시풍운은 하늘노 좃ᄎ 영쇼젼 놉흔 집을 죠화로 지를 젹의 맛ᄌᆞ식 도면슈로 계목 버혀ᄃᆞ가 구분 나무 갓ᄃᆞ듬고 ᄌᆞ진 나무 슉ᄃᆞ듬고 ○진○어 갑ᄌᆞ년 갑ᄌᆞ월과 갑ᄌᆞ일 갑ᄌᆞ시의 입쥬상냥분명ᄒ다 일월노 창을 삼아 오셩으로 실 망글고 그림 병풍 바람문의 빅옥으로 쥬렴자어 단쳥이 황홀ᄒ고 구즁궁궐의 ᄉᆞ광이 얼의엿다 낙셩연 비셜ᄒ고 옥황의게 헌슈할 졔 티을관 장경셩과 말홍셔왕모는

〈11- 뒤〉

봉황으로 쇼리 짓고 난학으로 깃을 드려 연셕의 참녜할 졔 불노쵸 박도가지 경장옥의 겻드려셔 디췩케 논일 젹의 둘지 ᄋᆞ달 후쥬의 잡펴 쳔장니 증의게베 힝비 되고 공공씨 디졍씨로 ᄊᆞ홈을 크게 할 졔 ᄒᄂᆞᆯ 기동 부러지고 여와씨 디로ᄒ여 두 임군 죽인 후의 오ᄉᆡᆨ돌 고히 갈어 일월 놉날 삼고 오셩으로 실을 삼어 하늘을 이을 젹의 삿지 ᄌᆞ식 크크기로 역ᄉᆞ를 쥬장터니 돌의 치여 죽어지고 낫지 ᄌᆞ식 두엇던이 희둣는 동희변의 부상이란 보ᄂᆞ무 심으러 갓ᄃᆞ가 어복의 장ᄉᆞ지넛지니 이런 팔ᄌᆞ ᄯᅩ 잇ᄂᆞᆫ가 죽지못ᄒ여 셜어ᄒ더니 오늘 져 ᄋᆞ희덜 나ᄌᆞ랑 ᄒᄂᆞᆫ 말을 드르니 죽은 ᄌᆞ식 싱가ᄒ여 우노라 호랑이 디쇼 왈 네말을 들○니 너는 의논치 못ᄒ고 너의 ᄌᆞ식도 하늘도 ᄋᆞ니 싱긴 젼의 낫도다 젹은 것시 큰말ᄒ니 엇지 긔특지 ᄋᆞ니ᄒ리요 별좌를 졍ᄒ여 ᄋᆞᆫ치고 쥬육을 니여 함긔 노던니 잇ᄯᅢ 쥬부 암상의 혼ᄌᆞ안ᄌᆞ 귀

〈12-앞〉

경호디가 화상을 니여노코 빙쥰호여 보니 좌상의 방약무인호 게슨 범이요
그 드음의 온진 거슨 분명호 토끼로다 기외의 여형면 목이 무슈호나 드만
도끼 기휘면 살펴더라 잇써을 당호여 죵젹이 위틱호니 이모리커나 좌를 파
호 후의 グ는 길을 츄죵호리라 호고 의구이 온즈썬니 이윽고 여러 즘싱이
좌를 포호고 스스로 훗터지거늘 암하의 비겨느려 두어 거름 지나더니 눈디
업는 호랑이가 슈음간으로 넙더셔며 발노 쥬부 등을 눌우고 물어 왈 네가
무쇠쑹인냐 느무졉시냐 ○가 무엇신고 쥬부 쳔연이 답 왈 그도 우니로세
그러면 무엇신 쥬부 왈 느는 불돌이요 호랑이 왈 말 ㅎ는 양을 보니 그도
우니로다 셩명을 ㅂ로 일으면 컨이와 그러치 우니ㅎ면 ㅎ로 이틀 훈달 두
달 금년니 여러히 누루고 잇슬 것시니 비고르 죽으리라 쥬부 쇼 왈 너는 무
엇슬

〈12- 뒤〉

먹으려 ㅎ는다 나는 이럴 쥴 알고 먹을 걸 가지고 왓노라 호랑이 왈 만일
ㅂ로 일으지 우니ㅎ면 심디로 누루면 창스가 터지리라 쥬부 안무음의 혜오
디 만일 졔 말과 갓틀진디 엇지 살기를 ㅂ르리요 잠간 쇠를 씨 명을 도모ㅎ
리라 ㅎ고 답왈 나는 쳔상번녁 장군의 졔즈로셔 셔방빅졔금신 잡아먹고 인
간의 날여와 그런 뉴를씨웁시 ㅎ즈ㅎ여 단인지 슈월이나 지금것 못 만나슨
니 네의 셩명은 무엇신다 니 몸이 비록 거품쇽의 들엇스나 쓸써를 당ㅎ면
쳘니말니라도 마음디로 늘이느니 맛지 못ㅎ거든 보르ㅎ고 목을 얼풋 니여
압피 잇는 죠약돌을 덥셕물어 부슛치니 빅셜이 분분ㅎ거늘 호랑이 디경ㅎ
여 쇼리를 크게 ㅎ고 드르나다가 안 뵈이는 시니짜의 グ만이 혼즈 온즈 졔
숀죠 문답ㅎ되 니셰상의 든기○○그런거슨 듯도 보도 못ㅎ엿지 졔말이 쳔
상

〈13-앞〉

벽녁장군의 졔즈라 ᄒ니 분명 그럿치 슌죠 왈 그럿치 등이 쳘갑 갓고 목을
님으로 츌입ᄒ니 보미 신통ᄒ지 ᄯ

 답 왈 그럿치 그 놈의 목 느리는 것슬
보니 경각의 그러할졔 져모도록 느리면 맛발일지 모로지 ᄯ 답 왈 그럿치
만일 도망ᄋ니ᄒ엿던들 그 놈의 모진 니의 쇽졀업시 유언도 못ᄒ고 죽엇지
ᄯ 답 왈 그러키 십상팔구지 ᄒ고 시로이 놀나 부지거쳐 도망ᄒ더라 잇ᄯ

의 호랑을 좃고우어 왈 니슈부의 잇슬 ᄯ의 셩명은 드럿던니 당ᄒ여보니
실상 허겁훈 즈식이로다 그러니 니 계교 ᄋ니면 그놈의 압픠 뉘로셔 버셔
느리요 미옴이 상쾌ᄒ며 무슈이 질겨ᄒ다가 드시 싱가ᄒ여 왈 니 왕명을
밧즈와 셰상의 ᄂ온지 오리라 실업슨 말만 허비ᄒ고 토끼는 보지못ᄒ여 긔
한이 늣져기니 신즈도리의 만만황공ᄒ건이와 하물며 옥쳬가감을 듯지 못ᄒ
엿스니 웃지 망극

〈13- 뒤〉

지 ᄋ니 ᄒ리요 니 정셩을 드ᄒ여 산신긔 츅슈ᄒ리라 ᄒ고 시너물 츠즈가
셔 졍결이 몸을 씻고 산허리의 놉피 올나 유벽쳐의 터를 닥고 ᄉ방으로 예
단할 졔 각항져방 심미긔는 동방목쳥 농졔로 쳥 목으로 예단ᄒ고 두우녀
허위실벽은 남방화쥬작졔로 홍목으로 예단ᄒ고 규루위묘필취삼은셔방 금빅
호져로 쇼목으로 예단ᄒ고 졍귀유셩장익진은 북방슈현무졔로 흑목으로 예
단ᄒ고 구진등ᄉ 즁앙토는 화신긔로 예단ᄒ고 즈단향 불 퓌우며 츅문지어
숀의 들고 단졍이 ᄭ우러안져 츅문을 고할 젹의 유셰츠 모년 모월 모일의 경
희 슈궁의 잇는 쥬부 즈라는 감쇼고우 산신지녕ᄒ노니 국운이 불힝ᄒ고 신
민이 복이 업셔 무죄ᄒ신 우리 인군 우연이 득병ᄒ여 슈년을 신음ᄒ나 화
차의 쳥낭비결 쇼강졀의 관미졈과 니슌풍의 단슈로도 집졍을 못ᄒ거든 쇼
슈를 어이 알니 ᄉ병의 양약 업셔 ○○○○○○○니 옥황이 하감ᄒᄉ 터을
션관

〈14-앞〉

니여셔 진빅ㅎ고 집졍 후의 토끼 간이 죳튼 ㅎ여 져 산 중의 날을 쎄여 이
곳가지 보니시미 하직ㅎ지 여러눌의 고산심곡 두루ᄎ즈 죵젹을 모로오니
졍셩이 보죡ㅎ지 쥐죠 업셔 그러ㅎ지 실녕이 앗기신지 티창미 쌀낫 갓고
구우의 일미로ᄃ 니 졍셩 ㅎ감ㅎᄉ 일슈 퇴를 빌니시면 셩공ㅎ고 도라가셔
영셰불망ㅎ올이다 빌기를 맛친 후의 예졀읍는 졀을 무슈이 ㅎ고 츅원ㅎ더
니 잇쩌의 토끼 노름를 프ㅎ고 슐이 디취ㅎ여 셕양쳔 빗거름의 시니가의
느려올 졔 쥬부 셔로 만나 마음의 반가워셔 혼즈말노 ㅎ는 말이 산신의 음
죠로다 쇼리을 나즉ㅎ여 죵용이 불너 왈 져긔 오는 져분이 뉘시요 토끼 놀
나 ㅎ쇼콤 쒸ᄃ가 졍신을 진졍ㅎ여 ᄃ시 살핀 후의 문 왈 그ᄃ 얼골 잠간
보니 셰상 ᄉ람과 ᄃ르니 셩화를 뉘라ㅎ며 무삼닐을 뭇고즈 ㅎ는요 쥬부

〈14-뒤〉

답 왈 져는 슈궁의 잇는 경갑장군 겸 약방 졔죠 쥬부 즈리리 ㅎ건이와 형은
뉘라 ㅎ시는요 토끼 답왈 나는 이 산 ᄎ지ㅎ고 잇는 토션싱이라 ㅎ나이다
쥬부 유식ㅎ쳬 ㅎ고 문 왈 그러ㅎ면 형의 셩즈는 타탸터텨 토즈를 쓰는잇
가 토끼 답 왈 그 토즈 아이요 자학골 막달의 일곱돈 결가ㅎ고 셰번가옷둘
너모르로 안친언월도 상토로ㅎ는 토즈를 쓰오 쥬부 왈 말슘을 듯ᄉ오니 아
ᄆ도 글공부 만이 ㅎ여 계신가보 토션싱이 쇼 왈 논어 밍즈 즁용 디학 시젼
셔젼 팔디강목 니빅 두시 고문진보졔 쇼왈 논어 밍즈 즁용 디학 시젼 셔젼
팔디강목 니빅 두시 고문진보 졔즈빅가 어을 쥴쥴 통달ㅎ고 권권이 돌숑ㅎ
여 만고흥망이 비쇽의 가득ㅎ여 ᄎ마 무거워 못 단니갓쇼 쥬부 왈 형의 문
필이 글어할진디 과거를 심쎠 공명의 뜻두미 맛당ㅎ거늘 엇지 져디지 젹막
ㅎ신잇가 쥬부 우어 왈 노형의 덕의 인간 흥미를 듯ᄉ오면 슈부의 도ᄅ가
즈랑코즈 ㅎ나이다 토끼 ㅎ는 말이 니 신

〈15-앞〉

셰 거록할스 시졀이 분분키로 공명을 하직ᄒ고 니 산즁의 임즈되여 스시풍
경 츠지ᄒ다 졍이 삼월도르오면 화신풍 넌짓 불어 만화방창 곳치 필 졔 삼
등토졔 슌인군이 팔원팔기 드리시고 남풍시 오현금의 희오민지온혜ᄒ던 군
왕부귀 목단꼿 슈양셩월 훈즁의 장슌희원 몸이 되여 틱산 갓치 구든 졀기
죠갈귀로 호령ᄒ던 슈국 츙신 향일화며 심양쳐스 도연명이 오두록를 하직
ᄒ고 젼원으로 도르드러 낙금셕이 쇼우ᄒ던 은알죵의 국화꼿 오릉젼 즁즈
졍 상월은 머리 우의 발가 닛고 안즈연의누항츈풍 긔슈가의 불어쓰니 한스
쳥홍 미화꼿 슌군 츙신 상산스호 구승갈건 몸의 입고 쳥녀장 비겨 뉘여 셕
답 우의 잠이 드니 노인방불 박꼿치며 니십셰 등장군이 빅슈진인 넌짓 만
나 한느르를 즁흥ᄒ고 승상 닌슈 ᄇ뎌신이 쳥츈쇼년 셕쥭화며 풍월 무변
쥬렴계는 공밍으로 스승 삼고 졍쥬의

〈15-뒤〉

벗시 되여 틱극도를 의논ᄒ니 군즈지상 여꼿치며 셜쏘 갓튼 묘훈식도 옥누
샤창 비겨 온즈 화혼빅마야랑를 츄마들어 숑졍ᄒ니 창기 갓튼 희당화며 션
풍도골 샤온셕이 졀디가인 숀목 쥐고 스쥭으로 젼도ᄒ며 동산 우의 올낫스
니 풍뉴남즈 벽도화며 쏘 져편 ᄇ르보니 왼갓 즘셩 우름운다 약슈삼쳔 요
지연의 쇼식 젼턴 쳥죠시며 스마장경 쥴쇼리의 오유스 방봉황시며 일쳔년
화묘쥬의 금시귀리 션학이며 부용당 운무즁의 그림 쇽의 공작이며 밍승유
의 글귀 쇽의 곡호음 잉무시며 귀쵹도 져시 원혼 졔혈삼경 두견시며 칠칠
가긔 은하슈의 드리 놋는 오작이며 녹뉴스스 봄이 되여 츈셕즈랑 꾀꼬리며
일쌍비거 각두회의 원불상인 원앙시며 상님원의 쇼식 젼턴 원포귀뢰 기러
기며 셕양비할 쳥산식의 빅셜 갓튼 갈머역이 범범즁뉴 놉피 쩌셔 쌍침쌍근
비오리며 곳곳지 츔을 츄고 가시노리ᄒ니 빅화즁 짓친 잠을 네 쇼리

〈16-앞〉

의 놀니 씨여 셕양 셕경 돌아든니 투항ᄒᄂᆫ 범ᄂᆞ뷔ᄂᆞ 날을 보고 반기ᄂᆫ듯
기ᄉᆞ쵸 말근 혼은 한식으로 죠상ᄒ니 왕희지의 ᄂᆞ정유ᄂᆞ 곡슈유상쑨이로다
두ᄌᆞ미 죽은 후의 화쵸가 임ᄌᆞ 업셔 쇽졀업시 되얏더니 오날날 빗치ᄂᆞᆫ다
ᄉᆞ오유월 도ᄅᆞ오면 젹져건곤 남풍 불어 왼갓 쵸목 무셩ᄒᆞᆫ다 동녕 고슈 불
변셕은 군ᄌᆞ졀의 슈졍궁의 무회나무 오ᄌᆞ셔의 무덤압픠 츙셔할ᄉᆞ 가목이며
망미인혜 쳔일방의 너덕너덕 산쵸나무 쳥산영니 빅운간의 죠셕예불 불나무
며 슈쳑지후 앙공불기 우름드리 져나무며 울울쳥쳥 슙풀 되고 골골마ᄃᆞ 그
늘진다 쳥계슈 구분 길노 발을 씻고 도ᄅᆞ오이 산옹 심ᄉᆞ 담박ᄒ다 오월불
열의 쳥츄라 쳔즁졀 단오일의 창요쥬를 가득 부어 굴삼녀 위로ᄒ니 녹음방
쵸승화시라 별건곤말

〈16-뒤〉

근 ᄌᆞ취 니 외의 그 뉘 알니 칠팔구월 도ᄅᆞ오면 금풍은 쇼슬ᄒ고 만학쳔봉
단풍드다 치식병풍 장막 쇽의 산인부귀 거록ᄒ다 진시황의 셰력인들 아슬
슈가 잇슬손냐 삼엽홍내 이월화ᄂᆞ 이를 두고 이름이라 일낙황혼 져물거늘
동졍계월 발가온다 우리짜온 졀 달빗쳔 오날밤의 휨도회다 니젹긔경 후의
쥬장 업슨 져 풍월 아나 혼ᄌᆞ 츠지ᄒ나 슘옥의 비츄부ᄂᆞ 쳔고의 유젼ᄒ나
니가 쇼장부라 쳔하명산 면답ᄒ며 단풍귀경 가ᄌᆞ셔라 봉니산 올나ᄀᆞ니 젹
슝ᄌᆞ 왕ᄌᆞ진은 셕탑 우의 바둑 두고 불노쵸 인삼과를 염녀업시 어더 먹고
쳔틴산 넌짓 올나 셔왕모 츠ᄌᆞ 보고 골눈산 놉픠 올나 쳔하를 젹ᄃᆞ ᄒ고 하
우씨 치슈유젹 비문이 완연커놀 디장뷔 여긔 와셔 ᄌᆞ최읍시 못 가리라 무
심필 넌짓 잡어 밀녁○여 계명ᄒ고 그길노 나러와셔 군산을 올나가○ 십이
봉 놉픠 숫샤 슈월암을 회위ᄒ 듯 셕

〈17-앞〉

경귀승산영외라 경쇠 쇼리 지지ᄒ여 운문간의 들니는 듯 칠빅이 동정호는
쇼상강을 통달ᄒ고 악양누 회ᄉ정과 아황녀영 ᄉ죽님은 쳔고의 완연ᄒ다
츙신열ᄉ 씻친 스름 구의산의 붓쳐쓰니 강기흔 니의 심ᄉ 비할 곳지 젼여
읍니 그길노 도르드러 아미산 올나가니 발늄 명월 가을달은 니티빅의 유젹
인 듯 무협산 나는 비와 검각산 기러기는 긱의힝장 지쵹ᄒ다 남병산 츠즈
가니 칠셩다 뷘 터이요 젹벽강 브르보니 쥬공근이 어디간고 쳔금지셕 간
디므다 기쥬풍뉴 죠흘시고 원산셕경 구분 길노 흔을흔을 도르온다 십일이
월 도르오면 낙목은 쇼쇼ᄒ고 빅셜은 분분할 졔 긔암괴셕 말근 긔운 빅옥
으로 단장ᄒ고 졀벽간의 비류폭포 슈졍 갓치 걸녀쓰니 경궁요디 걸의 집과
젼치ᄒ던 슈양졔는 ᄉ치탄 하련니와

〈17-뒤〉

죠화를 어이ᄒ리 운산셕실 졍결ᄒ디 쟈희셕문 구지 닷고 안연의 일단ᄉ년
셩이예 넉넉ᄒ고 셕슝의 금곡번화 봉즁의 버럿스니 그것도 죠컨이와 삼경
의 창을 비겨 셜월을 귀경턴니 호연의 프룽풍월 헛일홈뿐이로다 ᄉ시풍경
일어ᄒ니 디강이이나 드르시요 쏘흔 감히 뭇잠는이 슈국의도 혹 니런 닐이
잇는잇가 쥬뷔 듯고 앙쳔디쇼 왈 앗글의 일으기를 안불망위르 ᄒ엿스니 이
졔 형이 비록 강산홍미를 즈랑ᄒ나 니 므음의는 형의 신셰 곤ᄒ고 분쥬ᄒ
여 하로도 죽을 곳슬 여러 슌 당할가 ᄒᄂ이다 토션싱이 변식디 왈 피츠 쵸
면의 말슴도 그디지 박키ᄒ는잇가 이 산즁 임즈되여 상상봉단을 모고 쳔지
도슈와 세상홍망을 간디로 모롤 것시 읍거늘 혈므 졔 몸 ᄉ싱을 뇨량치 못
ᄒ릿가 쥬뷔 왈 형의 신셰를 싱각ᄒ니 한심코 가련ᄒ오 샹상봉 올나가니
미뷔

〈18-앞〉

든 수왈치는 산영씨 압셰우고 모리군 뒤좃주니 스족을 오고리고 풀 쇽의
슘엇스니 방울쇼리 달낭달낭 흉중의 불이 붓터 오장이 드 셕을 제 츈삼월
화류귀경 경황읍셔 어이ᄒ리 토씨 이 말 듯고　두 눈이 쏭골ᄒ여 디답ᄒ되
그러면 중허리로 드러느지요 쥬부 왈 중허리로 달아날 졔 불 잣 놋는 산양
포슈미지 망티 푸지 기여 남날기 귀약통과 녹승셰승 왜물 좃총 억씨 우에
둘러메고 졀벽을 등의 지고 슐폭의예 은신ᄒ여 뒷목 잠오 날여올 제 쳔동갓
튼 불쇼리는 예셔 쾅쾅 제셔 쾅쾅 박낭스중 쳘퇴셩의 진시황이 혼이 업고
젹벽강 발근 불꼿 죠밍덕이 담 쩌러져 쳔고의 이르기를 쾌ᄒ드 ᄒ련이와
오날노 비겨보면 도로여 가쇼롭다 죽기를 무릅써고 쳔방도망할 졔 삼스월
녹음방쵸 아모리 좃투ᄒᆫ들

〈18-뒤〉

여가 읍셔 어이 보리 토씨 그 쇼리의 쌈짝 놀나 디글디글 궁글드가 졍신을
지졍ᄒ고 왈 그런 놀나온 쇼리는 니 귀예 ᄒ지마오 남 듯기 슬은 쇼리 너먹
므오 쥬부 우어 왈 형의 말이 강산풍경만 츠즈가면 셰상의 괴훈 이 읍다ᄒ
던 입으로 ᄒ는 총쇼리의 그더지 놀나시는잇가 토씨 승니여 왈 그러면 들
노 달아느지요 쥬부 쏘 ᄒ는 말이 풀 비는 목동들과 밧 가는 농부들이 보막
은 방츳말과 즈로 긴 곱낫스로 나무 버혀 불질으고 압흘 막아 짓쏘츠니 망
망디야 너른들의 힝할 곳시 젼여 읍다 어복포팔쩐도의 황승은이 읍셧스니
늇장군이 어이살니 죵쳔강 어더 갈가 은왕 셩탕 거록ᄒᆫ 덕쳔고유젹쑨이로
다 죽기의는 예졀읍셔 쵸쵸거름 일삼을 졔 츄구월단 붕귀경 어느 씨의 드
시 할가 토씨 가삼이 답답ᄒ나 도로혀 챵담ᄒ되 ᄒ번 죽지 두 번 죽쇼 형니
남의 말을 져러틋 ᄒ니 슈궁은 엇더ᄒ니잇가 쥬부 하는 말이 슈궁 즈미야
웃지 입으로

〈19-앞〉

○○○히 말ㅎ리요 쏘ㅎ 형 갓튼 이는 보지 못ㅎ엿스니 허담으로 듯스오리이다 토씨 답 왈 말슴ㅎ시는 양을 드르면 엇지 요량치 못ㅎ리잇가 쥬부 왈 쳔지광디 흐중보다 이졔일이요 인물췌령 중의 농왕이 졔일이라 녕덕젼 놉흔 집이 운슈간의 쇼삿는디 빅옥난간 뉴리기동 슈졍념산 호구의진쥬로 셩을 쓰고 야광쥬로 등쌀 삼어 일월지광 ㅇ스 잇고 운무병풍 금농상의 팔션년 시위ㅎ고 금관죠복 빅관들이 츠례로 느러안즈 녕덕젼 풍암 쇼리 운무중의 들니는 듯 셔왕모는 비파라고 션녀들은 츔을 츄니 경경ㅎ 옥픠셩과 연연ㅎ 고은 티도 거름마다 연화 되고 츔 밧트면 구슐 되여 금누의 ㅎ 곡죠로 스쥭을 얼거시니 화풍희 우씨를 쓰라 팔쳔니를 진증ㅎ고 긔화요쵸 고흔 썰기 우로 중의 넘노는 듯 금은치단 곳곳ㅁ다 구산 갓치 쓰여

〈19-뒤〉

잇고 직풍으로 의논ㅎ면 비렴장군 니어와 창구스즈 교룡드리 풍뉴를 각각 맛타 일국을 진정ㅎ니 삼국풍진 크ᄃ한들 슈궁의도 엇지오며 우환 길고 어려온 닐 용국의도 침노할기 그디 갓튼 쥰슈남즈 우리 인군 ㅇ르시면 즉일 니의 픠쵸ㅎ여 디광보국 강노티예 말믄ㅎ 황금닌을 허리의 빗기츠고 묘당지상 놉피 온즈 빅관으로 동심ㅎ여 국스를 의논할 졔 이리할 닐 이ㅎ고 져리홀 닐 져리 ㅎ라 하령곳 ㅎ엿스면 급암 갓치 강직ㅎ고 동탁 갓튼 셰력인들 화신풍 쏫치 되여 거역할 길 젼혀 읍니 죠회를 픠ㅎ 후의 별당으로 도라가면 교쵸단 삼중셕의 디모병풍 둘너치고 츠ᄃ리는 옥동즈와 쵸씨 잡은 션녀들이 화단으로 몸을 스고 쥬옥으로 단장ㅎ여 쥬야로 뫼셔쓰니 호중쳔지 교티졍이 슈국 밧긔 도 잇슬가 토씨 듯기 ᄃᄒ미 마음이 즈연

〈20-앞〉

방탕ᄒ여 왈 그 곳의 들어가면 죠흔 벼살ᄒ련이와 팔션녀 잇ᄃᄒ니 그도
ᄒ가지로 노흘잇가 쥬부왈 그는 녀반장이라 엇지 어려오리요 토끼 ᄂ쇼와
안지며 문 왈 만일 그러ᄒ면 워앙침 비취금의 옥슈를 넌짓 잡아 월삼경 겨
워갈 졔 두 몸이 ᄒ 몸 되여 츈흥을 못니긔여 쵸양왕 양ᄃ상의 운우몽흘신
고 그ᄮ를 당ᄒ오면 그리도 ᄒ오릿가 쥬부 왈 져만ᄒ 풍치의 슈궁 들어가
면 벼술은 ᄉ답ᄃ리 오르듯 할 거신요 일등미식은 청기고리 뒤의 실비얌
ᄯ로듯 ᄒ오리다 토끼 츔을 골메여 싱키며 왈 만일 들어가ᄃ가 형의 말과
갓지못ᄒ면 웃지 하랴시요 쥬부 왈 불원의 잇ᄂ 일을 거즛 말슴 ᄒ오릿기
날 갓튼 신슈의도 관직의 참녜ᄒ엿거든 형가튼 풍골이야 쌍 집고 혜염ᄒ기
ᄂ 손이나 압푸지요 토끼

〈20-뒤〉

ᄮ를 홀작홀작ᄒ며 왈 ᄋ모리 가고즈 ᄒ나 유현이 노슈ᄒ여 즈고로 상통치
못ᄒ엿스니 싱각ᄒ야도 못 밋츨가 ᄒᄂ이다 쥬부 왈 그는 어렵즈는 닐이로
다 니의 등의 오르면 쳔말니ᄅ도 염녀읍시 가ᄂ이 이다를ᄉ 져러ᄒ 션풍도
골이 진세상의 넌짓 나셔 출입ᄉ성 여가읍셔 쵸로 갓치 시러지니 웃지 ᄋ
니 앗가올가 옛닐을 싱각건디 죠쥐 ᄉ인 여션문도 황건녁ᄉ ᄯᄅ 가셔 영
덕젼 낙성연의 상낭문 잠간 짓고 유리반의 진쥬 담어 윤필지무 되엿스니
요마ᄒ 문ᄉ들도 지은보은 ᄒ엿거든 형 갓튼 움지디락 공명ᄒ기 어려올가
토끼 답 왈 말슴을 드른니 유리ᄒ나 ᄋ모리 싱각ᄒ여도 갈 ᄆ암이 젼혀 읍
니 쥬부 변식디 왈 위틱ᄒ거든 진작 피의ᄒᄂ 것시 당연ᄒ 닐이라 후 ᄃ시
보스이다 ᄒ고 내디로 어디로 가거눌 토끼 ᄇᄅ보ᄃ가 참지 못ᄒ여 쇼리
질너 불너 왈 져 분 어디로 가ᄂ잇가 쥬부 왈

〈21-앞〉

호랑이 츠즈가노라 토끼 왈 엇지 츠즈가오 쥬부 왈 니 드른니 호랑은 빅슈
지장이라 ᄒ니 쇼견이 너를 듯 ᄒ기의 이런 말이나 ᄒᄌ ᄒ고 츠즈가오 토
끼 쇼 왈 우리 호랑 슉쥬계옵셔 빅ᄉ를 ᄃ 니게 의논ᄒ오니 보아 쓸 찌 읍
ᄂ이 형은 놀 참으시고 도로 오쇼셔 쥬부 지삼 말연ᄒᄃ가 ᄆ지 못ᄒᄂ 체
ᄒ고 ᄃ시 나ᄋ온니 토끼 우어 왈 형의 말슴이 져디지 도도ᄒ니 혈긔망ᄒ
올잇가 니 쏘ᄒ 밋지 안는 것시 도리 ᄋ니라니 계는의 심읍시 가기를 원ᄒ
ᄂ이다 쥬부 안ᄆ음의 깃부나 ᄃ시 당부ᄒ여 왈 의심 잇거든 진작 ᄑ의ᄒ
면 ᄃ른 ᄃ로 ᄀ랴ᄒᄂ이닷 토끼 웃고 진졍으로 가기를 원ᄒ니 쥬부 강앙
ᄒᄂ 체 ᄒ고 혼가지로 강변의 ᄂ와 쥬부 등의 오르려 ᄒ다가 물쇼리의 쌈
짝 놀나 ᄉ장의 뛰여 늘이며 왈 풍ᄆ우지불상급이라 ᄒ니 물쇼리 져러ᄒ니
츠ᄆ 무셔워 못 가것

〈21-뒤〉

니 쥬부 ᄃ로 왈 방졍ᄆ진 져 토끼야 헐복할ᄉ 져 토끼야 요망할ᄉ 져 토끼
야 호의 만은 져 토 끼야 네 목슘 실낫 갓치 달닌 쥴을 모로고셔 티평으로
싱각ᄒ니 이답고 참목ᄒ고다 토끼 답 왈 형의 말슴이 상상봉의 올나가면
슈왈치 잇고 즁허리로 ᄃ러나면 포슈가 잇고 들노 달ᄋ나면 농부와 목동이
잇ᄃ ᄒ니 그찌는 졍신 읍셔 못 싱각ᄒ엿스나 ᄃ시 찌쳐 싱각ᄒ니 굴노 들
어가지요 쥬부 ᄒᄂ 말이 굴노 들어가면 슈왈치 산포슈며 모리군 목동들이
일시의 합역ᄒ여 ᄌ옥 살펴 츠즈와셔 슐가지와 낭글 뷔여 굴어예 싸ᄋ노코
화약염쵸 불 지르니 독ᄒ 연긔 모진 불꽃 살쑀ᄃ시 ᄃ러가면 어이 살아날
기 토황 삼혈 알앙곳 가삼혼 구빅 지가 되고 신쳬죳츠 온젼할가 토끼 놀니
연왈 형은 나와 무삼 혐의 잇관디 갈ᄉ록 독ᄒ 말만 ᄒᄂ잇가 쥬부 우어 왈
형의 상을 잠간 보니 골격은 청○○○○○○○○○○○○○○○○○○○○○○○○○○

〈22-앞〉

말을 듯고 더옥 의심ᄒ여 가만이 듯고 더옥 의심ᄒ여 가만이 숄입홀 비여
인즁을 견워보니 비록 능을 잡이쓰나 숄입분지구나 남는지라 토끼 ᄆ암의
디경ᄒ여 쥬부달려 ᄆ 왈 안즁이 잘나와ᄃ 슈궁의 ᄃ러가면 향슈를 할이잇
가 쥬부 답 왈 슈궁의 슈빅세 향슈ᄒ고 벼살이 일품의 잇는 지스들도 그디
의 인즁이 예서 흔치니 읍는 인즁이 무슈ᄒ니 글노 보ᄋ도 분명훈 션경이
라 밋지 못ᄒ거든 늬의 인즁을 보라 이 상을 가지고 인간의 잇스면 벼술은
컨이와 목슘을 엇지 보존ᄒ리요 그디 박복ᄒ여 이 곳슬 낙지로 ᄋ니 그도
인즁 즈른 탓시로다 토끼 지삼 말연ᄒ다가 화연이 찌드러 왈 디장뷔 죽을
지언졍 웃지 친구의 말을 밋지 ᄋ니ᄒ리요 이졔는 의심읍시 가스이다 쥬부
디희ᄒ여 토끼를 등의 업고 만경창포 너른 물의 풍낭디로 놉피 쩌셔 불년
ᄀ난 낭

〈22-뒤〉

은 범상국이 셔시 싯고 오호연을 츠즈가 듯 장건이 팔월스의 여지국이 어
디민고 셔시의 동남동녀 봉늬산 멀고멀스 돗디 읍는 당션쳔로 혹츌혹몰 지
향읍시 경희슝궁 츠즈 간다 토끼는 눈을 감고 니를 갈며 쥬부 등의 업드려
셔 물결치는 쇼리의 간장이 ᄃ 녹는다 스긔도 츠할일 읍셔 정신만 슈습더
니 이윽고 물결쇼리 긋치며 느리기를 쳥ᄒ거늘 반겨 듯고 스면을 살펴보니
장낭은 쥬졍ᄒ고 고젼의 연쇼ᄒ고 완연훈 별세계라 슈문장 어두구면 얼골
도 영악ᄒ다 삼층젼 궁문 우의 슈은디즈로 경희슈궁 디원문이라 현판의 삭
여거눌 ᄆ음의 황홀ᄒ여 스면을 살펴보니 영덕젼 놉흔 집의 여션문의 상냥
문은 진셰유젹 완연ᄒ다 기셔의 ᄒ엿스되 복이쳔지간의 희위쳬디ᄒ고 인물
지늬예 신위쳬령이라 기의힝화지의 귀나가칩묘당지장예리요 시용즁영보고
젼ᄒ

〈23-앞〉

이신공화명ᄒ시 괘용골이 위량ᄒ니 영광이 요일이요 집어린이 작와ᄒ니 셔
긔반공이라 열명쥬빅벽지영농ᄒ고 졉쳥작황농지 가감이라 쇄창계이 희식이
지호ᄒ고 슈달기이 운영이 임헌이라 우슌풍죠ᄒ니 진남명 팔쳔여리ᄒ고 쳔
고지후ᄒ니 슈후셰억만ᄉ년이라 통강한지 죠죵ᄒ고 슈계오지흔납이라 쳔오
ᄌ봉은 분운이도ᄒ고 귀곡나박은 츠계이너라 규연약노영광ᄒ고 미지억한경
복이라 공만형이인구월ᄒ니 영작공규ᄒ고 규창합이 죵남간ᄒ니 외홍슨숑이
라 슈위단찬ᄒ야 죠모양동ᄒ니 방장봉너 지고 즁을 쇼간부상삼빅쳑ᄒ니 금
계계ᄑ일눈명을 포양남ᄒ니 거침만만 문죡함을 요식봉각관긔허오디 붕비진
슈여남을 포양셔ᄒ니 약슈유하노 불미라 후야요지왕모강의 일쌍쳥죠향인졔
라 포야북ᄒ니 상셩혈난환

〈23-뒤〉

신극을 요쳠하쳐신즁원고 일발쳥산 부취식을 포양상ᄒ니 승농냐거비쳔장을
슈즁쥬 ᄑ일봉셔ᄒ니 진여창싱탐화장을 포양하ᄒ니 슈이분운승덕화라 쳥효
빈문찬비셩ᄒ니 강신하박죠영가라 복원상냥지후의 만죡귀인ᄒ고 빅녕앙덕
ᄒ니 쥬궁퓌궐은 응쳔상지삼광이요 곤의슈상은 비인간지오복이라 ᄒ엿더라
토끼 쥬부의긔 치ᄉ왈 형의 말이 진실노 허ᄉᄋ니로다 우리 인간의 이러ᄒ
곳시 희쌀의 뉘만치 잇셔도 간디로 군식ᄒ온 거름을 ᄋ니할 거셜 여러히
고싱ᄒ다가 이계야 션경의 드러오니 고진감너요 흥진비리라 엇지 깃부지
ᄋ니ᄒ리오 인계는 부귀비젼이 형의 잇ᄉ오니 발ᄋ옵건디 죠흔디로 쳔거ᄒ
쇼셔 쥬부 안마음의 넝쇼ᄒ고 허락ᄒ니라 궁문 밧긔 안치고 ○너의 들어가
토끼 싱금ᄒ여 온 ᄉ연을 난난

〈24-앞〉

지 쥬달ᄒ니 뇽왕이 디희ᄒ야 밧비 ᄌ바드리라 ᄒ디 쥬부 슈졸을 거ᄂ리고
고함ᄒ여 ᄂ닷거늘 이쩌 토씨 마음이 간졀ᄒ야 귀를 기울려 너졍쇼식을 탐
지ᄒ더니 고함쇼리 크게 의혹ᄒ야 궁문 뒤의 잠간 은신ᄒ엿더니 쥬부 찻ᄃ
가 임의 그 얏튼 쐬를 알고 무ᄉ로 ᄒ여곰 크게 웨여 왈 시로 졔슈ᄒ신 강
노퇴야 어디 계신잇가 토씨 그말을 듯고 반겨 ᄂ셔거늘 일시의 달녀들어
ᄉ족을 결박ᄒ야 두러메고 들어가 토씨 잡ᄋ 디령ᄒ오 ᄒᄂ 쇼리 쳔지 진
동ᄒᄂ지라 토씨 간담이 셔늘ᄒ야 ᄋ모리 할 줄 모로더니 뇽왕이 젼교 왈
과인이 우연 득병ᄒ여 슈년을 신음ᄒ돠 빅약이 무효ᄒ야 회츈키 어렵더니
쳔우신죠ᄒ여 쳔의도시 칠님ᄒᄉ 진믹ᄒ고 ᄒᄂ 말이 네의 간을 웃더ᄃ가
환 지어 쓰면 빅약즁 웃듬이라 졍녕이 일

〈24-뒤〉

으기의 ᄉ즁구싱 계교 니여 너를 잡ᄋ왓스니 무죄ᄒ 줄 알건이와 과인의
일신이 너와ᄂ 달른지라 만일의 불힝ᄒ면 일국이 보죤키 어려온 줄 녠들
어이 모로리요 너 ᄒ나 죽은 후의 과인이 사ᄅ나면 일국튱신은 너밧긔 뉘
이스리 별노이 ᄉ당 지어 츈츄향ᄉ할 거시니 은나ᄅ 비간과 한국 긔신으로
튱명역시 ᄒ여 쳔츄의 젼ᄒ리라 토씨 그계야 쥬부 간계의 ᄲ진 줄 알고 마
음의 분ᄒ나 후회막급이라 ᄃ시 이러 ᄉ비ᄒ고 복지ᄒ여 엿ᄌ오디 젼ᄒ ᄒ
교 러틋 ᄒ시니 비록 ᄲ를 갈ᄋ 올닌 들 옥쳬곳평복ᄒ시면 ᄒ번 죽기ᄂ 상
시라 ᄋ모리 우미ᄒ온들 일호나 원통ᄒ오릿가마는 그럿치 ᄋ닌 ᄉ졍이 잇
ᄉ오니 통쵹ᄒ옵쇼셔 뇽왕이 가라ᄉ디 네 무슴 쇼원이 잇거든 낫낫치 알외
여라 토씨 쥬 왈 쇼신이 비록 쳬쇼ᄒ오나 밋궁기 셰히로쇼이다 두 궁그로
ᄂ 디쇼변을○○○○○○○○○○○○○○○○○○○○○○○○○

〈25-앞〉

를 쓰라 간 출입ᄒᆞᄂᆞᆫ 궁기라 쵸일일부터 망일까지 경결ᄒᆞᆫ 디 니여 거러 ᄋᆞ
참 니슬 희쎗치며 젼역셔리 달졍긔를 무슈이 쐬인 후의 십뉵일 노회일까지
본경의 거러두고 심신을 안졍ᄒᆞ여 ᄉᆞ성을 경영ᄒᆞ니 니른바 망월토라 실농
씨 상빅쵸의 약즁의 졔일인 쥴 셰상의도 ᄋᆞ옵기로 혹 신병 잇ᄂᆞᆫ 이가 쇼토
의 간을 쳥ᄒᆞ오면 냑냑히 슈응ᄒᆞ님 닐도 업지ᄋᆞ니커든 하물며 디왕 병환의
긴졀이 쓸야ᄒᆞ신 쥴 미리 ᄋᆞᆯ썬들 ᄌᆞ쳥ᄒᆞ여 ᄀᆞ져올거슬 읻ᄃᆞ를ᄉ 별쥬부
ᄂᆞᆫ 본ᄉᆞ를 감쵸고 ᄋᆞ니올가 염녀ᄒᆞ야 유인만 일삼은들 이쩌ᄂᆞᆫ 망젼이라 힝
장이 촉박키로 일젼의 니여둔 간을 가져오지 ᄋᆞ니ᄒᆞ엿스니 시각을 슈유ᄒᆞ
옵시면 별쥬부와 안동ᄒᆞ여 간 둔 곳슬 ᄎᆞᄌᆞ 가셔 쇼토의 간쑨

〈25-뒤〉

ᄋᆞ니라 ᄃᆞ른 친구의긔긔도 널니 구ᄒᆞ여 가쳡이나 어더오리이다 좌우졔신이
일시의 쥬왕오장뉵부 티싱ᄒᆞ올 졔 임의 졍ᄒᆞᆫ 거시라 엇지 임의로 출입ᄒᆞ오
리잇가 토끼 ᄋᆞ뢰ᄂᆞᆫ 말이 만불셩셜이오니 취신치 ᄆᆞ옵쇼셔 농왕이 디로 왈
니 당쵸의 의로쎠 긔유ᄒᆞ엿거늘 너 갓치 미쳔ᄒᆞᆫ 놈이 간ᄉᆞᆫ 말노 당도리
무쇼ᄒᆞ니 죽어도 공이 읍시 죽ᄂᆞᆫ도다 무ᄉᆞ를 호령ᄒᆞ여 군문밧긔 잡ᄋᆞ니여
ᄉᆞ속히 비를 갈르라 ᄒᆞ거늘 토끼 ᄃᆞ시 쥬 왈 디왕 옥체ᄂᆞᆫ 평복지 못ᄒᆞ고 불
상ᄒᆞ온 목슘만 죽ᄉᆞ오니 옛글의 ᄒᆞ엿스되 일뷔함원의 오월비상이로 ᄒᆞ엿스
니 디왕의 졍쳬를 보온들 엇지 손상치 ᄋᆞ니 ᄒᆞ오릿가 밋지 못ᄒᆞ옵거든 밋
궁글 감ᄒᆞ옵쇼셔 농왕이 의혹ᄒᆞ야 갓ᄀᆞ이 오라 ᄒᆞ여 진이 본즉 과연 셰이
라 졔신을 도로 보ᄋᆞ 왈 알외ᄂᆞᆫ 말이 진실노 올흔지라

〈26-앞〉

죶츰이 웃더할고 모ᄃᆞ 보니 분명ᄒᆞᆫ 셔이라 슌찰ᄉᆞ 금붕에 쥬왈 졔 ᄆᆞ리 비

록 그러ᄒ오나 신의 ᄆ암의는 셰상ᄉ를 측냥키 어렵ᄉ오니 져는 여긔 두옵
고 간둔 곳슬 가ᄅ치ᄅᄒ여 쥬부를 ᄃ시 보니여 찻ᄌ 오ᄅ ᄒ옴미 맛당ᄒ
여이다 토ᄭ ᄃ시 쥬 왈 일이 그러ᄒ면 쇼신이 몬져 알외여 쥬부를 가ᄅ쳐
보니옵고 쇼토는 그 ᄉ이 여긔 잇셔 실흔 거름 두 번 ᄋ니ᄒᄋ오면 죠흐련이
와 인간은 슈부와 달나 산쳔이 험악ᄒ고 쵸목이 무셩ᄒ여 희포단니는 쇼토
도 오히려 동셔를 분별치 못ᄒ옵거든 하물며 잇지 못ᄒ던 종젹이야 잘못
단니옵ᄃ가 신명을 보죤키 어렵삽고 셜영 간 둔 ᄃ를 가ᄅ친들 어ᄃ로 츠
ᄌ 가오릿가 인간 흠흔 길을 쥬부달여 ᄒ문ᄒ옵쇼셔 뇽왕이 올히 넉여 미
거슬 글너 당상의 온

〈26-뒤〉

치고 ᄉ과ᄒ여 왈 과인의 병셰 이러ᄒ기로 살기만 쥬장ᄒ여 션싱으로 ᄒ여
곰 욕을 당ᄒ게 ᄒ니 엇지 불안치 ᄋ니ᄒ리요 토ᄭ 황숑쥬 왈 요마ᄒ온 쇼
토의게 져디지 과감케ᄒ오니 알욀 말슴 업ᄂ이다 뇽왕이 디희ᄒ야 디연을
비셜ᄒ고 각식풍뉴와 귀흔 음식을 갓쵸와 토션싱의 ᄆ암을 길기디라 토ᄭ
허흔 창ᄌ의 독쥬를 만이 먹고 홍광이 만안ᄒ여 실쳬ᄒᄂ 쥴 ᄭ닷지 못ᄒ
고 뇽왕게 쳥ᄒ여 왈 쇼틔 인간의 잇셔 ᄃ르니 슈궁의 미식이 만틔 ᄒ온니
젼하의 덕의 흔 번 귀경 ᄒ오면 원을 풀가 ᄒᄂ이다 뇽왕이 디쇼 왈 션싱의
뇽모 간졍ᄒ시기로 쥬식의 범연할 쥴 ᄋ라더니 오날노 볼진디 진실노 풍뉴
남ᄌ로다 ᄒ고 후궁의 잇는 시녀 슈십인을 명ᄒ여 연셕의 흔가지로 질길시
토ᄭ 흥을 ○○○○○○궁녀를 디ᄒ여 춤츄니 궁녀

〈27-앞〉

○○○ 남ᄌ를 디ᄒ미 붓그러워 ᄒ더라 ○○뉴임의 오장의 오르니 토ᄭ 졀
창읍시 ᄲᅱᄃ가 ᄌ리의 낙셩ᄒ니 뇽왕과 계신이 뉘ᄋ니 웃스리요 쥬부 연셕
의 참녀ᄒ엿ᄃ가 토ᄭ 먹은 창ᄌ의 몸이 요동ᄒ여 출낭출낭ᄒᄂ 쇼리 나거

놀 쥬뷔 토끼를 도르보면 그마니 쑤지져 완 네 즉은 쐬로 우리 디왕을 쇽엿스나 네 비의 출낭출낭ᄒᆞᄂᆞᆫ 것시 분명ᄒᆞᆫ 간 ᄋᆞ닌다 토끼 무암의 분ᄒᆞ여 뇽왕끠 쥬 왈 쇼퇴 세상의 잇슬 ᄭᆞ예예 의셔를 잠간 보오니 죽을 병의 원긔 쇼복ᄒᆞ기ᄂᆞᆫ 왕비탕이 졔일이오니 년구ᄒᆞᆫ ᄌᆞ르를 ᄌᆞᄇᆞ 오면 ᄌᆞ연 회복할 거시니 그다음의 쇼토의 간을 쓰오면 병셰 평복ᄒᆞ리이다 뇽왕이 올히 넉여 즉시 졔신과 의논ᄒᆞ니 현의도독 거복이 쥬 왈 옛말의 교퇴ᄉᆞᄒᆞᄆᆡ 쥬구를 핑ᄒᆞ고 고죄진 ᄒᆞᄆᆡ 양궁을 장

<h3 style="text-align:center">〈27-뒤〉</h3>

ᄒᆞ다 ᄒᆞ오니 션싱의 말이 비록 올ᄉᆞ오나 쥬부 ᄌᆞ르ᄂᆞᆫ 말니타국의 졍셩을 드ᄒᆞ여 공을 일우고 왓삽거늘 벼살은 시로의 죽이기ᄂᆞᆫ 불가ᄉᆞ문어인국이오니 암ᄌᆞ르를 ᄌᆞᄇᆞ 디용하밋 맛당ᄒᆞ여이다 뇽왕 왈 의류ᄒᆞ라 이ᄯᆡ의 쥬부 이 말을 듯고 망극ᄒᆞ야 집으로 와 그 부인의 손을 잡고 통곡ᄒᆞᄃᆞ가 문득 싱각ᄒᆞ고 ᄀᆞ로디 니 일시 경션ᄒᆞᆫ 말노 무죄ᄒᆞᆫ 부인끠 음희를 씻치니 후회막급이나 우리 부체 졍셩으로 빌면 반드시 토션싱이 불상이 싱각ᄒᆞ리라 ᄒᆞ고 별당으로 슈쇄ᄒᆞ고 토끼를 뫼셔 상좌의 안치고 부체 당ᄒᆞ 쑤러온져 빅비익걸 왈 오날날 우라○인의 목슘이 션싱의게 달녓ᄉᆞ오니 너부신 덕칙의 잔명을 보죤게 ᄒᆞ옵쇼셔 토끼 슈염을 만지며 왈 네 날을 죽이려 ᄒᆞ고 쐬○○
○○○○○○○○○○○○○○○○○

<h3 style="text-align:center">〈28-앞〉</h3>

려ᄒᆞ 무삼 닐이 ○○○○○○○○○○○ 걸ᄒᆞ기ᄂᆞᆫ 날을 죠롱ᄒᆞ미로다 쥬뷔 왈 인군의 병이 위급ᄒᆞᄆᆡ 신ᄌᆞ도리의 슈화즁이ᄅᆞᆫ도 엇지 ᄉᆞ렴ᄒᆞ오릿가 글노 칙망ᄒᆞ면 발명이 업건이와 연셕의 말슴은 취즁이오니 션싱은 져러ᄒᆞᆫ 풍치로 그디지 노ᄒᆞ신잇가 토끼 더옥 교만ᄒᆞ여 왈 네 죽기를 두리거든 문군의 일을 본ᄇᆞᆫ다 ᄌᆞ기 쳔로 쇽죄ᄒᆞ면 커이와 그러치 ᄋᆞ니ᄒᆞ면 네 집이 환이

잇스리라 쥬부 그 부인을 도르보아 왈 그디 쇼견은 엇더ᄒ요 부인이 슈괴
ᄒ여 왈 상공이 말니타국의 가 공을 일우고 도르오시니 일국의 츙신이라
디왕의 병환이 평복ᄒ시면 일품공후를 봉ᄒ야 영홰 쳡의게 밋츨가 ᄒ엿던
이 공으로쎠 집을 망게ᄒ오니 열녀는 불경이부ᄅ ᄒ니 쳡이 힝치 못ᄒ리로
쇼이다

〈28-뒤〉

죽은 후의 ᄂ라의 상쇼ᄒ고 만고츙녈 별씨지문이라 특별이 졍녈문이나 ᄒ
옵시면 상공계옵셔 더옥 빗ᄂ리이다 쥬부 왈 부인 말슴이 올스오나 잇쎄를
당ᄒ여 웃지 한갓 졀기만 직키리요 권도를 쎠 목슘을 보존ᄒ미 올흘가 ᄒ
ᄂ이다 부인이 고기를 슉이고 눈물을 흘녀 왈 상공 말슴이 그러ᄒ시면 쳡
이 고집ᄒ기 어렵스오니 쳐분디로 ᄒ옵쇼셔 쥬부 그디로 알외니 토씨 허락
ᄒ거늘 부인이 할 일 읍셔 칠보단장 ᄒ고 ᄂ아가 뫼시니 토씨 의긔양양ᄒ
여 셔안의 비겨 우어 왈 져러ᄒ 인물노 못는 ᄌ식을 드리고 잇ᄃ가 날 갓튼
남ᄌ를 만나니 웃지 ᄀ문의 영화ᄋ니리요 부인이 염용디 왈 쳡은 삼강의
죄인이라 어골을 들어 알욀 말슴이 업ᄂ이다 토씨 디쇼 왈 ◯인은 일시 영
화로쇼이다 ᄒ고 인ᄒ여 동

〈29-앞〉

침ᄒ니 기 졍이 비할 디 읍더라 권권ᄒ 졍을 맛치지 못ᄒ여 스창이 ᄇ리거
늘 부인이 토션승의 손의 잡고 쩌ᄂ는 졍이 연연ᄒ더라 토씨 ᄋ참 죠회의
드러가 왕의긔 문안ᄒ고 ᄃ시 쥬 왈 왕비탕 쓰라 ᄒ옵기는 원긔 허ᄒ시미
일시 구급ᄒ기로 마지못ᄒ온 말슴이오나 밤의 싱각ᄒ오니 쇼신의 간을 씨
와 동졍이 잇슨 후의 ᄃ른 것스로 보원ᄒ오면 쇽효 잇스오리이다 쏘ᄒ 별
쥬부는 겸ᄒ여 공신이라 스셰는 쳐ᄒ여이다 쇼퇴 슈궁의 쳐음 드러와 쳣
졍스 룻ᄒ면 일후의 무슨 면목으로 젼하 죠졍의 시신을 디ᄒ오리잇가 뇽왕

이 그릇스디 과인도 이계까지 ᄆ음을 진졍치 못ᄒ엿더니 션싱의 말슴이 그
러ᄒ니 극히 상쾌ᄒ여이다 즉시 쥬부를 픠쵸ᄒ여 그 ᄯ즐 젼ᄒ 후의 토ᄭ
를 향향ᄒ여 왈 과인의 병이 시각을 넘녀ᄒ오니 어

⟨29-뒤⟩

러울지ᄅ도 슈고를 앗기지 말으시고 견긔ᄒ여 발힝ᄒ쇼셔 토ᄭ 안마음의
일시 머물기 민망ᄒ나 거짓 우어 왈 쇼티 본디 진셰쳔싱으로 디왕을 뫼와
슈일풍악으로 지니오니 셰상 싱각 격ᄉ오며 잇ᄂ 간이야 어디 가오릿가 농
왕이 ᄯ 지촉ᄒ니 인ᄒ여 쥬부를 드리고 길을 ᄯ날시 잇ᄯ 쥬부인이 심시
ᄋ득ᄒ여 시비로 ᄒ여곰 일봉셔찰을 토션싱 좌하의 올니거늘 ᄯ여보니 기
셔의 ᄒ엿스되 슈륙노슈ᄒ디 희후상우ᄒ니 쳔여기편이 요ᄉ비우연이라 일
야연침의 의즁티산이요 금니셜화는 졍심ᄒ희로다 연연지회와 권권지의는
여쳡일반이라 이의라 계교교이고신ᄒ고 견패패촉명ᄒ니 양쇼일각이 직쳔금
이라 악슈상별의 홍○○○요 니 별무긔ᄒ니 시쳡단장이라

⟨30-앞⟩

ᄒ믹 ○○○○○○○○○○○○○○○○○ 쳡쳡은 공별회내몽원이라 쳡비운우
지신이니 긔참양디지연가낭군면목을 죵츠영별ᄒ니 쳡심이 비목셕이라 하인
감거감니리요 낭혹ᄉ부아긔기연지오향군지셩은 여슌필동이로다 약슈묘묘
ᄒ니 깅격심쳘니ᄒ고 졍심루루ᄒ니 난쇼구말니로다 장부지긔심은 일촌지강
쳘이요 아녀지심장은 비셕지가젼이라 셰무덕언ᄒ니 포경을 난합이요 희범
눈교ᄒ니 단현을 긔쇽가도츠쳡원은 한불싱육이라 원종축영지ᄉᄒ야 지결인
간지연이라 복원낭군은 유신언ᄒ오 ᄯ 풍월졀귀 보니오니 일노 신을 삼으
쇼셔 기시의 왈 별후인쇼셕즁ᄒ니 이유낭글좌셕

〈30-뒤〉

혼을 공교 별후 상스루 ㅎ야 적지화전일반반을 토끼 보기를 드ㅎ미 힝장이 촉박ㅎ고 이목이 괴이ㅎ나 답셔를 얼픗써 시비를 쥬어 왈 ㅇ희야 이 편지를 ㄱ져두가 낭즈 좌하의 드리ㄹ ㅎ니 기답의 ㅎ엿스딕 천금졍찰이 홀나ㅣ 졍커눌 지삼완비ㅎ니 불각지향이라 감닉불감 닉지지ㅎ이 결초불기 지연ㅎ니 양왕지션분과 뉴완지귀취ㄹ도 비어츠과즉기원의라 여비여쳔이면 무닉귀 마야아교교지틱눈 장지어목ㅎ고 연연지어눈 부졀어이ㅎ니 일보쳔고의 쵼장이 긔열이며 익이불견의 보보눈망이라 운슈창창ㅎ니 입졍원함졍이요 희포도도ㅎ야 고열열이 격아회로다 츈규지회눈 십불요과눈이나 운산지귀눈 세불가위로다 과활만경ㅎ니 긔쳔츄이밍

〈31-앞〉

니며 산쳡쳔봉ㅎ니 열만 고지 장스로다 디두쇼쳔하언지며 부슈국지의 지릉변호아쳔지구무언ㅎ니 지환을 난가긔라이의라 유기뉴쇽기쇽ㅎ니 도비비불비상불상이로다 쏘풍월졀귀 화답ㅎ니 보옵쇼셔 기시의 왈 궁문하쳐쇄션연고일별음용양묘연을 초일난망졍틱되라 젼신응결호인연을 탐탐ㅎ 졍담을 다 못ㅎ엿건이와 돈녀온 후 반가이 만날 뜻즐 젼ㅎ엿더라 잇찌 용와이 병을 강잉ㅎ여 빅관을 거느리고 궐문 밧긔 나와 젼송ㅎ거눌 토끼 황숑ㅎ여 하직ㅎ고 쥬부 등의 올나 안즈 슈상 놉피 써셔 고국강산 드시 보니 반가온 마음이 측냥업셔 쥬부 등의셔 디쇼ㅎ니 쥬뷔 웃눈 닐을 뭇거눌 토끼 답 왈 닉 본디 풍졍이 잇

〈31-뒤〉

던이 희풍의 촉상ㅎ미 슉병이 복발ㅎ여 그러ㅎ오 쥬부 웃고 쏘혼 진졍으로 쳥ㅎ여 왈 이번의 우리두라 공을 일위고 도ㄹ가면 형은 벼살을 더할 거시

니 어셔 밧비 ㄱ스이다 토끼 온마음 닝쇼ㅎ고 허락ㅎ니라 물가히 졈졈 갓
ㄱ오믹 토끼 모암이 간간ㅎ여 지례 쮜여ㄴ리ㄷ가 물의 빠져 거의 죽긔되엿
던니 쥬뷔 구ㅎ여 스장의 니여 노니 져 토끼 거동보쇼 통쥬약셔 쥬약ㅎ며
젼쳠후고의요 두요믹ㅎ며 쥬부를 죠롱ㅎ되 변통업는 오장뇩부○츌입을 어
이ㅎ리 어두운 너의 인군 무지혼 너의 죠졍 함졍의 범을 노코 골슈의 박힌
신병 속졀 읍시 되엿도다 이 산 즁 토쳐스를 뉘가 ㄷ시 유인할고 의스도 넉
넉ㅎ고 구변도 신통할스 산즁 부귀 부죡ㅎ여 뇽국의 가○○○○○○○○○○
○○○○○○○○

<h3 style="text-align:center">〈32-앞〉</h3>

일셰지쳑의 잇는 간을 살쩌원 보니면션 쳔신만고 날을 좃츠 무슨 닐노 나
왓던고 졀졀이 싱각ㅎ니 간간이도 우숩도다 네 마음의 원통커든 셔로이 의
스 니여 날을 ㄷ시 꾀울손가 스졍은 불상ㅎ나 닉 스즈니 그러ㅎ다 너의 안
히 미진 졍이 몽즁의 의의ㅎ다 네 집의 도ㄹ가셔 평안이 가신 쇼식 딕강이
나 젼ㅎ여라 쥬부 하는 말이 우시기질 그마ㅎ고 간 가지고 어셔 ㄱ셰 토끼
딕쇼 왈 간 둔 곳슬 알냐거든 닉 복즁의 들어쓰니 너 좃츠고 닉 죽으랴 우
미혼 별쥬부야 날 가튼 영웅호걸 슈궁의셔 보앗는야 긔궁요스 네 잇거든
뭇틔 나와 육젼ㅎ즈 닉 비록 고단ㅎ나 고향의 도ㄹ오니 우익도 만홀시고
한쇼리 놉ㅎ면 압산의 호랑슉쥬 뒷구러

<h3 style="text-align:center">〈32-뒤〉</h3>

스슴 벗님 잔꾀 만은 어호 친구 닉 ㅇ들 토끼 등이 쳔지를 쥬룸 잡고 운무
즁의 달녀들면 너 갓튼 못는 즈식 혼이나 남어 갈가 날 쓰러 왓ㄷ가셔 죽기
는 불상ㅎ다 네 만일 못 밋거든 닉 모양을 ㄷ시 보라 잔방귀 통통 쮜며 만
쳡쳥산 녹님간의 살 쑈ㄷ시 드러ㄴ니 쥬부 보ㄷ가 불승기분ㅎ여 앙쳔통곡
왈 어와 인군이야 조놈의 간계의 빠져 쥬육미식만 허비ㅎ고 욕이 닉집가지

미쳐쓰니 장니로 싱각ᄒ면 만니타국의 십싱구ᄉᄒ여 분쥬이 지니ᄃ가 쇽졀
읍시 허ᄉ된이 금의야 힝이요 전공이 가셕일세 ᄒ면목으로 고국의 도라가
셔 인군과 부인을 디ᄒ리요 종일 통곡ᄒ더라 잇써 토끼 살기를 도모ᄒ여
고국을 ᄎᄌ오니 정신이 상쾌ᄒ고 여광

〈33-앞〉

여취ᄒ여 살피지 ᄋ니 ᄒ고 쒸여가ᄃ가 산양ᄒᄂ 그물의 싸이여 쇽졀읍시
죽게 된니 살기를 웃지 ᄇ른리요 앙쳔탄식 왈 쇽담의 이르기를 디명은 독
의 드러도 면치못ᄒᆫ든 말이 날을 두고 이르미라 니 당쵸 슈국의셔 죽엇던
들 신쳬른도 금의화단의 염습ᄒ여 온전이 도른갈 거시요 혼박이른도 쳔츄
향화를 브라 영화극진할 거슬 간신이 도명ᄒ여 ᄉ경을 쏘 당ᄒ니 졔갈공명
신긔묘슐 초픠왕의 눙녀인들 요디읍ᄂ 곳즐 만나 변통을 ᄇ른리요 ᄉ무용
쳐로다 ᄒ면 슬피우던디 난디읍ᄂ 쉬픠리 날어와 은지며 쇼리 ᄒ거늘 토끼
홀연 싱각ᄒ고 픠리ᄃ려 무러왈 네 날을 죽은 줄 알고 기로츙장코ᄌ ᄒ건
이와 네 ᄒᆫ 입익

〈33-뒤〉

먹으면 얼마나 먹으리 부질업시 슈고 말나 쉬픠리 답 왈 니 비록 고단ᄒ나
음식의 알 실으면 경각의 빅ᄌ쳔손이라 슈디로 ᄃ 먹으면 왼브리쇼른도 긔
탄읍시 먹노라 토끼 왈 그러ᄒ면 날과 니기ᄒᄌ 니 털씃ᄆᄃ 알 실으면 날
을 염녀읍시 ᄌᄇ먹으랴 픠리 그 쇠를 모로고 디답ᄒ고 털씃ᄆᄃ 알 실으
니 토끼 두 누을 감고 죽은 ᄃ시 누엇던이 셕양은 지산ᄒ고 슉조는 투림홀
고 졔 그물 임ᄌ 올와셔 토끼를 쎄여 들고 왼몸을 살펴보니 쉬픠리 털쯔ᄆ
다 쉬 쓰러거늘 상ᄒ가 맛ᄐ보니 토끼 ᄒᆫ 쇠를 니여 방귀를 ᄀ만이 쒸니 상
ᄒ 니 쵹비ᄒ여 에푸ᄒ고 산곡간의 니던지니 비록 돌의 부듸터러 궁둥이ᄂ
아푸나 신날 갓치 상쾌ᄒ여 쳥산벽계로

<h2 style="text-align:center">〈34-앞〉</h2>

드르나며 ᄒᄂ 말이 조흘시고 너일이야 ᄌ미ᄂ다 농왕 갓치 신녕ᄒ나 니
한말의 귀가 먹곡 잇ᄂ 간도 읍ᄃ ᄒ여 만반진슈 ᄎ려 노코 팔션녀를 날을
쥬어 오음뉵뉼 갓초와셔 삼스삭을 잘 노ᄃ가 간신이도 보니거늘 조흘시고
조흘시고 스람 갓치 모진 것시 니 ᄒ 쬐의 눈 어두어 산짐싱도 죽ᄃᄒ고 그
물의 ᄈ여 니여 산곡간의 ᄇ리거늘 죽은 몸이 ᄃ시 살아 극낙세계 도ᄅ오
니 슈국 과인 세상의 날 당ᄒ 리 잇슬가 조흘시고 조흘시고 무슈이 질기ᄃ
가 티양산 깁푼 골의 ᄌ최읍시 도망할 졔 난디 읍ᄂ 쇼리기가 쳥쳔의 쎠오
ᄃ가 토쎼를 툭 ᄎ들고 만장층암 졀벽간의 희옴읍시 날어ᄀ니 토쎼 ᄎ여가
며 ᄒ 쬐를 싱각ᄒ고 하ᄂ 말이 연장군님 그럿ᄎᄂ 일이 잇쇼 우익야 무슨
닐이냐 토쎼 이른 말이 ᄒ번 쥬기ᄂ 상스롭

<h2 style="text-align:center">〈34-뒤〉</h2>

니 ᄒ틱 먹고 ᄒᄂ ○ᄒ권이 인이다 무슴 칙이 잇ᄂ다 토쎼 왈 그칙을 보면
각식 음식 과일 등 미인이 담속 드럿ᄂ이다 그러ᄒ온 칙을 뉘게 젼ᄒ지 못
ᄒ고 ○○ ᄀ으니 원통ᄒ오 쇼리기 그 쬐를 모로고 ᄒᄂ 말○○ 그러면 날
을 쥬미 웃더ᄒ뇨 토쎼 왈 그러ᄒ○○져리로 가스이다 쇼리기 토쎼 ᄃ리를
쥐고 ○로 가더니 토쎼 ᄒ 굴노 드러ᄀ며 ᄒᄂ 말이 ᄃ리ᄂ 노코 쏘리를 쥐
ᄅᄒ고 굴노 들어가며 ᄒᄂ 말이 족쏨 놋쇼 놋쇼 쇼리기 족쏨 노아쥬니 토
쎼 쏘리를 쏙 ᄈ터리고 드러가며 ᄒᄂ 말이 알ᄂᄌ쏘 쌈이야 니 좃지나 썰
으시요 쇼리기 이른 말이 이 익야 그만 ᄂ오너라 토쎼 왈 나ᄀ면 네 줄네
쇼리기 어이업셔 우시기질 그만ᄒ고 칙 가지고 나오너라 토쎼 왈 칙은 졋
치고 네○○○○○○○○○○○○○○○○○○○○

〈35-앞〉

씨 쥬부 토끼○○○○○○○○○○○○○ᄒ고 쇼상강 디슙풀의 피ᄒ○○○○
물마드 편만ᄒ더라 쥬부의 부인은 ○○를 니별ᄒ고 상ᄉ병이 되어 죽고 뇽
왕도 토끼를 날노 기드리드가 인ᄒ여 셰승예 ○위를 젼ᄒ고 죽은이라 그
후의 젹훈공이 죄 잇셔 동졍호로 증비왓드가 별쥬불 만나 그 쇼식을 젼ᄒ
니 쥬부 통곡ᄒ드가 인ᄒ여 죽으니 그 유원을 아황녀영이 아임의 올녀 노
리ᄒ니 셰상의 편만ᄒ니라 남은 임의 야심ᄒ고 원촌의 드리이 운다 각귀
기쇼 도로가셔 단잠이나 즈구지구○○○○으류연 이월 초여흘게 볏긴 칙이
라 이여가 ○○셰초 임술이요 셰유삼월리라 츈풍이 건듯부러 봄빗철 시○
○ᄒ이 문젼유장의난 가지마다 쥰○○○

단국대 나손문고 소장 53장본 〈톡기젼〉

단국대학교 율곡도서관에 소장되어 있는 국문 필사본이다. 표제는 없으며, 1면의 내제는 "톡기젼 단권이라"고 되어 있다. 크기는 가로 17.5cm, 세로 29.5cm이다. 17면만 10행이며, 나머지는 모두 9행이다. 매행 15-21자 정도이며, 총 53장으로 구성된 본인데, 첫장 시작 부분이 몇 구절 탈락되어 있다. 마지막 장과 표지에 "긔미여 니월 슌닐 필셔하연노라", "경신 졍월 슌일 미연노라"라는 필사 연기와 製册 연기가 기록되어 있다. 경신년은 기미년의 다음 해에 해당하므로 기미년에 필사하고 이듬해에 책으로 맸음을 알 수 있다. 이 책의 필사 연대는 기미년(己未年)인 1919년으로 보인다. 이 이본은 모족회의 대목과 별주부의 노모이별 대목이 탈락되고 없다는 점과 작품의 말미에 별주부가 용왕의 미련함을 꾸짖는 대목이 첨가되어 있다는 점을 제외하면 현전 판소리 창본과 거의 동일하다. 그러나 판소리 특유의 어투는 나타나지 않고 독서물의 성격이 강화된 본이다. 원본은 단국대학교 율곡도서관에 소장되어 있다.

(청구번호 : 853.5 토243가)

단국대 나손문고 소장 53장본 〈톡기젼〉

〈1-앞〉

디 만무회츈지도ᄒ고 구불명은ᄒ야 회츈할 질 젼이 업셔 졈졈 집퍼가이 영
덕젼 놉푼 집으 일어타시 홀노 누어 용탑을 쒸다리며 슬피 통곡하난 말리
희불안파 티평ᄒᄂ디 일언 병을 어더 날 살여쥬 리 업셔스니 닉 쪼한 쳔명니
아니 답답ᄒ가 일어타시 슬퍼할 졔 난디업ᄂ 오싁치운니 니러ᄂ며 희풍셰
우슝의 엇더ᄒ 쳥혹도스 비은을 빗겨 타고 공즁으로 나려와 지비ᄒ고 엿즈
오디 약슈 숨쳘이 희당화 구경ᄒ고 미운 요지

〈1-뒤〉

연의 쳘연벽도 구ᄒ랴 ᄒ고 가옵더니 둣스오니 디왕의 병셔 위ᄒ시ᄃ ᄒ옵
기로 뵈옵고즈 왓나이다 왕니 반겨 왈 도스는 황황ᄒ 병을 직효홀 약을 니
르소셔 ᄒ디 도스 엿즈오디 디왕니 병셰난 집징치 못홀 병니라 약으로 의
논컨디 당즈 츄스 인슴 우황 픠독손 졍기손 쳥슈환 사물탕 융미탕 팔미탕
육군즈탕 보은익긔탕 쳥홍보은탕 십젼디보탕 슝초탕 쳑직약 빅지약 졍봉영
빅봉 싱지황 슉지황 ○망초 츙츌 훈스 닌슴 소

〈2-앞〉

엽 박풍 진피 쳥피 반ᄒ 육지 당귀 쳔궁 우슐 목통 틱스 진강각 지츠 강초
인분탕 슬농씨 빅초약을 가지고 다 셔와도 소음 보지 못ᄒ리다 짐믹이ᄂ
ᄒ여 보스니ᄃ ᄒ며 니존즁ᄒ고 간믹니 졍동ᄒ여 비운믹니 놀너시니 복즁
으 ᄂ 병니요 스지가 부기ᄒ고 두 눈니 어둡기ᄂ 음양으로 ᄂ 병니요 혈격
담격은 ᄒ초가 부족ᄒ미요 은언 즁 화병니 되고 여셧 가지 긔운이 동흡ᄒ

여더니 슨기난 양니요 진정희미는 졍음니오니 황달과 음

〈2-뒤〉

어화동니 되야슨니 진세의 쳘연 무근 톡기 간을 구하여 씨옵소셔 만닐 이
약을 쓰지 못ᄒ오면 염니디왕니 스촌니요 동방식니가 조싱이화도 슨사 사
온 들 노 돌일갈 귀 ᄒ오리ᄃ 왕니 톡기 간이 약니 되는잇가 도스 답왈 디
왕은 진니요 톡기난 모이라 만일 스지 못ᄒ오면 손은 목니요 간진술은 양
퇴라 목극니라 갑닌진술 디강유요 지간자는 원셩목니라 슈싱토 ᄒ여시니
약이 엇지 아니 되는닛가 왕니 왈 그러ᄒ나 충희 진세

〈3-앞〉

간의 빅희만졍니라 ○니리 외여 ○현ᄒ 슈궁을 일노 보니오면 싱스가 젹막
ᄒ고 진세간 출입ᄒ기 난쳐ᄒᄃ 이고 이고 니 신셰야 죽을 박그 슈가 업ᄃ
진황은 민승쳔지 위엽의로 중싱불스 ᄒ랴고 동남동역 의빅인을 허숑슴샤
ᄒ 연후의 여손숑빅 울울충충 슴쳘연 영결ᄒ고 졔일부쳥손은 숑젹니 망ᄒ
이 불노초을 못 먹고 죽어 엇지 만고영웅 한퇴죠도 오십원으 죽어닛고 졍
시혹망 쩌자닛고 슈명중단 졔쳔

〈3-뒤〉

니라 그러ᄒᄂ 톡기라 ᄒ난 것슨 일월 말근 고디 빅운쳐 시비업시 다니난
디 엇지ᄒ야 구ᄒ리요 도스 둅왈 티손지ᄒ 유졀간지목ᄒ고 인의지간의 집
노느니 디왕니 셩덕으로 엇지 셩공지슨니 업스오릿가 왕니 니 말을 듯고
슈궁 만조빅관을 일시로 모의라 ᄒ디 영을 듯고 일시로 모야들 졔 승승 겨
복 승지 도쥬셔 오증어 홀님 박디 방쳠스 조기 희운공 방졔 유셔니 광어 병
스 쳥어 군슈 디구 혈영 우렁 현감

〈4-앞〉

홍어 만호 ○○ 출방 부어 슈스 날치 좌랑 병치 션젼관 피리 디즁 상어 부즁 빙어 비벌낭 쳥어 멀치 조리 왕등어 슈츤 고등어 지령 쳥다릭 즁어 가오리 워츔균 남싱니 별쥬부 즈리 금부나즈 슌영슈 고릭 식슈 조흔 희귀신 믹금 비암즁어 슝어 젼어 송어 문어 농어 방어 명틱 쥰치 슘치 갈치 멸치 가말치 징검 시우 가지 직족 우시 쳔어 미고리 올충니 썅쏭니 즈가스리 송아리 슈문즁 물믹

〈4-뒤〉

이 득물니 모드 모와 복지쳐영흔디 광이왕니 좌우 제슌물 도라보며 가로디 모은 져 슨흔 즁의 진셔여 나가셔 톡긔을 구흐여 짐으 병을 구왕흐 리 뉘 잇슈나 좌우 어두구면지조리 묵묵부답이여날 왕이 흐는 말니 남무 나리는 츙신 닛셔 흘고스군 긔즈초와 광초방슨흐더이도 죽은 님군을　슐여시니 군신유의 즁흘스고 슬푸드 우리 슈궁 만여 듕으 츙의츙신 흐나 업셔스니 짐으 병을

〈5-앞〉

구완흐 리 업셔스이 엇지 니리 가련흐드 졍언니 엿즈오디 세숭 니리 흐난 고디 인심 무겨흐와 슈궁 인간니 열진흐면 즙기로 위쥬흐니 지혀 용밍 업는 지는 셩곤치 못흐옵고 죽기가 쉽스오니 글노 근심이로소니라 그려흐면 죽을 박긔 슈가 업습니 글노 근심니로소이다 그려흐오면 죽으리다 승상 거북 엇더흐요 졍닌이 엿즈오디 거복은 거복은 흐죠낙셔을 복판으드 졈

〈5-뒤〉

졈니 기려잇고 조화 무궁흐오나 조화 분질역니 업스오니 복판이 디문 고로

세승의 나가오면 승도티모 관즈을 원ᄒ오니 스성을 멀나 보너지 못ᄒ나이
드 잇 디 희운공 방겨 열발을 좍 발니고 술술 기여 드러와 엿즈오더 신의
고헹니 진세간닌 고로 쳥유벽계승으 즁슨ᄒ여 슈슘연을 슬님ᄒ올 졔 망월
티 즁순퇴 션티 두루 안면이 닛스오니 져로 나가와 톡기을 즙

〈6-앞〉

아 디왕으 병세 평복ᄒ오리다 졍언 셥 쥬왈 열 발은 구존ᄒ오나 겨음은 빠
의 고집기로 셩졍니 급하와 인젹니 얼넌ᄒ면 뒤거름은 졸ᄒ와도 단단 밋지
못ᄒ오니 보너지 못ᄒ린니다 그러ᄒ면 방쳠스 조긔가 엇쩌ᄒ요 졍연니 엿
즈오더 조긔난 쳘갑이 쏫쏫ᄒ와 방슨지겨은 죳스오나 엿 글의 닐너시되 방
흘지쳐라 ᄒ엿스옵고 이슈연지공니라 ᄒ오니 슐조라 ᄒ눈 시가 잇스와 조
긔을 보면 둘

〈6-뒤〉

여드려 죠긔을 물고 죠긔난 슐조을 물고 승젼미졀홀 졔 인간니 보고 슐조
즙고 조긔 즙고 모다 다 즈바가오니 니보너지 못ᄒ오리다 그러ᄒ면 희낭쳥
시우 엇쩌ᄒ요 시우눈 용망니 초등ᄒ오나 쑤긔난 졸ᄒ오되 안니 돌츌ᄒ와
두 눈알리 소스기로 단단코 단명홀 기싱이라 니보너지 못ᄒ리다 그러ᄒ면
슈문즁 물먹이 풍신은 죳스오 슈염니 질고 입니 횔셕 널눕고 슈양은 디동
비 갓스오니 요그감을 어드랴고 여그져그

〈7-앞〉

살필 젹의 사립 슨 어옹덜 잇기감을 쩌여 물의 풍덩 당긔노니 욕슴 잇난 져
먹니 왈칵 싱켜노의면 단불요디여 죽스옵고 인간의 이질 비압피 든 스람
슐병 풀즈시니 얼넌ᄒ면 잡기로 위조ᄒ오니 보너지 못ᄒ리다 수지츌사 엇

써ᄒᆞ요 희귀난 슨젼니 줍습기로 식잘망슨ᄒᆞᄂᆞᆫ 고로 음골의 ᄌᆞ식을 니보니 오면 진세숭 스람이 다 ᄌᆞ부면 세숭의 부가옹니 갑슬 악기존코 듕갑을 쥬고 스가오니 보니

<h3>〈7-뒤〉</h3>

지 못ᄒᆞ리드 ᄒᆞᆫ춤 공논니 미결홀 졔 영덕 압푸로 ᄒᆞᆫ 신ᄒᆞ ᄂᆞ오리 음옥니 단속ᄒᆞ고 즁짓의로라 국궁지비ᄒᆞ고 숭소을 드리거날 바드보이 ᄒᆞ엿시되 황곡복지 슌쥬졍덕은 홀ᄒᆞ고 눈황지넌의 난양양ᄒᆞ옵고 쳔문열풍ᄒᆞ고 희불양파 슴닌이라 황희충낭 쳘닐쳥으 쳔지일월 옥쵹건곤니 막비슈부며 막비용궁니라 디왕의 광디지셩덕과 무궁지조화로 쥬유셩탕 ᄒᆞ망지덕니미라 디왕지은 틱

<h3>〈8-앞〉</h3>

니라 황여쳔지셩덕으로 기물슈지미물호와 당금지셔ᄒᆞ야 왕혀물영ᄒᆞ오니 복민만만니과복졀슨은 충신지후여로 취허낭충ᄒᆞ옵고 탕영니츌ᄒᆞ던 묘슈지아 탄탄위야ᄒᆞ던 힝거러신ᄒᆞ던 예양의 충셩과 육국을 종합하던 스진의 귀변과 칠졍칠검ᄒᆞ던 공명 지지을 흉듕의 품엇스오니 엇지 슨간의 ᄒᆞ고만ᄒᆞᆫ 톡기 한나 못 구ᄒᆞ오릿가 복원 승숭은 슨으로 출셔ᄒᆞ와 옥쳬 알영ᄒᆞ옵슴을 발러ᄂᆞᆫ이드 왕니 숭소혼

<h3>〈8-뒤〉</h3>

것슬 보시고 충지라 빅이지충이 이여셔 더홀숀야 슈궁 충슨은 이쑨니라 그러ᄒᆞ나 드르니 셔숭의 나가면 왕비통니 좃틱 ᄒᆞ고 굿 조흔 쇠쏫치로 곡곡 질너 줍은다 ᄒᆞ니 보닉기가 윗터ᄒᆞ다 ᄌᆞ릭 드시 엿즈오딕 슨니 목을 들니고 두용직을 줄ᄒᆞ옵고 물 우의 번듯 써셔 망보기을 잘ᄒᆞ오니 드른 근심 업

ᄉ오이 염여마옵시고 히즁지소셩의로 톡기 모식 모로오니 톡기 화셩 용모 파기 긔리쥬옵소셔 한디 디왕니 올희 역겨 화공을 급피 불너 톡기 화셩 기려 쥬라 한디 톡기 화셩 기린다

〈9-앞〉

도졍 유리 창홍 연져 오징어로 먹 갈니고 양듀화필 덥벅 푸러 단졍치삭 두루 셕거 빅연화간지상의 이리져리 기릴 젹의 ᄉ랑츈순 초쳐 향녀 잘 만난 코 기리고 ○○ 문져조라 말 든난 귀 기리고 디한 소한 방풍ᄒ난 털 기리고 니초 져초 향화 방초 인슴 불노초 꼿 ᄶ먹난 입 기리고 층암졀벽 바우 틈의 풀 밤는 발 기리고 두 눈은 쏭굴쏭굴 두 귀난 쏭긋쏭긋 꽁지난 못쪽 압발은 긔동긔동 뒤발은 늘졍 좌편으는 쳥순니

〈9-뒤〉

요 우편의는 녹슈로다 쳥순녹슈 집푼 고디 층암젹벽 울울창창 느러진 겨슈 나무 그늘 속의 들낭날낭 오락가락 앙금조촘 기난다시 얼넌 기려 니여쥬니 망월하난 톡기들 니여셔 더홀손야 ᄌ리 바다 품의 품고 사은하직ᄒ 연후의 조졍의 하직하직ᄒ고 슈졍문 밧기 썽 나셔 져의 집의 도라와 부모 쳐ᄌ다려 하난 말리 나는 진세간의로 디왕의 병세 위둥하와 약을 구ᄒ려 ᄒ고 나가오니 부모님 모시고 잘 닛소 자리 안

〈10-앞〉

희 니 말 듯고 깜쪽 놀니 하난 말리 니 말리 웬 말닌가 진세라 하난 고지 슈즁 닌갑 열넌하면 잡기로만 위엽한듸 엇지 나간단 말이닌가 츙신도 실니 가지 마오 가지 마오 제발 덕분 가지 마오 자닌 말은 당연하나 왕밍의로 가난 지을 뉘라서 말유할가 부디 부모님 모시고 줄 잇소 또 한 말 붓탁하니

지 넘의 남셩니란 놈이 즈니 보면 조와ᄒ니 그 놈니 위터하니 나 엄난 줄 알고 음골의 아덜놈이 즈

〈10-뒤〉

니 듯슬 두고 밤낫업시 올 터니이 그 자식은 넘싱가 노랑니가 촉비하나이 글노 험ᄒ소 자리 안니 하난 말리 그런 말은 니도 말소 부탁한디도 니 암마이요 안니한 디도 니 마음이요 엇져 그런 말은 니도 마소 예 글의 닐너시되 위방부럽이요 난방불거라 하엿슨이 위터은 더 가지 마오 제발 덕분 가지 마소 즈리 하난 말리 슈화즁닌들 사싱을 불고하난디 니 말노 그만 둘가 훨훨

〈11-앞〉

썰치고 물결을 더우 줍아 허우허우 나간ᄃ 삼순을 바리보니 고고쳔변일윤 홍은 부승의 썽실 놉파 닛고 양곡의 즈진 안기 월봉의로 도라든다 어장촌의 기가 짓고 회닌봉 구룸 인다 노화난 눈이 되고 부편은 물이 쩌다 어용은 잠을 즈고 동졍여쳔파시츈의 금셕츄파 여그로다 압발노 벽파 직어 당기며 뒤발노 창낭을 탕탕 츠며 요리져리 앙기조촘 동졍호 칠빅니 사면으로 바리보니 오초난 무슴

〈11-뒤〉

일노 동낙으로 버러잇고 건곤은 어늬하야 일의 둥둥 놉피 쩌짜 쳔의무슴 시비봉은 구룸 속의 별여잇고 희우로슝일찰니는 눈 압푸 졍의로다 아양누도츈집의 두줌니 지은 길은 도졍호로 징웅하고 창외사기은 구름 남훈젼 발근 달 오헌금 슫쳐닛다 낙포로 가난 비는 쏙각달 무관속의 초희왕의 원혼인가 강순 슈려ᄒ고 졍긔도 조흘시고 운간으 나는 신난 한무져 편지 젼코

〈12-앞〉

요지여로 도라가난 셔황모의 청죠로드 강승의 떤난 비난 티빅선싱 긔정 후
의 풍월 실너 가난 비라 강흔니 츌넝 황금은 쳔펴 노화 풍긔 빅운니난이라
청쳔의 져그렁 옹옹셩니 셧드러다 스풍세우불슈거라 그렁져렁 디을 다 지
니고 쳥손벽겨 스니물의 가만니 은슨흐고 만학쳔봉 바리보니 만경디 구름
속의 션학니 우러닛고 비로봉은 허궁으 쎵실 소스 넛고

〈12-뒤〉

다 겨산파무울츗하 산은 칭칭 놉파 닛고 경슈무풍야즈파의 물은 츌넝 집퍼
닛고 만산의 국파졈 피여나고 벽희낭 쑥쑥 중송 낙낙 삼조 펄펄 날르든다
츈도 다리 츅넌츌은 휠츤츤 감겨잇고 왼갓 시가 날아든다 울리 울리 비조
뭇시들리 농츈화담의 짝을 긔져 쌍긋쌍니 날라든다 말 줄 흐난 잉무시 츔
줄 츄난 학두림이 슈옥 짜옥이 쳥손 기려이 갈무 져비 날라들고 방울시 쩔
넝

〈13-앞〉

호반시 슈루룩 갓토리 쓸쓸 장긔 푸두둑 문치 조흔 공죽기며 슬피 우난 두
견조 귀쵹도 부러귀 이산의로 가며 숏짝 져 손의로 가며 소짝소짝 울고 적
막공순 밋초리 연비여쳔소리 그 소리 조흔 범궁시 이 시 져 시 다 본 후의
져 자리 거동 보소 빅운슈쳐층암졀벽숭의 제우 기여 올나가 소실츈식말니
파의 고국을 바리보니 운무간의 암암하다 톡기 만날 질리 젼니 업드 혼즈
안져 굿

〈13-뒤〉

탄한다 잇 디 셕양 산 집푼 골노 긔난 짐싱 짜난 짐싱 옥경선관이 승피할

제 풍치 조흔 지사로다 츌입풍조 포범니며 비○비회 곰이며 보희시 양희승
의 길너너든 노양 소양 창희역스 방낭사 츙제복하던 달암니며 강슈동유원
미셩의 실피 우난 잔나비며 씩만한 거시며 날난 노루 간스한 뭇쥐 쏠 조흔
사슴 털 조흔 너구리 톡긔 골안 쏙져비 날담부 가로 뒤고 모로 뒤고 앙기조
촘 이리 져리 왕

〈14-앞〉

니할 저 자리 싱각하디 져 듕의 톡기 응당 드러시리라 하고 목을 질겨 쎄여
화셩을 니여녹코 화셩 보고 톡긔 보고 화셩 보니 그거 분명 톡긔로다 니 솜
씨로 부루리라 하고 퇴셩원ᄒ고 부루난 것시 호셩원 불너노이 호랑니 듯고
어헝ᄒ난 소리 산쳔 울니는 듯 겨 뉘라 날 츤난고 날 츠지 리 업건만난 겨
뉘라 날 츤난고 글영슈 별건곤 소부 허유 날 츤난가 젹셕강 명월야의 스즁
쳔ᄌ 눌 츤가 황산곡수 져문 눌의 ᄌ진곡

〈14-뒤〉

노리하던 너노닌이 날 츤난가 완월즁취ᄒ난 티빅션싱 긔경상쳔하난 지도의
함기 가자고 날 츤난가 어헝 쏘리을 질질 쓰시며 어금어금 나려와 자리 압
푸 웃뚝 셔니 자리 깜짝 놀니여 목을 음치고 죽은다시 업쳐슨니 호랑이 거
동 보소 말고롬이 보던이 이것시 무엇신야 눈도 코도 업난 것시 이것시 무
어시야 쏙지업난 가밋솟 두겅도 갓고 군역 업난 슐네박구도 안니요 누어
마른 쇠동도 갓고

〈15-앞〉

발엄난 둑겁이도 갓고 붓○흔 밀북금니야 왼통치 싱키랴 어헝 그것 괴물니
로고 자리 입만 제우 여러 겨가 뉘라시요 알나기 속의도 말 드러니 나는 빅

슈지즁 산군니요 겸밍호슈즁 명왈 호랑니다 너난 무엇손야 자리 호랑니란
말 듯고 졍슴업셔 목을 음치고 소닌은 자리요 호랑니 반기 듯고 왕비탕을
원호더니 오날니 약도다 윈통치 싱켜보즈 즈리 탄식왈 니제는 우리 용왕
못 보건

〈15-뒤〉

니 츙셩니 부족턴가 슨슈가 불길훈가 격스지경 자리 팔즈 명쳔니 감동호와
살여쥬옵소셔 탄식호다가 싱각호고 왼 니가 즈리 안이요 하면 무엇슨요 남
셩니요 어헝 더욱 좃타 남셩니는 십츙의 좃타 호니 니 솜씨로 먹그리라 남
셩니도 안이요 무엇스야 쑥겁이요 쑥겁니난 속병의 사라 먹의면 속병이 풀
닌다더라 자리 한 쐬을 니여 호랑 압푸 나셔며 니 근본을 알나요 네 무엇슨
고 즈리 왈 슈부 용궁 간

〈16-앞〉

의디부 별날리 별쥬부라 하옵니 호랑니 무식하야 즈리 별즈 몰나 듯고 별
날니 별날니 어헝 기것 직품은 희고춘타 어니하야 나완느요 목은 어니 우
명지 도야난듸 자리 디답하되 우리 슈궁 되락하와 쇠로 즁충호야할 졔 쳐
여간 지야을 니 솜씨로 다 올일 져 츈어끈 도라가다 한발 잣칫 믹그러져 공
듕의 쑥 더러져 도리비도 나려 질져 쩍꾸러 나려져 우명거지 되야그로 명
니드려 문으훈직 호랑 실기을 먹

〈16-뒤〉

어 직효하리라 흐옵기로 호랑귀신 즙어타고 호랑 산영 왓거니와 게가 호랑
이면 쌀기 한보 못 쥬건나야 슈궁 비조 쐬여들고 호랑귀신 기 닌느야 호랑
흐고 달여들며 비 갈의즈 흐이 호랑니 더겁흐여 어헝 소리흐고 홰똥을 왈

칵 싸고 초가셩의 놀닌 픠왕 켜우 난츌격의로 슈루룩 엉금 다라난다 자리
싱각ᄒ되 호즈난 산지영슨니라 니의 츙셩을 보라 ᄒ고 호즈을 보닌미라 산
신을 위하라 ᄒ고 산슨졔 츠릴 적의

<h3>〈17-앞〉</h3>

제변암상 웃쑥 션난 반송닙을 죽근 썩거 빅초 황초 경니 갈고 츄풍낙업을
타우로 갈나녹코 차려로 진셜할 졔 쩌러진 실과 목슬노 삼식 실과 고야녹
코 좌우 시니물 어루만져 은어 날치 잡어니여 낙역의 고야녹코 간유슈을
돗토리 쑤경의 부어 녹코 썩가랑닙의로 저돗 쌀고 분향지비 쑤러안져 축문
지여 고ᄒ되 유세츠 감소고유 갑즈 납월 남희 용공 별주부 슨은 후토실영
은 ᄒ감ᄒ옵소셔 슈부 용왕

<h3>〈17-뒤〉</h3>

니 도련 득병하와 지어스경니옵고 빅약니 무효하와 소망즈 철연퇴간니오이
약비 퇴간니요 견황쳔각니 가려키로 슨즈지도려로 불승강기하와 만경창파
을 슨니 득달하와 진셰 슨간의 나왓스오니 복걸 산슨은 영니지지ᄒ와 즁슨
퇴기을 지시ᄒ와 뎌왕의 병을 직효이 쳐즉 승희 득○ 지비ᄒ 후의 이윽고
ᄒ 곳슬 바라보니 졀벽승의 초목니 무셩ᄒ드 기난 짐싱 짯난 짐싱 나려온
다 이묵니 졍계ᄒ고 형용니 단졍ᄒ야 월

<h3>〈18-앞〉</h3>

즁퇴가 영덕ᄒ다 즈리 품으로셔 화승을 니여녹코 톡기 보고 하승 보니 그
져 분명 토기로드 니 솜시로 부르리라 ᄒ고 퇴퇴싱원ᄒ고 불너으니 톡기
듯고 의심ᄒ야 고이ᄒ다 날 츠지 리 업건마난 고이ᄒ다 소부 혀유 지을 싯
즈 ᄒ고 날 찻난가 황손곡 져문 날의 즈진 공노라 ᄒ든 네 노인니 날 츤난

가 완월중취ㅎ던 늠○ 티빅 귀경승쳔 ㅎ난 질의 흠기 가자 날 츈난가 쳥산 귀로 빅운탄으 옥변니가 날 츈

〈18-뒤〉

난가 츠산의 운심ㅎ부지견 오슨 손님 상봉하즈고 날 찬난가 계 뉘라 날 츤 난가 이리 쒸고 져리 쒸고 짜웃짜웃 팔팔 쒸여 나러온다 톡기 즈바 붓친니 즈리 이고 코야 이고 니마쌕이야 그 분 초면니 남울 밧기난 무슴 니리요 톡 기 만치며 하난 말리 오비이낙이로고 여담졀각니로고 즈리 호랑니겨 놀닌 씃시라 목을 움치고 죽은다시 업져슨니 톡긔 말고롬 보다가 그것 두투리 방셕 갓다 쌀고 안져 보즈 홀짝 쒸여 올나안겨니 자러 ㅎ

〈19-앞〉

난 말리 자거도 동집은 ㅎ고츤니 하고 빗트니 톡기 하난 말리 눈도 코도 업 난 것시 등심은 디단ㅎ고 이고 야야 움목 나온다 그디로 나오면 한 쳔발 나 오것다 자러 한슘 쉬며 우리 통졍니ᄂ 하시 겨 뉘시라 하요 톡긔 디답ㅎ되 나는 쳔셩 월궁의셔 음양슌사시와 디소월 분간하던 예부승셔 월퇴진니 조 흔 약쥬 취ㅎ겨 먹고 장싱약을 그릇 치고 상상졔겨 득죄ㅎ고 니 손즁으로 졍비 왓거니와 별호난 퇴션싱니라 ㅎ오니 즈리

〈19-뒤〉

한명 반긔 듯고 자러 화답하되 퇴션싱 말은 익키 드러거이와 여와 뵈웁기 난 사지막덕니요 우비독경니로고 톡긔 왈 ㅎ승견지만만 무거불칙니로고 자 러 왈 나는 유식ㅎ거니와 겨셔도 유식ㅎ오 건터 셔슝 흥미와 노는 풍경 들 어귀다 톡기 왈 이니 몸니 한가하기는 이 쳔지간의 졔닐리라 닐모황혼 잠 드러다 월츌동영 잠을 씨여 진셔간의 단닐 젹의 님즈 업는 손과목실 표식

하고 경기 조흔 녹슈쳥순을 니 집 숨아두

〈20-앞〉

고 부윤 갓치 명순 츠자 귀경할 제 만순의 동셔남북으로 봉과 진국 명산 만
장봉과 무슨 심니 봉니 방중 영쥬봉 슈양산 안 아미순 두루 안니 본 곳 업
셔넛고 골윤순 상상봉을 암암니 긔여올나 빅운을 무룸씨고 우순의 낙도 귀
경 양로의 일출 구경 안흐의 슘열하고 동틱산 소쳔하던 공부즈들 니 여셔
더할손야 잉부즈로 벗슬 삼고 원양을 니웃하여 밤이면 완월흐고 느지면 유
슌흐니 강순풍경 홍미 알기

〈20-뒤〉

난 나쁜이라 젹송즈 안기셩을 니의 졔자 숨아두고 장셩도을 가르치며 닛짜
가은 종니로 치고 그리하오 자러 듯고 우왈 언족니식비로고 그딕 경기 자
랑 말소 인간 영욕을 니 잠간 닐웃겨 드러보소 그딕 셔승 팔난을 모르고셔
숨지을 어니 알고 삼슌구식 다 지닐 져 엄동딕한 셜한풍으 만학쳔봉 눈 씨
니고 찬바람 드리 불고 저 잉무 원앙 쓴어지고 초목실과 바니 업셔 곱푼 빅
트러쥐고 어둑한 바우 틈의 군난다시 안

〈21-앞〉

져실 졔 셜중의 무관 쇽의 초회왕의 군곤니요 북상히 조중낭의 고승니라
쥬려죽을 톡긔 삼동고셩 졔우 스러 벽도 홍이 츈니월의 쥬린 구복 치우라
고 슴산궁곡 찻고 츠져 이리 져리 단닐 젹의 골착골착 무든 것슨 겨자을 함
경니요 봉봉니 션난 것슨 미 바든 슈월즈요 쳥쳔의 썬난 것슨 톡긔 티길이
○기야고 엿보는 독슈리요 지실기로 도는 것슨 모리균 산영기요 음산셕곡
의 톡기 무○귀랴고 마호가 엿보고

〈21-뒤〉

송하의 슈문 것슨 퇵긔을 노랴 ㅎ고 불 줄 논는 디표슈요 사면의로 두룬 것
슨은 톡기 걸일 그물리요 셩탕임군 가슨 후의 그물 코 져우 풀여 평지열 나
려가니 작딕니을 둘너먹고 호구리며 여허 니 놈 져 간다 쏜난 것슨 슨슐 먹
근 초군이라 그디 신셔 싱각하면 밍덕의 궁곤하던 한티조은 간장의 요격명
의 젼뷔하던 조밍덕니로 시우갓치 등 쏘부리고 결운 쏘리 쌋틔 지고 칭암
졀벽 지실기로 져우 기여

〈22-앞〉

올나갈 제 코여셔 슨니 나고 목의셔 단니 나고 쩨까쥭 부어잡고 밋궁기 소
사날 제 어 안니 팔난닌가 만산풍경 죳타한들 무삼 졍으로 유산하고 무슴
흥의로 완월할가 그디 슨셔 자랑 마소 톡긔 탄식왈 연즉스하로고 디의 흥
미 드러건니와 슈궁 흥 드러보시 자리 답왈 우리 슈궁 흥미난 장관니라 쳔
야지간 디희 줌의 쳔여간 집을 짓고 래용골니 우양하니 영광니요 일호고집

〈22-뒤〉

어런니 작과ㅎ니 셔기는 반공니라 황금으로 집을 짓고 비옥으로 문을 달어
유리 지동 호박 초 슌호 난간 더욱 죳타 우리 슈궁 영홍하니 응쳔슝지스광
니요 교의슈셩은 비닌간지오복니라 우리 용왕 즉위ㅎ사 만족니 져닌하고
빅영니 앙덕니라 왕모난 조금졍니요 쳔비난 봉옥반의 다 놋난 쥬빈 사래을
슬토록 먹근 후의 흥니 도도하고 니 십팔슈 가진 풍유을 디봉션으 가득 실
코 지극총 지극총 비을 노와 삼쳐스히 희당화난 약슈

〈23-앞〉

의 불거닛고 강구연월 남풍시을 을푸면셔 역그 젹기 화답ㅎ니 남희 팔경과

청풍 젹벽 소즈쳠과 명월 치셕 티빅 홍미 이여셔 더할손야 별유쳔지비닌간
의 불노불싱 즁싱 팔즈 우리 슈궁 조흘씨고 치약하던 진시황과 구션하던
한무져도 슈궁 홍미 알아쓰면 니 세숭의 닛실손가 원컨디 퇴션싱은 팔난셔
승 살지 말고 나을 짜라 슈궁 가시 쏘한 그디 져 풍신은 조흔 벼슬할 것요
미식 션여 쏙

〈23-뒤〉

을 지여 쥬식을 풍덕 졈기 쥬야로 디풍유의 호강ㅎ고 만셔동하거드면 셔승
싱각 업실지라 나을 짜라 슈궁 가시 톡기 왈 그디 말을 드를진디 원닐젼지
슈궁니라 가고습푸나 슈로가 육지와 달너 어니 갈고 자리 왈 늬의 지조와
용밍 조화 무궁ㅎ기로 만만디희을 평지 갓치 왕니ㅎ니 니니 등의 업펴시면
수궁 가기 염여할 길 업니 그리하면 드러가시 자리 압푸 앙금앙금 톡기 뒤
로 조츰조츰 원노희

〈24-앞〉

변 날여갈 제 건넌 말 바우 틈의 너구리 달쳠 셕 나셔며 아히 톡기야 웨야
너 어디 가나야 나 슈궁 간다 달쳠지 비소하야 왈 일른 말리 어허 자식 어
린지고 너의 두리 슈족할 제 니 여셔 드럿노라 자리한트 둘엿다 엇 말을 드
러보라 활 잘 쏘난 위닌 형과 역슈한풍 속닐할 제 셔실푼 노리 여 다시 오
지 못하엿고 쳔츈원혼 초히왕도 진무관의 갓쳐닛고 드시 오지 못ㅎ여닛고
츄

〈24-뒤〉

초난 열연의 푸른 풀은 왕손도 귀불귀라 너도 슈궁 가면 못오고 쥭으리라
위방뷰립 가지 마라 툑기 듯고 의심하야 달쳠지 형님 말리 올체 자리 눈을

흘긔드며 너굴니 흉한 놈 말을 일으겨 드러보와라 슈월 젼의 우리 슈궁 드
러와씰 쩐의 기고리 즁더하기로 홀연디즁ㅎ라 하디 마다 하고 무님의로 닛
다가 슨여을 통간ㅎ고 현하여 호조돈 쳔양을 도젹ㅎ여 탕난니슈슈ㅎ기로
어젼 곤장 삼십

〈25-앞〉

도을 맛고 졍비츌송하엿더니 기 혐의로 남도 못 가겨 하니 남의 간의 ○털
리 만하고 눈니 뭇쳐시니 흉길한 즈식놈니라 슝은 불양한 자식니라 속 실
거운 퇴성원은 너구리 말을 듯지 말고 난방불거 스지 마소 우리 슈궁 어셔
가시 톡기 듯고 도라셔며 쳘니 슈궁 멀고 먼더 일거소식 끈어지면 그 안니
가련한가 가기는 위터하니 자리 귀변 니여 쳘니 슈궁 머다 마소 밍자 갓탄
더성닌도 불원쳘니

〈25-뒤〉

하고 양혀왕을 보와 닛고 동희 상 강틱공동 문왕을 쌀라 입쥬ㅎ여 몸니 귀
이 되야닛고 빅니희도 모공 짜라 지국 명즁 되야 닛고 화음 스사람 한신이
도 소한 짜라각 한궁 명즁 되야신니 퇴션싱도 나을 짜라 슈궁 가면 만종녹
을 울닐진디 어니 조흘손가 퇵기 허허 웃고 자리 짜라 슈궁 간다 경긔도 조
흘씨고 세우 즁의 돗실 달고 영실영실 쪄난 비난 한가하다 초강 어부 풍월
슬너 가는

〈26-앞〉

비요 창파의 오난 것슨 빅구상상니 홀니 쓰고 수츈풍승한귀라 져기 오난
저 긔럭니 북희사 소즁낭의 편지 젼코 너 오나야 너의 소식 가져다가 우리
번님 잉무 공작 빅운의셔 흠기 노든 톡기 벅희 용궁 가드라고 이 말 좀관

일너다고 만경충파 호호탕탕 치는 물결 울울 츌넝츌넝 집피 지니 톡기 놈을 옴족옴족 물너셔며 이고 이고 니 물결 날 덥츤다 슈궁 가셔 용왕니 될지라도 겨 갈 바숙의 아둘놈 업ᄃ 쳔금

〈26-뒤〉

일신 즁한 몸니 좁박업난 물만 쓰고 고기밥니 되거드면 이복고혼 되리로다 홀짝홀짝 쮜여간다 자리 쓸을 니여 물 우의 번뜻 쩌셔 빙빙 돌며 하난 말니 이 물니 무엇시 집다고 발목 물 겨우 될 것셜 염여하오 염여 말고 업피소셔 물 한 졈을 뭇겨 ᄒ면 긔아들 놈일세 톡긔 도리질 ᄒ며 나은 실소 나을 ○○나고 디히 쳔슈부시죡니 물 집퍼 짐죽 못하되 그더 마음 니 모의시 죵지 마다하니 자리

〈27-앞〉

면하고 톡기을 하버 질너 왈 으심 만ᄒ 져 톡기 황산 팔자 불숭타고 산즁의 닛짜가난 너일 모시 초의 김포슈 날닌 체알 진구려 짱 마져 아조 직스 하것다 겁 만한 져 톡긔 다시 달여드러 그더 엇지 알가 자리 디답ᄒ되 자니 숭을 보니 두 눈의 당미하니 무복즈라 체소하고 방졍맛고 미간의 황망술을 씌여스니 불노숭탈슈라 화약총을 마질 슈라 톡기 왈 니 평싱 무셔운 겨 포슈로다 디체

〈27-뒤〉

불공하면 화숭쌀을 면할가 자리 왈 오힝 니치을 드러보소 금극목화니 슌죡화라 하여시니 슈궁의 드러가면 화망쌀을 면할 거시요 잔싱불싱하련니와 부귀영화 하오리다 톡긔 마암 솔곳하야 그러하면 도러가시 물 곳 보면 엇지 갈고 염여 보소 니 물니 얼마나 하나요 자리 하난 말리 네 발 당 깁쇼

발목 물 나무면 엇지 드러갈가 하고 톡기 발을 물의라 할 제 자리 쌜

〈28-앞〉

니 드러가 톡기 다리을 물고 병파충낭 물결 우의 풍덩슬 쩌나간다 자리 풍
월 노리하되 문여하셔로셔 벽손고소 닙답심즈흐니로다 요리 져리 앙금앙금
드러갈 져 톡기 발을 쌜니 짝짝하며 야야 족금 노와도라 기가 막켜 나 죽겟
다 가만니 잇거라 입의 물 드러가면 지러 죽을나 니 발니 드러가미 니욱키
가니 쳔지 명낭흐고 일월니 초롱한디 옥픠소리 들

〈28-뒤〉

이거날 그제야 톡기 눈을 쩌보니 별우쳔지비닌간이라 용궁 셤문의 황금 디
자로 식여시되 남희 영덕젼 슈경문니라 하야거날 톡기 졍슨니 황홀하야 동
의로 바리보니 방장 봉니 지고줍니라 셔의로 바리보니 그게제파일윤홍의라
약슈유사 너룬 뜰의 희당화 만발한디 쌍비 쳥조 나라든다 남의로 바리보니
기침니 만만족함니라 요식봉강한 여요 디붕니 비진슈열함의

〈29-앞〉

경기도 조흘시고 북의로 바리보니 중셩니 혈난한 신국이라 요쳠하쳐시중원
고 일발쳥신부취식니라 톡기 귀경하고 집기는 집피느 여와 보니 장니 좃타
글 한 귀 지여 보시 살님유긱니 도용궁한니 사희 풍경니 만흔 줍니라 니 글
엇더하오 자리 웃고 글 화답하되 아미영슈 퇴공한니 십십임픠가지층니라
그디 여기 안져시면 니 들어가 디왕 편의 헌

〈29-뒤〉

현슨흐고 나와 쳐공을 모시로오리다 큰 문의로 드러가 슈경들이 앙금앙금

드러가며 진세 나가쩐 별쥬부 헌슨 알외로 광니왕이 병 등의 그좌하고 진
세간 멀고 먼디 무스니 다여오며 톡기는 엇지 하엿난고 톡기 잡아 문 박기
다령ᄒ엿소 왕니 킈계 깃거하야 톡기 잡아드리라 한디 슈부 용궁이 요란하
거날 톡기 쌈짝 놀니여 하난 말리 자리 나을 모셔가마

〈30-앞〉

하던니 엇지 안니오난고 쯧박기 슈궁 사령 자가사리 나오며 톡기야 불루난
소리 나거날 톡기 살펴보던니 갓거리 보고 네가 슈궁 무엇슨야 ᄂ난 졍언
사령 금졍군사 자가스리로다 톡기 디로하여 왈 네 니놈 고히한 놈 슈궁 군
스로 진세상 퇴공션싱님의 존호명을 함부로 부루난다 하며 발노 찬니 자가
사리 썩구러 졋다가 니러나며 쩨짝쩨짝 소리하며 들어

〈30-뒤〉

가 엿자온디 진세승 톡기 스나와 발 줄 시고 날니여 좀체로 못 잡바드리것
소 왕니 디로하야 조고만한 퇵기 한나 결박하여 못 즈바드릴가 좌우로 호
령하니 강신한빅 별군직이 히귀신 슐영슈 고리 쩨만한 도로목 일씨의 드러
와 연중을 참길 제 가막쇠 쥬홍 사실 홍당시을 듀령 갈너 츠고 와당퉁탕 모
라나와 톡긔을 둘너쑬 제 진씨왕 말니중셩 숫듯

〈31-앞〉

신양 싸홈의 맛초 삿듯 졈졈니 둘너사고 잡난 거동 니젼궁퍼장 슐니 잡듯
영문츌사 도젹 잡듯 톡긔도 귀을 검쳐 잡고 가막쇠을 치라할 제 퇵긔 쩔치
며 노와 두소 나은 퇵긔 안닐세 하면 무엇시야 도젹 직킨 기로다 기단 말
반갑다 온유월 삼복 시졀의 너을 즙아 약기졍도 죡컨니다 네 가죽의 잘양
무어 쌀고 즈면 닝병니 업고 네 간보는 셜담 니죵

〈31-뒤〉

의혈병의 다 조타 하니 빅연회츈 명약일닷 니 기 잡어먹즈 원 기도 안니요
하면 무엇슨야 쇠얏치요 얼씨고 조흘시고 네 빅 속이 우황 니여 갑씨 즁흔
약니로다 쌀은 쎄여 활을 뭇고 가쥭은 신도 짓고 북도 믹고 곡긔난 진평의
슈단의로 분육하여 나나먹고 간 천엽 콩팟슨 안경으 조흔니라 쏭보난 거름
흐고 발닐 것시 전니 업ᄃ 니 쇠얏치 모라가자 니가 소도 안니요 하면 무

〈32-앞〉

엿시야 미야지요 올타 미야지면 션간목의 후판족니 젹니마로 싱겨쑤나 디
왕젼의 밧쳐시면 천금은 싱겨쑤나 니 미야지 쓸너 가즈 아모리 발명하되
즈바가기로만 위쥬한다 톡기 하 닐 업셔 무러 왈 퇵기 츠자 무엇하시리요
희운공 방겨 니른 말리 우리 디왕쪄옵셔 퇵공의 놉푼 일홈 드르신 제 오 고
로 문 박기 왓단 말을 드르시고 홀연디즁 슈망흐시고 져져안방

〈32-뒤〉

또제쥬와 월즁군을 봉하시라고 남여 모셔오라 하시ᄂᄃ 방졍의 아덜놈니
어디 간넌고 별쥬부 말을 드르니 쳘손흐고 인즁니 자름타 하더니 목억기난
가지로다 퇵기 인즁 만져 보며 자릅기난 자름타 하고 과연 니가 퇵긔로고
그 말 막 ᄯᆞ친니 홍당사을 얼넌 푸러 사지을 질끈 묵써 두리치며 자바가니
퇵긔 하는 말리 슈궁 남여난 다 니러하야 온야 그러한다 그 남여 두 변만
타다가난

〈33-앞〉

쎠도 안니 남게다 영덕젼 놉푼 들의 휘당퉁탕 퇵긔 자바드리소 광니왕이
디히하야 분부하되 퇵긔 너 들으라 니 위연니 병니 드러 사경니 당하야 명

의다러 문의한직 퇵기 간을 먹으면 작효하리라 하기라로 너을 줍아왓스니 니의 병을 직효할 터닌직 엇쩌한요 드난 칼노 비을 갈나 간을 니라 한니 퇵기 낙담ᄒ야 눈을 쌈작쌈작ᄒ며 좌우로 돌나보니 쳔퇵

〈33-뒤〉

지군니 무슈니 시위하여신이 하 닐 업시 진퇴유곡이라 빅가지로 싱각ᄒ되 술 질리 젼니 업다 저러 탄식ᄒ난지라 위지라 현여이필하고 유닐독니라 하 건만언 엇지 ᄒ고 궁니ᄒ다가 ᄒ 꾀을 싱각ᄒ고 졍슨을 가드드며 안식을 불편ᄒ고 쳔연니 엿즈오더 소퇴가 알욀 말슴닌ᄂ니다 티슨니 붕퇴ᄒ옵고 오셩니 암암ᄒ야 시일은 갈슝 노리 억조층싱 원망 즁의

〈34-앞〉

탐학ᄒ 슝듀 닝군 셩닌의 비 속의난 일곱 궁기 닛습든가 헛비만 갈너스니 그 안니 불슝하요 소퇴의 비을 갈너 간 닛스면 조컨니와 만닐 간이 업수오 면 잔잉한 닐기 톡기 목슴만 씃수오니 죽기 안이 원통ᄒ오 왕니 왈 의셔 ᄒ 여시되 간슈병 병즉목불등이라 하엿스니 간니 업고야 눈을 엇지 본단 말닌 가 소퇴의 간은 월유졍기로 보름은 닉옵고 금음은 드리옵기로 인슴지슝

〈34-뒤〉

이요 우황지슝니라 셰슝의셔 멍니들니 소퇴가 얼넌하면 간 달나 봇치우미 골노 와셔 간을 닉셔 만슝입의 진잇셔 칙노로 찬찬 동여 영쥬순 셕간 틈의 웃쑥 션난 게슈나무 느러진 가지여 놉피 놉피 다러두고 화루슈 게변가의 모욕츠로 나러왓드기 의외여 별듀부을 만나 슈궁니 좃타ᄒ옵기로 구경코자 왓ᄂ니ᄃ 이런 조을 아라드면 간을 가져왓실 것슬 익답

〈35-앞〉

기 츙양업소 즈리을 도라보며 네가 장니 미련하다 그 곳셔 일언 말을 ㅎ엿
드면 간을 가져왓계 간을 가져왓시면 디왕도 낫고 너도 츙셩니 즁주ㅎ고
나도 공 닛실지라 모도 다 일니 조흘 지셜 후회○ 졀통ㅎ고 왕니 꾸지져 왈
니 놈 간스한 놈 말 마라 간니라 ㅎ난 것시 즁부속니라 오즁육보의 달인 간
을 엇지ㅎ야 츌닙ㅎ랴 그난 네 말리로고

〈35-뒤〉

쏘한 스람니나 짐셩니ᄂ 니복은 다 일반이리라 임의 여을 드러왓시니 비을
갈나 보즈 한이 톡긔 우셔 왈 디왕은 한가지 괴일리요 미지니로소니다 인
싱금슈 싱간 일을 디왕은 한가지로 아르시되 그러찬한 닐 잇소 복히씨난
어니ㅎ야 사슨닌도차ㅎ여시며 실농씨난 어니ㅎ야 인슨위슈ㅎ여스며 디왕은
어니ㅎ야 쏠리가 잇스오며 소

〈36-앞〉

퇴난 어니ㅎ야 쏠리가 업습난가 쏘 소퇴의 간 출입하난 되가 닛소오니 글
노 짐즉ㅎ옵소셔 니 표가 단 말가 그러ㅎ외다 소퇴 밋궁긔 세시로소이다
한 궁기난 소변을 보옵고 쏘 흔 궁기는 디변을 보옵고 쏘 한 궁기난 간을
너고 들이고 ㅎ난이다 그리하면 그 되을 보즈 한디 톡긔 밋궁기을 훠훠 셕
들겨 즈셰니 보옵소셔 살펴본직 과연 밋궁긔 세시여날 광니 왈 간

〈36-뒤〉

을 너흘 디 엇지 넌나야 톡긔 엿즈오되 밋궁기로 너고 입의로 너희되 만물
과 동방팔목을 응ㅎ여시이 일월광치와 앗츰 안기 쏘니고 져역 니실의 화ㅎ
야 입의로 츌입ㅎ나니다 그러ㅎ옵기로 만병회츈하난이다 그러치 아니ㅎ오

면 비금쥬슈 만한 즁의 소퇴 간니 약이 되오릿가 왕니 둘여 ᄒ난 말니 시승
닌물 즁의 너 간을 먹고 효음 보니 인나야 톡긔 디답

〈37-앞〉

하되 디왕게옵서 고리지연을 듯지 못ᄒ연난닛가 소퇴 아비난 풍경을 조와
ᄒ기로 요산요슈할 제 분즁슈변 조분 질노 앙금앙금 긔여가ᄃ가 낙뢰의 풍
덩 빠져 거으 쥭겨 되야썬이 한무져 동방식니 신션 차져 그 고디 왓짜가 담
방 건져 술이오미 그 은혜 망극ᄒ기로 간을 니여 팟난만치 쥬엇쩌니 그 간
먹고 슘쳔갑즈 스라잇고 그 후의 간을 니여 우슈의 덤벙 당거 훠훠 시칠 디
여 궁팔십 여

〈37-뒤〉

싱이도 낙시질ᄒ다가 기갈니 즈심하야 표즈 쓸너 그 물 먹고 단팔십을 더
스러닛고 퓡와 안기싱도 우리 간을 어더먹고 늑지 안코 오리 오리 사라닛
고 인간의 듁을 병도 우리가 만이 살여그로 그 공이 젹지 안니 ᄒ다고 퇴공
션싱ᄒ옵고 디졉ᄒ나니ᄃ 왕은 소퇴 간을 보치 싱켜시면 만만세나 장싱불
스ᄒ오리다 왕니 왈 그 말을 고지 듯고 좌우지신과 의논ᄒ되 제 말과 갓치
비을 갈너

〈38-앞〉

너 간니 잇시면 족컨이와 업기드면 남무 목심만 죽니고 간 구하긔 극난ᄒ
니 톡긔을 달너여 간을 구하미 엇더ᄒ요 닛 디여 어두구면지조리 디답이
여츌닐구ᄒ니 디왕의 말슴니 당연ᄒ올소니ᄃ 직시 톡긔을 희박ᄒ라 분부ᄒ
ᄃ 직시 희박ᄒ고 고한디 디승의로 모시라 ᄒᄃ 디승의 올나간니 용왕니
위로ᄒ되 퇴공 션싱은 싱겨ᄒ고 과닌은 쳐슈부ᄒ야 불

〈38-뒤〉

상통쳥일넌니 퇴션성을 만나기난 ᄒ날리 지시ᄒ옵고 귀신니 도의심니라 니악가 퇴공의로 더부러 잠관 기롱함니이 허물치 마르소셔 톡긔 일어나며 지비하고 엿자오디 미쳔ᄒ온 소퇴을 디왕과 동셕ᄒ옵고 이디지 위로ᄒ옵신니 은혜 빅골난망니로소이다 살을 졈졈니 짝긴 들 악갑지 아니ᄒ옵너다 잇 ᄲ 만조군신이 톡기을 위로ᄒ고 츈치을 비셜ᄒ야 츠담숭을

〈39-앞〉

차리되 유리 팔목 운각 디모판의 유리별기 만호 졉씨 드문 듬졍 별여녹코 가진 진미 빈사과며 셜딜민간 반도 변도 진광초며 불노 닌슴치와 갓초갓초 녹코 알슈 닌난 슈궁 션여 미닌 틈이 안쳐녹코 유리디 잉무잔의 한유츄파 포도주을 조로록 가득 부어 두고 단졍니 젼좌ᄒ야 드리오니 왕니 몬져 잡슈신 후의 퇴공의겨 권쥬하니 호로록 마신 후의 ᄯᅩ한 준 부여 들고 일비 일비 부

〈39-뒤〉

어 두고 권ᄒ여 마신 후의 슘비쥬 ᄒ 연후의 쥴닌 퇴긔 졀졀운 츙즈 슐리 답북 취희노니 이고 누룩 머리 욱씬욱씬 눈니 오리소리 용왕니 지렁니 갓치 뵈니 고디 어즁어가 긔아비 갓치 보닌이 취즁의 무쳔즈로○○○ 걸여 하난 마리 퇴긔 간니 약 된단 말은 고금○연의 쳠의 듯것다 이고 츈치직명 다 ○을 밋ᄒ엿다 취즁의 디왕의 상을 보니 용슈용안이요 신즁니 체디하엿시니

〈40-앞〉

운무변화지승니요 단단코 즁슈난 할 테오니 염여 마옵소셔 왕니 ᄯᅩ한 디취

하야 톡기 다 맛쥬정ᄒ되 원명니 지쳔니요 부지되엿다 죽고 슬기난 하날의
미엿제 톡기겨 미엿씰가 퇵긔 취즁니라 발목 물노 알고 덤벙거려 ᄒ난 말
리 복즁의 간니 쓰것다 앗ᄎ 닛셧고 취흔니 도도하야 슈궁의 가진 풍유 왕
즈진의 봉피미 곽쳐ᄉ의 쥬니의 면 낙비난 긔을 들

〈40-뒤〉

고 어용은 져을 불고 낙조션여 츔을 츄고 퇵긔 디무하며 실명 닛겨 거두그
려 압발을 못싼 즈로 들고 추며 잘 츄지요 연풍디로 거두그려 츄어보즈 압
니 버들은 초록즁 드리고 뒤니 버들은 유록장 드리고 잔듸풀 속입 나고 종
쳔강 종지츌 종조리 시난 쉬운 질 쓰고 오졸오졸한 츔 츈져 비여셔 츌녕츌
녕 소리 나니 디즁 병치 젓티 셧다가 익고 야야 퇵긔 비 속의 간니 드러다
츌녕츌녕

〈41-앞〉

한다 퇵긔 쌈쑥 놀니여 웃쑥 셔셔 하난 말리 엇든 것시 간이라고 쏭니 드러
독즁치져 요망흔 말을 웨 ᄒ난고 싱각하되 엿 말노 두고 일너도 군즈난 가
그지방니요 긴긔이작니라 하엿스니 진적 나어가난 졔 올타 하고 골을 니여
엿자오되 디왕의 병세 위즁하오니 진세간의 나갓던 별쥬부을 명ᄒ야 다시
쥬옵시면 급피 나가 간을 속키 가져오겨쏩이다 한디 자리 셧다 엿즈오디

〈41-뒤〉

퇵긔 본디 간ᄉ하와 꾀난 흔나라 방사원과 웃나라 조조게 밋칠잇짜 슨니
츙셩을 다하와 제우 잡와삽던니 디왕은 톡기 꾀여 속여 비여 든 간을 안니
니고 그져 노와보니오니 쏘한 위염니 되오릿가 쏘한 명즁 밍학이 다 칠종
칠검ᄒ던 제갈양도 잡아온 퇵긔 노와 보니고 뉘라셔 다시 즈부릿가 디왕은

구지 비을 갈너 보옵소셔 퇵기 즈리을 쑤지져 왈 너 이 놈 미련ᄒᄃ 디왕의
명

〈42-앞〉

이 지즁커든 너의 말리 날셜리라 ᄒ니 옌 말노 의논컨더 흑기 조와지신의
용밍 죽엇쩌니 미구이 망국ᄒ고 승주의 몹실 혹졍 비간의 비을 갈너 관기
심의 망국 되니 쳔도신명ᄒ샤 인불가 독슬니라 네가 니 비을 갈나 간니 잇
시면 조커니와 만일 간니 업시면 너의 용왕 집푼 병셰 못 구완ᄒ고 원통ᄒ
니의 혼빅 스가 되어 범홀진디 너의 나라 견들소야 잇다 비을 갈너

〈42-뒤〉

라 쏭밧긔 든 것 업다 왕니 다시 ᄒ고 ᄒ시되 퇴공을 만닐 희코자 ᄒ난 죄
잇시면 엄멍슐노 경비하리라 슈부 졔신니 영을 좃차 퇵긔을 위로ᄒ야 젼송
하더라 퇵긔 용왕게 ᄒ직ᄒ고 조졍의셔 조읍하야 이별ᄒ고 슈졍문 박긔 쎡
나셔 자리의 셥젹 올나 업피엿ᄃ 자리 퇵긔 업고 ᄆᄋ음니 졍쳐 업셔 나갈 젹
의 멱파슝의 풍덩실 써나니 슐을 밥비 건네 빅노쥬 어

〈43-앞〉

져 가즈 삼슌을 바러보이 쳥쳔의 머러잇다 일난즁ᄉ원ᄒ니 부지ᄒ쳐조상군
고 다른니 ᄒ 군즈 잇시되 형용 초최ᄒ고 용모난 괴괴ᄒ디 풀은 오셔 거문
관을 씨고 거풍실왈 왕니 슈로 상겨쳘니라 퇴공니 지즈오 톡긔 왈 ○젹 쳥
손의 관불관어 쳥산니요 탁신못쳐하니 힝불과학니라 소무지식ᄒ고 위마평
싱니라 하니 지 아뢰와 그시당 장탄식ᄒ난 말

〈43-뒤〉

이 군불견숨여더부○ 니 닐직 셔상의 닛셔 이츙사군ᄒ고 신운불힝ᄒ야 장
자하난 몸니 물 속의 풍덩 바져 이복혼신 도야시니 영불츌셔 셔운지고 니
글니나 외야보쇼 ᄌ 일월 말근 세승 우리 싱젼동유긱의 제젼하옵소셔 그
글의 ᄒ여씨되 듕닌이 기취여든야 독쳥니요 셔인니 기탁이여든 안노니셔라
스골긴망ᄒ엿노라 울긔을 다한 후의 퇵기 싱

〈44-앞〉

각ᄒ되 이복츙신 구런니요 좌리 지촉하야 가자 가자 어셔 가ᄌ 명나슈가
져기로ᄃ 오회라 츄강상의 슴의 비을 타고 도강을 가난 것신 장한니로다
함외즁강공ᄌ유난 등왕고각니 져긔로다 왕발니 가 연후의 고목제비ᄒ고 츄
슈난 공작쳔 닐식이라 쏘 한 곳 바리보니 빅의 닙은 두 손연니 손을 마쥬
잡고 쥬닙의로 나오면셔 실피 우난 소리 창낭의 넝실 쩌난 퇴공 션싱은 나
을

〈44-뒤〉

모로난 창외산 봉슝슈졀하니 ○슝지로 니 가미리라 그디 세승의 나가거든
우리 이원혼 졍을 일너듀소 이난 요여 순쳐 만고졍열 리비로다 오슝을 밥
비 건네 젹병강 도라드니 상국 풍진 팔연 후의 소자쳠 범듀유의 동산의 달
니 쩟다 두유간의 비회ᄒ고 빅노난 횡강니라 소지노와월닐션은 초강 의부
빈 비로다 기경 젹션 연후의 공산명월 단단이라 치셕강 여기

〈45-앞〉

로다 자리 등의 업피여셔 우리 고향 어셔 가시 완산명월ᄒ여 보ᄌ 그렁져
렁 우슈의 다다르니 괴긔 낙던 강틱공은 조지쥬하고 옥쳑은 니 쓴니로다

심양강 도라든다 빅낙쳔 널기 후의 츄원싁니 쳘양하다 피파셩은 졍막ᄒ고
예 노든 쳥산 두견 자로 운다 져 시 소리 타양의 갓든 퇵긔 고국산쳔 어셔
오라고 웨난 소리 부려지라 벽겨슈면 다다른니 영산홍모 봄바

〈45-뒤〉

람의 넘노난니 황봉 빅접 유수쳥쳥 흘난 물의 쩌노난이 도화로다 불근 곳
푸른 닙은 산령을 리○○ 나는 나무 우난 시난 츈광을 히롱한다 우리리 칭
칭 진달화며 우쥴우쥴 겨슈나무을 보고 반긔난 듯 조흘시고 조흘시고 고국
산쳔 조흘시고 나 사든 듸 조흘시고 슈변의 비 붓치듯시 검이 부쳐노니 퇵
긔 팔쩍 쮜여 니다른니 자리 하난 말리 니 여그 닛실 거시니 짓쳐 말고 간
을 가져옵소 퇵

〈46-앞〉

긔 디소ᄒ고 제 흥을 놀니난 반○도 오쫄오쫄ᄒ여 보며 우슘도 하하 우슈
며 즈리 보며 고기짓도 짜옷짜옷 ᄒ며 모로 쮜고 가로 쮜고 ᄒ난 말니 미런
ᄒ다 져 자리야 니의 비 속의 인난 간을 엇지 니고 드리고 한단 말이야 네
졍셩을 싱각ᄒ면 츙은 즈락ᄒ되 병 든 용왕 살즈 ᄒ고 셩훈 퇵긔 나 죽의랴
슈궁 좃타 일너씨되 물여산듕 니사 좃타 너의 슈궁 가진 진미 인사라가 좃
찬타들 산과목실 당

〈46-뒤〉

할손야 쳔닐쥬가 좃타ᄒ들 감유슈을 당하손야 사지예 들어갓다가 사러온니
니 안이 영웅닌가 가광니 우장미한 유방니 들지혀시긔 날만할가 쳘승중자
방도의 사널눕기 날 만ᄒ랴 난세간의 죠밍덕의 쇠 만ᄒ긔 날 만ᄒ랴 안긔
싱 젹송자도 원명질 늘 만ᄒ야 방장구 통통 쑤며 긔금도 팔팔 좃고 이리 져

리 쒸며 앙망거러 질기ᄒ며 거들거려 노니 자리 어니 업셔 그겨 진졍

〈47-앞〉

니요 헌말니요 지담 그만하고 어서 밥비 가져오ᄅ 톡긔 비슈하되 네가 미
련하기 용왕 갓고 실깁긔가 날 갓타면 슈궁의셔 죽을 번ᄒ엿다 아실아실ᄒ
다 이고 몸셔리 짓친ᄃ 네 드러가 퇴셩윈니 약 닐너 쥬드라고 ᄒ여라 부징
의난 비슝짐니 좃코 드풍의난 긔쏭짐하고 황달으는 우렁탕이요 상환의난
졀모션즉 빠라다 먹니라 ᄒ시드라고 일너라 하고 팔팔 쒸여 간니 ᄌ리 어
니업셔 ᄒ난

〈47-뒤〉

마리 네 이놈이 후의 볼 ᄯ 닛시리라 한춤 별우고 가ᄃ가 ᄃ시 탄식ᄒ고 일
운 말리 인우하신 관운중도 여몽의 간겨여 속아닛고 노초의 픠왕도 일젼부
의 속아잇고 츙셩 닌난 별쥬부도 톡긔 꾀여 속아신니 무면강동 어이 니 갈
가 하 닐 업셔 탄식ᄒ고 슈즁의 드러가니 광니왕니 급피 문왈 간은 엇지 ᄒ
연난ᄃ 자리 답왈 간이요 옛소 간 줍슈시요 그디지 미련ᄒ오 그 놈니 간커
니

〈48-앞〉

와 미운 말만 ᄒᄋᆸ되다 무어시라 ᄒ드야 제 미련ᄒ기 디왕 갓고 디왕니 슬
깁기 톡긔 갓거드면 듁을 번ᄒ엿노라 ᄒ고 약 씨라고 일너쥬ᄋᆸ드라 귀신의
눈망울과 헛덕갑니 바람 방귀을 밧삭 말여 오유월 어름탕의 번긔불의 진니
다려 먹의면 직회ᄒ리라 하ᄋᆸ되다 잇 디 쳔공니 유의ᄒ야 왕의 병세 졈졈
평복ᄒ시고 톡긔 ᄉ라가며 이리 져리 조와라고 뒤거름의 가ᄃ

〈48-뒤〉

가 그물의 도로 옥지니며 하 일 업시 쥭거구나 톡긔 쬐을 너여 쉬파리가 잉
당구ᄒ니 너가 무엇시야 너가 쉬파리이다 네가 쉬파리락 가트면 혼자 다니
나야 우리 쎄가 슈쳔명니로다 그러하면 쳔여명을 모라가지고 오라 하니 그
리ᄒ여라 쉬파리 모와들 제 읻당하고 하고 들어오니 톡긔 보고 오○ 무던
ᄒ다 너의는 늬 털 슷 발슷 눈섭도 안 남겨 모도 다 쉬울 쌀니여라 너의 지
조 보즈 쉬파리

〈49-앞〉

쎄 가우하더니 털슷마닥 쌀여노니 오야 무던ᄒ다 너으난 가마니 업져짜가
사람 오면 소리ᄒ고 나라가난니라 그리도 ᄒ지야 약속하고 잇든 차의 초동
목슈 십이명니 오다가 야아 아히들 아 여긔 톡긔 걸엿다 어드 보즈 한 놈니
쎡 나셔셔 보더니 이이 악갑다 걸닌 제 오리로다 쉬 잔득 실엿다 셕어쑤나
한 놈니 드러오며 발목을 들고 ᄒ난 말리 이이 먹것다 겁질은 늬바니고 늬
○○ 늬 바리고 닌

〈49-뒤〉

물의 훨훨 싯처 모드락불의 고시리 지계 구어 먹자 너의들은 먹지 마라 나
나 혼자 먹글난듸 톡긔 속의로 ᄒ난 말리 졋식 지미난 논 약니탕도 먹을 놈
일닷 져 놈이 츔의로 그리한면 엇지ᄒ고 이이 늬 맛터보아라 한 놈이 밋궁
긔 다 맛틀나고 코더흘 지음의 방구을 마졈 쑤여짜가 소로로 너보너이 카
ᄒ며 못 먹것듸 톡긔 조와라고 가만니 업겻더니

〈50-앞〉

초군니 다 가고 업거날 그제 몸을 쌀쌀 흔들고 팔팔 뛰여 다러날 제 쳥쳔의

썬난 독슈리 달여드러 퇵긔을 셥젹 위여 들고 놉푼 봉바우 우의 올여녹코
직그라 할 제 톡긔 일은 말니 여보시요 장군임 웨야 닉 가니 무척 올히오니
우룸니ᄂ 망종 울고 죽겟소 그러ᄒ여라 톡긔 우룸운다 이고 이고 닉 팔즈
야 어니 놈무 팔즈노셔 죽을 곳마닥 ᄒ오니 어니 놈의 팔즈 쏘 닌난가

<h3 style="text-align:center">〈50-뒤〉</h3>

일어치로 죽을진디 츠라리 슈궁의셔 죽어시면 닉 몸 감중 고이 ᄒ고 용왕
의 병나나 늣게 ᄒ여드면 만고 츙츈 바들거셜 어니ᄒ야 올탄 말가 꾀 한나
니여 보즈 의사 한번 니여 보즈 원통ᄒ다 초동 목슈도 닉한트 속아거듯 허
물머 금독슈 한나 못 속일야 이고 이고 원통ᄒ다 의사쥼치 원통하다 나 듁
긔난 셥잔 ᄒ되 의사쥼치 원통ᄒ다 욕심 만흔 독슈리 돌닐야고

<h3 style="text-align:center">〈51-앞〉</h3>

문난 말니 무엇시 원통한야 톡긔 왈 너의 의사쥼치가 원통하지요 의사쥼치
가 무엇시야 의사쥼치 말을 드르시요 밥 나오라 하면 밥 나오고 돈 나오라
ᄒ면 돈 나오고 장군님 조와ᄒ신 것도 나오지요 강아지 싴긔 나오라 ᄒ면
나오고 잔비아리 나오라 ᄒ면 ᄂ오고 왼가지 쎳시 다 나오지요 그러ᄒ면
가져오라 긔장업고 가망업소 죽긔난 쉬여도 못 ᄒ지요 너 듁의

<h3 style="text-align:center">〈51-뒤〉</h3>

면 쎨 쩌 닛니 일리하면 닉을이니 먹을야시요 ᄒ면 그리ᄒ라 내 가면 가져
올닷 닉가 둔 것겨 잇제 어듸 갈 듸 잇쇼 하면 나을 가지고 져 건네 바우
밋틔로 가옵시다 독슈리 톡긔을 들고 바우 밋틔 안지니 바우 궁긔을 구버
보니 니 속의 잇소 나을 죡금 노의시요 이 놈 다라나것다 다라나면 긔 아덜
놈니요 그리ᄒ면 네 뒤 발은 닉 손의로 잡고 잇씩쩌시니 드

〈52-앞〉

러가 가져오느라 흐면 그리흐지요 궁기로 긔여드러 가더니 장군님 웨야 조
금 노의시요 오 그리하여라 익기 익기 족금 더 노의시요 한 뼘씜 나머소 예
요 여셕 발톱만 잡엇다 톡기 안의 들어안고 톡 치그스니 쏙 빠져 안의 안의
가 편니 안져 노리흐되 반남아 늘거시니 나흘 일리 무궁흐다 독슐리가 이
즈식 거망시런 소리 말고 어셔 가져오느라 아고 요 즈식 ○○○○

〈52-뒤〉

나야 ᄂᆞ 사라시이 의사줍치 안니여 너 요 자식 나오거든 보와라 너와 나와
의 조흐면 그져 둘 터이야 니 독슈라 디갈쌕니 궁긔로 들어미러라 니 조흔
닙의로 파싹 파싹 씨무러 보즈 독슈리 조롱 듯고 할 일 업셔 훨훨 나라가고
톡긔도 술고 자리 슈궁의 드러가고 용왕도 평복하고 만스간 두루 티평흐여
쩌라 그 뒤 뉘 알니요 언셩불츄 그만 져만하여 ○○

〈53-앞〉

긔미연 니월 슌닐 필셔하연노라 안소져 셔칙 글씨 흥춤하여 닌닌마닥 보면
우셔셔니 무시무시하도다

──── **단국대 나손문고 소장 낙장 22장본 〈퇵기전〉** ────

　단국대학교 율곡도서관에 소장되어 있는 국문 필사본이다. 표제는 종이가 해져 알아볼 수 없고, 1면의 내제는 **"퇵기전이라"**고 되어 있다. 크기는 가로 19.5cm, 세로 27.5cm이다. 매면 9행, 매행 15-17자 정도이며 총 22장 44면으로 되어 있다. 1면의 앞 부분에는 "아달 형제를 불너 동방금제을 ᄒ니 서고 츠츠 볘실 도도시니 부귀 극진ᄒ더라"로 다른 작품의 말미가 붙어 있고, 이 작품은 1면의 중간부터 시작된다. 이로 볼 때, 이 이본은 원래 다른 작품과 합철되어 있었던 것으로 보인다. 표지 내면에 "上元甲子臘月念五日謄畢于○安○外亭"이라는 필사기가 기록되어 있다. 이 이본은 마지막 장 44면이 "별쥬부 다시 싱각ᄒ되 혼ᄌ라 ᄒ는 거슨 산신지영물리라 츙셩 지극 보랴ᄒ고 변화을"로 별주부가 호난을 극복하는 장면까지만 있어 작품의 절반 이상이 낙장되고 없다. 남아 있는 부분만 살펴보면, 배경 설명이 사해 용왕의 소개로 되어 있다는 점과 별주부의 아내 이별이 장황하게 전개된다는 점에서만 현전 판소리 창본과 차이를 보일 뿐 나머지는 창본과 유사하다. 원본은 단국대학교 율곡도서관에 소장되어 있다.(청구번호 : 古853.5.토243)

단국대 나손문고 소장 낙장 22장본 〈퇵기전〉

〈1-앞〉

퇵기전이라
당나라 천보 월년의 은즈광녹티후 직위ㅎ스 도덕니 스히의 진동ㅎ눈지라
스히 용왕이 다 근본 본니 잇것ᄃ 동히 신 히명 남히 신 축융 서히 싱 게싱
북

〈1-뒤〉

히 성 용강인디 동히 청용은 괌덕왕니소 서히 빅용은 광왕이라 ㅎ엿것만
광니 잇디눈 어느 쩐고 갑신 안쥼 ㅎ일지라 남히 광니왕이 염덕전을 시로
짓고 디연을 비설할 제 슴히 용왕을 다 청홀시 군식빈긱이라 천신만기 강
훈지장과 천틱지군니 일시의 뫼와드니 기경연니 좌즁ㅎ고 거금공의명고로
다 죽낙니 필진ㅎ고 공쥬교칙이라 쥬욕의 좀겨

〈2-앞〉

이삼일 논기던니 용왕니 히쳔열풍을 복즁의 쓰이여 조련 득병ㅎ야 쥬야로
침병ㅎ되 빅약니 무효ㅎ고 난기명의지구라 죽을 병을 어더 누워시되 슬여
니리 업서시니 엇지 아니 원통ㅎ리 영덕전 노푼 집의 벗 업시 홀노 누워 상
을 쌍쌍 쑤다리며 탄식ㅎ여 우난 말리 실푸다 니니 신세 천무열풍 조혼 시
절 히불양파 티평훈디 용왕의 기구라

〈2-뒤〉

죽을 병을 어더 누워시되 슐여니리 업써씨니 니 쏘흔 청망닌지 죽을 박기
난 슈가 업다 이고 이고 서룬지거 방성통곡 우난 소리 슈국 진동흔다 천지
가 엇지 무심흐리요 옥쾅샹제 아르시고 시약초로 도스을 보니던너라 현운
홍무 궁즁을 휘덥푸며 폭풍세우 시면으로 두루더니 청의도스 학창의을 썰
처닙고 빅운게의 놉피 안즈 공쥬의 나려와 지비니진왈 약슈 삼쳘니 힉

〈3-앞〉

당화 귀경흐고 빅운 요지연의 서왕모 츠저 보고 철연벽도 잘 어드랴 가옵
다가 풍편의 듯스오니 디왕의 병세 만만위타 흐옵긔의 뵈압고저 왔나니다
왕이 그 말 반겨흐스 도스난 니의 황황한 병세 득효지약을 가라처 쥬압소
서 도스 엿즈오디 디왕의 병세난 집징기 어려운 병세오니 즈서니 드르시요
심동직 난영니 상나라 흐엿시니 약으로 에논흐면 우황 정

〈3-뒤〉

기손 픠독손 청심흐 노화반 육미환 팔미환 경약고 적즈약 천문동 밍문동
싱지황 슉지황 빅복영 접봉영 충츌 빅츌 집피 강츌 득활 육계 홍지 천궁 감
초 오미즈 손약 손슈유 건강 싱강 미육군즈탕 만하 빅츌 천마줄음탕 십전
디봉탕 스물장감초탕 실뇽씨 빅초약을 다 가지가고 다 써도 효음을 보지
못흐리다 간믹이 경동흐고 비우믹이 승흐오니 본

〈4-앞〉

즁의 든 병니요 슈족기 무래흐고 두 눈니 어둡기난 풍으로 난 병니요 허흔
이 ○린흐고 ᄆ음이 실푸기난 음양으로 난 병니라 음혜화동의 황달을 겸흐
여시니 지세승 철연 퇵기 간 안니면 염니디왕이 동싱니요 동방싱니 조싱이
라도 낫지 못흐리다 광니 그 말 듯고 엇지 실뇽씨 빅초 아니 되고 조고만흔

퇵간이오릿가 도스 엿즈오되 디왕은 진이요 퇵기난 묘라 묘을손은 음묵니요 간진

〈4-뒤〉

슐은 양토라 목금토 흐녀시니 음양니 쌍극니라 슈성목 흐녀시니 엇지 약니 아니 되오릿가 왕 왈 연흐다 슈연나 창망흔 진세 간의 벽희만경 밧게 빅운 구문니요 묘연흔 슈국 중의 약슈 삼철이라 슈국진 왕니간의 유연니 노 슈흐고 엇지 퇵간을 구흐리요 도스 왈 만승천즈 진씨황도 불노초 구흐랴고 동남동여 오빅인을 허송슴아 흐여 잇고 만조상연 흔무제도 승노문니 허스 되여 오십의 죽어

〈5-앞〉

시이 성쇠흥망 쩌가 잇고 슈명장당미 지천니라 비록 그려홀지라도 퇵기라 흐는 놈은 희의일월 발근 곳의 빅운 무정처로 십비 업시 단니난디 어디 가 구흐리요 도스 엿자오되 디왕의 덕으로 엇지 성의 성공지신의니 업로사오릿가 광니 그 물 반겨 듯고 슈부 조정 만조빅관을 일시의 묘우라 슈국 국신 흐더라 슐병니 속 풀기 조흔 성선감과 조흔 회감만 드러오더 벼실 집

〈5-뒤〉

푼은 쪽 짜 잇것다 싱상 거복 싱지 되미 판서 민어 정언 잉어 쥬서 오징어 할님 박씨 디스간 도로목 방첨스 조기 희운공 방게 유슈어 병스 청어스 농어 현감 홍어 출봉 붕어 송디 별주부 즈리 정다리 가오리 좌우 나쥴 금군 모지리 슈날중 물메기 디구 명티 쥰치 삼치 갈치 멸치 밋근동 비암장이 죄스 가나리 뜰 밋티 썩조구 쌍똥니 망똥니 송스리 올충니 까재까지 영을 듯고 비

〈6-앞〉

쎄각 추려로 복지ᄒᆞ니 광이 보시고 허허 우슈며 니가 뒤왕니 안니라 싱선
전 도물쥬가 되여쑤나 제신 중의 언의 신ᄒᆞ 세숭의 ᄲᅡᆯ니 나가 퇴기랄 즈바
다 왕의 병을 나슈리요 좌운어 어둔귀면지졸ᄒᆞ고 묵묵부담ᄒᆞ니 왕니 돌돌
탄식ᄒᆞ되 남의 나라 석일 츙신니 잇서 할고지신 기즈츄와 평신식촉 게신일
죽을 님군 술여시니 군신유의 중

〈6-뒤〉

홀시고 실푸다 우리 슈국은 츙신니 업서시니 니 쏘한 천명인지 죽을 박기
슈가 업다 이고 이고 서룬지거 붕성통곡 우난 소리 슈국니 진동ᄒᆞ다 정언
잉어 엿즈오디 성상나라 ᄒᆞ난 디가 닌심이 고약ᄒᆞ야 수국지물 얼는 ᄒᆞ면
보기로만 위쥬ᄒᆞ니 지헤 용밍 업는 즈는 보니지 못ᄒᆞ지요 광니 가로디 싱
상 거복니 엇더ᄒᆞ요 천언 잉어 엿즈오디 싱상 거복은 등의 ᄒᆞ도낙서

〈7-앞〉

랄 엄엄니 려습고 조화 발비ᄒᆞ와 지략은 잇스오나 복판니 디몬 고로 세상
의 나가오면 다 쥬워 즈바다가 디모 중동 관자고리 술미리기 난간 호스만
시긔오니 보니지 못ᄒᆞ리다 희운공 방게가 열 발을 적 버리고 술술 긔여 복
지하여 엿즈오디 신의 고향니 세상나라 망월퇴 죽손퇴 안면니 잇스오니 이
제로 ᄲᅡᆯ니 나가 소신의 엉지 발노 덥벅 지버다가 디왕 전의 밧치리다 왕니

〈7-뒤〉

그 말 반겨 듯고 네 말은 기특ᄒᆞ나 십긕니 구존ᄒᆞ와 집기난 잘 ᄒᆞ여도 거름
은 ᄲᅡᆯ니ᄒᆞ나 성졍니 급ᄒᆞ 고로 퇴불여전이라 뒷거름을 즈로 ᄒᆞ니 광디지샹

의 밋지 못흔 놈을 엇지 보니리요 방쳠스 조기가 엇더흐요 정언 잉어 엿즈
오디 방쳠스 조기난 닐부광관박막기라 철기비 꾲꾲흐여 방신지도 좃스오니
에 글에 일기랄 간방후지세흐고 좌수어닌지공니라 흐여시니

〈8-앞〉

훌조란 시가 보면 펄죽 나라 달여드러 훌됴난 됴기 물고 됴기난 훌됴 물고
서로 노치 안니 흐다 어닌으게 줍피여서 만도포육니 될 덧흐니 사싱니 가
련흐와 보니지 못흐오리다 희낭정 사우가 엇더흐요 정언 잉어 엿자오디 희
낭쳥 시우난 용밍니 초등흐여 한 빈 물 밧기 나가오면 쮜기난 줄 흐여도 안
중 돌츌흐여 단명홀 긔싱니라 보니지 못흐지요 그려

〈8-뒤〉

흐면 무살 보니잔 말리야 디장 이구난 일구중무디라 더옥 보니지 못흐리다
수문중 물메기가 엇더흐요 슈문중 물메기난 만신이 구디흐여 슈양니 너닌
고로 세상의 나오면 요기감 어드랴고 여그저그 술필 적의 세우습풍슈풀귀
라 술닙 신 저 어용 닉갑 쮀여 쩌진 낙슈 탐식으로 덜컹 싱커 단불여디 죽
을진디 인간의 이질 복질 설스 비 압피난

〈9-앞〉

보식만 될 거시니 보니지 못흐리다 그러흐면 무어슬 보니잔 말나냐 슈국츌
스 희구가 엇더흐냐 희구난 신니 너무 과흔 고로 그러흔 음골 놈은 식필망
신니라 더디을 보니리요 공논니 미결홀 제 영덕전 업푸로 한 김스 샹이 나
려온다 웅금웅금 나려와 이는 빈고 흐니 별쥬부 즈리라 광의 압퓌 복지흐
고 엿즈오디 상서을 올니거날 쩨보니 흐여시되 지신은 스연쥬승언흐나니
흐

〈9-뒤〉

감ᄒ옵소서 문뎌슈은 셩덕니 허허탕탕ᄒᄉ 쳐슉열풍 히불양파 티연지간의
빅치을 현무ᄒ고 황희충낭지과 다시쥬마시셩은 지여원지석왕 선긔불선니라
닐월과 옥혹건곤니 박비슈 디왕 광디지셩덕과 무궁지조화 손홈니 ᄉ희ᄒ나
니 복지신은 슈국 츙신 후의라 탈영니 묘슈의 지조와 위야ᄒ던 의앙니 흥
셩과 육군을 통ᄒ

〈10-앞〉

던 소신의 귀변과 빅혹을 칠승칠금ᄒ던 공명의 지묘랄 흉즁의 품어습고 복
원 승ᄉ은 파탈분운지시ᄒ옵고 금명 신의ᄒ녀ᄉ오니 츌세ᄒ여 쳥산 월즁퇴
을 착치엄졍ᄒ와 옥체 안영ᄒ옵고 ○진물 신의 소원니로소니다 용왕니 보
시고 이 쥬부지신니로ᄃ 연나나 인국지선은 젹국지수요 공문지양은 원문지
○로다 소ᄒ 한싱 일을 픠공이 분

〈10-뒤〉

직 츙신이라 ᄒ되 항우가 보며 도젹니라 ᄒ여시니 쥬부난 슈국 즁 츙신니
라 세상 나으가면 왕비탕의 죽을진이 니 아니 답답ᄒ요 별쥬부 엿ᄌ오디
신의 지조 유여ᄒ와 목을 듸리고 니고 ᄒ여 임으로 진퇴가 무궁ᄒ옵고 홍
문연 용슌지간의 변ᄒ던 조화랄 등의 방퓌랄 진여습고 슈족이 너넌 고로
강상의 놉픠 더서 망 보기

〈11-앞〉

줄 ᄒ온니 인간 퓌 업스○나 히즁 소셩으로 퇵기을 모르오니 일등 화공 불
너 듸려 퇵기 화ᄉ 용모 파기을 잠간 긔리 쥬옵소서 왕니 그 말리 올타 ᄒ
고 화공을 불너 듸려 퇵기 화상 기린다 공정유리 청홍연의 오징으로 먹 가

라 양두휘필 덥벅 푸러 빅능설혼 간지상의 니리저리 기릴 적의 천ㅎ 명산
승지간의 경기 보난 눈 기

〈11-뒤〉

려 봉니 방장 운무 중의 니 잘 만는 코 기려 난초 요초 향초 간의 솟 다먹
든 입 기려 잉무 워낭 지지 운듸 소리 듯는 귀 기려 만ㅎ천봉 화죽 중의 썽
정썽정 쮜는 발 기리 엄동설혼 방풍ㅎ던 털 기려 두 귀 쫑곳 두 눈은 도리
도리 허리는 늘진 쏘리는 몽쏭 일필휘지 기려너니 좌편은 녹청산니요 위편
은 녹수라 녹슈청산 기푼 곳의 칭악절벽 의구분 더

〈12-앞〉

울울충송 울밋탄의 게슈나무 그늘 속의 들낭날낭 오락가락 앙금조촘 기난
거동 얼는 기려 닛치던지 선연혼 퇵기로다 춘망월 중순퇴 이에서 더홀소냐
네가 가지고 나가거라 즈리 퇵기 화승 바다 니리 접고 저리 접던니 목을 쑥
쎄고 등의 년고 목을 듸려노니 슈궁의 드러간들 물 혼 점니 저질소냐 복지
스은 ㅎ직ㅎ고 제 집비로 도라오며 아무리 미물의

〈12-뒤〉

김성인들 처조가 업실소냐 암자리 불너 단속ㅎ되 여보 저의 어님 니가 ○
면 스신 되여 세상을 축퇴 초로 가건이와 유부지귀와 다여시ㅎ나니 부디
몸을 조심ㅎ고 제일 혼갓 걱정 잇니 무어시 걱정니요 낙성니요 낙성니란
놈이 무서니 우뭉한이 노린니을 가려 부디 잠을 가려 즈고 암즈리 니달른
가지 마오 가지 마오 세승 님심 드려보면 왕비탕이

〈13-앞〉

라 벼로 지여 우리 등이 얼는 흐면 보는디로 주워 자바다가 무강입 오입중
의 입맛 호스 흐난 스람 갑설 쥬고 스다가 가진 양염 만드흐여 비 속의 가
득 다마 아짝도 흐고 탕도 흐여 유정부운 일등 명기 숨좌비 좌우로 는려안
저 권쥬흐니 서 머근 후의 빅골은 드려 너여 거체업시 니바리면 돗도 먹고
기도 먹고 분골시ㅏ신 되올진디 뉘라 감장흐

〈13-뒤〉

오릿가 위망불입 가지 마오 별쥬부 홰을 너여 허허 근연니 옛 적의 서린귀
쥐기던 난양이로곤난 군신유의 법니 잇서 츙효랄 힝니 분명커날 설마흔들
죽을소냐 퇵기를 즈바다가 왕의 병니 무거되면 일등 공신 될 거시요 전자
손흐여 공후거즉 되거구나 그 시의 날 못 보와 발광흐는구나 조가 미우니
세상의 나어가서 어엿쁜 첩 어더

〈14-앞〉

슬것다 성위 분슈 덜덜리고 슈장문 밧 니다리니 고고천변 흔일광은 부상의
놉피 쩠다 양곡의 즈진 안기 월봉으로만 돌고 돌라 세상츤니 기가 짓고 회
환봉의 구룸이 덧다 노화는 다 눈 되고 부평은 물의 덩실 얼용은 좀 즈고
즈귀 산시 라든다 동정니 여천파시추넌 금석추파 여기로다 압 발노 벽파랄
직기 당겨 뒤 발노 충

〈14-뒤〉

낭을 탕탕 이리저리 앙금 쩡실 놉피 쩠다 동정호 칠빅이을 시면 가만니 망
견흐니 틱산이 울탁흐여 초야도 광흐다 오초난 어니 흐냐 동남으로 머리지
고 건곤은 무슴 일노 일노야의 덧엇난고 옛 적의 드른 동정 지금이야 보리

르리다 지당은 칠빅이요 파광은 찬일싴 천의 무슨 십니봉은 구름 박게 말
고 머려 이우소슝 일철일 눈 압페 경니

〈15-앞〉

로다 악역누 노푼 집은 두즈미 글을 지여 낙은전 달귀 술고 오현금이 끈어
지 낙포로 간난 비난 쏘각달 무당 속의 초회왕니 원혼나라 강소도 슈려ᄒ
여 경기 그지 업다 운간의 나난 시난 쥬무왕의 편지 물고 요지연으로 도라
들고 서왕모의 청조시라 강산의 쩟인난 저 비 풍월 실노 갈 비라 황금이 천
편이요 빅서리 만점나라 신포세류 피난 입은 만강풍혼 옥노

〈15-뒤〉

청풍 가을 경기 송옥뽈얼 실리혼다 디힉을 다 바리고 청입벽겨 모라 틈의
은근니 중신ᄒ고 만학천봉 바리보니 만경디 구름 속의 학선니 둘너 닛고
칠보스 바리봉우 허궁의 소스 닛고 게슨파무울즈 손은 첩첩 들너 닛고 경
슈무풍야즈파는 물은 츌녕 편는디 머우 다리 칙널츌은 이리저리 엉크려저
가는 딩딩 으름 넌츌 뒤르저저 만슈천님 간 만디 원손은 옥옥 근손은 총총
티

〈16-앞〉

손은 첩첩 기얌은 줏적 청산니 우려 니 골 물리 쑤르령 저 골 물리 쑤르령
열니 얼 골 물리 흔트로 흡슈처 천방져 지방저 얼턱저 방울저 건〇 평풍석
의다 가마 마쥬 쩌려 녹코 벅금은 북적 어서은 돌고 목파리 히오리 너시 징
게미 소리 큰 와가리 시 슈만흔 쩨 공니 워낭시 방울시 빅노 감정시 호반시
벅궁시 잉무 곡죽니 지지 운디 뒤견 접동니 솟짝시 손텅니 쑤국

〈16-뒤〉

시 니런 등물더리 펼펼 나라든다 잇더의 즈리는 빅운천봉 놉피 올나 허허
지가 선선경일다 남희 슈변의 잇다 에와 보니 시원ᄒ다만는 퇵기 만날 기
리 업서 좌불안석ᄒ던 츳의 셩양 잠간 바라보니 나는 김싱 기난 김싱 차려
로 니려온다 공부 작찬츄의 전필ᄒ던 기력이며 삼국시명 거동 시의 천즈
옥연의 쇠쏘리며 옥경셩탄 승퓌ᄒ던 스지로ᄃ 출입풍종 용밍 조흔 만수장

〈17-앞〉

군의 퇴벽미며 서븍이 유슈산영홀 제 비웅비웅 괴미로다 복히씨 양 의샹의
길너니든 노양 소양 츙히 방낭즈의 제복ᄒ던 저 다람이 강슈동유원야셩의
실피 우난 잣니지며 괴 만흔 여시 쏠 조흔 스심 달피 슈달피 날짠부 길짠부
되야지 쪽제 슬가지 괴양 너구리 모도 이런 등물들이 츳려로 나려와 좌우
로 느려안저 샹좌 다틈을 하난구나

〈17-뒤〉

퇵기 셕 나서며 야 오날은 츳 좌셕의 니가 어룬이이 니가 상좌의 안저보자
쌩정쌩정 뒤여 방정막게 안저 보자 너리 달보가 셕 나서면 야 오날은 근슈
묵근 근흔 놈을 상좌ᄒ즈 공논니 미결할 제 호랑이 썩 나드려오며 어룬에
드려가신다 어헝 ᄒ고 상좌의 쥐돗괴야는데기 요만ᄒ고 어헝 모든 김싱듸
리 호랑이 낫즛흘 보더니 모다 외면ᄒ여 오늘 신슈 스난 놈

〈18-앞〉

여럿 상ᄒ거쑤나 저 즉거시 눈니 더큰쏘 속이 비연는가부다 잇쩌의 호랑의
난 샹좌의 안즈 사방을 노다 두로 욱쩌기난군나 퇵기 네가 어룬이라 ᄒ니
어른 근본을 좀 드려보자 퇵기 ᄒ눈 물리 니 말을 드려보오 천지 기벽 초의

일월리 분명커날 월중단귀 쏙의 가마니 드려안저 불노초 불사약을 니 손으로 쌍쌍 찌여 금반의 다마 옥

〈18-뒤〉

쾅쓰의 밧처시니 너가 어룬 안니요 너는 그려타 ㅎ고 너구리 너는 엇지ㅎ여 어룬이라 ㅎ여는야 나 어룬이라 헐 제 언제 드려봐 쏘 오냐 이놈아 겁너지 말고 ㅎ여라 이고 ㄴ 잘못 ㅎ엿쏘 안일다 말 ㅎ여라 니 너 식쿠던 안니 허마 니력만 ㅎ여라 제춈ㅎ고 이른 말이 슈양산 는일 작의 불식쥬속 빅이 슉체 치미가도 드려보고 뇌틱이 니 갈 제 순임군의 그물 치고 괴

〈19-앞〉

기 자바 철엽할 제 니 눙을 보고 듯고 하여기의 니가 어룬인ㄷ ㅎ여쏘 호랑이도 할 말 업서 나넌 어헝 ㅎ고 달여들면 너의 놈드리 싱똥을 쏜니 니가 어른 안니야 어헝 이고 중군님 어헝 소리 그만 ㅎ오 기 믹켜 쥭것쏘 잇디 별쥬부난 여기저그 단니며 귀경할 제 혼즈 말노 ㅎ난 마리 여려 모든 즁의 분명 퇴기가 잇실 거시니 불너 부리라 하고 되게 붓

〈19-뒤〉

처 퇴싱원 하고 불은 거시 안니라 늣게 붓처 호호호싱원 하고 불너는니 범 나려온다 범 나려온다 승임 집푼 곳듸 범 나려온다 인의 머리에 양 귀 찌여지고 모은 얼쑹덜쑹 쏘리는 존득 ㅎ 발니나 된 놈이 쥬 입 쩍 버리고 호슈랄 거살리고 시낫 갓탄 두 발길노 금즌듸 왕노러랄 동지 섯달 빅설 갓치 좌르르 니부리며 어헝 ㅎ난 소리 산쳔니 뒤눕는 듯 쌍니 툭 꺼지난 듯 자리

〈20-앞〉

쌈작 놀니여 납작 업저시니 호랑이 보고 이거시 무어시야 이거시 날 불너
난가 즈리 업는 슐네박구 안나냐 그것도 아니로구느 누워 마린 쇠똥 갓다
마난 그것도 아리로구나 쏙지 업는 가미솟 쑤경 갓다마는 그것도 이요 붓
처논 밀북거미 아니야 그것도 아이로구나 니게 무워시야 니 온통으로 싱켜
보즈 무불리면 불식이라 하여시니 엇지 홀고 즈러 입부리 조고만치 너여
게게서 뉘라

〈20-뒤〉

호오 호랑니 감작 놀니여 이거 니거시 요슐 츔치로구나 입도 업는 거시 말
호는디 보지기 괴물이로고나 는 빅슈지장군 명왈 호랑이라 호제 게서난 무
워시냐 난는 즈리다 호랑니 반겨 듯고 허허 네가 그 손나냐 니 평싱 왕비탕
이 원니런니 왼통으로 싱켜보즈 아니 나 자리 안이요 무어시야 남셩니요
올타 좃타 남셩이면 더옥 좃타 집의난 당지라 먹즈 뉘가 남셩이라 홉듸여
호

〈21-앞〉

민 무어시야 둑겁이요 올다 좃타 불의 시라 머그면 명약이라 먹자 즈러 집
피 든 목 질게 쎄여 허허 그 놈 지미 첨 보것다 너가 비상 쎵니다 그려호여
도 먹을네 압푸로 봤작 거려 드려가며 네가 정영 호랑일다 허허 급 니상호
드 역발산 기긔세호든 항장군의 철퇴 갓구나 네가 무어시야 즈러 왈 근본
남힝 용궁 공신 가의희부 겻 쥬부 좌랑 별날리라 호드 호랑이 무식

〈21-뒤〉

호여 즈라 별자 모로고 별리 갓타면 목은 엇지 운멍거지 되여난고 근본을

좀 알자 좀 우리 슈궁 퇴락하여 시로 슝슈ᄒ올 적의 천여 간 기와을 니 솜
시로 이여가다 훈 발 즛칫 믹그려저 공즁의 쌩쌩 나려오다 우멍거지 저여
기로 명의다려 문의훈 즉 호랑니 씰기을 어더 먹그면 직차ᄒ리라 하기로
슈궁의 도로랑 귀신 자바 타고 호랑이 산영 나왓던니 네가 일정 호랑인다
씰기 훈 보

<h2 align="center">〈22-앞〉</h2>

못 쥬겻냐 도라랑 귀신 기 인느냐 비소금 드는 칼노 이 호랑이 비 갈나라
쏘훈 좃통목의 쌍철 나간다 업푸로 밧죽 기여 드려가며 호랑니 낭신을 덥
적 물고 이 놈 어서 비 갈나라 호랑이 황겁ᄒ여 사정업시 썰썰리고 만흑천
봉 슈목 시로 천방지방 다라날 제 초가성 놀닌 픠왕 궤혜낙츌 거름으로 엉
금 슈루루 다라난다 청천 왜전의 술 다라나 듯 고약통 불 번

<h2 align="center">〈22-뒤〉</h2>

듯훈 처란 닷 듯 미게 죅긴 킈 다자나 듯 기게 격긴 지 다라나 듯 창희 슌
풍 비 다라나 듯 일낙함지 버먹고 엇지 다나낫든지 희남 관머리에서 쯱긴
놈니 희경도 서슈니가지 각구나 암상 우의 올나 저 혼즈 중담ᄒ되 니 용밍
안인든들 그 놈훈틱 하마 죽을 번 밧거든 허허 분훈지거 잇디 별쥬부 다시
싱각ᄒ되 혼즈라 ᄒ는 거슨 산신지영물리라 츙성 지극 보랴 ᄒ고 변화을

(이하 낙장)

─── 단국대 나손문고 소장 낙장 18장본 〈퇵기전〉 ───

　　단국대학교 율곡도서관에 소장되어 있는 국문 필사본이다. 표제와 내제 모두 낙장되어 원제는 알 수 없다. 크기는 가로 29.5cm, 세로 32.5cm이다. 매면 12행, 매행 22자 정도이며, 18장 35면으로 되어 있다. 1-28면까지의 필체와 29면 이후의 필체가 서로 다른 것으로 보아 두 사람에 의해 필사된 것으로 여겨진다. 1면이 "진셰간의 쳘연퇴간 아니오면 염ㄴ뎌왕이"로 도사의 토간 지시부터 시작되는 것으로 보아 앞 부분이 상당 분량 낙장된 것으로 보이며, 27면(14-앞)과 28면(14-뒤)도 "산과목실 각식으로 마셜 보(27면)/은신ㅎ야 제우 굴의 쎤저나서(28면)"로 문맥이 연결되지 않는다. 따라서 이 부분에서도 낙장되었음을 알 수 있다. 또한 마지막 장 35면도 "강령도 홀 듯ㅎ고 와석죵신도 홀 듯ㅎ야 오복"으로 별주부가 토끼를 유혹하는 장면까지만 있고 그 뒤 부분은 낙장되고 없다. 남아 있는 부분만 살펴보면, 별주부와 아내의 이별이 '악수상별'로 간단하다는 점과 별주부가 토끼의 관상을 풀이하는 대목이 첨가되어 있다는 점에서만 현전 판소리 창본과 차이를 보일 뿐, 나머지는 판소리 창본과 유사하다. (청구번호 : 古853.5.토2437)

단국대 나손문고 소장 낙장 18장본 〈퇴기전〉

(앞부분 낙장)

〈1-앞〉

진셰 간의 철연 퇴간 아니오면 염ᄂᆞ디왕이 동셩 삼촌이요 동방싁이가 죠상
이라도 누루 황쪼 시암 쳔쪼 도ᄅᆞ갈 귀 ᄒᆞ거쑈 왕이 갈오디 퇴간이 엇지 약
이 되리잇ᄀᆞ 도ᄉᆞ 왈 디왕은 진이요 퇴기난 묘ᄅᆞ 인갑묘난 목니요 간진슐
은 토ᄅᆞ ᄒᆞ이 음양이 상극이요 갑인진은 디강슈요 진간손은 원슝슈ᄅᆞ 슈셩
목ᄒᆞ니 약이 아니 되리ᄭᆞ 왕이 왈 연ᄒᆞᄂᆞ 비록 그려ᄒᆞᄂᆞ 창망 진셰 간의 유
현이 노슈ᄒᆞ고 약슈 슘철이 슈로 험난ᄒᆞ이 어이ᄒᆞ야 ○○릿가 ○

〈1-뒤〉

제 진씨황은 만고 영웅으로 장셩불ᄉᆞ ᄒᆞ랴 ᄒᆞ고 동남동여 오빅인을 허슝슘
산ᄒᆞ야 불노쵸 못 어더서 여산 슝빅 울울 즁의 삼쳑가셩 황제 묘ᄅᆞ 속절업
시 죽어 잇고 쳔ᄒᆞ의 긔우션은 한무제 이른 비ᄅᆞ 일허ᄒᆞᆫ 영웅호걸 헛도이
죽어시니 셩쇠흥망 쩌가 잇고 슈요장단이 지쳔이ᄅᆞ 위력으로 어이 할가 비
록 그려ᄒᆞᄂᆞ 퇴긔라 ᄒᆞ난 졈셩 히외일월 발근 디로 빅운 무젹 갓치 시비업
시 ᄃᆞ니난 디 엇지ᄒᆞ야 구하리요 도ᄉᆞ 왈 티산지ᄒᆞ에

〈2-앞〉

유절지곡ᄒᆞ고 인의지간의 유말후지ᄉᆞᄒᆞ고 요슌지군은 고요 갓탄 신ᄒᆞ 잇고
디왕의 셩덕으로 엇지 셩교지신이 업ᄉᆞ오리가 왕이 이 말 듯고 슈궁 만죠
빅관을 일시의 명쵸ᄒᆞᆫ이 잇쩌여 제신이 드러올 제 승상 거복 승지 도미 판

서 민어 쥬서 오적어 정언 이어 할님 디시비 디스헌 도록목 방첨스 죠긔 희
운공 갈게 유슈 광어 병스 청어 군슈 남즈리 현감 홍어 출방 부어 어스 슝
어 좌랑 병어 디장 병치 부장 비별낭청 싱디 교리 낙지 슈장 고등어 지

〈2-뒤〉

평 청드리 장영 가오리 금군 나졸 좌우로 슈령ㅎ고 고리 희구 무지리 상어
원츔군 남성이 별쥬부 즈리 전어 날치 병어 농어 디구 명티 멸치 쥰치 전복
희슴 홍홉 썩저구 금민어 물며긔 중어 츠가스리 서디 홍디 점겨미 시우 미
꼬리 슝스리 올창이 모드 드러와 복지 청알할 시 왕이 좌우 제신을 도라보
와 왈 제신 중에 어니 신ㅎ 진세예 빨이 ㄱ 퇵긔를 즈바드가 짐으 병을 군
완ㅎ고 전후 어두귀면지졸이 면면상고ㅎ야 묵묵부답이어늘 왕이

〈3-앞〉

돌돌 탄왈　나무 나라는 츙신이 잇서 홀고사군 긔즈츄와 망신광쵸 긔신이
난 죽을 임군 살여시니 보국츙신 장할시고 실퓨드 우리 슈궁 일 츙신이 업
서시니 엇지 안이 한심ㅎ랴 정언 웅어 엿즈오디 세상이라 ㅎ난 거시 인심
이 무고ㅎ야 슈궁 인갑 얼는 ㅎ면 줍기로 위업한이 지혜 용밍 업난 지난 성
공치 못ㅎ옵고 죽기가 가련ㅎ오니 좀놈은 보니지 못ㅎ리드 왕 왈 성상 거
복이 엇더한고 정언이 엿즈오디 승상 거복은 등의 ㅎ도낙서을 점점이 기러
삽고 죠화을 발쎄옵고 지략

〈3-뒤〉

이 잇스오느 복판이 디몬 고로 세상 인민 상ㅎ업시 얼는 보면 즈바드가 디
모 관즈 장도 칼 갈기 닷토와 ㅎ난 브라 사싱을 몰으오니 보니기 위티ㅎ오
희운공 갈겨 술술 기여 드러와 복지ㅎ야 엿즈오디 신으 고힝이 세상이라

세상의 잇실 찌의 청손벽겨 상의 쥬야로 왕니흐며 날벼러지면 짐싱 면면이
구별홀 제 월즁퇴 즁산퇴 산간퇴 임간퇴 안면면이 잇쓰오니 이제 쌜이 츌
세흐야 퇴기을 즈보리라 왕이 왈 너는 신갑이 견고흐고 거름을 쌜이흐야
집기난 잘흐ᄂ 성정이 디겁흐야 인적이 얼는흐면 퇴불여전이ᄅ

<h2 style="text-align:center">〈4-앞〉</h2>

뒤거름을 잘흐니 디ᄉ을 밋지 못흐리라 방첨ᄉ 죠기 엇더흐요 정언이 엿즈
오디 방첨ᄉ 죠기는 철갑이 ᄭᆺᄭᆺ흐여 방신지도 죳ᄉ오ᄂ 엿 글의 일너시되
관방훌지세하니 죠ㅏ슈어인지공이라 흐여시니 만일 츌세흐여ᄊᆞ가 훌쑈가
보거드면 훌쑈난 죠기 물고 죠기는 훌쑈 물고 승부를 미결할 제 어인이 보
고드면 모도 드 즈불 거시니 단단 위티흐와 보니지 못흐오리드 왕 왈 희랑
청 ᄉ우 엇더한요 정언이 엿즈오디 희랑청 시우난 용밍이 쵸등흐야 쮜기난
잘흐오ᄂ 안정이

<h2 style="text-align:center">〈4-뒤〉</h2>

돌츌흐야 단명훈 긔싱이라 보니지 못흐리다 슈문장 물며기 엇더흐요 슈문
장 물며기난 슈장구디흐야 풍신은 죳쓰오ᄂ 입이 크기로 식양이 과이 널너
세상의 ᄂ가오면 죠고만훈 시니물의 요기쌈 어드랴고 여기저기 술필 적의
술입 씬 저 어옹 ᄉ풍세우불슈귀라 철낙슈의 잇쌉 쮜여 물의 풍덩 드르치
면 욕심만훈 저 머기 왈캑 싱키거드면 단불요디 죽을지라 인간 이질 복질
설ᄉ 비압피 어든 ᄉ람 다 쥬어 자바다가 보기흐고 약 되ᄂ지라 일이 단단
위티흐와 보니지 못흐리다 슈지츌식 희구 엇더흐요 희구ᄅ 흐난 거신 신경
이 조훈

〈5-앞〉

고로 진세의 부가옹이 쇼첩을 어더두고 보신ᄒ랴고 구홀 제 그 희구신을
보거드면 아모 쑈록 사랴 ᄒ고 일이빅 양 후ᄒ 갑설 두 말 업 니여쥬니 죠
신 즁 희구난 진세의 츌립지 못ᄒ리다 공논니 미결홀 제 영덕전 여푸로 ᄒ
신ᄒ 나오되 음목단죡이요 쟝경오취ᄅ 국궁ᄒ며 느와 지비 상서 왈 황공복
이신은 상연우쥬상전ᄒ ᄒ나니 신은 츙신지후예로 당츠○ 옥체불영지시ᄒ
야 안득알령이리요 슈연이느 신체 편쇼ᄒ고 용모 용열ᄒ오느 여간 용밍과
다쇼 지략니 잇싸와 츄처낭즁ᄒ야 톨영이츌ᄒ던 모슈의 지죠와 탄탄위아ᄒ
야 힝걸어

〈5-뒤〉

시ᄒ던 예양의 츙성○ 담세육국ᄒ던 쇼진의 귀변과 칠금밍확ᄒ던 공명의
기교를 흉즁 품어싸오니 일기 퇴 잡기난 ᄒ란지유며 ᄒ노지유리요 복청 전
ᄒ난 파탈분운지의ᄒ고 금영신으로 스쇽츌세ᄒ야 산간지퇴을 착치전ᄒ ᄒ
읍시면 신지쇼원이로쇼이다 왕이 보시고 층찬 왈 츙지라 쥬부여 신지라 쥬
부여 슈국 츙신은 쥬부 ᄒ나 쑌이로다 그러ᄒ나 슈궁 만죡이 세상 사람 진
미 안이 되난 지 업난지라 니 드른니 왕비탕이 죳타 ᄒ고 밎 죠분 작살로
질너 잡난다 ᄒ니 츌세ᄒ기 위틱ᄒ와 즈리 엿즈오디 신이 목을 너고 드리
며 두용직을 능히 ᄒ고 쵸ᄒ

〈6-앞〉

적 홍문연의 옹슌적입ᄒ던 번쾌 씨던 도리방픠 등의 진여 방신지칙 잇싸읍
고 슈죡이 전구ᄒ야 슈로와 육노을 임으로 횡힝ᄒ고 히염을 익키ᄒ야 물
우로 번듯 쩌서 망 보기을 줄하니 인간 봉픠 업싸오나 희즁 쇼싱으로 퇴기
얼골 몰으오니 화스을 급피 불너 퇴기 화상 용모 파기 즈서이 그려 가지고

갈진이다 왕이 깃거ᄒᆞ야 화ᄉᆞ을 급피 불너 퇴기 화상 기릴 적의 거복 연적
오쥭어로 먹 갈이고 오ᄉᆡᆨ 단청 가진 치ᄉᆡᆨ 양두필 덥벅 푸러 빅능설화 간지
상의 이리저리 기릴 적의 두 귀난 ᄶᅩᆼ

〈6-뒤〉

곳 ᄭᅩ리난 몽탕 ᄋᆞᆸ 발을 히우히우 뒷 발은 가가동가동 월즁퇴 즁산퇴 ○형
인 듯 완연ᄒᆞᄃᆞ 좌편의 청산이요 우편은 녹슈로ᄃᆞ 녹슈청산 깁푼 고디 칭
암절벽 바효 우의 충숑녹죽 울울한디 게슈가지 그늘 쇽의 들낭달낭 오락가
락 이그죠춤 기난 거동 본ᄃᆞ시 완연ᄒᆞᄃᆞ 즈리 복지ᄒᆞ야 그림 바ᄃᆞ 품의 품
고 지비 ᄒᆡᆼ직한이 왕이 병침의 비계 안즈 즈리의 손을 잡고 위로 왈 천순만
슈의 무ᄉᆞ이 돈여오라 자리 고두ᄉᆞ은ᄒᆞ고 집으로 도로와 부모전의 ᄒᆡᆼ직ᄒᆞ
니 부모 경게 왈 옛 제 왕손가 제민왕을 섬

〈7-앞〉

기ᄃᆞ가 요치으 난을 만ᄂᆞ 왕을 일코 도라오니 그 어미 ᄭᅮ지져 왈 여죠츌리
말닉직오의 문이 망ᄒᆞ고 여모츌리불환직오의 려이 망ᄒᆞ더니 여금ᄉᆞ왕이라
가왕이 쥬ᄒᆞ되여 부지거처ᄒᆞ니 여장ᄒᆞ지런고 ᄒᆞ엿시니 우리도 너을 나아
사랑홈미 그치 업서 ᄒᆞᆫ ᄶᅥ 이별 어려온디 너 이무 벼살ᄒᆞ야 나라을 섬기다
가 인군을 위ᄒᆞ야 죽어도 올흔지라 진세 험ᄒᆞᆫ 질의 츌립ᄒᆞ기 어려오니 지
성이면 감천이라 옛 글에 일너시니 네 정성이 지극ᄒᆞ면 ᄒᆞᆫ날이 도을지라
아모ᄶᅩ록 치성ᄒᆞ야 왕의 병을 구완ᄒᆞ라 즈러 ᄒᆡᆼ직ᄒᆞ고 물너나와 저의 ᄋᆞ희
암즈리 방의 드러가 악

〈7-뒤〉

슈상별ᄒᆞ니 암즈리 눈물 지며 셜운 시셜노 이별가 지여 보ᄂᆡ이라 잇ᄯᅥ여

즈러 세상을 느올 적의 슈정문 밧 니드으니 고고천변 일일홍은 부상의 덩실 놉피 쓰고 양곡의 즈진 안기 월봉으로 도라든드 어장촌 기 짓고 회안봉 구룸 쩌드 노화는 눈니 되고 부평은 물의 쩌서 어옹은 잠을 즈고 즈귀 펄펄 나라든드 동정여천파시츄ㅎ니 금석츄프 여기로드 압 발노 창파를 콱 찍어 드니고 뒤 발노 벽파을 톡톡 츠며 만경창파 물결 우의 둥실둥실 쩌느가며 동정호 칠빅이을 스면으로 바리보니 슈세도 광할ㅎ고 경기도 무궁ㅎ드 웃 쵸난 어이ㅎ야 동남

〈8-앞〉

으로 버려시며 무삼 일노 일야의 쩌 인난고 예 말의 드른 동정 오날 보기 호호탕탕 횡무제이 부광이 약금ㅎ고 정영이 침벽이라 무산 시비이난 운의 홀이요 동정 칠빅은 월ㅎ츄라 아양누 노푼 집의 두줌미 글을 지여 동정호로 징웅ㅎ고 창오산 거문 구룸 남훈전 발근 달은 오현금 끈처지고 낙포의 가난 비 쏘각달 무관 속의 쵸회왕의 혼이로다 운간의 나난 시난 쥬목왕의 편지 물고 요지로 도라가난 서왕모의 청죠로다 강상의 둥실 쓴 비난 터빅 선싱 기경 후의 풍월 실로 가난 비르 강상의 월농ㅎ니 황금이 천편이요 노화의 풍기ㅎ니 빅설리 만점이라 세상칠틱영전오요

〈8-뒤〉

구월삼승석낙쵸라 북방 쇼식 기력이난 빅운천제말리변의 옹옹성이 멀리 쩟고 스풍세우 강지중의 빅구의 기픈 잠은 무신 실음 푸러씨며 천어환쥬유교변의 혼가ㅎ드 저 어옹으 세상 흥망 무러보니 쇼이부답 숀을 드러 가르친다 월일선 무궁혼 강호 풍경 어이 다 기록ㅎ리 동으로 브리보니 무산이 천첩이요 남으로 브리보니 초슈가 만곡이라 오산쵸슈을 다 지너서 잔잔세류 시너가의 기엄기엄 너려가 빅사장 모리 밧 틈의 은근이 장신ㅎ고 저룬 목질게 쩨여 만학천봉 바리보니 만경디 구름 속게 학선이가 노르 잇고 영보

산 비로봉은 창공의 쇼사 잇다 게산이 파무울츠아ㅎ

〈9-앞〉

니 층층이 놉파 잇고 경슈무풍야즈파은 즌즌이 흘너 잇고 도화난 젼젼 츙
슝은 낙낙 기암은 층층 틱산은 첩첩 비죠는 편편 낙화난 쑥쑥 며로 ᄃ러 을
음 넌츌 휘야ᄃ지고 비두○져서 만슈철임 가마 잇고 어션은 도로들고 빅운
죠난 부비홀 제 갈미시 희오리 못푸리 워낭시 강상 두룸이 쇼리 큰 와가리
아리 멀 정치시 슈만ㅎ 싸옥이 물시 황시 감장시 빅로 군비 나ᄅ들 제 물식
은 죠투마는 퇴기 만날 길리 업서 좌불안석 근심터니 석양살노 깁푼 고디
오락가락 단이난 ○싱 공부즈 작츈츄 절필ㅎ던 기린이며 삼국

〈9-뒤〉

삼영 거동시에 쳔즈 옥연 쾨코리며 칠일남산 안기 중의 변화ㅎ난 푀범이며
서빅의 창업시의 비웅비푀 곰이로다 옥경선광 싱파ㅎ니 풍치 조흔 스즈로
다 복히씨 양히싱의 질너니든 노양 쇼양 박낭사 일퇴셩의 져복ㅎ던 다림이
며 강슈동류워야셩이 실피 우난 잔니비며 쾨만ㅎ 여의며 날닌 노리며 간사
ㅎ 밋쥐며 쌀 죠흔 스심이며 털 죠흔 너구리이며 퇴기 담부 모도 쒸고 앙금
팔닥 도라드니 응당 저 가온디 퇴기가 잇실리라 ㅎ고 즈리 목을 질겨 쎄여
쇼리을 크계ㅎ야 퇴싱원 ㅎ니 잇쩌의 슝임 산 집푼 골노 늘근 범이 너려온
ᄃ 느희 만ㅎ야 니롱징 잇서 퇴싱원 ㅎ난 쇼리 호싱원

〈10-앞〉

으로 아라듯고 어헝 딕답ㅎ고 엉금엉금 너려올 제 기싱을 잠간 보니 머리
예 양 귀난 쩌여지고 몸은 얼숑덜숑ㅎ고 쏘리난 잔득 ᄒ 발은 되난 놈이 크
다 큰 쥬홍 갓탄 입을 쩍 벌이고 너려와서 즈리 압푸 웃둑 서며 헝ㅎ는 쇼

리 일곡이 찌여지난 닷 산천이 진동ㅎ니 즈리 쌈잠 놀ㄴ여 눈이 쌈작쌈작 목을 움치고 쥬군듯기 업저시니 호랑이 구버보며 눈도 코도 어난 거시 무어신고 업퍼노니 가마솟 쑤경 갓ㄷ마는 꼭지 업서 아니요 구먹 업난 슛쾌 ㅂ우 누어바림 쇠쏭인가 발 업난 두투 평판 붓처논 부처논 부굼인가 그것 아니 괴물인가 니 아니 싱케 볼ㄱ ㅎ니 즈리 목을 움치고 입만 여러 겨서 뉘라 ㅎ시

<h3 style="text-align:center">〈10-뒤〉</h3>

요 호랑이 디답ㅎ되 ㄴ난 빅슈지댱 산군이요 겸 밍우장군 호랑이요 즈리 호령을 듯고 디답이츌ㅎ야 욕스지심이요 무싱지긔ㅎ여 제우 디답ㅎ되 쇼인은 즈리라 ㅎ오 호랑이 반기 듯고 니가 평상 왕비탕이 원일는이 오날이야 만나신이 온통으로 싱케 보가 즈리 망극ㅎ야 아무리 할 줄 모로와 천지도 지ㅎ야 엉겁에 발명 왈 니가 즈리 안이요 그러면 무워시니 남셩이요 십으당지라 남셩이도 아니요 그러면 무워시니 둑겁이요 둑겁이난 속병의 더옥 좃투 ㅎ니 즈리 혼 쇠을 싱각ㅎ고 호랑 압푸 나안지며 참무로 너으 근본을 알나요 나난 슈부 용궁 공후츙신 간의티부 겸 쏘찰어스 즈희별직요 호랑이 무식ㅎ야 즈리 별쏘 몰나 듯

<h3 style="text-align:center">〈11-앞〉</h3>

고 어 그것 직품도 만ㅎ고 ○○ 예난 어이 나와시며 목이 엇지 움벙거지 되야나야 즈리 답왈 우리 슈궁 퇴락ㅎ야 금츈의 시로 짓고 천여 간 지화을 니 솜씨로 올일 제 츈서 쓰 도라갈 제 발 미쓰러저 공중의 쑥 써러저 니려 썩 쑤러저 움벙거지 되야기로 명으ㄷ려 문의한직 호렁으 씰기를 먹그면 직회ㅎ리라 ㅎ기로 도로강 귀신을 즈바타고 호랑 순영 나와써니 게가 즈칭 호랑이라 하니 씰기 한 봉 못 쥬겟난야 도로강 귀신의 게 인난야 슈궁 비슈금 들어서 저 호랑이 비 갈나라 호랑이 디경ㅎ야 홰찡을 왈칵 쓰고 펄적 ㄷ라

날 제 히흐성옥장 초가성의 놀닌 푀왕 제웨남츌 격이로딕 바로 좃추 숭임 김푼 골노

〈11-뒤〉

만학을 휘도라 천봉을 바려보니 강산을 등지고 번기 갓치 다라나니 즈러 싱각흐되 호랑 츠지난 산신이라 츙성지기 보랴 흐고 이 점싱을 보너쏘딕 아마도 산신을 위흐야 산제을 극진이 흐리라 흐고 머리 미욕 정성흐고 전 죠단발 신영빅도 딘일치지한 연후의 싱율 홍시 포도 다리 삼식 과실 장만 흐고 빅석탄 엿튼 물의 을인옥척 즈바너여 제슈지물 장만흐야 도토리 싹지 잔을 삼고 쩍가랑입 접시 삼고 낙엽으로 제석 삼고 막고 말근 청계슈로 현 쥬로 디용흐고 풀 쏘바 비석 쌀고 어동육서 진설흐고 강신 참신흔 연후의 쵸현이 독츅흘 제 츅문의 흐여씨되 유세

〈12-앞〉

츠 갑슐 팔월 경슐삭 보름날 갑즈일의 남히 슈궁 별쥬부 즈러 감쇼고우산 신국스흐나니 복이신이 이스군지츙으로 왕이 졸연 득병흐야 빅약이 무회르 도스 연용 퇴간 직 직회흐리라 한 고로 여기 와 치성흐오니 복걸 지시일슈 흐와이면 불츙지쬐 천만츅슈 근고 스신 지빈한 연후의 음복 철승흐고 청게 상 슈음 간의 이윽키 안즈드니 한 고절 바려보니 절벽칭암 바우 틈의 게슈 나무 그늘 쇽의 한 짐싱이 안즈씬되 이목이 정제흐고 형체 단정흐야 퇴 정 신을 품은 듯 흐거날 즈러 마음 깃거흐야 품 가온디 화상 너여 화상 보고 퇴기 보니 산즁퇴여 화즁퇴요 화

〈12-뒤〉

즁퇴여 산즁퇴라 기이흐딕 이 점싱이 퇴기 일시 분명흐딕 움친 목 질게 쎄

야 고성디호ᄒ야 퇴셩원 불으이 퇵기 듯고 반기ᄒ야 고이ᄒᄃ 고이ᄒᄃ 날
ᄎ지리 고이ᄒᄃ 정막한 이 산즁의 날 ᄎ지리 업건마난 계 뉘랴 날 ᄎ난고
기산영슈 쇼부 허유 셰이ᄒᄌ고 날 ᄎ나 슈양산 빅이 슉제 치미ᄒᄌ고 날
ᄎ나 치석강 망월야의 시즁쳔ᄌ 이퇴빅이 완월ᄒᄌ고 날 ᄎ나 도화유슈 무
릉원의 어쥬속긱이 날 ᄎᄂ 숑ᄒ의 오신 손임 문동ᄌ 날 ᄎ나 오류선싱 귀
거리의 슐 먹ᄌ고 날 ᄎ나 부츈산 엄ᄌ릉이 괴기 낙ᄌ고 날 ᄎᄂ 죠운모우
양디상의 무산 션려가 날 ᄎ나 왼가지로 불으면서 놀니 져어

〈13-앞〉

몸짓ᄒ고 팔닥팔닥 쮜여와서 ᄌ리 압페 썩 안지니 ᄌ리 몬져 호랑의게 놀
닌 쓰시라 아지 못ᄒ야 목을 지득이 움치고 죽은다시 업저시니 퇵기 말그
름이 보다가 이것 여영 두투리방석 갓ᄃ ᄒ고 올나 안즈보자 팔닥 쮜여 안
지니 ᄌ리 목이 언연이 나오니 퇵기 보고 위셔 왈 이고 이것 목 나온다 그
목이 그더로 나오거드면 쳔여 볼 나오것다 ᄌ리 흔슘 슈며 그것 저것 쏭집
은 장ᄒ다 쓸썩ᄒ야 써둥그른니 퇵기 탁 씨러저짜가 팔닥 일어 안지며 어
그것 나무 징반 갓트여도 등심은 어지간타 ᄌ리 우심며 왈 우리 통성명 흡
시 퇵기 답왈 나난 천상의서 이음

〈13-뒤〉

음양슌ᄉ시ᄒ고 디쇼월 분간ᄒ야 회쵸 간을 마련ᄒ난 월즁퇵너니 도약츄
부츈의 징싱약 그릇 짓고 상제께 득죄ᄒ야 적ᄒ산즁하니 별호를 퇵선싱이
라 ᄒ오 ᄌ리 듯고 문ᄌ 써 디답ᄒ되 짐싱이라 다 글을 의미업시 혼다 구앙
서화널이 금일 상봉은 시비막덕인가 우연ᄒ 일 아니로시 퇵기 답왈 ᄒ상견
지만야요 무거불칙 단정의 아들이로시 ᄌ리 왈 나도 유식ᄒ거니와 게도 미
우 유식ᄒ오 우리 ᄃ 쵸면으로 만나보니 반갑기 피츳업난 즁의 마참 죵용
한이 한담이나 ᄒ고 서로 고지 잠미나 이약 합시 게서난 세상의 쳐ᄒ야 홍

미가 엇더한요 퇴기 왈 우리 세상 홍

〈14-앞〉

미 드러볼닌야 더지 이 몸이 적호산즁호야 녹슈청산 경기 죠흔 더 임으로
왕니호야 갑업난 청풍명월 난만한 홍화녹슈 니 혼즈 맛드 두고 밤나지로
귀경호며 츈화경명 호시절의 만화방창 무한 경과 스월남풍 믹츄절의 녹음
방쵸송화시라 음음호목 전황이난 환우성이 한가롭드 쌍감두쥬 병의 넛코
왕청황이 경이로드 유월 삼복 더운 늘의 서화호난 저 빅성들 한적전 즁 괴
로올 제 이니 몸 한가호야 서늘한 임천가의 피서호랴 안즈시니 청풍이 서
리한이 의청츄불열이라 고침석두 한가롭드 겸가창창 빅노위상 치월 지난
후의 산과목실 각식으로 마설 보

(중간 낙장)

〈14-뒤〉

은신호야 제우 굴의 샌저나서 건넌 골노 가즈 하니 미 바든 죽갈치난 봉봉
이 느러시고 모리군 산영기난 골골리 훗터저서 여기저기 뒤여 쓸 제 가련
혼 즈니 몸이 피퇴몽호격이로드 이럿트시 골몰하니 만화방창 무한 경은 어
니 절의 귀경호며 오유월 심복시예 피서를 호랴 호니 김스복 장스복 이름
잇난 퇴슈드리 산영길 나올 적의 일등 죠총 현즈박이 화문을 여러 노코 즈
니 몸 얼는 호면 방이쐬 쓰으랴고 여그저그 안즈씨니 선은훈 임천 가의 어
니 절의 피서호며 구월츄풍 조흔 쩌의 황 국단풍 좃컨마난 욕심만훈 부헝
이와 용밍 잇난 독슈리가 쥬린 식양 치우랴고 고봉정

〈15-앞〉

상 노피 쩌서 자니 몸 얼는 ᄒ면 달여들여우랴고 두 쑥지을 사려씨니 황국
단풍 죠흔 경을 어늬 결의 귀경ᄒ며 동지 섯달 도라오면 산과목실 다 진ᄒ
고 먹을 거시 전이 업다 연일불식 쥬린 즈니 바람 츠고 눈 쑤린듸 비 고푸
고 몸 치워서 양지 차자 안질 적의 셜월강산 죠흘씨고 무삼 경왕으로 귀경
홀가 즈니 신세 싱각ᄒ니 츈하츄동 사시절의 편할 날 ᄒ로 업서 삼지팔난
어려온 일 자니 몸의 가저씨니 진세 간 죠흔 홍미 말홀 쩌시 전이 업늬 퇵
기 이 말을 드르니 말마다 유리ᄒ드 톤식ᄒ고 나안지며 슈궁 홍미 드러보
시 즈리 답왈 우리 슈궁 홍미 자니 잠간 드러보쇼 천양지간의 희위최더ᄒ
고 인물지간의 신위최령이라 무변디히 즁의 황금으로 집을 짓고 빅옥으

〈15-뒤〉

로 문을 달고 유리 지동 호박 쥬쵸 산호 난간 화류 연목 슈궁픠궐 영농ᄒ니
응천상지삼광이요 곤의슈상은 비인간지오복이라 우리 용왕 직위ᄒ야 만족
귀인ᄒ고 빅령이 앙덕이라 왕모금정 천일쥬와 천비옥반 쥐츠로 실푼 먹고
지곡총지곡총 비을 쮜여 양슈선게 드러가니 십쥬가 어듸미요 삼산이 여기
로다 강구연월 남풍시로 월정츄강상의 어적을 화답ᄒ니 청츄 적벽 쇼장공
과 명월쳐석 적선 홍미 아모리 죠타ᄒ들 이에서 당홀숀가 별유천지비인간
의 불노 불사 장싱 팔자 우리 슈궁 조흘씨고 치약ᄒ든 진시황제와 구선ᄒ
든 한무제가 슈궁 홍미 드러던들 진세 간의 잇실숀가 원컨듸 퇴선싱은 팔
난 세상 잇지 말고 나을 짜라 슈궁 가

〈16-앞〉

면 쏘흔 그더 저 풍신의 조흔 벼살홀 쩌시요 슈궁 미식 셜여덜과 슐도 먹고
잠도 자고 쥬식의 풍덩 잠기여 쥬야 호강 더풍류와 만세동낙 ᄒ올지라 드

러가미 엇더ᄒ요 퇵기 왈 그디 말을 드를진디 원일견지슈궁 가고잔 마음이
불썬듯기 간절ᄒ나 슈륙 양게 질리 달나 불상급 어이 갈까 너의 죠화 망망
디ᄒ 너룬 물을 평지 갓치 왕니ᄒ니 너 등의 업펴시면 드러가기 염여ᄒ가
퇵기 고지 듯고 ᄌ리 뒤를 ᄯ라 월노ᄒ변 니려가니 건넌산 달첨지 너구리
엉금엉금 기어오며 이이 퇵기야 너 어디 가느야 슈궁의 간다 너구리 크게
우여 왈 훠훠 ᄌ식 어린지거 너의 두리 슈작할 제 닌 예서 드럿노라 자러한
터 도리엿다 옛 말을 들어보아라 칼 잘 씨든 위인 형가 역슈

<h2 align="center">〈16-뒤〉</h2>

한풍 실푼 노리 장시일거 불부회라 쳔츄원혼 쵸회왕도 진무관의 ᄒ 번 가
서 도라오지 못ᄒ엿고 열열츈쵸 푸른 고디 왕손도 귀불귀라 퇵기 너도 슈
궁 가면 다시 오지 못ᄒ리라 위방불입 난방불거 옛 그레 일너시니 너도 부
디 가지 마라 퇵기 듯고 의심ᄒ야 달첨지 말리 올쇼 자리 눈을 홀이 ᄶ서
너구리 도라보며 흉포ᄒ 저 못실 놈 저거번의 슈궁 와서 호죠 돈 삼천 양을
도적ᄒ야 먹은 죄로 어젼 곤장 삼십도의 졍비츌숑 ᄒ여든니 그 힘의으로
ᄒ여곰 ᄌ니도 못 드러가게 무단 심스 부린다 쇽 실건 퇴싱원은 너구리 말
듯지 말고 나를 ᄯ라 슈궁 가시 산즁인즉 난방이라 난방불거 모로난가 퇵
긔 다시 도라시며 철리 슈궁 멀고 먼디 일○○○ ○○

<h2 align="center">〈17-앞〉</h2>

지면 닌 아니 불상ᄒ가 아믜 가기 위티ᄒ니 ○○○○ ○시 ᄶ며 여보쇼 퇴
싱원아 슈궁 철리 머다 마쇼 불원철리 츄인 밍모 양혜왕을 가 보시고 위슈
강퇴공도 어○○○인 되고 우구지ᄒ 빅리ᄒ도 목곰 ᄯ라 진의 드러 일국
졍승 귀이 되고 회음인 한신이도 비쵸 귀ᄒ 지이 되여씨니 퇴싱원도 나랄
ᄯ라 슈궁 가면 귀이 되리 퇵기 웃고 별쥬부 ᄯ라 남ᄒ 슈변 다다르니 경긔
무궁 죠흘씨고 세우 즁의 돗실 달고 둥실둥실 ᄯ오난 빈난 한가ᄒ 쵸강 어

부 풍월 실노 가난 비요 망망창파 노난 거슨 쌍쌍빅구 뇌피 쓰고 쇼쇼츄풍 숑안군의 울고 가난 저 기럭기 북힉상 쇼즁낭의 편지 물고 가난다 니의 쇼식 가저다가 우리 벗 기린임쎄 빅운청산 노든 퇵기 벽히 용궁 가더라고 그 말 잠간

〈17-뒤〉

일너다고 망망디히 만경창파 울녕츌녕 물결치니 퇵기 바러보고 마음이 옴쏙 놀니여 물너서며 나난 실네 슈궁 부귀 이제 가 용 되야도 귀할가 바식이다 천금 일신 귀한 몸이 사자 업난 죽엄홀가 천지 말물 슴게날 제 다 각각 곳지 잇서 인츙은 물이 살고 모츙은 모이 사라 처쇼가 다르거든 니 엇지 뫼의 쩌나 슈궁의 드러갈가 부귀빈천 쩌가 잇고 슈요장단이 지천이라 잘 되야도 니 팔즈요 못 되야도 니 팔즈라 나흘 쩌 정훈 팔자 궐력으로 어이홀가 어서 가쇼 어서 가쇼 별쥬부 어서 가쇼 무한니 시살ᄒ고 팔닥팔닥 쒸여가니 즈리 보고 어이업서 이 놈 좀체로 ᄒ여셔난 못 ᄒ것다 ᄒ고 퇵기 불너 디칙왈 ○○사가 어 그리 미거훈가 자니 슈궁의 가고 아니 가기난 ○○○ ○○○○

〈18-앞〉

되 울리 두리 처음 만나 정담ᄒ고 논니다가 ○○○○○○ 가라난 말도 업시 저러타시 쒸어가니 그디 ○○○○○ ○기 도라안자 왈 니 일싱 뫼의 이서 클 물 못 ○○가 디히○ 다다르니 겁심이 죠발ᄒ야 정신을 일어기로 말슈작○ 이저시니 칙쇼난면이라 허물치 마오 자리 우셔 왈 ○○ 보고 겁홀 진디 총쇼리 드르면 엇지ᄒ오 디저 날 쓰라 고 아니 가기난 퇴싱원 마음이 어니와 마리나 즈싱이 일을 거시니 드러보쇼 퇴싱원의 상을 보니 두 귀 쏭곳ᄒ니 가난홀 상이요 인즁 져르니 단명홀 상이요 미간의 겁사리 과ᄒ니 미밥이 되거나 총을 맞거나 오사홀 상이로다 등으로 보니 귀불가연니라 수

명도 질 듯ᄒ고 부귀도 홀 듯ᄒ고 강령도 홀 듯ᄒ고 와석죵신도 홀 듯ᄒ야 오복

(이하 낙장)

박순호 소장 17장본 〈퇴끼젼〉

　　원광대학교 박순호 교수가 소장하고 있는 국문 필사본이다. 표제는 알 수 없고, 1면의 내제는 "토끼젼"이라 되어 있다. 이 이본은 〈사씨전 권지이〉, 〈디션젼〉, 그리고 서간문 등과 함께 합철되어 있는데, 〈사씨전〉과 〈디션젼〉 사이에 이 작품이 필사되어 있다. 매면 11행, 매면 17-23자 정도이며, 총 17장 33면으로 되어 있다. 청용왕이 수정궁 낙성연으로 인하여 득병하는 것으로 되어 있다. 토간 지시는 천상에서 내려온 도사에 의해 이뤄진다. 진맥과 처방 사설은 용왕의 득병이 주색으로 인한 것임을 밝히는 간단한 내용으로 되어 있다. 신하들이 출륙하기를 꺼리는 여타 이본과는 달리 토끼를 잡아온 후 만호후를 봉하겠다는 용왕의 말에 신하들이 서로 사신으로 가려고 다투는 것으로 되어 있고, 사신택출 과정도 발 달린 신하들만 거명한 후 도록목의 추천으로 별주부가 사신으로 택출되는 독특한 내용으로 되어 있다. 별주부가 육지에 나가기를 꺼리자 아내가 별주부를 꾸짖는다. 작품의 말미에 암토끼와 토끼의 친족들이 모여 토끼의 제사를 지내는 대목과 토끼가 그간의 일을 말하는 대목이 들어 있다. 한글 필사본 고소설 자료 총서 66권에 영인되어 있다.

박순호 소장 17장본 〈퇴씨젼〉

〈1-앞〉

퇴씨젼
츈츄 ○○젼의 슈부 쳥용왕이 슈졍궁 창건ᄒ고 낙셩연 비셜홀 지

〈1-뒤〉

○일츅풍ᄒ여 용왕이 병이 드러 오쳔오만 마듸마듸 병이 낫도다 머리 두통
의 쪽두 발졔의 눈의 안질의 ○셕을 겸ᄒ고 귀예 귀밋창의 귀졋슬 겸ᄒ고
목구무의 쌍단아중사을 겸ᄒ고 귀예 귀밋창의 귀졋슬 겸ᄒ고 가슴의 흉복
통을 겸ᄒ고 허리예 요통의 화○통을 겸ᄒ고 의비창의 비*얼 겸ᄒ고 등창
의 밀창을 겸ᄒ고 손목 빗빈젹의 손독을 겸ᄒ고 양각 슈중의 물하죵을 겸
ᄒ고 이딜의 염딜을 겸ᄒ고 쵸학 부학의 당학을 겸ᄒ여셔 이닐 져닐 치로
ᄒ고 이달 져달 치로ᄒ되 일분도 무효ᄒ거날 도졔쥬롤 불너드러 왼ᄀ 약을
달

〈2-앞〉

린다 무엇 드려던고 쳥졔 진졔 도인 힝인 등걸ᄒ여 쥬리친ᄒ고 젼반복ᄒ여
젹봉영 빅봉영 지달졔목단졔시오 갈근 농의닉서항 쳔문동 밍문동 드리온
황쥬 자스 쳥츌 빅츌 식원 복취한ᄒ고 단황 드리라 소하반 드리라 쳥심환
드리라 인삼황 드리라 우황 그도 드리라 동변도 드려라 황쥬탕도 드려라
리쳔문 드려라 왼갓 안안 다 드리니 일분도 효험 업더니 ᄒ 쳥의도스 농○
의 강님ᄒ야 용왕을 딤믹ᄒ고 용왕긔 ᄒ난 말리 병셰롤 술펴보니 쥬식의
소슈○ 은휘 말고 일으소셔 용왕이 디답ᄒ되 그난 그리 ᄒ오이다 분벽스창

긴긴 밤의 팔션 용여 다리고 무릅도 치며 등도

〈2-뒤〉

도 즐궐 제 식 아니 써스오며 공즈 왕손 다 뫼시고 슐 아니면 어이 즐길고
고 ㅎ니 도스의 이른 말이 ○강니 든 병니 고로 슈박켯시니 봉니산 괴언쵸
와 삼신산 불노쵸도 홀 길이 업스오되 다만 한 악 잇스오니 셰상의 치스 노
와 산톳기 잡아다가 간을 니여 죽스오면 단단효염 보오리다 용왕이 디희ㅎ
야 만죠빅관 불너드려 의디신ㅎ라 ㅎ니 삼티육경 팔낭쳥의 일시예 다 미온
다 우졍승 거복이요 좌졍승 화에오 원참군 남셩이요 별쥬부 자라오 한산군
춤○요 슈의어스 문어요 어젼놈 쌍똥이요 보도디장 가치아요 어영디장 금
닝어요 슈문장 메기요 션젼관 날치요 삼쳔궁여 홍합 등이 일시예 모다드러
용왕이 하교ㅎ되 니

〈3-앞〉

신하들 드려보소 한나라 긔신이난 제 인군 디신디여 불에 타셔 죽고 송나
라 육슈부난 제 인군 등의 업고 물의 빠져 죽어시이 예로부터 츙신 열스 슈
화 즁의 드려시니 니의 계신 즁의 퇴끼 치스 뉘가 날고 쳔금으로 상을 쥬고
만호후롤 봉ㅎ리라 졔신이 아니 가리 업더라 나도 가시 너도 가리 이려 닷
톨 젹의 디스리 도로목이 슌금관 슉이 쓰고 평꾜즈 일간상의 밍호 갓치 좌
기ㅎ고 찰난이 드려와셔 여젼의 엿즈오되 슈육의 능통키난 한산군 춤계요
원참군 별쥬부오 우승상 거복이오 슈의어스 문어라 다셧 밧긔 업스오니 나
문 졔신 ○○ㅎ니 육힝은 망양이니 헛즐검니외마웁소 용

〈3-뒤〉

왕이 분부ㅎ되 유졍호 디신이라 스졍 말고 집공ㅎ야 다셧 즁의 틱졍ㅎ소 도

로목이 엿즈오디 우승상 거복은 하도낙셔롤 품의 ○고 조화롤 안다 ᄒ러 그
등의 질문 거시 디모 복판 쑨이오니 그거시 보비오니 만일 육지의 나가다가
셰상 사람들게 한번 눈의 쓰이면 장도 치이려 관즈 치이려 등짝을 셸 거시니
단단 퓌을 보오리다 원참군 남셩이난 셩졍이 은죽ᄒ고 디락이 바히 업셔 고
슈고슬이라 디ᄉᄂ 셩공치 못ᄒ리다 한산군 춤게난 엉디발은 것셰오나 킈
난 업고 엽만 제디미 두 눈이 칩쩌 붓터 즁졍이 허겁ᄒ미 인젹이 얼넌ᄒ면
구무 몬져 츠즈 들기로 보디어 쓸디업소 슈의

<h2 style="text-align:center">〈4-앞〉</h2>

ᄉ 슈의ᄉ 문너난 다리ᄂ 팔각이ᄂ 변통이 바니 업너 뉵지예 나가면 줄업
신 거문고요 ᄒ물며 듯ᄉ오니 인간 티즈 칙봉ᄒ야 디연을 비셜ᄒ미 무어
딘상이 동낫다 ᄒ오니 열업시 나갓다가 즈츄렴의 들거듸면 퇴끼 쏭도 못
너도보고 쇽졀업시 죽그리다 한 신ᄒ 닛ᄉ오나 젼옥 쥬부 금즈라난 쳐난
비록 젹ᄉ오나 문무 디락이 갓ᄉ옵고 디디츙신후예오니 즈ᄅ라로 츠셔 ᄒ
옵소셔 용왕이 디희ᄒ야 즈라을 불너드려 젼상의 올○○○ 치고 분부ᄒ여
이르디 ᄉ디 슈로 철이 멀고 먼 딜의 조히 가셔 단여오라 ○○을 ᄒ여와셔
짐의 병을 낫ᄉ오면 쳔금으로 상을 쥬고 만호후을 봉

<h2 style="text-align:center">〈4-뒤〉</h2>

ᄒ리라 즈라 쑤려 엿자오디 소신이 키가 젹고 형물이 용잔ᄒ나 위궁츙셩
직푼 듯션 슈화즁을 쩌리닛가 가기난 가련이와 퇴끼을 몰나볼듯 ᄒ오니 그
을 염녀ᄒᄂ이다 용왕이 하쏘ᄒ야 퇴끼 화상 그릴 젹 코난 납죽 낫은 쎄쪽
눈은 동골 귀난 쏭긋 비난 홀죽 등은 쏘붓 터력 속 굿드니 씰녹 즈라 그림
ᄇ드 용왕끠 하직ᄒ고 제 딥으로 도라와셔 셰상 인심 싱각ᄒ니 만일 셰상
의 나갓다가 즈라 즈비 놈 만나면 쳔금상도 쓸 디 업고 만호후도 허ᄉ로다
즈라 게집 이 말 듯고 디칙ᄒ여 이른 말이 디장부 셰상의 나가셔 닙신낭명

공을 일우여 나라의 츙성ᄒ고 쥭빅의 일

〈5-앞〉

홈 실너 부모의게 영와 뵈옵고 쳐ᄌ롤 호강홀○ 그만 닐을 겁ᄒ여셔 아니
가랴 ᄒ옵ᄂ고 자라란 놈 이 말 듯고 면싁의 슈괴ᄒ여 강긔롤다시 먹고 그
림을 둘어메고 다시 갈 졔 어미게 하딕ᄒ고 츙신효ᄌ 일반이라 국ᄉ로 가
난 일을 과히 이통마옵소셔 일낙셔산 져문 날의 우리 부모의 근심이라 타
향 고운 ᄇ랄 젹의 이 ᄌ식의 실음이라 동싱 불너 밍셰ᄒ고 계딥ᄃ려 일은
말이 분벽사창 깁푼 밤의 독슈공방 셜워 말고 장누츈일을 나가가셔 눈물ᄃ
고 도라 ○ 미양유 보라 보고 회쇼 부셔 다시 마소 자라 그림 지고 만경졔
슈호쳥을 압발노 허위며 뒷발노 박치며

〈5-뒤〉

풍젼 낙역젹으로 번듯 번듯 쩌 나가니 잇쩌ᄂ는 어ᄂ 쩌뇨 츈삼월 호시졀이
라 온갓 싀 나라오고 온갓 즘싱 나려오디 아모려 슬펴보되 퇴씨ᄂ는 뭇불너
다○○ 혼 즘싱이 쇼만ᄒ게 안져거날 져거 혹 쏘ᄀ씰년가 그림 니엽 빈쥰
ᄒ니 모싁은 방불ᄒ다 ○난 져리 크기 고이ᄒ다 혹쟈 톡씨 하나빈가 단졍
니 불너보쟈 싹지 속의 목을 쎄여 빅ᄉ강변 디여와 ○졍이 묻난 마리 게셔
뉘라 ᄒ옵난고 져 즘싱 디답ᄒ디 나난 이 산즁의 딕긔ᄂ는 호쳠지라 ᄒ옵니
계셔○ 뉘라 ᄒ옵ᄂ고 나ᄂ는 슈부 용왕국의 젼옥 쥬부 자라오 져 즘싱 이 말
듯고 디희ᄒ여 일은 말이 니

〈6-앞〉

산듕의셔 드르니 자라탕이 조타 ᄒ더니 오늘날 만나시니 양긔롤 ᄒ여보자
빅ᄉ강변 나려와셔 ᄌ라 잇ᄂ는 발톱을 덤벅 쥬여우그리니 져 ᄌ라 거동 보

소 두 눈이 동골ᄒ여 쓰는기 업시 똥을 쓰니 쪽속의 목을 니여 에발노 터위며 니가 양국 츙신이니 눌을 잡아 못 먹어오리 져 호랑이 이른 말니 네 어이 양국 츙신인고 자라 디답ᄒ여 이른 말니 ○○ 쥬문왕이 유리옥의 갓쳐실 졔 쳥디신산 의셩이 각골원초○ 셜워 ᄒ니 우리 션디 오셩군이 쳥보롤 어더다가 어린 인군 살여니고 노 수국의써 용왕의 신하되여 슈육의 겸ᄒ야

<h3>〈6-뒤〉</h3>

양국 츙신 그 아닌가 져 호랑이 이 말 듯고 뎅경 녹코 니덧거눌 정신을 계우 츳출녀 벽간상의 업졋더니 층암졀벽 놉픈 고디 ᄒ 즘싱 니려오디 정신이 탁월ᄒ고 이목이 단묘ᄒ여 월노경치 먹은 듯 어온 꼬리 삿트 씨고 명감닙을 면서 간만간만 오난 거동 쥬문왕의 슈철엽의 어든 것도 아니요 은탕의 그물 속의 쓰이엿다 ○온 거동 상틱로 오시던가 즁신을 오신가 말슴을 존니ᄒ야 요 놈을 호리리다 워여셔 일은 말이 여보시요 퇴싱원 퇴씨 이 말 듯고 디희ᄒ야 일은 말이 여보시요 퇴싱원 퇴씨 이 말 듯고 디희ᄒ야 일른 말이 여보시요 퇴싱원 퇴씨 이 말 듯고

<h3>〈7-앞〉</h3>

디희ᄒ야 이른 말이 니 산즁의 오구 칠연을 사다시리 사람마닥 눌을 보면 자바 구어먹으랴고 눈의 부쳐가 발동ᄒ게 부릅쓰고 퇴씨 보다 좃츠 드이던니 오늘의 싱원지명 평싱쵸문이로식 그냥 을호량니 만즁츌싱닉도 슈히 ᄒ 것다 단졍니 디답ᄒ고 은근이 츳즈보즈 어와 거 뉘시릿가 엇던 번님 날 춧는가 긔산영슈 두즈이예 소부 허유 날 춧는가 봉니 방장 낫안 번 안긔 젹숑 눌 춧는가 동강의 고기 낙던 즈롱션싱 날 춧난가 유리예 국화 키던 영명션싱 날 춧는가 상산의 바독 뒤던 스호션싱 날 춧는가 빅스강변을 한창○ 거ᄂ려오다가 즈라 등을 즐긋 봅고 훌쳑 너머 디니여

〈7-뒤〉

가니 즈라 이르ᄂᆞ 말이 그 분네 눈이 업ᄂᆞᆫ계요 남의 등을 봅고 가ᄂᆞ 퇴끼 디답ᄒᆞ되 계션 싱기기를 칠셩판이 고이게 박키여 업퍼 노은 나무졉시 갓고 누어 노은 쇠쏭도 갓고나 뉘 아들 놈이 츳다ᄂᆞ 보아게오 자라 디여와셔 통 셩명ᄒᆞ올 젹의 나는 슈부 용왕국의 별쥬부라 ᄒᆞᄂᆞᆫ 신하오 호셩궁의 ᄉᆞ디손 이요 별승상의 쟝즈라 게셔는 뉘딥 후예요 퇴끼 디답ᄒᆞ되 나는 월궁의셔 사난 도학션싱의 즈손이요 쥰산군의 육디손이요 삼굴쳐ᄉᆞ의 직손이요 힝장 도 만ᄒᆞ옵고 우리 쳐ᄉᆞ 션조 옥황상졔게옵셔 금문직으로 세 번 부르고 옥 부션조로 두번 부르디 오○부딘ᄒᆞ옵고 삼굴즁의 초당

〈8-앞〉

당 짓고 아츰이ᄂᆞ 동편 초당 젼녁의ᄂᆞ 셔편 초당 삼공불환 츠강산이라 풍 월ᄒᆞ여 을푼 쓰슬 이지갓 젼파ᄒᆞ오 그런 슈죽ᄒᆞᆫ 후의 자라 뭇ᄂᆞ 마리 나도 슈궁의셔 나 훌 벼슬 다ᄒᆞ고 세상 즈미 보랴ᄒᆞ이 무슨 일니 조습던고 퇴끼 디답ᄒᆞ되 세상 즈미 조ᄉᆞ오니 츈삼월 호시졀의 님지 업ᄉᆞ 니 강산의 녹슈 쳥강 바라보고 빅화형긔 슬케 맛쇼 운로슐을 삼고 계화로 안쥬ᄒᆞ고 모든 벗 드리고 슬컷 먹고 취ᄒᆞᆫ 후의 고봉견상을 나가셔 세계롤 구버보니 구쥬 삼산이 안젼의 버려실 졔 니 안이 션경인가 구시월 다ᄃᆞ르면 포도 다리 흔 ᄒᆞᆫ 과실 슬토록 먹고 놀 젹의 쳔상벽도 원홀소냐 일변홍

〈8-뒤〉

힝 부려홀가 자라 이 말 듯고 비긋 우스며 일은 말리 그는 그려ᄒᆞ거이와 구 실 다 디니고 동풍 츠계 부려 쵸목엽낙시녀 빅화 향기 간 디 업고 무슨 과 실 잇슬소냐 빅셜이 만건곤ᄒᆞ야 쳔산조비 졀훌 졔 갈 고지 젼히 업셔 어둑 ᄒᆞᆫ 바회 궁긔 곱푼 비 타라쥐고 발벽 할작이며 먼 산산 보랴고 졍신들 츠릴

소냐 양긔쪽 계우 어더 측쌕릐 디랴고 가만가만 느려오니 무거훈 초군들은
퇴끼 그물 드려 골골리 마라 올 졔 인젹을 마다 ᄒ고 훌젹 뛰여 니ᄃ르니
무독훈 김셔방이 싱목 몽동이로 가는 허리 덜퍽 치면 목숨이 간디 업니 두
발목 축켜 들고 딥으로 도라와셔 스디롤 오려니여 숫

〈9-앞〉

틔 너어 슐마니여 살고기 지지 먹고 뼈알나 슥길 적의 이니 쏭덩이나 셰상
구경 조흘가 엇다 그분 그런 말 망소 몽둥이 마즐랴고 뉘 아들놈이 거기
잇관디 온 건언 산으로 뛰여가디 온거디 가면 더 무셥소 샹티 동문 산영군
들 은바리미 손의 밧고 방울 소리 돌나오며 누링기 션동기로 소왈자금 니
ᄃ르며 워리두두 소리홀 졔 갈 고디 젼혀 업니 인젹을 피ᄒ야셔 어덕 밋티
숨어시면 육궁후예 놀닌 살고 뫔을 바로 젼을 젹의 싹찌쩨는 소리여 간장
이 ᄃ 녹는다 니ᄉ 셰상의 조타 ᄒ면 발쥬장의 아들놈이요 퇴끼 디답ᄒ되
어니 뉘 아들놈이 살즐나고 거기 잇

〈9-뒤〉

관디요 집푼 고을노 쌔져갈디요 그 고을노 나려가면 화악 포슈 더 무셥스
외오 소리감토 덥벅 쓸워 물조총 엽페 끼고 귀악통의 불이 번둣ᄒ면 한번
곳 탁 맛거드면 퇴싱원 한아씨로도 할 일 업스오이 퇴끼 이 말 듯고 업다
분훈지거 간밤의 꿈즈리 사오납더니 험훈 말도 드르리다 그런 말 다시 마
오 우리 삼디가 그 총의 마즈 죽니 눔의 시비 그만ᄒ오 슈궁 홍미 드러보시
즈라 안즈 이로디 우리 슈궁 홍미는 한닙으로 엇디 흘고 오슉 구롬 깁푼 고
디 슈졍궁을 창건ᄒ고 군산의 쳔일쥴로 팔션녀계 진디ᄒ

〈10-앞〉

고 삼신산 불노초ᄅᆞᆯ 날마다 슬케 먹고 아ᄎᆞᆷ이면 안ᄀᆡ ᄐᆞ고 져역이면 구ᄅᆞᆷ ᄐᆞ고 ᄉᆞᄒᆡ팔방을 슌식간의 구경ᄒᆞ면 철연을 일일 삼고 말연을 일월 삼아 장ᄉᆡᆼ불ᄉᆞ 디ᄂᆡ오이 ᄂᆡ 아니 션경인가 퇴끼ᄂᆞᆫ 본ᄃᆡ 호식자라 팔션여의 말을 ᄃᆞᆺ고 다시옴 뭇난 마리 팔션가 곱소요가 곱기ᄅᆞᆯ 일으리릿가 삼낭의 비군이요 월궁션여오니 ᄒᆞᆫ즉 우리 갓ᄐᆞ니도 인물노 그런ᄃᆡ 드러가면 팔션녀게 쟝가들계요 그러ᄒᆞ기 이르릿가 위션 팔션여가 그ᄃᆡ 풍신을 보면 즐긴 ᄆᆞ음 오즉 ᄒᆞ리릿가 우리 갓

〈10-뒤〉

ᄐᆞ니 용왕이 보면 벼술 이랑 쥴겨요 그러ᄒᆞ기 이르릿가 우리 용왕니 위셔 그ᄃᆡ 풍치를 보면 훈연ᄃᆡ장 바로 쥴 거시니이다 ᄒᆞ니 엇디 ᄒᆞᆫ번 구경ᄒᆞᆯ계요 날을 ᄯᆞ라오면 쉽ᄉᆞ오리 물 가온ᄃᆡ 고기 등이 ᄯᅳ더먹으면 엇절게요 그난 염려 말고 ᄂᆡ 등의 업피이면 슌식간의 오리다 ᄂᆡ짜 바른 말ᄒᆞᆸᄂᆡ 뉘 아ᄃᆞᆯ놈 무엇 쥰다고 닐언 진셰간의 짜라요 져 퇴끼 흐러업고 물가의 드러갈제 열업슨 너구리가 층암절벽 ᄂᆞ려오다가 퇴끼ᄃᆞ려 이른 마리 네 이놈 어ᄃᆡ 가ᄂᆞ냐 ᄂᆡ 슈부 용왕국의 벼술ᄒᆞ려 드려간ᄃᆡ 이 놈 ᄶᅦ바람 아ᄃᆞᆯ놈아 벼

〈11-앞〉

슬은 문슨 벼술 아레코 밋틔 물이 ᄉᆞ니 그 물을 ᄂᆡ라다 보아라 지쑤역의 물이 들면 즐거 네가 쥭으리라 퇴끼 훌젹 ᄯᅱ여 ᄂᆞ리며 ᄂᆡᄉᆞ 아니 가랴 ᄒᆞᆸᄂᆡᄌᆞ라 어니업서 퇴끼ᄅᆞᆯ ᄃᆡ칙ᄒᆞ되 네 코이 납죽ᄒᆞ고 두귀밥이 잘부터시니 벼술 어니ᄒᆞᆯ고 방마치로 복을 친다 졔나라 영칙이도 관즁의 쳔을 닙어 졔국의 졍승ᄒᆞ고 딘나라 범슉이도 왕계ᄅᆞᆯ ᄯᆞ라와셔 딘국의 ᄌᆡ상 되고 한나라 진평이도 위지월 인연ᄒᆞ여 ᄃᆡ한승상 되엿시니 예로부터 명인 ᄌᆡ상 인도ᄒᆞ

여 되여시니

〈11-뒤〉

니구리 내 아비야 그놈의 심ᄉ 고이ᄒᆞ다 퇴찌 텩을 밧고 안져 곰곰 싱각다
가 팔십의 죽어도 일반이요 네술의 죽어도 일반이니 네 말만 드르라 등의
션득 오르거날 ᄌ라 뎅경 업고 만경창파 깁푼 물가의 슌식간의 드려가니
오식 구름 깁푼 고디 슈졍궁 디엿닛가 비옥으로 션판ᄒᆞ고 황금ᄌ로 삭여
여션문의 글시로 상양문을 부쳐더라 ᄌ라 퇴찌ᄃ려 이로디 네 이문 밧긔
닛거라 니 용왕의계 엿ᄌ오디 셰상의 인자 왓다 ᄒᆞ면 늠여 니여 보니여 홀
연디장으로 부르라 ᄌ라 드러가 엿ᄌ오디 퇴찌 자바 디령 ᄒᆞ엿ᄂ이다 용왕
디

〈12-앞〉

이 디희ᄒᆞ야 어서 밧비 ᄌ바드리라 어젼 수령 수십여명이 일시의 넙더셜
계 안을닌츙 쳘닙의 날닐 용ᄌ 짝 부치고 홍ᄉ 가막쇠롤 허리예 즐근 ᄎᆞ고
퇴싱원 어디 닛소요 예오디 나 여긔 닛쇼 홍당ᄉ로 쳑지 묵거 능장디 취여
들고 나난ᄃ시 도라가니 퇴찌 어니업서 남예 가디고 온다더니 이거 슈궁
남연가 오냐 슈궁 남예 다 그런 남예 두변만 튼면 억쇠쑥디 남디 안케소 홍
당ᄉ 쒸로 타더니 다 그 홍당ᄉ 다시 쒸면 가슴죽이 쌔찌것소 져 퇴찌 목을
디버다

〈12-뒤〉

가 어젼들의 업디르니 코박이짜 업져셔이 직가 지납젹ᄒᆞ이다 용왕이 하교
ᄒᆞ되 니 몸이 병이 드러 네의 간이 조타 ᄒᆞ이예 너를 자바 드려시니 너난
일기 미물이요 나는 일국 용왕이라 너 죽어 올으냐 나 죽어 올으냐 퇴찌 경

신을 츠려 흔괴롤 싱각ㅎ되 소신의 간이 약 즁의 디약이라 보름○이 ○ 드려셔고 산졀벽의 거려두고 산쳔졍긔 쓰이옵고 일흔졍신 보옵고 그른 무치온 후 황문으로 도로너허 즁싱불스ㅎ옵더니 올 쩌예 알더면 소신의 간쑨이 아니라 일가 손의계도 쳥ㅎ와 간셥이ᄂ 드려올 거슬

〈13-앞〉

셕벽의 거려두고 못가져 왓스오니 이듭기 그디 업스오이다 자라을 도라보며 이 놈 네가 미련ㅎ다 그 말을 ㅎ엿던들 간을 갓다 밧쳐시면 죠흔 벼슬 너도 ㅎ고 즁흔 상 나도 ㅌ고 너 톨 거슬 슐쳘니 공희ㅎ이 니 일도 이듭거이와 넌들 엇지 아니 원통ㅎ랴 용왕이 ㅎ교흔디 이 놈 간스ㅎ다 오장육보의 둘인 간을 너드리고 슈어니 니스리요 어셔 밧비 비을 쓰고 간을 너여 날을 드고 더운 딤의 먹어보자 초장도 드리고 소금도 드리라 칼즈도 불너라 퇴끼 홀 일 업셔 달이를

〈13-뒤〉

들고 비오며 황문 구무 보옵소셔 흔 구무ᄂ 디변 보고 한 구무난 소변 보고 한 구무난 간을 니고 구무 셰이 분명ㅎ니 비롤 따셔 죽스오면 셕벽의 거러둔 간도 눔의 존닐 될 듯ㅎ옵고 더옥 원통ㅎ오이다 져 놈 황문 상고ㅎ라 삼연 무군 퇴끼 황문 셰일시 젹실ㅎ오이다 용왕이 싱각ㅎ되 비롤 따셔 간이 업스면 니 병도 무익ㅎ고 제 목슘도 가련ㅎ니 디졉을 조키 ㅎ여 간을 가져오게 ㅎ쟈 퇴끼 밍 거슬 밧비 끈어 젼상의 올더 안치고 디여을 비셜홀 져 스희 용왕 드 쳐ㅎ야 각식 풍악 들여올

〈14-앞〉

제 곽쳐스의 길장고요 왕즈극의 단오여와 시의고동이 왕즈진의 히젹이요

여동빈의 피례요 장져안의 치련곡의 낭터딘의 굴박문쥬라 하쥬와 천일쥬
여엽쥬로 팔션 용여 니여쥬 퇴싱의게 딘지홀 졔 일비 일비 부일 일췌토록
먹은 후 쏭도 스고 오좀도 쓰고 취디건곤ᄒ더라 용여의게롤 분부ᄒ야 퇴싱
과 디무ᄒ야 퇴싱 거동보소 용여의게 홍을 계워 두 눈을 간즈즈름ᄒ고 져
룬 다리 들먹이며 뒤홀 거려가며 압흘 거러오며 오장이 다 ᄲᅡ지셔 취즁의
ᄒ난

<h2 style="text-align:center">〈14-뒤〉</h2>

말이 용왕도 가숩다 슈궁이 어디미오 간은 문슨 일고 용왕이 얼픗 듯고 퇴
싱원 그 아 말고 취즁의 무쳔즈라 그런 말슴 취실 마옵소셔 퇴싱원이 엿즈
오디 간도 가져오려이와 약간 의슐 아옵더니 화졔롤 ᄒ리다 상한의난 피독
산이오 광난의난 경디산이요 쳐긔의난 소한반이오 디싁ᄒ 되난 쳥심환이요
화져난 ᄒ련이와 단방으로 알외리다 홍합은 보혈ᄒ고 젼복은 구미 ᄂ고 부
증의난 머역이요 임딜의난 가마치요 빅병의 다자 죠키난 자라 고기 졔일니
이다 묵병의난 졔롤 쓰고 별복의난 복판 쓰고 등창의난

<h2 style="text-align:center">〈15-앞〉</h2>

걸딜 쓰고 빅병의난 당자오니 자라롤 만이 자바다가 푹신 살마 줍스시요
ᄒ로밤의 용여 식여 퇴싱원의 방슈ᄒ고 잇튼날 질을 쩌ᄂ고져 용왕이 분부
ᄒ되 눌과 함긔 가랴난다 퇴싱이 엿즈오디 자라 등이 업피이기 조숩더이다
자라 토끠롤 업고 나올 졔 톳끠의게 홀일가 염여ᄒ리 니 놈이 눌을 쐬야다
가 단단 픠롤 시기리라 물가의 이르러 걱졍만 단단이 ᄒ더니 퇴끠 일은 마
리 거려 둔 간이 변키 쉬오니 밧비 가고 어셔 가자 자라 톳기롤 업고 만경
창파 나올 젹에 긔

〈15-뒤〉

쳥노의셔 머리롤 드러 고봉경상 브라보니 칠팔월 가바구 한 슈박 파 먹거
늘 자라ᄃ려 일은 마리 네 져것 잠관 보아라 임지업난 니 간을 져 가마기가
다 파먹난다 물가의 다달나셔 자라 가난 모ᄅ녀 치고 물 밧끠 어디 여물 적
의 져 톳끼 이 거동 보소 훌젹 쮜여 니ᄃ르며 이리 쮜고 져리 쮜고 방귀도
통통 쮜며 오좀도 줄금 줄금 싸며 궁치롤 싸부르며 엇다 이 놈아 듯거라 네
왕이 일국 왕이라 ᄒ면셔 엇디 그리 무식ᄒ더야 엇디 이니 간을 너고 드리
랴 간교로은 퇴씨놈 거의 죽을 목슘이 세상 구경 다시 ᄒ니 졔갈낭

〈16-앞〉

이 디현들 이예셔 더ᄒ며 한퇴죠의 지현들 니게사 밋츨소냐 너난 날을 둘
너다가 벼슬ᄒ고 상 ᄐ려니와 슈로쳘이 드러가셔 나 듁기난 셥지 아니ᄒ다
눈유리 치등을 볼기롤 횃ᄊ리며 다시 날을 어버다가 상이랑 만이 ᄐ라 니
몸의 지닌 거시 한퇴죠의 묘약이요 졔갈낭의 지혜로다 이 놈 고기 드러라
볼기짝을 쩨리라 코궁 둘러라 방귀ᄂ 쮜여보자 듀동이 둘러라 오좀이ᄂ 싼
보자 네 이 놈 드난 칼노 불기혼슬이ᄂ 싸고 화슴의 불을 부쳐 밋구무ᄂ 디
져 보자 퇴씨

〈16-뒤〉

다시 졍셜ᄒ디 너를 죽일 거실되 한번 네 등의 업피여셔 슈궁의 드러가셔
조흔 풍악 만이 듯고 조흔 음식 만이 먹고 용여 시겨 방슈홀 졔 ᄒ뢰밤 조
흔 거슬 곰곰 싱각ᄒ면 살기 우슴 졀노 난다 슈로 쳘니 왕니홀 졔 그 공인
들 젹을쇼냐 슈궁의 드러가셔 어의 왕긔 알외기롤 오장육보의 둘인 간을
너드리미 엇디 이시리요 스키롤 덜 구어 ᄌ셧거든 셔어 동 더 구어 ᄌ시오
면 병이 나으리라 ᄒ여라 퇴씨 딥의 도라갈 졔 야단ᄒ고 드러가 큰 숀 거긔

잇느냐 즈근 손 거긔 잇느냐 너의 어멈 어디

〈17-앞〉

갓느냐 이디예 퇴씨 세닙 세 가징 죽이다고 동산의 영장ᄒ고 산우졔 디닉
젹의 삼촌 퇴씨 동셩 퇴씨 니셩 퇴씨 다 듀어안져 통곡 소리 들니거날 져
퇴씨 드러가며 계쳥은 무슴 일닌고 상복은 무슴일인고 두건도 아서라 일가
친쳑니 다 니드르며 어디 가서던고 닉 슈궁의 벼슬ᄒ러 갓더니 벼슬은커니
와 나난 하마 죽을 번 ᄒ엿다 슐이나 드러라 만니 먹고 노라보즈 아마도 이
퇴씨 꾀난 삼굴쑨니 아니로다

박순호 소장 56장본 〈玉兎傳〉

　　원광대학교 박순호 교수가 소장하고 있는 국문 필사본이다. 표제는 알 수 없고, 1면의 내제는 "玉兎傳"이라 되어 있다. 매면 8행, 매행 17자 내외이며, 총 56장 111면의 완결본이다. 이 이본은 별주부가 노모와 아내를 이별하는 대목과 모족회의 대목, 그리고 토끼가 그물 위기와 독수리 위기를 극복하는 대목이 들어 있지 않다. 나머지 부분은 현전 판소리 창본과 거의 동일하다. 판소리 특유의 어투는 나타나지 않는 것으로 보아 창본이 축약을 거쳐 독서물화된 것으로 보인다. 한글 필사본 고소설 자료 총서 36권에 영인되어 있다.

박순호 소장 56장본 〈玉兎傳〉

〈1-앞〉

玉兎傳

갑신연 중하월의 남히 용왕이 영덕전을 ○로 짓코 디연을 비셜할 졔 사히 용왕을 발○쳥힝할 시 군신빈긱이 쳔승만긔라 강한지장○쳔틱지군이 일시의 뫼와 드러 풍유을 갓초와 이삼일 노더이 용왕이 희쳔열풍을 복즁의 과이 쏘여 조련 득병ㅎ야 누일 신음할 제 일일은 수부조졍 공후더신 문무일병 조신이 티우

〈1-뒤〉

약방 도게주로 치병ㅎ되 만무회춘지도ㅎ고 구불명의ㅎ야 회춘할 질이 업신이 병세 졈졈 집푼지라 왕이 영덕젼 놉푼 집의 벗업시 홀노 누어 용탑○ 쑤다리며 실피 우난 말리 이고이고 셔○○○ ○○열풍 조흔 시졀 희불양파 티평ㅎ되 ○○○○ ○구로도 괴일한 병을 어더 살여쥬 리 업신이 니도 쏘한 천명인이 니 안이 졀통한가 일어타시 신음할 젹의 일일은 난디업난 오식 치운이 사방의셔 일어나던

〈2-앞〉

이 뜻밧게 도스 한나가 빅학을 타고 쳔상으로 ㄴ려와 용왕젼의 예필좌졍 후의 왈 소싱은 본디 쳔상의 사옵던이 수궁 희당화 구경ㅎ고 빅운요지의 쳔련벽도을 구혀려 가난 질의 과연 풍편의 듯사오니 디왕의 병세 위즁하다 ㅎ옵기로 왓나이다 왕이 답왈 도스는 황황한 병의 직효할 약○ ○라치소셔 도스 엿자오되 디왕의 병세가 집졍 못할 병이오이 약으로 의논컨디 팅즈

유즈 인삼

〈2-뒤〉

우황 피도산 정긔산 청심환 소함환 육미환 팔미환 정익고 즈금졍 빅작약
적작약 빅봉영 ○봉영 싱지황 슉지황 창출 빅출 방풍 청○○ 게피 반하 육
게 천산압 단삼 우실 퇵스 당귀 ○궁 강활 독활 목통 건갈 감초 건○ 가미
육군자탕 청서육화탕 퇵완익긔탕 청풍싱긔탕 가미사물탕 사금탕 정금탕 갈
근도담탕 삼초탕 오가탕 빅스율여탕 인삼빅운탕 신농씨 빅초약을 가지가지

〈3-앞〉

다 써와도 회음 보지 못하리다 집믹으로 의논컨딘 촌믹쳔이 분명ᄒ다 곡신
젼후 단중 귀미 거귈 즁원 삼이 졀골 승산 퇵츙 골율 함곡 ○○ 혈류 혈삼
산골 절풍 믹후 믹신 ○○○○ 간믹이 경동ᄒ야 비우믹이 디상ᄒ야신이 ○
○○○친 병이요 사지 불리ᄒ고 눈이 어둡기ᄂ 음양으로 ○ 병이요 비우믹
이 상ᄒ야신이 구미 변ᄒ고 가삼이 졀이기난 즁음으로 난 병이요 셜사로
복통키ᄂ 회츙으로

〈3-뒤〉

난 병이요 음양풍호 변키ᄂ 세 가지 긔운이 동ᄒ야신이 손제가 정영ᄒ고
진졍ᄒ야 눈졍함이라 황달 흑달의 음허ᄒ고 화동으로 겸ᄒ야시이 진세간의
쳔연진퇴 간을 못 씨거듸면 염나디왕이 사촌이요 동방삭이 됴상이라도 신
사황쳔으로 도라가겟소 광이왕이 디왈 쳔연퇴간이 엇지 약이 되○○가 도
스 디왈 왕은 진이요 퇴ᄂ 목이라 퇴ᄂ ○○이요 간진슐은 양토라 목극토
ᄒ이 상극이라

〈4-앞〉

강인진손은 디강슈요 진간사는 원속목이라 수싱목ㅎ야신이 약이 안이 되올 이가 왕이 ○ ○려ㅎ나 창희 진세간의 벽희 수로 만리 박긔 빅○청산 구만 리라 수로 진세 왕너간의 유현이 노슈ㅎ이 언의 절의 밋치리요 석자의 진 씨왕 만승천자 위염으로도 장싱불사약ㅎ랴 ㅎ고 동남동여 오빅인을 허송삼 산 후의 여산송빅 울울찰창 잠겨 잇고 붕시황묘라 빅양화월의 영혼이 두유 ㅎ

〈4-뒤〉

고 일입청산의 종적이 영절ㅎ이 그려ㅎ 영결노도 조고만한 불노초을 못 엇 고 죽어시며 만고명의 화티라도 오십삼세의 죽어신이 셩○○○ 씨가 잇고 수복장단 지천ㅎ이 퇵긔라 ○○ ○○ ○외일월 발근 고디 빅운처로 시비○ ○ ○○○디 어이ㅎ야 구하리가 도스 답왈 티산지하의 유젼가지곡ㅎ고 인 의가빅구스ㅎ고 요순가익 유고요지신이라 ㅎ니 디왕의 심덕으로 엇지 성공

〈5-앞〉

치 못하오리가 왕이 니 말 듯고 수궁 만조빅관을 일시의 뫼와들 제 승상 거 복이며 승지 도미 판셔 망이 쥬셔 방게 유슈 장익 병사 잉어 군슈 아구 혈 령 붕어 현감 홍어 만호 골독 찰방 북어 수사 조구 어스 승어 좌랑 병어 디 장 병치 좌부랑 ○○어 비별낭청 승티요 슈찬 고동 금부나졸 가오○ 좌우 슈령 고리 희구 모조리 원찬군 남셩이 주부 즈리 수문장 미어기 몰러모자 전어 명티

〈5-뒤〉

춘티 삼치 멸치 감무치 밀복 전복 징겜이 싀○ 소천어 믹쏘리 씨고리 쓰지

일시의 뫼와들어 청○할 제 왕이 제신을 도라보와 왈 제신 중의 엇더○ 신
하가 진세간의 쌜이 나가 튁긔 어더다가 과인의 병을 구완할고 좌우어두구
면지졸이 면면상디호야 묵묵불언호니 왕이 탄식왈 다른 나라는 충신이 잇
셔 광초망신 긔신이도 줄을 인군 살여신이 군신유의 장할시고 슬푸다 우리
수궁 만인 중의 충신

〈6-앞〉

업셔 과인의 병을 못 구호이 엇지 안이 가련할가 잇쩌 정언이 엿즈오디 세
상이라 하는 곳지 인심이 불칙호야 수궁 소싱이 얼는하면 잡기로 ○○○○
지혜 용잉업시 가난 지면 셩공도 못호○○ ○○○사온이 좀체군은 못 보니
리라 왕이 왈 ○○ ○○이 엇더한요 정언이 엿즈오디 거복은 못 보니리다
등의다 하도낙셔을 졈졈이 그려긔로 조화가 무궁하고 장약을 겸젼하나 복
판이 디몬고로 세상 인

〈6-뒤〉

간의 상하업시 얼풋하면 잡아다가 디모장도와 관자 가라 씨긔을 원호오니
사싱이 가련호온직 보니지 못하오리다 희운군 방게 열 발가락 쩍 별이고
살살 긔여들어와 엿즈오디 신의 고향이 진세라 청운벽히 산수 모리 속의
장신호고 수삼연 잇실 젹의 긔는 김싱 망월퇴 중산퇴 월상퇴 산○○ 안면
이 익스오이 니제 밥비 원향호야 퇴긔○ ○바오리다 정언이 엿자오디 희운
군 방게는 시

〈7-앞〉

각이 구존호야 거름언 쌜으고 숨긔는 잘하나 싱졍이 다겁호야 인족이 얼는
하면 뒤거름을 ○○ 하긔로 당디스을 밋지 못호이 못 보니리다 방○사 조

기가 엇쩌ᄒ요 정언이 엿자오디 조기는 철갑을 굿게 ᄒ야 방신지갑은 좃소
오나 엣 글의 일너씨되 관방쥴지셰라 ᄒ야 좌수어인지공이라 ᄒ야신이 조
기 포의 단일 젹의 굴조라 ᄒ는 시가 보면 슈류류 펼젹 달여들어 슐조는 조
기을

〈7-뒤〉

물고 조기는 슐조을 물고 승부을 결단ᄒ야 셔로 놋치 안이할 제 인간의 모
도 잡펴 죽을 거시이 못 보너리다 하낭쳥 시우가 엇더ᄒ요 정언이 엿자오
디 시우는 용밍이 초등ᄒ야 뒤로 ○○○○ 하오나 안총이 돌출ᄒ야 눈알이
소사○○ ○○한 기상이라 못 보너리다 수문장 물미억이가 엇쩌ᄒ요 정언
이 엿즈오디 수문장은 장수구디ᄒ여 슈염이 질고 입이 훨쪅 큰니 풍신은
조사오나

〈8-앞〉

식양이 널눈 고로 세상의 나아가면 조고만한 세너물의 요긔감 어드랴고 여
긔겨그 당일 젹의 갈멍덕 쓴 어옹덜리 입가심 쮜여 당근 낙슈 탐심차로 덕
썩 물어 싱킬 젹의 단불요디 죽글진디 인간의 슐 잘 먹는 할양덜 슐병 풀기
조타 ᄒ니 못 보너리다 수지쥴사 희구가 엇더ᄒ요 정언○ 엿자오디 희구는
신경이 조쌉긔로 호식을 ○○ 고로 식필망신이라 글언 음골의 아덜놈을

〈8-뒤〉

보너리가 공논이 미결할 제 영덕젼 뒤로서 한 신하 너려오되 거름은 단독
이요 장경오헤라 ○꿍지비 상소왈 황공복지상언우주상젼하하오난이다 요순
지셩덕은 호호ᄒ고 문왕지의긔 양양ᄒ야 천무열풍ᄒ고 희불양파 삼연이라
광희창창지쳥ᄒ야 천지일월과 오초건곤이 막비수부며 막비용궁이라 디왕의

광미지셩덕과 무궁지조화로 일선묘신ᄒᆞ야 수류성탕희망덕이

〈9-앞〉

라도 미과디왕지덕이라 황덕천지 셩덕으로 지어금슈미물호아 당금지시ᄒᆞ야 옥체불명ᄒᆞ오니 복민만만이라 복이신은 충지후례라 ○○낭즁 탈영하던 보 슈의 지와 탄탄위○ ○○○○어시하던 예양의 충셩과 육국 합○○○ ○○ 의 구변과 필죵필금하던 공명의 지조을 품어신이 약간 조고만한 퇴긔 간 구하기는 근심 안이 하오리다 복원 셩상은 신으로 일명ᄒᆞ야 급급출세하

〈9-뒤〉

와지어 젼하 옥체 안명ᄒᆞ옵심을 천만복망하는이다 광이왕이 충자라 주부 충심 글어하나 말을 들은이 수궁 소셩은 진세 스람의 신이라 왕별탕이 좃 타ᄒᆞ이 니민 쇠꼿치로 질너닌다 ᄒᆞ이 보니기 위틱ᄒᆞ다 즈리 엿즈오디 신의 목을 딜리고 니고 두○질을 잘 하긔로 초한젹 홍문연의 온순지갑○ 씨던 도리 팡픠을 등의 졋싸오니 사디 구존ᄒᆞ○ 수로 육지을 임으로 왕니ᄒᆞ고 소한 혜음을

〈10-앞〉

잘ᄒᆞ야 물의 번듯 쩌짜 망보기을 잘하오니 다른 근심 업사오나 수궁 소속 이라 퇴긔 모식 모로오니 퇴긔 ○상용모ᄒᆞ야 쥬옵소셔 용왕이 직시 화공을 ○너 퇴긔 화상 긔일 젹의 동졍유리 젹연셕의 오징어로 먹 갈이고 양두화 필 덥벅 풀어 단청채식 두루 셕거 빅능화간지상의 이리저리 길일 젹의 춘 하추동 사시졀의 만물 보는 눈 긔리고 진구명산 만장봉의 팔팔 쒸는 발 긔 리고 녹음방초싱화

〈10-뒤〉

시의 꼿 짜먹는 입 긔리고 난초 요초 만발중의 힝긔 맛든 코 기리고 동지
셧쌀 셜안풍의 방풍하난 털 기리고 금목수화토 오향중의 소리 ○○ ○ 긔
리고 귀는 쫑곳 쏘리는 몽쌍 히리 ○○ ○○은 잘슈 뒤발은 건정 눈으 오리
도리 ○○○ ○쪽 몸은 알슝달슝 우편은 쳥산이요 좌편은 녹수로다 산수벽
간 만장봉의 층암졀벽 울울창송 느러진 가지 그늘 속의 들낭날낭 오락가락
앙금조

〈11-앞〉

촘 하는 양을 영역키 긔려니이 주산퇴가 화중퇴요 화중퇴가 주산퇴요 피산
퇴가 화중퇴요 망월퇴가 회중퇴라 아무리 보와도 산퇴기 일시 분명ᄒ고 운
수팔경 와연하다 별주부 바다 품의 다졍이 품고 용왕젼의 사은ᄒ야 조졍의
하직ᄒ고 슈졍문 밧 썩 니달나 물결을 더우 잡아 상게을 바러본○ 고고천
변 홍인광은 부상의 둥실 놉피 쪄쏘 양○의 자진 안기 월봉으로 도라든다
어양촌 기 짓쏘 회

〈11-뒤〉

양봉의 구름 쩟짜 노화는 다 눈이 되고 부평은 물의 술넝 어옹은 잠 자고
동정여천의 파신추라 ○셕추파가 이 안인가 압발노 벽파을 쩌거 당기고 뒤
발노 창낭을 탕탕 차며 벽파수 중의 놉피 둥덩실 쪄서 동졍호 칠빅이을 사
면으로 둘너보니 오초는 무삼 일노 동남으로 별려잇고 건곤은 어이ᄒ야 일
야의 둥실 놉피 쪄다 천외무산십이봉은 구름 속의 잠겨잇고 희우소상일칠
지는 눈 압페 경기로다 아양누 놉푼

〈12-앞〉

집의 두잠이 지은 글은 동정호로 징웅ᄒ고 창오산 거문 구름 남훈전 명월
야의 오현금성이 쓴너졋다 낙교의 가는 비는 쪼각달 무광속의 초회왕의 원
혼이라 산쳔도 수려ᄒ고 경기도 무궁 조흘시고 운간의 나는 시ᄂ 한무제의
원조시요 셔왕모 요지연의 쳥조시가 분명ᄒ다 강상의 둥실 쩌난 비ᄂ 리젹
션의 풍월 실노 가난 비라 강한츌넝 황금천평 노화풍빅운은 만천세양츌이
라 점점ᄒ다

〈12-뒤〉

일자홍안 저 기려기 쳥천만리변의 옹옹셩이 섯쓰려다 한천세우 추강상의
빅학 집푼 잠은 무삼 셔렴 푸려시며 죽임소상 우름 소리 디순의 양쳐로다
신포세양 만강풍의 흐날여 옥누쳥풍 가는 셩양 송풍 실너 가니 디희을 바
리보고 쳥산벽게 세너물의 가만이 장신ᄒ야 만학천봉 바리본이 만경디 빅
운속의 션학이 울어잇고 칠고산 오로봉은 ○의 덩실 소사 잇고 게산이파물
울차아 하느야 산

〈13-앞〉

은 칭칭 놉파 잇고 경수무풍야자파의 물은 풍덩 집퍼난디 만산국화는 쳐쳐
의 유미식이요 벽수○ 잔잔 창송은 낙낙 산됴는 펄펄 날아들 져 포도 다리
○넝츌은 구부구부 얼켜잇고 왼갓 잡시가 날아든다 잉무 공작 두견 졉동
너울시 홍안 짜옥이 강셩 두름이 방울시 쩔넝 호반시 슈륙륙 모도 다 날라
드려 이리저리 넘놀다가 아조 훨젹 소스 이원공산의 실피 울 제 귀쵹도 불
여귀라 육이 쳥산 두루미 오일

〈13-뒤〉

평양쥬 오호빅의 비거비리 쌍오리며 비목쌍쌍 원앙시며 청강귀여 빅노쥬의
벽슈운단 참시로다 밉씨 조흔 쑥국시며 져리운간 접동시며 우름 조흔 종다
리시며 연비여쳐의 소리기시며 가진 풍유 벅궁시며 기갈이 자심 흥연시며
쥬린 식양 치울 것 젼이 업짜 풍연시 우름 소리 함포고복 조흘시고 티평 강
구년월 속의 젹양ᄒᄂ 빅셩더라 쳐력을 모로난야 입아 농부 빅셩더라 억조
창싱 밥을 짓시 숏젹

〈14-앞〉

시 우러잇고 자리 거동 볼작시면 빅운쳥산 층암 우 졀벽 놉푼 봉의 게우 기
여 올나갈 제 소실 추식말이파의 수궁을 발러보이 운무간의 암암ᄒ다 잇써
의 퇴긔을 지달을 젹의 셔양셜노로 오락가락 긔ᄂ 김싱 기린이며 옥경션관
승운하던 풍치 조흔 호자로다 출임풍종 픠범이며 셔빅의 우수강의 용비마
곰이로다 복히씨 양히싱하던 노음 소음 창희역ᄉ 박낭사주 져복ᄒ던 다리
미며 단목단

〈14-뒤〉

슌 원이졔의 실피 우ᄂ 잔늬비며 간쬐 만흔 여시며 쒸염 잘 쩐 놀우며 간사
흔 밋쥐며 뿔 조흔 사심이며 터럭 조흔 너구리며 식양이 쏙지비 날담부 모
도 다 모야 일이 쮜고 져리 쮜며 앙금펄젹 왕늬할 제 즈리 속중심의 응당
져 가온디 퇴긔가 잇시리라 ᄒ고 목을 질게 쎠야 늬 한번 불너 보리라 한참
이리 싱각할 제 원심수중의 물결의 뒤채이여 아리 틱이 뻣뻣ᄒ야 퇴싱원이
란 말을 호

〈15-앞〉

성원이라고 불너노이 호량이가 이 말 듯고 급피 쮜여 니려올 제 송임간 집
푼 골노 한 짐싱 나려오되 눈은 ○화 등잔 갓고 귀는 짝 찌여진 덧 몸은 얼
슝덜슝 쪼리는 잔득 셔발갓 되고 입은 쥬홍입을 쩍 벌이고 엉금엉금 너려
와셔 자리 압푸 웃뚝 셔셔 어헝 하는 소리 산천이 문어지난 듯흐이 자리 깜
짝 놀니여 목을 움치고 죽은더시 업쳐신이 호량이 구벼보며 눈도 코도 업
셔신이 이거시 무엇시야 덥퍼논 가

〈15-뒤〉

미슷 쑤썽 갓다만은 꼭지가 업셔 안이로다 구넌 업눈 슐니박구 갓다만은
그도 안이요 누어바린 쇠쫑 갓고 발업난 도리평판 갓고 붓쳐노은 밀북씸이
갓고 이것 안이 집어 싱켜볼가 부지초면 괴물이다 자리 입만 게우 너여 게
가 뉘라 흐오 업다 야야 그 속의 말 드런네 나는 빅슈지상 장군이요 명은
만호장군 호량일다 너는 무엇신야 자리 호명을 듯고 졍신업시 목을 더 움
치고 소인은 자리라 흐오 호

〈16-앞〉

량이 반거 듯고 왕별탕을 원하던이 오날날 보와구나 통치로 싱켜보자 흐니
자리 이 말 듯고 막극탄식 왈 이제는 할일업시 우리 용왕 못 뵈옵건네 병든
왕 못 뵈옵건네 충성이 부족흐야 신수가 불길흔가 쳔리긱사 자리 팔자 명
쳔이나 감동흐야 범장군의 환을 비려 사실빅호 흐옵소셔 일어타시 탄식하
다가 지셩으로 하는 말이 너가 과연 자리 안이요 그려면 무엇시야 남셩이
요 올타 남셩니는 다리 골십의 좃타 하더라

〈16-뒤〉

안이 니가 둑겁이요 올타 조타 둑겁이는 쌀마머그면 속병의 죳타더라 즈리
한 꾀을 싱각ᄒ고 호량이 압페 쫏차 드려 너의 근본 알여함나 네가 분명 무
엇시야 자리 답왈 너가 수부 용왕공신 간의틴후 겸 주부좌랑 별주부로다
호량이 무식ᄒ야 별주부을 잇고 별나리 별나리 하여 왈 네가 죽어도 즉품
은 하여구나 네 그려면 목은 엇지ᄒ야 우멍거지가 되엿는야 자리 답왈 우
리 수궁 퇴락ᄒ야 시로 주창하온 후의

〈17-앞〉

쳔여간 지와을 나 혼자 올일 젹의 츈여 씻틴 도라가다 한 발 썰처 밋쓰러져
셔 빙빙 도라나려오다 목을 절퍽 쩌쑤러저셔 우멍거지 되고로 목병을 나소
랴고 명의한틴 문의한 직 호량이 씰기을 먹어야 즉효한다 하기로 이고더
와셔 호량이 산영하건이와 게도 호량이거던 씰기 ᄒ 보 못 주것씬나 수궁
비수검 찌여 두류리라 앙긔조촘 달여드려 비을 가르리라 호량이 딘경ᄒ여
쏭을 싸고

〈17-뒤〉

한가셩야 놀넌 퓌왕 운남츌쳑하는 거동으로 송임을 헤치고 훌젹 쮜여 다라
나이 자리가 중심 싱각ᄒ되 호량이는 산중의 영웅이라 충셩지기을 보랴ᄒ
고 변화을 뵈와나 부다 산신을 위로하리라 산신 제물 차일 젹의 계변암상
웃뚝 서는 반송 가지 질끈 썩꺼 호틴화진 춘풍 너울입을 좌우로 졍이 페고
차츠 진셜하야 갈 제 좌홍우빅 신난 부어 쳔은 허다치 잡아너여 우량으로
갈음ᄒ고

〈18-앞〉

막쬬 말근 감노수을 화잔의 가득 부어 제수 올여 분향할 제 낙엽으로 빅석
ᄒ고 제하의 꿇어안져 축문 지어 제할 적의 축문의 하여시되 유세차 갑신
팔월 경술삭 십오일 갑자 길진 남히 용궁 별주부ᄂᆞᆫ 감소고우 산신후토 신
영으 일시 하감ᄒᆞ옵소셔 남히 용왕이 조련 득병ᄒᆞ야 지어사경의 빅약이 무
회ᄒᆞ와 소망지사ᄂᆞᆫ 쳔연퇴간이라 약비퇴간이면 미면황쳔지직 고로 위신자
지도ᄒᆞ야 불싱

〈18-뒤〉

강기ᄒᆞ와 만경창희을 간신이 월셥ᄒᆞ야 진세산간의 올나시나 비자 주자 형
용을 보리라 복걸 산신은 영어지시ᄒᆞ야 즁산 퇴긔을 착부수부ᄒᆞ오면 우리
디왕지명을 구면 근이쳥작 공신젼현 상향 빌긔을 다ᄒᆞᆫ 후의 이윽고 한 김
싱이 ᄂᆞ려오되 이목이 졍결ᄒᆞ고 셩음이 단졍ᄒᆞ야 월즁 퇴기 영역커날 자리
몸의 품엇든 퇴기 화상을 ᄂᆞ여녹코 상고하이 즁산퇴가 화즁퇴요 금일퇴가
화즁퇴일시 분

〈19-앞〉

명ᄒᆞ다 집피 든 목 질게 ᄲᅵ여 퇴싱원 ᄒᆞ고 고셩으로 크게 불른이 잇쩌 퇴긔
듯고 만단 으심ᄒᆞ야 괴이ᄒᆞ고 괴이하다 날 차지리 업건마ᄂᆞᆫ 거긔 뉘가 날
찬ᄂᆞᆫ고 긔산영수 소부 허유 귀을 싯자고 날 찬ᄂᆞᆫ가 수양산 최미가의 빅이
슉제 날 찬ᄂᆞᆫ가 삼산 거문 봄의 최지곡 노리하든 네 노인이 날 찬ᄂᆞᆫ가 빅운
심쳐유상디라 여화봉 셕괴상의 셩진이가 날 찬ᄂᆞᆫ가 완월장취 강남 티빅의
비상쳔ᄒᆞᄂᆞᆫ 질의 함긔 가자고 날 찬난가 산쳔귀로안의

〈19-뒤〉

옥빈이가 날 찬난가 영주 봉닋 모든 신션 술 먹자고 날 찬난가 빅운심쳐유 인가ᄒᆞ이 운임쳐사가 날 찬는가 도화유수 무릉원의 어주섭긱이 날 찬난가 지직차산운심쳐ᄒᆞ이 부지하쳐 오신 손임 상봉코져 날 찬난가 삼산는 반낙 청쳔외흔딕 팔션여가 날 찬난가 산고곡심무인젹한딕 거긔 뉘가 날 찬는가 청티산하 막우할미 졍담하자고 날 찬는가 만단으심으로 이리 짜옷 져리 쯔 옷 팔팔 쒸여 닉려올 찌음의

〈20-앞〉

잇씩 자릐 퇴긔와 짝 마조쳐 잇고 코야 그 분 초면의 남을 왜 치요 자릐 호 량이한티 크게 놀닉신이 마치 몰나 목을 지픠 움치고 죽근다시 업쳐신이 퇴긔 말그름이 보와 왈 아 그것 두투리 짱아리 방셕도 승ᄒᆞ다 올타 쌀고 안 자보자 팔짝 쒸여 올나안진이 자릐 목을 실금이 닉야 이리 져리 둘너보이 퇴긔 쌈짝 놀닉야 잇고 이 놈 목 나온다 그딕로 나오면 쳔여 발 나오것다 자릐 한숨 짓고 ᄒᆞ는 말이 그것 체는 져

〈20-뒤〉

거도 쑝집은 믹우 묵업다 오장의 간사발이나 포들려것짜 들셕ᄒᆞ야 써궁그 린이 퇴기 씰어젓다 도로 발짝 이려안지며 아 그것 남무 징반 갓다마난 등 심은 장사로다 자릐 하는 말이 우리 통셩명이나 하여봅시 게는 뉘라 ᄒᆞ옵 나 나는 쳔상월즁의 음양순사시ᄒᆞ야 딕소월 분간ᄒᆞ던 이붕상셔ᄒᆞ는 월퇴넌 이 독약주 취케 먹고 장싱약 그릇 지엿다고 상제게 득죄ᄒᆞ야 젹하산졍 와 썬이와 별호

〈21-앞〉

는 퇴션싱이라 함네 자리 퇴명을 듯고 반가와 하는 말이 나는 남히 용왕의
공신 간의티우 겸 수부 좌랑 별주부라 하건이와 피차 션성은 드럿건이와
하싱거주 미지년이 금일 상봉 연분이요 퇴기 하는 말이 그것 용모는 불초
ᄒ되 문견은 미우 좃타 자리 이른 말이 나도 유식건이와 게도 미우 유식ᄒ
오 그려나 그디의게 쳥컨디 세상의 자미와 절승풍경 물식과 힝신 쳐조 들
어뵈시 퇴긔 답왈 너의 한가함

〈21-뒤〉

이 천지간의 일품이라 일모황혼 잠 드럿짜가 월츌동영의 잠을 씨야 진세간
의 단일 젹의 임지업는 산과목실을 나 혼자 포식ᄒ고 록수쳥산 니 집 삼고
명산 츠자 귀경할 제 만산동남 오로봉과 진구명산 만장봉과 졍공무산 십이
봉과 봉니 방장 영주봉과 티산 화산 즁산 만수산 티고월산 삼각산 게용산
금강산 티빅산 모양산 수양 천만산 아미산 이러ᄒ 명산디쳔의 안이 논 곳
업시 다 노라 잇고 고륜산

〈22-앞〉

상상봉을 암암이 기여올나 빅운을 무름씨고 우산낙됴 귀경ᄒ이 양곡의 월
츌귀경 안하의 발가잇고 등티산소쳔ᄒ던 공부자 디관인덜 여긔서 더할손야
잉무로 벗셜 삼고 원앙으로 이웃 삼아 밤이면 완월ᄒ고 나지면 유산ᄒ이
무릉 강산흥미ᄒ고 아난 비가 이쌘일짜 적송자 안기싱을 니의 제자 삼아두
고 장싱도을 가룻치며 잇짜금 그룻치면 달초ᄒ고 글노 일 삼니 즈리 왈 언
족이 식비라 그디도록

〈22-뒤〉

자랑 마소 인간 영순 니 이르거던 드려보소 그디가 세상팔난을 모로눈가
일기 퇵기 잔니 신세 삼춘구추 호시졀 독수공방 다 지니고 디한 입동 셜한
풍의 만학의 눈 싸이고 천봉의 바람 칠 제 잉무 원앙 슫어지고 산과목신 바
이 업눈 고디 곱푼 비 트려쥐고 어둑훈 바우 틈의 죽근더시 안진 거동 체운
금셜 무광 속의 초회왕의 궁곤이요 일월복주 북희상의 소중낭의 궁곤이라
죽을 퇵기 삼동 고

〈23-앞〉

상 제우 사라나 엄동셜한 다 지니고 송구영신 봄이 된이 벽도 홍화 향춘이
월의 주린 긔복 치우랴고 심산궁곡의 이리 져리 단일 젹의 골골이 무든 것
슨 엄창의 목다리요 봉봉이 셧는 거션 민 바른 슈월자요 청쳔의 쩌는 거션
퇵기 두상 훔칠나고 달여드려 훔칠 젹의 좌우로 졀친한 건 모리군이고 후
닥친 건 산영기라 음산셥곡의 덥벅 푸러 싱키랴고 퇵기 찬는 빅호로다 송
하의 숩은 거션 오는 퇵기

〈23-뒤〉

노으랴고 불 잘 놋는 퓌수로다 사면으로 둘른 것선 퇵기 걸인 금물 셩탕 인
군 가온 후의 그 금물을 뉘가 풀며 들노 나려가면 만인축지흐야 소리하고
쏜는 거션 션슐 먹근 초군이라 그디 신세 싱각하면 빅등의 곤궁흐던 한티
조의 곤궁이요 조밍덕의 간장이라 시우 등 쏘부리고 쌀눈 쏘리 삿테 찌고
져근 눈 부름쯰고 층암 우 졀벽 수목 질노 제우 긔여 올나갈 제 코궁긔셔
씬니 나고 목쭝긔셔 톱질하고

〈24-앞〉

비까족은 등의 붓고 쏭쏭긔셔 좃총 놀 제 사싱을 ○○흐이 삼지팔난 이 안인가 만산풍경 좃타한덜 무○ ○○ 유산흐며 무삼 흥으로 완월할고 그디 신세 ○○○○ 엇지 안이 가련할고 퇴긔 이 말 듯고 탄식 왈 ○○○ 나리가 그리 자싱이 아르시요 다부쳐 들며 ○○○○ 수궁 흥미 드려봄시 자리 답 왈 우리 수○ 경쳐 흥미 기이흐고 장관이라 쳔양지간 디회지남의 쳔여간 집을 지여씨되 쾌용골의 위양하이 졍

〈24-뒤〉

광이 요일흐고 집어린이 작화흐이 셔긔 반공이라 황금으로 집을 짓고 빅옥으로 문을 다라 유리 지동 호박 쥬쵸 산호 난간 조흘시고 슈궁 디궐 영농흔 디 응쳔상지삼광이요 비인간지오복이라 우리 용왕 직위흐사 만족귀인흐고 빅영이 앙덕이라 왕모조곰졍의 데인 술은 쳔일쥬요 쳔비봉옥반의 담문 안쥬 빈사과을 실토록 먹근 후의 셔산의 일낙하야 션체십인과 세락의 가진 풍유 디홍연을 가

〈25-앞〉

득 실코 자언거쥬 등거산을 지곡총 지곡총 비을 찍워 휘야 요지 드려가면 칠빅리 너룬 군산 물 속의 별려 잇고 삼쳔사 희당화는 약슈만리의 불거쏘다 회늬헌헌 강구연월 남풍시을 을푸면셔 월정명추강상의 어젹 소리 화답흐며 건슈 약슈 화슈 양진 포진 핑튁호의 남은 팔경 소상 낙동물 건네 지승유하이 쳥풍젹벽 소자쳠과 명월치셕 티빅 혼이 에 와셔 엇지 밋칠손야 별유쳔지비인간과 불노

〈25-뒤〉

○사 장싱 인지 우리 슈궁 조흘시고 치약하던 진씨○과 구션하던 한무제도
슈궁 홍미 아라시면 이 세○○ ○○손가 원컨디 퇴션싱은 팔난세상 잇지
○○ ○○ 싸라 슈궁 가면 그디 쏘호 지골이라 ○○○○ 할 거시오 미식 션
여 짝을 지여 만사티○ ○○의 슐도 먹고 글도 흐고 호강풍유 만세○○ ○
진디 신이작비로 진세상 싱각흐야 쥬야 ○○○지라 날 싸라 감이 엇더흐요
퇴긔 디왈

〈26-앞〉

○○ ○삼 드러보니 원일견지 수궁이라 수중철○○ 니 엇지 가리요 자리
디왈 니의 용밍 조화 망망디히 질을 평지 갓치 왕니흐이 니 등의 업펴시면
드려가기 염에할가 염에 말고 드러가시 그려하면 갈가 자리는 압페 아장아
장 퇴긔는 뒤에 조촘조촘 월영희변 니려가이 건네 안산 암상 하에 너구리
달첨지 썩 나시며 크게 불너 하난 말이 져긔 가는 퇴긔야 네 어디 가는야
퇴긔 답왈 별주부 짤아

〈26-뒤〉

수궁 베살 간다 달첨지 답왈 올타 아라밧짜 너긔 두리 수작할 찌 니가 여긔
셔 드려밧짜 자리 너을 꾀야 간다 니 말을 드려바라 칼 잘 씨던 위인 형기
역수한풍 소실할 제 실푼 노리 장사일거 후의 못 도라와셔 한이 되고 천추
원혼 초회왕도 진문관의 갓쳐짜가 고향의 못와셔 원이 되고 춘초연연 푸른
청조 왕손도 귀불귀라 너도 인제 수궁 가면 다시 오지 못하리라 옛 글의 흐
야씨되 위방

〈27-앞〉

불입이요 눈방불거라 ᄒᆞ야슨이 인제 한변 ᄯᆞ라가면 영결종쳔 못 올 ᄶᅥ신이
제발ᄒᆞ고 가지 마소 퇴긔 듯고 만단으심ᄒᆞ야 진소의 양슈집병이라 달첨지
○○ ○삼이 당당ᄒᆞ오 그려면 ᄂᆞ 안이 간다 ○로 벌쩍 지퇴ᄒᆞ이 자리 눈을
흘겨 쓰고 하는 말이 달첨지 흉게한 져 놈 연젼의 우리 수궁 왓씰 ᄯᆞ의 킈
골이 장ᄃᆞ흔 고로 훌연ᄃᆞ장 하라도 마다 ᄒᆞ고 야간 도망ᄒᆞ야 무임으로 잇
썬이 신여 육인 통간

〈27-뒤〉

하고 호조도 삼빅양 도젹질ᄒᆞ고 수궁 탕는이 무수ᄒᆞ야 그 죄로 어젼 곤장
삼십도 경비출송ᄒᆞ야든이 그 혐무로 남도 못 가게 ᄒᆞ이 무론남여ᄒᆞ고 터력
이 두 눈을 덥푸면 음흉흔 꾀가 만컷다 속 실거온 퇴션싱은 너구리 말 듯지
말고 즁산난방이라 난방불거ᄒᆞ이 조흔 수궁 어셔 가시 만단으로 위로ᄒᆞ이
퇴긔 무사틱평 죠와라고 훌짝훌짝 ᄯᆞ라가다 으심ᄒᆞ고 도라시며 하는 말이
쳔리 수궁

〈28-앞〉

밀고 민 듸 일거 소식 ᄭᅳᆫ너지면 혈혈단신 이ᄂᆞ 팔자 영결종쳔 죽어지면 슈
즁고혼 요ᄂᆞ 신세 엇지 안이 불상한가 ᄂᆞ 안이 가오 자리 답왈 퇴션싱은 수
궁 쳔리 머다 마소 쳔하디셩 공밍자도 두루쳔하 ᄒᆞ옵시다 혜왕을 다시 보
고 동희상 강틱공도 문왕 ᄯᆞ라 엽쥬하다 귀이 되고 회음ᄶᅡᆼ의 한신이도 소
하 ᄯᆞ라가셔 한국 디장 되야잇고 진세의 빅이희도 목공 ᄯᆞ라가 여상 되야
슨이 퇴션싱도

〈28-뒤〉

으심 말고 날 짜라 수궁 가면 천하영웅 갓치 되야 만종녹을 먹글진디 그 안
이 조흘잇가 퇵긔 허허 웃고 자리 뒤을 짜라 남강수변 니려간이 경긔도 됴
흘시고 세우 줌의 돗을 달고 만경창파 강상의 둥실 떤는 비는 천하문장 이
티빅의 풍월 실코 가는 비요 창파 니의 노는 거션 쌍쌍오리 히게 쓰고 소소
츄풍 송안군의 울고 오는 져 긔력아 북희상 소즁낭의 편지 젼코 네 오는야
이니 소

〈29-앞〉

식 바다다가 우리 고향 차자가셔 요니 번임 잉무시 빅운심쳐 노는 퇵긔 벽
히 용궁 가더라고 그 말 죽금 젼히다고 수로 말이 창히 즁의 호호탕탕 치는
물결 여산풍낭 울울츌녕 풍파가 이려나이 퇵긔 옴족 물너시며 이고 이 물
날 덥친다 니가 이 질노 슈궁 가셔 용왕이 될지라도 부귀공명 쯧시 업고 다
시 갈가 바싁이 업니 천금일신 귀혼 몸이 좁쌕업셔 물을 씨고 먹긔밥의 죽
쩌쑤나 자

〈29-뒤〉

리 물 우의 둥실 떠셔 육지 갓치 빙빙 돌며 이 물이 무엇시 집퍼 발목 물
되야오니 염에 말고 너게 업피소셔 만일 너가 퇵공게 물 한 졈 뭇치거듸면
이 당장의 목을 베혀도 유구무언 하거심네 퇵긔가 물결의 놀닌 싯시라 도
리질 치며 나 실소 날을 뉘 긔망여 쇠긔랴고 디희천심 알지라 두방촌심 불
가지라 그 물 집기 짐작하되 그디 마음 니 모르

〈30-앞〉

건네 종시 마다 시양흐이 자리 셔면하며 퇵긔을 한 번 질너본다 장부가 담

이 업슨이 디장부 위명ㅎ고 져리 핑게 만이 씬이 간사ㅎ 잡연이요 사물○
언 게집이라 부귀공명 불가차요 만경진수 부당ㅎ고 산과목실 맛당하다 오
기 실르면 말여무나 일어타시 썰쳐 발른 덱긔 ㅎ고 나는 우리 수궁 어서 가
셔 일등미식 다리고 정담하고 가진 풍유 오음성의 쥬야 티평 노라볼

〈30-뒤〉

가 의심만한 퇵긔 횡사 팔자 불상하기 칭양업다 그디가 만일 산중 고향 올
라가면 니일 뫼시 말 진시 초의 총 잘 논는 일등 퇵슈 날닌 쳘한 간자리 탕
마자 직사지경할 거시고 제 복 업셔 가는 자을 굿티이 말길손가 어셔 가라
축긔ㅎ이 멍쳥혼 져 퇵긔 그 말 듯고 쌈쫙 놀니여 하는 말리 그디 엇지 그
리 자싱이 아오 자리 답왈 그디의 상을 잠관 보이 순두가 잘

〈31-앞〉

나신이 단비자는 단명이라 쳐례 업고 방정마자 미간의 화망신살을 씌엿신
이 미구의 망할지라 사정업는 좃총으로 진구레 탕 마자 쥭그렷다 이럿타시
논박ㅎ이 퇵긔 쌈쫙 놀니야 니 평싱 무셔한 게 퇵슈라 디져 불공하면 화망
살을 면하것소 즈리 답왈 오향이치 드려보소 금극목ㅎ고 목극토ㅎ고 토극
슈ㅎ고 슈극화ㅎ이 화망살도 면할 거시요 장싱불사하온

〈31-뒤〉

후의 부귀공명 겸전하온 후의 만디유전 ㅎ오리다 퇵긔 마음 솔곳ㅎ야 그려
면 드러가시 그러나 물 곳 보면 졍신업고 무섭소이다 집기가 얼마나 집소
당과바서 말목물이나 나무면 엇지 가리 퇵긔 한 발 당글 젹의 자리 쌜이 쯔
셔듸려 두 다리을 두류쳐 메고 벽파창낭 물결 우의 둥덩실 놉퓌 쩌셔 풍월
지여 을푸되 문여하사로셔 벽산고소이 부답심자한이라

〈32-앞〉

그양 빨이 허우허우 드려간이 퇵긔가 긔가 믹켜 사싱간의 하는 말리 여보
시 임쥬부 나리 날 죽금 노와 쥬오 긔가 맥켜 나 죽쩌소 즈리 조와라고 하
는 말리 요 놈아 암말도 마라 벽파슈 즁에셔 노와주면 아조 쥭고 못 살이라
방식 말고 드려가자 즁유범범 쩌 드려간이 천지도 명낭ᄒ고 일월이 조임한
디 옥져 소리 풍편의 들이거날 퇵긔 눈을 쩌 둘너보이 별유천지비인간이라
용누

〈32-뒤〉

의 황금 디자로 식긴 션판 남희 용궁 영덕젼 수궁문이라 하여거날 퇵긔 졍
신이 황홀하야 동편을 바리보이 방장 봉니 구름 속의 금계셩 제파ᄒ고 삼
빅쳑 부상지의 일윤홍이 어려잇고 셔편으로 바리본니 약슈유사 널뮴 드레
희당화 난만 즁의 쌍비쳥조 나라든다 남편으로 바리보이 디붕비진슈여남
푸른 물결 요슉봉 둘너잇고 쏘 북편으로 바리보이 즁셩즐난화

〈33-앞〉

신극을 일발쳥산 영춘식이 머러잇다 퇵긔 망견ᄒ야 집기는 집다만는 예와
본이 장이 좃타 그 즁의 글 한 귀을 지여 을푸되 산임유직이 도용궁ᄒ○ 사
희풍경만안젼이라 니 글 엇쩌한요 자리 허허 웃고 그 글 화답ᄒ되 아비로
불칙인셰퇵ᄒ이 심심입회가지즁이라 그디 여긔 안자시면 니 먼져 드려가
우리 디왕게 뵈온 후의 남예 가지고 나와 뫼시리다 큰 문 박긔 드려가

〈33-뒤〉

슈졍 쓸에 앙금좃촘 드려가셔 용왕 젼의 복지쥬왈 소신은 천리타국 만리강
산의 가 소원셩취하온 후의 디왕의 덕틱으로 잔명을 무사이 단여왓쩌이와

젼하 옥체 알영ᄒ옵시며 병세 회춘 만강틱평 하온이가 용왕이 답왈 과인은
여전하나 경이 말이타국의 무사이 단여왓다 ᄒ이 반가온 마음 칭양 업사오
나 진세간 퇵긔을 잡아왓난이가

〈34-앞〉

자리 답쥬왈 틱왕의 은덕으로 망월 옥퇴을 구변으로 어더 왓난이다 용왕이
쥬부을 충신이라고 층찬ᄒ고 오군문도 틱장 삼쳔빅이른 두명 군사와 좌우
나졸 일등 명장 날닌 군ᄉ 지촉ᄒ야 퇵긔을 밥비 즈바 듸리라 지촉이 성화
갓치 나올 젹의 잇ᄯ 퇵긔 자리을 이별ᄒ고 조와라고 하는 말이 틱쳐 슈궁
됴타던이 와셔 보니 장이 조타 별쥬부의 은

〈34-뒤〉

덕 입어 슈궁 벼살하올 젹의 정승 판셔 하온 후의 일등미식과 술을 취케 먹
고 풍유셕의 놀라볼가 이려타시 질거할 틱 ᄯᆺ밧게 쳔병만마 철망 갓고 니
달나 크게 고함 하는 말이 여바라 퇵긔야 ᄒ고 쳔동 갓치 뒤즈르고 좌우로
둘너싸이 잇ᄯ 퇵긔 이 말 듯고 두 귀 멍먹 두 눈이 캉캄 간담이 써늘 사족
이 발낭발낭 정신이 상쳔ᄒ다 슈궁 명장

〈35-앞〉

날닌 군ᄉ 만여 명이 불상ᄒ 퇵긔을 둘너쌀 젹의 삼국 시졀 병는 중의 한요
의 원앙진법으로 운장 마초 둘너 싸 덧 접접이 둘너싸고 퇵긔 잡는 거동 셩
군 픠왕 슐너 잡 덧 만경츌사 도젹 잡 덧 두 귀 덥셕 훔쳐든이 퇵긔 썰쳐
발이고 노와 주소 나는 퇵긔 안일세 그려면 무엇신야 밤나지으로 틱문 밧
게셔 도젹 직킨 긔로세 긔란 말이 반갑쏘다 삼복다름 너

〈35-뒤〉

을 자바 약기정 조컨이와 네 쓴쥭으로 잘양 무어 쌀고 자면 닝병 업고 네
간으로 혈담 풀고 네 오장 염통 씰이 오화당쥴병샷탕 빅병통치 그 안이 족
컷너야 이 긔 밥비 ᄌ바가자 퇵긔 기가 믹켜 디답하되 안이 니가 과연 긔도
안이요 그려면 무엇시야 닉야 쇠야치요 그려면 좃타 네 두피족과 살진 네
양회 쳔엽 콩팟 진평의 슈단으로 분육ᄒ야 먹근 후의 네 속의 든 우황 만병
통치 활인ᄒ고

〈36-앞〉

네 쌀은 활싹지ᄒ고 네 ᄭ족으로 신도 짓코 북도 미고 똥오좀은 거름ᄒ야
그 안이 족컨는야 이 쇠야치 모라가자 안이 니가 소도 안이요 그려면 ○엇
신야 니가 과연 망아지요 그려면 더옥 조타 션간 후간독이라 ᄒ이 쳔리마
로 싱겨쑤나 예날 연인도 오빅금으로 네 쎼을 사갓시이 너을 산치로 모라
다가 우리 더왕 젼의 밧쳐시면 쳔금을 안이 쥴가 망아지 모라가자 잇떠 발

〈36-뒤〉

명을 무슈이 하다가 쏘 훈 쇠로 하는 말이 니가 몽아지도 안이요 그려면 무
엇시야 니가 과연 쏘리업난 밋쥐요 올타 그려면 더옥 좃타 네 ᄭ족 벽겨니
야 셔피휘양ᄒ여 씨고 동지 셔달 찬바람의 방풍ᄒ야 보즈 저 쥐 밥비 자바
가자 퇵긔 싱각하되 만가지 픵게 씰 디 업고 쳔하구변 씰 디 업신이 할 일
업고 무가너다 여보 양반덜 퇵긔 간 고지 차져 무엇하랴요 희운군 방게가
퇵

〈37-앞〉

긔 졋티 셧다가 짠젼 부쳐 하는 말리 방졍마진 퇵긔가 어디로 갓단 말고 우

리 슈부 용왕게셔 퇵공의 일홈 놉피 듯고 훌연디장 분발ᄒᆞ야 졍승 판셔 시
길 차로 남에 갓고 디령한디 복조 업난 퇵공원이 부귀공명 마다ᄒᆞ고 어디
로 갓단 말고 퇵공은 어디 게신이가 으심 말고 이리 오소 우리 슈부 디왕게
셔 퇵공을 승품ᄒᆞ야 늣게 약방 도게주와 월즁군 봉할 차로 만조빅관 디령

<h3 align="center">〈37-뒤〉</h3>

하고 일등미식 뒤에 온이 어셔 밥비 디답ᄒᆞ오 우리 별주부의 말을 드른이
체소ᄒᆞ고 인즁이 잘옵다 하던이 복 업심은 가지로다 잇써 퇵긔 조와라고
그려면 옥퇵긔로소이다 ᄒᆞ이 슈부의 ○○○병 벌쩨 갓치 달여드러 온야 이
놈 네가 기야 네 사족 발끈 뭉거 홍사쥴 용두머리로 휘휘칭칭 엄쏭거려 홍
쥬 칠쥬 장쩌로 밋궁동이 툭 찌리며 슐너 우의 놉피 실고 번기가

<h3 align="center">〈38-앞〉</h3>

치 드려갈 졔 잇써 퇵긔 핑게로 하는 말이 니가 우리 쳔상 옥황상졔 공신
츙효 겸 월즁단게 하의 디방가 퇵션싱일다 만일 날을 함부로 상푀하다가는
우리 옥황이 아르시면 너그 수궁 군졸쩨가 쳔불을 마지리라 여바라 별쥬부
야 너그 슈궁 남에는 풍속의 이려ᄒᆞ야 자리 답왈 온야 그려한다 야야 그 남
에 두 변만 타거듸면 쩨도 안 남것다 영덕젼 너룬 뜰

<h3 align="center">〈38-뒤〉</h3>

려다 퇵긔 잡아듸리요 ᄒᆞ고 나입ᄒᆞ이 용왕이 디히ᄒᆞ야 왈 퇵긔야 네 드르
라 니가 우연이 병이 드러 사싱을 난분턴이 명의다려 병논한 직 네 간을 먹
그면 직효하리라 ᄒᆞ야신이 비컨디 네 조고만한 간으로써 왕의 병을 나솜이
엇더하요 용쳔검 드는 칼노 져 퇵긔 비을 갈나 간을 니여 밥비 올여라 퇵긔
이 말 듯고 낙담ᄒᆞ야 두 눈이 캉캄ᄒᆞ야 좌우을 둘너본이 강한장과 쳔튁지

장이 무슈ᄒ고

〈39-앞〉

디병이 시위ᄒ야거날 퇴긔 함 질 업시 탄식하던 차의 지지쳔여에 필유일실이요 우자쳔여이 필유일득이라 이윽키 싱각하다가 쏘 한 꾀을 니여 ○신을 가다듬아 안식을 불변ᄒ고 쳔연이 엿자오되 소퇴가 아뢰리다 틴산은 붕붕하고 오셩은 암암ᄒ야 결상고 노리ᄒ여 억조창싱 원망 즁의 포악ᄒ 상쥬는 셩인 비 속의 일곱 궁기 잇다 ᄒ고 비을 갈나신이 그 안이 불상하오 소

〈39-뒤〉

퇴의 비을 갈나 간이 잇시면 좃컨이와 만일 간이 업사오면 잔잉ᄒ 일기 퇴긔 목슘만 끈치온이 그 안니 불상ᄒ오 용왕이 답왈 의셔의 하여시되 비슈병직 구불능언ᄒ고 비슈병직 불능용ᄒ고 간슈병직 목불능견이라 ᄒ야신이 간이 업고 엇지 본단 말고 퇴긔 다시 엿자오되 소퇴의 간이 쳔상 월륜지졍거로 보름이면 니고 금음이면 듸리고 츌입변화을 하기로 인삼 우

〈40-앞〉

황 산삼 동삼지상이라 쳔하 각국 병긱더리 돈 업시 차자와서 니 간 달나고 스졍하미 괴롭기 비상하여 간을 니여 우리 산즁 반초 입페 싸셔 영쥬산 셕간 틈의 홀노 웃둑 셧는 게슈남무 가지의 놉피 거러두고 도화유슈 벽게상의 모욕지게하로 니려오다가 노상의셔 별 쥬부을 만나 슈궁 귀경 좃타기로 귀경차로 왓싸옵졔 디왕의 병세 이려ᄒ 줄 아라시면

〈40-뒤〉

간을 넉코 왓씰 거셜 익돌옵기 칭양업소 자리을 도라보며 왈 네가 아직 미

련ᄒ다 그 곳지서 이련 말삼 하야쓰면 디왕의 병세 저디지 지즁ᄒ디 간을 ○○ 후의 병세 회츈 강영ᄒ고 여쳔지히망토록 만세태평 ᄒ옵시면 그 안이 츙신인가 니 공노도 놉풀지라 슈궁 용왕 셩군젼의 츙효 공신 베살 품의 만 죵녹 바든 후의 승지간의 노라볼 걸 즈리의 멍청함이라 일어타시 방식ᄒ이 용왕

<h3 align="center">〈41-앞〉</h3>

이 호령 왈 네 이놈 간ᄉ하다 퇵긔야 간이라 ᄒᄂ 거션 장슈속이라 오장육 보의 달인 간을 엇지 츌림하리 네 말이 의외로다 ᄯ호 사롬이나 짐싱이나 일신 졍긔가 다르지 안이함이라 퇵긔 당도리 우셔 왈 디왕은 지기일이요 미지기이로소이다 인싱금슈 싱겨난 쥴 디왕은 한 가지로만 아르시되 그려 치 안이 ᄒ옵이다 복히씨는 엇지하야 사신인슈 비얌 몸 사롬의 머리옵고 신농씨는 어이ᄒ야

<h3 align="center">〈41-뒤〉</h3>

인신우슈 사람의 몸 소머리오며 디왕은 어이하야 ᄭ오리가 잇고 소퇵는 어이 ᄒ야 ᄭ오리가 업ᄂ이가 ᄯ호 소퇵은 간 츌입하ᄂ 근본이 잇스온이다 실노 보와도 알지라 네 무신 푀가 잇단 말가 소퇵의 ᄯ옹궁기가 서히로되 한 궁긔 은 소미 보고 ᄯ호 한 궁긔는 ᄯ옹을 누고 ᄯ호 한 궁긔은 간을 너히고 듸리고 하 ᄂ이다 왕이 답왈 그려면 어듸 보자 ᄒ이 잇써 퇵긔 거동 보소 두 다리 훨 젹 칙켜 들고 디왕은 자싱이

<h3 align="center">〈42-앞〉</h3>

보옵소셔 언으 잠놈이 존젼의 빈말 할가 디쳐 용왕이 본이 과연 ᄯ옹ᄭ우넉이 셔이거날 왕이 문왈 퇵긔야 네 간을 너을 제는 엇지 넛넌야 퇵긔 ○○오되

밋궁기로 너히고 너흘 제는 입으로 너흐되 일천만물이 동방삼팔목을 응흐야 일월광치와 아침 안기 맞고 져역 이실 화흐야 임무로 출입하난 고로 만병회츈 약이 되는이다 그려치 안이 흐오며 비금쥬슈 허다 중의 소퇴 간만약

〈42-뒤〉

되오릿가 그런면 세상 인물 중의 네 간을 어더먹고 솜 본 이 뉘가 잇난야 퇴긔 답왈 디왕은 고언을 듯지 못하야심이가 소퇵의 아비가 만산풍경을 조와하기로 유산유수 하올 젹의 문장슈빅 조본 질노 아장쌍쌍 도라가다 낙포의 풍덩 빠져 거의 죽게 되야던이 한무제 신하 동방식이 신션 차자 게 왓짜가 담방 건져 살여시미 그 은혜가 엇더하오 요 늬 간을 콩낫만치 쥬엇더이 동방식이

〈43-앞〉

그 간 먹고 삼쳔갑자 장싱흐고 그 후의 나문 간을 늬야 위슈의 덤벙 당과 휠휠 시칠 젹의 궁팔십 여싱이도 낙슈질 하옵다가 긔갈이 자심흐야 픠자의 밥 끌너닉여 그 물 좃금 쩌마시고 난팔십 더 사라 잇고 픵교와 안기상도 우리 간닙 먹고 죽지 안코 오릭 살아시며 인간의 죽글 병도 늬가 만이 살이기로 그 공이 잇짜 흐야 퇵공션싱이라 디졉흐이 쳔상벽도와 삼산 불노초가 아무리 조타한덜 늬

〈43-뒤〉

간만치 당지리요 디왕은 소퇴 간을 왼통 보치 잡슈시면 가진 포병 회츈 후의 장싱불사 쳔만세을 무사틱평 흐오리다 용왕이 화슈흐야 그 말을 올케 듯고 좌우 제신을 모과 의논흐되 퇵긔 말과 갓치 제 속의 만일 간이 안이

드러시면 무죄간의 남우 목슘만 쥐기면 그도 역시 죄 안인가 순리로서 져
을 달니야 퇴간 구함이 엇더ᄒ고 잇ᄯᅥ 좌우어두귀면지졸이 여츌일구로 디
답하되

〈44-앞〉

디왕의 하교 맛당하오니 그디로 ᄒ옵소셔 용왕이 직시의로 퇴공을 이리 오
르라 퇵긔 사은ᄒ야 올여 안치고 용왕이 친이 위로 왈 퇴공은 만리타국 산
즁귀긱이요 과인은 수궁하악 불상통셩이라 이졔 션싱을 만나기ᄂ 쳔상 옥
황이 도으삼이요 쳔지 귀신이 지시함이라 엇지 일역으로 하오리요 니 악가
퇵긔로 더부려 괴롱함은 조금도 허물치 마르소셔 퇵긔 이러나 지비사은하
되 지쳔

〈44-뒤〉

한 소퇴을 디왕과 일셕의 이디지 존공하온이 관디함은 은혜가 실노 빅골ᄂ
망이로소이다 소퇴의 간 안이라 살을 졈졈 싹가 밧치여도 악갑지 안이 하
것소 잇ᄯᅥ의 만여군신이 퇵긔을 위ᄒ야 잔치을 비셜ᄒ고 쥬찬을 걸게 차려
쳥유리 팔모운각 반빅유리 별기 산호 졉시 듬셩듬셩 벌여 녹코 가진 음식
빈스과와 건강 빈강 도졍 반도 벽도 신광초며 불노인삼치와 빕시지고 틱도
고은

〈45-앞〉

슈궁 졀디가인더리 유리디양 잉무잔의 맛 조흔 게당쥬을 쏘로록 쌍쌍 가득
부어 단졍이 궤좌하야 용왕젼의 듸리오이 쥬쥬긱반이라 마신 후의 퇴공 젼
의 권지ᄒ이 퇵긔 슐 마시고 하ᄂ 말이 어 ○ 슐 장이 죳타 일비 일비 부일
비로 쏘 한 잔 먹근 후의 어쥬삼비라 ᄒ이 쏘 혼 잔 더 쥬시오 일이 삼비

먹근 후의 쥴인 퇵긔 져근 창사 슐을 흡쌕 취케 먹고 곡자머리 욱실ᄒ야 취
ᄒ 눈이 오

〈45-뒤〉

리소리 시용을 여인이라 용왕이 지령이 갓치 뵈이고 뎌상의 모든 신하 욱
실욱실ᄒ야 기아미물이 갓고 취즁의 무쳔자로 엄벙덤벙ᄒᄂ 말이 퇵긔 간
이 약 말은 고금 쳐음이로고 이고 ᄒ마 춘치자명으로 나 죽글 변 희다 니가
상을 잘 보거다 잠간 본이 융쥰용안이요 신장체뎌ᄒ야 벽역즁쳔의 난위변
화지상이라 단단장슈 하려다 왕이 쏘ᄒ 뎌취ᄒ야 퇵긔와 쥬졍ᄒ되 원명이
지쳔이요

〈46-앞〉

부지퇴엿다 죽고 살기는 하날의 잇졔 퇵긔 간의 잇실이가 왕퇴 두리 셔로
졔법 덤벙이것다 취흥이 도도ᄒ야 수궁 가진 풍유와 왕진의 봉피리와 곽쳐
사 죽장고며 낙빈는 긔을 들고 업미는 져을 불고 낙포선여 츔을 츌 졔 능좌
스로 디무하며 실명 잇게 한찬 논일 젹의 퇵긔 흥에 졔위 압발을 뮙 산자로
쎡 별이고 이려나며 그 풍유 넘무 느려져 츔 잘 못 추것고 용다리

〈46-뒤〉

거들 평풍 둥뎡실 츄워보자 암니 버들은 초록장 느려지고 뒤나 버들은 여
록장 느려지고 갈썩는 쌍쌍하고 불탄 잔듸 숑입 나고 죵달시는 쉰 질 쩌셔
우난 소리 그 안이 조흘소야 웃잘 웃씰 한참 츌 졔 비속의셔 츌낭츌안 소리
나이 뎌장 병치가 졋틔 셧다가 이고 이 놈 간 드렷다 총당총당 하난고나 퇵
긔 깜짝 놀니여 웃쑥 셔며 어느 게 간이란야 똥이 드려 농창인 거셜 요망한
놈

〈47-앞〉

말도 마라 톡긔 싱각ᄒ되 옛 말의 ᄒ야시되 군자는 삼미망이요 견기이작이라 ᄒ야신이 나가는 게 올타 ᄒ고 직시 쾨로 엿자오되 뎌왕의 병세 가장 위급ᄒ오니 진세의 갓던 별쥬부을 다시 쥬옵시면 급피 나아가 소퇴의 간을 가지고 드려오리다 용왕이 별쥬부 불너 하교하되 경이 츙셩으로 진세의 퇴공을 평안이 묘시고 나가셔 간을 슈히 듸려다가 과인의 집고 집푼 병을 회츈케 ᄒ라

〈47-뒤〉

쥬부 엿자오되 톡긔 본디 간사ᄒ야 쾨을 비긔 일을진디 옛 날 진나라 셔시와 한나라 방원과 위나라 됴됴라도 톡긔 쾨을 못 당하리다 신이 츙셩을 다ᄒ야 제우 돌나 자바온 톡긔을 이제 뎌왕이 그 놈의 간게의 ᄲᅡ져 비의 든 간을 안이 너고 그져 너여 보니오면 세상의 비슈될 거시요 ᄯᅩ혼 명장 밍학이며 칠공칠금ᄒ던 제갈공명 안일진디 잡아와셔 보닌 톡긔 뉘라 다시 자바다가 뎌왕을

〈48-앞〉

구하리가 그져 완구이 비을 갈나 보옵소셔 톡긔 자리을 ᄶᅮ지져 왈 이 놈 네 말이 미거하다 왕명이 지즁커든 어이 낭셜하리 옛 말노 의논컨디 하걸이 포악이 심하기로 용방을 살히ᄒ고 미구의 망국ᄒ고 샹쥬 ᄯᅩ혼 포악ᄒ야 비간의 비을 갈나 시긔심의 망국ᄒ야 쳔도가 신명ᄒ사 언불간녹날이라 네 닉 비 갈나ᄶᅡ가 만일 간이 잇시면 조컨이와 간이 업거듸면 네 왕의 집푼 병세 회춘하기

〈48-뒤〉

어렵고 원통한 너의 혼빅 화귀되야 네게 만일 범할진더 어이ㅎ야 젼딜손야
안아 옛짜 배 갈나라 쏭박긔 든 것 업다 용왕이 다시 하교왈 퇴공을 만일
다시 희큐자 ㅎ 자 잇시면 어곤장 삼십두 친 후의 쳘망으로 츌송하리라 잇
써의 별쥬부 엽폐 셧다 묵묵부답 일언 업다 슈부 제신이 다 영을 좃차 일시
거향 분명하다 퇴긔을 위로ㅎ야 평안이 젼송ㅎ이 퇴긔 용왕게 하직

〈49-앞〉

하고 삼터육경 읍ㅎ고 자리 등의 셥젹 올르이 잇써 즈리 퇴긔을 등에다 업
고 분한 마음 진졍ㅎ야 제우 기여 나갈 젹의 벽파강상의 둥덩실 놉피 쩌셔
이슈을 밥비 건네여 빅노쥬을 어셔 가자 삼산을 바리보니 쳥쳔 박그 머러
잇고 일낙장사츄식원ㅎ이 부지하쳐조상군이라 쏘 한 곳 바리본니 한 군자
잇써되 용모 최취ㅎ고 종젹이 졍졀ㅎ고 풀른 옷 거문 관을 씨고 게슈상음
왈'

〈49-뒤〉

왕니슈로상거심리라 퇴공은 하이지차오 호젹쳥산이라 어쳥산이요 탁신불입
ㅎ이 힝불과어봉구이라 삼무지와ㅎ고 위미파상이라 긔유 테단 왈 불견삼각
디부ㅎ다 니 일직 세상 잇셔 이충사군 하던이 시운이 불힝ㅎ야 장사의 곤
한 몸이 이 물의 풍덩 쌔져 어복 즁의 한이 되이 영불츌세 셔룬 말과 니 그
피 나가짜가 초쳔일월 발근 세상 우리 싱젼 동유자와 음풍영

〈50-앞〉

월 문장지사 타는 졍신 원고지하 졀하여 쥬소 그 글의 하여씨되 제고양지
묘예ㅎ야 짐왕고왈빅용이라 유초목지경낙혜여 공미인지집이로다 익기을 다

하미 퇴긔 가만이 싱각흐되 이 어복츙신 굴원일다 자리을 지쵹흐야 가자 가자 어셔 가자 너그 용왕 병 나슈기는 너게 미여이짜 오호강 연월 속의 돗 쎄 찬는 사롬덜런 범여션이 안이면 구츄강상의 비을 타고 강동으

〈50-뒤〉

로 가난 거션 장할임 그 안인가 함외양강공자류은 왕고간의 젹긔로다 왕발 만고시흥낙하여 고목제비흐고 츄슈공장쳔일식이로다 쏘 한 곳설 다다른이 빅의흔 두 부인이 손을 마조 잡고 죽임으로 나오면서 실피 울며 하는 말이 져긔 가난 퇴공 션싱은 우리 양인을 모로난가 창오산 붕상슈졀하고 죽상의 피눈물 쑤려 반죽이 되야짜고 세상의 나가거던 우리 셜음 일너쥬소 퇴긔 싱각하되

〈51-앞〉

요여슌쳐로다 만고졍졀이다 소상강 지니가이 도도한 빅마슈셩의 물결은 월 넝츌넝 소리 나며 눈 업는 한 남자 신장이 팔쳑이라 압페 와 다달나 퇴긔을 검쳐 잡고 여보소 퇴공 션싱 니 말 잠간 ○고 가소 실푸다 우리 오왕 티부 의 참소 듯고 쵹누검 나을 베혀 원혼이 니러나고 이 물의 몸이 잠겨 쳔츄의 원통함은 눈 업신 게 한이라 니 무덤 암혜 심은 나무 하마 고목되야시리 월 두망오을

〈51-뒤〉

영역키 보리라 흐고 두 눈을 쎄여 동문의 달고 완네 그더 세상의 나가거던 그 눈 차자 젼히 쥬소 퇴긔 싱각흐되 이는 일츙신 오자셔라 오강을 밥비 건 네여 젹벽강 발이보이 삼국 시졀 젼패 후의 소자쳠 범쥬할 제 동산에 달이 도다 두우간에 비회흐고 빅노은 횡강이라 소지노화 왈일션은 초강 어부 빈

비로 긔경젹셩 간 연후의 공산명월담담이라 치셕강 이 안인가 자리 등을
지쵹

〈52-앞〉

ᄒ야 가자 가자 어셔 가 우리 고향 어셔 가셔 완월귀경 ᄒ야보자 위슈강 도
라든이 고기 낙던 강틱공의 어조지쥬 하여 싯고 옥쳑은 이쑨이로다 심양강
도라든이 빅낙쳔 한 번 간 후의 월식만 쳐량하다 피파셩 젹막ᄒ고 에 듯던
셩산 두견 조져 시소리 타향 슈궁 갓던 퇴긔 고국산쳔 어셔 오소 웨눈 소리
귀쵹도 귀쵹도 부려귀라 벽희슈변 다다른이 삼산빅노 봄바람의 넘노난 봉
황 빅졉 쑈루륙

〈52-뒤〉

슐넝 옥픠창강의 쩌오눈이 도화로다 불근 쏫 푸른 입은 산경을 글여 잇고
나는 나비 우는 시난 춘광춘식을 자랑한다 울울홍홍 진달노 쏫시며 우질우
질 쩍갈입은 날을 보고 반긔는 듯 얼시고나 좃타 고국산쳔 나사던 듸 장히
조흘시고 물짜의 비부친 덧 슬긔미 붓쳐노이 퇴긔 훌쩍 쮜여 니닷거날 자
리 이른 말이 너 여기 잠관 잇실 거신이 어셔 가 간 가져오소 잇쩌 퇴긔 조
와라고 더소

〈53-앞〉

왈 우신우신 신우신다 미련ᄒ다 자리야 너 비 속의 잇는 간이 엇지 듸리고
니고 할소야 네 정셩을 싱각하이 츙심은 장하다마는 병든 용왕 사자ᄒ고
신션 갓탄 퇴긔 나 죽글가 슈궁 흥미 좃타 네 일너도 불여산즁 니사 좃타
다문 안쥬 빈사과 좃타한덜 산과목실을 제당ᄒ며 쳔일쥬 조타한덜 감노슈
을 당할손야 사지의 드려짜가 사라온이 너 안이 영웅인가 삼국 시졀 셩군

명장 운

〈53-뒤〉

장 마초 자용 장비 현덕 공명 조화 만키 날만하며 육국을 달니던 소진장의
귀변 조키 날만 하며 활세간흉 됴밍덕이 쇠 만하기 날만 하며 안기상 적송
자 명 질기 날만 하리 잔방구 통통 쮜며 요리 짜옷 저리 짜옷 츔추며 논일
젹의 자리 어이업셔 하난 말이 퇴싱원은 그게 진졍 말리요 헌 말이요 지담
말고 간 가져오소 퇵긔 쏘흔 비소하되 내 미련흐기 용왕 갓고 용왕 실긔 날
가터든

〈54-앞〉

덜 함어 잠간 나 죽글 번 간신이 사라왓다 니게셔 약화지 한 장 바다다가
너긔 용왕게 엿자와라 부징병의는 비상쪔을 흐고 두통병의는 긔쏭쪔흐고
욕질한 되는 싱쏭물 먹고 황달병의는 우령탕 먹고 상한병의는 질보신짝쌔
리 먹고 쏘 病병업시 잘 죽기는 복장이 알이 당지라고 부더 잇지 말고 잘
일너라 자리 답왈 어 요 놈아 복장이 알은 네 할짝한 이비 큰 퇵긔 쏨

〈54-뒤〉

쎵이란 놈 주워라 네 이 놈 화망살의 뒤쎨러질 놈 퇵긔 디답흐되 격졍마라
니 화망살은 화덕진군이 니 벗시로다 무슈이 조롱하고 실안긔 운무 중의
팔짝팔짝 쮜여 드려가고 업다 잇쩌 자리 분긔 등쳔흐야 이을 갈고 하는 말
이 네 이 놈 일후의 다시 보자 잔쓱 어우리고 탄식 왈 인의디장 관운장도
여몽 패의 소가 잇고 양능실노 초픠왕도 일 견부의 소가 잇고

〈55-앞〉

츙셩 지혜 별주부는 퇴긔 쇠의 속아씬이 무면도강 엇지할고 할 일 업시 슈
궁의 드려가 용왕젼의 복지한다 용왕이 답왈 고상한 말 다 바리고 퇴긔 간
을 가셔완나야 자리 익딥으로 디답ㅎ되 디왕은 퇴긔 간 잡슈실나면 그디지
도 미련ㅎ오 그 놈 간 쥬면컨이와 미운 말만 하던이다 무엇실라고 하던야
자리 답쥬왈 퇴긔가 말하되 용왕 멍쳥하다는

〈55-뒤〉

말과 약화지 가라친 말과 제가 쇠 씨고 사라온 말과 제가 쳔하영웅 재사라
고 자칭하던 말이며 여차여차한 곡졀을 여츌일구로 난낫치 엿자온니 용왕
이 듯고 소왈 그 놈 미련○○ 겨을 살여보니거날 날을 비양하여 ○○○○
○다 쏘 자리 엿자오디 퇴긔 무익 ○○○○는 셜비상이 당재라고 하더이다
잇찌 ○○궁 유이ㅎ야 왕의 병세 무약 즁의 회츈ㅎ고 티평

〈56-앞〉

가 하더라 잇찌 퇴긔는 고국산쳔의 팔팔 쑤여 올나가이 녹음방초승화시라
쳔봉만악 산슈풍경 물식 젼네 보던디로 완연하도다 낙낙장송 울울한디 날
을 보고 흐늘흐늘 하고 기암 칭칭 폭포유슈셩은 날을 보고 반기는 듯 짜쑤
씬긔 싸리 몽츈 칙넝출 만화방초는 날을 보고셔 너울너울이 츔을 츈다
별쥬부 젼 죵이라

조동일 소장 33장본 〈별쥬젼〉

　　서울대학교 조동일 교수가 소장하고 있는 국문 필사본이다. 표제는 "별쥬부젼"이라 되어 있으나 이는 후대에 새로 쓴 것으로 보인다. 1면의 내제는 "별쥬젼이라"고 되어 있다. 크기는 가로 16.7cm, 세로 29.3cm이다. 매면 12-18행, 매행 22-30자 정도로 不整하게 필사되어 있으며, 총 33장의 완결본이다. 남해 광리왕이 영덕전 낙성연으로 인해 득병한다. 병사설이 들어 있다. 토간 지시는 천상에서 내려온 태을선관에 의해 이뤄진다. 별주부의 사신택출은 사신논란이 진행된 후 별주부의 자원으로 이뤄진다. 암자라동침 삽화가 들어 있다. 토끼의 그물위기 극복과 독수리위기 극복이 모두 들어 있다. 토끼를 놓친 용왕은 죽음을 맞이하며 별주부는 소상강에 피신하였다가 수궁 소식을 듣고 자결한다. 이 이본은 명의가 등장하여 용왕을 진맥하는 대목과 별주부가 우생원을 만나는 대목이 없다는 점, 그리고 부분적으로 약간 축약되어 있다는 있다는 점을 제외하면 가람본 별토가와 거의 동일하다. 한국정신문화연구원에 마이크로필름으로도 보관되어 있다.(청구번호 : MF R16N-000501-11)

조동일 소장 33장본 〈별쥬젼〉

〈1-앞〉

사히 용왕신의 근본니 잇것다 동히 용왕은 아명이요 셔히 용왕은 거승이요
남히 용왕은 룡융이요 북히 용왕은 용강이라 ᄒ더니 당느라 쳔보 원연의
동히 용왕은 광○왕이요 남히 용왕은 광이왕이요 셔히 용왕은 광덕왕이요
북히 용왕 광틱왕이요 광틱을 봉ᄒ시니 은ᄌ틱후 일품이 극즁ᄒ즉 남히 광
이왕니 영덕젼을 시로 짓고 틴년을 비셜할 졔 왕이 좌긔ᄒ고 습히 국왕을
발셔 쳡니ᄒ○ 군산빈긱이 쳔승만긔요 어두귀면이 ○○ 모여 든던 거시엿
다 기○년 어구즁ᄒ고 격금고이명곡ᄒ데 풍악을 다ᄒ고 굉쥬교각ᄒ여 쥬뉵
게 줌겨 습일을 논 년후에 광이 히쳔ᄒ풍을 복즁에 과이 쑈여 만신의 병이
드려시되 이삼○○○○○○

〈1-뒤〉

○시엿다 머리의 두풍의 뒤○○○ 박졔을 겸ᄒ고 눈의 안질 쌍다닥키을 겸
ᄒ고 귀의 어롱이 코의 비창을 겸ᄒ고 입의 감창의 혀의 즁혀을 겸ᄒ고 목
궁게 후비의 쌍단을 겸ᄒ고 목의 여주의 니력을 겸ᄒ고 등창의 비창의 역
구레 쥬마담을 겸ᄒ고 비의 복통의 졔창을 겸ᄒ고 다리의 각통의 습창을
겸ᄒ고 발등의 졍죵의 미긍계탈퇴을 겸ᄒ고 셜스의 이질을 겸ᄒ고 토스의
곽는을 겸ᄒ고 황달의 흑달을 겸ᄒ고 신랑 소랑의 토손을 겸ᄒ고 음허 화
동의 뇌졈을 겸ᄒ고 쳬증의 관격을 겸ᄒ고 비의 부증은 폐문누의 북 단듯
ᄒ고 손가락이 다리 ᄀ고 장강이가 허리 ᄀ고 코가 벌눅벌눅ᄒ고 눈언 씀
젹씀젹ᄒ고 불알은 달낭달낭ᄒ는구느 어이ᄒ 병이 완○구셕ᄒ여 겻드련노
젼신을 둘너보니 알는 곳 ᄀ려놀 셩ᄒ ○ 바니 엽다 젼신이 학학ᄒ고 음신

니 돈감ᄒᆞ여 누월 신음ᄒᆞ나 ○무조졍 문무빅관과 약방 도계쥬 황황급급 나 열호 ○○○로 치병ᄒᆞ되 만무 회츈치

〈2-앞〉

못ᄒᆞ고 국용니 ᄌᆞ년 탕진ᄒᆞ여 ○응홀 도리 바 업ᄂᆞᆫ 중의 병은 골슈의 깁피 드러 능히 이각지 못홀 줄 알고 영덕젼 놉흔 누의 붓업시 홀노 누어 탑상을 쌍쌍 두다리며 방셩디곡 우름을 졔어니날 용의 우름이 안니 웅장ᄒᆞ리요 만ᄂᆞᆫ 큰 소리로 우ᄂᆞᆫ 말이 쳔무열풍 응홀 히불양파 티평ᄒᆞ니 용왕의 긔셰로도 고이ᄒᆞᆫ 병을 으더 남히궁의 누어시되 살여쥬 리 업셔시니 이 안이 쳔명인ᄀᆞ 죽글 밧게 슈ᄀᆞ 업다 이러탓시 슬피 울고 용ᄌᆞ 용손을 불너 후ᄉᆞ을 의논ᄒᆞ며 눈물노 셰월을 보니더니 일일은 쳔유흑운이 궁젼을 덥푸며 표풍셰우가 ᄉᆞ면으로 두루더니 호 도ᄉᆞᄀᆞ 드러오되 화양건을 쓰고 학창의을 입고 빅우션으 죽장얼 츈풍의 비겨 쓰니 형용이 단뎡ᄒᆞ고 골격니 쳥슈ᄒᆞ여 상ᄉᆞ 호쥭은 후에 여동빈니 다 사ᄂᆞᆫ 듯 안긔셩도 ᄀᆞᆺ다마는 젹송ᄌᆞ가 방불ᄒᆞ다 유○○을 겨우 줍으 표년이 올ᄂᆞ

〈2-뒤〉

셔며 광이 병셕 젼의 장읍불비 무후커늘 용왕이 ○○○○○ 안을 비겨 문왈 션싱은 뉘시며 무슴 일노 누지의 ᄒᆞ림ᄒᆞ여 병든 ○인ᄉᆞ을 ᄒᆞ문코ᄌᆞ ᄒᆞ시ᄂᆞ이닛ᄀᆞ 도ᄉᆞ 왈 노부는 쳔상 티을궁 션관이읍더니 악슈삼쳔니의 히당화도 구경ᄒᆞ고 빅운요지의 쳔년도도 구ᄒᆞ읍고ᄌᆞ 지니읍다가 과츠 풍편의 듯ᄌᆞ오니 디왕 병셰가 위즁타 ᄒᆞ읍기에 뵈읍ᄌᆞ고 왓ᄂᆞ이다 광이 반겨 드르시고 감ᄉᆞ무지ᄒᆞ와이다 원컨디 도ᄉᆞᄂᆞᆫ 병셰와 즉효지약을 알 거시니 ᄌᆞ셰이 이르쇼셔 도ᄉᆞ 엿ᄌᆞ오디 쳔안을 찰식ᄒᆞ고 촌관쳑 집허보이 믹셰 밍낭ᄒᆞ여이다 쇼상어졔 디인즁긔 외관 니관 간ᄉᆞ곡지 젼후단쥬 그 궐즁완 삼어신 총 사혈 풍믹 후믹 쥬믹인니 다 츠오니 간믹이 경동ᄒᆞ여 육부가 블아자는

유양으로 난 병이요 비위믹기 흐승흐여 구미가 계치가는 풍으로 눈 병이니
유양풍우난 병의 겻가지 긔운의 감계신진은 졍양이요 진경희미는

〈3-앞〉

졍유이라 유허화동에 ○ 황달을 겸흐여 빅병니 층싱첩츌흐오니 약을 의논
컨디 당지 쥬스 인숨 웅황 증긔산 픠독산 팔미탕 늑비탕 경옥고 금졍 젹봉
영 싱지황 슉지황 디황망초 창츌 빅츌 반흐남셩환 겨부즈 우슬틱 사순약
회향 당귀 쳔궁 강활 독활 감초 지초 감미탕 늑군 즈흐탕 쳥셔 늑화탕 니○
익긔탕 쳥풍보○탕 스물탕 팔물탕 신긔탕 독삼탕 오가탕 삼쵸탕 빅스지유
탕 인분황금탕을 다 드르스되 효험을 보지 못흐리이다 광이 드르시고 체읍
왈 그러흐○ 신통흔 술업을 ᄀ라쳐 죽어가는 즌명을 보젼커 흐여 쥬옵소서
도스 침음양구 왈 진셰간의 쳔년 무근 톡긔간 곳 안니면 염나디왕이 삼스
쵼이요 동방삭긔가 조상이요 강님도령이 스쵼 쳐남이라도 진스왈을로 누루
황 시암 쳔 도라굴 귀 흐리이다 용왕 왈 신롱씨 상빅초 흐던 약언 효험을
○○시흐고 토간니

〈3-뒤〉

약긔 된단 말이잇ᄀ 도스 디왕은 진이요 토기난 묘니묘을손언 음목이요 간
진술은 양토오니 목극토와 음양상극이오며 홍번 오힝에 풀어시되 강언 진
숀언 디강슈요 진간기미언 원속목이라 흐여스오니 슈싱목 목극토라 약으로
눈 졔일이라 흔디 용왕이 드르시고 왈 언흐다 슈년이나 창희 진셰 만경 박
게 빅운이 구만리요 묘년 흐슈 국즁의 무슴 일로 싱의흐셔 약슈ᄀ 슴쳔이
라 슈국 진셰 왕니 간의 유현니 노슈흐니 웃지 셔로 밋치리요 빅왕 한월의
영혼니 쇼요흐고 일만쳥산의 둉젹이 영졀흔디 유지유지 흐즌말ᄀ 만승쳔즈
진시황언 영악 쳔즈로디 불노초을 못 어더먹고 만고 영웅 한티즁은 짝업신
영웅으로 오십숨의 붕흐엿고 펑조와 동방삭은 쳔즈의 위엄으로도 삼쳔갑즈

소라시니 승쇠흥망 써 잇고 슈명장단 지쳔이라 비록 그러홀지라도 톡기이
라 ᄒᆞ는 짐싱언 희외일월 발근 써의 빅운무증쳐 시비업시

〈4-앞〉

단니난이 그을 웃지ᄒᆞ리요 도ᄉᆞ 왈 옛말의 이르기을 티슌지ᄒᆡ의 유졀간 져
묵ᄒᆞ고 인의지가의 유빅슈지ᄉᆞᄒᆞ고 요슌지국의 유고요지신이라 ᄒᆞ여스오니
디왕의 현덕으로 웃지 셩공지신니 읍스올잇ᄀᆞ 죠졍빅관을 닙시ᄒᆞ여 틱출ᄒᆞ
읍쇼셔 그 말이 올타ᄒᆞ고 슈국 빅관을 일시의 공회ᄒᆞ니 물고기덜이 다 각
기 즉품을 쎄고 드러오던 거시엿다 좌승상의 거북이요 우승상의 금고리요
판셔의 슝어요 참판의 농어요 승지의 문어요 디장의 잉어요 디ᄉᆞ셩의 디구
요 도졔쥬에 은구어요 쥬셔의 도미요 당상의 쳥어요 증언의 오증이요 판셔
의 금의불어지 판윤의 방어요 어ᄉᆞ의 슝어 티슈의 미억이요 한님의 가오리
요 학ᄉᆞ의 도로묵이요 춍용ᄉᆞ의 북어요 디졔학의 금어리 쥬부 ᄌᆞ리 금군○
수죡어 좌랑 곳긔 증랑 방긔 참봉의 가ᄌᆞ미요 방어ᄉᆞ의 싹정이요 금어교리
의 낙지요 슈쳔의 고등어요 지평의 쳥다리요 장영의 모지리 원참군 남셩이
이별낭쳥의 시오요 엉장 즌어 목ᄉᆞ의 젼복 쳠ᄉᆞ의 족긔 출방의 춤미ᄌᆞ요
슈문장 그머리요 슐영슈 ᄌᆞᄀᆞ스리오 ○

〈4-뒤〉

근덩 비얌장 날치 쥰치 등물이 영덕젼 너른 쓰레 빅가빅가 모녀드니 용왕
이 보시더니 우셔 왈 조졍이 아이라 칠퓌 져ᄌᆞ거리 ᄀᆞᆺ다 그러ᄒᆞᆫ 녀의 졔
신 즁의 엇던 신ᄒᆞ가 셰상의 썰 나가 톡기을 즙아다가 과인의 병을 회츈케
ᄒᆞ리요 좌우 졔신니 먼먼 상고ᄒᆞ고 묵묵부답이여늘 용왕이 돌돌 탄식 우는
말이 남의 나라의ᄂᆞᆫ 충신 잇셔 할고ᄌᆞ군 긔ᄌᆞ츄와 광초망신 긔신는 죽을
님군 슐여시니 군신유의 즁할시고 슬푸다 우리 슈국 만어지즁의 일충신 업
서시니 이 아이 원통ᄒᆞᆫ가 죽을 박게 슈ᄀᆞ 업다 익고익고 슬운지고 ᄒᆞᆫ창 이

리 통곡할 졔 좌의졍 금고리 출반 쥬 왈 신니 셰상의 ᄂ가셔 톡기을 ᄌ바다 디왕젼의 밧치리다 용왕이 졍이 만일 셰상의 나ᄀᄃ가 쟝슈필얼 넌○면 니 쟝을 쓸여 속졀업시 죽을 거시니 건쳔의 별○이게 ○○ 쎄여 잉무 죤 비 둘고 슈염 쎄여 ᄌ 만들고 스등의 쎠로 졀구○고 기름 ○게 데면 훈풍의 스푼 식홀 거시니 공년의 셰상의 기름금만 늣질거시니 못ᄀ리라 우의졍 거복이 츌반 쥬 왈 신니 톡기을 ᄌ바오리이다 졍

<h2 style="text-align:center">〈5-앞〉</h2>

은 등의 ᄒ낙셔을 졈졈이 그려시며 지락은 잇시ᄂ 복판이 디모라 셰상의 나가면 상ᄒ인민 남녀 업시 거복을 ᄌ바다가 디모쟝두 관ᄌ 갈며 탕건 메워 두 이을 닷토와 씨ᄂ 고로 셩공치 못ᄒ고 스싱니 가레니 못 가리라 젹훈 공 방긔 츌반 쥬 왈 신의 고항이 셰상이라 쳥손벽게 시너가의 모러 속의 장신ᄒ고 달 발근 디 망월토로 안면니 익스오니 이졔 곳 츌셰ᄒ와 톡기을 ᄌ바다ᄀ 디왕젼의 밧치리이다 네 말은 긔특ᄒᄂ 십각이 구존ᄒ여 쌜이 굿고 집기ᄂ 슐ᄒᄂ 셰상의 나ᄀ셔 무어시 얼ᄂᄒ면 퇴불어젼이라 뒤ᄀ름을 ᄌ와ᄒ니 당디스의 밋지 못ᄒ겟다 잇디 ᄀ치복니 엿ᄌ오디 신이 ᄀ축죽진명이오니 신니 셰상의 ᄂ가와 신의 피와 알을 일반 빅셩이 먹고 죽어습거던 신을 보니 톡기을 잡ᄋ다ᄀ 시게 ᄒᆸ쇼셔 네 말이 긔특ᄒ되 셰상 인심 영악ᄒ여 네 피와 알을 긔도 아니 믹기고 슈쇄ᄒ고 참슐만 ○잔의 다려 먹ᄂ다 ᄒ니 보니기 우티ᄒ다 증어이 엿ᄌ오디 낭쳥 시오ᄀ 웃더ᄒ오 시오은 용밍은 초등ᄒᄂ 단명긔슝이라 죽을 디비벗텀 변ᄒ니 보니기 위리ᄒ다 첨스 죠긔가 웃더ᄒ오잇ᄀ 죠긔은 옛글의 ᄒ여시되 졔간 방휼지셰라 좌슈어인지공이라 ᄒ니 휼조 죠긔 물고 죠긔 휼조 물고 놋치 못홀 졔 어부덜이 달녀들어 잡아다ᄀ 만○

〈5-뒤〉

질 ᄒᄂᆫ 비니 못 리라 티슈 미억기 웃더호 미억기는 장염구디혀여 슈염
헐적 길고 호풍신의 입이 커서 세상을 나ᄀ면 청산벽게 시니물의 요긔감을
랴고 이리 져리 단일 젹의 살립 씬 져 어옹이 세우ᄉ풍불슈귀라 밋기 고여
담은 남시 탐식을 썰걱 삼켜 단불요디 낙거다가 이질 복질의 쥭게 된 ᄉ람
너〇리 쓰려 먹고 조려 먹고 보신감 될 거시니 보너기 위티하다 슈지 츌ᄉ
희구ᄀ 웃더호 구는 유이너내 과ᄒᆫ 고로 식필망시이라 보너지 못ᄒ리라
공논이 미결ᄒᆞᆯ 졔 영덕젼 뒤으로 ᄒᆫ 신ᄒᆞ 드러오되 음목단쥭이요 장경오회
라 국궁지비 후의 상쇼을 올녀시되 복이 신언 문디 슌언 희희하야 복모훈
젼 남풍오운지 젼ᄒᆞᆯ 시 문왕은 인의 탕탕혀여 쳔무열풍 히불양파 삼년지간
의 빅치을 현모호고 황하 창파 지쳥이와 쥰마지셔넌 지어왕 지불왕 현지불
현이라 춘디일월과 옥쵹건곤 언막비슉 부미막비 슈궁호엿가 이디지 현덕으
로 츌어 은덕ᄒ니 긔불급어 금슈호잇가 다음지세 혀여 옥쳬 미령ᄒ시니 신
ᄌ지졍에 상ᄒᆞ 안지오 유차관지컨디 군증츄식 이욕쇄얼 일진광풍 지취명〇
봉무졉이 산난어모란 옥파지즁이라 복이 신언 슈구 충신지후예로 츄쳐낭즁
의 탈영이 츌ᄒ던 모수의 지죠 탄탄 위이ᄒ고 힝걸이시ᄒ던 에아의 충셩과
뉵국얼 통합ᄒ던 소진의 구변과 밍확을 칠종칠금ᄒ던 공명의 지모을 품어
시니 ᄒᆞ슈 희외에 일긔토을 그불쥬득 ᄒ잇ᄀ 복

〈6-앞〉

원 승상은 파탈분운지의ᄒ고 규명 소신ᄒ여 별증츌세 홉시면 청산 망월
토얼 착치어 졍ᄒ와 옥쳬 안녕홉심은 신의 소원이로쇼이다 광이 보시고
충지라 충지라 슈국지충이여 신지라 신지라 쥬셕지신이로다 그러ᄒᄂ 소하
ᄒᆫ신언 픠공에 긴용지지라 항우ᄀ 멀이ᄒ여시니 경은 슈국에ᄂ 츙신이로되
세상을 나가면 왕비탕이 될 거시니 못 ᄀ리로다 쥬부 엿ᄌ오되 신니 목을
너고 드리고 초한젹 홍문연 옹슌쥭님ᄒ던 변쾌씨도 리방얼 등의 지ᄋᆸ고 ᄉ

쪽지조 이슈상의 노피 써셔 망보기얼 즐ᄒ오니 인간 염녀는 업스오나 슈국
쇼싱으로 톡기 모양얼 모로오니 톡기 화상얼 그려 용모 파긔을 ᄒ게 ᄒ옵
소셔 용왕이 디희ᄒ여 슈국 화공을 급히 불너드려 토가 화상 그려낼 제 동
졍유리 쳥황연과 거복 년젹 규슈츄파 오증이로 먹 갈이고 양두필 덥벅 푸
러 단쳥 치식 두루 셕거 빅연화 간지상의 이리 져리 그려꿀 셰 젼ᄒ명슨 승
지간의 경긔 보던 눈 그리고 난초 진초 왼갖 향초 쓰더 먹는 입 그리고 두
견 황조 지져귈 졔 소리 듯는 귀 그리고 봉니 방창 운무즁의 니 줄 만난 코
그리고 만학쳔봉 화림 즁에 쒸여 가는 발 그리고 두 귀난 쫑곳 목은 옷독
쏘리나 몽톡 다리나 말쑥 이리 져리 그려꿀 졔 층암절벽 영○분 디 게슈나
무 그늘 쇽에 들낙 늘낙 앙돔 돗촘○난 톡기 얼

<h3 style="text-align:center">〈6-뒤〉</h3>

푸시 그려니니 아미산 반륜토얼 이에셔 더ᄒ올소야 즈리 화승을 ○다 들고
품 안의 품즈ᄒ니 압셥이 업셔 품지도 못ᄒ고 고롬 업셔 달 슈 읍고 쥬머이
읍셔 늘 슈 업고 나오스이 물 무들거시요 옷지할고 무슈이 싱가다가 흔 의
스을 니여 목얼 슉 쎄고 신연스런 권장지듯 언고 움치니 일졈슈유지 무들
ᄀ부냐 스은슉비 ᄒ직ᄒ고 본퇴으로 도라와셔 즈리 모친젼의 ᄒ직ᄒ니 즈
리 모친 니다르며 여바라 주부야 니 말 듯거라 니 나히 칠십인디 삼디 독즈
너얼 두고 스후종신 미던쩌니 홍흔 셰상 네 나가니 이 안이 민망ᄒ야 너의
죠부 싀아바님 밥탐을 과이 ᄒ여 쳘낙시에 목을 꾀여 속졀업시 죽어잇고
너의 부친님도 셰상의 느가던니 쇠꼿치에 등얼 꾀여 쇽졀업시 죽어시니 니
믹이 그러ᄒ미 너도 츌셰ᄒ랴 ᄒ니 이 안이 민망ᄒ냐 졔발 덕분 가지마라
쥬부 디답ᄒ되 어마님은 염녀마오 스군지도 분명ᄒ고 쳔도신명 ○○ᄒ거든
ᄒ물며 긱스ᄒ오릿ᄀ 쥬부 안의로○ 암즈리 나오면셔 이와 져 낭군님 슈파
강 깁흔 물에 우리 양쥬 ○○○○ 디어 즁어 줍어먹던 그런○ 다 바리고 말
이타국 나가오면 ᄒ일○○시요 어너 디ᄂ 도라오시랴오 쥬부 홰을 니여 에

요망ᄒ지고 봉명ᄉ신으로 말이타국의 산짐싱 줍부러 연장도 업시 가는디
방졍시래 우는고 우지말ᄂ 일견 ○짓더니 쥬부 졔그 우

〈7-앞〉

던 거시엿다 못 잇기니 못 잇기니 아모랴도 못 잇ᄂ 암즈리 문는 말이 그
무어셜 못 잇기ᄂ 동원화류 벽방중의 노친 부모 못 잇기니 안이 그도 팔결
일세 옥창잉도 심규중의 유별가인 못 잇기니 아니 그도 쳘이로세 안젼의
난초 갓튼 어린 ᄌ식 못 잇기니 안이 그도 짠판일세 그러면 부모쳐ᄌ 외에
그 무어셜 못 잇기나 별쥬부 디답ᄒ되 이것 져것 다 바리고 다만 ᄌ니 못
잇기니 져 근너 눈에 것 치는 놈 만이 보아니 그 뉘가 눈의 것치게 그 말이
오 그 의뭉ᄒ 놈 남셩이란 놈니 집에 무엇ᄒ러 ᄌ죠 단이는고 니 나ᄀ도 잠
ᄌ리을 잘 가려 ᄌ소 오몽득담이 쳑겅 쉬우니 이러탓 말ᄒ니 암즈리 홰을
니여 참ᄌ리 즁에 난 줍ᄌ리로고나 이럿탓 ᄒ직ᄒ고 슈졍문 밧 썩 나셔니
경기도 장이 돗타 고고쳔변 홍일광은 부상의 등실 놉히 쓰고 양곡예 ᄌ난
안기 월봉으로 도라든다 어졍촌 기가 짓고 회안봉 구름 써다 노화넌 눈니
되고 풍평언 물에 썻다 어룡은 줌을 들고 ᄌ규는 나ᄀ든다 동졍이 여쳔파
시츄에 규셩츄파 여긔로다 압발노 벽파을 찍거 당긔며 뒤발노 창낭을 탕탕
차며 이리 져리 앙금앙금앙금 두○ 소ᄉ오니 동졍호 칠빅니을 ᄉ면으로 발
아보니 악양누 놉흔 집에 두ᄌ미 지은 글언 동졍호로 경경홀고 창오산 거
문 구름 소상강이 침침ᄒ다 낙포로 가는 비난 조각달 무광 속에 초회왕의
혼니로다 강산도 슈려ᄒ고 경기도 조홀

〈7-뒤〉

시고 운간에 나넌 시은 한무계 편지 물고 요지년을 도라드러 셔왕○에 쳥
됴로다 강안에 귤농ᄒ니 황규이 쳔편이요 노화의 풍긔ᄒ니 빅셜이 만졈이
라 계산파무울차아에 산언 쳡쳡 놉ᄒ잇고 경슈무풍야ᄌ파에 물언 층층 깁

ᄂᆞᆫᄃᆡ 만산울울국화넌 졈졈 벽슈는 존존 충송은 낙낙 산조언 편편 다ᄅᆡ 멍덕 축넛츌 넙젹 썼갈 얼크러져 뒤트러졋고 쳔이 시ᄂᆡ난 쳔상을 휘덥퍼 ᄒᆡ즁에 츌닝 우루렁 쉘쉘 츌닝 소ᄅᆡ 나고 어게 지곡총 어부 도라들고 갈먹이 지리지리종지리 슈만은 쩨곤이 호호양양 노니난ᄃᆡ 운심 고봉ᄀᆡ 올ᄂᆞ 화만강산만이파에 슈국을 바라보니 고향이 쳘이로다 톡기 만놀 길리 업셔 증이 근심ᄒᆞᆯ 졔 잇 ᄯᆡ ᄎᆞ산 짐싱덜리 환을 만낫던 거시엿다 웃지 만낫던고 ᄒᆞ니 도감 푸슈관 포슈가 산양을 낫것다 짐싱덜이 이 말을 듯고 통문ᄒᆞ여시되 우통유ᄉᆞ짜은 다름안이라 ᄎᆞ산 번회지쳐에 방포지슈와 만군지ᄉᆞ가 쳐쳐 작당ᄒᆞ야 편답ᄎᆞ산ᄒᆞ니 동즁의안유ᄎᆞ산

〈8-앞〉

즉필유ᄉᆞ싱지폐 고로 안증철졔회지의 가의당이라 여시발문ᄒᆞ니 온약유일분이ᄂᆞ 불참즉 호장군졉에 요ᄀᆡ감으로 밧칠거시니 일졔 츄회ᄒᆞ기을 쳔만힝심손동니라 모년 모월 모일 장공월의 발문이라 ᄉᆡᆨ장 담뷔을 ᄂᆡ여쥬며 즉시 안니 돌엿단 난ᄐᆡᄉᆞᆷ십도의 별젼을 물이랴 ᄒᆞ니 담뷔 통문을 가지고 터 안니 밧고 궐젼 안니 물야고 굴쇽 숩 풀마도 쏙 다 돌엿더니 여러 짐싱더리 통문을 보고 일시에 모아드던 거시엿다 공부ᄌᆞ 작츈츄철필ᄒᆞ던 ᄒᆞ던 긔린이며 상ᄉᆞ명 거동시에 쳔ᄌᆞ을 옹위ᄒᆞ던 코키리며 옥경션관 승피할 졔 풍치 조흔 ᄉᆞ지로다 츄립풍운 용밍 즁의 만슈장군 포범이며 ᄐᆡ빅의 우슈상의 길너ᄂᆡ던 노양 소양강슈 동유월 야상의 소ᄅᆡ 슬푼 존ᄂᆡ비며 ᄭᅬ 만흔 여호 날닌 노루 털 조흔 너구리 쌜 조흔 ᄉᆞ심이며 담뷔 톡기 고양이 어리 식양이 족졔비 등물이 가로 쒸고 셰로 쒸여 펄젹 앙금앙금 모와드러 좌셕 닷톰ᄒᆞᆯ 졔 톡기란 놈이 드러오며 오ᄂᆞᆯ 상

〈8-뒤〉

좌의 ᄂᆡ가 으룬일다 ᄒᆞ고 상좌 올나안지니 너구리 달여들며 근슈로 달러보

아도 니가 근슈가 더ᄒ니 니가 상좌다 호랑 달여들며 어헝어라 으룬 ᄒᆫ 분
여긔 드러간다 어헝ᄒ니 여러 짐싱더리 졀시고나 줄들 죽기다 져 놈의 위
풍을 보니 무셥다 상좌의 안칠 밧긔 슈ㄱ 읍다 호랑 상좌의 쥬젹 안즈며 좌
우을 욱닥기ᄂ디 니 드르니 톡기 네가 으룬이라 ᄒ엿시니우룬 근본을 알외
라 톡기 당돌이 나 안즈며 가로디 달이ᄒ여 으룬이 안이라 쳔상월궁의 불
노초을 불ᄉ약○ 니 손으로 쌍쌍 지여 규반의 놉히 드러 옥황게 밧기로 구
리ᄒ여 으룬니요 너구리 너ᄂ 웃지ᄒ여 으르이랴 너구리 디답ᄒ되 죽을 놈
니온디 말ᄒ여 무엇ᄒ오리잇ㄱ 웃지ᄒ여 죽넌단 말이냐 노형이 시장ᄒ면
날을 안니 줍아먹기소 허고만은 짐싱 중의 너얼 줍아먹넌단 말이냐 너ㄱ
그 즁의 술쎅커던이요 술졋셔도 아니 잡아먹을 거시니 말ᄒ여라 나는 눈으
로 보고 귀로 듯는 거시 잇셔 으룬이요 무얼 보고 드럿ᄂ냐 이구산 놉일 젹
예 슉양홀이 비ᄂ 거슬 이 눈으로 보아잇고 슈양산의 노일 젹

〈9-앞〉

에 불식쥬속 빅계 치미가 읍난 소리 이 귀로 드러잇고 계명산 논일 젹의 장
ㅈ방 옥소셩의 팔쳔졔ㅈ 홋터실 졔 귀초로 불여귀을 이 니 귀로 드러시니
그리ᄒ여 으룬이요 호장군은 웃지ᄒ여 으룬이요 호랑이 분을 니여 ᄒᄂ 말
이 만고역디 계왕 즁 으룬이 잇난이라 근본을 일을 거시니 드러보아라 쳔
상의 젹송ㅈᄂ 진셰 즁의 으룬이요 오힝달통 쇼강졀은 슐ᄉ 즁의 으룬이요
역발산 초픠왕은 장ᄉ 즁의 으룬이요 니티빅 두ᄌ미ᄂ 문장 즁의 으룬이요
활 줄 쑈ᄂ 유궁후예 ᄉᄌ 즁의 으룬이요 오관춈장 관운장언 일의 즁의 으
룬이요 남양 쵸당 졔갈양은 모ᄉ 즁의 으룬이요 위슈에 강틱공은 어부 즁
의 으룬이요 말 줄ᄒᄂ 소진니난 구변 즁의 으룬이요 금일 좌상의ᄂ 니 몸
이 용역이 풍승ᄒ고 직품이 놉하시니 당ᄒ 리 뉘 잇시리 니의 호통 ᄒᆫ 번
ᄒ면 너희덜이 쏭을 쌀 거시니 이 즁의ᄂ 니가 으룬일다 어헝 ᅵᆨ고 여보 소
리 작즈금 ᄒ오 긔가 막허 ○기소 이리 홀 졔 둑겁이가 울고 드려○겄다 익

고이고 슬지고 너가 안즈 드르니 너희쩌리 으른이라 ᄒ니 ᄌ식읍는 늘근니
이난 이졔 죽어도 한이 이어라 져 근너 져 나무얼 볼 졔 말 더옥 슬다 호랑
이 긔가 막혀 이

〈9-뒤〉

런 시럽에 아들 보게 다 무슨 디명근 우름언 디회 즁의 우는냐 둑겁이 말ᄒ
되 너가 아들 삼형졔을 두어더니 잇틴 아들 망니 손니 져 나무 세 쥬을 심
엇던 그 나무 졈졈 ᄌ라 빅여장이 되엿던니 ᄒᆫ 쥬넌 광한젼 지을 찐 들보ᄒ
라 비여가고 또 ᄒᆫ 쥬넌 월즁단계 쓸야ᄒ고 슈레박휘 가음으로 비여가고
ᄒᆫ 쥬가 남어던니 신롱씨 장긔 맞츄라고 비여가 등걸만 남아 거긔셔 휘츌
이 자라나셔 빅여장이 되야시되 니 아들 다 죽고 너의지리 모와 안져 상좌
로라 자칭ᄒ니 션무후각일다 이고 슬운지고 이리 우니 여러 짐싱덜이 듯던
니 영감 말을 드르니 우리 즁의난 노○작이니 상좌의 안자소셔 둑겁이 앙
금앙금 상좌로 올나가니 호랑이 상좌을 이러나며 둑겁이을 욱닥이며 영감
눈구셕이 웃지 져리 붉근지요 둑겁이 말지조는 당할 슈ᄼ 업것다 그ᄂᆫ 졀
머셔 환소쥬을 만니 먹어 그러ᄒ다 팔은 유지안으로 옥집ᄂ 그거션 즁년의
활 쏠 졔 우리 슘촌더러 죽 팔 찌여달나 ᄒ여더니 미련ᄒᆫ 슘촌이 죽팔은 안
이 찌고 옥음을 찍거 그러ᄒ다 몸은 웃지 두툭두툭ᄒᆞ요 그는 장연 ᄉ월 초
팔일의 쳥용ᄉ 구경 갓다가 ᄉ랑을

〈10-앞〉

ᄒ쇼 밧달리고 잣던니 강옴이 올나 그러ᄒᆫ 고로 고싱이로셰 셰는 웃지 들
낙 달낙ᄒ오 그 네 고조부ᄒ고 조글익고 희롱ᄒ던 일을 싱각ᄒ여 그러ᄒ다
비야지는 웃지 불숙불숙ᄒᆞ나 그난 손ᄌ의 동갑도 못되는 놈덜이 노존장을
몰나보고 긔롱ᄒ기에 그러ᄒ다 호랑이 무참케 안즈다가 이고 시장ᄒ여라
너구리 쮜여들며 인졔는 죽넌다 이리홀 졔 잇 찐에 자리 가만이 안져다가

응당 져 즁에난 톡기가 잇시련이 흔 번 불너보리라 흐고 토싱원 흐고 부루
는게 희쳔녈풍을 관이 쐬이여 턱이 쌧쌧흐여 늣츄 불너 호싱흐고 불너노니
토쓴년 안니 오고 호쓴ㄱ 나려오되 야단으로 나려오던 거시엿다 송님 깁흔
골노 흔 짐싱 나려온다 이마 머리 양 귀난 찌아지고 몸은 얼웅더룽흐고 쏘
리는 잔득 흔박니 남고 동긔 ㄱᄐᆞᆫ 뒤다리예 지동 ㄱᄐᆞᆫ 압다리에 시낫 ㄱᄐᆞᆫ
발톱으로 잔씌 쑤리 왕모리을 엄동셜흔 빅셜갓치 쏼쏼 홋쑤리며 엄금엄금
나려와셔 즈리 압페 웃둑 셔며 어헝흐는 소리 산쳔이 진동흐니 즈리 쌈싹
놀나 썹덕이 속에 목을 움치고 죽은 다시

⟨10-뒤⟩

업듸려시니 호랑이 둘네둘네 보더니 어긔시 날얼 불너난ㄱ 젼의 보지 못흐
던 거시로다 ᄉᆞ방을 만져 보더이 그것 먹기난 조케는디 혼즈 말노 흐되 동
지쟝야 긴 긴 밤의 팔십 노인니의 이야기 흐덧 흐것다 구명 업스니 슈레박
도 안이요 숫둑썽인가 곡지 업시니 그것도 안이요 이게 무어신고 먹어볼
박게 슈가 읍다 입에 너코 싱키랴 흐다가 무명불식흐니 먹흐니 먹도 어렵
고나 도로 너여 노코 이름이나 알고 먹으리라 호랑이 압발노 즈리 등을 잔
득 누루니 본디 즈리난 등을 누르면 목이 나오것다 즈리목 실금이 나오니
이고 이것 목 나온다 근양 나오다난 흔 빅발 나오것다 소쳬 디목이라 흐더
니 디단흐다 즈리 이고 니 등에 등노판 그린다 호랑 쌈작 놀너여 익기 이것
말흔다 올타 소진이가 말 쥬머이가 셰신디 흐나을 이럿다 흐던니 ○○ 쌔
졋구나 인졔 싱각흔즉 소진이 말 쥬머리러구나 잇 쩌 즈리 굴오디 게셔 뉘
라흐오 호랑 긔막혀 네가 니 근본을 알야냐냐 나는 산신지 영물이요 빅슈
지장 산군이라 명 왈 호랑이로다 너는 무시냐 즈리 겁결의 소녀는 즈리올
셰다 호랑

〈11-앞〉

니 듯던니 올타 평성의 원흐기을 왕비탕일너니 오늘놀 만난 김에 통지로
싱켜보즈 어헝 돗타 즈리 긔가 막혀 우난 말이 못보기니 못보기니 병든 용
왕 못보기니 츙셩이 부속던가 셩셩이 부족딘ㄱ 긱ㅅ신셰 이 안ㅕ 불상흔가
명쳔이 감동흐ㅅ 슈슐믹호흐고 연장군편 술얼 빌어 ㅅ살빅호 흐고지고 이
고이고 슬룬지고 이러타시 슬피 우니 호랑이 듯던니 이놈 무신 너게 히로
은 말만 흐나야 즈리 말이 니 즈리 안이올셰 그러면 무어시냐 남싱이올셰
남싱이면 더옥 돗타 골슙에ㄴ 남싱이가 쏙 졔일이라 그러면 남싱이도 안이
올셰 그러면 무어시냐 둑겁이올셰 둑겁이면 더구ㄴ 돗타 너얼 술나 슐에
타먹으면 치담의ㄴ 즉츠라 흐니 즈리 긔가 막혀 안심을 흐ㄴ 말이 시럽에
아들놈이 먹기로만 위쥬흐ㄴ고 흐며 니 근본 즈셰이 알냐ㄴ가 흔 번 고기
갑시ㄴ 흐리라 흐고 칩더 호랑이 아리턱얼 쏙 물고 미야달이니 호랑이 이
고 노아라 안이 먹으마 즈리 노코 나 안즈며 움쳐던 목 길게 쎄여 염여업시
긔식을 보더니 호랑이 보더니 익씨 장슈님 갑쥬 속의 방망촉 나온다 흐며
져만치 물너 안지니 즈리가 호랑이 긔질ㄴ 긔슈을 보고 그니가 니 근본얼

〈11-뒤〉

즈셰이 알암ㄴ 나ㄴ 슈국 츙신 간의더 겸 부좌랑 별쥬부 별ㄴ리라 흐니 호
랑이 무식흐여 즈리 별즈얼 물ㄴ 듯고 무슈이 식여 별ㄴ리 별ㄴ리 그저 나
리도 무셔웁데 별나리 더 무셥다 싱긴 모양보다 직품은 찰난흔데 그러면
목은 웃지 우멍흐며 이곳젼 웃지흐여 ㄴ왓심나 즈리 디답흐되 이곳 나오고
목이 우멍흔 근본얼 자셰이 알암ㄴ 어듸 좀 아라보셰 우리 슈궁이 퇴락흐
여 시로 다시 지은 후에 쳔여간 기와을 니 손으로 이여갈 졔 츈여 쏫터 도
라가다 흔발을 실독흐여 공즁에 쑥 쩌러져 빙빙 도라 나려오다가 목을 졀
겨 나려박혀 우멍흐기로 명의다려 무러본즉 호랑 쓸기가 약이라 흐기예 오
로랑 귀신 잡아타고 호랑 ㅅ양 나왓시니 명니 호랑이면 쓸기 흔보 쥬기나

냐 오로랑 귀신 게 인느냐 어셔 급히 나와 슈국의 드넌 칼노 이 호랑이 비
갈너라 오로랑 ᄒ고 달여든니 호랑이 몰너 물쏭을 쓰고 긔엄장즁 희ᄒ빔에
촉셩의 놀난 퓌괴위남츌도ᄒ덧 젹벽강 불쌋홈에 피군장 위왕 됴됴 증옥 ᄶ
라 도망ᄒ덧 녹슈을 얼는 근녀 송님을 헤치면셔 쓔루우 다라나이 ᄌ리 졍
신을 게우 차려 싱각ᄒ되 밍호ᄯᄂᆫ 산신지명물이라 니 츙셩지긔 보랴ᄒ고

〈12-앞〉

변화 보인듯 ᄒ니 산신졔을 지니이라 졔물 츠일 젹의 계반낙산 웃둑 션난
반송ᄀ지 쩌거 니여 지퇴 활활 씰너리고 츄풍낙엽 너른 입헐 좌면지로 ᄭ
라노코 손과목실 쥬어다가 삼싴실과 괴와노코 시니물 어로만져 졍결이 몸
을 씻고 ᄉ방에 에단ᄒ고졔 감향졔 방심미긔 삼팔목 쳥용셰로 쳥○을 예단
ᄒ고 두우여 혀위실벽언 이찰화쥬작셰로 홍목을 예단ᄒ고 규루위묘필ᄌ슴
넌 ᄉ구금빅호셰로 빅목을 예다ᄒ고 증귀유셩장익진언 일육슈 현무셰로 흑
목을 예단ᄒ고 작진등ᄉ즁앙을 황신긔 그려노코 ᄌ단향불 피우고 말고 말
근 감녀슈 술 ᄒ준의 ᄀ둑 부어 졔쥬 숨아 올여노코 축문 지여 손의 들고
단졍이 ᄭ러 안져 축문을 고ᄒᆯ 젹의 유셰츠 갑신 팔월 긔 유삭 초칠일 을묘
남희 용왕 츙신 간의대부 이죠좌랑 겸 별쥬부난 감소고우산지영ᄒ노니 군
의신츙치법언 셰계슈부극츙ᄒ오나 국운니 불힝ᄒ와 요왕이 호련 득병ᄒ여
슈월 신음ᄒ되 빅약이 무효더니 쳔만의외에 티을션관 ᄒ림ᄒ와 집믹 집증
후의 토간을 싴지득즉츠운 고로 원희 삼말이을 불고고원ᄒ고 니도츠ᄉ즉비
ᄌ즉ᄉ입만소쳔ᄒ와 ᄒᄌ위토오지이 슈국안목으로 츌산간지물형ᄒ와 ᄌ감
민망지셩얼 티강앙고ᄒ오니 복걸

〈12-뒤〉

쥬부 지셩을 신위감동ᄒ와 쳔년토 일슈을 특위허급 지ᄉ비무후 감근이쳡
작포혜지쳔우신 상향 축문을 고흔 후의 흔 곳졀을 바라보니 졀벽 쳔티 바

회 틈에 묘호 짐싱 안져시되 이목이 증졔호고 졍신니 식식호여 월토졍치을
품은듯 호거놀 톡기 화상 니여 노코 화상 보고 톡기 보니 산즁토역 화즁토
라 졍영호 토기로 니 악가난 토쯧을 늣츄 불너 호쯧을 불너더니 흉악호 욕
을 보아시늬 니 이번의는 되게 불너 토쯧로 불으리라 무슈이 익혀 토싱원
토싱원 불너더니 토기 불음을 듯고 강장 쒸여려 오며 말을 호뇌 사당산이
호것다 그 뉘셔 날 찬는고 슈양산 빅이슉졔 치미호즈 날 춘난가 상산스호
네 노인니 바독 두즈 날 춘는가 쳥산귀로 빅화심의 츈풍심쳐 구경가즈 날
춘는ㄱ 승진화상 날 춘는ㄱ 쳥산귀로 빅노 탄 여동빈니 날 춘는가 위슈의
강틴공이 쳘렵가즈 날 찬는가 날 차지리 고이호다 거 뉘라셔 날 춘는고 요
리 됴리 앙금앙금 강장강장 팔짝 쒸여 나려오다 즈리와 톡기 마조치니 즈
리 코 만지며 아야 코야 톡기 쏘 아야 이마야 그분 초면 남 밧기는

〈13-앞〉

줄 호오 즈리 토기을 살펴보니 토기 면목 먼져 왓던 호랑이 모습이 만은쥬
먼져 놀닌지라 이게 식기 호랑인ㄱ 호고 목을 찝덕이 속에 너코 죽은 다시
업드러시니 토기 도라보며 디져 고이호다 이거시 무어신고 즈리 등에 옷독
올나 셔니 즈리 스족과 목을 쑥 비니 토기 보다 놀너여 그 뉘가 두리 쥬머
니에다 구렁이얼 담복 너어 바렷는고 니 일을 웃지할고 걱정이 분쥬홀 졔
즈리 들셕들셕호며 이거시 토기 ㄱ트면 간스발니늬 들러기다 무게호고는
디단호고늬 이 분 그만 니리소 토기 왈 못나리기다 즈리 둘셕호니 토기 쩌
그루 구을더니 강장 쒸여 이러나며 그 분 죽어도 등심은 디단호데 즈리 문
난 말이 게셔 뉘라호오 토기 디답호되 나난 쳔상월궁예셔 이유양슌사시로
회초분별호던 예부상셔 월토러이 도약쥬부 즁에 장싱약 그릇 짓고 상졔게
득죄호여 즁산으로 증비오니 별호을 토션이라 호오 즈리 토명 반겨 듯고
문즈 씨되 다 뒤씨던 거씨엿다 구앙셩화의 금일상봉은 만만무거불측이요
명기위젹이라 야젹니가복이요 총녹강변마분취요 토기만 문즈 씨되 아스창

이요 여담졀각이요 막비왕토요 쳔싱약골이요 니불가독식올세 즈리 듯던니 나도 유식ᄒ거이

〈13-뒤〉

와 게도 장이 유식ᄒ오 나난 슈국 좌랑 겸 별쥬부연이와 디컨 형이 셰외산간에 쳐ᄒ여 셰상 흥미 웃더ᄒ오 잠간 말ᄒ면 우리 슈국에 드러 즈랑코져 ᄒ노라 토기란 놈 ᄒ는 말이 니니 몸 훈거ᄒ여 쳔지간의 웃듬이라 일모황혼 져럿다 월츌동산 잠을 끼여 두우간의 비회할 졔 임즈 업는 산과목실 실토록 어더먹고 신여 부운 시비읍시 명산 츠즈 왕니홀 졔 녀산 동남 오소봉과 진국 명산 만장봉과 쳔틱 구월 금강산과 아미 묘향 틱빅산과 아니 본 곳지 바이 업고 봉니산 스상봉을 암암 긔여 올나 빅운을 무릅스고 무산의 낙포경과 양곡의 일츌경얼 아니 본 곳 읍시 안ᄒ의 삼얼ᄒ니 등틱산이 소쳔ᄒᄒ던 공부즈의 디관인덜 이의셔 더홀손ᄀ 잉무 원앙 벗졀 삼고 부운으로 치일 치고 긔암괴셕 병풍 숨아 밤이면 완월ᄒ고 낫지면 유산홀 졔 무로 강산풍경 흥미지상션이 나뿐이라 안긔싱 젹송즈을 느의 졔즈 삼ᄋ두고 장싱도을 가라치다 잇다금 그릇ᄒ면 동아리도 치고 스시츙○○ 돗타 뎡이 숨월 도라오면 화신풍 얼는 부러 만화방창 쏫 필 젹의 삼등토 게슌 님군언 팔

〈14-앞〉

원 팔기 다리시고 남풍시오○금을 이오 ○지온혜ᄒ던 군왕○지 목단쏫 슈양셩 월훈 즁의 장슌허월 몸이 되어 틱산ᄀᆺ치 구든 졀기 됴갈귀라 호령ᄒ던 슌국 츙신 향일화며 심양쳐스 도연명이요 두록얼 ᄒ직ᄒ고 젼원으로 도라와셔 낙금셔이소요 ᄒ던 은일풍도국화 쏫 오롱 경즈 졍상월○ 미리 우의 발가시니 앙즈연의 누항쳥풍 쎠 속의 부러시니 훈스쳥흥 미화쏫 육국풍진 요란할 졔 상손스호 네 노인니 구승갈포 몸의 입고 쳥여장의 비겨 누어 식탑 우의 잠이 든니 노인 방불 박쏫치며 이십셰 등상이 빅슈진인 넌진 만나

한나라을 중흥ᄒ고 승상 인슈 ㄱ○시니 쳥츈소년 셕쥭화며 풍월무변 쥬렴
게ᄂ 공밍을 스승 스마 쳥조로 벗지 되여 틱국도을 의논ᄒ니 군즈 긔상 연
꼿치며 셜도ᄀ치 묘한 식도 옥누 스창 비겨 안즈 황혼빅마야유당을 츄파드
리송졍ᄒ니 창기 ᄀ튼 ᄒ당화며 졀디가인 손목 쥐고 스쥭으로 즌도ᄒ여 공
산 우에 ○○셔니 풍유야랑 홍도 벽도 쏘 ᄒ곳 바라보니 왼ᄌ 짐싱 우룸운
다 약슈삼쳔 요지연의 소식 젼턴 쳥조시며 스마장경 쥴소리에 오류 사창
봉황시며 부용당 운무 즁에 공죽이며 일쳔연 화표쥬의 교음 호음 잉무시며
귀촉도 졔즈 원혼졔 남경 두건시며 칠월 칠셕 은ᄒ슈에 다리 노턴 오작이
며 녹양스 스북이 되○○

<h2 style="text-align:center">〈14-뒤〉</h2>

을 짜ᄂ 쇠고리며 일쌍비겨 강두화ᄒ니 원불상니 원낭시며 삼님원의 글 젼
ᄒ던 기력이며 셕양비하쳔산 ᄒ니 상친 희으리비 범범즁유 노피 쩌다 쌍거
쌍니 쌍되오리 곳곳마다 츔을 츄어 가지가지 노리ᄒ니 빅화 즁에 깁피 든
잠 시소리에 노니 ᄭ여 시흥을 ┼셩ᄒ 졔 두항ᄒ딘 범나뷔ᄂ 날을 보고 반
기ᄂ듯 너울너울 츔얼 츄고 기즈츄 말근 졀기 ᄒ식으로 조상ᄒ고 왕희지 남
은 죵젹 유상곡슈분이로다 두즈미 쥭은 후의 화초ㄱ 임즈 업셔 속졀업시 늘
거던니 오늘놀 시빗난 오육월 도라오면 격졔건곤 남풍 부러 왼ᄌ 잠목 무승
ᄒ 졔 동영슈고 불변식은 군즈 졀기 소나무며 츈하츄동 스시졀의 쳥쳥독입
즛나무 만경쳥파 빅쳔장에 슈즁풍무 회화나무 오즈 무○압희 츙셩ᄒ손 가
쥭나무 슈쳑지후양공불기 아람들이 지나무 맘미인혀쳔일방의 더덕더덕 산
츄나무 즈라 용목 박달가시 목향나무 격○나무 다리 밍덕 넙젹 쩍갈 공슈버
들 얼벙덜벙 포도 다리 넌츌 느러 펑퍼져 나리쳐 속구처 유월도 즁봉산니며
울울쳥쳥 슈풀되고 골골마다 그늘진다 쳥계산슈 흐르ᄂ디 발얼 씻고 도라
셔니 산옹심스 담박ᄒ다 오월 불열의 쳥츄라 쳔즁 ○○ 오일의 창포쥬 가득
부어 굴삼여을 위로ᄒ니 강긔ᄒ 남즈 흥을 비할 곳 젼히 업다 녹

〈15-앞〉

음방초 별건곤 말근 즈취 나밧게 그○말이 칠팔월 도라오면 금풍은 소슬ᄒ
고 만학쳔봉 단풍든다 치식병풍 그림 속의 산인부귀 거록홀ᄉ 진시황의 세
력인들 아셔굴 슈 전혀 읍다 상엽이홍어이월화넌 이 얼○고 이름이라 일낙
황혼 져문 날의 동영졔월 발올 졔 아리다온 져 달빗츤 니젹션 죽은 후의 쥬
장업슨 져 풍월을 늬 혼즈 차지ᄒᆫ다 송옥의 비츄부ᄂᆞᆫ 쳔고역 유젼ᄒ니 니
의셔ᄂᆞᆫ 소장부라 쳔ᄒ명산 편답ᄒ여 단풍 구경 가즈셰라 봉늬산 올나가니
젹송즈 왕즈진은 셕탑 우의 바둑 두다 불노초 인슴과을 슈업시 어더먹고
쳔틔산 넌짓 올ᄂᆞ셔 왕모 잠간 보고 곤륜산으로 가셔 쳔ᄒ을 죽다 ᄒ우씨
치슈유젹 비문의 완연커놀 디장부 여 와셔 즈최업시 못ᄀ리라 무심필 얼푼
너여 반중등 넌짓 풀러 싱획 너여 계명ᄒ되 모연 모월 모일 토쳐ᄉ 파츠라
암상의 크게 쓰고 그 길노 나라다라 군산을 올가니 심이 봉급소셔 슈월읍
을 ᄒ위ᄒ고 셕양 송산 영외라 경쇠 소리 경경ᄒ여 운무간의 들이ᄂᆞᆫ디 칠
빅이 동호ᄂᆞᆫ 소상강을 통ᄒ엿고 약양누 회ᄉ정은 과이 비의디 슈풀은 쳔고
의 와연ᄒ다 츙신녈ᄉ 씻친 글은 구의산의 붓쳐시니 강기ᄒ 남즈 흉금 비
할 곳 젼여 업다 그 길노 나리달나 아미산 ○나가니 반눈월 가을 달은 터빅
의 유젹인 듯 무협의 즌나비와 금

〈15-뒤〉

강산 길어기는 직의 회장 시촉ᄒ다 남병산 올가니 칠셩단 ○○○○벽강 바
라보니 쥬공은 어듸 가고 쳔금지셕 간 디 업ᄂᆡ 시쥬풍유 조홀시고 임즈 업
ᄂᆞᆫ 산실과을 슈업시 쥬어 먹고 원산셕경 구분 길노 흐늘흐늘 도라오니 동
지 슷달 도라옴면 낙목은 소슬ᄒ고 빅셜은 분분ᄒ여 긔암괴셕 말근 긔운
빅옥으로 단장ᄒ고 만쳡빙이 단ᄂᆞᆫ 폭포 슈졍ᄀ치 걸여시니 경궁요디 길이
짓고 치젼ᄒ던 슈양졔 ᄉ치타 ᄒ련이와 조화을 어이 알이 운산셕실 졍결ᄒ
디 즈ᄒ셕문 구지 닷고 한ᄀ이 안즈시니 안즈연의 일단ᄉ은 싱익가 넉넉ᄒ

고 셕슝에 금곡번화 꿈밧긔 머러시니 그것도 조커이와 홍치 좃추 비범하랴
월삼긔 계위 갈 졔 스창을 놉피 열고 셜월을 구경ᄒ니 밍호의 팔옹 풍경 헛
일홈쑨이로다 스시풍 그러ᄒ니 뎌강이ᄂ 드르시요 즈러가 듯더니 그뎌가
언족이식비로 말언 줄 쑤며 ᄒ오만는 니가 세상 환눈을 모른다고 삼지팔난
을 이르거든 드르시요 일긔 ᄒ 토 그뎌신셰 상츈구츄 ○ 보니고 엄동셜ᄒ
풍에 잉무 원앙 쯛녀지고 긔화요초 바히 업셔 곱훈 비 트러쥐고 발바닥만
할작이며 어득훈 바회 틈의 져진 다시 안진 거동 쳔운폐월 무광 쇽의 초회
왕에 궁곤이요 니월초 북희상의 소즁낭의 고셩이라 엄동셜ᄒ 다 보니고 벽
도 황잉 츈슴월의 쥬린 구복 치우랴고 이리 져리 단일 젹의 목다리의 썰썩
치여 망티거리 쇽 슈무칙 죽을 지경 되올진

〈16-앞〉

더 흉격의 불이 부터 오장이 다 녹을 졔 산쳔풍경 구경홀○○○○○○셔 어
이 ᄒ리 그 안이 팔난인가 그러키 니 슈상훈 디로 아이 단이요 그러면 어디
로 단이요 놉흔 봉으로 단이요 그리 가면 쏘 슉을 일이 업다고 무슨 니리오
드러보시요 상봉의 션난 거슨 미바든 슈활치요 즁허리로 도난 거슨 모리군
산양긔라 토기ᄀ 널는ᄒ면 슈활치 먼져 알고 희동창 보라미 구륙 비젹갈치
의도리 당스 큰 방울을 덜넝덜넝 쓸치면셔 쥬먹 박차고 두 죽지을 쌜이 쓸
쳐 쑤루쑤루 달여드러 토싱원 양 귀밋츨 쌍그리쳬 츅켜 들고 장빅 이 골치
을 그져 쌍쌍 토기 이고이고 그분 초면의 말 싱기네 독ᄒ게 ᄒ오 그러미 누
가 상봉으로 단인다고 즁간 기실노 살살 단이지요 즁간의는 쏘 일리 업다
고 거긔야 무슴 일이 잇셔요 드러보오 즁간을 단일 젹계 불 줄 논는 포슈더
리 미지 망티 등에 지고 귀통남날기 빅치 화승 밉시잇게 쏘와 고초 갓튼 불
얼 다라 곱쇠 손에 얼는 들고 방픠 쑥 압ᄀ리고 금짜바기 줄 언겨 시별ᄀ튼
말근 쇠에 눈얼 디고 얼는 보다 간더벅이 디죵ᄒ여 귀불 번젹 탕 토기란 놈
거동 보소 디골디골 궁글더니 졍신츠려 ᄒ는 말이 익

〈16-뒤〉

고 죽기다 안이 여보 웃지 말슴을 그리 몰갑시리 ᄒ오 총ᄒ고 나고난 디쳔
지 원슈요 우리 조부장게셔도 탕 ᄒ더니 인홀불건이요 우리 부친게셔도 탕
ᄒ더니 일거 무소식이요 우리 빅씨게셔도 탕 ᄒ더니 비거 셔양풍 ᄒ여기로
나고는 디쳔지 원슈요 남 듯기 슬흔 소리 너머 마오 쥬부 소 왈 형의 말슴
이 강산풍경 차지ᄒ여 셰상 걱졍 읍다더니 입으로 ᄒ는 총소리의 그더지
놀너시요 토기 가심이 벌덕벌덕ᄒ며 ᄒ는 말이 그러키에 나는 산으로 안니
다이고 헐젹 너른 들노 단이요 들노 가면 죽을 일 읍다고 아모 일 읍고 티
평지○ 들의 나려가는 토기 빅인 튜지 소리 질너 읍는 기도 후구리며 밧 가
던 농부덜리 보박던 방쳔말과 즈로진 늣셜 들고 달녀들러 사면의 두룬 거
슨 토기 걸일 토망이라 은왕 셩탕 가신 후의 그 그물을 뉘가 풀고 오도 가
도 못ᄒ올 졔 초군덜이 작당ᄒ여 소리ᄒ되 종쳔강 종지츌 종상방 니사기입
오망할 터이오니 토기 네터로 다라날고 활ㄱ지 작닥기로 그 쌍쌍 두다일
졔 긔슈 초군 무슈치고 조스 초군 다라 ○고 목가지 장작이며 츄풍낙엽 마
른 입펄 수둑기 모아노코 와닥와닥 불얼 질너 화광이 츙쳔할 졔 토싱원 밧
작 구어 발 목 다리 허리 갈비 ○졍이 디고리 난화 들

〈17-앞〉

고 앗작앗작 익고익고 장글ᄒ지고 그 소리을 듯더니 아즐ᄒ고 사지가 불안
하 누가 니가 필경 병이 나기소 과년 인간의 져 죽을 욕을 동동 보니 니가
그디무니 늑심니 슈국의는 웃더ᄒ오 슈국 홍미을 돔 드러보셰 우리 슈국
긔○장관이요 쳔양지간의 희위최더요 인물지니의 신위최영이라 영덕젼 놉
픈 집의 운무간의 소스난더 ○용골리 위양ᄒ고 집어린니작와ᄒ니 셔긔번공
이 빅옥으로 문얼 달고 유지와 호박 쥬츄 산호 난간 짜고 쥬옥으로 셩을 싸
고 야광쥬로 등불ᄒ이 일광을 아스잇고 운무 병풍 슌금 용상 우의 우리 용
왕 즉위ᄒ니 빅형은 앙덕ᄒᆞ디 왕모금반 쳔일쥬와 쳔비 옥반 다문 안쥬 불

노초 불스약을 실토록 포식ᄒ고 일흥이 도도ᄒ여 팔선녀 시위ᄒ고 금관 조
복 빅관드리 ᄎ례로 느러 안져 영덕궁 선악 소리 오운 중의 들이ᄂᆫ디 서왕
모 비파 타고 왕영니 츔을 츄고 징징훈 옥픠셩과 연연훈 고은 티도 거름마
도연화 피고 츔 밧트면 구슐되여 금누 환곡 스죽으로 셕거 친니 화롱가무
ᄲᅥ렬 다러 쳔리을 진동ᄒ고 긔화요초난 썰기썰기 운무 중의 넘노나니 금은
치단 곳곳 마도 구산 갓치 싸여잇고 경쳐을 볼 쪽시면 칠빅이 군산덜언 북
희의 브터잇고 삼쳔북 힝당화는 약○○○ 브터잇고 사금강 ○○

〈17-뒤〉

○산은 동으로 브터잇고 은쳔부변화물식 남희상의 브터난디 ᄒ희 티평ᄒ여
강구연월 남풍시음 스시로 화답ᄒ며 강슈 위슈 양진 픠여 남희 팔경 소상
동정 혹거 혹니 선유홀 졔 쳥풍 븡쥬 소즈쳠과 명월 구경 이젹션이 그 경기
을 알라시면 발셔 드려올 거시요 우리 슈국 그긔로 구션ᄒ던 한무졔와 구
악ᄒ던 진시황이 그 경기을 아라시면 이 셰상의 죽글넌ᄀ 실노 토싱원은
팔난셰상 잇지말고 날을 짜라 슈국 가면 놉흔 벼슬 할 거시니 훈 빈 구경
안ᄒ라시요 그디갓튼 쥰슈남즈 우리 용왕 아로시면 시일상승픠초ᄒ여 디광
보국 슉녹디부 영의졍을 졔슈ᄒᄉ 말만훈 황금인을 허리 아리 빗기 차고
묘당 지상 놉피 안져 빅관을 지휘할 졔 이리할 일 이ᄒ고 져리할 일 져리
ᄒ라 호령 훈 번 니리오면 금암ᄀᆺ치 강즉ᄒ고 동퇴ᄀᆺ튼 긔셰로도 그역홀
길 젼연 읍셔 화신풍 꼿치 되여 이리 져리 시힝ᄒ고 국스을 맛친 후의 별당
으로 도라와서 고단 삼중셕의 디모 병풍 둘녀치고 츠 다리ᄂᆫ 옥동즈와 초
디 자분 선여더리 화단으로 몸을 싸고 쥬옥으로 단장ᄒ여 쥬야업시 논일
젹의 호중쳔지 조흔 거시 슈궁밧게 쏘 인ᄂᆫᄀ 토기

〈18-앞〉

듯기을 다미 즈년 마음니 방탕ᄒ여 디답ᄒ되 그곳졀 드러가면 벼술도 ᄒ련

이와 팔션녀 잇다 ᄒᄂᆞ니 그도 ᄒᆞᆫ가지 노오잇가 쥬부 왈 그난 여반장이라 임의ᄐᆡ로 ᄒᆞ오리다 그리 ᄒᆞᆫ가지 놀면 긔롱ᄒᆞ오리잇ㄱ 그년 더옥 홀ᄃᆡ로 ᄒᆞ지오 토기 코을 홀작니며 나소아 안지며 문년 말리 그 지경이 되오면 원앙침 비취금에 옥슈 나삼 부여줍고 월삼경 졔갈 두 몸이 ᄒᆞᆫ 몸 되여 초양왕 양ᄃᆡ 상에 운무봉 조흘시고 그 ᄣᅢ을 당ᄒᆞ오면 그리도 ᄒᆞ오니잇ㄱ 쥬부 왈 그갓튼 풍치로 슈국에 들어가면 비실도 사닥다리 올나가덧 홀 거시요 일등미식언 청기구리 뒤에 실비암 ᄯᅡ라 단이덧 ᄒᆞ오리다 토기 다시 문는 말이 슈궁에ᄂᆞᆫ 날과 ᄀᆞᆺ튼 인물이 읍단 말이요 읍지요 우리 슈궁에 슈달이라 ᄒᆞᄂᆞᆫ 놈이 잇셔도 압발리 잘ᄂᆞ씨니 덜 안이 ᄒᆞᄂᆞ니 토기 거동 볼시면 침을 모도 싱키면셔 만일 드러ᄀᆞᆺ다가 버슬도 ᄒᆞ고 식도 걸이지 못ᄒᆞ면 형이 웃지 ᄒᆞ라시요 쥬부 왈 날ᄀᆞᆺ튼 신 부족ᄒᆞᆫ 것도 관직에 춤에ᄒᆞ여 옥누부벽 스창 안에 츄월 츈풍 스시읍시 미식 다려 소일ᄒᆞ고 연연 홍미로 논일거던 ᄒᆞ물며 형ᄀᆞᆺ튼 조흔 풍치 늡늡ᄒᆞᆫ 긔골이야 쌍 집고 허염이지요 토기 눈얼 말동말동 쥬둥이가 날늠날늠 ᄒᆞ드 말이 아모리 가고ᄂᆞᆫ 시부ᄂᆞ 슈궁 양계 길 달나 예로부터 셔로 통셥 못ᄒᆞ거든 싱각이 ㄱᄂᆞ○ᄒᆞ

〈18-뒤〉

○불상급에 ○○○고 글낭언 염여마 ᄂᆡ 등의 업혀시면 쳘이 말이 망망ᄒᆞᆫ 창ᄒᆡ 즁 평지 삼마 가오리다 추호라도 걱정마오 악갑도다 악갑도다 토션싱의 션풍도골 진셰상의 면짓 ᄂᆞ셔 츌물 스싱 여가 업셔 초목과 동노ᄒᆞ니 웃지 안니 강긔ᄒᆞ리 옛일을 싱각ᄒᆞ면 조쥬ᄉᆞ인여션문이 황건 역스 ᄯᅡ러가셔 영덕젼 낙셩연의 상양문 잠짓고 유리반의 진쥬 담아 윤필지지 ᄒᆞ시니 요마ᄒᆞᆫ 문장게도 지은보은 ᄒᆞ여거든 ᄒᆞ물며 형ᄀᆞᆺ튼 웅지디략 공명ᄒᆞ니 어여울ㄱ 토기 왈 말숨언 유리ᄒᆞᄂᆞ 아모리 싱각ᄒᆞ여도 골 ᄆᆞ음이 겨여 읍ᄂᆡ 쥬부 변식 ᄃᆡ 왈 증 위ᄒᆞ거든 진작 파의ᄒᆞᄂᆞᆫ 거시 장부의 쩟쩟ᄒᆞᆫ 일리라 일후 다시 보ᄉᆞ이다 ᄒᆞ고 어ᄃᆡ을 향ᄒᆞ여 도라보도 아니ᄒᆞ고 ᄀᆞ거늘 토기 바라보다

가 참지 못ᄒᆞ여 쇼리 질너 불으되 져 분 어듸로 가노 져리 급피 가오 쥬부 답 왈 호랑을 차즈 가오 무슨 일노 차자 가오 슈궁의셔 드르니 호랑은 빅슈 지군이라 ᄒᆞ믹 그듸의셔 소견니 더 넉넉ᄒᆞ지라 이 말ᄉᆞᆷᄒᆞ즈 ᄒᆞ고 차즈가오 토기 답 왈 우리 호랑 슉쥬게옵셔 빅ᄉᆞ을 다 니게 와 의논ᄒᆞᄂᆞᆫ니 보아도 쓸 듸 업거이와 ᄒᆞ물며 다른 듸 나드리ᄒᆞ여 게시니 형은 즘간 노을 참으시고 오옵소셔 쥬부 지삼 신양ᄒᆞ다가 마지 못ᄒᆞᄂᆞᆫ 쳬 ᄒᆞ고 나가니 토기 우시며 ᄒᆞᄂᆞᆫ 말이 형이 져듸지 결결ᄒᆞ시니 헐마 긔망ᄒᆞ오릿ᄀᆞ만난 아무리면 싱소 ᄒᆞᆫ 곳졀 가랴거던

<h2 align="center">〈19-앞〉</h2>

의혹인들 업슬손가 미신ᄒᆞᄂᆞᆫ 거시 도로혀 불안ᄒᆞ오ᄂᆞ ᄒᆞᆫ가지로 슈궁 가기 원이로셰 쥬부 마음의 깃부나 다시 당부ᄒᆞ여 왈 의심이 증 잇거든 진작 파 ᄒᆞ라 다른 듸로 가랴 ᄒᆞ나이다 토기 웃고 진졍으로 가기을 쳥ᄒᆞ거늘 쥬부 강잉ᄒᆞ여 허락ᄒᆞᄂᆞᆫ 쳬 ᄒᆞ고 ᄒᆞᆫ가지로 나려올 졔 즈러 옵혜 앙금앙금 토기 뒤에 가불가불 원노희변 나려갈 졔 건넌산 바회 틈의 달쳠지 니구리 넙다 셔며 이야 토기야 너 어듸 가년야 나는 슈궁 간다 슈궁의 무엇ᄒᆞ러 벼실ᄒᆞ 러 버슬은 무근 벼실 홀연듸장 어허 즈식 어리도다 엣일을 모로난냐 칼 줄 시던 위인 형가 역슈 한풍 슬푼 노리 장ᄉᆞ일거 졔 못 오고 쳔츄원혼 최회왕 은 진무관 ᄒᆞᆫ번 가셔 다시 오지 못ᄒᆞ엿고 소상야우녹운간의 졔즈도 우러잇 고 연연방초 푸른 푸런 왕손도 귀불귀라 토기 너도 슈궁 가면 도라오지 못 ᄒᆞ리라 토기 듯던니 혼즈 가오 그러면 가지마지 달쳠지 네 존장을 아니 만 ᄂᆞ더면 큰일날 번 ᄒᆞ엿고 별쥬부 혼즈 가오 즈러 분을 너여 이놈 너구라 심 ᄉᆞ 기 아들놈이로다 여보 토싱원 슈궁을 가다 아니가 졔 야기 할게 드러보 오 져놈의 ᄉᆞ촌 슈달이ᄀᆞ 져놈을 우리 수궁의 츤거ᄒᆞ여 드러온즉 우리 용 왕게 연품ᄒᆞ여 즉시 호조참판을 졔슈ᄒᆞ여던니 져놈이 실노 도적놈이라 호 조 돈 숨만양을 도적ᄒᆞ여 쥬ᄉᆞ 쳥누에 방탕ᄒᆞ기로 이젼 헌장 칠십도의 퇴

급츌송 ᄒᆞ여더니 그 험의로 심슐을 부리요 이놈 너구라 심슐을

〈19-뒤〉

부리다는 총의 마져 요ᄉᆞᄒᆞ리라 너구리 미련ᄒᆞᆫ 놈이라 발 쎌 쥴 모로고 쒸여 다라나니 토기 보더니 그놈 심슐 부리는 아쥴 아넌지라 ᄌᆞ리 ᄒᆞ는 말이 산즁언 난방이라 난방불거 모로시요 토기 답 왈 글시 가고 십푸나 슈궁 천이 먼먼 길에 일거 소식 끈어지면 그 아이 불상ᄒᆞ오 그넌 조곰도 염여마오 옛젹의 ᄆᆡᆼᄌᆞ도 불원쳔이 ᄒᆞ고 양혜왕 가 뵈옵고 여상도 문왕다라 입쥬ᄒᆞ여 귀이 되고 ᄇᆡᆨ기 ᄒᆡ목공 짜라 진국 가셔 귀이 되니 토공도 날을 다러 슈궁 가면 귀이 되리라 그리ᄒᆞ면 가ᄉᆞ이다 ᄌᆞ리 압희 앙금앙금 토기 뒤예 술낭 술낭 남희 슈변 다다르니 경기도 됴흘시고 우창낭 쓰난 ᄇᆡ는 되옹되옹 써 가는게 한ᄀᆞᄒᆞᆫ 초강 어부 풍월 실너 가난 ᄇᆡ요 범범창파 노난 거션 쌍쌍ᄇᆡᆨ구 흘이 써셔 소소츄풍 송안 모아 울고 가는 져 기럭아 네 어ᄃᆡ로 향ᄒᆞ나야 우리 번님 잉무싸계 ᄇᆡᆨ운쳥산 노던 토기 벽히 슈궁 가더라고 그 말 잠간 젼ᄒᆞ여라 만경창파 호호탕탕 치는 거션 범범창히 어러나며 우루렁 츌넝 깃쓰리니 토기 깜작 놀너 ᄋᆡ고 이 물 날 덤넌다 한 속금 쒸다가셔 물소ᄅᆡ 져러ᄒᆞ니 차마 무셔워 못가깃다 이ᄂᆡ 몸 슈궁 가셔 용 되야도 게 ᄀᆞᆯ 바싀이 읍니 쥬부 ᄃᆡ로ᄒᆞ여 ᄉᆞ져 왈 방졍마진 져 토기야 헐복홀ᄉᆞ 져 토기야 요망할ᄉᆞ 져 토기야 호의 만타 져 토기야 지식업다

〈20-앞〉

져 토기냐 네 목숨 실ᄂᆞᆺ갓치 됴셕간의 달인 줄 젼여이 모로고 ᄐᆡ평으로 ᄉᆡᆼ각ᄒᆞ니 ᄋᆡ달고 원통ᄒᆞ고 불상ᄒᆞ고 가련하다 토기 왈 형이 먼져 ᄒᆞ신 말숨이 상상봉 올나가면 슈할치 잇고 즁허리로 도라가면 산포슈 잇고 들노 가면 농부 목동 잇다 긋ᄃᆡ넌 졍신니 혼미ᄒᆞ여 ᄃᆡ답지 못ᄒᆞ여거이와 ᄌᆞ세이 ᄉᆡᆼ각ᄒᆞ니 굴노 다라나지요 어허 가소롭다 토공 의ᄉᆞ 가소롭다 슈할치 산포

슈와 초동 목동 농부더리 일시에 함역ᄒ여 ᄌ옥을 츄심ᄒᆫ 후 말은 갈디 슈
업시 무어다가 굴어귀에 싸아 노코 화약 염초 불지르고 아방궁 슴월 환덜
이 예셔 더할손가 독불꼿 모진 연긔 살 쏘다시 드러가니 다시ᄂᆞᆫ 살 토싱 삼
혈 아란곳 가슴 혼 칠빅 훗터질디 신쳬ᄌᆞᆺ 온젼홀가 토기 놀나 ᄒᄂᆞᆫ 말이 형
이 날과 무슴 혐의 잇셔 갈슈록 독ᄒᆫ 말만 ᄒᄂᆞ잇가 쥬부 우셔 왈 형의 상
을 보니 골격니 쳥슈ᄒ나 인즁이 줄ᄂᆞ시니 웃지 완셕죵신 ᄒ여 슈ᄒ기을
ᄇᆞ라리요 토기 의혹ᄒ여 가만 솔입을 쎄여 인즁을 견쥬어 보니 비록 능을
줍부나 남져지 업ᄂᆞᆫ지라 놀나여 다시 문 왈 인즁이 ᄌᆞ르다 ᄒ여도 슈궁 드
러가면 혹 슈ᄒ고 화을 피ᄒ리닛ㄱ 쥬부 디답ᄒ되 슈궁의 슈빅셰 현슈ᄒ고
벼슬일 일품의 인ᄌ도 그더의셔 훈치 업ᄂᆞᆫ 인즁 무슈ᄒ오니 일노 보아도
분명 션경이라 밋지 못ᄒ거든 니 인즁을 보라 니 상을 가지고도

〈20-뒤〉

인간의 잇셔면 벼실은 말도 말고 목슘을 이졔까지 보젼ᄒ여시리ㄱ 일노 보
○아도 분명이 그더 박복ᄒ 낫스로 이곳졀 익지로 아르시니 그도 인즁 ᄌᆞ
른 타시로다 가랴거던 갈 거시요 말야거던 말으시요 그더가 슈국 가셔 아
모리리 귀이 된덜 유ᄒ관어오시랴 증 실쩌든 갑소 그려 금일 오시 젼의 김
포슈 날닌 쳘란 진허구레 탕 마지ᄌᆞ면 토기 감작 놀나 아이 여보 슈궁에ᄂᆞᆫ
총이 업소 업지요 슈국하라 ᄒᄂᆞᆫ 고로 총은 업소이다 토기 지슴 셩각ᄒ다
황연니 쎄다라 왈 디장부 죽을 지졍 엇지 친구의 말을 듯지 아이ᄒ오릿ㄱ
이졔ᄂᆞᆫ 의심업시 혼가지로 가ᄉ이다 쥬부 디희ᄒ여 토기을 등 업고 일낙셔
ᄉᆞᆫ 히 쩌러지듯 물의 풍덩 쮜여 드러 만경창파 풍낭 즁 범범즁유 가ᄂᆞᆫ 양은
범소군이 셔시 실고 오호연월 차져가듯 한장군의 팔월스가 월지국 어듸민
요 동남동녀 봉니산의 멀고 멀스 어부 스관의셩의 ᄌᆞ언거슈승거산을 둣디
업난 당도리션갓치 혹츌혹몰 나러ᄀᆞᆯ 졔 토기란 놈 긔가 막혀 이고 쏙 죽기
다 슘막킨다 노와다고 긔막킨다 노으다고 귀의 물 드러간다 노아다고 어허

이놈 준말라 입의 촌물 드러가면 지례 죽을나 토기 눈을 감고 이을 갈며 쥬부 등의 업드려 물소리예 간장이 다 녹는 듯 ᄒ여 죽을 듯 ᄒᄂ 스이지츠 홀 일 업셔 정신만 슈습ᄒ고 가만이 업드려던니

〈21-앞〉

이윽ᄒ여 물소리 쓰어지고 나리라 ᄒ거놀 토기 반겨 듯고 눈을 드러 스면 살펴보니 장낭의 쥬졈ᄒ고 고졍의 연소ᄒ니 엄연ᄒ 별세게라 슈문장 어두 귀면지졸이 사포 영악할스 삼층 국문 우의 황금 더즈로 경화 슈궁 더아문 이라 현판의 둘여시 부쳐ᄂ더 마음이 황홀ᄒ여 쥬부게 사례ᄒ고 ᄒᄂ 말이 형의 말ᄉᆷ이 진실노 허스 아이라 우리 셰상의 이러ᄒ 곳지 희쏠 뉘만치만 잇시면 간 더로 이런 구츠ᄒ 거름을 아이할 거셜 여러 히 고싱타가 이계야 션경을 보오니 고진감너라 깃부지 아이ᄒ리요 인계난 부귀빈쳔이 형의게 잇스오니 조흔 더로 쳐거ᄒ옵소셔 쥬부 마음의 닝소ᄒ고 허락ᄒ리라 국문 박긔 안치고 바로 궐니 드러가셔 토기 즈바온 스연을 늣늣치 상달ᄒ니 용 왕이 디회ᄒ여 밧비 즈바 드리라 ᄒ니 쥬부 슈졸을 거ᄂ리고 고함ᄒ고 니 닷거거놀 토기 마음의 불안ᄒ여 귀을 지우려 니졍소식을 탐지ᄒ더니 고함 소리에 큰 게 의심ᄒ여 국문 뒤에 슘어더니 쥬부 임의 토기 엿튼 쐬을 아는 지라 무스로 ᄒ여곰 크게 워여 왈 시로 홀넌더장 졔슈ᄒ신노야 어듸 계시 잇가 토기 그 말 듯고 반겨 나셔거놀 일시에 달여드러 스족을 졀박ᄒ여 두 루쳐 메고 드러가셔 토기 즈바드리요 ᄒ난 소리 궁

〈21-뒤〉

일이 뒤눔난 듯 토기 간장이 아득ᄒ여 아무리 할 쥴 모로더니 용왕이 전교 ᄒ스 과인이 병이 들어 슈월 시음ᄒ여 일시가 민망할 츠 쳔상도스 나려와 셔 집믹ᄒ고 ᄒᄂ 말이 토간을 구ᄒ여 환을 지여 ᄒ 번 시험ᄒ면 빅약 즁 계일이라 정영이 이르기로 스즁구싱계교 니 별쥬부을 암영ᄒ여 너을 줍아

왓시니 무죄훈 쥴은 알건이와 과인의 일신 너와 달ᄂ 만일 불힝ᄒ면 일국
신민을 보젼키 어려울 쥴 녠덜 아이 짐죽ᄒ랴 너 ᄒᄂ 죽은 후의 과인니 스
라나면 만억빅관 다 스리니 일등공신 네 아니야 별탁키 스당 지여 쳔만년
이 다ᄒ도록 츈향츄화 쓴치말면 은나라 비간이와 한나라 긔신인덜 네의셔
더홀손야 죽노라 슬어말ᄂ 토기 긔가 막혀 왼 슝악훈 좀놈 쬐에 바져 슉을
곳즐 드러왓고 달첨지 네족장에 말니 명답이라 ᄒ고 슈궁 칼즈 달여들며
거 노와라 비갈은즈 토기 눈만 쌈막쌈막 헐적 너른 영덕들의 더진다시 홀
노 안즈 빅이스지 싱각ᄒ되 져양촉번의 진퇴유곡이요 용궁지ᄒ의 피스당토
로다 쳔만가지로 싱각ᄒ되 무가너러니 우즈쳔츠 하교 이러듯 감

<h2 align="center">〈22-앞〉</h2>

ᄒ옵시니 신니 빅번 죽스와도 옥쳬 곳 평복ᄒ압시면 한 번 죽기는 남터도
슝사라 아모리 ᄒ온덜 일호나 원통ᄒ다 ᄒ오릿ᄀ마는 그러치 아닌 스졍이
닛스오니 다시 통촉ᄒ옵소셔 틔산이 붕틱ᄒ여 오경이 암암홀 졔 실갈졍 노
리 소리 억조창성 만민더리 뉘 아이 질기리요 탐악ᄒ딘 징쥬○이 비간비
속의 칠공간이 잇다ᄒ와 비간의 비을 갈너 일곱 궁기 잇습던지 소토의 비
을 갈나 간이 잇시면 됴커이와 만일 간이 업스오면 목슘만 쓴슴읍고 간을
구치 못ᄒ오면 그 아니 격악요 통촉ᄒ여 보옵소셔 이놈 간스훈 말 무라 외
셔의 ᄒ여시되 비슈병즉 구불능언이요 간슈병즉 목불능시라 ᄒ여시니 간이
업구야 웃지 눈얼 본단 말니야 토기 엿즈오더 소토의 간언 망츌회입ᄒ와
초일일로 망일가지 졍결ᄒ더 너여 거러두고 아침 이실 날 비치며 밤셔리
달졍긔 무슈이 쏘이다가 십오일노 회일가지 본경의 드려 걸고 심신을 안졍
ᄒ여 싱신을 졍영ᄒ니 이른바 망월토라 신농상 빅초약 즁의 쏙 졔일인쥴
셰상이 다 ᄋ압기로 쓸 병을 당ᄒ와도 소토 긔통긔ᄒ ᄒ면 약약수응 ᄒᄂ
일이 읍지 아이 ᄒ옵거던 하물며 젼ᄒ의 병환의 긴졀이 씨랴난 쥴 아랴던
들 자쳥ᄒ여 드리올걸 이다을스 별쥬부야 원통ᄒ○

〈22-뒤〉

◯ 미련할ᄉᆞ 별쥬부야 호의 만타 별쥬부야 본ᄉᆞ을 긔망ᄒᆞ고 아이◯◯ 염여ᄒᆞ여 유인키만 위쥬ᄒᆞ니 잇ᄶᅢᄂᆞᆫ 망젼 힝장이 촉박기로 ᄂᆡ여둔 간을 가져오지 못ᄒᆞ여시니 슈일 말미 쥬시면 쥬부 안동ᄒᆞ여 소토 간 둔 곳졔 가셔 구ᄐᆡ여 소토 간분아이라 친구의게 널이 구ᄒᆞ여 간짐이ᄂᆞᆫ 어더오리다 어 이놈 당찬는 말 마라 오장육부라 ᄒᆞᄂᆞᆫ 거션 인싱금슈 일반이라 ᄐᆡ싱의 싱긴 거셜 임의 츌닙ᄒᆞᆫ단말ᄀᆞ 당초의 의을 됴쳐긔유ᄒᆞ여 일너거던 미쳔ᄒᆞᆫ 거시 요망ᄒᆞᆫ 말노 당도리 무소ᄒᆞ니 쥭어도 공이 읍시리로다 무ᄉᆞ을 호령ᄒᆞ여 국문박게 ᄌᆞ바ᄂᆡ여 ᄇᆡ 가르라 호령이 지엄ᄒᆞ되 토기 안식을 불변ᄒᆞ고 다시 쑬러 안져 엿ᄌᆞ오ᄃᆡ 소토가 쥭기가 두려ᄒᆞ미 아이라 젼ᄒᆞ 옥쳬 평복지 못ᄒᆞ오면 불상ᄒᆞᆫ 목슘만 쥭ᄉᆞ오니 고언의 ᄒᆞ여시되 일부함원의 오월비상이라 젼ᄒᆞ 졍치을 손상치 아이ᄒᆞ오릿ᄀᆞ 소토 간 츌립ᄒᆞ난 표가 잇ᄉᆞ오니 ᄒᆞ츌ᄒᆞ옵소셔 왕 왈 무슨 표ᄀᆞ 인나야 토기 쥬 왈 미궁기 ᄉᆡ이온ᄃᆡ ᄒᆞᆫ 궁그로 ᄃᆡ변 보고 ᄒᆞᆫ 궁그로 소변 보고 ᄒᆞᆫ 궁그로ᄂᆞᆫ 간을 보지로 ᄂᆡ고 드리ᄂᆞ이다 증못 밋거든 미궁을 ᄒᆞ감ᄒᆞ옵소셔 광이 역겨 각가이 오라 ᄒᆞ여

〈23-앞〉

친심ᄒᆞ니 과년 ᄉᆡ희◯◯◯ 의혹ᄒᆞ여 문 왈 간을 어드로 ᄂᆡ고 드리나냐 토기 엿ᄌᆞ오ᄃᆡ ᄂᆡ일 ᄯᅢᄂᆞᆫ 미궁으로 ᄂᆡ고 늘 졔난 입으로 싱키되 쳔지오힝지긔 얼응ᄒᆞ와 츌납ᄒᆞ되 갑을 삼팔목 동방지긔 경신 사구금 셔방지긔와 임게 일육슈 북방지긔와 무긔 오십토 즁앙지긔와 쳔지음양 포ᄐᆡ지긔와 사시오힝 일월성신 광치와 아춈 안긔 져역 이실을 됴합ᄒᆞ여 ᄂᆡ고 드리ᄂᆞᆫ 고로 산삼지상이요 녹용지셰이라 이르나이다 그러ᄒᆞ면 셰상의셔 네 간으로 효염 보니가 더러 인너야 잇기을 일르잇ᄀᆞ 소토 부친니 풍경을 됴아ᄒᆞ여 낙산 낙슈ᄒᆞ올 ᄯᅢ의 분양슈변 됴분 별루 앙금앙금 도라가다 소졍의 실죡ᄒᆞ여 낙포물의 풍덩 바ᄌᆞ 거의 쥭게 되여더니 한무졔신 동방삭니 구션으로 올나오다

덤벙 거져 살여기로 그 은혜 감격기로 간 삼푼즁 쥬어더니 동방삭기 바다
먹고 공갑즈이 유난ᄒᆞ여 왕풍유긔 져져거눌 위슈 즁의 당거노코 헐넝헐넝
씨실 젹게 궁팔십 강티공이 그 물식셜 실짐작ᄒᆞ고 표즈박 글너너여 그 물
덤벅 드립 쩌셔 세 목금을 마셔더니 달팔십을 더 살 젹의 픵조가 그 말 듯
고 즁산으로 추져와셔 즌조 단발ᄒᆞ고 신영빅모ᄒᆞ○ 쳔일산졔을 지셩으로
지니올 졔 졔 졍셩이 지극ᄒᆞ여 간 반푼 쥬어더니 ○빅년을 더 산 고로 소문
이 파다ᄒᆞ여 남녀노소 업시 소토을 추즈 ○

<h3 align="center">〈23-뒤〉</h3>

○ 병든 노친 술이옵게 간 됴곰 빌리소셔 독신가장 술이옵게 간 조곰 빌이
소셔 슘디독즈 외아들이 거의 죽게 되야시니 간 조곰 활인ᄒᆞ소 측냥업시
비난 소리 실노 민망ᄒᆞ올 젹의 옥황상졔 꾸지져 왈 너는 웃지 ᄒᆞᆫ 간을 가지
고 회쳔명을 쏙 살게 ᄒᆞ니 쳔이을 어○게 ᄒᆞ니 요망ᄒᆞ다 꾸즁을 ᄒᆞ시기
의 마음을 구지 먹고 스졍 업숩더니 광이게옵셔난 남희 용궁을 누리랴고
명을 훈졍업시 타시니 우연이 병이 드러 스셩을 낭ᄒᆞ옵고 쏘 긔상을 보오
니 벽역츄 쳔운우변 화지즁의 골격이오니 소토 간을 드릴 박긔 슈가 업스
오며 윈보지로 자셔시면 불노장싱ᄒᆞ와 무병강역ᄒᆞ오며 신긔넌 싱바람벽을
뚤소리다 광이 드라시고 신긔 좃탄 말 더옥 조아ᄒᆞ여 좌우졔신을 도라보와
굴오디 빅을 갈너 간이 잇시면 됴커이와 만일 업게더면 공연니 남에 목슘
만 씃코 간을 못 구ᄒᆞ면 긴치 못홀 거시니 토기을 술여두미 웃더ᄒᆞ요 좌우
졔신이 여츌일구ᄒᆞ여 즌 ᄒᆞ교 맛당ᄒᆞ다 ᄒᆞ니 토기을 히젼ᄒᆞ여 영덕젼 디쳥
의 올여 안치니 토기 다시 꾸러안져 엿즈오디 미쳔ᄒᆞ온 토신을 이디지 관
디ᄒᆞ오니 황공ᄒᆞ온 연유을 웃지 다 주달ᄒᆞ오릿ᄀᆞ 용왕이 토기을 존칭ᄒᆞ여
왈 토공언 긔

<h3 align="center">〈24-앞〉</h3>

양게ᄒᆞ 과인은 거슈궁ᄒᆞ야 불상통셥ᄒᆞ더니 금일상봉언 쳔위신조라 반가오

ᄂ 니 악가 토공으로 더부러 장간 희롱ᄒ미니 힝불혐야ᄒ랴 토기 다시 엿
ᄌ오디 젼ᄒ 이럿타시 분부ᄒ시니 간쑌 아이라 목얼 버혀 밧치온덜 읏지
악갑다 ᄒ오릿ㄱ 용왕이 디희ᄒ여 토기을 위ᄒ야 디연을 비셜ᄒ고 각식풍
유와 죠흔 유식을 드려 토션싱 마음을 위로ᄒ것다 유식지졀 출일 젹의 밉
시 잇고 보기 조커 맛 존 거스로 ᄒ던 거시엿다 쳥유리 팔모운각반 빅유리
산호졉시 브려 노코 유식을 볼작시면 민강사탕 오화탕 잉도봉션 슈즁치을
고비ᄒ여 가초 노코 슈궁 일등 미식 유리반 잉무비의 동졍 츈파 조흔 술을
도둑도둑 가득 부어 단졍이 꾸러안져 광이젼셕 올이니 용왕이 존을 바다
토션싱의게 권ᄒ올 젹의 토기 거동 죽시면 밍낭ᄒ고 우숩구나 구지 시양ᄒᄂ
말리 과믹젼 디취요 억지로 이숩비을 권히노니 토기 협착ᄒᆫ 창ᄌ의 션쥬을
먹어노니 취흥이 도도ᄒ여 실체ᄒ난 쥴 모로고 용왕과 벗졀 ᄒ러 들것다
여보소 용첩지 자ᄂ난 쳔상의 미이고 나는 월궁의 미여시니 지ᄒ의 잇셔도

〈24-뒤〉

쳔상 동간이 아니잇가 슐짐의 졔가 무한이 희로온 말만 ᄒ것다 니 ○○ 셔
칙과 동의보감을 만이 아씨되 토간이 약 된단 말언 금시최면일너고 ○분슈
은 치열ᄒ다 ᄒ기로 아희덜 녁질에 시거이와 비 속의 든 간을 너고 드리난
고 아불ᄉ 방졍의 아들놈이러고 ᄒ마터면 츄치ᄌ명지훈을 당ᄒ올 번 ᄒ엿고
광이 슐짐의 그 말언 못 듯고 이 물을 발목물노 알고 담방거리다는 디환을
당ᄒ렷다 광이 슐짐의 신명난 칙○명지쳔이여던 부어토라 너 아니면 니가
국기가분냐 슈궁 풍유 드리는 영이나 이어별언 져을 불고 원타난 북을 치
고 낙비는 긔을 들고 츔고난 츔얼 츄고 흔충 이리 논일 젹에 민인을 명ᄒ여
명황을 올이며 능파ᄉ 화답ᄒ니 지아ᄌ ᄒᄂ 소리 토기 흥이 난 즉 츔얼 좀
츄어보면 ᄒ게 ○구면 그 풍유 실어 못 추고고 그리면 읏지 츔나 우리 셰계
동달영산으로 츔소 압발노 뫼 산ᄌ로 츄여들고 츔얼 츄압니 버들언 유록장
둘니치고 셕양언 느러지고 달빗쳔 경경ᄒ다 동쳔강 종지리난 졀○공 쉰질

넙히 쩌셔 양덕이 쥬긔ᄒ와 금슈성 양명의 션군가셰 아범언 가리 지고 엄
멈언 동솟이고 나는 노긔 지고 지리지리 ᄒ창 츌 졔 디겹치 엽희 셧다 익기
토기 비 속의 간으로 츙복ᄒ여 올난 츌낭 ᄒ눈구나 토기 짬죽 놀니여 엇던
게 간이라고 비 속의 물똥이

〈25-앞〉

드러 츌낭거리난 거셜 간이라것다 아불스 분스란이요 견긔이작이라 ᄒ여시
니 즉시 가는건만 못할 ᄎ의 쥬부 연셕의 춤에ᄒ여다가 눈얼 기릅 쩌 토기
을 보며 가만이 쑤지져 왈 나 듯기도 올낭 츌낭 ᄒ눈 거시 분명 간인 듯 ᄒ
거늘 네 져러ᄒ 꾀로 우리 디왕을 속기나 토기 마음의 분ᄒ여 파연 후 왕긔
쥬 왈 소토 셰상의 약간 의셔을 보아습거이와 음허화동의 원긔소복기는 왕
비탕이 계일 좃타 ᄒ여스오니 연구ᄒ 즈리을 구ᄒ여 먹스오면 긔운 즈연
회복할 거시요 그 다음의 소토 간을 씨오면 병셰 불일 니 평복ᄒ오리다 왕
이 잇디 토기 말이라 ᄒ면 지록위마라도 신쳥ᄒ눈지라 즉시 하영ᄒ여 츌셰
ᄒ던 별쥬부 연구ᄒ지라 의법ᄎ로 중니ᄒ라 ᄒ니 좌의졍 거복이 연품ᄒ디
예 말슴의 교토스의 쥬구펑 ᄒ고 고조 진의 양궁이 장ᄒ여스오니 션싱 말
슴이 올스오느 쥬부 즈리는 만이타국의 졍셩을 다ᄒ여 공얼 일우고 왓슴거
든 봉후는 고스ᄒ고 쥭기는 거시 불가스문○인국이라 별노니 이 권도을 죠
ᄎ 암즈리로 디용ᄒ옵신 쳐분 브라나이다 왈 의윤ᄒ라 ᄒ시니 잇디 쥬부
쳔지망극ᄒ여 집의 도라가 부쳐 셔로 손을 줍고 통곡ᄒ다 싱각ᄒ여 왈 니
일시 경션ᄒ 말노 음희

〈25-뒤〉

을 만나 무죄ᄒ 부인으로 이 지경을 당ᄒ여시나 니 져와 쳔이 동힝 졍분이
쥭지 아니ᄒ고 졔 마음도 상약ᄒ여 고집되지 아니ᄒ니 우리 졍셩을 다ᄒ여
빌면 다시 츅연이 싱각ᄒ여 구ᄒ리라 즉시 별당을 쇄쇄ᄒ고 준치을 비셜ᄒ

여 토기을 쳥ᄒ여 상좌의 안치고 쥬부 니외는 당의 쑤안져 빅비 이걸ᄒᄂ
말니 오늘놀 우리 양인의 목슘이 션싱게 달여시니 너부신 도량으로 짐작ᄒ
와 죤명을 구ᄒ여 쥬ᄋ소셔 토기 슈염을 만지며 우어 왈 네 당초의 날을 죽
을 고디로 유인홈도 심장이 고이ᄒ거던 ᄒ물며 업ᄂ 간을 잇다ᄒ여 그여니
죽기랴 함은 무슴 연괴며 위티ᄒ 씨 이걸ᄒ기ᄂ 날을 조롱홈이야 쥬부 비
러 왈 임군 병환이 스싱 즁 위급ᄒ거늘 신즈 도리의 슈화 즁이온덜 읏지 스
양ᄒ오릿ᄀ 글노 칙망ᄒ오면 족히 ᄒ올 말슴 업거이와 연셕의 좀간 견션ᄒ
말슴으로 인연ᄒ오면 죄스무셕이오니 쳐분디로 ᄒ오련이와 디장부 져러ᄒ
풍치로 일신의담을 혐의ᄒ오릿가 토기 더옥 싱긔ᄒ여 왈 네 죽기을 두려ᄒ
거던 네 안히로 하로밤 방슈을 드리면 죠커이와 그러치 안면 네 집 멸문지
환

〈26-앞〉

이 목젼의 ᄂ리라 쥬부 부인을 도라보와 왈 그디 소견이 엇더ᄒ요 부인니
고기을 슉이고 답 왈 상공의 말슴이 타국의 공을 일루고 도라와셔 일국츙
신이라 디왕 병환이 츠복되오면 일품공후을 봉하여 영화가 쳡의게거지 도
라올ᄀ 바라더니 공명은 시로이 집을 망케 ᄒ니 츙신불스이군은 낭군니 힝
ᄒ시고 널여불경이부는 쳡니 힝치 못ᄒ오니 ᄒ 번 죽기ᄂ 스람의 상스라
죽은 후라도 외로온 졍을 나라와 만고졍녈 별부인 별씨지문이라 특별이 졍
표ᄒ오면 상공게ᄋ셔 더옥 빗놀 거시니 엇지 그더지 쳡을 싱각지 안이ᄒ시
ᄂ잇ᄀ 쥬부 왈 부인 말슴이 너너 올스오ᄂ 잇씨을 당ᄒ와 읏지 ᄒᄀ 졍열
만 밋스ᄋ고 권도을 죳지 아이ᄒ오릿ᄀ 부인 고기 슉기고 눈물을 흘여 왈
상공의 말슴이 그러ᄒ시면 쳡이 고집ᄒ기 어럽스오니 쳐분디로 ᄒᄋ소셔
쥬부 그디로 션싱의게 알외오 기의 양양ᄒ여 쾌이 허락ᄒ고 별부인니 할
길 업셔 나가 뫼시니 토기 셔안을 비겨 문 왈 져러ᄒ 즈식으로 누지에 잇다
가 인연니 즁ᄒ기로 날 ᄀᄐ 남즈을 만ᄂ니 가문이 빗ᄂ지 아니리요 부인

디 왈 첩이 슴강의 죄인이 되오니 스러 무엇ᄒ리요 알외올 말슴 업ᄂ이다
토기 디소ᄒ고 인ᄒ여 연침ᄒ니 정이 비홀 디 업더라 토기 스랑가을 지여
시되 스랑 스랑이야 남창 북창 노젹갓치 다물 다물 쓰인 스

〈26-뒤〉

랑 연평 바다 그물ᄀ치 고고이 밋친 스랑 쳔누미식 침션쳐류 줄기 줄기 감
친 스랑 호걸낭군 니가 되고 졀디가인 네가 되이 아니 연분이야 스랑코 귀
ᄒ 졍이 예부터 잇건마은 토셩원 별부인은 비홀 디 젼여 업다 ᄒ로밤 동침
ᄒ니 빅년히로ᄒ랴 ᄒ던 별쥬부ᄂ 뜬구름이 되야구나 신졍이 미흡ᄒ여 스
창의 히 도드니 별부인의 거동 보소 토셩원의 손을 줍고 쩌ᄂ기 연연ᄒ더
라 토기 맛춤 차디의 드러가 용왕젼의 문안ᄒ고 다시 쥬 왈 어졔날 왕비탕
을 쓰라 ᄒ옵기ᄂ 병환 즁 원긔 져러ᄒ시니 일시 구급ᄒ실 약이옵스와 마
지 못ᄒ 말슴으로 쥬달ᄒ여슴더니 밤 지ᄂ 후 다시 싱각ᄒ오니 소토의 간
을 먼져 쓰셔 동졍을 보온 후 다시 보원ᄒ오면 속호 잇슬ᄀ ᄒ오며 ᄒ물며
쥬부ᄂ 공신이라 공노 씨지 아이ᄒ고 노도혀 ㄴ 안히을 쥭기오면 국기공논
이 아이라 스셰 가장 졀박ᄒ오니 소토 슈구의 츄음 드러와 쳔졍스의 그른
ᄒ오면 일후 무슨 면목으로 젼ᄒ의 조졍을 디ᄒ오릿ᄀ 왕이 디희ᄒ여 왈
과인도 이졔거지 마음을 증치 못ᄒ여슴더니 션싱의 망슴이 그러ᄒ오니 그
리ᄒ옵소셔 ᄒ고 즉시 쥬부을 픠초ᄒ여 그 뜻졀 젼ᄒ 후 토기을 쳥ᄒ여 왈
과인의 병이 시각이 염녀되오니 속히 발ᄒ여 과인의 마음을

〈27-앞〉

위로ᄒ라 토기 마음의 일시가 민망홀 ᄎ 깃거 쥬 왈 소토 본디 진셰 쳔싱으
로 의외에 디왕을 뫼와 슈일 풍유로 지니오니 셰상 싱각 업스오며 ᄒ물 인
ᄂ 간이야 어디 가오릿ᄀ만은 디왕 병셰 위팀ᄒ오니 셰상의 급히 나 간을
가져다가 왕의 병환 쾌복 후의 쏘다시 노라보 조흘 듯 ᄒ와이다 광이 듯고

긔특ᄒ다 토공이여 츙신일다 토공이여 주부을 명초ᄒ여 디령ᄒ니 왕니 분
부ᄒ되 속속발ᅙᅵᆼ 세상 가셔 급급히 도라오라 즈리 울며 엿ᄌ오디 져놈이
본디 간ᄉᄒ와 쐬을 비길진디 진나라 셔시와 한느라 방ᄉ원과 위나라 조조
라도 여긔 밋지 못ᄒ리이다 신니 갈진츙심ᄒ여 만니타국 박게 인는 토기을
십셩구ᄉᄒ여 일건 쥽아온 놈을 그져 그져 보니오면 삼국시졀의 칠종칠금
ᄒ던 공명션싱 안일진디 노아 보닌 토기 뉘가 다시 잡아 오리잇가 용쳔금
드던 칼노 져놈 비을 퍽 질너 급히 보옵소셔 토기 민망ᄒ여 즈리 쑤지져 왈
옛일을 모로ᄂᆫ야 하걸리 포악으로 용방얼 살ᅙᅵ ᄒ고 상쥬의 몹슬 학졍 비간
의 비을 갈나 인기심 망국ᄒᄂ 불가니 살인이라 이놈 즈리야 비 갈너라 비
을 갈나 간이 잇시면 조커니와 읍시면 원통ᄒ 니에 혼빅ᄉᄀ되면 범홀진디
너의 디왕 져 병중에 ᄒ로 슬기 극난이요 너의 슈국 만억빅관 여긔 져긔 ○
○○

<h2 align="center">〈27-뒤〉</h2>

ᄒ면 고려 말의 불사리ᄀᆺ치 괴로온니라 세상의 쳘 모로고 무졍혼 ○ 보게
고 광이 토기 말에 썩 질여셔 분부ᄒ되 만조빅관 즁의 토션ᄉᆼ을 희ᄒ여 말
ᄒᄂ 지 잇시면 어망쏠노 졍비 보니리라 즈리 할 슈 업셔 길을 더눌 시 잇
디 별부인 심ᄉ 낙막ᄒ여 시비로 일봉셔간을 드리거눌 토기 더여보니 ᄒ여
시되 소쳡 별부인은 지비ᄒ고 일장 헐셔을 토낭군 편의 올이ᄂ니 쳡의 팔
즈 긔박ᄒ여 십셰 젼의 부모을 여희고 십오셰에 쥬부을 만나니 승졍니 지
악ᄒ기로 규실 부족ᄒ여 ᄆᆷ음의 인는 스름 붓칠 고지 젼여 업셔 남 모른데
옥황게 발원터니 옥황니 감동ᄒᄉ 쥰슈남즈 지시ᄒ여 쳔금갓치 귀혼 몸얼
ᄒ로밤 동침ᄒ니 탐탐ᄒ고 귀혼 졍이 비홀 디 젼여 업네 풍치 조흔 우리 낭
군 만나기도 느질시고 빅년이나 죽지 말고 이별 마즈 ᄒ여더니 국ᄉ의 ᄉ
졍 업셔 일조 낭군 이별이야 혈긔로 싱긴 몸니 이리 슬고 어니 슬이 삼셩
즁 ᄒ여분 일신의 병니 되여 ᄉ창의 비겨 누어 호졉몽 으드란딜 무졍혼 져

쇠쏘리 줌좃추 씨우는고 은ᄒ슈 오죽교도 직녀셩의 몸이 되야 일연일도 칠
셕일의 낭군 면목 보고 지고 경화슈 지경되야 슈부 인세 싱각ᄒ니 연분도
돗타만은 종젹니 다른기로 일조이

〈28-앞〉

이별 쩌난 후의 긔약죠츠 막년ᄒ가 앗갑고 이달을ᄉ 이 몸이 죽고 죽어 후
세상의 다시 나셔 낭군을 다시 만ᄂ 비취금 즈응쳐름 녀분 지여 넘놀고 져
풍졍읍 별쥬부는 니 슬○레 슬○레 부셜 줍아 쓰랴ᄒ니 희암업는 이니 눈
물 쥴쥴리 소셔나고 흉격이 답답ᄒ여 디강 젹ᄉ오니 슈이 도라와셔 죽어가
는 이니 목슘 일시ᄂ 건져 쥬읍소셔 쳔만 바라읍ᄂ이다 할 말슴 무궁ᄒ오
ᄂ 다 ᄒᄌ ᄒ온즉 니 몸이 니무상ᄒ읍기로 그만 져만 긋치읍ᄂ이다 토기
보기을 다ᄒ뫼 힝쟝니 촉박ᄒ고 이목 고이ᄒ기로 답셔는 못ᄒ거이와 단여
온 후 반갑게 만날 쓰즈로 젼굴ᄒ이라 잇쩌 쥬부 홀 일 업셔 힝장을 차려
쩌날시 토기 광이젼의 하직ᄒ고 즈러 등 올나안져 벽파상의 둥둥 더셔 가
즈 가즈 어셔 가즈 이슈을 밧비 지니 빅노즘 여셔 사즈 삼순을 바라보니 쳥
쳔뫼의 머러잇고 일낙장ᄉ 츄식원ᄒ니 부지ᄒ쳐 조상군얼 ᄒ 곳졀 바라보
니 군즈ᄒ 게 잇시되 형용이 초최ᄒ고 용뫼 긔괴ᄒ여 쳥의흑관에 거상시
왈 왕니 슈로긔간이 쳔이여던 토공은 ᄒ이지차오 토기 디답ᄒ되 토속 쳔손
ᄒ니 관불관지관이요 탁신무로ᄒ니 잉불관어봉혹인디 소견지식ᄒ고 오미평
싱인데 ᄒ○○

〈28-뒤〉

지오 기인니 쳬읍장탄 왈 군불건신녀 디부어복장 흔다 니 잇○○○○○○○
○○○○○○○○○○○○○○○○○○○○○○○ 일월 발근 세상 우리 싱젼동덜과
음풍영 월문장덜게 젼ᄒ읍쇼 토기 싱각ᄒ되 이는 어복 츙신 굴원이로다 명
나슈 지니다ㄱ 오호삼 명월야에 돗디 치는 져 ᄉ람아 월범녀 졔 아인 함외

장강공 즈류는 등왕각 져긔로다 왕발의 만고시흥 하목언 졔비ㅎ고 슈쳔은
일식이라 혼 고졀 바라보니 빅의 두 부인이 죽임으로 나오면셔 토기 불너
니른 말이 져긔 ㄱ난 져 토공아 이너 이원 드러다가 세상의 전히줍소 토기
싱각ㅎ되 이난 만고졍녈 요녀 슌쳐 이비로다 소상포얼 얼는 지나 도도혼
빅만요슈 가는 길에 물결친다 눈 읍는 일 남ㅈ가 압폐 직걱 다다르며 어 져
토기야 슬푸다 오왕 틱부 참소 듯고 츙○ 혼이 나라가니 이 물의 풍덩 빠져
쳔츄의 원통ㅎ게 눈 읍는게 혼이로다 무덤 압헤 심은 나무 하마 고목 되야
시니 원령이며 초

<h3 align="center">〈29-앞〉</h3>

즁포 역역히 보랴더니 너 일즉 눈얼 비여 동문상 걸고 왕니즈의 ○셩 일월
이요 긔지유골쌍강홀이라 셰상의 ㄴ가거던 그놈 츠즈 젼ᄒ○ 토기 싱각ㅎ
되 만고츙신 오즈셔라 오강을 얼는 지나 젹벽 다다르니 삼국 쓴 파혼 후의
쇼즈쳠니 범쥬유라 동산상의 달이 더셔 두우간의 비외홀 졔 빅노횡강 홈끠
가즈 소지노하월일션언 초강 어부 빈 비노 다○경션즈 가신 후의 망월만
발거잇고 치셕강 여긔로다 즈리 등의 져 달 싯고 우리 고향 어셔 가즈 환산
농명월ㅎ게 위슈의 도라드니 어죠ㅎ던 강틱공언 기쥬로 도라들고 은린옥쳑
쐴 뿐이라 심양강 도라드니 비파셩이 즈약혼 더에 업던 산미 두견 즈규 운
다 봄쓰나 시소릭예 타향 슈국 갓던 토기 어 오소 운는 소릭 불여귀라 벽계
슈변 다다르니 경긔 과년 조흘시고 영산 홍녹 봄바람에 넘노나니 황봉 빅
졉 두루 두루 피넌 도화 옥파상에 불근 꼿 푸른 닙헌 산용얼 그○ㅎ고 나는
나뷔 운시넌 츈광을 즈랑혼다 너울 너울 두견화 우즑 우즑 게슈가지 나을
보고 반기는 듯 됴홀시고 고국산쳔 산식도 명낭ㅎ다 운는 듯 반기는 듯 에
보든 빗치로다 물가이 졈졈 갓ㄱ오니 토기 마음 간간ㅎ여 지

〈29-뒤〉

레 쮜여 나리다가 물에 빠져 거의 죽게 되야더니 주부의 구호ㅂ되 사장의
닙써 셔며 가로 쑤고 셔로 쮜며 쥬부더러 욕을 호되 절노 싱긴 오장뉵부 변
통이 잇단말기 간 츌닙 혼단 말은 듯도 보도 못호엿다 너의 님균 어리셕고
너의 조정 무식더라 함졍의 든 범이요 우물에 든 고기얼 노코 살여 보니면
셔 골슈의 깁히 든 병 속졀업시 되야시니 이 산즁의 토쳐을 뉘라셔 유인호
랴 의스도 넉넉호고 구변도 장호시고 산즁 흥미 부족타고 슈궁 벼실호러
가다 거의 죽게 되야더니 쳔신만고 스라시니 이닉 계교 싱각호면 묘홀 묘
즈 비졈일다 오장뉵부 닉 빈 속의 간쥼이ㄴ 잇다만은 미련호다 져 즈리야
니 빅 속에 인는 간을 웃지 닉고 듸리소야 네 츙셩 지극호나 병든 용왕 슬
이즈고 셩혼 토기 나 죽으랴 슈궁 좃타더니 산즁마 못하더라 너의 슈궁 졔
일지미 홍도 벽도 좃타히도 도토리만 못호더라 쳔일쥬ㄱ 좃타히도 감노슈
만 못호더라 불노초가 둇타호되 칙슬만 못호더라 곽즈 장즈 한유방의 스만
키 놀만 호며 쳔이결승 장즈방이 됴화 만키 날만 호며 난셰

〈30-앞〉

간웅 됴밍덕니 쐬 만키 날만 호며 말 줄호던 소진장의 구변 됴키 놀만 호며
무응도화 신션들 혼가호기 날만 홀ㄱ 영웅 모스 다 말히도 날만 호리 쉽지
안케니 즌방귀을 통통 쑤 긔특호다 밋궁기여 만일 둘만 되야던들 게셔 호
마 죽글 거셜 미련터라 너의 용왕 닉 미련이 용왕 곳고 용왕 실긔 날 곳더
면 게셔 비을 갈일 거셜 스라오기 닉 죻다 네 츙셩이 지극호니 병약이ㄴ 일
너쥬마 부즁병의 비상탕 삭민 빈 디 고초가로 구역증에 싱강집과 아푸즌코
줄 죽기ㄴ 복의 알이 졔일이라 즈리냐 줄 가거라 무슴 일노 예 왓더냐 간간
이도 우습구ㄴ 네의 마음 원통커든 시로이 의스 너여 나을 다시 쐬와바라
네 스졍 싱각호면 원통타 호련이와 네 안면 보즈호고 닉 목슘 어이호리 고
국의 도라오니 시원타 호련이와 네 안히 미진혼 졍 꿈 가온디 의의호다 네

집의 도라가셔 평안이 오신 소식 디강이ᄂ 젼ᄒ여라 쥬부 왈 시룹신 소리
말고 간 둔 디나 속히 가즈 토기 디소 왈 간 둔 곳지 별곳지야 복즁의 드러
씨니 웃덕케 쥬즌 말7 우미ᄒ 별쥬부야 나ᄌ튼○ ᄒ

<h3 style="text-align:center">〈31-뒤〉</h3>

○ 슈궁의 이실손야 근력 조코 용밍 잇거든 뭇트로 다시 와셔 육젼○ ○장
여보 즈니 비록 고단ᄒᄂ 고향의 도라오니 우익니 허다ᄒ다 니 ᄒ 소리 놉
히 ᄒ 압손의 호랑 슉쥬 뒤구렁 스심 번님 잔픠인ᄂ 여회 친니아들 토기 등
이 쳔지을 쥬름줍고 운무 즁의 다라드러 너ᄌ치 못된 인싱 혼빅니나 나마
가랴 날 즈부러 왓다가 너죳츠 죽게 듸면 그 안이 원통ᄒ냐 즁 밋지 못ᄒ거
던 니 뒤을 도라보라 쳥손 녹슈 시니가의 난초 요초 쓰더 먹 조약돌도 덥벅
줍아 공긔도 놀려보며 버들닙 쥬룩 훌터 쳥게슈의 씌워보며 앙금 살낭살낭
쮜여가다 탁첨지 그물의 탁 걸여 디롱디롱 미달녀 버셔늘 슈 업셔 탄식ᄒ
되 속담의 불가디명언 독 안의 드러도 못 면ᄒ다 ᄒ더니 날노 두고 일음이
라 당초의 슈궁의셔 죽어던들 죽은 후라도 신쳬예화을 바다 영화 극진홀
거셜 간신니 명을 도모ᄒ여 이 지경을 쏘 당ᄒ니 비록 공명의 지략과 오즈
셔에 긔력이라도 요디업ᄂ 고졀 만나시니 변통을 어이 바라이요 죽어도 쓸
찐 업난 귀신니 되리로다 슬픠 우더니 마춤 쉬파리 잉잉ᄒ고 지나가니 문
득 ᄒ 꾀을 싱각ᄒ고 야 쉬팔리아 너 지조가 아모리 용타

<h3 style="text-align:center">〈32-앞〉</h3>

ᄒ덜 니 왼몸에 빈틈업시 쉬을 씰기ᄂ냐 네 ᄒ아비갓튼 쇠몸의도 빈틈읍시
씨러거던 네 몸의 못 신단 말이야 네 어 씨러라 ᄒ즉 잉 ᄒ던니 빈틈읍시
씨러것다 네 그만 가거라 쉬팔리 간 연후에 그물 노군 오뉵인니 오더니 익
기 토기 걸여구나 쮜여 달여들어 궁둥이의 코을 디이고 니을 맛들 졔 방귀
을 소리업시 쮜어 이것 닙싀 ᄂ는고 니여 발리랴 할 졔 그진말 쥴 ᄒᄂ 놈

이 이 안이리다고나 구어 먹즈 바다들고 어것 셕것다니 ᄒ고 코얼 톡 통긔
니 토기 아야 코야 잇긔 그 토기 슐엇다 에이 시럽에 아들놈 죽어 셕는 토
기가 살라단 말이야 네 보아라 안니 슐라는가 홱 더지니 토기 강장 쒸여 굴
졔 얼스 졀스 조홀시고 조타 조타 니 일이야 지미잇다 니 일이야 용왕ᄀᆞᆺ치
신령ᄒ나 니 훈 말의 귀먹고 즈리ᄀᆞᆺ치 영악ᄒ나 니 훈 꾀의 눈 어두어 인는
간도 업다 ᄒ고 죽을 몸도 다시 슐아 극낙셰계 ᄎᆞᄌᆞ가니 슈궁과 인셰상의
날 당ᄒ 리 뉘 잇스리 무슈이 질 가다가 틔양산 심곡으로 슐낭슐낭 쒸여 굴
졔 여러놀 쥬린 독슈리가 즁쳔의 놉히 쩟다 비호ᄀᆞᆺ치 나라드러 토기을 툭
츠들고 비호 비호 ᄒ거놀 토기란 놈 긔가 막커 ᄒ는 말이 이런 이운 쏘 이
슬ᄀᆞ 이졔는 죽을 박게 슈ᄀᆞ 업다 진소위 조약돌

〈32-뒤〉

얼 면ᄒ면 슈만셕 만는단 말이 눌을 두고 이름이라 쳔만가지로 싱각ᄒ덜
웃지 ᄒ준말ᄀᆞ 이리 우다 가셔 쏘 훈 꾀을 싱각ᄒ야 여보시요 슈리장군 왜
니 말솜 드러보오 부슨 말이야 니가 죽어도 못잇고 죽을 기시 잇쇼 무어시
야 꾀칙이라 ᄒ는 칙이 잇시되 엄동셜ᄒ의도 굴 속의 안즈 도토리 칙슌 나
오라 ᄒ면 나오니 장군님니 가져시면 병아리 식긔 죽 죽은 것 나오라 ᄒ면
나오는 칙기오니 그 아이 조흔 것ᄀᆞ 야 그러ᄒ면 날을 쥬고 네 목슘 슐면
웃더ᄒ야 에 실소 야 싱각ᄒ여 보아라 그러ᄒ면 날을 다라 가스이다 어디
두어나냐 져 근너 굴 속긔 잇소 그러ᄒ면 ᄀᆞᄌ 굴 압희 당두ᄒ니 니가 드러
가야 니여오지요 아조 드려 보니던 못ᄒ게다 뒤발만 줍고 드려 보니니 됴
곰만 노오 못 노케다 칙니 만실실ᄒ오 그리ᄒ여라 토기 혼자 말노 즁얼거
라것다 이 칙니 웃지 더 드러간나 니 악가 여긔 두어더니 어린 것들 작는할
졔 밀여 드러간나부고 됴금만 더 노오 인졔난 못 노켓다 여보 병 식긔ᄀᆞ 움
실움실ᄒ오 독

〈33-앞〉

슈리는 본디 먹는 디는 허급ᄒᆞ는 연셕이라 ᄎᆞᆷ지 못ᄒᆞ여 오 아나 드러가거라 졔라셔 와락 밀어 노ᄒᆞ니 토기 드러 안ᄌᆞ 반남ᄋ 부르니 독슈리 밍낭ᄒᆞ여 ᄒᆞ는 말이 너는 술 도리가 넉넉ᄒᆞ니 쇠칙은 너여 보너여라 토기 디답ᄒᆞ되 쇠칙이 쇠칙이 아이라 니 목슘 ᄉᆞ는 바회 틈니 쇠칙이로다 독슈리 읍셔 나라가이라 잇 디 쥬부 토기을 실포ᄒᆞ고 긔가 막혀 우는 말이 이고이고 이러ᄒᆞᆫ 밍낭ᄒᆞᆫ 일도 어디 인는가 니 츙셩 부족ᄒᆞᆫ가 디왕 명이 ᄌᆞ르던가 슈궁거지 간 토기을 못줍아 약을 ᄒᆞ고 쳥산벽게 너른 곳데 도로 니다 방송ᄒᆞ니 ᄉᆞ회팔방 무졍쳐의 어디 가셔 줍부리요 우리 디왕 불횡ᄒᆞ면 슈궁쳔지 허다 ᄉᆞ을 다시 눌과 상의ᄒᆞ리 우리나라 구든 ᄉᆞ직 속졀업시 되야구나 이고이고 슬은지고 이 면목 바로 ○○ 우리 슈궁 못ᄀᆞ라 쳥강ᄉᆞ일 빗긴 날의 소상으○로 도라가

〈33-뒤〉

셔 ᄉᆞ는 곳도 ○ ᄌᆞ손이 셰상의 편만ᄒᆞ고 별부인은 토션싱을 이별ᄒᆞ고 상ᄉᆞ로 병이 되여 슈월신음ᄒᆞ다가 속졀업시 죽으니 수궁에셔는 그 ᄌᆞᆫ 속언 모로고 쥬부을 싱각ᄒᆞ여 용왕긔 장문ᄒᆞ여 졍녈을 표ᄒᆞ고 용왕도 토기을 싱각ᄒᆞ여 날노 기다리다 병이 졈졈 더ᄒᆞ여 셰ᄌᆞ의게 위을 젼ᄒᆞ고 별궁으로 피ᄒᆞ여더니 그 후에 젹훈공 잉어가 죄얼 입어 동졍으로 증비 갓다가 맛춤 쥬부을 만ᄂᆞ 그 소식을 젼ᄒᆞ니 쥬부 통곡ᄒᆞ고 그 길노 도라와 아황 여영게 원셩을 올여 발명ᄒᆞ고 즉시 ᄌᆞ결ᄒᆞ이라 셰ᄌᆞ 즉위ᄒᆞ여 쥬부의 츙셩을 싱각ᄒᆞ여 만고츙신으로 슝덕얼 표ᄒᆞ니 슈국이 틴평ᄒᆞ여 만조빅관이 만셰을 부로더라 졔덕은 건곤디요 신공 일월명이라 그 뒤야 뉘 알이요 여셩 불츅ᄒᆞ니 그만 져만 더져 두노라

조동일 소장 61장본 〈퇴별전〉

　　서울대학교 조동일 교수가 소장하고 있는 국문 필사본이다. 표제는 "퇴별전"
이라 되어 있고, 1면의 내제는 "퇫별젼이라"고 되어 있다. 크기는 가로 15cm,
가로 25cm이다. 매면 7-10행인데 대개는 8행으로 되어 있고 7행이 4면이며,
9행과 10행이 각각 5면이다. 매행 적게는 20자에서 많게는 32자에 이르기까
지 不整하게 쓰여져 있으며, 총 61장 121면의 완결본이다. 경해수 용왕이 황
주 땅에 비주러 갔다가 득병하는 것으로 되어 있다. 토간지시는 천상에서 내려
온 태을선관에 의해 이뤄진다. 별주부의 사신 택출은 도사의 지명으로 이뤄진
다. 모족회의 대목에서 두더지가 등장하여 호랑이에게서 별좌를 얻어내는 것으
로 되어 있으며, 토끼가 변심하자 호랑이를 대신 데려가겠다고 회유하는 대목
이 들어 있다. 우생원만남 삽화와 암자라동침 삽화가 들어 있다. 토끼를 놓친
용왕은 죽음을 맞이하며 별주부는 소상강에 피신하였다가 수궁 소식을 듣고 자
결한다. 한국정신문화연구원에 마이크로필름으로도 보관되어 있다. (청구번호 :
MF R16N 000503-16)

조동일 소장 61장본 〈퇵별전〉

〈1-앞〉

당퇴종 세민항제 즉위 초의 경해슈 용왕이 황셩문 밧게 사난 언도사와 신통한 슐법을 니기하다가 상제전의 지을 어기여 비 그릇 쥰 죄로 승상 위증으게 붓처 천참하 휴의 슈궁니 그의 망키 되듯니 상제 하감하사 용자로 즉위하신이 용자 등극하여 슈졸 거나리고 셩덕을 짝그신이 슈도안연하여 틱평을 고하그날 상제 디히하사 하교왈 황쥬 빅션니 삼연전의 슈지을 만니 하날을 언망키로 삼연을 가물기 하여던니 금즈 회과하야 경의 부조을 오셔함

〈1-뒤〉

경으로 하여금 비을 쥬워 일국 창싱을 경게흠인니 천명을 어기지 말나 하신디 요왕니 하교을 밧자와 뇌고 운무을 그나리고 황쥬 쌍의 이르려 삼일 디우을 쥬고 도라온 후의 오러지 안이하여 한풍과 염기 상하 바 되여 만신 전치 온갓 병니 드르시되 머리의 두풍익병과 두징을 겸하고 낫히 면종니 면진벼점을 금하고 코의 비쥼니며 감창을 금하고 입의 아구창니며 치통을 금ᄒ고 목의 연쥬창니며 나력을 금ᄒ고 뒷쪽지 뇌구창이며 발지을 금ᄒ고 억기 옹창니며 곰비팔을 검ᄒ고 가삼 홍통 닝병을 금ᄒ고 등의 등창 곱사동을 겸하고 역쑤리 쥬마창니며 제창을

〈2-앞〉

금ᄒ고 낭신의 골옴징니셔 오좀숫티을 검하고 불니토산불니 요산증을 금하고 눈의 안질니며 쌍달악기을 금하고 귀의 이롱징이며 귀젓알니을 겸하고

넙덕다리의 옹질이며 쌍가랏톳씰 금ᄒ고 무릅혜 학실풍니며 전며리을 금하고 다리의 각기슌풍을 겸하고 발등의 전종니며 독죵을 겸하고 황달 후달 빅달리이며 식달 쥬달을 겸하고 용천질알니며 서시병을 겸하고 몸살 하병의 하질니얼 겸하고 밋꿍의 지질니며 랑황증을 금하고 니종과 비아리 뷰징을 겸하고 비까족의 부창징은 폐문 북 단 듯하고 손까락이 달니 갓고 장 깅

<h3 style="text-align:center">⟨2-뒤⟩</h3>

이 혀리 갓고 어니한 병니간디 구식 갓기 들엇난고 전신을 살펴본니 알낫 곳 가리니면 성한 고 전니 업다 정신니 탈진하고 음식이 돈감하여 밤이며 미식 풍유을 일우지 못하고 잠을 간신니 위로하고 낫지면 의원 복자로 드붙어 병세와 소직을 무련적 국운 쇠지하여 슈엄할 길 업난 중 병입골슈하여 한무니희요 일일은 요왕니 자여손을 불너 후사을 의논하며 눈물노 세월을 보니든니 천만몽외 간의 한 도사 들어오되 화양건 학충의로 비우선 죽장을 츈풍의 혓날니며 나러오난 기상 형용 단청하고 골

<h3 style="text-align:center">⟨3-앞⟩</h3>

거이 청슈하야 상산사호 죽은 휴의 여동민니 나싯듯 안기싱 갓단만은 적송자도 방불하다 옥 난간을 드잡고 용왕의 병석 우의 장읍불비 문휘커날 용왕니 고히 넉여 셔안을 빗겨 문 왈 선싱은 뉘시간디 누지의 용입하옵서 병든 인사을 츠즈 ᄒ문하신잇가 도스 왈 노부난 천상 틱을선간이옵든이 틱왕은 싱면읍사오나 게씨되난 동희 용왕 강연군가 친의 자별하여 상종이 서로 서의치 안이 하옵든이 일전의 옥제겨옵쇼서 남천문 밧게 전좌하시고 삼십천선과 라오여아 육경 육갑 십이신장과 사희 송왕을 조회 바드실 새 계씨 강여왕은

〈3-뒤〉

죠회의 불참 죄로 벼허려 하시거날 맛참 노부의 구하 바되여 치단 치분 나
려신 후에 게씨으계 무른직 뎌왕의 병이 즁키로 시병하다가 자연 짓체되엿
나 하오믹 놀납고 놀납사와 문병차로 왓쩌이와 당초의 병든 소슈와 약 신
거설 잠간 듯고저 하나이다 용왕이 몸을 급혀 치하왈 선싱이 미제의 죽엄
을 구하시고 가이의 병을 친문하시이 엇지 하감치 안이 하오릿가 가인이
하가여싱으로 심장이 작상하옴은 선싱도 응당 이르시련이와 연전의 상제의
게 명의 밧자와 항쥬 쌍의 비 쥬로 갓삽다가 한풍가 열기 상한 바 되여 빅

〈4-앞〉

가지 병이 날마당 첨상하온 비오며 먹사온 약은 낫낫치 기록 못오나 뎌강
들려보옵소서 직시 약방 제쥬의게 분부하여 전후 약 씨든 방문을 들리여
도사게 보온디 도 보기을 다한 후의 우어 왈 뎌저 의언되난 사람니 벙을 더
하여 근본을 싱각지 안이하고 경성니 약 씨기만 쥬장한니 엇지 절통치 안
이하리요 뎌왕의 먹사온 약을 잠간 보옵건디 연연약슈불노단가 경옥고 삼
즁하은 방서의 이르기을 먹으면 빅발이 한흑하고 나치부식한다 하여신이
이난 평싱 한 사람의 기운을 요랑하여 먹사옵고 공자더성 치츙방가 회암부
자 독서환은 심득만 돕는 약이라 약명은 죳사오

〈4-뒤〉

나 뎌왕 벙의 불길하고 삼하산 호접탕가 목항별낭 힝하탕은 심열가 을체을
쥬장한이 가이 씨면 희을 당하고 안심고 기하탕 사군자 익기탕은 원기 허
하고 정신이 모소하 제 잠간 씨난 거시 비하거디 퓰 비난 사람이 그 입만
미고 쑤리난 쎄여 발리지 안이함가 갓튼지라 유익함이 업실 거시요 용비진
환 용누한은 간경만 도을 쑨이라 이난 요망한 의원의 니말리요 혀로징의

삼하탕과 치중한은 만분부당한 ○이옵고 침으로 의논하여도 기츅믹잠하혈
과 자오모유영구혈이 아몰리 좃타한들 디왕의 병은 방셔의 인난 약과 침으
로 싱의할 길 읍사온이 불심금염 하옵쇼셔 용왕이 체읍 왈 선싱의 말삼 갓
틀쩌디 방서의 침약

⟨5-앞⟩

이 업다 하이 덕옥 답답하여이다 그러나 하 신통한 약을 싱각하와 죽난 잔
명을 구하여 쥬옵시면 결초보은하오리다 도사 벙석의 나가 안지면 자우 믹
을 잠간 집허본 후의 염심단좌하여 이른 말리 디저 사람 한 몸이 일국 갓탄
한지라 배아 가삼은 궁심 갓고 정신은 인군 갓고 헐기난 빅셩 갓트이 일신
을 잘 다사일 쥴 알면 덩히 일국을 잘 다실일 그시요 혈기 익기나 그 몸을
평안코저 하미이 빅셩이 혓트지면 나라이 망하고 혈기 다하면 몸이 죽난
고로 벙보난 예언이 남의 기싁과 믹체을 보와 근본을 요랑치 안이하고 약
을 씨난 거시 셰상의 멍의라 하건이와 불연지약으로 사람을 죽

⟨5-뒤⟩

니난이 이제 디왕의 병셰을 잠간 살펴보온이 간경이 허하고 경의 울하가
우허로 올나 빅가지 병이 되야신이 만일 노부을 만니지 못하여든들 엇지
일을 보죤하리요 용왕이 디경 디히하여 공경디왈 선싱의 말삼을 듯사온이
사도 당연하여이다 엇지하여 심간경으로 병이 드쌈난지 발씨 가라처 쥬옵
쇼셔 아모 약이라도 지시하난디로 구득하오리다 도사 가로디 병셰 알기 어
렵지 안이할 거신이 항쥬 쌍의 비 쥬로 가 계실 쩌의 장찻 가물다가 비을
만니 극한 며우 증울한 기운가 움난한 바람이 장부의 병이 되야시되 간경
은 바람을

〈6-앞〉

쥬장하고 신경은 울하을 차지하엿시이 당초의 신음하올 쎠의 눈이 어듭고
눈물이 흘으며 눈을 쓰어 보이난 마다 두려언 사람의겨 쏙기여 온 듯ㅎ고
을골빗치 쎠도 쌀곳 풀리고 하기난 간경이 쳐한이라 경신일과 임계일의 쥭
을 그시요 입이 말어고 낫치 쌀그며 부정한 기운이 흉격의 열히여 호읍이
천촉하여 마음 항상이 늣기고 경망이 심하여 압흘 싱각다가 두을 잇기는
심간경이 혀함이라 이더 왕의 믹을 보온이 심믹가 동믹은 심경믹을 쥬장하
고 부믹의헐이 가장 흉상한지라 목극하여 비위 상하고 비위 상하면 오장이
함지 상

〈6-뒤〉

한 고로 병서의 일어기을 혈믹은 쯘치지 모하난이라 하여 이제 디왕의 병
이 심간경로 인연하야 오장육보와 사지빅절의 안이 든 디 업사온이 덕옥
악 그럇씬 타시라 지금 안심조하탕으로 아모리 다살이되 이난 이른바 홍노
점설이라 엇지 차호을 바리잇가 연이나 흔가지 쎨 약 잇사온이 디왕의 힘
으로 능히 구할잇가 요왕이 반기 왈 가인 나라이 비록 편쇼하나 기구는 별
적지 안이하와 티상노윤의 진장옥빅과 잉왕모의 반도가지와 만슈산 인삼이
라도 능히 어드보왓그든 그 나문 거시야 과인 씨랴하온면 별노 어렵지 아
이 하온이 말삼디로 구하올이다 도사 왈 인간의 한 짐싱이 잇시되 그 시조
난 을궁 항아와 친밀

〈7-앞〉

한지라 여와씨 시절의 약 글엇 지은 죄로 봉니산의 적상하엿든이 흔낫 혈
육을 입으로 통하야 디디로 중산의 잇셔 지우금 그 자손이 셰상의 편만하
엿씬이 일은바 망얼퇴라 그 짐싱의 간을 어드 침힝 가로의 한을 지여 밍문

짜리 믈의 슴한식 공심조하온면 걸단코 츠호잇사올이다 그 짐싱이 천상 얼기을 타 난 고로 일변 심경 울하을 눌이고 셔체한 그셜 나리옵고 헌한 간경을 도와 언기을 회복하면 그 가온디 든 병이 어디로 가오릿가 연이나 그 김싱은 수궁의 잇는 그시 안이온이 죠련이 구하기 어렵사온이 디왕의 죠시 즁의 지모와 장약잇는 자을 인간의 보너여 하말이 셩금

<h2 align="center">〈7-뒤〉</h2>

하여다가 씨옵소셔 용왕이 디히하야 빅변 치사하여 왈 가인의 복이 두려언 선싱을 만너여 사병의 양약을 지시하옵시이 항공하옵근인와 지식 용열하와 양신을 아라씨지 못하온이 선싱계옵셔 친이 틱정하여 쥬옵소셔 하고 만조 빅관을 슈정으로 불너 도사 보니 그날 낫낫치 간상하고 용왕을 도라보와 왈 일강노 적혼공 잉어난 신슈 장디하고 용역이 절윤하나 지식이 부족하고 셩정이 조급하야 소고치기 일슈한이 보너기 부당하고 언츰군 남싱이난 품셩니 우졸하고 변통 전히 업셔 죽을 곳절 당하여도 기슈 모로온이 보너기 부당하고 현의도독 그보등은 지조 유여하고 형용이 노슉하나

<h2 align="center">〈8-앞〉</h2>

전변이 정히 업고 자용이 부족하여 방안의 암즈되고 장막 쏙의 영운니라 불니기 만무하고 관슌군 스회난 육형지 그동 보쇼 삼신산일 등 지고 티힝산을 빗그 누어 천지을 적다 하고 고집되고 노둔하여 왕명을 그역한니 씰쏘지 전니 업고 회운군 게난 양목 힝천하고 외골니육 고니 하다 형상 그럿키로 즁심니 혀급하여 어려온 일 당하면 엽그럼질 의일하고 안광니 부족키로 시빠람 얼넌 불면 지척을 몰으온니 혓일홈만 놉파 잇고 실상은 씰디업니 용역장군 방어 등은 육다골소 어인 일고 괴로온 일 잠간 보면 쏠리가 빗치쏠고 정신이 살난한이

〈8-뒤〉

졸장부라 가소롭고 틱학사 오징어난 문필이 유여키로 먹통을 가자신니 남보기 근사하나 우쫄하고 약질이라 씰 길이 바이 업고 발호장군 골러 등은 심슈이 불칙하고 기싱이 흉흠키로 눈아리 어룬 업고 살심만 일삼은니 나라의 역적니요 동유 우한이 힝실이 글어한이 슈외의 발이 두고 경목공 가잠이와 절치군 복정이난 불호가 막심하고 인군을 어이 알이 디구형 메여기난 용심이라 하기로 음식으로 유인하면 불분방슈 달여든이 나라 일의 불너보면 쌔지기만 쥬장하이 이난 드옥 씰디업고 나문 신하덜은 엇지 난낫치 평논하리용 금변 사신 한 그렴의 디왕 사싱과 국가 흥망이 달여신이 가장

〈9-앞〉

두렵고 크지라 반다시 항우 갓튼 기력과 공명 갓튼 질약과 소진 갓튼 귀변과 장양 갓튼 지모을 겸한 신하라야 능히 디사을 믹기그신이 노부의 소근의난 쥬부 베살하난 잘리가 맛다하여이다 별쥬뷰난 약방제쥬의 동간이라 왕명 중의 그 힝하난 그설을 보온이 마음이 간칙하여 지토의 섬쇼치 안이하며 장찻 등의 갑오설 입어신이 풍우장쥬라도 시석을 피할 그시요 눈이 노리고 이가 맛기 싱겨씬이 철석이라도 너흐면 쑤어질 꺼시요 사족이 힝보의 염여업실 거시요 비의 임군 왕자 붓트신이 목심이 장언할 거시요 목을 임으로 츌입하이 원근을 살펴여 긴보 의글 그시요 비록 비간의

〈9-뒤〉

비을 가르고 여상의 펑살함멀 당하여도 절기난 변치 안이할 그신이 제중의 읏듬이라 그 외의 보닉 리 업실지라 디왕은 노부의 말쌈을 혀쇼이 싱각지 마옵소셔 용왕니 디히하야 별쥬부을 픠초하야 갓가이 안치고 등을 으로만 지며 왈 과인과 조정 디신이 경의 질약을 아 리 읍시되 션싱니 오직 아르시

고 그디을 천거하이 경은 과인을 싱각하여 한번 슈고을 익기지 말고 성공
하여 도라오면 일품 공노의 츙호을 봉하여 아람다온 일홈을 후세의 전하리
라 쥬뷰 복지쥬왈 소신이 비록 지조업사오나 성고 이럿타시 간측하온이 빅
변 죽사와도 엇지 전하의 명을 거역하오릿가 용왕니 디히하여 틱일츌사하
야 쥬부을 전할시 잔차을 비설하고 왕이 친이 잔을

〈10-앞〉

드려 쥬부을 위로하되 경이 말이타국의 가 퇵기을 싱금하여 무사이 도라와
서 과인의 목슘을 보존키 하라 쥬부 잔을 잡고 눈물을 흘여 천은을 감격하
며 도사게 사려한디 도사 우어 알 그디을 디하여 달은 부탁 업근이와 그디
일직 퇵기을 보지 못엿나지라 비록 디한들 엇지 아리요 황차 세상의 두려
온 그시 범이라 칭호난 산군이라 하 품성이 밍열하고 용역이 무쌍하여 사
불여의하면 잇든 정분 업기 으역으로 억제하이 이난 임시변통하면 저의 하
런이와 니 두가지 김싱을 요모파기하야 비쥰하되 일호도 소흘하미 읍기하
라 하고 인하야 도하사을 불너 두 김싱의 형상을 기리올이라 하이 화사 명
을 듯고 유륵 도총서호 단청 디황모 무심필을 쥼혀리 는짓 푸려 디장지 펼
치 녹코 이리 절이 기리닐 제 두 귀 쫑곳 두 눈 쫑골 입은 쌋쪽 코은 쌕곰
쏘리은 몽탕 압발

〈10-뒤〉

은 절슉 뒤 발은 덩강 인종은 잘막 털은 모흐니 이난 퇵기요 쏘한 김싱을
기리닌이 며리난 칠싱이 난는 노성니 송낙을 고기을 슈기고 조어난 듯 눈
은 경쇠의 도금하듯 하고 입은 피동의 갓고 이은 말장성 갓고 흉장은 빅셜
갓고 달리난 진씨왕 아방궁 들보 갓고 발은 그 집 지초돌 갓고 소음틀 바독
점의 쏘리난 무지기 선 두럿 듯하고 안진 그동이 검각산 기알괴석니 운무
즁의 소사난 듯 정신도 포열하고 위풍도 밍열하다 일은바 산군이라 쥬부

바다 품의 품고 사은하며 하직할 제 도사 문듯 간 디 업니 용왕니 모니 홀
홀 하시드라 이적의 쥬부 힝장을 슈십하여 국문 밧게 나서며 물머리을 드
위 잡고 범범중유 놉피 쓰 갈 졔 압발노 창낭을 찍어 단니고 뒷발노 벽도을
차고 물가의 다달나 스면을 살피본이 인적은 고요하고 부지처 갈고지라 방
초

<h2 style="text-align:center">〈11-앞〉</h2>

간의 몸을 슙거 사시픙경 귀경하든이 산허리 석양천의 한 김싱 나려오되
멸이 우의 쏚리 돗고 고리 눈 쏘각 발의 털 빗천 황금 갓고 신체 장디하야
늘뒤져이 나러온다 잇쩌의 쥬뷰 니렴의 헤오디 져게 오난 그시 퇵기도 안
이요 범도 안니라 그 성명을 아지 못하나 디장뷰 왕몡을 모압고 이곳가지
와서 요만 그설 보고 겁을 니리요 아모커나 면저 시험하여 슈작희여 보면
퇵기 유무도 알이라 하고 오나 도로의 나서머 소리하여 왈 적의 오시난 친
구 잠간 무러보사이다 그 김싱 고이 여겨 문왈 그디 뉘신잇가 쥬부 답왈 경
희슈 용국의 잇난 쥬부 자리라 하건이와 노형 족호난 뉘라 하시난잇가 그
김싱 디왈 저난 저 들마 잇난 우싱언이라 하오 뵈오나 다름읍시 들엇습건
이와 이리 만니기난 하상견지만야오 우싱원이 갈오디 존호난 들어건이와
무삼 일노 인간의 나오신잇가 쥬부 왈 졔 비록

<h2 style="text-align:center">〈11-뒤〉</h2>

슈뷰의 잇시ᄂ 인간의 치구 혀다분하여 날노 승종하옵든니 엇거지 퇵석사
이리 만니 쇼충니나 하자하여삽든니 두류차지되 맛참 만니지 못하온이 노
형게 혹 보어게시잇가 우싱언 왈 퇵석사의 명호난 들어근니와 피차 출입이
다르기로 한번 싱면치 못하여싸온이 더욱 그 친구 노난 곳절 아오릿가 쥬
부 소왈 사세 그려하오면 부득니은이와 보오민 노혀이 저디지 장디하옵고
비가 저력키 크온이 지식이 남의서 더하여 세상만사을 몰올 쯰시 업실가

하나이다 우첨지 보디 무식 소치로 헛 비만 불넌나나다 쥬뷰 직시 알고 우
한 마음으로 닝소하여 왈 성인이라사 능

〈12-앞〉

지성인이라 하온이 노혀은 진실노 지인지감이 남의 키 크기 다르도다 주뷰
다시 문알 형의 말삼이 퇴석사와 츌입 다르다 하온니 노형은 인간의서 소
업니 무어신잇가 우싱원 앙천탄왈 말삼하자 하오면 흉격이 답답하여이다
나도 이얼망정 본이 실농씨 자손으로 시고경하올 적의 역산의 밧철 갈고
그 길노 나려와서 귀 씻튼 영천수을 드럽다 안이 먹고 우산의 누어든니 육
산포염 걸쥬 만니 구족을 다 죽이고 제선왕 영야시의 죽을 몸니 사라나서
세상을 하직하고 임천소야 슈문 나을 무지한 사람

〈12-뒤〉

들니 심상니 안니 보고 세불 디린 시긴쥴노 목을 얼거 굿기 미고 낭걸 얼그
코을 쮜여 니라 저라 모라다가 명이 장기 혹정이을 메고지고 다라와서 빅
모전 가라닐 제 한변 실족하먼 모진 발질 독한 치로 칫쓰 찬이 오서의 쮜금
질과 초피왕의 당길 심도 속절업서 거진하여 눈을 쌈쏘 업드진니 못 니기
여 그을망정 나 잇난 디 몰라다가 소복이나 씨기난 기 인정간의 올크만은
일푼 사정업서 도우탄을 불너다가 두피쪽 갈나니여 천자 제후 중더신니 우
리 고기 다 자시고 뿔을 쎄여 할 붓치고 가죽으로 북 메운니 니 한

〈13-앞〉

몸의 잇난 그시 안니 씰디업근만은 밧 가라 처먹으면 재물 씨면 니가 씨난
가 용비간 구절기 공밍자 그록한 득 싱전의 어질기로 사후까지 잇서난더
니 한 몸은 무사 죄로 이렷타시 지니다가 니 죽은이 그리 죽쇼 만싱천자 어

이히여 나 안이면 귓타 하며 영웅호글 그 뉘기며 나 안이면 귀타할가 오복
즁의 귀한 그시 슈 다음 부라한이 경전신 안니하면 복 잇짜고 부자될가 니
득로 남이 먹고 쥭어도 또 먹은이 이른 설움 또 잇난가 적숑자 여동빈은 밧
가라 안니 먹고 육식좃츠 멀니하되 싱불사하여신니 밧 갈기 갈아칠 제 나
안이면 읍다던가

〈13-뒤〉

부질업시 말과기난 별노 공이 업건마난 괴로온 일들 씨기고 니 가라 익은
곡셕 세상의 다 먹으되 세인니 이르기을 건마라 잇가른 이제 성정 엇듯키
로 쥬인을 아라보며 니 마음 엇듯타고 고집되다 일으난고 인심도 강악하고
세도도 변할시고 니 신세 싱각한이 몸 둘 곳지 전이 업니 한심코 가련한 말
터강나나 이르오더 맛침 니 몸의 발일 그션 그림지와 눈섭적이 긋쑨이요
그 외는 못 씰 그시 업난이다 쥬부 듯기을 다하미 벽장더쇼왈 절럿키 웅장
한 싱언이 쥭음도 박삭그 야들노오 우싱원니 셰을 니여 코울 훔치며 그련
들이요 노형 말삼니 당연하

〈14-앞〉

오나 맛참 여서 잠간 만니 일만정회을 다 못하온이 훌훌하오나 남아하쳐불
상봉니라 하온니 일후의 다시 보사이다 하직하고 고기을 쓰덕쓰덕하며 펄
적펄적 쒸여 어디로 다라나겨날 쥬부 홀노 싱각하되 세상의 헛된 자식도
만니 보왓다 하고 퇵기을 츠즈갈 제 첩첩천봉 산이 되고 잔잔벽계 시니되
야 벽파강산 통한 물결 임지업난 갈메기는 구비구비 흘너쒸고 쳔장 만장
나라진 폭포슈은 의시은하낙구쳔은 옛 굴의 들어든니 여게와서 보리로다
기암괴석 우의 느러진 창송은 쌍빅학이 깃쓰리고 빅졉 황잉 나라들고 장더
셰유천만사은 멸니 쏀난 밉씨로다 가지 가지 허늘

〈14-뒤〉

허늘 벽도화 쓸기 쏙의 중장망혀 한가하다 쏘 한 곳 바리본니 티손은 첩첩
기암은 줏츔 원손은 중중 근산은 암암 좌편은 좌두봉 우편은 우두봉 건니
봉 마진봉 일출봉 월츌봉 좌우 천봉만학이 웃득웃득 운무체로 소사신이 이
동 쏘한 경이로다 쏘 저편 바리본이 절폭포라 좌륙 흘너 청계슈 늘어젓다
우편은 의시은하낙구천이라 자우 서로 깃들려서 농츈하는 쫙을 지여 청청
계슈 석계상의 탐화하난 봉접덜은 춤을 추고 나라든다 이도 쏘

〈15-앞〉

한 경 안인야 암상을 차자올나 언근 산천 살편 후의 주부 비록 수부의 잇시
나 힝장은 찰난한지라 상사단 귀줌치의 주홍사 별민짐을 기탄업시 둘너미
고 빅통은죽삼동초을 너우려지기 담아너흐 벼록불의 깃철다라 깃탄업시 피
워 물고 이리 저리 비회하먼 퇵기 흔적 살피든이 홀연 한 곳 바리본이 청게
상 슈움간 온갓 김싱 모어씨되 힌범 집범 삼동포독점 너구리 싱양이 약디
놀우 사심 암곰 슉곰 집돗 멧돗 산달

〈15-뒤〉

수달피 원싱이 망을퇴며 퇵기 아다 퇴손이며 퇵기 사촌 항열들이 차리로
모혀 안자 디연을 비설하고 비반이 낭자하며 서로 질그 는이난더 연치을
닷톨 적의 잇쩌 호링니 상자한 너구리 이른 말이 그디 풍치 비범하고 용역
니 절윤하나 오늘날 니 잔차난 노쇼차로 정자하난 그시 올커날 그디 한갓
강포만 밋꼬 염치업시 임의로 상자한니 불가스문어하인니라 호란 디로하야
고성디칙왈 니 설영 연치업다 하여도 직품가 풍덕니 너의 유 안니그날 고
굼 영웅호글들

〈16-앞〉

이 다 나을 두고 비유하여신이 요망한 너의 연석의 상장을 못하고 디장부
라 층하야 너구리 안지며 우어 왈 오날 니 잔차는 조정 안니여든 직품을 의
논하이요 민일 직품과 풍치로 연치을 몰을진딘 지품 조혼 순임군니 그 아
비의게 호자되며 풍치 조혼 간운장 그 형의게 공경할 직품도 거록하고 풍
치도 좃큰만은 불의지사 만니흐오 형니 유독 상자을 하려한이 구상유취 가
련하다 호랑 드옥 노하여 왈 그려하면 너의 연치을 들어보라 하산 처사 진

〈16-뒤〉

만이도 천일슈 파한 후의 세상을 귀경타가 슝티조 일출시의 천명을 짐작하
여 바독 두어 니기할 제 그게 밋처 가서 풍월을 희롱타가 싱사문을 훈수하
고 산곡간의 누워든니 주렴게 차자가서 니천의 비을 저혀 회남으로 도라들
어 쇼광절 잠간 차자 미러사을 의논하고 인간의 험한 길을 명도으게 무려
신니 너의 나히 엇더하야 너구리 소왈 그디 나 자랑함을 들은니 진실노 요
동 짱의 돗치요 우물의 든 고기로다 엇지 디장부라 할이요 노부 연치을 나
소안자 들어보라 남양

〈17-앞〉

초당 추주들어 제갈선싱 잠간 보고 최지평 석관원은 쇼근 부족키로 수경선
싱 추주가서 그문고 들은 후의 슘국풍진 귀경텬니 간운장의 오관춤중 거록
다 하련이와 조밍득니 빅만병 그날 이고 적벽강의 진을 치고 비 우의 술을
빗저 달아리 노리지여 창을 집고 의논할 제 동은 하구 서은 무충 남은 벽성
북은 오릉 쏘 저펀 바리본니 남병산 둘너시되 형용으 길임이요 체세난 병
풍이라 수군 원수 황신터왕 오경광풍 정중득 순문약과 허제 서황 하후도난
굴귀 지여 슝득하고 투고

〈17-뒤〉

벼서 보여그날 세 잔 술 설오 논아 승전고을 크기 울이 하롱도 하광즁의 종
적을 잠간 슘겨 시절을 의논트이 쥼임호글 벗임늬와 달을 쒸고 도라와서
픙월을 하답하여신이 늬 나히 그디만 못하야 호랑이 비록 분하나 할 말 읍
서 주저하다가 좌을 혀하거날 너구리 상좌하이 사심늬 넛드서며 너구리을
쑤지저 왈 옛 글의 이르기을 칙인지몡이요 칙기적악늬라 하여신니 니난 너
을 두고 일름이라 너갓치 용열한 거시 좌상 공논을 기달니지 안니하고 고
니하다 너난 늬

〈18-앞〉

날을 들어보라 주문왕 영디상의 덕화승의 노든 일을 일너 씰디업그이와 수
양산 들어간니 고죽구 두 이들니고 마이간 도라와서 치미가 실픈 곡조 춘
홍이 듯업그라 의구산 츠즈간니 수양혐 안씨여로 더부려 디셩인 나흐시라
고 산신계 기도할 제 산과을 짜드리고 디셩지셩 탄싱한니 삼천 제자 다라
시고 향단츈풍 근오천의 예악사어서수문을 낫낫치 가라칠 제 성헌가을 듯
고 오왕분즈 월선늬와 간게궁 눕푼 집의 풍악으로 유전하고 고소디 달 발
근디 음식약유 논

〈18-뒤〉

일 적의 늬가 그게 임지되야 풍경을 도와주고 홍망이 듯업기로 그 길노 나
려와서 회음성 츠즈간이 한신의 낙수줄의 초한건곤 어디민야 포모으게 밥
을 빌고 도즁소연 질역할 제 영웅진줄 그 뉘 알이 늬 혼자 벗지 되야 적막
한 마음 위로하고 굴리산 눕피 올나 초픠왕의 팔천 디병 ㄴ 혼자 본 연후의
게명산 달 발근디 장즈방 옥소성의 장즁의 잠든 픠왕 아조 깜작 놀늬서라
절뜬가인 손목 쥐고 피눈물노 하직할 제 팔천제장 어이하리 오쵸마 목몌니

고 오강정장 지촉할 제 니 정영 보와신며 빅용퇴 올

〈19-앞〉

나간이 왕소군 출시하 제 깁슈건의 눈물 젓고 옥귀 밋터 지미 쩌여 박명첩
을 한탄하고 한천즈을 원망타가 죽은 후의 원니 집퍼 무덤 우의 풀인 풀이
장부 심사 다 녹킨다 주가포로 제물 차려 한국 고혼 위로하여신이 나히 너
와 엇듯한요 너구리 할 말 읍서 자을 허하거날 원성이 썩 나서며 사심을 쑤
지저 왈 요망한 놈이로다 아히들 다리고 연치을 자랑한이 우섭고 분하도다
너난 니 춘추을 드러보라 오십연 치불치을 미복으로 알고지고 착정움 경전
이식할 제 경양가을 드르보소

〈19-뒤〉

강구연월 티평시절 기상으로 노러할사 일천진 초목금슈 제역인들 읍실손야
우로즁의 잠긴 몸이 즁화일월 다시 만니 경역산 파한 후의 남훈전 오헌금
을 월하의 빗그 탄니 팔원팔괘 츔을 추고 경슌경성 빗치 날 제 천퇴산의 숨
머잇든 쇼부 심사 남박다 하언이와 치수하든 하우씨도 팔연을 그외하야 도
산도우 하올라고 용문산 씻쯸인니 기세도 장할시고 창희꿈의 만니 옥도치
을 어더신이 하악으로 경갑사을 호령하야 역사을 커기할 제 니 그게 밋처
가서 한 팔 심 는짓 빌여신이 니 나흔

〈20-앞〉

삼티상 인물이 너히 연세의서 적다하야 말이 맛지 못하야서 말석의 잇튼
퇵기 동고라키 나안지며 원성을 쑤지저 왈 니 비록 형용이 약소하고 성정
니 죠급하여 남우게 어룬 다시 보니 못하여신나 연세을 혜알이면 너히 쇼
연과 비하기 도로혀 천격이라 싯체 절문 소연덜 어룬 압퓌서 방자이 나 줄

랑하면 담방이난 것 본이 진실노 어류을 알기하여 서사 너두 힝실의 실수
업실이라 하고 니 당초의 입을 열지 안이하기난 호랑 숙쥬께옵서 훈기하시
기로 숙질이 함게 놈의 요란키 하기난

<20-뒤>

경기 안인 고로 자우 공논만 기다리 참고 잇서든이 어류을 몰나보고 물예
막심한이 엇지 예절이라 하리요 원성니 가로더 절어한 그시 무삼 나히 드
려관더 노소을 모로고 담방담방하다 퇵기 탄식하여 가로더 니 나흔 세상이
다 아난 비여날 네 혼자 모른다 천지 싱기 후의 음양으로 일월 되고 항궁
약절귀을 니 혼자 츠지하여 밤니면 달연하고 나지면 일이 와서 소일하기로
너히 갓튼 청싱 만니 망연지교 볏지 되여신들 조밥의도 으시등이요 철중의
도 징징니라 니 엇지 겁니여 말 못

<21-앞>

하리요 원성니 할 말 업서 고기을 수기고 자을 허하그날 퇵기 호랑으게 아
첨하여 왈 오날 수주 두옵고 상자하기는 도리 안니온니 면저 자을 정하시
면 소질은 다음 되옵니다 호랑니 더히하여 상즛하고 비반 낭자하야 질기고
논니든 잇더 여히 말석 참여하여다가 어더서 홀작홀작 하난 소리 들니그날
도라본니 한 김싱니 혼자 울그날 살펴본니 뒤적니라 고히 넉여 문왈 너나
무삼 설은 니리 잇서 우난다 뒤적니 더왈 좌중의 참여하면 니 마음 잇난 서

<21-뒤>

름 더강 통하련만은 일시 자저하기난 니 신슈 넉넉지 못한 타시라 상좌의
안진 호랑이는 심술니 부정하여 혹 그릇한 일이 닛그나 혹 시장한 기운니
들면 노소을 모로고 자바 자시려 하기로 무서워 자저하노라 여히 그 말더

로 좌중의 통한이 호랑 즉시 분부하여 들어오라 하그날 뒤적니 정신을 수
십하여 섭수 잇기 들어간이 좌중이 벽장디소 안니 하리 업들라 호랑 우심
을 말여 긋치고 갓가니 오라 하여 문왈 천지만물니 다 유유상종하기로

〈22-앞〉

사람은 세상의 잇서 이비와 인군을 쫏고 주수난 산의 잇서 기린과 나을 쫏
난이 너는 그 중의 들지 못하고 쌍을 파고 길을 니여 종적을 은휘한이 고이
한 놈이언이와 무삼 설은 일이 잇서 어류 노는 디 참여하여 우난다 뒤적이
왈 우리 시조게옵서 문별 놉푼시기로 혼둔씨와 혼인하야삽든이 신수 부족
드 하고 임시퇴호하미 디면하기 가장 무식하여 쌍을 파고 질을 니여 단인
다 하근이와 너히 회중의 절문 아히들 나 잘랑하난 말 드른이 자연 옛 일을
싱각하여

〈22-뒤〉

운노라 호랑 디소왈 너의 말 들은이 적실이 그을진딘 문별도 조흘 밧게 쏘
한 나이 더옥 만타한이 네 나을 염여 말고 마음의 잇난 디로 자서이 말하라
한니 뒤적이 가로디 호랑이 네 송터조 주렴게 보왓짜 하이 하날도 싱기지
안인 전의 그 사람부텀 미리 낫든야 너구리 네 말니 제갈공명 간운장 보왓
짜 하니 하랄도 싱기지 안인 전의 그 사람부텀 질업터 낫든야 사심아 네 말
니 구리산 수양산 고소디 회음성 보왓짜 하니 하날도 싱기지 안닌 전의 미
리 그 사람부텀 전기도어든야 원

〈23-앞〉

성아 네 말이 요인군과 순닌군 소부 허유을 보왓짜 하니 하날도 싱기지 안
인 전의 요순부텀 낫든야 호랑니 어이업서 도로 훌쳐 우서 왈 저근 자석다

리 진 체 하그이와 니 큰 발노 한 분 발부면 별노 남저지 업실 그신이 네
말을 바로 하라 뒤적이 퇵기을 도라보와 왈 형의 나히 자중의 웃듬 눕푸다
하니 하날도 싱기지 안인 전의 월궁 황아 약쩍 옥절귀부텀 질업터 낫든가
퇵기 정식 왈 우리 숙주게옵서 너부신 도량으로 턱별니 짐작하여 이제까지
너을 살여둔이 그도 과감하그든 무어

〈23-뒤〉

셜 밋고 남을 능밀이 아난다 뒤적 우어 왈 니 기력니 부족하고 헝체 잔약하
나 지식니 넝넉하고 연치가 쏘한 눕파신니 비록 죽을지은정 엇지 겁을 니
리요 노부의 연치을 듯고저 하그든 소연덜니 귀을 기울너 자서이 들어보라
티고적 홍몽시절의 음양이 시판할 제 말근 기운은 우흐로 올나 하날니 되
고 흐린 기운은 쌍으로 나려 순천초목과 인물금수난 쌍으로 쏫차 나고 일
월성신과 사시풍우난 하날노 쏫차올나 영소전 눕푼 집을 조하로 지을 적의
맛

〈24-앞〉

자식니 도편수로 식목을 손의 들고 게수남걸 버히다가 구분 나무 잣짜듬고
자진 나무 굽짜듬아 갑자월 갑자일 가자시의 입주상양 분명하다 일월노 창
을 달고 무지기로 난간 둘너 구렴 병풍 발람문의 비옥으로 주렴지여 단벽
니 휘항하고 구중궐의 주옥이 얼니엇다 낙성연 비설하고 오황게 헌수할 제
티을성 장경성과 가항연 서왕모은 봉황으로 수리 짓고 길을는 학으로 쓰으
연석의 참예할 제 불노초 반도가지 경장옥익 깃들니여 디

〈24-뒤〉

취코 논일 적의 맛아히 휘주의 잡피여 천상 니정으게 잡피 죽고 공공씨 디

정씨 싸홈을 크기할 제 부주산 승승봉을 썽니여 더질은니 하랄 지동 부려
지고 쌍며리 기울너지그날 여와씨 더로하야 두 인군을 죽인 후의 오식 돌
가라니야 일월노 반늘 삼고 오경으로 실 만드라 하날 지을 적의 둘지 자식
키 크기로 역사을 주장타가 돌의 치여 죽어 잇고 세지 자식은 넛기야 두워
든니 달 도다오난 농희변의 부상니라 하난 쏭나무 심우로 갓짜가 어복중의
장사하여신니

<h2 align="center">〈25-앞〉</h2>

이은 팔자 보와시나 일성 죽지 못하여 설어하던니 오날날 절문 아히들 나
자랑하난 말 들은니 죽언 자식 싱각하여 더옥 우노라 호랑 디소 왈 네 말
들을진딘 너난 더옥 의논 못하런이와 네 자식은 진실노 하랄도 싱기지 안
인 전의 낫쏘다 저근 자식니 큰 말 한니 엇지 기특지 안이할니요 하고 별좌
을 정하여 안치고 주육을 나소와 머기고 함게 노들라 잇써 별주부 암상의
혼자 귀경타가 하상을 너여들고 멸니 서서 벙준한니 상좌의 안자 방

<h2 align="center">〈25-뒤〉</h2>

약무인 하난 그선 분명한 뱜이요 그 다음의 안자 담방이난 그선 퇵기라 그
외난 싱면목 무수하나 다힝 퇵기 소방든 고절 만니근이와 잇써을 당하여서
종적이 심이 위티한지라 하고 어구의 안자던니 니욱하여 열어 김싱니 자을
파하고 사면으로 흣터지그날 바희 아리 종용니 나러와 두어 그럼을 지니미
난디업난 호랑이 수엄간으로 닛더서며 압발노 등을 덥석 누리고 왈 네 말
은 쇠쏭니야 쇠쏭 안이면 반다시 나무 접시로다 주부 천연니 답왈 그도 안
이요 호랑니 가로디

〈26-앞〉

그러면 무어신다 주부 잠싼 지담하여 왈 나난 불돌키요 호랑 쇼왈 불돌도 안이로다 네 성명을 바로 알리라면 컨이와 불연즉 니 하로 잇틀 한 달 두 달 금연 명연 여려 히을 누리고 섯씨면 네 고랑 슝스느리라 주부 더왈 누리고 잇난 너는 무어설 먹으야 호랑니 왈 느는 미리 일을 줄 알고 늘그죽도록 히포 먹을 양식을 가저왓짜 만일 바로 알외지 안니하먼 니 심씁 누리먼 네 창사을 녹키리라 주부 안마음의 즈랑하되 제 아모리 장사들 입으로 온통 멱지 못

〈26-뒤〉

할연이와 만일 제 말과 갓틀진딘 엇지 살기을 바리리요 잠싼 쇠로써 명을 도모할리라 하고 염여업시 답 왈 느는 천승 벽역장군으 제자로서 방방곳곳 지 단니면서 손빅호 금신 다 자바먹고 인간의 느러와 그 유을 씨업시 다 자 바멱자고 단인 지 수월의 니제까지 만너지 못하여든니 네 성명니 무어신다 니 목니 쓰풀 쏙의 들어시나 썰 디을 당하면 철니 말니라도 임으로 느리난 이 밋지 못하그든 잠간 보라 하고 목을 늘리여 압헤 잇난 주악돌글 덥석 물 고 쌔수니 빅설니 분분하

〈27-앞〉

그날 호랑 디경하야 소리을 크기 질너고 다라나다가 부주 못 보난 시니가 의 제 혼자 안지 손죠 문답하여 왈 니 세승을 무수히 방납하여시되 그른 그 선 듯도 보도 못하엿지 제 말니 천승 벽역장군의 제자한니 분명 글엇치 쏘 손쇼 답하여 왈 글엇치 보미 신통하지 쏘 답하여 왈 그렷치 등의 갑옷 갓튼 그설 입고 목을 임으로 출입하여 경각의 그러할진딘 저무도로 늘히면 빅니 나 갈 줄 몰으지 쏘 답하여 왈 그렷치 만일 도망치 안니하엿든들 그 놈의

모진 잇뿔니의 속절

〈27-뒤〉

업시 신워도 못하고 죽엇지 쏘 숀조 답하여 왈 그렷키 십상팔구라 하고 시
로 놀니여 천장 만장 다라난니라 잇쩌 주뷰 호랑을 쏫고 우어 왈 수부의 잇
실 쩌의 성명 놉피 드려든이 더하여본직 진실노 혀급한 자식이로다 연니나
니 게고 안니면 그놈의 압헤 뉘라서 감히 범할이요 무수니 길 가다가 다시
싱각하여 왈 왕멍을 모와 세상의 나온 지 오린지라 실업신 자식 만니 부질
업시 말만 허비하고 퇵기난 니제까지 만니지 못하여신니 점점 느저 신자
도리 만만황송하오며 하물며

〈28-앞〉

그간 옥체 가감을 아지 못하여 드옥 망겨하도다 니제 정성을 다하여 손신
게 기도할이라 하고 청게수 날인 물의 정글니 모욕하고 산허리 유벽처의
터을 자바 놋코 사방제안할 제 각황저방심미기은 삼팔묵인니 청용체로 청
목으로 예단하고 두우여허위실벅은 이칠하 주장체로 홍목으로 예단하고 규
루위묘피최삼은 사구금 빅목으로 예단하고 정귀유성장익진은 일육수 현무
체로 흑목으로 예단하고 구진등사중양토는 황

〈28-뒤〉

신기을 기리 놋코 자단 힝불 피어 놋코 축문 지여 숀의 들고 단정니 괴좌하
여 고축할제 유세찬 모연 모월 모일 경희 수궁의 잘러눈 감쇼고우 손신영
ㅎ눈니 국운니 불힝하여 신민니 복이 업서 무죄하신 우리 인군임니 우연
득병하여 수연을 신고하되 일점 차과믹점과 니풍 단유라도 집정을 못하온
니 쇼수을 어니 알니 사영약 업서 천신만 바리옵든니 옥황니 하감하사 터

을 성관 보니엽 집믹하고 집증한니 퇵기 간니 당지기로 제

〈29-앞〉

신 중의 나을 쎄여 이곳가지 보니옵그늘 하직한지 여려 날의 손고곡심 두
로 츠즈 종적을 모로온니 산실영이 익기신지 티창 쌀 한낫 갓고 아홉쇠기
한털니라 정성을 하감하사 일수만 빌니시면 성공하고 도라가서 영세불망하
오리다 빌기을 다한 후의 수리 디취하여서 양천 빗그름의 시니가로 나러오
다가 길의서 퇵기을 만너니 반갑고 반가올사 주부 안마음의 싱각하되 산신
의 음죄로다 쇼

〈29-뒤〉

리을 나지기하여 멀니 서서 불너 왈 저기 오시난 친구 말 잠간 무어보사니
다 퇵기 이 소리의 감작 놀니 한 슛곰 쒸다가 정신을 진정하여 다시 살펀
후의 무려 왈 그디 얼골니 세상 손 안니로다 성호을 뉘라 하시며 무삼 일노
말삼 뭇고저 하난잇가 주부 나소와 안지며 디왈 저난 경희수 용국의 잇난
경갑장군 겸 약방 주부 잘리근니와 노형의 존호난 뉘라 하시는잇가 퇵기
디왈 노부난 차산중 차지하고 잇난 퇵선싱니라 하나니다 주부 가

〈30-앞〉

장 유식한 체하고 그러며 노형의 성자난 타탸터텨토툐하난 퇵즈요 퇵기 답
왈 그 퇵자는 온니라 자학골 나무 죽장의 경양일곱논질가하고 열세 불돌이
안친편월도상퇵라 하난 그 퇵즈씨오 주부 쇼왈 말삼 듯사온니 유식하여 글
공부 만니 하여게시오 퇵기 쇼왈 밍즈 주용 디학 논어 시전 서전 주역이며
예기 춘추 호경 강목 통감 사물 유취 외잡전 빅가서을 줄주리 통달하고 자
자니 돌슝한니 만고흥망니 복중의 가득하여 차마 무그어 못 단니깃쇼

〈30-뒤〉

주부 웃고 가로디 문필니 그러할진딘 과그느 보와 공명의 쯧하는 그시 올
삽그놀 형의 신세 엇지 저더지 정막하오 연나나 노형의 인간 흥미을 듯고
주부외 드러가 자랑코저 하나니다 퇵기 답왈 니 신스 그록할스 시절니 분
운키로 공명을 하직하고 니 산중 임직되여 스시풍경 차지하고 정니숨월 도
라오면 하신풍 는짓 부러 만화방초 꼿치제 삼동톡게 순인군니 팔원팔기 다
리시고 남훈시 오현금을 히오민지온혜하든 군와 부귀 목단하며 수양산 월

〈31-앞〉

노중의 자수현연 몸니 되여 틱산 갓튼 구든 절기 죠절귀라 호령하든 순국
충성 힝일하며 심양처사 도연멍니 요도을 하직하고 전원으로 도라드려 낙
금서이쇼우하든 은일풍도 국하로다 오릉중자 청명월 머리 우의 발가 잇고
안씨즈 누황춘풍 쎄 쏙의 부러신니 한스고 미화꼿 고석탑 우의 잠니 들어
노이방불 비꼿치며 이십세 등우중군 낙서징이 는짓 만니 하나라을 중흥하
고 승상 인수 바다신니 청춘 소연 석죽하며 풍월무변 주렴

〈31-뒤〉

게난 공밍으로 시승 삼고 정주의 벼지되여 틱극도을 의노한니 군자 기승
연꼿치며 섬도 갓치 모한 식 옥누스충 빗그 누워 황혼빅마야류양을 추리
드르 농정한니 정미 갓튼 희당하며 선풍도골 스안석니 절디가인 손목 쥐고
스죽으로 인도하여 동산 우의 홀노 올나 풍유 자랑 벽도하며 쏘 한 곳 바리
본니 오갓 산조 나라들며 우럼 운다 약수삼천 요지연의 소식 전튼 청조식
며 사마장경 줄소리의 노유사방 봉학니며 일천연하도중의 불비시

〈32-앞〉

인 미렁니며 부용당 운무중의 기림 쏙의 공죽니며 밍상군 훗쏙의 고호음
잉무시며 귀쵹도 저 시 소리 토헐삼경 두건시며 칠월 칠일 은하수 다리 놋
튼 오죽니며 녹양세스 봄니 되야 봄 베 쓰는 쐬골니며 일상비겨각부회한니
원불상이 원앙시며 상임원중 글 전하든 벌포귀리 기기러이며 석양비하청순
식한니 흥그항당 희올리비 범범중유 놉피 쩟 상친승근 쌍오리며 곳곳마당
춤을 치고 가지 가지 노리하고 빅화 중의

〈32-뒤〉

깃쩌린 즌니비 쇼리의 놀니 찌여 쇼홍의 산수곡을 오널날 크기 읍고 석양
석경 도라든니 투항하는 변느우난 느을 보고 반기는 듯 기즈추 말근 혼은
한식으로 조상하고 돌리방 잔츳하든지 터문장 왕히지 유상곡수쑌니로다 두
자미 죽은 후의 화초가 임지업서 속절업시 우지진다 가으날 빗치 낫다 오
유월 도라면 적제근곤 남풍 부러 온갓 잠목 무성할 제 동영수고불기청

〈33-앞〉

음 구자기절 쇼나무 춘화추동 사시절의 정정독입 전나무며 만경창파 빅천
장의 수청궁중무 회느무 보징니 경게하든 뒤쓸어진 모기나무 망미닌헤 천
일방의 더덕더덕 산초느무 오자서의 분모 압헤 증성 드든 과나무며 청산영
느 비운간의 죠석예불 쌀나무며 수척휴양공불기 아람도리 기즈나무 자단
박단 손호 반달 얼명들명 피나무 다리명덕 것들잇다 넙적넙적 쩍갈나무 능
수버덜 얼명얼명 포도 늣출 느려

〈33-뒤〉

젓다 펑퍼저 나리처 속고처 유월도 복숑나무 다리 늣출 쩍쩌러저 디룽디룽

열어 잇다 울울창창 슝정하의 오월불열의 청추라 창슝녹죽 골마다 그늘 씸
고 청게수 나리물의 발 씻코 도라선니 소용심사 담다할연이와 천준절 단오
일의 포도주을 가득 부어 굴삼여을 위로하고 녹음방초 승화시난 황히보을
덥펴신이 별근곤 말근 즈최 니외의 쏘 잇난가 七八九月 도라오면 금풍은
소실하고

<h3 align="center">〈34-앞〉</h3>

마학천봉 단풍 불어 치식 병풍 장막 쏙의 산인부귀 그로할사 상엽니 홍어
니월화은 이을 두고 일름니라 진씨황의 기력인들 아실 줄 그 뉘 알니 일낙
황혼 저물거다 동영제월 발가올 제 아람다온 저 달 밋치 오날밤의 히고 힐
ㅅ 이적선 죽은 후의 임자 업난 저 풍월 뉘라서 을풀숀야 슝옥의 비춰부는
천만고의 하난 유전하난아도다 니의서 쇼장부라 천하명산 편답하여 단풍
귀경 가자서라 봉니산 올ㄴ

<h3 align="center">〈34-뒤〉</h3>

간이 적송자 왕자지는 석탑 우의 바독 두고 불노초 빙사과을 수업시 어더
먹고 천순의 넌짓 올나 서왕모을 만니 보고 골윤산을 치처 올ㄴ 천하을 둘
느본니 하우씨 치수 유적 비문이 완연커날 디장부 여게와서 그저 자치업시
못 가리라 무심필 는짓 풀어 싱혹 니여 제명하되 모연 중춘의 퇵석사난 과
차라 암상의 크기 씨고 길노 나러와서 군산을 올ㄴ간니 십이봉 놉피 쇼사
수월암 장을옹의 한든 석경지 승산 영외

<h3 align="center">〈35-앞〉</h3>

의 경쇠난 징징 우무간의 들니난더 칠빅니 동정호은 쇼상강을 통희 잇고
악양누 회사정은 아황 여영 디수풀 천만고의 덥퍼 잇고 충신 열여 길친 서

름 구의산의 부처신이 강긔한 심사 비할 디 전이 업다 그 길노 도라드르 이
미산을 올나간 발윤월 가을 달의 니빅이 유적 분멍하 무협의 잔너비와 금
강 기러기는 긔의 회장 지혹한다 남병산 차즈간니 칠성단 비 터이요 적벽
강 바리본니 주공은 간 디 업고 천금지적 간 디마다 시풍월 죠흘

〈35-뒤〉

시고 임자 업는 산실과을 수업시 주어 멱고 원산석경 구분 길노 흐늘흐늘
도라온니 동지 섯달 도라온다 낙목은 쇼쇼 빅설은 분분 기음괴석 느려진
창숑 말근 기운 비옥으로 단장하고 반천빙산 느리진 폭포수 저잣치 걸이신
니 자하석문 쑤지 닷고 경궁요디 근의집과 전치하든 수양제난 사치타 할언
이와 죠하을 어니 알니 운산석실 정글한디 일업시 안자신니 안연의 일단사
는 싱이의 넉넉하고 석숭의 금곡변하 꿈 박게 멀어신이 그도 쏘한 죠큰이
와

〈36-앞〉

풍치죠차 비범하다 삼경의 창을 열고 설월을 디근한니 밍호연의 피고연니
혓일홈만 놉파쏘다 스시풍乙 일어한이 디강이나 들어보시오 쏘한 감니 뭇
잡노니 수궁의도 일은 경긔 잇는잇가 주부 듯기을 다하미 앙천디쇼왈 옛
말삼의 일너시되 언불망위라 하여시이 비록 강산 흥미을 자랑하ᄂ 니 마음
의 형의 신세 싱각한니 가죠하고 분주하여 하로도 죽을 일 여려 번 당할가
하나이다 툑기 피

〈36-뒤〉

석디 왈 피츠 초면의 말삼도 그더지 박하기 하난잇가 니 이 손중 차지하야
숭숭봉의 단을 뭇코 천지 도수와 세상 흥망을 간되로 몰올 그시 업그날 헐

마 제 몸 사싱이야 요랑치 못하올잇가 주부 디왈 형의 신세 싱각한이 한심
코 가련하오 상상봉 올나가면 미수암치난 순영기을 압세우고 모리군 뒤쏫
치니 사죡을 옹그리고 풀쏙의 누워실 제 희동창 보리민난 시박단장 방올
들넝

<h2 style="text-align:center">〈37-앞〉</h2>

여서 튝키 지서 탁휘여 쇼리 낭자한니 홍복의 불니 붓고 오장니 녹난 든 츈
슴월 쏫귀경을 정항업시 어니 할이 퇵기 니 말 듯고 두 눈 쏭○골하며 왈
그려면 중흐리로 다라나지요 주부 하난 말이 중혀리로 다라나면 푸지군 포
수 등니 미진 망틱 등의 지고 귀약통 남날기와 세승 녹승 도리 슝곳 질바른
저렵 죠춍은 근니 엽혜 찌고 절벽을 등지고 슐부덕 은신하고 뒷목 자바 나
려올 제 청동 갓튼 불리 예서 캉 제서 탕 할 제 박

<h2 style="text-align:center">〈37-뒤〉</h2>

능사중 철퇴성의 진씨황 혼니 업고 적벽강 발근 곳 죠밍덕 담 썰어진다 일
을 두고 일을진딘 과하다 하련이와 오늘 네게 본니 도로여 가쇼롭다 죽기
을 무럽씨고 천방 지방 다라날 제 하스을 녹음방초 아모리 죳타하들 여가
업서 어이 할이 퇵기 쌰능이란 쇼리의 쌈작 놀니 짝쩌그리 구부다가 제우
정신을 진정하여 왈 그런 놀나온 쇼리도 하난잇가 그 쇼리는 우리 집 황열
의 기하난 쇼

<h2 style="text-align:center">〈38-앞〉</h2>

리라 남 듯기 실은 쇼리 가궁 심히 하오 주부 우어 왈 형의 말삼니 강산 풍
겡만 춧즈단여 세상의 기탄업다 한니 임으로 하는 쌰능쇼리의 그더지 놀니
시오 퇵기 썽니여 왈 그르면 들노 다라나지요 주부 왈 들노 다라나면 풀 비

난 목쏭니며 밧 가난 농부들이 보 막으로 갓든 방축 말목과 즈로 진 곰나지 지로 남을 둘너 북으로 싸고 압흘 막가 뒤을 쬬츠온니 망망디야 너른 들의 힝할 고지 전이 업다 여복포 팔진도의

〈38-뒤〉

황원심니 업서신니 유장군이 어니 사라사리 죵천강 어디로 갈고 은낭성탕 그록한 덕 천고유전할 쑨니라 죽어도 여가 업서 동동그럼 일삼그다 추구월 황국단풍 어는 여가 귀경할고 퇵기 홍격니 막히 도로혀 악담하여 왈 한 번 죽지 두 번 죽나 수은 업지요 형니 남의 말 싯마당 독한 말삼 만니 하신니 디저 수국 잠미 엇트타ㅎ오 주부 하는 말니 수국 지미야 엇지 다 칭양할잇가 말삼하면 헛말삼으로 아을이다 퇵기 소왈

〈39-앞〉

말삼하난 양을 들면 엇지 요량치 못하오릿가 주부 하난 말니 천지간 과디한 곳 즁의 바다 제일이요 인물 즁의 실영한 그시 용신이 제일이라 영덕전 놉푼 집니 운무간의 쇼사난디 비옥 난간 호박 지동 산호 박달 수정염의 진주로 성을 싸고 야광주 불을 써서 일월광을 아사 잇고 우무병풍 둘넛는디 금용상의 팔선여 시위하고 금간조 빅관들니 차리로 느르안즈 영덕전 풍악 쇼리 우무간의 들여

〈39-뒤〉

는디 서왕모 비파성의 승영이 춤을 춘니 징징한 옥퍼성과 연연 고은 티도 그럼마다 연화 피고 춤마다 구실 피야 금누의 한 곡죠로 사죽을 석그친이 화풍가무 쎄을 따라 八철니을 진동하고 기화요초 썰기썰기 우로즁의 늠노는 듯 금은치단 구순 갓치 담물담물 싸여 잇고 직품으로 의논하면 인지수

할양업서 비첩 잉어와 충구 사ᄌ 고용 등은 풍유을 각각 맛타 일국을 진동
한이 삼국풍진 크다할들

〈40-앞〉

수국의 밋치오며 우한 질고 어르은들 용국의 침노할까 저려하신 주수남ᄌ
우리 인군 알어시면 직일의 피초하사 디왕보국강노되야 말 갓튼 항금인을
요하의 빗거츗고 당지의 놉피 안ᄌ 빅관을 지휘할 제 니리 ᄒ고 저리 하야
한변 호령 느리오면 급암 갓치 강직하고 동탁 갓튼 기세라도 하신풍의 곳
치 피여 그역할 길 젼이 업다 국사을 맛친 후의 별짱으로 도라든니 모초단
삼중석의 디모 병풍 둘너치고 차짜리

〈40-뒤〉

ᄂᆞᆫ 옥동ᄌ와 촛디 ᄌ분 선여 등니 하단으로 몸을 싸고 주옥으로 단장하야
주야업시 모서신니 ᄒᆞ중천지 죠흔 경이 수국 밧게 또 인는가 퇵기 듯기을
다하미 마음니 방탕하여 왈 그 고절 들어가면 죠흔 베슬도 할언이와 팔션
도 잇다한니 그도 한 가지로 노릿가 주부 답 왈 그는 여반장이라 엇지 어렵
사올잇가 퇵기 눈소와 안지며 왈 만일 그 지경 되오면 원낭침 비취금의 옥
수을 늣짓 잡고 월삼경 게워 갈 제 두 몸니 한 몸

〈41-앞〉

되여 훈훙을 못 이기여 쵸양 쵸양 양디상의 우무목농 죠흘시고 그 찌을 당
하오면 그리도 하오릿가 주부 왈 져러하신 風치로 수궁의 드려가면 비살은
스다리 올려 듯하고 일등 미식 온선하여 춤을 모도 삼키여 왈 만일 드르갓
다가 베슬도 못하고 미식도 어드 걸니지 못하면 형니 엇지 하야ᄒ오 주부
왈 옥금의 일월 잇는 그짓 말삼 ᄒ오릿가 날 갓치 신수 부죡ᄒ 것도 요만한

관직의 춤여하여그던 형의 풍도 갓튼이야 쌍 집고 회염하기는 손니 압푸지
요 퇵기 코을 홀쩍기다가 가로더 아모리

〈41-뒤〉

가고저 한덜 유현이 기리 달느 예로부텀 승통치 못흐여신니 아모리 싱각
간절하여도 갈 기리 니 업실가 하나니다 주부 왈 그는 염여마오 니 등의 안
지면 철니 말나라도 가련이와 이달코 절통할사 절어하신 선풍도골 진세간
늣짓 나서 출입ㅅ싱 여가업서여 쵸목과 동부한니 엇지 안 악가올가 예 일
노 좀간 싱각근던 죠주사 여선문도 항건역사 싸라가서 영덕전 낙성연의 상
양문 잠간 짓고 유리반의 진주 바다 윤필지지 하엿신니 주미속사라도 니러
타시 하엿그날 형 갓턴 웅지

〈42-앞〉

더략이야 공명하기 어려올가 퇵기 왈 말삼을 하오나 아모리 싱각하여도 갈
마음이 업니 주부 변식디 왈 위팅하겨든 진족 파의하는 그시 중부 당연한
이리라 일후의 다시 보사니다 하직하고 어디로 가며 도라도 안 보고 가그
날 퇵기 바러보다가 참짓 못하여 쇼리 질너 왈 저 분 어디 가시오 주부 디
왈 호랑이을 차자가오 퇵기 왈 무삼 일로 차자가오 주부 왈 수궁의 들은니
호랑은 빅수지장 과하미 그디의서 쇼건과 지식이 넉넉할 듯하미 니 말 흐
즈고 츠즈가오 퇵기 시기하여 왈 우리 호랑 숙주게옵서 빅스을 다 너기와
의논하온니 보와도

〈42-뒤〉

씰 디 업건이와 하물며 달은 디 출입하여 게시니 형은 노을 잠간 참고 일이
오면 다시 말삼하사이다 주부 지슴 사양하다가 마지 못하는 체하고 다시

나아가니 퇵기 우어 왈 아몬들 싱소훈 고절 가즈한니 의심업사오릿가만은
형의 말삼 저더지 도도하온니 혈마 기망하온먼 니 쏘한 의심하난 그시 치
구 도리 안이라 이제는 쾌이 파혹ᄒ고 한가지로 가사이다 주부 안마음의
깃부나 다시 당부하여 왈 미듭지 못하그든 진작 파의하시면 다른 치구 츠
즈가려 하는니다 퇵기 웃고 진정으로 가기을 청하그날 주부 강잉하난 제

〈43-앞〉

하고 한가지로 깅번 나가 등의 올나 안질나카다가 물쇼리의 깜쪽 놀너 나
러 왈 풍마우불상급이라 물쇼리 드러본니 차마 무서워 못 가깃니 주부 디
로하여 꾸지저 왈 방정마진 저 퇵기야 혈보할사 저 퇵기야 요망하다 이 퇵
기야 하만단 니 퇵기야 네 목슘 실과 갓치 죠석의 달실 줄 네 몰오고 티평
으로 싱각한니 이달고 이달고시고 퇵기 디왈 믄저 형 말삼니 승승봉 올나
가면 수알 잇고 중헐니 포수 잇고 들노 다라나면 농부와 목동 잇다 한니 니
제야 싱각한니 굴노 다라나지요 주부 이론 말이 굴 다라나

〈43-뒤〉

먼 수알치 포수들이 목동 농부들니 일시에 홈역하여 즈옥을 짜라본 연후의
출진 마른 갈디 수업시 비여다가 굴 어구의 싸아 놋코 하약 염초 짓철 다라
일시 불을 디질은니 아방궁 삼월하들 이의서 더할손야 독한 니 모진 불꼿
살 쏘다시 들어와셔 그디 일신 소화할 제 삼혼칠빅 제게 두고 신세조츠 온
전할가 하덕진군 업서신니 그디 모룸 살여닐가 퇵기 깜짝 놀니여 왈 형이
나와 무신 혜미 잇관디 독한 말삼만 하난잇가 주부 우어 왈 형의 승을 본이
골격은 청수하

〈44-앞〉

나 인중 절너신니 엇지 와석종신하기을 바러잇기 퇵기 니 말 듯고 더옥 의혹하여 솔입을 씌여 인중을 전와본니 비록 능을 즈부나 남지지 별노 업난지라 퇵기 놀니여 왈 다시 물여 왈 인중이 절어다 하여도 수국의 들어가면 수월하오릿가 주부 왈 수국의는 누빅세 힝수하고 별살니 일품의 가난 이도 그딕의서 한치난 업난 닌중 무수하나 글노 보와도 분명한 선경이라 미덥지 못하그던 니 인중을 보시오 니 을골 가지고 세상의 잇서시면 맛참니 볘살은 시

〈44-뒤〉

로니 목숨을 이적지 보전하오릿가 그딕 박복하야 세승의 잇기도 인중 절은 타시라 퇵기 미련하다가 한연이 찌다라 왈 딕중부 죽을지은정 엇지 친구의 말을 안이 들어리요 이제는 으심업시 함게 가사이다 주부 딕히하여 퇵기을 등의 업쏘 만경창파 집푼 물노 풍낭딕로 쩌서 갈 졔 천틱순 만고서여 기연 초 엽혜 찌고 숙능자을 츠즈간 듯 장경이 팔월스의 얼지국이 어딕미요 서시의 동남동여 봉니슨니 멀고 멀스 니 등이 업분 퇵기 제 아모리 쏘잇고 용타하나 물 가온더 산 업신이 무신 변통 쏘 잇시랴 발끗

〈45-앞〉

선듯 선듯 무거도 기갑도그다 관익일고 승겨선을 돗더업난 당서체로 혹출 혹몸하며 지형업시 경희수 차즈간다 퇵기 두 눈을 쌈고 이을 갈며 주부 등 업피 물걸 쇼릭의 간장이 다 농난다 스이도츠할 길 업서 정신만 수십던니 그윽하여 물쇼리 끈치며 날러라 하그날 반겨 듯고 눈을 쩌 스면을 살펴본니 중능은 주정ᄒ고 고전의 연소하여 엄연한 벌세계라 수문어두귀면지좃이 승모도 영약하고 삼청전 국문 우

〈45-뒤〉

의 금즈로 크기 썻시디 경희수궁 디아문이라 현판의 쑤려시 시거쩌눌 마음 항할하여 주부게 치하왈 형의 말삼 진실노 혀사 안이라 우리 인간의 이려한 시힝이 힌쌀의 뉘민 잇서도 간티로 군식한 그름을 안이 할리로다 한심이 여러 힌 고승하다가 이제야 선경을 보온이 츠쇼위 고진감니요 홍진비리라 엇지 깃부지 안이할요 이제는 부귀공명 다 형의게 달여스온니 바라옵건딘 죠흔 디로 하여 주옵쇼서 주부 안마음의 닉쇼하나 상고 죠흔 말노 위로하여 국문 밧게 안치두

〈46-앞〉

고 어영을 기달니라 하고 바로 궐니 들어가 퇵기 자바온 연유 눈낫치 주달한니 용왕니 디하여 밧비 들이라 한니 주부 수쥴을 그날니고 고흠흐며 니닷그날 잇쩌 퇵기 마음니 간죠하여 찌을 기달니든이 고흠 쇼리의 크기 놀니 의혹하여 구문 뒤의 숨어던니 주부 츠즈가 업신이 그 얏튼 쇠을 알고 무스로 하여금 외여 왈 시로 제수하신 강노야는 어디 게신잇가 하 퇵기 그제야 밥비 나오그눌 일시의 달여들어 사족을 걸박하여 두러처 메고 들어가 퇵기 즈바들이오

〈46-뒤〉

하는 쇼리 천 진동하는지라 퇵기 간장이 아득하여 아모리 할 줄 모든니 용왕 전고 왈 과인 우연득병하여 수연을 신고하하되 빅약니 무호하여 죤망니 황튼니 하늘노 한 도사 집믹하고 하난 말니 네의 간을 잠짠 씨면 약 중의 웃듬이라 정영이 이럿키로 사중구싱 계교니 별주부을 명하여 너을 자바왓신이 무죄한 줄 알근이와 과인의 일신이 너와 다른지 만일 불힝하면 일국 신민니 보죤할 길 업난 줄 너도 응당 알그신이 네 한 몸 죽은 후의 과인

〈47-앞〉

사라나면 일품 재상 보국충신 네밧게 쏘 잇난야 별노이 사당 지여 힝하을
나라의서 끈치 안이할 그신니 은나라 비간이며 한나라 기신으로 충성을 역
지하여 천추의 전하리라 퇵기 그제야 주부 간게의 빠진 줄 알고 마음의 격
분하나 한 게교을 싱각하고 이러나 사비하고 복지 줄 왈 전하 하고 저럿탓
하신이 비록 쎄을 갈라인들 옥체 곳 펑복하신면 한변 죽기는 눕디도록 하
련이와 아모리 우미한들 추호나 원통타 하오릿가만은 다만 그럿치 안니

〈47-뒤〉

사정 잇스온이 통초하옵쇼서 용왕이 가로디 무삼 원이 잇거던 난낫치 알외
라 퇵기 알외되 신이 비록 체쇼하오나 밋쿵기 서이라 두 궁그로 쇼변을 통
하옵고 한 궁근 그뭄 초성으로 쎠을 짜라 간을 출입하난 궁기온이 초일일
로붓틈 망일까지 정결한 디 걸어 아츰 이실과 달빗치며 밤서리이와 달정기
을 무수 쏘인 후의 십육일로 회일가지는 본경의 걸어두고 심신을 야정하여
싱사 정한이 이른바 망월퇴라 실농씨 상빅초 약 중의 제일이라 세상이 다
알기로 씰 쎠을 당하와 소퇴의게 청하오면 약약키도 수용하난 이리

〈48-앞〉

업지 안이커든 하물며 저하기옵서 긴절이 씨실 줄 아라사오면 자청하여서
간섬이나 가저올 거설 이다을스 별주부는 본사은 안이 하고 안이 올가 염
여하야 유인키만 일삼은들 잇쩌는 망정이라 힝장니 최금하기로 그전의 닉
여둔 간을 가지오지 안이하여신니 시각 말미 주옵시면 별안동하여 간접니
나 가저올이다 좌우제신이 일시의 합주 왈 간이라 하난 그그시 오장육보의
달인 그시요 퇴싱할 제 임이 정한 그시온니 취신지 말어소서 용왕이 디로
하여 왈 니 당초의 이리로

〈48-뒤〉

일너그던 너 갓치 밋천한 놈이 교사한 말노 당돌이 무소하니 죽어도 공이
업시리라 하고 무사을 호령하야 국문 밧게 자바너야 속키 비을 가르라 한
이 퇵기 안식을 불변하고 복지주 왈 전하 옥체는 펌복지 못하옵고 불상한
이늬 목숨만 죽사온이 옛 글의 일너시되 일부호원의 오월비상이라 하온이
전하 궝체들 엇지 소상치 안이 하오릿가 미듭지 못하그든 밋쯩걸 보옵쇼서
하고 뒤을 둘너보이그날 용왕이 의혹하여 갓가이 오라 하여 친이 감하신
후의 제신

〈49-앞〉

을 도라보와 왈 퇵기 알왼 말과 갓 밋쯩무 서이 분명한이 제 말이 진실노
분명한 듯 하도다 좃츳늬미 엇쩌한고 모다 귀경한이 과연 분명한지라 수강
금붕 주 왈 제 말이 비록 글어하나 신이 싱각의는 세상사을 칭양키 어렵사
온이 저는 이고디 두옵고 간 둔 고절 가라치라 하야 별주부을 보늬 가저오
라 하미 맛당할가 하난이다 퇵기 쏘 알외되 쇼신 작히 실은 그럼 하자 하올
잇가만은 인간이 수부와 달나 산쳔늬 협악하고 초목이 무성하야 희포 단늬

〈49-뒤〉

든 쇼퇵 등도 오히려 동서을 분별치 못하옵그던 하물며 익지 못하온 종적
이야 잘 못 단늬옵다가 신명을 보존하기 어렵사옵고 설영 간 둔 고절 가라
친덜 어딕가 차자올잇가 인간 혐한 길을 주부의게 하문하옵쇼서 용왕이 올
히 너겨 희박하여 당상외 올이 안치고 사례하여 왈 과인이 병세 이려하기
로 살기만 주장하여 선싱을 이더지 욕 당키 하온니 엇지 불안치 안이 하올
잇가 퇵기 하감하야 주 왈 요망한 쇼퇵의계 저더 가도하신이 알외올 말삼
도로여 업난이다

〈50-앞〉

용왕이 디히하여 디연을 비설하고 각식 풍유와 귀한 음식을 나쇼와 퇴선싱
의 마음 위로한이 퇵기 죠분 창사의서 세주 만이 멱고 취흥니 도도하미 실
체하난 줄 모로고 용왕게 청하여 왈 쇼퇴 인간의서 듯스온이 수궁의 미식
만타 하온이 전하 덕퇵의 한변 귀경이나 하오면 원을 쑤르짜 하나아다 용
왕이 쇼 왈 선싱 용모 단정키로 주식의 범연할가 하여던니 오늘날 볼진딘
진실노 풍유 남재라다 하고 궁여 수십인을 명하여 연석의 한가지로 길○
퇵기 흥을 이기지 못하여 선여

〈50-뒤〉

와 디무한이 선여 이국 남자 디하지 못티 붓쩌려 하더라 풍유 임이 오장마
로 올나 퇵기 절차업시 쒸놀다가 자리의 낙상한이 뉘 안이 절도할이요 그
중의 별주부 쏘한 연석의 참여하엿다 퇵기 술 며근 창자의 몸이 요동하야
출능하난 쇼린느그날 눈을 지렵쩌 퇵기을 보며 왈 네 저근 쬐로 우리 용왕
을 쏙기시나 네 비쏙의 출넝하난 그선 분명 간이로다한이 퇵기 마음이 분
하여 할 지음의 황차 서로이 위티한 쇼리하난지라 기씸함을 이기지 못하여
용왕게 주 왈 쇼퇴 인간의 잇

〈51-앞〉

실 쩌의 의서음 약간 보와삽던니 중병의 원기 쇼복하옵기는 왕비탕이 제일
이온이 왕비는 곳 자리라 연구한 자리을 씨온면 신호하와 회복흐옵고 그
다음의 쇼퇴 간을 씨오면 병세 일일지니의 평복하올이다 한더 왕이 퇵기
주사는 지록위미라도 신청하난지라 현의도독 그복이 주 왈 옛 말의 하여시
되 교퇴사의 주구을 평하고 고진의 양궁을 장이라 하든이 선싱의 말이 비
록 올사오나 주부 자리는 말이타국의 정성을 다하여 공을 일우고 왓삽그날

봉작지상은 엇지 안이하옵고 도로

〈51-뒤〉

여 죽이기는 불사사문어인국이라 특별이 건도을 좃차 암자리을 디용하옵심
을 바라압나이다 용왕 디신하라 하신이 잇써 주부 죽을가히여 천지망극하
여 집의 도라와 부인 숀을 잡고 통곡하다가 문덧 싱각하여 왈 니 일시 경선
한 말노 음희을 맛니 무罪한 부인을 이지경이 당키하여근이와 니 귀와 철
이 도힝하와 정분 적지 안인 중의 그 마음이 상약하여 고집되지 안이한이
우리 부부 정성으로 하면 반다시 칙은하야 응당 구하리라 하고 퇵기을 청
하여 상자의 안치고 주부 처 당의하의 꿀어안자 빅비이걸 왈 오늘날 우리
양인 목숨이 선싱게 달여신이 복원 선싱은 너부신 도랑으

〈52-앞〉

로 잔명을 구하여 주옵쇼서 퇵기 쉬염을 만지며 우어 왈 네 나을 죽을 써로
유인하여 오난 것도 고이한 놈이건이와 하물며 업는 간도 잇다 하여 그연
이 죽이려 함은 무삼 일이며 위급한 써을 당하면 익걸하기는 ㄴ을 죠롱하
는야 주부 왈 인군의 병이 위급하여 사싱이 조석 간의 잇는 고로 신자 도의
수하중이온들 사양하올잇가 글노 칙망하온면 발명할 말삼 업건이와 연석의
말삼은 일시 경선하여사온이 저려하신 장부의 풍도로 엇지 남을 이더지 실
칙하신잇가 퇵기 더옥 싱기하여 왈 죽기을 둘어하그든 네 안희로 하여곰
하로 수밤 청하면컨이와 그렷치 안이하면 네의 집의 멀

〈52-뒤〉

문지한이 잇시이라 방금 목전네 어이하야 하난다 주부 크기 급하여 부인을
도라보와 왈 그디 마음이 엇더한고 부인이 디 왈 상공이 수로말이 투국의

가 공을 일우고 도라오신이 일국의 충신이라 더왕의 병이 차복하시면 일품 공후 봉하여 그 영하 첩으게 밋칠가 하여든이 되잡핀 비되여 첩이 망키 도 여시오난 충신은 불사이군이라 열여난 불경이부라 죽어도 봉힝치 못하리로 쇼이다 하며 죽기는 사람의 상사라 첩이 죽근 후의 나라로 정열이 나려와 만고별씨지문이라 하여 특별이 정여하옵시면 상공게옵서도 더오 빗날 그신 이 엇지 첩을 이더지 익기는잇가 주부 왈 부인의 말삼이 너너 올사오나 잇 씨을 당하야 엇지 한갓 정열만 싱각한이 그려하실진딘 첩이 고집되기 어렵 사온니 처분디로 하옵쇼서 주부 그더로 알원이 퇵기 혀락하고 질그하그날 별

<h3 align="center">〈53-앞〉</h3>

씨 하릴업서 여복단장 정니 하고 동상의 나아가 묘신리라 퇵 의기양양하여 서안을 비그 우어 왈 절어한 자식으로 누지의 잇다가 날 갓탄 낭자을 만니 이 엇지 가문의 빗나지 안이 하리요 별씨 단순을 반기하여 왈 첩니 삼강죄 인이 되여신이 사라 무엇하리요 늣철 드려 알월 말삼 업난이다 퇵기 더쇼 하고 연침한이 그 정이 빈할 씨 업덜라 퇵기 사라가을 지어 을푸되 사랑 사 랑 사랑이야 남참 북창 노적 체로 담물 담물 싸인 사랑 망망디히 물결 체로 구비 구비 집푼 사랑 영평 중의 그물 체로 고고마당 밋친 사랑 장더세류 벼 덜 갓치 늘어진 사랑 만수산 능칠기 체로 넘너려저 얼킨 사랑 말니장성 성 축 체로 한칭 두칭 놉푼 사랑 요순우탕 덕하 갓치 방곡간의 덥핀 사랑 공자 밍자 도통 체로 천만고의 전한 스랑 철이타향 고인 갓치 반갑기도 만닌 사 랑 호걸낭

<h3 align="center">〈53-뒤〉</h3>

군 니가 되고 절더가이 네가 되여 장싱숭봉 죠흔 사랑 죠흘시고 죠흘시고 사랑 크기 한 사랑 옛붓텀 이근만은 퇴선싱 별부인 빈할 곳지 전이 업다 별

주부난 뜬구름니 되단 말가 니렁저렁 날이 시미 퇵기 앗참 씨을 드려가 용
왕게 문안하고 다시 주왈 엇짓날 잠간 싱각하옵고 왕비탕을 씨라 하옵기난
더왕 한후 중의 원기 부죡한 듯 흐옵기로 일적 구급할 약이 업서 하온 말삼
이옵든니 다시 싱각하온이 신의 간을 면저 씬 후의 다른 그시로 보원하시
면 쇽효 잇실 듯 하어이다 하물머 별

<h3 align="center">〈54-앞〉</h3>

주난 공신이라 스세 절박하여이다 쇼퇵 수국의 들어와 첫 공사의 그런 일
힝하온면 죠정 더신을 다시 더하올잇가 왕이 왈 과인도 이제가지 마음을
정치 못하엿든이 과연 선싱의 말니 그러하온이 상쾌하여이다 즉시 별주부
을 퓌초하여 그 쓰절 전한 후의 퇵기을 힝하여 왈 과인의 병니 시각이 밋망
한니 수구을 익기지 말고 발힝하옵쇼서 퇵기 우어 왈 쇼퇵난 본더 진세상
천물이라 수궁의 들어와 수일 풍유로 지닌온니 세상 싱각이 다시 업난이다
하물며 잇난 간이야 영낙잇사올

<h3 align="center">〈54-뒤〉</h3>

잇가 왕이 지삼 짓촉하그날 인하여 주부을 다리고 질을 쓰날 시 잇써 별부
인이 심사 망극하여 시비로 하여굼 일봉 서출을 퇵선싱의게 올이그날 씌여
본니 하여시되 쇼첩 별씨는 혈서을 잠간 올이난니 첩의 팔자 기박하여 부
모을 일저 여히고 오세의 주부 만나 풍성니 지약하기로 금실니 부죡하던니
명천니 감동하신지 귀신니 도으신지 월하의 연분인지 삼싱니 원슈든가 인
간의 호걸낭군 꿈갓치 잠간 만니 하로밤 동침 후의 일죠의 니별된니 중정
의 잇난 서름 붓

〈55-앞〉

칠 고지 전니 업다 남 몰오난 피눈물니 히연니 흘러 옥황게 발원코저 하든
니 죠물니 시기하여 천금 갓튼 귀한 몸니 하로밤 게우 연침한니 탐탐코 귀
한 인정이 빈할 쩌 반이 업서 만첩산중 늘근 범니 술쩐 암기 무려다가 압혜
놋코 니난 쌔저 못 먹어서 웅크리고 늠노난닷 풍치 죠현 우리 낭군 만너기
도 늣질시고 빅연이나 죽지 말고 한틔 두리 잇자 언약니 지중턴니 국사의
사정업서 일죠 낭군 니별하야 혈기로 싱긴 몸니 니갓치 설쏘 어이 살쏘 삼
싱의 중한 연분 이별 후의

〈55-뒤〉

병니 깁허 사창을 굿지 닷고 호접몽을 빌여한들 무정한 저 쇠쓸니 너의 단
잠 쌔어난고 은하수 오작고의 겐우 징여 일연일도 낭군 면목 보고지고 경
희수 지경 도야 수부와 인세를 찬찬니 ○품한이 연분도 중타만난 죠적니
다르기로 한변 쓰난 후의 후싱의 여자 되야 진세간 비취 원잉 자웅 체로 염
여업시 놀고지고 니사 실혜 니사 실혜 풍치업난 별주부 고집 만은 별주부
저와 갓튼 좀칠 여자 망구하여 주부을 쐬시라 하고 낭군 수이 도라와서 불
상한 첩의 신명 일시라도 건저 주옵

〈56-앞〉

시멸 천만 바린나이다 하여쓰라 퇵기 보기을 다하미 힝장이 최급하고 이목
니 고이하여 디강 전갈하되 수니 도라와 반가니 말닐 쓰지로 전할리라 잇
쩌 요왕니 병을 강인하여 만죠빅관을 그날이고 국문 수십니 외의 나와 전
숑하그날 퇵기 사비하여 하직하고 주부 등의 안자 물 우의 놉피 쩌서 고국
강산 바리본니 반갑고 반가올사 퇵기 디쇼하그날 주부 웃난 일월 무른디
퇵기 왈 니 본디 풍징니 잇쓴이 희풍의 오리 상하여 숙병니 복발하여 그려

하오 주부 웃쪼 진정으로 청하여 왈 금변의 우리 공

〈56-뒤〉

을 일우고 도라가 후의 서싱 부인의 정을 싱각하여 별바구죠 하옵쇼서 퇵
기 안마음의 싱각하되 심이 우준한 그시로다 하고 물짜짜 점점 가직하여
온니 퇵기 마음이 간죠하여 지쩌 쮜다가 물의 쌔자 그의 죽기 되여쓰이 주
부 구한 바되야 사장의 니다라 가롯 쮜고 세로 쮜고 모으로 쮜 주부을 욕하
여 왈 간고한 주부 놉아 니 말을 드러보라 간이라 하난 그시 전신원체와 오
장육보의 한가지로 싱긴 그시 추립비 잇실손야 네 인군 어러적고 네의 죠
정 사람 업서 함함중의 든 범을 놋코 가마의 든 고기을 살쩌어 본 니이 안
이 천

〈57-앞〉

명인야 무식한 너의 용왕 골수의 집피 든 병 쇽절업시 도야시니 니 산중 퇵
치스을 뉘라서 유인할리 의사도 넉넉하고 게고도 비변할사 지척의 잇난 간
을 살쩌어 보니면서 천신만고 나을 쫏차 무삼 일노 나왓듯야 구비 구비 싱
각한이 절절이도 우섭쏘다 간간이도 우섭쏘다 네 마음 원통커든 시로이 의
스 니야 날을 다시 꾀와보라 네 사정 통촉한이 불상타도 할연이와 니 목숨
어이 할쏘 쏘국의 도라온이 세원타도 할련이와 네 안희 이진 정은 꿈 가온
디 의의하다 네 집의 도라가서 평안 가신 쇼식이나 디강 전하라 주부 하난
말이

〈57-뒤〉

농담도 그만하고 간이나 추심하여 가지고 쇽쇽히 들어가자 한이 퇵기 썽니
여 왈 간 둔 고젼 빌고진야 복중의 들어신이 너 살자고 니 죽을야 우미한

별주야 날 갓튼 영운을 수궁의서 보와난야 족히 용밍 잇그든 육지로 다시
나와 육전으로 하여보자 니 비록 고단하나 고힝의 도라온이 우역이 만은지
라 한 쇼리 놉피하면 압산의 숙주 뒷 구릉 스심 볏임 니야 잔쬐 인난 여어
친구 니 아달 퇴손들이 천지을 주럼 잡고 운무 중의 나라드러 네 갓치 못된
자식 혼이나 나마 갈까본야 네 나을 짜라왓짜가 네 목숨 끈어지면 그 안이
원통한야 미덥지 못하

〈58-앞〉

그든 나을 보라 잔방구 줄줄리 쮜며 천만녹음간으로 살 쏘다시 다라난이
주부 바리보다가 분을 이기지 못하여 앙천통곡 왈 우리 인군 저 놈의 간게
의 쌔자 만반진수와 미식 풍유을 날마다 진비하고 쏘한 드로온 욕기 니 집
까지 밋처신이 말니타국의 십싱구사하여 도로의 분분하다가 속절업시 허사
된니 밤�찔의 문 못 들고 전공니 가석니라 무삼 면목으로 고국의 도라가서
인군을 뵈

〈58-뒤〉

올이요 날이 맛도로 통곡하더라 잇쩌의 퇵기 살기을 도모하야 옛 길노 차
자간이 정신이 쇠락하야 밋친 듯 취한 듯 전후을 살피지 안이하고 쮜여가
다가 사영 그물의 밧저씨이 능히 버서나지 못한지라 하날을 우러러 탄식
왈 쇽담의 일어기을 불가더병은 독의 들어도 먼치 못한다든이 실상 나을
두고 일름니라 니 당초의 수국의서 죽어든들 금의 화단의

〈59-앞〉

염십하여 신체조차 온전니 도라갈 그시요 사시힝화을 밧들 그설 간이 이지
경니 되야신이 비록 제갈양의 질약과 초픠왕 길역인들 욧섭을 어이할이 죽

어도 씰더업시 죽난쏘다 하고 한참 실피 우든이 맛참 코 싯퇴 쉬팔이 나라
와 안지며 쇼리하그날 문덧 한 쐬을 싱각하고 팔이다르 문와 네 나을 죽은
가 하여 헬육간의 충복이나 하자 하고 왓근이와 네 한 입의 설영 먹언들 울
마나 먹그야 부질업시 수고 말고

〈59-뒤〉

도라가라 한이 세팔이 답왈 늬 비록 고단하나 음식의 알 씰으며 경각간의
빅자천숀이라 수디로 달여와시며 한 바리 쇼라도 기탄업 먹을이라 퇵기 답
왈 그리하여 네 수디로 다리고와서 날을 먹으라 한이 쉬팔이 그 잔쐬을 알
고 디답한 후의 틀씃마다 알을 씰은이 퇵기 눈을 쌈고 죽은 다시 누워신이
석양이 되미 그물 임자 밥비 와본이 죠흔 김싱이 글여시되 하미 쉬팔이 세
씰어쓰날 죽은 퇵기라 씰더업다 하고 산곡

〈60-앞〉

간으로 집어쓴지고 가그날 퇵기 디히하여 쌜싹 이러나 다라나면 왈 죠흘씨
고 늬 일이야 지미난 늬 일이야 용왕 갓치 실영함도 늬 한 말의 귀가 먹고
사람 갓치 영약함도 늬 한 쐬의 눈이 어더어 잇난 간도 업다 하고 죽을 몸
이 사라가이 요은 지미 쏘 잇난가 무수이 길기다가 틱힝산 심곡간으로 자
취업시 도망한이라 잇떠 별주부 퇵기을 시포한 쬐로 수국의 가지 못하고
쇼상강 디수풀의

〈60-뒤〉

은그하여 그 자숀이 세상의 편만한이라 잇디 별부인니 퇵선싱을 이별하고
상사로 병되야 수연을 신음타가 쇽절업시 죽어신이 그 안이 불상한가 용왕
쏘한 주부을 날노 기달이다가 일일은 실피하얏다 하난 장문 보고 병이 점

점 중하여 세자로 즉위하고 유리전으로 피하여 나가 죽은이라 그 후의 적
훈공이 죄을 지여 동정의 정비왔다가 맛참 주부을 만닉 그 쇼문을 전한이
주부 통곡하고 도라와서 아항 여영계 언정을 올여 발명하고 인하여 죽은이
상영이 그 충성을 자서이 알고 불싱이 여거 신원하고 그 쓰절 비파의 올여
곡죠로 노러한이 세상 편만하여 비록 창오 인물이라도 모로난이

〈61-앞〉

오자 낙서 만싸오나 기양 눌너 보옵쇼서

조동일 소장 낙장 41장본 〈토처사전〉

　　서울대학교 조동일 교수가 소장하고 있는 국문 필사본이다. 표제는 "兎處士傳"이라 되어 있고, 1면의 내제는 낙장되어 알 수 없다. 크기는 가로 16.7cm, 세로 27.7cm이다. 매면 10행, 매행 23-25자 정도이며, 총 41장 82면으로 되어 있다. 1면이 "보옵소셔 ᄒ고 즉시 약방○○○ 분부ᄒ여 뎐후의 약 신 방문을 올니여"로 도사의 진맥부터 시작되고 있어 처음 몇 장이 낙장된 것으로 보인다. 마지막 82면 역시 "우리 낭군 만니기도 느질시고 빅연니나 죽지마자 단단 언약 ᄒ여건니 극"으로 끝나고 있어 상당 분량 낙장된 것으로 보인다. 별주부의 사신 택출은 도사의 지명으로 이뤄진다. 모족회의 대목에서 두더지가 등장하여 호랑이에게서 별좌를 얻어낸다. 토끼가 변심하자 호랑이를 대신 데려가겠다고 회유하는 대목이 들어 있다. 우생원만남 삽화와 암자라동침 삽화가 들어 있다. 한국정신문화연구원에 마이크로필름으로도 보관되어 있다.(청구번호 : MF R16N-000503)

조동일 소장 낙장 41장본 〈토처사전〉

(앞부분 낙장)

〈1-앞〉

보옵소셔 ᄒ고 즉시 약방○○○ 분부ᄒ여 뎐후의 약 신 방문을 올니여 선
셩계 들리거늘 도ᄉ 보기을 ᄃᄒ미 니마을 찡글니고 디왈 더져 의원되난
지 병을 디히야 근본을 아지 못ᄒ고 경션니 약을 씬니 차소위 계초ᄒᄂ 살
람니 닙만 미고 쏠리난 미지 아니함과 갓탄지라 엇지 ᄒ심치 아니ᄒ리요
니 병의 약 씨 방문을 보온니 열연닉수 불로단과 경옥고 삼셩환은 방셔의
닐으기을 ᄒ변 먹으만 빅발리 환흑ᄒ고 낙치가 부셩ᄒᆫᄃ ᄒ여싯되 평상ᄒ
살람의 기운을 도으미요 공ᄌ더셩침듕방과 회암부ᄌ독셔환은 ○○웃듬이온
니 약명은 됴싸오나 병의는 부망ᄒ고 삼○○ 오○탕과 파복○ ○○환은 심

〈1-뒤〉

경울체의 듀당니나 과음ᄒ면 히로옵고 닌진탕 형기산과 사군ᄌ닉기탕은 원
기 디허ᄒ고 졍신니 손상ᄒᆫ디 시험히야 씰 거시되 유닉히미 뎐히 업고 헐
허증의 삼하탕과 목병증의 진듀환은 부당ᄒ옵고 침으로 의논ᄒ면 긔듁마사
화혈과 ᄌ오유듀영구 팔볍 아모리 됴톳ᄒ여도 디왕의 병의는 방문의 닌는
약과 침으로는 시험ᄒ올 도리 업사온니 부질업신 글염마옵소셔 용왕니 쳬읍
왈 션셩의 말삼니 방문과 침약니 없다 ᄒ온니 더옥 졀통ᄒ리ᄃ 비록 글어
ᄒ오나 신통ᄒ 약을 싱각히야 듀거가는 잔명을 보죤ᄒ오면 닐후 지싱지은

을 갑스올가 흐느니다 도스 〇〇의 나아가 좌우 수믹을

〈2-앞〉

좀간 본 후의 염실단좌왈 더져 살람의 몸니 라아와 갓튼지라 비와 가심은
궁실 갓고 팔과 달리는 각도 각읍 갓고 열어 골덜은 만됴계신 갓고 졍신은
닌군 갓고 혈기는 빅셩 갓트니 닐신을 다실니지 못흐면 닐국니 망함과 갓
튼지라 빅셩을 살랑흐옵은 그 라아을 편코뎌 함니요 혈긔을 잇긔기난 그
몸을 보됸코뎌 흐미라 빅셩니 훗트지면 그 라아니 망흐고 혈기가 다흐면
그 몸니 듁난 고로 병 보는 의원니 혈싁과 믹쳬을 보와 경위을 츠즈 허실을
요량흐고 약씨는 거시 셰상의 명의라 흐건니와 글어치 안니흐면 약으로 살
람을 듁기는니 니졔 더왕의 병셰는 간경니 허하고 심경의 울화가 우으로
올나

〈2-뒤〉

빅병니 구츌히야신니 노부〇 안니너들 됴셕의 보명흐기 어려올지라 용왕니
더경 더희히야 공경치흐왈 션싱의 말씀을 듯사온니 사리 당연흐여니다 간
뎔히 싱각히야 명약을 지시흐옵소셔 도사 왈 병셰 얼럽지 안니 흔지라 비
듀로 갓씨 뒷예 삼연을 가물다가 돌지의 비을 만너 미〇훈 더위와 증울훈
기운과 음탕훈 바람의 샹히야 댱부의 병니 들어신니 간경은 발람을 듀댱흐
미요 심경은 울기을 츠지흐여 당초 시통홀 쎠의 안혼히야 눈물니 흐르고
얼골리 시시로 풀르기는 간경니 최훈 비라 님계닐의 낫지 안니흐면 경신닐
의 듁글 겻시요 닙니 말으고 압뒤가 뎔니고 부명훈 기운니 훙격간의 둘니
여

〈3-앞〉

호흡니 천촉ㅎ고 혹 울기도 나고 항상 늣끼고 쏘 니짐니 심히여 압흘 싱각
ㅎㄷ가 뒤을 닛고뎌 흠은 심경의 울기 심히미라 무기닐의 낫지 아니히면
갑을닐의 듁난니 디왕의 옥체을 보온니 식믹과 통믹은 심경믹니요 부믹과
현믹은 간경믹리라 다른 믹도 됴치 못ㅎ견니와 기듕 현믹니 가장 불길흔지
라 목극토을 히야 비위가 상히난니 비위 상히면 오댱니 흠깃 상흔 고로 방
문의 현믹은 곤치지 못홀리라 ㅎ여신니 니졔 디왕니 심경과 간경으로 닌연
히야 오댱육부와 四肢(사지)빅뎜의 안니 침범흔 디 업싸온니 쏘흔 약 ○릇
씨 탈리 만토다 지금 강화탕 등속으로는 곤칠 기리 업신니 차소위 홍로뎜
셜리라

〈3-뒤〉

엇지 츄회을 발러리요 글어나 흔 가지 씰 약니 닛신니 디왕은 엇지 구ㅎ올
리가 왕니 반기 왈 과닌의 라야니 비록 펜소ㅎ오나 긔구 젹지 아니히여 티
상노국의 경댱옥익과 서왕모의 반도가지와 만수산 닌삼과도 어더보랴면 용
이ㅎ거든 하물며 과닌니 씨랴 ㅎ면 별로 얼렵지 아니ㅎ니 말삼디로 구ㅎ올
리다 도ㅅ 왈 닌간 산듕의 흔 김싱니 닛시되 져 월궁 황아와 친밀흔지라 여
와씨 시뎔의 약 글읏 지은 뢰로 봉닉산의 뎍강ㅎ여닷가 환싱홀 쩌의 흔낫
혈육을 닙으로 토ㅎ여 디디로 둥산의 닛서 지금갓지 그 즈손니 세상의 펜
만히야쓰니 이른바 퇴깃라 그 간을 니여 침힝 갈우의 환을 지여 믹문동 달
닌 물

〈4-앞〉

의 삼십환식 공심됴복ㅎ온면 졀단코 신효닛쓰올리다 그 김싱니 천지 원기
와 닐월 뎡기을 타 낫신니 장부의 덜어온 기운니 업난지라 믹문동으로 심

경 울화를 누르고 침힝으로 쳬기을 라리우고 그 간으로 혀헌 간경을 도와 원기을 회복ᄒ오면 기듕의 닛는 병니야 어디로 가올릿가 글어ᄒ오나 니난 수궁의 닛난 김싱니 안니라 졸연니 구ᄒ기 얼엽스온니 디왕의 계신 듕의 지모 넉넉훈 신ᄒ을 튁뎡히여 닌간의 보니여 일수을 싱금ᄒ여다가 쓰옵소셔 용왕니 빅비치스왈 과닌으 복으로 션싱을 만니여 사병의 량약을 지시ᄒ신니 도로여 황감ᄒ옵건니와 과닌의 지식니 용열ᄒ와 지목을 알아쎠지 못ᄒ온니

<h2 style="text-align:center">⟨4-뒤⟩</h2>

션싱니 친니 튁졍ᄒ여 듀옵소셔 즉시 만됴빅관을 수뎡궁으로 명쵸ᄒ여 도스겨 믹기거늘 도스 낫낫치 관숭ᄒ고 용왕을 돌라보아 왈 일각노 덕훈공 잉어는 신수댱디ᄒ고 용녁니 뎔닌ᄒ나 지식니 부독ᄒ고 셩졍니 됴급훈니 육노의난 부당ᄒ고 좌참군 남셩니는 셩품니 어르○고 변통니 뎐히 업셔 사지을 당히여도 기○을 못 치리니 명송ᄒ기 얼려숩고 헌의도독 거북은 지됴는 유여ᄒ나 헹용니 용열히야 진셰상의 쏠리 싲어 은스라 자쳐훈니 엇지 글리 고루훈지 속담의 닐으기을 댱막숙의 영웅니요 방안의 왈즈로다 불리기 얼렵삽고 관장군 사외는 육형졔 욕역보소 드신산등○○요 티산을 비겨 안즈 쳔지

<h2 style="text-align:center">⟨5-앞⟩</h2>

을 덕다ᄒ고 고집되고 븨둔히여 ○○을 거역ᄒ니 씰 고지 뎐허 업고 희운공 쏫계난 양목상쳔ᄒ고 외골니육 고니ᄒᄃ 형용니 글어키로 듕심니 혀급히야 얼려온 닐 당두히면 엽거럼질 닐수ᄒ고 안력니 부독히로 싯발람니 얼넌히면 지쳑을 몰나본니 혓닐홈쑨리로다 용역장군 방어는 육다골소 어닌닐고 괴로온 닐 잠간 보면 쏫리비치 크겨 불고 뎡신니 살난ᄒ니 졸장부라 가솔옵고 티학스 오징어는 문필니 유여키로 먹통을 가즈신니 오소ᄒ고 약질

리라 그것도 씨디업고 발호당군 골리는 기상니 엄참호고 심○○ 불○히야 안호의 어론업고 살싱만 닐숨문니 라아의 역덕니요 동유의 우한리라 힝실니 불현호

〈5-뒤〉

니 수 박겨 발려두고 경목공 가지미와 졀치공 복징니는 불효막심호니 닌군을 어니 알며 디구령 며여기는 욕심니 과호기로 음식으로 유닌히면 불분방소 달여들고 라아 닐을 볼야히면 쌧자나기 잘도 훈다 더옥 씰디업삽고 그 나믄 신하야 엇지 다 닐닐니 의논호올리가 디뎌 니변 사신의겨 디왕의 병과 라아의 셩쇠홍망니 달여신니 장차 민망훈지라 반다시 항우 갓탓 기역과 공명 갓탄 지모와 소진 갓탄 구변과 자방 갓탄 지됴을 겸훈 리라아 능히 리을 셩사호올 거신니 노부의 소계의는 주부 벼실호는 자리가 맛당호여니다 듀부는 얍방도계듀의 낭관리라 디왕의 병셕의 거힝호는 거시 마음니 상약호고 ○퇴가 ○숙훈지라 몸의

〈6-앞〉

갑옷셜 닙고 철골로 싱겨신니 시셕을 피할 거시요 눈○ ○르고 니가 마구 싱겨신니 철셕리라도 너홀면 능히 쌧셔질 거시요 사독이 뎌으고 완실니 싱겨○니 힝보의 염여업실 거시요 목을 님으로 출납호니 원근을 살펴 근표의 닉글 거시요 비의 닌군 왕즈 닛시니 목숨니 장원홀 거시라 비록 비간의 비 가름과 역셩의 퓌훔을 당호여도 뎔기을 변치 아니홀 거신니 졔신 듕의 웃듬리라 이박계 보니 리 업스오니 디왕은 노부의 말을 집피 싱각호옵소셔 용왕니 디히히야 별듀부을 각가니 안치고 등을 어로만지며 갈아사디 됴명 디신니 다 경을 몰으되 오직 션싱니 아옵시니 니계 그디을 쳔거호옵신니 경니 과닌을 싱

〈6-뒤〉

각히야 ᄒ변 괴로옴을 사양치 말면 성공ᄒ고 돌라온 후의 충신을 봉히여 아람다온 닐홈을 후셰의 젼켜ᄒ리라 듀부 복지듀 왈 소신니 무삼 지식니 닛셔 리러ᄒ온 듕님을 믹기신지 감히 담당키 얼렵ᄊ오나 비록 듁사온들 엇지 뎐ᄒ의 명영을 시힝치 아니 ᄒ올닛가 용왕니 디히히야 퇵닐히여 듀부을 명숑홀 시 디연을 비셜ᄒ고 친니 잔을 잡고 권ᄒ여 왈 겅니 말리타국의 공을 닐우고 무사히 돌라와 과닌의 사병을 회츈키ᄒ면 수부의 닐등 공신니 계 밧겨 뉘 닛시리요 듀부 잔을 잡고 눈물을 흘여 쳔은을 츅수ᄒ며 도스을 뵈온디 도스 왈 그디을 디히야 달은 부탁은 업건니와 톳기

〈7-앞〉

을 닐직 보지 못히야신니 닐뎡 만너들 엇지 알리요 쏘ᄒ 세상의 두려온 거시 뱜리라 칭호는 산군인니 셩품니 밍열ᄒ고 라니기 웃듬리라 사불여의히면 알든 명분 몰나본니 니난 님시히야 그디의 소견더로 뎝응ᄒ려리와 범과 톳기 두 김싱의 화상을 글려가지고 나가 빙듄히여 닐호도 방심을 두지마라 닌ᄒ여 쏘 화스을 불너 분부ᄒ여 두 화승을 글여 올라 ᄒ디 화스 영을 듯고 유록 도홍 서쵹 단쳥 호황모 무심필을 듕혀리 넌짓 풀어 디쟝지 괘여놋코 닐리 뎌리 닐리 경각간의 글여너니 두 귀 쏭곳 눈은 쏭골 닙은 쎗독 코은 쌕곰 쏫리 몽통 킷은 셜명

〈7-뒤〉

압발은 멸숙 뒤발은 딍공 텰은 묘히신니 니난 반다시 톳기요 쏘ᄒ 효랑리을 기려씨되 머리은 빅발 노승니 송낙을 씨고 고기을 수기고 됴우난 듯 ᄒ고 눈은 겡쇠의 도금ᄒ 듯ᄒ고 님은 됫동우 갓고 니난 말리장셩 갓고 홍당은 빅셜 갓고 다리는 진시황의 아방궁 지동 갓고 발은 그 집 듀치돌 갓고

솟리는 무지기 션 듯ㅎ고 안지 거동은 금각산 기암괴셕니 운무듕의 소사는
듯 명신도 표열ㅎ고 위풍도 밍열ㅎ다 듀부 그 기림을 바다 품의 품고 닌희
여 ㅎ직홀 시 도스 홀연 간 디 업더라 듀부 힝당을 수십히야 궁문 박겨 나
셔셔 물머리을 혀와잡고 병병듕유 놉피 쩟셔 압발로 혜위치

<h3><8-앞></h3>

며 뒤발로 밀치면셔 물가의 다다은니 사면니 뎍막ㅎ고 닌뎍니 고요히야 아
모 디둘 몰을너리 수풀 속의 몸을 숨겨 산수풍경 구경터니 산혀리 셕양쳔
의 한 김싱니 라려온다 머리 우의 쌀을 니고 골리 눈 쏘각 발의 털 빗쳔 황
금 갓고 신쳬 당디히여 흔를흔를 뒤둑졉둑 밉씨업겨 라려온ᄃ 듀부 싱각ㅎ
되 져거시 톳기도 안니요 범도 안니라 비록 졔 셩명은 아지 못ㅎㄴ 디댱부
왕명을 뫼시고 니곳갓지 와셔 무어셜 둘려워 홀리요 아몰리커나 면겨 시험
히여 보면 쏘혼 겸ㅎ여 톳기 유무을 알리라 ㅎ고 오난 요로의 한갸라니 나
셔며 크겨 불녀 왈 져계 오시는 져 친구 말슴 잠간 물어보

<h3><8-뒤></h3>

 사니다 져 김싱니 어기여 디답ㅎ되 그디는 뉘신닛가 주부 일은 말리 나는
경하수 용궁의 닛는 듀부 벼실ㅎ는 즈리라 ㅎ옵거니와 노형은 뉘라 ㅎ신잇
가 그 김싱니 쏘 답 왈 나는 져 뎔마을 사는 우싱원리라 ㅎㄴ니다 주부 갈
라스디 말슴은 들으나 달름업거니와 일니 뵈옵기는 하상견지만즈로다 우싱
원니 답왈 형의 직품 됸귀ㅎ단 말슴은 나도 들어건니와 무삼 리로 닌간의
나오신닛가 듀부 답왈 니 비록 수궁의 닛스오나 오직 닌간의 친구 허다히
야 일년의 토쳐사의 편지 보고 오늘라 니 곳지로 만니 한변 소창나나 ㅎ즈
ㅎ고 왓습던니 두루 츠즈 만니지 못ㅎ오니 노형계옵셔 혹 보와난니가 우싱

〈9-앞〉

원니 답 왈 토처사의 성명은 니미 들러숩건니와 츌닙니 달으기로 어더 닛
눈지 모로깃나니다 듀부 답왈 사셰 글어ᄒ오나 노형의 신수가 져더지 당더
ᄒ신니 지식니 남으겨 더ᄒ야 셰상만사을 모를 거시 업실가 ᄒ나니다 우싱
원(니) 본디 무식히야 헛비만 불너시나 듀부을 덕다 ᄒ고 웅장훈 말슘으로
답ᄒ되 셩닌리라야 능지셩닌리라 ᄒ니 형니 지닌지감니 닛도다 듀부 문 왈
형의 말슘니 토쳐사와 츌닙니 다르다 ᄒ오○ 노형은 닌간의 닛셔 소임니
무엇신니가 우싱원니 앙쳔탄왈 너의 말슘 ᄒ즈 ᄒ면 실로 홍격니 답답ᄒ여
니다 우리도 니를망졍 실농씨 즈손으로 시교겅ᄒ실 쎠의 역산

〈9-뒤〉

의 밧쳘 갈고 그 질로 도라와셔 귀 쓴튼 영수물을 더렵다 안니 먹고 우산의
누워던니 육산표님 걸듀시의 구독을 다 멸ᄒ고 졔션왕을 잠간 만니 듁을
목슘 겨우 살라 셰상을 마다ᄒ고 님쳔초야 수문 나을 무지훈 사람덜리 심
상니 안니 보고 셰곱디닌 식기줄로 목을 얼고 남걸 휘여 코을 쮜여 리라 뎌
라 몰라다가 흑뎡니와 명이 징기 며와니야 븍묘뎐 가라갈 졔 훈변만 실독
ᄒ면 독훈 치와 모지 발질 환도 썟을 날리치니 오즈셔의 쮜금질과 초퓌왕
의 당길 심도 속멸업시 기멸히야 눈을 깜고 업뎌진니 쓰을는지 당길는지
아모리 홀지라도 니 닛난 디 몰라다가 소복니나 쓰긴 거시 닌명간의

〈10-앞〉

숭사어늘 도우탄을 즉지 불너 두퓌독을 각각 니여 쳔즈 졔후 디신 듕신 울
리 고기 다 즈시고 남북촌 활량덜리 쌀을 빗야 활 부치고 가둑으로 북 며우
니 니 닐신의 발리난 기 그름지와 눈 검덕니는 것 밧겨 업거만는 밧 갈기
갈으칠 졔 나 안니면 업다던가 부질업신 말과 기는 별로 공니 업거만은 괴

로온 닐 안 씨기고 니가 갈라 닉근 곡셕 속멸업시 다 먹으되 셰승의 ᄒᆞ는 말리 겐바라엇가르니 졔 명셩니 어더키로 주닌을 안다 ᄒᆞ고 니 심사 어더키로 ○○ᄒᆞ다 닐으난고 밧 갈라 니 먹으며 지물 실어 니 씨난가 만승쳔ᄌᆞ 어니히야 나 안니면 놉다 ᄒᆞ며 영웅호결 그 뉘신고 나 안니면 귀타할가 오복 등의 즁ᄒᆞ

<h2 style="text-align:center">〈10-뒤〉</h2>

거시 수 다음의 부라 ᄒᆞ니 밧가라 안 먹으면 복 닛ᄃᆞ고 부지되가 젹숑ᄌᆞ 여동빈은 밧가라 안니 먹고 육식됴ᄎᆞ 멀니히도 장싱불사ᄒᆞ여구나 용방 비간 구든 멸기 공ᄌᆞ 밍ᄌᆞ 거룩ᄒᆞᆫ 덕 셩뎐의 착ᄒᆞ기로 사후의도 닐갓거든 니 몸은 무삼 죄로 필경의 글읏 듁어 빅골도 업셔진니 닌심도 영악ᄒᆞ고 셰도도 무명ᄒᆞ다 ᄒᆞ심코 가연ᄒᆞᆫ 말 티강나나 들으시오 주부 듯기을 다ᄒᆞ미 벽댱디 소왈 졀어ᄒᆞ 웅장ᄒᆞᆫ 싱원니 듁기는 바삭의 아들니요 맛참 노차의 만니 명회을 다 못ᄒᆞ온니 서운ᄒᆞ옵건니와 남아하쳐불상봉리라 히야신니 닐후 다시 보사니다 우싱원니 ᄒᆞ직ᄒᆞ고 어디로 달나니거늘 듀부 홀로 우서 알 셰상의 헛된

<h2 style="text-align:center">〈11-앞〉</h2>

ᄌᆞ식도 만니 보깃다 닌ᄒᆞ야 톳기을 츳ᄌᆞ갈 졔 첩첩쳔봉 산니 되고 잔잔벽계 시너되야 벽파강상 통ᄒᆞᆫ 물결 님지업ᄂᆞᆫ 갈며기는 구비구비 흘너뜻고 쳔장 만장 나는 폭표의 시은하낙구쳔을 엿글의 들어던니 니곳의셔 보리로다 긔암괴셕 늘어진 반송 쌍빅학니 깃 쓰니여 셕양풍의 춤을 추고 장디수양 쳔만사는 머리 쎗ᄂᆞᆫ 미닌 쳬로 가지 가지 흔늘흔늘 벽도화 썰기 속의 죽장 망혀 한가하다 암상의 노피 올나 풍경을 구경ᄒᆞᆯ 졔 듀부 비록 수궁의 닛시나 힝장니 찬난ᄒᆞ다 상사단 두리줌치 듀홍 당사 별미듭을 기탄업시 풀어놋코 삼동초 지익미을 너울지겨 담아너야 부쇠불 딧쳘

〈11-뒤〉

달아 요량업시 피워 물고 비회사면히야 톳기 흔덕을 살펴던니 혼 곳 넌짓
발리본니 쳥계승 수음 속의 온갓 김싱 다 모엿다 힘범 지범 삼동표 바독졈
너구리 승량 약디 역강니 로우 사심 암곰 쑥곰 원싱니 산랑니며 집돗 멋돗
월둥퇴 듕산퇴 톳기 아들 퇴손니 퇴손니 동씨 둥니 차려로 늘려안ᄌ 디연
을 비셜ᄒ고 질기고 논일 덕의 연치로 상좌ᄒ기을 닷토더라 호랑니 상좌혼
니 너구리 닐은 말리 그더 아몰리 풍치 비범ᄒ고 용역니 졀난ᄒ되 오늘라
로림은 노소을 갈히여 차려로 좌을 뎡혼 거시 사리 당연ᄒ거늘 그더 한갓
강표만 밋고 염치엄시 님으로 상좌을 할야나 호랑

〈12-앞〉

니 니 말 듯고 디로히야 소리을 크게 질너 왈 니 셜영 연치업다 ᄒ여도 직
품과 위염니 너의계 놋푼지라 고금영웅니 다 날을 두고 비유ᄒ여거던 요마
혼 너의 연셕의 상좌을 못ᄒ고셔 디댱부라 ᄒ리요 너구리 우어 왈 니 역셕
은 도뎡니 아니어던 엇디 즉품을 의논ᄒ리요 만닐 즉품과 풍치로 닐은진딘
즉품도 노푼 순닌군니 아비 어니 셰알리며 풍치 됴혼 관운댱니 형을 어니
공경홀가 즉품도 거록ᄒ고 풍치도 됴커마는 상좌홀라 혼은 말리 구상유취
가니 업다 호랑니 니 말 듯고 더욱 디로ᄒ여 ᄒ난 말리 네 진실로 글러ᄒ면
니 연셰을 들어보라 화산쳐사 진단니 도쳔닐수 파혼 후의 셰승을 귀경타가
송

〈12-뒤〉

 티됴 닐출시예 쳔명을 침작ᄒ고 바돌 두워 니기홀 씨 니가 거겨 밋쳐가셔
싱사문을 훈수ᄒ고 산곡간의 누워던니 듀렴계 츠즈가셔 풍월을 의논타가
쳔의 비을 더혀 회암으로 도라들 졔 소강졀을 잠간 만니 미리사을 의논ᄒ

고 닌간의 험흔 길을 명도계 물어신니 니 나니 어더흐요 너구리 디소 왈 그
디 나 자랑흐는 말을 드르니 진실로 요동 돗치요 우물의 고기라 엇지 디댱
부라 즈쳐흐리요 노부의 연세ᄂ 즈셰니 들어보소 남양초당 츠즈가셔 졔갈
공명 줌간 보고 최듀평셕 광운은 소겐니 부득히로 수경선싱 츠즈가셔 거문
고을 의논 후의 삼국풍진 구경터니 관운장의 오관참장 거록다 흐건니와 됴
밍덕의

<h2 align="center">〈13-앞〉</h2>

빅만디병 뎍벽강의 진을 치고 비우의 술을 두고 월흐의 로러 지어 창을 집
고 히롱홀 졔 동은 하구 셔는 무창 남은 범셩 북은 오림 그 져펜 바리보니
남병산 둘너씨되 치식병풍니요 형용은 기림리라 수군 원수 황신디기 오경
강쳔 놉피 쩌다 뎡듕덕 순문약과 허져 셔황 화후돈은 글귀 지어 송덕하고
투기 벗고 뵈옵거늘 삼비 듀시로 논아 승뎐곡 질기 놀고 화용도 불소리예
됴밍덕니 담 쩟어져 쳔고의 음뎐흐고 그 길로 돌라들어 죽님칠현 벗님덜을
달을 뒷고 츠자가서 시듀로 회답흐어신니 니 나니 그디만 못흔야 호랑니
비록 분흐ᄂ 할 말 업셔 두류흐ᄃ가 좌을 허하거늘 너구리 상좌흐여던니
사

<h2 align="center">〈13-뒤〉</h2>

심니 싸ᄂ짜셔며 너구리을 꾸지져 왈 옛 글의 닐으기를 칙닌즉명흐고 칙긔
즉암리라 흐여신니 너을 두고 닐음리라 너갓치 용렬흔 긔 좌듕 공논만 기
달리ᄂ 기 올커늘 당돌리 상좌흐니 무엄니 막심리라 니 나을 들어보라 주
문왕 영디상의 덕화듕 노든 닐은 들어도 알건니와 수양산 올나간니 고듁군
두 아덜리 고마간 들라와서 치미가 실푼 곡됴 충셩니 그지업고 니구산 들
어간니 숙량흘리 안씨여로 디셩닌을 나흘라고 산신계 기도홀 졔 잔실과을
쌋들리고 디셩지셩 탄강흐ᄉ 삼쳔 졔즈 달리시고 힝단츈풍근오쳔의 예악사

어서수홀 졔 ○가을 함겨 듯고 오왕 부츠 (월셔시와) 관와궁 놋푼 집의 풍
악으로 닌도

〈14-앞〉

○○○○○○○○○○○○○○○ 논리 젹의 니가 거겨 미처가셔 ○○○○○○
○○○○○○셔 회음셩 츠ㅈ간니 한신 ○○○○○○○○○○○○○○요 표
모의겨 밥을 빌고 도○○○○○○○○○○○ 그 뉘 알리 나 혼ㅈ 벼지되
야 ○○○○○○○○○을 구경터니 계명산 발근 달의 팔○○○○○○ 오
추마 목 며이고 오장뎡장 지쵹홀 졔 니 뎡○○○○○ ○용퇴을 나간니 왕
소군의 출시홀 졔 씨수 ○○○○씨고 박명 쳡을 한탄ㅎ며 한쳔ㅈ을 원망타
가 죽○○○ 원니 깁펴 무듬 우의 풀은 풀리 장부 심댱 다 썩난다 포혀주과
계문 지여 호국고혼 위로ㅎ여신니 니 나니 엇더ㅎ요

〈14-뒤〉

너구리 홀 말 업셔 좌을 사량홀 지음의 원싱니 니더셔며 사심을 쑤지져 왈
요마훈 놈니 얼린 아히(덜)을 달리고 연치을 자랑ㅎ니 우셥고 분ㅎ도다 니
나을 들어보라 오십연 치불치을 미복으로 알고지고 착뎡음 경뎐식의 격량
가을 들으신니 강구연월 됴흔 시뎔 쳔지간 초목금수 계력닌들 업씨손야 우
로듕의 잠깃 몸니 중화닐월 다시 만니 경역산 파훈 후의 남풍시 오현금을
월ㅎ의 비겨타니 팔원팔괘 춤을 츗고 경운 경셩 비치 날 졔 쳔퇵간의 누어
더니 당우쳔지 빅셩되야 혀유 심사 거록다 ㅎ건니와 치수ㅎ든 화우씨도 팔
연을 밧겨 닛셔 도산도수 얼여올ㅅ 용문산 씨틀리 졔 기셰

〈15-앞〉

도 장홀시고 청의사ㅈ 꿈의 만니 옥도치을 어더신니 희학으로 압펼 막고

졍갑신 홀영ᄒ여 구계(의) 역수홀 졔 니가 거계 미쳐가셔 ᄒ 팔 심 빌여신
니 나난 삼디승 닌물리라 너의셔 젹다ᄒ야 말셕의 닛든 톳기 둘여시 나안
지며 원싱니을 디ᄒ여 왈 니 비록 형용니 약소ᄒ고 셩명니 됴급ᄒ여 남으
겨 얼른다니 보니지 못ᄒ나 연셰을 헤알리면 너의계 비ᄒ기 도로여 쳔덕리
라 시졔 졀문 손덜리 일른 닛난 둘 알계ᄒ야 너두 힝실의 실○ 업씨리라 니
당초의 닙을 열지 안니ᄒ고 좌듕 공논만 기다리기는 우리 호랑 슉듀겨웁셔
실쳬ᄒ옵깃로 슉질니 함계 남의 좌상을 요란깃ᄒ미 돌리가

<h3 align="center">〈15-뒤〉</h3>

안인 고로 춤고 닛셔든니 어른을 몰나보니 엇지 예덜리라 홀리요 원싱니
갈오디 져려ᄒ 거시 무삼 나니 들어 노소을 몰나보고 담방담방 ᄒ난다 톳
기 소 왈 니 나는 셰상니 다 아난 비라 너 혼즈 몰으난야 쳔지 삼깃 후의
음양으로 닐월되야 황아궁 약멸구을 나 혼즈 츠지ᄒ야 밤니면 달연ᄒ고 나
지면 리니와셔 소일니 업기로셔 너 갓튼 시싱 만니 망연지고 벼지된들 조
밥의도 큰 등니요 쳘즁익도 징징리라 너가 엇지 겁을 너리 원승니 또ᄒ 홀
말 업셔 고기을 슉니고 좌을 혀ᄒ니 톳기 호랑의계 아첨ᄒ여 왈 오날 로름
의 소질니 슉주의 상좌되옵기는 도리상 안니오라 면져 좌을 졍ᄒ

<h3 align="center">〈16-앞〉</h3>

시면 소질은 다음의 안질리다 호랑니 디히ᄒ여 다시 상좌ᄒ고 비반니 낭자
ᄒ여 질기고 노던니 여히 그즁의 춤예ᄒ여다가 뒤을 돌아본니 ᄒ 김싱니
혼즈 안즈 울거늘 보니 뒤뎍리라 고니 여계 문 왈 너는 무삼 셜음니 닛셔
우난야 뒤뎌기 답 왈 니 좌즁의 참예ᄒ면 마음의 닛난 셜음을 토셜코져ᄒ
나니다 니 신수 넉넉지 못ᄒ기로 상좌을 못ᄒ여건니와 호랑의 심법니 불랑
ᄒ야 혹 기로ᄒ거나 또 시장ᄒ 기운니 들면 노소을 몰으난지라 엇지 멸통
치 안ᄒ리요 여히 좌즁의 주달ᄒ니 호랑니 즉시 분부ᄒ여 왈 들려오라 ᄒ

거늘 뒤직기 명신을 모와 셥수닛기 들어가니 좌듕니 벽당더소 안리 니 업
더라 호랑니 우음을 긋치고

〈16-뒤〉

각가니 오라 ᄒ여 왈 쳔지만물니 다 유유상동ᄒ기로 사람은 셰상의 닛셔
아비와 닌군을 쑈고 고기난 물의 닛셔 용왕을 쑈고 비금은 남계 닛셔 봉황
을 쑈고 주수는 산의 닛셔 길닌과 나을 쑈난니 너난 무삼 닐로 ᄯᅡᆼ을 파고
길을 너여 동덕됴츠 숨깃고셔 무슨 셜름니 닛셔 얼온의 노난 더 참예ᄒ야
우난야 뒤쥭니 답 왈 울리 시됴계옵셔 문별니 놋풋기로 혼둔씨와 혼닌ᄒ주
ᄒ즉 신수 부득다 ᄒ야 퇴혼ᄒ미 디면ᄒ기 가장 무식ᄒ여 ᄯᅡᆼ을 파고 단니
건니와 너히 회듕 졀문 아히들 나 자랑ᄒ는 말을 들은니 자연 옛 리니 비감
ᄒ야 우로라 호랑니 더소 왈 네 말로 보건딘 문별도 귀할 밧계 나니 더욱
놉다 ᄒ니 나을 염여말고

〈17-앞〉

마음의 닛난터로 ᄌ셔니 말ᄒ여라 뒤덕기 갈로더 네 말리 송터됴와 듀렴계
을 보와다 ᄒ니 ᄒ날도 삼기지 아닌 뎐의 그 사람부텀 길여 낫던가 너구리
닐은 말리 졔갈공명 관운장 쥭님칠현을 보와다 ᄒ니 하라도 숨기지 안니
뎐의 그 사람들리 길려 낫던가 사심의 말리 이구산 수양산과 고소더 회음
셩과 계명산을 보와다 ᄒ니 하라도 삼기지 안니 뎐의 그산부텀 길려 낫던
가 원승의 말리 욘님군 순님군과 소부 허유을 보와다 ᄒ니 하라도 삼기지
안니 뎐의 요순부텀 길려 낫던가 호랑니 어니업셔 우어 왈 져근 ᄌ식니 별
로 다리 진 쳬ᄒ건니와 니 큰 발로 혼변 눌으면 남져지 업실 거신니 너 나
니ᄂ 닐너(가)보ᄌ 톳기을 돌라보와 왈 노형의 나니 좌듕의

〈17-뒤〉

웃둑 놉다 ᄒ니 하라도 삼기지 안닌 뎐의 월궁 항아와 약졀구부텀 싱기낫
던가 톳기 안식을 곤쳐 우워 왈 울리 호랑 슉듀계옵셔 너부신 도략으로 특
별리 짐작ᄒ옵셔 니졔갓지 살펴두워신니 그도 과감ᄒ거두 네 무어셜 밋고
져디지 능멸니 아난다 뒤덕니 소왈 니 기역니 부둑ᄒ고 헹쳬 잔약ᄒᄂ 지
식니 넉넉ᄒ고 연치 쏘ᄒ 놋푸신니 비록 듁글지은졍 엇지 겁을 니리요 노
부의 춘추을 듯고뎌 ᄒ거든 뎔문 손녜가 귀을 지울여 자셰니 들어보라 티
고젹 홍몽시예 음양니 시싱ᄒᆯ 졔 말근 기운은 우ᄒ로 올나 하라리 되고 흐
린 기운은 알로 라려 짱니 되여 산쳔초목과 닌물금수난 짱으로 쏘츠나고
닐월셩신과 풍운상셜은 하라로 쏘츠

〈18-앞〉

나셔 영소뎐 놉푼 집을 됴화로 지을 쎠의 맛ᄌ식 도편수로 슥묵을 손의 들
고 계수남걸 비헤다가 구분 나무 잣 다듬고 자진 나무 굿 다듬아 갑ᄌ연 갑
ᄌ월 갑ᄌ닐 갑ᄌ시의 닙듀상량 분명ᄒ다 일월 충을 달고 무지기로 난간
들여 구름 병풍 발람 문의 빅옥경 닐홈 지여 구듕궁궐의 단쳥니 휘항ᄒ고
삼광니 어리엇다 낙셩연 비셜ᄒ고 옥황졔 흔수ᄒᆯ 졔 티을궁 장경셩과 골홍
션셩 셔왕모난 봉황으로 수리 실고 난학으로 길을 쓰어 연셕의 참예ᄒᆯ 졔
불노초 반도가지 경장옥익 겻들여다 디취코 논리 덕의 맛ᄌ식 휘듸의 잡피
쳔ᄌ의계 닐즉 벼히 비 되고 공공씨 뎌졍씨 싸홈을

〈18-뒤〉

크게 ᄒᆯ 졔 부주산 상상봉를 (쎵니야) 디질은니 ᄒ라 지동니 불려지고 쌍
머리 벼려지거늘 여와씨 디로희야 두 닌군 듁닌 후의 오식 돌 갈라니야 닐
월로 반을 삼고 오셩으로 실 만들아 ᄒ라을 지을 덕의 둘지 ᄌ식 킷 크기로

역사을 듀댱타가 돌계 치여 듁고 셰지 ᄌ식은 늣기야 두어던니 닐월 쓰난
동희벤의 부상리란 뽕나무 심으로 갓다가 어복듕의 장사ᄒ여신니 닐은 팔
ᄌ 보와십나 듁지 못ᄒ여 닐싱 져려ᄒ든니 오을라 아히덜 나 자랑ᄒ난 말
을 들으니 죽근 ᄌ식 싱각ᄒ야 더옥 우로라 호랑니 디소 왈 네 말을 들은니
네 나는 의논도 못ᄒ려니와 네 ᄌ식은 진실로 하라도 삼기지 안닌 뎐의 낫
도다 즈근 ᄌ식니 큰

〈19-앞〉

말ᄒ니 엇지 긔특지 안니ᄒ리요 별로 좌을 뎡ᄒ여 안치고 듀육을 나노와
홈계 로더라 잇쩨예 듀부 암슝의 혼ᄌ 안ᄌ 구경ᄒ다가 화상을 너여 들고
멀니 빙듄ᄒ니 상좌의 방약무닌ᄒ는 거션 범니요 그 다음의 안ᄌ 죽기는
거션 분명호 톳기로다 그 외예난 셩명은 몰오건니와 져와 갓튼 손니 무수
히 참예ᄒ여신니 다힝니 톳기 송방든 고뎔 만니건니와 너 닛쩨을 당ᄒ여
뚕덕니 심히 위티ᄒ니 아무리커나 파좌ᄒ고 가는 고졀 ᄌ셔니 보와 추동홀
리라 ᄒ고 어구의 안ᄌ던니 이웃고 여러 김싱니 좌을 파ᄒ고 각각 흐터지
더라 주부 암흥의 나려 두어 거름을 계우 지니던니 난디업는 호랑니 수풀
속의 닛ᄃ셔며 발로 듀부 등

〈19-뒤〉

을 눌으고 문 왈 네 말은 쇠쏭니 안니면 반반호 나무 접시라 ᄒ거늘 듀부
쳔연니 답 왈 그도 안니요 글어면 무어신야 주부 잠간 지담ᄒ되 나난 불돌
기요 호랑니 소 왈 말ᄒ난 양을 들어니 그도 안니라 네 셩명을 바로 알뢰라
글어치 안니ᄒ면 너 ᄒ로 닛틀 한달 두달 금연 명연 려어희을 눌으고 셧씨
거신니 네 골라 상사라리랴 주부 소 왈 눌으고 션는 너난 무어셜 먹고 션는
야 나난 글을 듈 아는 고로 늘거 듁도록 티평을로 먹고 진리 양식을 가지고
왓노라 ᄒ니 호랑니 디소왈 만닐 발로 알뢰지 안니ᄒ면 너 힘근 눌너 너의

충수을 농ᄒ기 할리라 주부 안마음의 ᄌ량ᄒ되 졔 아모리 장수라도 닙을로 난 먹지

〈20-앞〉

못ᄒ련니와 만닐 졔 말과 갓치 온통 눌을진던 엇지 살기을 발러리요 즘간 계교로써 명을 도모ᄒ리라 ᄒ고 염예업시 디답ᄒ되 나난 쳔승 벽역장군 졔ᄌ로셔 셔방 빅호 금신을 다 잡아먹고 닌간의 라려와 너의 유을 씨업시 ᄒ 졋던니 수월니 지너되 만너지 못ᄒ여신니 네 셩명은 무어신다 니 목니 비록 겹풀 속의 들어시ᄂ 씰 뒷을 당ᄒ면 쳘니 말니라도 마음더로 느리난니 밋지 못ᄒ거던 즘간 보라 ᄒ고 목을 얼풋 너여 압헤 닛는 됴박돌을 덥셕 물어 부수니 빅셜니 분분ᄒ겨늘 호랑니 디경ᄒ여 소리를 질으고 다라나다가 못 보니난 더 시너가 수풀 속의 졔 손됴 문답ᄒ여 왈 니 셰상을 박남ᄒ여건

〈20-뒤〉

니와 글언 거션 듯도 보도 못ᄒ엿지 답 왈 글엇지 졔 말리 천상 벽역장군 졔ᄌ라 ᄒ니 분명 글어치 쏘 답왈 글엇치 등의 쳘갑을 닙고 목을 님으로 츌납ᄒ니 보미예 신통ᄒ지 쏘 답 왈 글어치 그 놈의 목 늘리난 광을 보니 경각간의 글얼진던 져무도록 느리면 몃 발리 될 줄 몰으지 쏘 답 왈 글어치 만닐 도망치 안니ᄒ야든덜 그 놈의 모진 닙바듸예 속덜업시 유원도 못ᄒ고 죽지 쏘 답 왈 글어치 십싱팔구라 ᄒ고 시로니 놀너여 부지거쳐 도망ᄒ더라 잇쩌 듀부 호랑을 쏘고 우어 왈 니 수궁의 닛셔 호랑의 션셩을 놉피 들어던니 당ᄒ야 본니 허겁ᄒ 거시로다 그려나 니 계교 안니너들 그 놈의 압혀 뉘라셔 버셔라리요

〈21-앞〉

마음의 슝쾌ᄒ여 무수히 질기다가 다시 싱각ᄒ되 왕명을 뫼옵고 세상의 나
온지 올러나 실업신 손녀만 만니여 부질업신 말만 혀비ᄒ고 톳기ᄂ 이적지
만니지 못ᄒ여 기한니 점점 느뎌간니 신ᄌ의 돌리 만만황송ᄒ건니와 하물
며 옥쳬 환후 가감을 듯지 못ᄒ니 엇지 망극지 아니 ᄒ리요 니 졍셩을 다ᄒ
야 산신계 기도ᄒ리라 ᄒ고 시너물 흐르난 뎌 명결리 몸을 씨고 산혀리 놉
피 올나 사방으로 예단홀 졔 각항져방심미기ᄂ 삼팔목 쳥용셰로 쳥목으로
예단ᄒ고 두우여혀위실벽은 니칠화 주작셰로 홍목으로 예단ᄒ고 규누위모
필초삼은 사구금 빅호셰로 빅목으로 예단ᄒ고 명귀유셩장닉진은 닐육수 현
무

〈21-뒤〉

셰로 흑목으로 예단ᄒ고 구진등사 듕앙토로 황신디기 긔려 쓥고 자단힝 불
피우고 축문 지여 손의 들고 단뎡니 ᄭᅮ러안ᄌ 축문을 고홀 젹의 유셰ᄎ 모
연 모월 모닐 모시예 경희 수궁 듀부 자러ᄂ 감소고우산신지영ᄒ노니다 국
운니 불힝ᄒ고 신민니 복니 업셔 무죄ᄒ 우리 닌군 우연니 득병히야 신음
ᄒ 지 여러 달의 월닌펜 황졔 소문 하타의 쳥낭 비결 소강뎔의 관민렴과 니
순풍의 단시로도 집증을 못ᄒ여거든 소수을 어니 알리 사병의 탕약업셔 쳔
시만 바리든니 옥황니 ᄒ감ᄒᄉ 티을션관 보니시셔 진믹ᄒ고 집증 후의 톳
기 간니 당지기로 졔신 즁의 날얼 빗야 니 곳가지 보니거늘 ᄒ즉ᄒ 지 열여
날의 고산심곡 두루 ᄎᄌ 둉

〈22-앞〉

격돗ᄎ 몰으온니 산신님니 익기신지 졔 명셩니 부둑ᄒ고 졍됴업셔 글어ᄒ
지 티창의 쌀싸ㅅ갓고 아홉 쇠계 ᄒ 털리라 일수만 빌니시면 셩공ᄒ고 돌

라가셔 영세불망흐올리다 빌기을 다흐미 예뎔업난 뎔을 무수히 흐고 축원
흐던니 니뒷 톳기 노름을 파흐고 술리 디취흐야 셕양쳔 빗거름의 시너가
오난 질의 주부와 셜로 만니니 듀부 반갑고 반가와 안마음의 산신니 도으
미로다 소리을 옹용니히여 멀니 불너 왈 져계 오시는 분 뉘시닛가 톳기 쌈
작 놀니여 흔속곰 뒷다가 정신을 진정흐여 다시 살편 후의 불어 왈 그디 얼
골리 셰상의 닛난 니 안니라 셩화는 뉘신며 무삼 말삼 흐문코져 흐느니가
주부 나소와 안지며

<h3 style="text-align:center">〈22-뒤〉</h3>

답 왈 져는 수궁의 닛는 경갑장군 주부 즈러라 흐건니와 노형은 뉘신잇가
톳기 답 왈 나는 니 산 츠지흐고 닛난 퇴션셩리라 흐느다 주부 유식흔 쳬
흐고 문 왈 형의 셩즈는 타탸터텨토툐토라 흐는 그 토즈을 씨오 톳기 답 왈
그 토즈가 안니라 자학골 나무 장사 닐곱 돈 경가흐고 열셰분 돌여모으로
안친펜월도상토관 그 토즈 씨오 주부 왈 말슴흐는 양을 들으니 유식흐여
글공부 만니 흐여계시오 톳기 소 왈 논어 밍즈 듕용 디힉 시던 셔면 팔티가
강목 ○○○ 사물 유취 듀셔빅션 이빅 두시을 듈듈리 통달흐고 ○○○히
들송흐야 만고흥망니 복중의 가득 들어 차마 무거워 못 단닌니깃소 주부
갈로디 형의 무

<h3 style="text-align:center">〈23-앞〉</h3>

필니 글어홀진딘 과거을 힘○ 공명의 뜻 두난 거시 당당흐거늘 신셰 엇지
져티지 젹막하시난잇가 톳기 답 왈 형니 수부의 닛셔 엇지 닌간 흥미을 아
올잇가 주부 왈 형의 덕의 닌간 흥미을 듯스오면 수궁의 돌라가 즈랑코져
흐느니다 톳기 흐난 말리 니니 신셰 거록홀수 시졀니 분운키로 공명을 흐
직흐고 니 산듕의 님지되야 사시풍경 츠지히여 졍니삼월 도라온면 화신풍
넌짓 불어 만화방충 꼿치 필 졔 삼충토계 순님군니 팔원팔기 달리시○ 남

풍시 오현금의 히오민지 온혜하든 군왕부귀 목단쏫 수양성월 운듕의 장순 허원 몸니 되야 틱산 가치 구든 졀기 ○○○○ 홀영ᄒ던 순국츙

〈23-뒤〉

신 힝리화 심랑쳐사 도연명니 핑틱원ᄒ작ᄒ고 뎐원으로 돌라들어 낙금셔니 소우ᄒ든 은닐풍도 국화쏫 오능듕즈 명상월은 머리 우의 발가닛고 안즈의 누항쳥풍 쏏 속의 불어신니 한스쳥홍 미화쏫 육국풍진 상산사호 구승갈표 몸의 닙고 쳥여장 비계 누어 셕탑 우의 잠니 든니 노닌 방불 박쏫치며 니십 세 등즁군니 빅수진닌 넌짓 만니 한나라을 듕흥ᄒ고 승상 닌수 바다신니 쳥춘소연 셕듁화 풍월무벤 주렴계는 공밍으로 시승 삼고 졍주의 버지 되야 틱극도을 의논ᄒ니 군즈 기상 연쏫치며 셜도갓치 모흔 식도 옥누사창 비계 안즈 황혼빅마야유랑을 추파들어 송졍ᄒ니 창기 갓튼 히당화 션풍도골 사

〈24-앞〉

안셕니 졀터가닌 손목 잡고 사략으로 닌도ᄒ아 동산 우의 올나신니 풍유랑의 홍벽도화 그 져편 바리보니 온갓 김싱 울름운다 약수삼쳔 요지연의 소식 뎐튼 쳥됴시며 사마장경 줄소리의 오유사방 봉황시 부용당 운무벽의 긔림 속의 공작니며 일쳔연화표듀의 물시닌비영위학 밍셩유의 글귀 속의 교교호음 잉무시 귀촉도 계즈원는 계혈삼경 두겐시 칠칠가기 은ᄒ수의 달리 놋는 오작니며 녹양사사 북니 되야 봄빗 짯는 쇠골리며 닐쌍비거각회두의 원불상니 원앙시 상님원의 글 뎐ᄒ던 별표귀리 기러기며 셕양비활쳥신식의 양기상○ 히오아비 범범듕유 지힝업시 쌍침쌍루 쌍오리는 곳곳마다

〈24-뒤〉

춤얼 추고 가지 가지 로리ᄒ니 빅화 듕 집피 든 잠 네 소리의 놀니 찌야 손

홍 공산부을 목니여 큰기 을고 사양석경 돌라든니 투힝ᄒ든 범나부난 나을
보고 반기난 듯 기즈추 말근 혼을 한식으로 조상ᄒ니 왕히지의 난뎡연은
유상곡수쑌리로다 두초당 듁근 후의 화됴가 님지업셔 속뎔업시 니을턴니
오늘라 빗치난다 사오유월 돌라오면 젹졔건곤 남풍 불어 온갓 잡목 무셩ᄒ
다 동영수고불벤셕의 군즈졀의 소나무며 춘화추동 사시뎔의 졍졍독닙 넌나
무 만경창파 빅쳔장의 수듕궁뎡무 회나무 투지목과 보지겡거 뒤틀어진 모
과나무 오즈셔의 분묘 압폐 충셩홀손 가목니며 망미닌혜 쳔닐방

〈25-앞〉

의 너덕너덕 산추나무 쳥산녕니 빅운간의 묘셕예 불쑬나무 수쳑지휴랑공불
기 아람들리 지나무 자단 빅단 산호 박달 용목 상목 가시목 금픠피나무 넙
젹 쩍갈 능수벼들 얼멍등덜 멍등 표도 너출 넙늘어져 평퍼져 나리쳐 속구
쳐 유오도듕 복셩니며 멸우 달리 드졍드졍 열니엿다 울울창창 수풀되고 골
골마다 그늘져다 쳥계수 구비친디 발을 씨고 돌라든니 산옹 심사 담박히야
오월 불열의 쳥추라 쳔중뎔 단오닐의 충포듀 가득 부어 굴삼여을 위로ᄒ니
녹음방초 셩화시난 왕기보가 을펴신ᄂ 별건곤 말근 즈최 니 외의 그 뉘 알
리 칠팔구월 돌라오면 금풍은 소실히야 만학쳔봉 단

〈25-뒤〉

풍 들어 산닌부귀 거록ᄒ다 진시황의 셰력닌들 아실 니 뉘 닛시리요 상엽
홍어니월화난 이을 두고 닐으미라 닐낙황혼 져문 날의 동뎡졔월 발가온다
알람다온 져 달 비치 오날 밤의 히고 힐시 니덕션 듁근 후의 주닌 업ᄂ 져
풍월을 나 혼즈 츠지ᄒ이 송옥의 비추부ᄂ 쳔고의 유뎐ᄒᄂ 니예셔 소댱
부라 쳔ᄒ명산 폐○○○ 단풍 구겡 가즈셔라 어디로 가잔말고 봉닌산 올나
간니 젹송즈 왕즈진은 셕탑 우의 바돌 둔다 불노초 닌삼과을 염여업시 어
더먹고 쳔틱산 넌짓 올나 셔왕모을 츠즈보고 골윤산 놉퍼 올나 쳔ᄒ을 젹

다 ᄒ고 화우씨 치수유덕 비문니 완연큰늘 디장부 역의 와서 자최업

〈26-앞〉

시 못 갈리라 무심필 넌짓 들어 싱획니여 졔명ᄒ되 모연 듕추의 퇴쳐사난 과츠라 암상의 크기 씨고 그 길로 니달나셔 무산 올나가니 십니봉니 놉파 씨되 수월암을 호위ᄒ 듯 석경귀승산령외의 졍쇠난 덩덩ᄒ야 운무듕의 들 니난 듯 칠빅평호 말근 물니 소상강을 통ᄒ여고 아양누 회사졍과 아황 여 영 디수풀니 쳔고의 완연ᄒᄃ 충신열ᄉ 깃친 셔름 굴리산의 부쳐신니 강기 ᄒ 군ᄌ 홍금 비홀 고지 젼히 업다 그 길로 돌라들어 아미산 올나간니 반윤 추 가을 달 리티빅의 유덕닌 듯 무협의 존니비와 금각산 길억기는 긔의 힝 장 지쵹ᄒ다 남병산 올나간니 칠성단 빈 터니요 덕벽강 발리본니 소ᄌ쳠 어디 가고 쳔금기셕 간 디마다 시듀풍유

〈26-뒤〉

됴흘시고 님지업난 산실과을 수업시 주어먹고 원산셕경 구분 길로 흐늘흐 늘 돌라본다 십닐니월 돌라오면 낙목은 소실ᄒ고 빅셜은 분분ᄒ야 긔암괴 셕 말근 기운 빅옥으로 단장ᄒ고 만쳡○이 싹근 폭포 수평 갓치 걸여신니 경궁요 디걸의 집과 뎐치ᄒᄃ 수양졔난 사치타 홀려니와 됴화을 어니 알리 운산 셕실 졍경ᄒᄃ 셕ᄒ셕문 구지 닷고 안ᄌ의 닐단사는 싱이의 넉넉ᄒ고 셕숭의 금곡부는 꿈밧게 멀어신니 그것도 됴컨니와 홍취됴츠 비범ᄒ다 삼 경의 창을 비계 셜월을 귀경ᄒ니 밍호연의 ○능풍경 현닐홈 쑨리로다 사시 풍경 리어컨니 디강니나 들으시오 ᄯ호 감

〈27-앞〉

니 뭇줍난니 수궁의도 혹 일어ᄒ 경니 닛난잇가 주부 듯기을 다ᄒ민 앙쳔

탄왈 옛 말삼의 안불망위라 ᄒ여신니 니계 형니 비록 강산 홍미을 자랑ᄒ
ᄂ 니 마음의난 형의 신수 기둔ᄒ고 분듀히여 죽글 닐을 홀로도 려어순 당
홀가 ᄒᄂ니다 톳기 벤식디왈 피츳 초면의 말삼도 그디지 쎅쎅니 ᄒ시오
니 산쥭의 님지되야 상상봉의 단을 못코 쳔지도수와 세상홍망을 간디로 몰
으난기 업거던 ᄒ물며 졔 몸 사싱니야 요량치 못ᄒ올잇가 주부 ᄒ난 말리
형의 신세 싱각ᄒ니 ᄒ심코 가연ᄒ오 상상봉 올나가면 미 바든 수알치난
산영기 압셰우고 몰니군 뒤둧치 졔 사독을 오고리고 수풀 속의

〈27-뒤〉

누워신니 수박단장 구리짓쳬 방울 소리 달랑달랑 홍격의 불리 붓고 오장니
다 썩글 졔 춘삼월 꼿 귀경을 경황업셔 어니홀리 톳기 니 말 듯고 두 눈니
쏭골ᄒ여 曰 글어면 듕헐리로 달라나지요 듀부 왈 듕허리로 다라나면 불
잘 논난 포수놈니 미지망터 독지기며 귀약통 남날기예 노승 졔승 졀닙 조
총 등의 지고 솔부덕니 은신히야 뒤목 잡아 날여올 졔 쳔동 갓탄 불소리난
여계 컹컹 져계 쾅쾅 박낭사듕 쳘퇴셩의 진시황의 혼니 업고 젹벅강 불근
불꼿 됴밍덕니 담 쪗어져 쳔고의 유던흠을 쾌하다 하건니와 오날로 비계보
면 도로여 가소롭다 쳔방 지방 도망홀 졔 하사월 녹

〈28-앞〉

음방초 아무리 됴타ᄒ들 여가업셔 어니 볼리 톳기 컹소리의 놀니여 썩디글
궁구다가 정신을 진정ᄒ여 쳔촉ᄒ여 曰 글어키도 놀나온 소리을 ᄒᄂ닛가
울니 집 항열의 기ᄒ난 소리라 남 듯기 실은 소리 너무 심ᄒ오 주부 우어
왈 형의 말삼니 강산풍월만 춫즈가면 세상의 기탄니 업다든니 님으로 ᄒ난
총소리예 그디지 놀니난닛가 톳기 셩니여 왈 글어면 덜로 달라나지요 주부
쏘 ᄒ난 말리 덜로 다라난면 풀 비던 목동이며 밧 가듯 농부덜리 보 마가든
방축말과 즈로 진 곱나지로 남을 얼너 북을 치고 압혈 막아 뒤쏘칠 졔 망망

디야 널은 덜의 힝홀 고지 전히 업셔 어복표 팔진

〈28-뒤〉

도의 항승은니 업서씨니 육장군니 어니 살며 동천강 어예 갈고 은왕 셩탕
겨룩흔 덕 천고의 유전 쑌리로다 듁기도 여가업셔 동동겨름 닐삼거던 추구
월 단풍 귀경 언느 쎄의 다시 홀고 톳기 흉계니 막킷 도로여 악담흐여 왈
흔변 듁그면 다시 듁난 수는 업지요 형의 말삼니 져려흐신니 계 수궁의난
엇더흐신잇가 주부 왈 수궁 자미야 엇지 닙으로 다 뎐흐올닛가 쏘흔 형가
치 못 보신 니야 현말삼으로 듯사올리라 톳기 소 왈 말삼흐는 양을 들으면
웃지 요량치 못흐올리가 주부 흐난 말리 천지간 광터흔 곳 바다니 계닐니
요 닌물 듕 신영흐심은 용왕니 계닐리라 영덕뎐 놉푼 집니 운소간의

〈29-앞〉

소사난디 빅옥 난간 호박 듀치 두리 지동 산호발 수정렴의 진주로 셩을 쌋
코 야광주로 등촉 케여 닐월광을 아사닛고 운모 병풍 순금 용상 팔션여가
시위흐고 금관됴복 빅관덜리 츠예로 늘려안즈 둥덕궁 션악 소리 오운듕의
들니는 듯 셔왕모은 비파 타고 고기 여등은 춤을 츌 졔 징징흔 옥픠셩과 연
연흔 고은 티도 겨름마다 연꼿 피고 춤 바틈면 구실 되다 금누의 흔 곡됴로
사듁을 셕거친니 화풍감우 쎄을 딸라 팔철이을 진뎡흐고 긔화요초 쎨기 쎨
기 우로즁의 넘노난 듯 금은 치단 곳곳마다 구산갓치 쌋여닛고 즉품으로
의논흐면 비렴장군 잉어와 창군사즈 교용 등

〈29-뒤〉

니 풍운을 각각 맛타 닐국을 진졍흐니 삼국풍진 크다흔덜 수궁갓지 어니
오며 우환 질고 두려온덜 용국의도 침칙홀가 그더 갓튼 준수남자 우리 닌

군 알아신면 즉닐 상리퍼초히야 디광보국 광녹되여 말만훈 황금닌을 혈리
알리 비겨 츠고 모당지상 놋피 안즈 빅관을 지시홀 졔 리어훈 리 리니 흐고
져려훈 리 졀리 흐라 호령 훈변 날리시면 급암 갓치 강직흐고 동탁 갓탄 기
세로도 화신풍의 쏫치 되야 거역홀 비 뎐히 업니 국사을 맛친 후의 별당으
로 돌아들어 교초단 삼중셕의 디모 병풍 둘너치고 차 다리난 옥동즈와 좃
디 잡분 션여덜리 화단을로 몸을 싸고 주옥으로 단장흐여 주

<h2 style="text-align:center">〈30-앞〉</h2>

야업시 뫼셔신니 히듕쳔지 됴흔 경니 수궁바계 쏘 닛난가 톳기 듯기을 다
흐미 마음니 즈연 방탕흐여 답 왈 그 고졀 들어가면 됴흔 벼살도 훌려니와
팔션여 닛다 흐니 그도 훈가지로 노올닛가 주부 답 왈 그난 여반장리라 엇
지 어렵다 흐올닛가 톳기 급피 문 왈 만닐 한가지로 놀면 혹 기롱도 흐올닛
가 그난 더옥 용니한 리니라 톳기 나소와 안지며 왈 만닐 그 지곙니 되면
원앙침 비취금의 옥수을 너짓 잡고 월삼곙 계위 갈 졔 두 몸니 한몸 되야
춘흥을 못 니기여 초양왕 양디상의 운우몽농 됴흘시고 굿씨을 당흐오면 혹
글리도 흐올리가 주부 왈 져려훈 풍치로 수궁의 드러갓시면 베살은 사달리
올으듯 흐고 일

<h2 style="text-align:center">〈30-뒤〉</h2>

등 미싁은 쳥씨골리 뒤의 실비람 쌀툿 흐올리다 톳기 춤을 모도와 삼치며
왈 만닐 들어갓다가 벼살과 미싁을 어더걸니도 못흐면 노형니 엇지흐라 흐
신닛가 주부 왈 목뎐의 닛난 닐을 거짓 말삼 흐올리가 날 갓치 신수 부독훈
것도 요마훈 관즉의 참예흐여거든 형니야 쌍 집고 혀염흐기는 오히려 손니
나 압푼지요 톳기 코을 홀작글리며 왈 아물리 가고져 흐나 유현니 길니 달
나 예로부텀 통치 못흐여신니 싱각은 간졀중 들너갈 길 젼히 업소 주부 왈
그난 어렵지 아니흐오 니 등의 안지면 쳘리 말리라도 염여업실 거신니 아

갑고 이달을사 져려훈 션풍도골 진셰상의 넌짓 나셔 츌닙ㅈ싱 여가업셔 초
목과 동무ㅎ니 어니 안니

〈31-앞〉

악가온가 예로 싱각ㅎ면 됴주사닌 여션문도 황건역사 쌀라가셔 영덕뎐 낙
셩연의 상양문 잠간 짓고 유리잔의 진주 담아 윤필지지 ㅎ여신니 요마한
문사계도 지은 보은 리엇커든 형 갓튼 웅지디락 공명ㅎ기 어려올가 말삼은
유식ㅎ나 아모리 싱각희도 들어가 길 만무호오 주부 왈 만닐 위티ㅎ면 파
의ㅎ난 거시 디장부 당당훈 거시라 닐후의 다시 보사니다 ㅎ즉ㅎ고 어디로
힝ㅎ여 돌라보도 안니ㅎ고 가거늘 톡기 참지 못ㅎ야 불너 왈 져 분 어디로
져리 급피 가오 주부 답 왈 호랑 차자가오 톳기 왈 무삼 닐로 차자가오 주
부 왈 니 수궁의셔 들은니 호랑은 빅수지장니라 ㅎ니 그디의셔 소견니 넉
넉홀지라 니 말삼ㅎㅈ ㅎ고 가오

〈31-뒤〉

톳기 소 왈 우리 호랑 숙주게옵셔 빅사을 니게 의논ㅎ니 보와도 쓸디업건
니와 ㅎ물며 달은 디 나들니ㅎ여 계신니 셩을 참고 잠간 도라보옵소셔 주
부 지삼 신양ㅎ다가 마지 못ㅎ는 쳬ㅎ고 다시 나아가니 톳기 우어 왈 성소
훈 고졀 드려가고져 ㅎ거든 아모리 그만 의혹니야 읍스올리가 형의 말삼니
져터지 간졀ㅎ신니 혈마 기망ㅎ실닛가 쏘 미신ㅎ난 거시 돌리 안니라 니게
는 훈 가지로 가기을 원ㅎ는니다 주부 안마음의 깃붓나 다시 당부ㅎ여 왈
의심니 닛겨던 진작 파의ㅎ시면 달은 디로 가려ㅎ느니다 톳기 우고 진졍으
로 가기을 쳥ㅎ거늘 주부 강잉ㅎ여 허락ㅎ는 쳬ㅎ고 훈가지로 강변의 다달
나 주부 등의 올을여 ㅎㄷ가 물소리예 쌈작 놀

〈32-앞〉

니여 사장의 뒷여나셔며 왈 풍마우지 불상급리라 물소리 져려ᄒ니 차마 무
셔워 못 가기소 주부 디로ᄒᆞ야 쑤지져 왈 방정마진 져 톳○ 헐복ᄒᆞᆯ사 져 톳
기 요망ᄒᆞᆯ사 져 톳기 호의 만단 져 톳기 네 목슘 초로갓치 됴셕간의 달닌
듈을 뎐히 몰나보고 티평으로 싱각ᄒ니 이달고 이달올사 톳기 답 왈 형의
말삼니 상상봉 올나가면 수알치 닛고 듕허리로 달아나면 표수놈 닛고 덜로
달아나면 농부와 목동니 닛다 ᄒᆞ여도 긋쩌는 졍신니 혼미ᄒᆞ여 디답지 못ᄒ
여건니와 즈셔히 싱각ᄒ니 굴로 달아나지요 주부 ᄒᆞᆫ는 말리 수알치 산포수
며 초동목수 농부덜리 닐시예 합역ᄒᆞ여 자옥을 추심 후의 추리 긴 말은 갈
디 수업시

〈32-뒤〉

비여다가 굴어구의 싸아놋코 화약 염초 불질은니 진시황의 아방궁 삼월화
들 여계셔 더ᄒᆞᆯ소야 독ᄒᆞᆫ 니와 모진 불꼿 살쏜다시 들어온니 다시난 어니
살고 퇴장삼혈 알은 곳과 삼혼칠빅 지가 되야 골경둣ᄎᆞ 온뎐할가 톡기 놀
니여 왈 형의 무슨 혐의 닛셔 갈소록 독ᄒᆞᆫ 말삼만 ᄒᆞ신난니가 주부 우어 왈
형의 상을 보니 골격은 쳥수ᄒᆞ나 닌듕니 져디지 멸은니 웃지 와셕둥신ᄒᆞ기
을 발리리요 톳기 그 말 듯고 더옥 의심ᄒᆞ여 가만니 솔닙펼 쩌여 견우위 본
니 비록 능을 잡부되 남뎌지 업난지라 마음의 놀나와 ᄒᆞᆫ는 말리 닌듕니 졀
너도 수궁의 들어가면 익을 면ᄒᆞ올닛가 주부

〈33-앞〉

답 왈 수궁의 들어가면 수빅○ 장수ᄒᆞ고 볘살니 일품의 닌난 지라도 그디
예셔 ᄒᆞᆫ치나 업난 인듕니 무수ᄒ니 글로 보와도 분명ᄒᆞᆫ 션경리라 밋지 못
ᄒᆞ거든 니 닌듕을 ○계 ᄒᆞ오 니 상 가지고 인간의 닛시면 무삼 벼살은 시로

니 목숨을 니젹지 보젼ᄒᆞ올닛가 그디 박복ᄒᆞᆫ 타시로 니고결 낙지로 알으시니 그도 닌듕 졀은 덕인가 ᄒᆞᄂᆞ니다 톳기 지삼 말ᄒᆞ다가 환연디각히여 디장부 듁을지은졍 엇지 친구의 말삼을 듯지 안니 ᄒᆞ올닛가 니졔는 의심업시 흠계 가사니다 주부 디히ᄒᆞ여 톳기을 등의 업고 만경충파 너울 물결 풍남디로 가는 양은 병소군니 셔시 실고 오호연을 ᄎᆞᄌᆞ가듯 쟝건의 팔월사의 월지국니 어디

〈33-뒤〉

미요 동남동여 봉니산니 멀고 멀사 어부사관 니닐셩의 당션톄로 혹츌혹몰 지힝업시 졍ᄒᆞ수을 ᄎᆞᄌᆞ간다 톳기 눈을 쌈고 니을 갈며 주부 등의 업들리여 물곌 소리의 간쟝니 다 논ᄂᆞᆫ 듯ᄒᆞ나 ᄉᆞ이도ᄎᆞ의 할 리 업셔 졍신만 수십던니 니윽ᄒᆞ여 물소리 긋치며 날리기을 쳥ᄒᆞ거늘 반계 듯고 눈을 ᄯᅥᆻ셔 사면을 살펴본니 쟝랑의 듀명ᄒᆞ고 고졍의 연소ᄒᆞ여 완연ᄒᆞᆫ 별셰계라 수문쟝 어두귀면지똘리 연뎝홀 시 숨칭뎐 궁문 우의 숨금 디즈로 셧씨되 경희 수궁 디아문리라 현판의 식여거늘 마음의 황홀ᄒᆞ여 주부으계 치하ᄒᆞ여 왈 형의 말슴니 진실로 허사 아니로다 울리 닌간의 일어ᄒᆞᆫ 고지

〈34-앞〉

흰쌀의 뉘만침 닛셔도 간디로 군식ᄒᆞᆫ 겨름 안니 홀 거셜 열어히 고상타가 니졔 션경을 보니 고진감니라 엇지 깁부지 안니ᄒᆞ오닛가 니졔는 부귀빈쳔니 형의계 닛스오니 발리건디 됴흔 디로 쳐거ᄒᆞ여 듀옵소셔 주부 안마음의 닝소ᄒᆞ고 혀락ᄒᆞ니라 궁문 박계 안치고 바로 궐리의 드르가 톳기 셩금ᄒᆞ여 온 연유을 낫낫치 듀달ᄒᆞ니 용왕니 디히ᄒᆞ여 잡바들리라 ᄒᆞ신디 주부 수똘을 거라려 고흠ᄒᆞ고 니닷거늘 니ᄭᅥ 톳기 마음니 불안ᄒᆞ야 귀을 기울여 니졍 소식을 탐지ᄒᆞ던니 고함ᄒᆞᆫ 소리의 크겨 의심ᄒᆞ야 국문 뒤예 잠간 은신ᄒᆞ여던니 듀부 차다가 그 엿튼 꾀을 알고 무사로 ᄒᆞ여금 크게 웨여 왈 신

졔수 광녹퇴노야

〈34-뒤〉

난 어듸 졔신닛가 톳기 그 말을 듯고 밧비 나오거늘 넙시예 달여들어 사둑을 결박ᄒ여 들어쳐미고 드러가 톳기 잡아들니오 ᄒ난 소리 쳔지 진동ᄒ거늘 톳기 간장니 아득ᄒ여 아물리 ᄒ 둘을 몰로던니 용왕니 젼교왈 과닌니 우연니 병니 들어 수연을 신음ᄒ되 빅약니 무회라 닐루가 엄엄턴니 하라로 도스와셔 진믹ᄒ고 ᄒ는 말리 네 간을 잠간 빌러 환을 지어 씨면 지로 등 웃듬리라 졍영니 닐으기로 사등구싱 계교닉여 별듀부을 면송ᄒ여 너을 잡아와시니 무퇴ᄒ 둘 알거마는 과닌의 닐신니 너와는 다은지라 만닐 불힝ᄒ면 닐국 신민니 보뎐홀 길 업는 둘은 네들 엇지 몰으소야 너 ᄒᄂ 듁고 과닌니 살라나면 수궁의

〈35-앞〉

닐등 츙신 너박계 ᄯᅩ 닛는야 별노히 사당 지여 사시힝화을 날아로 밧치리라 은날아 비간과 ᄒ날아 기신으로 방명을 비○ᄒ여 쳔추의 유젼코져 ᄒ리라 톳기 그계야 듀부 간계의 ᄲᅡ진 둘 알고 마음의 분ᄒ나 후회막급리라 다시 닐어나 지비ᄒ고 왈 뎐ᄒ의 ᄒ교 졀어ᄒ신니 비록 ᄲᅦ을 갈라 올니온들 옥쳬 곳 펭복ᄒ신면 듁기는 사람듸로 상사라 아물리 우미ᄒ들 닐후의 원통타 히올닛가 다만 그려치 안닌 스졍니 닛사온니 다시 통촉ᄒᄋᆸ소셔 용왕니 갈오듸 너 무삼 소원니 닛거든 낫낫치 알뢰라 ᄒ신듸 톳기 듀왈 소퇴가 비록 쳬소ᄒ오나 밋궁기 셔너라 두 궁건 듸소볜을 통ᄒᄋᆸ고 ᄯᅩ ᄒ 궁건 간 츌납ᄒ는 궁기온니 초닐닐로 망닐

〈35-뒤〉

○○○○○○○○○○어다가 아침 니실 날비치며 밤셜리 달졍기 ○○○○○○
○○ 십육닐로 회닐 갓지 본곙의 들려걸고 ○○○○○○○○ 요양흐니 리
른바 망월퇴라 실농씨 상○○○○○○○○○ 세상니 다 아옵기로 쓸 병을
당흐야 소○○○○○○○○○흐눈 닐이 업즈나 닛삽거든 흐물며 뎐○○
○○○○○○○든덜 자청히여 가져올 거셜 이달을○○○○○○○○○○
○고 안니 올가 렴녀흐여 유닌키만 닐○○○○○○○○○○니 촉박키로
니젼의 너여 둔 간을 가○○○○○○○○○○○○옵시면 별듀부와 안동
히야 간○○○○○○○○○의 간쑨 안니라 달은 친구의계 광구

〈36-앞〉

○○○○○○○○○○○○ 계신니 듀왈 오장육부 티싱○○○○○○○○
○○○리가 퇴기 아뢰난 말삼니 불셩셜○○○○○○○○○○○니 디로왈
당초의 너 닐너거던 너 ○○○○○○○○○○ 당돌니 무소흐니 듁어도
공니 업시○○○○○○○○○ 궁문 바계 잡바니여 사속히 비 갈○○○
○○○○○○○○ 안니흐고 소리을 질너 왈 소신니 듁○○○○○○○
○○의 옥쳬는 평복지 안니흐고 불숭흔 ○○○○○○○○ 닐으기을 닐부
호원의 유월비상리라 흐○○○○○○○○들 웃지 손상치 안니 흐올리가 밋
지 못흐○○○○○○○○옵소셔 용왕니 의혹흐여 각가니 들으라

〈36-뒤〉

친감 후의 졔신을 돌라보와 왈 톳기 알뢰난 말니 진실로 유리훈지라 졔 말
로 돗치미 어더흐고 모다 본니 붐명흔 셔니라 순강노 금붕어 듀 왈 졔 말삼
은 비록 글어흐오나 신의 쳔여의난 세상사을 칙양키 어렵스오니 져난 역의
두옵고 간 둔 고졀 갈으치라 흐야 주부을 다시 보늬 츠즈오라 흐오미 맛당

ㅎ여니다 톳기 우어 왈 일니 글얼 듯ㅎ오면 소신니 먼져 알뢰여 주부을 갈
리쳐 보니옵고 소퇴난 그사니예 편니 닛셔 슬흔 걸름 두 번 안니ㅎ련만은
닌간니 수부와 달나 산쳔니 험악ㅎ고 초목니 무셩ㅎ여 여려 희표 단니난
소퇴라도 오히려 동셔을 분별치 못ㅎ거든 ㅎ물며 닉지 못ㅎ 동덕이야 줄
못 딘니다가 신명을 모던키 어립삽고 셜잉 간 둔 디을

<h2 align="center">〈37-앞〉</h2>

갈오치덜 어디로 힝ㅎ여 가올닛가 닌간의 험ㅎ 길을 듀부의게 ㅎ문ㅎ옵소
셔 용왕니 올히 여계 희박ㅎ여 당상의 두려시 안치고 사려 왈 과닌의 병셰
이려ㅎ기로 사기만 주장ㅎ여 션싱으로 ㅎ여금 욕을 당켜ㅎ여신니 엇지 불
안치 안니 ㅎ올닛가 톳기 황송ㅎ여 요마한 산퇴을 위ㅎ여 져디지 과감키
ㅎ옵신니 알뢰 말삼 도로여 업ᄂ니다 용왕니 디히ㅎ여 디연을 비셜ㅎ고 각
식 풍유와 혀다ㅎ 음식을 가초와 퇴션싱의 마음을 질기던니 톳기 협한 충
사의 션듀을 만니 먹고 취흥니 도도ㅎ여 실체ㅎᄂ 듈을 끼닷지 못ㅎ고 왕
계 쳥ㅎ여 왈 소퇴 닌간의 닛셔 듯ᄉ온니 수궁의 졀식니 만티 ㅎ온니 젼ㅎ
의 덕의 ㅎ변 구경코뎌 ㅎ오면 평싱 원을

<h2 align="center">〈37-뒤〉</h2>

풀가 ㅎ나니다 용왕니 디소왈 션싱의 롱모 단졍ㅎ기로 듀식의 범연흔가 ㅎ
여던니 오날로 볼진던 실로 풍유랑리로다 ㅎ고 수궁의 닛ᄂ 궁여 수십닌을
명ㅎ여 연셕의 ㅎ가지로 질기던니 톳기 흥을 이기지 못ㅎ여 션여와 디무ㅎ
니 션여 이국 닌물닌들 디ㅎ기을 못니 수괴ㅎ더라 풍유 님의 오장의 올오
디 톳기 졀ᄎ업시 쮜다가 즈리예 낙셩ㅎ니 용왕과 시위 계신니 뉘 안니 요
졀ㅎ리요 별듀부 연셕의 참여ㅎ다가 톳기 술 먹은 창사의 출넝 소리ᄂ거늘
눈을 길읍덧 톳기을 가만니 쑤지져 왈 네 져근 꾀로 우리 디왕을 쏙여신니
네 비예 출낭 소리 나는 거시 분명흔 간 안니야 톳기 마음의 분ㅎ여 파좌

후의 왕계 듀왈 소퇴 셰승의 닛실 쩌예 의셔을 약간 보와삽던니 듕병의

〈38-앞〉

원기 소복ᄒ기는 왕비탕니 졔일나라 왕비탕은 곳 ᄌ리온니 연구ᄒ 즈리을
구ᄒ여 탕을 ᄒ와 먹사오면 기운니 ᄌ연 회복홀 거신니 그 다음의 소퇴의
간을 쓰오면 불닐너의 환후 평복ᄒ오리다 왕니 톳기 알뢰난 말을 지록위마
라 ᄒ여도 고지 듯난지라 즉시 니쓰지로 디신계 의논홀라 ᄒ시니 현의도독
거북니 연품ᄒ여 왈 옛 말삼의 ᄒ여싯되 괴퇴사의 주구을 핑ᄒ고 고됴진의
양궁을 장리라 ᄒ여신니 션싱의 말슴니 비록 올사오나 주부 ᄌ리난 말리타
국의 졍셩을 다ᄒ여 공을 일우고 왓삽거늘 봉후난 안니ᄒ고 도로여 쥭기기
는 불가사문어닌국리로소니다 특별리 권도ᄒ여 암ᄌ리로 디신ᄒ시기로 쳐
분을 ᄇ리나니다 왕니 왈 윤ᄒ다 닛쩌 듀부

〈38-뒤〉

쳔지 망극ᄒ여 지부로 도라와 부쳐 셔로 손을 잡고 통곡ᄒ다가 문덧 싱각
ᄒ니 니 닐시 경션ᄒ 말로 무죄ᄒ 부닌을 이지겡니 당키ᄒ여건니와 니 져
와 쳘이동힝ᄒ여 졍분니 셔오치 아니ᄒ고 쏘ᄒ 그 마음니 승약희야 고집되
지 안니ᄒ니 우리 부쳐 졍셩으로 빌면 치근니 싱각ᄒ야 구ᄒ리라 ᄒ고 직
시 명당을 수쇄ᄒ고 소연을 비셜ᄒ고 톳기을 쳥ᄒ여 상좌의 안치고 부쳐
당ᄒ의 쑤러 빅비이걸 왈 오을날 우리 양닌의 목숨니 션싱계 달여신니 너
부신 도략으로 짐작ᄒ옵소셔 톳기 수렴을 만지며 왈 네 당초의 듁글 디로
유닌ᄒ여 온 것도 심장니 고니ᄒ거든 ᄒ물며 업난 간을 잇다ᄒ여 그여니
쥭기려홈은 무신 일니며 위급ᄒ 후의 이걸ᄒ기는 뉘기을 됴

〈39-앞〉

○○○○○○○○○○○○○○○○○○○○○○○○사오나 님○○○○○○○○○○○
○○○○○○○중닌들사 ○○○○○○○○○○○○○○○○○석의 호 말
삼으 닐○○○○○○○○○○○○가의 ○닭을 그디지 침 ○○○○○○○○○
○○○○○○죽기을 두려워 ᄒ거던 네 안○○○○○○○○○○○○○불연즉 네
집 멸문지환니 목○○○○○○○○을 돌라보아 왈 그디 소견의 엇더ᄒ오
○○○○○○○ 상공니 말니타국의 공을 일우고 도라오니 ○○○○○○라
젼ᄒ의 병환니 평복ᄒ시면 닐품 공후을 ○ᄒ여 영화을 첩의계 미칠가 바리
던니 공으로 집니 망켜되니

〈38-뒤〉

충신불사이군은 상공니 힝ᄒ옵고 열여불경이부는 첩니 힝치 못홀잇가 혼변
죽기논 닌간의 상사라 죽근 후의 나라로 은젼나나 날려와 만고출열부닌 별
씨지졍문리라 특별니 봉ᄒ오면 상공계옵셔 더옥 빗날 거신니 엇지 그디지
첩을 잇기논잇가 듀부 왈 부닌의 말삼니 너니 올사오나 엇지 혼갓 졍졀만
봇바다 권도을 돗지 안니 ᄒ난닛가 부닌니 고기을 숙니고 눈물을 흘여 왈
승공의 말삼니 그려ᄒ시니 첩니 고집ᄒ기 얼렵사온니 쳐분디로 ᄒ옵소서
주부 그디로 알뢰니 톳기 허락ᄒ더라 부닌니 농장셩식으로 동슝의 나아가
묘시미 톳기 히기양양ᄒ야 서안의 비계 문 왈 져러혼 졀식으로 누지의 닛
다가 닌연

〈40-앞〉

니 즁ᄒ기로 날 갓틋 남즈을 만너니 엇지 가문의 빗ᄂ지 안니할리요 부닌
니 디 왈 첩니 삼강지뙤닌니 되온니 사라 무엇ᄒ올닛가 낫쳘 드려 알뢰 말
삼읍ᄂ니다 톳기 디소ᄒ고 닌ᄒ여 同(동)침ᄒ니 그 졍니 비홀 디 업더라

톳기 사랑가을 지어 갈오디 〈랑 〈랑 〈랑니야 어화 둥둥 니 사랑 남창 북
창 노덕 갓치 다물다물 싸닌 〈랑 망망창히 물결 갓치 구비구비 깃푼 〈랑
펑예호의 그물쳬로 고고마다 밋친 〈랑 장디수양쳔만사로 가지 가지 늘려
진 〈랑 만수산 등칠기 갓치 휘휘친친 감긴 〈랑 말리장성 석축 갓치 일칭
이칭 놋푼 사랑 요순우탕 덕화 갓치 방곡간의 폐닌 〈랑 공즈 밍즈 도덕 갓
치 쳔만고의 뎐호 〈랑 황석공비결 갓치

<h3 align="center">〈40-뒤〉</h3>

갓치 칙양키도 어려온 〈랑 동방화촉 면월야의 너와 나와 만닌 〈랑 호걸
낭군 니가 되고 멸디가닌 네가 되니 너 안니고 나 안니면 니 어니 살며 상
싱상봉 됴흘시고 〈랑코 귀한 경니 예로부텀 닛거마난 퇴션싱과 별부닌은
비홀 고지 뎐히 업니 흐로밤 질긴 졍은 빅연닌들 이질소야 〈창니 발가오
미 별부닌니 퇴션싱의 손을 잡고 쩌날가 연연호더라 퇴션싱니 아첨 추더의
들어가 왕계 문후호고 다시 듀 왈 작닐의 왕비탕 씨라 호옵기는 병니 듕호
와 원기티혀호미 일시 구급홀 약니오니 나지 못호야 알뢰건니와 밤 지닌
후 다시 싱각호온니 신의 간으로 써 병환동졍니 닛사온 후의 달은 거시로
소복호오면 속호닛〈올가 호느니다 호물며 주부는 무

<h3 align="center">〈41-앞〉</h3>

등 공신리라 돌호여 그 안히을 쥐기오면 국가 졍시가 안니라 〈세 가장 졀
박호옵건니와 소퇴 수궁의 들와 첫 졍사을 글읏 지시호오면 일후 하면목으
로 젼호의 묘졍의 신민을 디호올리가 왕니 디히 왈 과닌도 이계 마음을 졍
치 못호여든니 션싱의 말슴니 그러호니 극히 상쾌호여니다 직시 주부을 퓌
초호여 그 쯧졀 젼호 후의 퇴기을 힝호여 왈 과닌의 병니 시각니 엄엄호온
니 어려오실지라도 호변 수고을 사양치 마옵소셔 톳기 안마음의 닐시 머물
기 심니 간간호나 우워 왈 소퇴난 본디 진셰 쳔싱리라 쳔힝으로 디왕을 묘

와 수일을 풍유로 지니오니 셰상 싱각 다시 업사오며 흐물며 닛는 간이야
어디로 가올닛가 왕니 쏘흔 우워 왈 지쵹ᄒ난 거시 도리가 안니로디

〈41-뒤〉

사속히 발힝ᄒ옵소셔 별주부을 다시 다리고 발힝홀 시 닛쪄 별부닌니 심사
망극ᄒ야 시비로 ᄒ여금 닐 봉셔을 퇴션싱계 들니거늘 뎃여보니 그 글의
ᄒ여시되 소쳡 별씨는 헐셔로 퇴션싱 좌ᄒ의 올니난니다 쳡의 팔즈 기박ᄒ
와 부모을 닐덕 여히고 십오셰의 주부 만니 풍졍니 미약히로 금실니 부둑
ᄒ여 심듕의 닛는 셜음 부칠 고지 뎐혀 업셔 피눈물로 지니던니 황쳔니 ᄒ
감ᄒᄉ 됴화로 지시ᄒ야 쳔금 갓튼 귀흔 몸을 하로밤 연침흔니 탐탐코 귀
흔 뎡을 비홀 고지 바니 업니 만쳡쳥산 늘근 범니 살진 암기 물어 놋코 웅
크리고 노는 다시 풍치 됴흔 우리 낭군 만니기도 느질시고 빅연니나 죽지
마자 단단언약 ᄒ여던니 극

(이하 낙장)

조동일 소장 낙장 42장본 〈톡기젼〉

　서울대학교 조동일 교수가 소장하고 있는 국문 필사본이다. 표제는 "톡긔젼"이라 되어 있고, 1면의 내제는 "톡의지젼기"라 되어 있다. 매면 11-12행, 매행 16-24자 정도이며, 총 42장 84면으로 되어 있다. 마지막 장 84면이 "너의 요왕 ○○놈○스로다 허다한 빅초 즁의 무순 약이 바이 엽○○○○○ 간시라 지시한 거 긔심하다 가련"으로 끝나고 있어 몇 장 정도가 낙장된 것으로 보인다. 필체로 보아 최소한 2인 이상에 의해 필사된 것으로 보인다. 남해 광리왕이 영덕전 낙성연으로 인하여 득병한다. 사신택출은 도사가 자원하거나 지명되는 신하를 평가하는 방식으로 진행된다. 별주부가 호랑이를 퇴치하는데 도로랑귀신, 벽역장군, 그리고 돌을 이용하는 것으로 되어 있다. 수궁행을 약속했다가 생각을 바꾼 토끼를 두고 별주부가 소견넓은 호랑이를 대신 데려가겠다고 회유하는 대목과 우생원만남 삽화가 들어 있다. 한국정신문화연구원에 마이크로필름으로도 보관되어 있다.(청구번호 : MF R16N-000503-15)

조동일 소장 낙장 42장본 〈톡기젼〉

〈1-앞〉

톡기전 권지단
천지 기벽 초의 조수어벌 다 말을 하고 초목이 쇼리을 하난지라 수중이 한
도스히 요왕이 이시되 궁궐을 거궁하기시고 시승과 갓치 슘당 슘육 판서머
만조지시니 다 시위하여시니 위의 거록한지라 긔위 출는ᄒ고 위음이 즁하
드라 잇디 남희 왕이 영득전을 시로 지으시되 유리 긔와 호박 주초 손호 기
동으로 응천슝지슘광이요 비인간지오복이라 수호문충이 연광이 죵이리라
영덕전 ○○ 후 낙성연을 비설할 시 그름 츄일 놉피 치고 가진

〈1-뒤〉

전안○ 등물 슘춘아니로더 꼿빗치 남만 하드라 원타는 북을 치고 시우난
즁구 치고 달펭이난 춤을 추고 비비스러 노러할 지 잇쩌 요왕이 우연 듬병
하여 빙약이 무호로다 만사즈통하이 천붕만약 실 쩌 업다 머리난 두통이
번○을 검ᄒ고 눈이난 안질이 쌍다락기을 금ᄒ고 코이난 비충이 비통을 금
ᄒ고 입이는 구감이 즁서을 금하고 괴이난 이롱정이 괴젓을 검하고 비이는
복통이 설스을 검ᄒ고 수족이 정이 난는디 학설풍을 검하여 가진 벙이 전
신을 침노히니 스라늘 길 젼히 업서 타약과 화약 씀질과 진각시을 ○하여
도 일분 호음 업난지라 남희 도스을 청하여

〈2-앞〉

벙녹을 이논하이 도스 이른 마리 디왕의 벙시가 외침닉승이오 음허화동이
라 천방만약 조헌 굿과 경약고 인슴고와 만금탕 이즁탕과 디모탕 승화탕과

불화검 정기손이 인슴 픠독손과 우황 천금호과 ᄉ황 쇼합하이며 슘인 고릉 뇌고의 슙쇼음박화전을 아무리 갈히 써도 효음 볼 길 전히 업다 시승이 톡긔라 한난 김싱 손중이 잇시되 달을 안고 고갈하여 식긔을 ᄂ혼이 일홈은 망월토라 월궁 정기을 타 ᄂ시머 톡긔 깁한 ○○○○ 불ᄉ약 회싱초도 초 효업ᄉ오리이다 ○○○○ 죽기ᄂ 수을지라 톡긔 간은 어려오린

<h3 align="center">〈2-뒤〉</h3>

이 ○○○○을 위하야 시승이 ᄂ가 톡긔 일 수 셩금하여 짐이 병을 낫기 하 고 만조지시이 모다 걱정하더이 도ᄉ 이른 말이 만일 지히와 용밍 업시며 셩공치 못하고 죽기가 순ᄉ오니 각별 틱최하압쇼서 요와이 분부하더 좌위 정 고리 엇더하요 도ᄉ 왈 고리ᄂ 몸이 너무 크고 심술이 불측하여 지 비가 곱푸면 몰 수이 드러 마시니 보니기 윗터히오 그러면 승승 거복 엇더하오 도ᄉ 왈 거복이라 흐ᄂ 신히 용밍은 잇ᄉ오ᄂ 복판이 터미라 시승의 ᄂ가 오면 고기 줍ᄂ 어롱드리 싯 조헌 죽슬노 썰격 질너 줍아다가 터미 풍중 터 미 중도 가전 픠물 싦어 중갑 밧고 팔기 하니 보니지 못하리

<h3 align="center">〈3-앞〉</h3>

다 첨ᄉ 조기 엇쩌하오 방첨ᄉ라 하난 신하 썹지가 실하온이 중원하기 좃 사오나 입 벌이고 잇실 터ᄂ 황시 먹기 슙ᄉ압고 마시 쏘한 조흔지라 고기 줍ᄂ 어웅드리 들격 질너 줍아다가 힝화촌 조흔 술의 초중 눈졉 갓차 노코 은중도 더ᄂ 칼노 어석어석 비져 니여 안주하기 일등이라 이리 단단 윗터 하와 보니지 못하리다 능청 시비 엇더하오 낭청이라 하ᄂ 신하 용밍이 초 등하야 씌기ᄂ 졸하오나 두 눈니 소ᄉ 쏙지불 격ᄉ온이 단명할 기승이라 ○○ 든든 의티하야 보니지 못하○하리이 숨은중 ○○○ ○○하오 미어기 라 하난 신하 수엄이 휠

〈3-뒤〉

○○○○○ 픔시이 즈식이라 눈은 비록 적스오ᄂ 싱양이 너런 고로 시슝의
ᄂ가오먼 조고만훈 시니물히 요기감을 구하라고 이리 저리 단일 적이 강티
공으 고던 난수 음즈큥이 가줄 미어 인을 조헌 싯ᄂ 늑수 탐식으로 늘컴 싱
킈 단불용더 죽어지며 술 줄 먹ᄂ 주긱드리 회도 하고 술마먹고 술벙 던디
일픔이라 이리 단단 윗티하와 보너지 못하리다 히원부스 왕기란 놈 엉금엉
금 드려와서 국궁하여 엿쑤오디 신니 고항이 시슝이라 청임벅기 손천수이
모리 쇽이 은신하야 수십연 잇실 써의 놀짐싱 기벌할 지 망월

〈4-앞〉

토 각식 짐싱 안먼이 잇스오니 신이 이지 밧비 ᄂ가 톡긔 일수 싱금하야 디
왕전이 밧치리다 도스 왈 히원부스 왕기 마리 절절이 당연하나 성공은 못
하리라 싯밧람이 불기 드먼 눈을 감차 업시 하고 화빅ᄂ 불길하나 만○ 쏘
한 손은지리 급한 이리 당하오며 되거럼질 줄하난이 보너지 못하리드 잇디
공논이 부운할 추 영덕전 되허로 한 신하 드르온단 국궁하고 엿즈오디 쇼
신이 충신 후○○○ 디왕 벙시 외중함을 목전이 보압고 와 여이○○○○○
신니 비록 치쇼하나 나무 접시도 갓고 시

〈4-뒤〉

○○○○○ 천지 조화 순천 정긔 둔갑중신 줄하압고 ○○ 밍힝이을 칠종칠
금하던 지갈양이 조화와 육국을 유인하던 소진 중의 규변과 ᄂ시과은 조밍
덕의 못칙과 역발순한던 항외이 기운과 홍문연 중한 준치 요순즉입이 번쾨
드던 방피을 등이 젓습고 스지 구존하야 수로 육노을 임을 횡힝하압고 물
우이 벗쩌 소스 망 보기 줄하압고 목을 임이로 추립하면 목 시기기을 줄하
압고 빅티 구비하오ᄂ 힝중지소싱로으 톡긔 헝용 모로오니 그 박긔 험이

업ᄂ니다 좌주의 도라보니 별주부보다 ᄂ흔 신하 업ᄂ지라 요왕이 더히하
야 화ᄉ자

〈5-앞〉

을 얼ᄂ 불너 동정유리 청홍연이 금수추픙 거복 연적 오쥭 불너 먹 가라셔
양도화필 덜퍽 푸러 빙능셜하 간지승 이리 저리 그인ᄃ 봉니 방즈 운무 중
의 왕니하ᄂ 발 기리고 눈초 짓초 슘초 중의 니 줄 맛ᄂ 코 기리고 춘픙 슘
월 호시절의 꼿 따먹난 입 기리고 감순픙월 조흔 곳의 안건하든 눈 기리고
슘천 지족 만물 즁의 쇼리 든난 괴 기리고 도지셧쌀 셜한픙의 방픙하든 털
기리고 좌펀은 청순이요 우펀은 녹수로다 녹수청순 깁푼 곳듸 쮜여가ᄂ 다
리 잇고 두 괴 쏭곳 허리 눌신 압발 쫄녹 디발 ○○○○○ 쌍 두ᄂ 동골 코
이 빡곰 이리저리 기리니어

〈5-뒤〉

○○○○○로다 아미손 반윤퇸들 이이셔 던할소양 ○○○○ ○이 픔고 국
궁ᄉ비 하즉하고 영덕전 물너ᄂ와 더부인기 하즉하고 별부인이 소을 줍고
평안이 지닐소셔 별부인 하ᄂ 마리 이런 이리 쏘 인ᄂ강 이별이 원 마리요
죽어셔 죽어셔 영이별은 눕과 갓치 하런이와 ᄉ라 싱이별은 싱초목의 부리
분니 위퇴한 진시승이 싱환고국 수을손양 가지 마오 가지 마오 지발 덕분
가지 마오 시승 인심 불칙하여 왕비탕 염여로시 시부도 시승 가셔 왕비퉁
이 죽어시니 부듸 부듸 가지 마오 별주부 이 말 듯고 허허 윗고 흐ᄂ 마리
부인 말슘 무식하오 할그ᄉ군 기즈추도 죽을 인군 술여시니 그도 쏘흔 충
신이라 일기 주부 이니 몸이 ᄉ싱을 염

〈6-앞〉

여할가 벌부인 이 말 듯고 첩이 평싱이 몬 인는 거 한가지오 주부 이른 말
이 그 무어실 몬 잇는고 군사유의 중할시고 디왕 병시 몬 잇는가 안이요 그
도 안이오 낭슝학발 우리 부모 주야로 공경할지 지싱효도 ᄒᆞ노랏고 봉친하
기 몬 잇는가 그도 안이요 그 무어설 몬 인는가 스십평싱 만덕하여 기히 기
히 ᄂᆞ헌 즈식 주야로 스랑하지 은즈동 금즈동아 칠긔청산 보비동아 오싴
비단 치싴동아 황아선여 빅운동아 만첩청산 옥골동아 하늘갓치 어지거라
천하갓치 너러거라 티슨갓치 놉퓨거라 광슨갓치 구시거라 ᄂᆞ○○○○ ○신
동아 부모님전 호즈동아 놉푼 놉긔 활○○○○○ 늉기 젓까지 짐치독이 쏫
까지 중독

〈6-뒤〉

○○○○○○이 시 비바람아 초동가 이리 온느라 니 스랑 ○○○○○ 아달
그런 보비 몬 인는고 그도 안니요 그 무어살 몬 인는고 빙여 언약 미진 늉
군 늘라ᄂᆞ 몬 인는가 올치 올치 믹리ᄂᆞ니 그럿치 츄야삼경 깁푼 밤의 두리
안고 누여실 지 요런 사랑 쏘 인는가 슬든 스랑 기린 정을 헝치머서 논일
적이 윗촌의 달키 울고 동병이 발가오며 희길 닷고 원망하고 밤 들기만 싱
각할 지 이지 한번 이별ᄒᆞ면 어느 쩌이 오시리오 그럴 범 여러 늘이 뇌을
밋고 스라 하오 주부 이른 마리 왕멍이 시급하이 좀시 짓치 어려오니 우지
말고 줄 잇거라 성공하여 도라오마 쩔쩔리고 도라서서 수정문 밧 니다라
츙능벅파 쩌ᄂᆞ간다 경긔 무궁 조흘시고 교교천봉 일

〈7-앞〉

연황혼 부슝이 듕실 놉피 쩌다 양곡이 즈진 안긔 월봉으로 도라들고 어즁
촌의 긔가 짓고 회한봉의 구룸 쩌다 어요흔 좀을 즈고 즈주 펄펄 ᄂᆞ라든ᄃᆞ

동정여천파시추라 금스추파가 여기로다 압 발노 충능을 찌그 바리고 되 발
노 벅파을 탕탕 치면 이리 지리 앙금두실 놉피 쩌서 스면을 가마니 바라보
니 오초는 어이하여 동늠으로 터저시면 건곤은 무슴 일노 일야로 드실 노
피 쩐노 인날 드런 동정호을 이지 와 보리로다 지광은 칠빅이 파강은 천일
식이라 어무슨 십이봉은 구름 붓긔 버러잇고 희○○○○○ 철이는 눈 압퓌
경긔로다 아양노 놉푼 집이 두○○ ○○ 글은 동정호로 지용ᄒ고 충오손
거문

<h3 style="text-align:center">〈7-뒤〉</h3>

○○○○○선 멍월야이 오헌금이 끈처젓다 조각다 고무○○○ 초회와이 원
혼이라 늠포로 가는 비는 터비 문중 승처 후이 픙월 실노 가는 비라 강산도
구려하고 경긔도 무궁하다 운간이 느는 시는 서왕모이 청조로다 ᄒ무지이
편지 물고 요지연 느라든다 강혼이 출넝 황금이 천편이요 노하이 픙기하니
빅설이 만점이라 시승철이 퇵영전 옥구월 슴경적 녹초라 북봉 소식 저 기
러기 철이 고운 말이이이 용용성이 끈처젓다 사표시류 저전 입푼 만강 중
이 헌눌이고 옥누청강 가을 경은 츈승츄을 서러한다 더희을 다 지니고 청
임벅긔 산천수이 모리 속이 장신하여 천봉만학 바리보니 만경더 구름 속리
선학

<h3 style="text-align:center">〈8-앞〉</h3>

이 춤을 추고 칠모승경 그문 구름 허공이 둥실 놉피 쓴다 기산파무울츠와
하니 산은 청청 놉파 잇고 경수무풍야즈파하니 물은 즁즁 헐는는더 원산은
즁즁 근산은 암암 티산은 첩첩 기암은 칭칭 중송은 녹녹 녹죽은 수수 허위
주춤 미오리 웃쑤룩 산시는 존존한더 허러 줍고 늘근 중송 광풍을 폰 이기
서 웃줄웃줄 춤을 춘다 만스는 유루륙 국화은 침침 산시는 펄펄 다리 몽등
이는 얼커르지고 이 골 무리 줄줄 저 골 무리 줄줄 여리 열 골 무리 한터

합수가 되여 천붕중지붕즈 저 근○ ○픔암이 아주 쾅쾅 드려처 겁품은 벅
적 희오리 ○○○○○ 이리 저리 모와든다 빅은청벅 기어올ㄴ 광

〈8-뒤〉

○○○○ ○슝을 가마니 안즈 브라보니 톡긔 몰골 ○○○서 기리 탄 근심
홀 지 저 근늬 손숌졍하여 한 김성 ㄴ러오디 머리 우익 쓴리 이고 고리눈의
두족 바리 털 빗치 황금 갓고 몸이 중디한 거시 흐늘흐늘 됫쑥됫쑥 밉시업
시 ㄴ려온다 주부 안마음이 희로디 져기 오ㄴ 거시 졍영 톡긔ㄴ 안이ㄴ 아
무려ㄴ 몬저 시험하여 보리라 하고 오난 기리 한가로이 나서며 쇼리을 ㄴ
지기하여 왈 거 오시ㄴ 친구 뇌기시오 그 김싱이 디답하디 이 ㄴ는 저 덜마
ㅅㄴ 우싱원이라 하거이와 기ㄴ 뇌신지요 예 ㄴ는 수궁의 주부 버슬하ㄴ
즈라요 우싱원이 답왈 노형 주픔은 존중컨이와 무슴 일노 인간의 ㄴ오신잇
가 주부 답왈 니 비록 수중이

〈9-앞〉

잇스오ㄴ 인간의 친구 허다하와 눌노 승봉하압던이 죡일 톡석스 보고 오늘
잇 곳익서 만ㄴ 한 번 소충이ㄴ 하즈 하여습던이 두로 츳즈 만ㄴ지 못하니
노형긔압서ㄴ 보아신잇가 우싱원 답왈 젼일 톡석스 셩명은 드려시ㄴ 추립
이 다르기로 싱면치 못하여ㄴ이다 줄부 왈 그럴 터이요 노형은 보와한이
신수가 져다 장디하고 비가 져리 크오니 지식이 눔보다가 더하여 시숭만스
을 모를 거시 업실지라 인간익서 쇼업이 무어신잇가 우싱원이 앙처탄왈 니
말슴하오먼 홍걱이 답답하오니다 몸이 이럴망졍 실농시 즈손으로 시고검
젼하실 씨익 역순이 밧틀 갈고 그 길노 도라와서 긔 씩

〈9-뒤〉

든 영천수을 더럽짜고 안이 먹고 우순이 누으실 지 육순표 걸주시이 구족
을 다 멀하고 지선왕 보라짜가 죽을 몸이 기우 스라 시승을 하직하고 임천
초야 숨은 눌이 미련한 스람드리 이니 몸 모라다가 낭글 휴어 코을 꾀고 식
씨줄 갈나 미여 요야철이 너런 들을 니 휨으로 가라닐 지 몸이 곤히 더더
가면 독한 발질 모진 치로 이리 치고 저리 츠고 도우탄이 불너다가 두피쪽
갈느니여 양디로 포식하여 이빈 몸 슬찌우고 가죽 빗기 북 미우고 발톱 쎄
여 등존하고 다리쎈는 골퓌ᄒ고 모가지로 논ᄒ시디 전신이 몬 시는 기 눈
이 괴비 쑨이라 신시을 싱각하니 몸 둘 고지 전히 업서 흔심코 가런

〈10-앞〉

한 말 디강이ᄂ 드르보오 주부 듯기을 다하미 벅중디쇼 왈 그럴 터이요 노
형 말숨이 당연화오 주부 이론 마리 맛춤 노승의서 정회을 다 못하니 피츠
서오하압건이와 눔아하처불봉승이라 우싱원 다시 보즈 하고 도라서서 혼즈
우서 왈 시승이 헛된 즈식도 마이 보겄다 하고 톡긔을 츠즈갈 지 첩첩천봉
손이 되고 존존벅기 물이 되여 벅파광산 통한 물이 임즈업논 갈미기는 구
비구비 물결 싸라 이리 구려 져리 꾀고 천중만중 나는 폭포 비류적下 삼천
척이 이서는 화락긋천이라 ○○원이 안이로다 긔암기셕과 느러진 중숑 광
풍이 빅학이 깃더려 즈는 티도 시루쳔만스는 멀이 비겨 가지 가지 흐늘흐
늘 벅도화 쩔기 속

〈10-뒤〉

의 죽중망허 한가하다 암숭이 차즈올나 원건손쳔 바라던이 주부 비록 수부
이 잇스신나 몸 치중 출난하다 숭스단 괴주면이 주홍 단스 벌미졈 기탄업
시 퓨러 놋고 빅통인쥭 슴등초을 너울지기 담아쑤나 부싯 짓불을 다라 요

랑업시 피와 물고 스방을 둘너보면 톡긔 헌젹 술피든이 호런 한 곳 바라본
이 쳥긔산 녹임 간이 온갓 김성 다 모엿다 힌범 지범 바닥점 슴등포 너구리
씨랑이 노르 스섬 암곰 슉곰 밋돗 집돗 손달 수달 여우 쎌긔 고양이 쑥겁이
되적이 월즁토 산즁토 톡긔 아달놈 토손 등이 귀귀히 다 모엿다 좌츠을 졍
할 시 호랑이 하는 말이 나는 빅수지즁 산군이라 슝좌하리라 우이

<h2 align="center">〈11-앞〉</h2>

뉘 이시리요 어험 하고 슝좌하니 곰이 셕 나서면 하는 말리 너 말리 무식하
다 조졍이 막여작이요 황당이 막여치라 치라 하여신니 오날 희우 상봉 모
인 친구 엇지 적품으로 슝자하리 연치로 상자ᄒ즈 모든 김성이 다 곰의 말
리 올타 ᄒ이 호랑이 하 을 업서 좌츠을 비우거늘 곰이 쏘 이르듸 ᄂ은 본
듸 유유씨의 아달노서 황지 현원씨을 업버 키워신이 연치로 말할진듸 닉가
상좌하여볼가 고양이 셕 ᄂ서면 하는 말리 ᄂ은 본듸 고양씨의 자 적은 아
달노서 봉스손이 못

<h2 align="center">〈11-뒤〉</h2>

되압고 현원시는 닉이 집 죵손이라 듸수는 닉의 십여듸 후라 글 볼진듸 닉
가 슝즈 듸것구ᄂ 여우 쓰ᄂ서면 하는 마리 가소롯다 저러한 소연드리 ᄂ
즈랑 너무 말ᄂ 니히 ᄂ 말할진듸 지황씨와 동갑이라 ᄂ와 함긔 친구 되여
혼돈천지 한 구리서 즈라ᄂ 지황시는 천황시이 비필 되고 닉 혼즈 굴이 잇
서 망팔천연 꿈 갓도다 연치로 볼죽시며 닉가 졍영 슝좌 되지 너구리 하는
마리 너히들은 저 건너 산 방구텀을 아는닷 천지가 혼돈될 듸 붕구시가 저
기 ᄂ헝품 기운 바다니고 섭짓초 부판하야 쳥한 기운 하늘 되고 탁한 기운
쌍이 될 지 그

〈12-앞〉

뇌가 중간하리요 어지타 후싱드리 연치 즈랑 무슴 말고 뒤적이 하는 마리 실퓨드 즈즁 소연 니 몰 좀간 드러보라 티고라 천황시가 느와 졍 동갑으로서 느이기 청혼키눌 말고 말근 니이 마음 허혼치 아니 하여썬이 그런 고로 슝지가 미원하여 느을 보면 벽역 처시 죽이러 하기로 니가 천지을 두러하여 쌍을 쓸고 단이눈이 연치로 말을 하면 느보다가 더하리 뇌 이시리요 좌즁이 공논 부운홀 츠 쑥겁이 엉금엉금 기여 드러오며 비가 불눅불눅 흐면 물을 흘이거눌 좌즁의서 문왈 여보 저노형 엿진 연고로 비을 불눅이면 눈물을 흘이눈잇가 쑥겁이 하는 마리 분하고 실품을

〈12-뒤〉

이기지 못흐여니다 지하느니다 이러여 소비이 기말하하기 분할쏘다 혈기붕즁 저 소연들 어룬을 몰느보고 느 즈랑만 전히 하니 한심코 가런하다 여보 노형들 니 말 좀과 드러보오 불슝한 이니 몸이 기벽짓초 싱기느서 티고 천왕 어리실 쩌 니 등로으 업어 키와 실지 오줌도 스고 쏭도 스고 물기도 하여 니 등이 그러무로 오줌이 상하여 빗치 썹고 물이터이 이럿키 혐악하니 가런하고 한심하다 소연들 모인 곳더 오는 니가 불힝이라 좌즁이 슝좌하기을 청하니 쑥겁이 슝좌하드라 주부 가마니 싱각한적 톡긔는 졍영 만느건이와 잇 쩌을 당하

〈13-앞〉

여 종적이 심히 윗터한지라 아무러느 죽즈고 한번 불너 보리라 쓰은 목을 길기 쎄여 존청으로 부를 적이 겁을 니여 별별 썰며 토토토싱원 한번 부를니 한 김싱이 슨곡 험한 길노 흐늘흐늘 느러온다 머리는 노승이 송눅 신 것 갓고 고기을 숙이고 허리는 존득 서발은 하고 몸은 얼숭덜숭 입은 추흥 갓

고 이는 말리중셩 갓고 홍당은 빅셜 갓고 쏠이은 무지기 션 덧 달이는 아방
궁 도리 기동 갓고 발은 그 집 주초돌 갓갓고 눈은 큰 요강쏭이 만한디 굼
을굼을 어허 빅즁바히 우로 덥셕덥셕 거럼 거러 어헝 하는 소리 순쳔이 되
눕는 듯 북히가 쓸는 듯 압픠 셕 니닷거늘 주부 보고 기가 막

〈13-뒤〉

허 니친 목을 움치면서 죽은더시 업드린니 호랑니 거동 보아라 허허 이기
무어시고 이리 되젹 저리 되젹 들먹들먹하여 보며 하는 말니 수리박구 갓
다마는 박쳘을 안이 하고 닛발 어어신이 그도 안이요 비방셕 방물하는 빗
치 검문니 그도 안이요 느무젓시 갓다마는 굽이 업시니 그도 안이요 소쏭
과 헌스하디 꿈젹꿈젹 ㅎ니 그도 안이라 네가 도시 무어시양 스족을 움직
이니 시장이 반찬이라 온통히로 먹어볼가 어헝 ㅎ고 달여드이 즈리 싱각ㅎ
즉 스라놀 길 쳔허 업셔 ㅎ는 말이 니가 쑥겁이요 호랑이 더히ㅎ야 왈 일포
식도 지수로다 쑥겁이 먹여보즈

〈14-앞〉

그러면 쑥겁이도 안이요 그러면 무어신양 담싱이요 담싱먼 더온 조타 보션
하기 지일이라 답싱이면 먹어보즈 쥬부 이른 말리 긔는 무어시요 호랑이
답왈 나는 빅수지즁 산군이라 별호난 호랑이다 주부 호랑이란 말을 듯고
디겁하여 싱각하되 말이 밧긔 츌시하여짜가 더왕 다시 못 비압고 부모쳐즈
영결하고 긱스 죽음 몬 면하니 불상한 나이 팔즈 금연 신수 불길한가 니이
츙심 부족한가 명쳔이 감동하와 이니 몸 스라나서 싱한고국하여 주소 싱각
짜가 못하여 호랑을 한번 쏙이보리라 하고 쓰른 목을 길기 쎄여 고셩으로
하는 말이 니 근본을

〈14-뒤〉

아는다 느는 본시 천승 벽역장군으로 수중 주부 버살하는 별느라이로다 호
랑이 하는 말이 쓸은 서푼엇치도 못 되여도 소리는 하 고이츤타 네가 어이
그리 아는다 주부 왈 니 주류천하하여 모진 악귀 드 줍아먹고 호랑이가 심
술이 만아 시승 스람을 만이 줍아먹는드기로 수궁 도로중낭 귀신을 줍아탄
고 용천금 들고 호랑 스영 느와드니 네가 정영 호랑이양 썰귀 한 봉 줄는는
양 도로중낭 기신 지 인는양 용천금 드리라 천스금 드리라 하면 호통하니
호랑이 하는 말이 네 아무리 호통하여도 기방구맛도 못하고 니 원죽 발가
락도 꼼죽이도 안잇코 한쪽 불알도 달슥

〈15-앞〉

이지 안이 혼드 니 너을 발바 죽이리라 그러치 아니 하면 발고 한달이느 두
달이느 금연이느 명연이느 어는 찌까지 발바 죽이리라 주부 호랑이 발이
발피 가슴이 답답ᄒ고 오중이 다 녹는 듯하여 이른 말이 느는 밋 빅연 발고
이서도 어럽지 안니 하디 발고 선는 너는 무어실 먹고 슬나는양 니 목을 한
씬 니면 철이 말이 가는이라 ᄒ고 목을 존득 쎄여 압픠 인는 돌을 붓쩍 씨
물고 얼넌 호랑이 믹술을 줄쓴 문이 호랑이 쌈쩍 놀니 앗고 이 놈 니 믹 짠
다 이고 니 죽견니 하고 도라도 안이 보고 붕알이 요랑 소리 나도록 날숨
들숨 업시 철이 말이 다라나셔 청암절벽으로 올나가 혼즈 안즈

〈15-뒤〉

숀조 문답하디 어허 거 놈 무섭다 그럿치 디단이 무섭다 지 말이 천上 벽역
중군이라 한니 불멍 그럿치 등이 쳘갑을 입고 목을 임으로 츄립한이 보긔
의 심통한지라 춤 그럿치 그 놈 목 니는 것 본이 좀시간의 한 발은 한이 저
무도록 니기 되면 철이 말이 가것꾸나 그럿치 금연 일연 목을 니면 천하을

덥기쑤나 어혀 그 놈 무셔워라 만일 도망치 안하여시면 그 놈이 모진 이인
쇽졀업시 죽엇지 그렷치 하마 목이 여긔 올나 다라나지 하고 쏘 심순궁곡
으로 밋철이나 다라날 지 나무 가지 얼

〈16-앞〉

넌 흐먼 즈라 목인가 놀니고 지 쏭지 그림즈이도 즈라 오는가 겁을 너여 흐
마허먼 그 놈이괴 쏙 죽엇지 니 용밍 아니더면 스라놀 수 아달놈도 업것쏘
다 그럿치 이럿키 헌담흐고 만학을로 도망한다 잇쩌 주부 호랑을 쏘고 혼
즈 위서 왈 니 수궁이 잇실 지 호랑 선명을 놉피 드럿더니 니 용으로 쏘차
서나 호랑은 순중지여융이라 정성을 보러흐고 밍호을 보니시니 니 정성이
부족한가 순영임긔 기도을 하리라 흐고 지일봉 놉피 올느 유벅터이 터을
짝가 긔번암숭 웃쑥 선는 반슝지을 질끈 끈거 벅티황더 활활 씰 칠성단 쏜
을 바다 오방긔을 쏘즈쑤느 각항저방심미

〈16-뒤〉

긔는 슴퓰목이 동문이라 청긔을 쏘즈 두고 두류여혀이실벅을 이칠흐 늠붕
이라 빅기을 쏘즈 두고 정기유성중익진 일육수 북방이라 흑긔을 쏘즈 두고
구루동서중앙토은 화중긔을 쏘즈구느 가락입 즈먼지이 손과목실 슴식 실과
좌홍우빅 갈느노코 말고 말그 청긔수을 쑤밤 짝지 존을 슴아 가득 부어 밧
치 놋코 벌주부 거동 보와라 충문 지여 퓸의 퓸고 단정이 긔즈하여 부복홍
지비흐고 분향 독축하올 적이 유시츠 갑오 정월얼 스십오일 정스이 수중
주부 즈라는 감쇼고우순영임전하니다 늠희 광왕이 우연 득병하와 빅약이
무호

〈17-앞〉

하기로 천시만 ㅂ리든이 천명 도ㅅ ㄴ러와 출병 짐믹하 연후이 톡긔 간이
당지락고 허다한지 신중이 ㅈ라 일사특츠하여 부런철이 ㄴ오기ㄴ 톡긔 일
수 싱금하여 죽을 요왕 슬여니고 충성을 ㄴ투니여 충열각이 지명ㅎ고 부모
처ㅈ 만ㄴ오머 그 아니 숭쾌홀가 지성감고왈 외오니 손영임은 한감하와 톡
긔 일수 싱금하시기을 천만복축 바라오니 하감하와 주압소서 지을 ㅍ한 후
이 정신을 ㅆㄷ듬아 ㅅ먼을 바라보니 만학천봉 깁푼 고디 한 김싱이 안즌
시디 머리 눌신 쏭지 몽쌍 이리 저리 단니거눌 주부 바라보니 톡긔 일신 불
멍하다 품이 품은든 화승을 니여보니 화중

〈17-뒤〉

토ㄴ 손중토ㄴ 일분 다름 업ㄴ지라 반갑고 질겁하여 니 한 번 불너보리라
ㅎ고 토싱원고 하 번 부른이 톡긔 듯고 이심하여 혼ㅈ 하ㄴ 마리 시승 변화
만물 중이 눌 부러ㄴ 소리 토싱원 하ㄴ 말을 펑싱이 못 드러던이 어ㄴ 치구
눌 츠ㄴ고 성인이라야 능지성인이로구ㄴ 그 뇌가 눌 츠ㄴ고 손손ㅅ호 넛
노인이 바닥 도ㅈ 눌 츠ㄴ가 연화봉 석고숭이 팔서女가 눌 츠ㄴ가 도화유
수 무릉도원이 어주축수 눌 츠ㄴ가 시중천ㅈ 이틱빅이 긔경숭천 하ㄴ 기리
흠긔 가子 눌 츠ㄴ가 손니 운심上女 부귀처 五신 손임 긔을 몰ㄴ 눌 찬ㄴ가
쌍쏭쌍쏭 쐬女 五머 그 뇌가 눌 찬ㄴ고

〈18-앞〉

주부 호랑익기 놀닌 짐이 죽은 더시 업드럿다 톡긔 히히 윗고 하난 마리 이
거시 무어시고 이거시 정영 방석이라 한 번 올ㄴ안ㅈ 볼가 上고 팔죽쒸女
올ㄴ안진이 쥬부 들먹들먹 하여 보고 의놈 ㅈ가도 간점이ㄴ 표 드럿다 下
고 지버 니썬지니 톡긔 혀혀 윗고 왈 익고 그거 쏙 밋방석 갓다마는 등심은

下 고이츤타 잇써 즈라 움친 목을 길기 쎄여 우리 통성명을 하上이다 기 성
은 뇌긔시요 톡긔 답왈 이 느는 下눌이 즁싱약 줄못 고 승지씌 득죄下여 이
가이 느려와 시슝의서 부러기을 토싱원이라 下오 주부 토싱명을 듯고 반거
하여 즈라 ㄱ즁 유식한 치하고 문즈 송방집

〈18-뒤〉

을 츠러 줄문즈 쇠문즈로 기젹여 그더는 토싱원 하승견지만야요 요지일월
이요 입츈디기리요 여담절각이요 오비리락이요 졍구듁쳔이요 방긔튱튱석왕
픔이요 요욕즈는 항그즈요 가소강늠픔이요 톡긔 드다가 하는 마리 여보 문
즈 그만 긋치요 그 문즈 느오는 것 보니 금연 니로 다 몬시것소 주부 하는
마리 예 느는 본시 유식下(한) 고로 문즈을 니면 한달이 다 못下고 문즈을
시죽하먼 서로 몬저 느오랏고 디단이 스홈하여 목이 펼덕펼덕 하요 톡긔
듯고 하하 위고 느도 유식下여 上서슴경 논위 밍즈 무불통지 下기이와 노
형 문즈 시는 거 보니 춤 디단하五 주부 듯고

〈19-앞〉

디희하女 느는 문즈가 복발下여 속이 답답하女 문건下니 문子 술 친구 잇
거든 전하여 주五 속긔 좀 시원하기 바라느이다 톡긔 하눈 마리 문즈 드러
답답하기 금시초문이요 그러느 노헝 성시는 무어시요 에 느는 수즁이 주부
버슬하난 즈라요 벌호는 벌느라이라 下오 니 수즁이서 드런이 시슝 괴경
조타기로 완경코저 왓습더니 토싱원 픔경 헝미 엇더하오 수부이 도라가 즈
랑코저 하눈이다 톡긔 하눈 마리 시슝 홍미 조홀시고 이니 몸 한가하여 일
모황홍 좀이 드러 월출동영 좀이 씨 진시간 바리보니 임즈업눈 손과목실
실토록 즁복下고 경긔 조흔 녹수쳥산 니의 집 숨야두고 갑업

〈19-뒤〉

는 광산 풍월 니 혼즈 츠지下고 슴춘이 도라오머 환신풍 년직 부러 만화방
충 쏫치 필 지 슴등톡긔 순임군이 팔원팔긔 다리시고 늠훈전 오헌금이 히
오민지온히하든 군왕 부기 목단쏘 수양순 깁푼 골리 치미하던 빅이숙지 마
고충신 항일화 심양처시 도연명이 평틱영마 마다 흐고 전원이 도라와 늑금
서위 소우하든 은일풍능 국화요 한수이 몸이 들고 느부순이 달이 도다 일
진황풍 이러느니 한순청홍 밍화요 승갈포 몸이 입고 천여죽 쎠ㄴ저 놋코
석탑 우이 줌이 드리 노인방불 빅쏘치면 니십쉬 더중군이 빅수진인 년직
만느 한느라

〈20-앞〉

을 증험下고 슴승 인수 바스니 청춘 소연 석죽화 풍월무범 주럼기 공밍을
시승 슴고 정즈을 버절 슴아 틱극도을 이논하이 군즈기승 연쏘치면 실도
갓탄 모한 틱도 옥누청강 비거 안즈 황혼빅마야우랑을 추파로 송정하니 충
갓튼 히당화 선풍도골 스아싴이 절디미인 손목 줍고 스죽으로 인도하여 동
순의 올느시이 풍유황이 벅도화 쏘 저펀 바러보니 온갓 김싱 우름 운다 약
수 슴천 요지연이 소식 전튼 청조시 스마중경 줄소리이 쏙국한든 봉황시
일천연 하포주이 공죽시 밍성유 글기 속이 곡곡호음 잉

〈20-뒤〉

무시 긔축도 부러기는 지혈삼경 두건시 칠칠가기 은화수이 다리 놋튼 오죽
이 양유사 사북이 되야 본 빗 즈랑 긔쏘리 일승비거늑두희한니 원불상이
원앙시 승님원이 글 전하든 말이청천 기려기 승한비할천싴한니 양기승망
히오리비 범범중유 놉피 쎠서 쌍친쌍근 쌍오리는 곳곳지 춤을 춘고 가지가
지 놉피 나라 밤중이 깁푼 줌을 비소리 놀니 쎼여 셕경으로 도라든다 투하

는 범나부는 나을 보고 반기는 듯 기즈추의 말근 혼은 한식으로 조승下고
왕희지 눈정연은 유슨곡수쑌이로다 四五月 도라五며 젹지권곤 남풍 부러
온갓 子木 무성下

〈21-앞〉

多 東正수고불변식은 군즈절 쇼나무 춘下추東 四시절이 정정독입 전나무
만경충파 수천중이 수지궁중 무히나무 되트러진 모가나무 얼크러진 多리
몽東 망미인혀천一방이 너덕너덕 산초나무 청슨연 빅운간이 조식 이쑬 쑬
이나무 울울청슨 수풀이 되야 골골마당 녹음이라 청기수 빗친 곳이 발을
식고 도라셔니 슨용심스 담박下女 五月부열이 청추라 편즁절 단五一이 충
포주 가득 부워 굴슴女을 위로下이 녹음방초성화시라 별근곤 말근 즛최 나
위이 늬 잇시리요 칠팔月

〈21-뒤〉

東라오머 금풍이 소설下女 만학천봉 단풍던니 치식 병풍 중막 속이 슨인부
긔 거록下다 진시황이 거럭인들 아실 수 이실손양 승업어호 이月화는 이을
두고 이름이라 일늑황혼 저문 눌이 동정지月 발가五머 이적선 죽은 후이
주중업는 저 풍月을 느 혼 츳즈가니 송옥이 빗처부는 천古의 유전ᄒ느 나
서는 소즁부라 천하멍슨 편답ᄒ古 듄풍 괴경 하즈서라 근너 슨 올느가니
적송즈 왕즈진은 석탑 우이 바둑 둔다 불노초 인슴고을 염여업시 어더먹고
천틔슨 넌직 올느 마고선여 츳즈보고 골윤슨 놉피 올느 천

〈22-앞〉

下을 적다 ᄒ古 하우씨 구연지수 유적 비문 와연하니 大즁부 이와서 잣치
업시 몬 가리라 무필 흠슥 푸러 왕회지 치로 지명하大 모연 모月 즁츄이 톡

석스는 果라 암승 크기 시고 그 길노 느러와서 군순이 올느가서 십외봉 놉
피 소스 수月암 둘너잇고 석경기성 산연이라 경시넌 잔잔하야 운무 간의
들이난大 칠빅이 동정호는 소상으로 통하엿고 아양누 회사정과 아황 영이
디수퓰은 천만고 완연하다 츙신 열스 깃친 근심 구의산이 붓처시니 강기한
니이 심사 비할 곳 전히

〈22-뒤〉

업니 그 길노 도라드러 이미손 올느가니 반윤멍월 가을 달이 이티빅이 유
적인듯 무협손 준니비와 금각손 기리기은 긔의 힝중 지촉하다 늠벙손 츠즈
간니 칠성둔 빈 터이오 적벽강 바라보니 쥬공근 어지 갓고 임즈업는 손실
과을 수업서 쥬어먹고 원순석경 구분 길노 허늘허늘 도라온다 십이월 도라
오머 늑목은 소소하고 빅설은 분분하야 귀석귀석 말근 기윤 빅옥으로 단중
하고 만천벅기 돈는 폭표 수정갓치 거러시니 경궁요디 놉푼 집과 치전하든
슈양지는 숫치타 하련이와 조화을 엇지 알리 운순석실 정결한디

〈23-앞〉

석문을 구지 닷고 안연이 일도스는 싱이가 넉넉下古 석숨이 금곡번화 쑴
가온디 멍러시니 그것도 조컨이와 퓸경인들 범승하리 숨경이 충을 비거 설
월을 괴경하니 미호연이 티고 퓸월 헝일홈쑨이로다 잉무로 버질 숨고 원학
을 이웃 숨아 밤이먼 와월호고 느지먼 유순하니 무가모 강손 홍미 시승의
서 낫쑨이라 적송즈 앙기싱을 니이 지즈 숨아두고 중싱약 지을 이 도락하
기 가라치먼 니 말 한 먼 거억하먼 종아리로 쌍쌍 치오 퓽경 홍미 이러하니
디강이ㄴ 드을소서 주부 듯긔을 다하미

〈23-뒤〉

왕천탄왈 인 말 이르기을 안불망이라 하연시니 이지 헝이 비록 광산홍미
즈랑하ᄂ 니 마음은 헝의 신수 건두하와 하로도 죽을 곳즐 허러 순 당할가
ᄒᄂ니다 톡긔 발연번식왈 초멍이 말슴도 이다지 박절下오 주부 다시 하는
마리 강순풍경 죳타 하되 시승옥 니가 아오 子랑 너무 果一 마오 子랑 씃티
쇠실ᄂ이 형이 신시 싱각下면 한심코 가련하五 톡긔 이론 말니 이 산중 임
즈되여 숭숭봉 단을 슘古 천지 도슈와 시승 흥망을 간디로 몰을 거시 업거
늘 설마 지 목슘 스싱이야 간디로 요랑치 못릿가 주

〈24-앞〉

부 답왈 팔ᄂ는 시승 니가 아오 니 말 좀관 드러보五 슘츈구추 다 지니고 大
한임동 설한풍이 만학이 눈 스이고 천봉이 바람 칠 ᄶ 잉무 원학 ᄯᄂ처지고
화조 싱각 바이 업서 곱푼 비을 트러줍고 층암절벽 틈이 허진더시 안즈신
이 ᄯᅩ라달 무간 속이 초회왕이 규곤이요 북희승 무인처이 소즁능이 고승이
라 주러 거의 죽어갈 지 근근즈싱 스라나서 설월 엄동 ᄃ 지니고 벅도홍힝
춘이월이 주린 구복 치우랏고 숭숭봉 기여올을ᄂ 이리 저리 다니머서 미
바던 수알치는 손영기 압시우고 노리군 되ᄯᅩ친이 스조을 용고리고 슛풀 속
의 슘

〈24-뒤〉

어신니 단중구지처을 ᄶ방울 소리 달능달능 톡긔 이 말 듯고 두 눈 동골하
며 그러면 중허리로 다라ᄂ지 그리 다라ᄂ머 불 줄 논는 포수드른 지맘 히
퓨지긔 기약톡 가디 시승 죳통으로 절벅을 등지고 솔둥이 은신하여 목즙아
ᄂ러올 지 천동 갓탄 불소리는 예서 쾅쾅 방능수 죽철치성이 진시황니 혼
이 업고 적벅강 화림중이 조밍덕이 늑담혼이 여웅호골 그러한더 노헝 갓타

일기 토야 다시 일느 무어하리 숨사월 녹음방초 아무리 조타한들 여가업서
어니 하리 톡긔 불소릭 쾅쾅 하다 말의 쌈죽쌈죽 놀너 구우다가 정신을 진
정하여 밧죽 압

〈25-앞〉

퓌 드러안지면 왈 그런 놀날 말을 경솔이 하오 그러면 들노 다라느지 주부
하는 말이 선술 먹언 초군들이 죽지을 둘너마고 압풀 막아서면 이 놈 지기
간다 下며 천東 갓치 호통할 지 청암절벽 바우 틈이 급피 놀너 다라늘 지
코궁긔 단니 느고 목궁긔 춤이 업서 오중육보 되쩐지고 숨혼칠빅 헛터지이
어복포 팔진도이 황송은이 업서신니 육중군이 어니 슬며 종천강 어이홀고
은왕성탕 거록한 덕 천고유전뿐이로다 죽기도 여가업서 총총거럼 일숨언니
추구月 드풍 괴경 여가업서 다 말홀가 톡긔 흉격이 막커 도로 악듬하여 왈
한

〈25-뒤〉

번 죽어면 두 번 죽는 수 업지요 그러느 초면 인스 늠 놀니고 정신업는 말
을 하니 노헝 드러니 오줌이 줄곰줄곰 간입스구 필덕필덕 흐마트면 죽을
벼 흐여시 그런 쏭 쏠 말을 다시 마요 노헝 하는 말슴이 시승이 시승팔눈
험타 하니 수구 홍미 엇더하오 주부 하는 말 슈궁 홍미야 보지 못하女시니
헛말노 듯지 안컷소 톡긔 소왈 말삼하는 양을 드러면 엇지 요량이 업것소
주부 하는 마리 우리 수궁 조홀시고 화지수지 봄 몰느 우수풍연 절노 되고
시화시풍 절노되야 수궁 궁걸 지어시디 황금을 집을 숨고 청옥으로 긔와
올여 비옥으로 는간 쬐미 유

〈26-앞〉

리로 긔동 슘고 호박 즛초 슘아 슌호로 문을 디모로 고리 하니 응천숭지슘
광이요 비인간지오복이라 시슝리 몬 본 보비 수궁 밧긔 쏘 잇는가 야광을
초불하여 일월강을 아스잇고 운물 평풍 금용숭이 팔선여 시외하고 금조빅
관 드라로 안즛실 지 영덕전 언악 소리 우무 중이 들이는디 팔진미 천일주
을 비옥반이 담은 안주 실토록 먹은 후이 일흥을 몬 이긔여 수궁 시여 팔빅
인과 동정 용여 슘빅으로 좌우이 안치두고 디풍유 조흔 곡조 일업선이 가
득 실고 지국총 비을 되와 요지연 드러간니 츠리단중 미인들은 좌우이 버
러잇고 간구연월 늠월픙시을

〈26-뒤〉

오헌금 줄을 골느 명느수 집푼 물이 굴슘여도 춤을 치고 구선하든 한무지
와 천하여웅 진시황도 우리 수궁 드러올 디 동늠동여 거느리고 불스약 구
하라고 바다 속이 드러왔소 시슝의 무서운 거 죽음밧긔 쏘 인는가 불스약
중성초을 느물로 하여 먹고 국도 끽리 먹소 느도 수궁 느올 적의 시슝인는
업다기로 한짐 즌득 머고 나와 초면 친구 만나보고 쏙쏙이 갈나 좃쇼 톡긔
이 말을 듯고 下는 말리 죽는 겨 무셔운니 불스양 중성초을 나도 조곰 주오
주부 이른 말리 불스약이 실 디 잇소 톡기 듯고 쌈족 놀나 다시는 콱콱 소
리 마오 우리 가문이 디기하는 말이요 부주 외셔 왈 노형 下는 말리 강슌픙
경

〈27-앞〉

차지下면 시上 깃탄업다든이 이부로 下는 총소리이 겨디지 놀니겻소 톡기
주부 말을 듯고 마음이 즈연 방탕하여 하는 말리 그 곳 드러가면 죽음이 본
시 업꼬 벼슬도 下런이와 팔선녀가 잇多한이 그도 한가지로 논이겻소 노다

쑨이라 주림을 줍지요 톡기 나쇼와 안子 문왈 만일 거지경 되면 원앙침 빗
치금이 옥수을 넌직 줍고 月솜경 겨이 갈 지 두 몸이 한 몸 되고 춘홍을 못
이기셔 초양왕 양디上이 운무지낙 조홀시고 굿더을 당下女 겨리도 下오릿
가 주부 왈 저려한 픙치로셔 수궁이 드러가먼 벼슬을 시多

〈27-뒤〉

리의 오는 듯ᄒ고 일등 미식은 청씨가리 되이 실비암 짜린 듯 하리다 톡긔
춤을 가로 싱키며셔 마일 드러갓다가 벼슬도 못ᄒ고 미식도 못 어더면 형
이 엇지 하시리요 주부 왈 목전이 인는 이을 기망 하오릿가 톡긔 코을 훌적
훌적 하며 왈 노형이 말슴 드런이 수궁이 춤 조홀 승하니 갈ᄂ 하면 가것소
팔는시승 괴춘하오 주부 하는 말이 불감청이 원정고소원이라 원컨더 토싱
원은 팔는시승 잇지 말 우리 수궁 드러가면 그디 쏘한 호픙신이 병조판션
갈 곳 인ᄂ 눌 갓튼 이 모양이 주부 버슬 능히 하니 그디 갓튼 중한 신수이
여화미식 겨ᄂ리고 더슘 아릭 중군이 수괴 금전할 터인니 팔는시승 싱각할
가 톡긔 이론 말

〈28-앞〉

이 정영 그러하면 갈 쑨이것소 밧즈 압픠 드러안ᄌ 원일권지수궁이라 함긔
감이 엇더하오 엇지하면 드러갈고 주부 이론 말이 드러가기 염여마오 니이
지조 용묑 잇스 망망디히 너른 물을 육지 갓치 왕니하니 니 등이 올나안ᄌ
좀시간이 드르가면 벌근곤을 볼 거시니 무슘 염여하오릿가 그러ᄂ 쩌 알기
어럼습고 기틀 일키 슙스오니 팔ᄌ가 졸ᄂ 하면 ᄂ을 쏘라갈 거시오 못된
일은 하기 십고 줄된 일은 어러오니 드러가기 슈울손양 니이 간청하는 바
ᄂ 수궁 만일 드러가서 병조판서 하거덜ᄂ 요

〈28-뒤〉

왕 젼이 쳔거하여 니이 버슬 돕기 하여주기 바리고 잇스온이 괄시 부디 마
오 톡긔 듯고 반거하여 왈 괄시라 마리 윈 마리오 형이 덕을 입스와 드러가
서 입신양명할 터이면 헝지갓치 싱각하여 병조판서 하기 되면 노헝은 병조
좀간 갈 곳 잇소 철이디히 드러갈 지 무스이 득달하기 쳔만복망 바리오니
좀시 동힝 연분인디 우리 졍이야 일너 무어하리 벌주부 그동 보아라 톡긔
을 음언하야 수궁으로 드러갈 지 저 건니 손 바우 텀이 너구리가 석 느서면
하는 마리 톡긔야 너 어디로 가노 수궁 간다 무어하로 가노 병조판서하로
간다 너구리 디소ㅎ고 하는 말니 우섭

〈29-앞〉

다 육지이 일기 톡긔 수궁 병조판서 당한 말가 이 친쳑 긔 분모가 잇쩌붓텀
잇건마는 너 마리 허탄하다 가지 마라 가지 마라 수궁으로 가저 마라 헛탄
마심 저 톡긔야 우섭고 불상하다 칼 줄 씨든 이인 형과 소실한풍 역수승이
중이중슨거 실픔 소리 다시 오지 못하엿고 쳔추원한 초회왕도 지무간이 구
지 갓처 가런청손 고혼 되고 만고츙신 굴슴여도 여복츙혼뿐이로다 추조는
여여녹인디 왕소는 긔불긔라 톡긔 너도 수궁 가면 다시 오지 못하리라 수
궁은 늠방이라 이방 추립 늠방이니 부디 부디 가지 마라 톡긔 이 말 듯고
쳠지 아즈씨 말슴이 당당하오 방정마진 이니 마음 주부

〈29-뒤〉

쇠이 빠저 하마터면 속아것다 달쳠지 아자시 아니드면 죽을 번 하엿니 느
는 나디로 가고 긔는 긔디로 가지 주부 다시 보즈 하고 도라도 안이 보고
쌍쏭쌍쏭 뛰여간다 주부 긔가 막커 톡 불너 하는 말이 중부이 구든 절긔 굿
처럼 망영된가 수궁 가고 안 가기는 그디 거긔 잇견이와 함긔 가도 그디 거

기 조흘 겨슬 니 엇지 강권하리 너구리을 쑤지저 왈 디칙하여 하는 마리 음
흠하고 간특한 놈 너구리야 네 ᄉ촌 수달피가 거연 오월 이십일이 우리 수
궁 드러와서 호픔신 가저닷고 물당승 지수하고 후런디장 구허쩌 호조

<h3 align="center">〈30-앞〉</h3>

돈 슴천양을 주식 죽긔 방탈하여 몰수히 마신 후이 어진 시여 통간ᄒ미 죄
승이 탈노하와 어전 곤중 슴십도의 정비출송 하여쩌니 그 일노 흠을 하여
늠이 심술 부랑 노는 너구리야 그런 입 두엇다가 흥연이 죽이ᄂ 부러 먹어
라 여보 토싱원은 안된 쓴을 보고 줄된 일은 어러오니 안이 갈ᄂ 하기 되면
굿티여 권하거소 우리 수궁 드러가서 만족녹을 바든 후이 병조판서 턱츠하
여 미식 불너 술 부이고 거들거리 논일 적이 호강니 지니ᄉ 무슴 긔간하리
철이 동형 연분으로 형지지이

<h3 align="center">〈30-뒤〉</h3>

미즈두고 버슬이ᄂ 성츠할가 그거시나 바라쩌니 굿티여 아니 가면 순중이
슘어이서 독한 츄우 만ᄂ거든 어러 죽기 이달타고 슈알치 순영군익긔 줍허
죽기 십습고 초군들 몽동이이 한번 마즈 적술ᄒ고 순영 포슈 만ᄂ그든 비
락 갓튼 총쇼리이 방아시 얼는 지면 쌈동콩을 쥬여먹고 톡 구우러저 ᄉ족
을 쌜쌜 떨고 직술하여 죽어지면 그 안이 가련한가 줄 되기도 지 복이요 몬
되기도 지 팔즈라 노형도 ᄂ을 만ᄂ 줄 될 쑨 ᄒ여든이 흉측한 너구리가 디
ᄉ을 저허한이 너구리가 거디거기 디천지원수로다 톡긔 ᄒ는 말이 여보시
요

<h3 align="center">〈31-앞〉</h3>

주부 노형 듯기 실흔 말슴 너무 마오 나와 무슴 험니 잇소 가기 실타 하는

거설 구티여 권하것소 죽여도 몬 가것소 노형 혼즈 가오 주부 다시 하난 마
리 윗티하며 파이하오 토싱원 다시 보즈 하고 아주 훨훨 가는구ᄂ 톡긔 바
라보다가 이달ᄂ 하는 마리 지 분 어디로 가시요 예 ᄂ는 호랑 츠즈가오 호
랑 보와 무어하하리요 수궁이서 드러니 호랑은 빅수저중이라 하니 호랑이
츠즈가 수죽하머 불멍 소거니 이실지라 호랑 다리고 수궁 갈ᄂ오 톡긔 소
왈 우리 숙부가 빅스을 너기 이논하하니 보와도 실 쩌 업실지라 형은 노을
츰고 좀관 여기 오 주부 지슴 샤양하다가 마지 못하 치하고 다시

<h2 style="text-align:center">〈31-뒤〉</h2>

도라서니 톡긔 한는 마리 노형 하는 말숨이 저다지 즈승하니 헐마 긔망하
릿가 여보 노형 니 말 듯소 망망디히 드러갈시 초힝으로 가는 기러 조심ᄒ
기 고이츤코 이 심정이 압이ᄂ오 니 말을 홍을 마오 수궁으로 드러가 병조
판서 적실하오 너구리 하는 말은 ᄂ도 고지 안이 듯소 주부 이른 말이 눌
갓튼 이 인물도 주부 버슬 가저시니 그디 갓탄 조흔 픙치 두 말 하여 설 쩌
잇소 병조판서뿐이것소 정성만ᄒ고 말ᄂ오 그러넌 원님 하것소 원님치는
양반 되지 범도 겁이 안 ᄂ오 범을 줍아 빗기 타고 든이지오 그러면 ᄂ와
함기 가스이ᄃ 눌 드러가오 가오 지발 덕분 눌 드러가오

<h2 style="text-align:center">〈32-앞〉</h2>

순중이 이실 적이 무서운 겻 호랑이라 호랑 보기 시러 니스 정영 수궁 가니
포수놈들 보기 시러 니스 정영 수궁 가니 너구리 줄 잇거라 주부 ᄯ라 수궁
가서 병조판서 디감 되지 압서거니 되서건이 즈라는 앙금앙금 톡긔는 쌍똥
쌍똥 늠희 수변 ᄃᄃ런이 경기 무궁 조흘시고 오초 동남 너런 물이 오고 가
는 숭고선은 순픙이 돗틀 ᄃ라 북을 둥둥 우리머서 어기야이여츠 노리ᄒ고
중유이 둥실 쩌는 비는 한가ᄒ 초강 어부 음즈롱이 빈 비로다 심이즈장 노
는 빅구 일즈힝이 지벽인ᄃ 형공이 놉피 쩌서 쇼쇼츙픙숑안

〈32-뒤〉

즈이 울고 가는 저 기리기 북힝승 쇼즁능이 편지 젼튼 뇌오는 양 니오 쇼식
가저다가 우리 번임 잉무이기 빅운쳥순 노든 톡긔 즈라 쯔라 수궁 간듸 그
말 좀간 젼ᄒ여라 파도가 홍요라면 울녕츌녕 우루류 치는 물결 여손 폭포
기즁쳔을 잇 말노 드러드니 니시는○락굿쳔을 이지 와 보리로듸 집등 갓탄
저 물결은 아주 캉캉 드러처 겁픔이 벅적 급호 픙파쑨이로듸 물싸이 드듸
라서 톡씨 보고 졍신업서 못 가긴니 못 가긴니 니스 참 못 가긴니 픙마지불
승겁이라 물쇼리 드러보니 졍신업서 못 가

〈33-앞〉

것다 병조판서 니사 실타 여화미식도 니사 실코 만죵죽도 니사 실타 갈 마
음 만하여도 믈쇼리 졍 쩌러진다 아이고 슈궁이 드러가서 요왕이 되드라도
헐 슈 업다 헐 슈 업다 자라 보고 하난 마리 지석업는 저 톡씨야 방졍마즌
저 톡기야 수궁을 머듸ᄒᄂ 좀간만 춤기 되면 조흔 이리 졀노 잇지 그 동안
을 못 춤아서 젓처펑 방졍마기 기복시리 담방인듸 고진감너 하는 마리 잇
글이도 인느이라 밍즈 갓탄 듸서인도 부런철이 하여 양히왕을 보아시고 동
히수승 강튀공도 문왕 쯔라 기히 되고 회음셩 조어ᄒ든 한신이도 소하을

〈33-뒤〉

쯔라가서 한국 듸쥼이 되여신이 토셩원도 ᄂ을 쯔라 여갓치 되고 만죵녹을
누일진듸 굿처럼 조헌 이리 어듸 이시리요 시승이는 업쓴마는 갈가 말싸
즈지하니 요망한 저 톡씨야 니 목슘 실쯧갓치 조셕이 달인는 쥴 네 젼히 몰
ᄂ보고 틱펑으로 싱각하니 익달고 익달하다 톡긔 답왈 형이 몬저 말슘이
승승봉 올ᄂ가면 수알치 잇다 하고 즁허리로 다라ᄂ면 포수들 잇다 하고
들노 다라ᄂ머 농부 몽동 잇다드니 굿쩌는 졍신업서 밋처 싱강 못히서ᄂ

야차하면 굴 속으로 다라느지 주부 하는 말리 수알치 포수 초군 몽

〈34-앞〉

동 일시이 험역하여 사족을 추심하야 추러 지 말근 갈쎄 수업시 비여다가
굴여구이 스혀놋코 화약 염초 불 지려니 아방궁 불인들 서 더할손가 독한
영긔 모 불꼿 술소더시 드러가면 다시 엇지 술는는양 습혼칠빅 지가 되고
신치조창 온전할가 토유숨굴 밋지 마오 천만굴도 실 디 업 톡긔 듯고 하는
말이 그만희도 순면인디 독한 말슴 너무 마오 주부 다시 하는 마리 노형이
숭을 보니 골근은 청수하느 인즁이 쓸느신이 와석종신 못하것소 톡긔 이
말을 듯고 더옥 씁씁하여 가만니 이실입퓰 쐬여 지 이즁을 겨느보니 비록
능히 줍어느

〈34-뒤〉

원치엿치 업는지라 마음이 놀니 문왈 수궁은 인즁이 쓸느도 수궁마 드러가
머 수 하것소 주부 답왈 수궁은 수빅시 황수하고 일품 버슬하는 양반 그더
인즁이서 한 치느 즈 절반이라 글노 보와도 수궁은 분명한 선경이라 밋지
못하거든 이니 인즁을 자시 보오 이 술을 가지고 간이 서시머 버슬은 시로
이 엿티짜지 술아실가 노형도 오거든 마오 느는 느디로 우리 조흔 수궁 드
러간다 충능벅 둥둥 쩌서 토성원 다시 보시 놀 갓타 친구 몬 만니면 너 아
모리 드러가고즈 하느 무가너희라 원통한 씨을 일코 엇지 술느는야 너 절
멍 그쑨이라 뇌을

〈35-앞〉

하타 하리 톡긔 하는 마리 여보시요 주부 노형 녀무 그리 괄시 말고 니 말
좀관 드고 가오 주부 다시 도라서서 늠이 길만 짓치 하지 주심이 부실하여

이리하고 저리한이 중부이 구든 절기 그다지 치순업소 그난 두오 톡기 점점 익가 달느 닉 말 좀관 드고 가오 주부 몬 이기는 치하고 도라와서 톡긔 저티 안지머서 무삼 말솜인지요 톡긔 하는 말이 팔는시승 싱각한니 잇실 마음 전히 업고 바다 물걸 파도 즁이 정신업서 어려워라 벙조판서 욕심 느도 드러갈 길 싱각하니 망망디히 너런 물을 월셥하기 수을손가 주부 하는 말이 정영 드러갈느 하면 어럽지 안이하요 닉이 지조 용밍성 잇 망망디히 얼은 물을 육지갓치 다니나니 닉

〈35-뒤〉

등이 올느안기 되면 펀하기 육지갓휘고 물 우이 둥둥 쩌는 거걸 보면 시윤가 어려온가 그디 오랑이 업것소 톡긔 디다하고 아모커느 드러가서 물 가이 드달느서 정시업시 안즈쑤느 주부 지촉하는 말이 오시이 드러가면 무슨 득힝하느이 어서 속히 가스니다 오서가 너머 가오 닉 믄져 드러가서 물 속이 들거들능 닉 등이 올느안소 톡긔란 놈 거동 보와라 압 발은 엉둑 집고 되 발은 물이 너허 발발 쩔머 정신업다 벌주부 물속이서 두 발목을 훔치 줍과 후러업고 망망디히 드러간다 천방 지방 가는 양은 벙승국이 서시을 실고 강호이 쩌는 듯 즁한이 쩌을 타고 은하을 향하는 듯 도디업는 당도리선 흑출흑몰 지황업세 늠희수변 츳즈

〈36-앞〉

간다 톡긔 기가 막허 아이고 닉 죽것늬 답답하여 닉 죽것다 쓰고 쓴 바다 물을 월쩍월쩍 마시머셔 주부야 닉가 죽늬 주부 하는 말이 인지는 할 수 업다 조금만 전디여라 벙조판서 닉스 실타 병조판서 줄 하것짱 이만 고싱 몬 거디낙 만족녹도 닉스 실타 부긔공멍 하랑이면 요만 거셜 익을 시느 네 아모리 발광한들 속이 인는 요중운부 간이야 꼼즘할가 톡긔 이 말 듯고 노헝 그 말 위 마리요 즈라 하는 말이 오야 너 즙말 마라 나무간익희쑨이로다 벙

조판서 시기주마 어서 밧비 드러가즈 그럭 저럭 수정문 밧 드드라 톡긔야
눈을 드러 좌우을 술펴보와라 우리 수궁 드러와니 톡긔 이 말을 바진 듯고
두 눈 쩌서 술펴보니 버루처지비인간의 영득저 수궁이 소스쑤느 얼시

〈36-뒤〉

고 절시구느 지하즈 조흘시고 윗터하지 시승이 팔는 즁이 고싱타가 주부
노허 짜라와서 부긔공명하기 되면 이런 조흔 일 쏘 인는가 쌍똥쌍똥 춤을
추다 여화미인 어디 가고 병조판서 니 하디라 이런 존일 어디 잇느 주부 하
는 말이 토싱원 여기 잇소 니 몬저 드러가서 디왕전의 형신하고 노형 말슴
알인 후이 병조판서 지수하고 병조 하인 느오그든 형신 밧고 짜라오소 톡
긔 듯고 하는 말이 어서 밧비 보니시요 주부 거동 보아라 앙금앙금 기여가
서 전정의 부복하여 엿즈오디 시승이 느가습든 벌주부 현신하오 그간 옥치
안보 하신잇가 요왕이 디히하여 무스이 단여오물 분분이 치하한 후 톡긔을
줍아온닷 주부 엿즈오디 쇼신이 출신와 톡긔 일수 싱금하여 문이 축디

〈37-앞〉

하여느니다 요왕이 디열하사 주부 불너드러 여주 슴믹 전한 후이 톡긔 밧
비 줍아드리라 티손이 문어지고 북희가 되눕는 듯 호렁이 추손 갓다 엇써
톡긔 호렁 쇼리 듯고 벙조 하인 느오논강 고디흐고 바덜 츠이 어두지졸 밧
비 그러 우당퉁탕 달여드러 톡긔 훔처잡아 갈홍사로 절박하여 집둥금이 올
나 티와 쏙부러지기 잡아갈 지 톡긔 보고 긔가 마커 이거시 원 이리요 벌주
부 어디 갓소 병조 하인 어디 간고 벙조판서 도임홀 수궁은 이러한 강노야
수궁 눕노 이러한이라 수궁 남여 두 번만 타시머 쎄도 안 눕것다 이고 답답
니 이리야 주부 쬐 쌔저 수궁이 드러와서 벙조판서 존이 좃타 구공튜심하
여 쏘 가십둥금이 무슴 일고 도적실하여쓰가 홍스시 서른지고 전

〈37-뒤〉

정이 부복하여 줍아드러 요왕이 분부하되 짐이 우연 득병하야 빅약이 무효
트니 늠히 도스 이러기을 너의 간이 조타 하미 너을 줍아와시니 너는 시상
이 미물이라 존중한 이니 몸은 남희을 츠지하여 존괴함이 막심하니 너 한
몸 죽언 후이 왕공이로 중스호고 일홈 죽빅이 시러 올여 춘추로 지황하머
그 아니 빗날손야 한번 죽음 사야 말고 간 한 봉 올이여라 톡긔 이 말 듯고
혼비빅산 정신업서 이지는 니 죽건니 조흔 시상 바리두고 망망디희 수궁을
신고하여 드러와서 비명이 죽을 곰곰안즈 싱각한이 눈물 밧긔 아니 눈다
즈라도 눌 속인이 ᄂ도 요왕 속이보즈 부복하여 이른 마리 디왕은 존중하
고 소수는 미물이라 소수의 간 한 봉이 디왕 병시 편복되면 소수이 스후 공
명 죽

〈38-앞〉

빅이 올여 춘추로 지황 밧즈오면 디즁부 괴한 몸이 이밧긔 쏘 인눈가 일스
먼 도무사라 죽기을 악기릿가 소수을 이지 죄지간이 마일 잇스오면 디왕
병지 직츠뒤고 빅스여이 할 터오ᄂ 소수이 근본이 천숭이 옥토로서 즁성도
약 잘못하고 인간의 즉거하여 다을 안고 고갈하야 싴긔을 ᄂ호니 일홈은
망월토라 월즁정기 가즈시미 소슈이 간이 임이 추립하여 선보름은 낭긔 걸
고 훗보름은 비이 가저 소슈이 밋궁기 서이라 하ᄂ는 디번 보고 하ᄂ는 소
번 보고 하나는 간 추립하ᄂ 궁기라 일을 줄 아라시머 톡긔 간 한 봉쑌 안
니라 열 봉이라도 가저왓지 벌주부을 쑤지저 왈 미련한 주부야 원통 주부
야 발은 마을 하기 되면 비단 니 간쑌 아이라 허다한 톡긔 간을 한

〈38-뒤〉

짐 즈루 걸머미고 와서 디왕 병시 짐측하고 너이 몸 츙신 되고 나도 쏘한

괴히 되먼 그 안이 조흘손양 요왕이 분부하되 시상 천하 말물 중이 밋구무
서이라 지신이이긔 분부하여 밋그무 하감하니 과연 서이 불멍한지라 다시
분부 하난 말슴 밋구 서이로되 간은 오중육보 달여시이 추립하기 고이하다
좀말 말고 비 갈늬리 톡긔 다시 엿즈오디 소수을 이지죄기간이 말이 잇스
오며 세구망슝 하올지라 죄기고 쏘 죄기도 스무족석 하건이와 간이 마 업
스오먼 무지한 소수 목숨 다시 환싱 못하압고 디왕 벙시 몬 늣시먼 그 안이
원통하리요 잇쩌 즈라 엿즈오디 톡긔이 간약한 쇠 소신이 아나이다 불문곡
적하압고 비을 갈늬 보압소서 톡긔 이 말 듯고 두

<h3 style="text-align:center">〈39-앞〉</h3>

눈 쏙 부룻듯고 주부 쑤지저 왈 미련한 벌주부야 말할 쩨 간 한 봉만 구하
랏고 하여시먼 허다한 톡긔 간을 그 중이 큰 간 한 봉 가저왓시머 디와 벙
시 저츠ᄒ고 나도 수고 아니 하고 ○○티로 공명하여 늬 몸이 헌달하지 익
달다 주부야 유인만 할 줄 알지 본심은 달냐쑤나 요와젼이 부복하여 지성
으로 엿즈오디 십일만 한정주면 시승이 바비 나가 낭긔 걸인 톡긔 간을 주
심주심 주어다가 한정젼이 밧치오먼 디왕 벙시 나신 후이 소수을 싱각하와
벙조판서 시기주고 부긔공멍하기 되먼 그 안이 조흘잇가 조금도 염여멀고
주부 압여하여 주압소서 요와이 이혹○○○○○○하난 중이 밋궁긔 서이기
로 이슴십

<h3 style="text-align:center">〈39-뒤〉</h3>

일 늬로 구희올가 톡긔 여즈오디 뇌 분부라 거역하먼 일호 무소하오릿가
수궁이느 시승이느 왕멍은 일반이라 왕멍을 거역하먼 스라도 역신이요 죽
어도 역긔오니 엇지 무소하올릿가 요왕이 올히 너겨 톡긔 불너 올여 안친
후이 슝비리로 디접하고 힝금 젓쩌 북 중구이 시황 양금 거문고 디픔유을
버러놋코 거들걸이 논일 적이 톡긔 두헝을 늬여 이러니 춤 춘다 모쏠모쏠

쌍쏭쌍쏭 춤을 추니 비 속익서 올낭출낭 소리난니 주부 것티 잇다가 비 속
익 소리 듯고 요왕전익 엿즈오더 톡긔 비 안익 미일 간익 업스오먼 올낭출
소리 느고 몸이 저리 무거울가 정영이 무소로소이다 비을 갈느 보스이다
톡긔

〈40-앞〉

란 놈이 말 듯고 주부 마리 무식하다 간은 정영 업건이와 충즈 협터 업실손
가 시방은 초성이라 가기 되면 만학천봉 정결한 더 올느가서 톡긔 간 인는
곳 가럿처 주거들낭 그니익 마음더로 섬쏫 지고와서 더와 벙시 나긔하오
니 속익 간이 지금 잇긔되머 네 아달놈이것다 미여 불너 술 들이라 가전 안
주 벼러놋코 권주가 한 곡조익 일비 일비 부일비로 최토록 먹언 후익 정신
이 디최하여 동곳까지 최하엿다 치호러지권곤이요 망시간지갑즈로다 망발
을 무수이 하디 익고 긔 어디 가리야 간이야 춤 이젓다 니긔 인난 거 안이
라 스익 잇다 말이로다 무슴 약이 실

〈40-뒤〉

거 업서 늠익 간을 소금 한 점 안 가지고 간 달낫고 달여드노 얄궂고 기승
하다 시승익 느가거든 어서 밧비 다라느지 앗츠 이젓다 밧비 밧비 시승 가
서 간을 얼는 가저다가 더왕 벙시 늣기하고 미여하고 노라보가 어서 급피
보니주오 주부 하는 말을 듯스오니 가은 정영 비익 잇고 기구망승하오니다
치중익 진정 말은 일노 두고 함이오니 문답 말고 비을 갈느 보스니다 톡긔
하난 말 오수니 승칙이라 가기마 지촉하이 마일 출시하은 후익 다시 보기
수을손양 줍은 톡긔 놋치 말고 비을 갈느 보스이다 톡긔 니론 말이 무식한
벌주부야 우리 시스 나가기을 니가 무어 조와하리 팔는시승 서러하여 그더

〈41-앞〉

쓰러 드러온이 디풍유 중한 진치 가전 안주 ○○○○○○ 불너 술 들이고
잇처럼 호강하기 니 싱전이 처음이라 시승 이을 싱각하니 포슈놈들 안이
보이 술이 절노 써는구난 이런 존디 바리두고 팔느시승 가존 말은 급피 간
을 가저다가 이런 호강 쏘 하즈고 지촉하 마리로다 요왕 하는 말슴 간을 속
키 가저오면 이 호강쑨이라 병조판서 지수하고 일등 미식 방수극주원만족
녹 바들 적이 짐의 일신 돕기 하라 톡긔 엿즈오디 그럴 턴이요 두 말 하오
릿가 디가리을 싸둑이면 수염을 시담듬고 평즛하고 안진 거동 보기이 우섭
쏘다 주부 입시하여 다시 하고하는 마이 톡긔와 함긔 다시 시승

〈41-뒤〉

밧비 느가 간을 마일 가저오디 톡긔 함긔 오라 주부 다기 봉멍ㅎ고 톡긔와
함긔 갈 지 톡긔 불너 전송할 씨 요왕이 존을 드러 톡긔이기 권하면서 멀고
먼 시승을 무수이 왕반하오 톡긔 엿즈오디 소수 이지 밧비 느가 간을 속키
가저와서 디왕 병시 초호잇기 봉망 바리보니 거동안만 기십소서 즈라 톡긔
하적하고 시승으로 향하는 양 톡긔 히막하고 즈라는 수심이라 톡긔 주부
등이 안즈 물 우이 써서본이 고국광손 반갑쏘다 강천이 망망하여 우루룩
좔좔 오는 비는 아황 연여 눈물이 반죽이 석근 가지 점점이 전는 양은 소승
야우 이 아○○ ○펑 흐너러 물은 사화청광이 푸러럿다 ○○○○○○○

〈42-앞〉

소조는 펄펄 나라든이 동정○○○○○○○○○ 승고선은 순풍이 돗틀 다라
북을 둥둥 ○○○○ 어기엿츠 비성한이 원포기범 이 안인양 일반○○천선
벽이요 만택부요십이스라 용용이 이려느 한 쐬을 둘너신이 구리충망할반오
랑반혀리을 비거시니 충오모오 이 아니 걍수벽스면 양안 간이 불성청원각

비리라 늘ㄴ가는 저 기러기 갈수 하나 입이 물고 찔눅찔눅 울고간이 펑스
ㄴ간 여기로다 경양전 촌양손과 밥 진ㄴ 연기 펄펄 일고 보조입강변은 석
벽이 거울늦치 여러시니 우손낙조 이 안인가 승수로 울고 가니 수운이 정
막하고

<h2 style="text-align:center">〈42-뒤〉</h2>

황능모을 구어보니 잇ㅅ당 와연하다 늠순성지혼이라 동음당이 서을니라 시
소리 눈물 지니 황능이 원○기로다 시벅 바람 한먼리이 경시 소리 짱짱 ㄴ
고 이론비 천손원긱 깁피 든 줌 놀너 씨고 ○즈 압퓌 늘근 줌은 꾸벅꾸벅
연불하니 한손모종 이 안인가 그럭 저럭 시승 ㄴ와 강두이 ㄴ달나서 즈라
등이 톡긔 나려 옷졸옷졸 춤을 추며 질알하며 담방인다 주부야 니 빗 짜라
아나 엿다 니 비 짜라 오중육보 달인 가니 이미로 추립할가 기심하다 너이
요왕 ○○놈 ○ㅅ로다 허다한 빅초 즁이 무슨 약이 바이 엽○○○○○ 간
시라 지시한 거 의심하다 가런 ○○○○○○○○○○

(이하 낙장)

홍윤표 소장 47장본 〈별주부곡〉

　　단국대학교 홍윤표 교수가 소장하고 있는 국한 혼용 필사본이다. 표제는 없으며, 1면의 내제는 "鼈主簿曲"이라 되어 있다. 크기는 가로 22cm, 세로 23cm이다. 원래의 이 책은 『擊蒙要訣』인데, 그 裏面에 이 작품이 필사되어 있어 판독이 쉽지 않다. 매면 12행, 매행 21-23자 정도이며, 총 47장 93면의 완결본이다. 결말 부분은 서두 앞으로 되돌아와서 3면 가량 이어지고 있다. 마지막 장에 "庚戌臘月院日의 戲抄干陳墓新坪", "庚戌 臘月 日 金州郡 四蒲 ○基里"이라는 필사기가 기록되어 있고, 말미에 네모난 印章이 찍혀 있다. 이 책의 필사 연대는 경술년(庚戌年)인 1910년으로 보인다. 이 이본은 모족회의 대목과 별주부의 노모 이별 대목, 그리고 토끼의 그물 위기극복 대목이 없다는 점을 제외하면, 현전 판소리 창본과 유사한 내용으로 되어 있으며 행문 위주로 대폭 확장되어 있다. 행문의 확장은 주로 동일한 상황이 반복이나 작자의 객담, 음담 등 골계적 내용이 주를 이루고 있는 것으로 보아 흥미성을 추구하는 방향에서 형성된 이본으로 보인다. 또한 이 이본은 작품 전반에 걸쳐 판소리 창본의 어투가 나타나고 있다. 이처럼 이 이본은 흥미를 유발시키는 골계적 요소가 대폭 삽입되어 있고, 어투가 판소리 창본의 그것과 동일한 것으로 보아 공연현장에서 연행되는 판소리를 직접 듣고 필사했거나 아니면 창본을 모본으로 삼아 필사된 것으로 여겨진다.

홍윤표 소장 47장본 〈별주부곡〉

〈1-앞〉

己巳 甲中 夏四月에 南海 廣利王이 靈德殿 시로 짓코 大宴을 抛設호야 三
海龍王을 發使詩座할 시 君臣賓客이 千乘萬騎랴 江沃之長과 川浦之君이 일
시에 모와 드러 開盛宴於九重호고 擊金鼓而吹笙이라 衆樂이 畢陳호고 宏籌
交錯호야 大宴의 浸淫호여 三日을 노니더니 廣利王이 觸風을 과히 호여 偶
然 得病의 눕고 이시 못호거날 太醫 藥房 都提調와 兵吏曹 各 官員이 惶惶
急急 入侍호야 晝夜로 治病할 졔 왼갓 藥을 다 씨던이라 人參 牛黃 麝香이
며 敗毒散 正氣散 瓊玉膏 紫金膏 上味丸 八味丸 蘇合丸 淸心丸 아셔라 다
바리고 湯藥을 드리난듸 白朮 厚朴 湯黃 ○北 神湯 庠角耳 痲物 瓜蔞枳○
加味大補湯 八寶回春湯 鳥藥收 ○散川

〈1-뒤〉

芎茯芩○ 大美活勿 小美活勿 大紫胡勿 小紫胡勿 痲黃 附子 甘艸 勿眞人和
雪物 人糞黃金○ 神農氏 百草藥을 아모리 다 드려도 差效ㄱ 젼혜 업셔 万
無回春之道호고 誰得名醫之救라 靈德殿 놉흔 집의 볏 업시 홀노 누워 으롬
을 우난듸 倉의 우음과난 달뜬이라 머리을 뒤흔드려 ㄱ며 진몸을 더들멱이
며 往往히 우난 소리예 三海龍王이 잠 훈 졈을 잘 이 업늬 楊床을 탕탕 두
다리며 기리 長歎 우난 말이 天無烈間濟이호고 海不揚波太平훈듸 수궁의
忠具로셔 怪異훈 病을 어더 南海宮의 누워신들 날 살이리 뉘 인난ㄱ 이도
또훈 天命인지 國運이 不幸훈지 할 일 업시 나 죽건네 哀孤哀孤 울던니 호
로난 살펴본니 祥雲瑞露宮殿을 위덥푸셔 飄風細雨 말근 긔운 四面으로 두
루던니 靑衣道士 나려온다

〈2-앞〉

靑霞衣을 썰쳐 입고 白雲車의 놉피 안져 空中으로 나려와서 再拜人事 엿즈
오디 弱水 三十里예 海棠花을 귀경ᄒ고 白雲瑤池宴의 千年碧○ ○○자고
ᄀ옵더니 風便의 듯사온니 大王의 患候 萬分危重타 ᄒ옵기로 잠간 뵈압고
ᄌ 왓스난이다 廣利曰 道士난 病든 날을 보라 ᄒ고 陋地예 枉駕ᄒ시니 엇
지 感激지 안니ᄒ리요 원컨디 道士난 惶惶 니의 病을 即效할 藥 일으소셔
道士 엿즈오디 大王의 病勢을 보온즉 藥으로 議論할 길이 업스온니 잠깐
血脈이나 보스이다 차례로 脈을 볼 졔 少商魚際內間間使曲池肩髃○中鳩尾
承上太沖上三里下三里前○脈이 다르으나 肝脈이 驚動ᄒ고 脾胃脈이 당긔기
난 陰陽으로 난 병이요 四支을 不用ᄒ고 두 눈이 캄캄 어둡기난 肝經의

〈2-뒤〉

든 病이요 비위 상믹ᄒ고 口味을 쑥 졋치기난 腹腸의 든 병이요 虛汗이 沾
背ᄒ고 마음이 실푸기난 懷胞의 든 병이니 陰虛火動의 黃疸 黑疸 酒疸 色
疸을 兼ᄒ엿사오니 大王이 年日의 酒色을 탐ᄒ여 계신잇ᄀ 王曰 그난 그려
ᄒ온이다 春日이 和暢ᄒ야 豪興이 洋洋할 졔 슐 안니면 어이ᄒ며 月明紗殿
의 轉輾不寢 할 졔 色 아니면 어이할ᄀ 道士 엿즈오디 ○○ 그려ᄒ온니다
슐이라 ᄒ옵난계 伐性之往藥이요 色이라 ᄒ옵난게 亡國之根本이라 이려홈
으로 夏禹氏ᄀ 儀狄을 니치시고 周나라 姜太公이 妲己을 베엿신니 一國의
君夫로셔 酒色을 탐할잇ᄀ 肺腑의 미친 病이 骨髓의 드러신니 蓬萊山의 加
年草와 瀛州산의 還魂記라도 回春할 길 업사이온니다 다만 ᄒ 藥이 잇난이
다

〈3-앞〉

塵世山間의 千年兎肝이 아니오면 閻羅大王이 同○○○이요 東方朔이가 祖
上이라도 身死是○○○ 누루黃 시음泉 도라갈歸 畢竟의 귀신 귀ᄒ것소 신
○○○ 말이 그럴니ᄀ 잇건난야 잠간 웃ᄌ난 말이엿다 廣利曰 神農氏 百草
藥이 엇지 약이 안니 되고 兎肝이 藥이 된단 말이요 道士曰 大王은 辰이요
퇴기난 卯라 卯乙糞은 陰木이요 艮辰戌은 湯土라 木克土ᄒ니 陰湯相克으로
약이 아니 되난잇ᄀ 廣利曰 비록 그러할지라도 예말을 니 드르니 昔者의
秦始皇은 萬來之位威嚴으로 長年○을 ᄒ야 ᄒ고 童男童女 五百人을 ○遂三
山ᄒ 然後의 驪山松栢 鬱鬱蒼蒼 人孤噴帝○라 사우나은 大丈夫요 영악할
손 天子○○로 고만 要不老年을 못 어더셔 白楊寒月의 英魂을 　○追ᄒ고
○

〈3-뒤〉

靑山의 消息이 永絶ᄒ여 五十의 죽엇잇고 万古英雄 氵夫太祖도 五十三의
죽엇시니 盛衰興亡이 씨ᄀ 잇고 壽命長短在天이라 비록 그러 할지라도 퇴
기라 ᄒ난 놈이 白雲流水無定處의 是非업시 단이난디 어디 가셔 구한잇ᄀ
익고익고 셜운지고 道士曰 泰少之下有　問之曲ᄒ고 仁義之下의 유박후지사
ᄒ고 堯舜도 下有樂陶之臣이라 大王如天○○을노 엇지 成功之臣이 업살잇가
萬朝百官을 一時下問ᄒ옵시면 훈 신하라도 塵世예 나가 퇴기 잡어올 신ᄒ
잇시리라 이럿탓 말삼ᄒ고 두워 거름 나가던니 ○忽不見 간디업다 廣利 亦
是 그러ᄒ야 萬朝百官入待ᄒ라 下敎ᄒ옵시니 朝臣이 드려오난듸 臣下로 爲
名ᄒ여 드려오며 職品이 업건난야 졔의 게 직품이

〈4-앞〉

그리 디단할야마난 고기라도 먹어 보와 맛시 조흔 놈이 직품이 놉던이라
神鮫毒蟹은 踊躍後前ᄒ고 長鯨大鯤은 奔馳左右ᄒ야 爭先後로 드러온다 承
相거복 承旨도마 判書민어 注書오증어 翰林박대 正言이어 大司憲도로목 大

將범치 部將로구 備邊郎승디장디 校理修撰낙지 고등어 持平 掌令청다리 가
오리 禁軍羅卒左右巡令首 흰구 모지리 魚元參軍남성이 鼈主簿ㅈ리 宣傳官
날치 守門將물며기 蟹雲公방게 鰕郎廳시우 蚌僉使조기 參議判書홍어 광어
都監中軍디구 명티 兵使청어 御使슝어 參防부어 셔디 밀증이 모아 마지 눈
치 암치 멸치 준치 허리진 갈치 밋금 비암장어 슈만흔 곤지미 돌밋티 가지
며 ○○ 산쏭이 장쏭이 올창이 송차리 밋쑤리 청○구리 낙거마니

<h3 align="center">〈4-뒤〉</h3>

우렁까지 호도독 포도독 츌넝 틈병ᄒ던이 左右로 伏地聽令ᄒ니 王이 臣下
라고 불너 노코 본즉 三四月 沒市平 씬 큰 生鮮廛 ᄒ나을 抛設ᄒ엿구나 王
니 下敎曰 어졔 老道士을 만나 약을 지시ᄒ되 塵世山間의 千年兎肝이 약
되리라 ᄒ되 諸臣 中의 뉘 능이 塵世의 나가 퇴기을 ㅈ바ᄃ가 朕의 병을 구
ᄒ리요 魚頭鬼面이 面面相顧ᄒ고 默默不答이라 가졔의까지 傳相告引 ᄒ난
말이 大王의 患爲난 萬分危重ᄒ신디 下敎 쏘흔 이러ᄒ시되 臣子道禮로 成
不成間 나가야 오를덴디 뉘을 보닉잔 말인야 明太 ○○房 네 나ㄱ 보와라
ㄴ 못나가것다 엇지 고 말인야 世上의 나ㄱ면 흔이 씨난게 날네라 다른디
사룸은 무시하고 咸鏡道 사룸덜니 날을 보면 限死ᄒ고 잡아다ㄱ 칙 ○나
골

<h3 align="center">〈5-앞〉</h3>

옵시리 나 뒤쏙지 막쎄여 시물식 쎼을 지어 너룬디 ○○○ 江邊의 밧삭 말
여 큰악흔 비예 數十 쎼을 쳐 실코 沙津 쥴리 공기 江鏡이 羅浦 西浦 昌原
馬山浦 짐갓디 디여노면 閭閻倉은 姑舍ᄒ고 酒幕장이 더리 달여 드려 빗스
면 흔 돈의 三四介라도 바더다가 통통 쑤드려 잘게 쩨여 ㄱ진 양염 고초까
리 고로 셕거 五分床의 흔졉시만 노면 七分 디돈을 들고 쎄니 죽염을 셰아
리면 시물 다셧 변 죽엄이나 ᄒ난듸 어듸을 간단 말인야 네 私情도 그려ᄒ

다 야 게히셔방 너 좀 나가 보와라 게란 놈 열발 짝 버리고 살살 긔여 드려
오던니 야 나도 못 나가것다 엇지 그말인야 니그 大足은 兩足이요 小足은
八足이라 가기난 어렵잔ㅎ나 世上의 나그면 九十月을 당ㅎ야 약장 찻타ㅎ
고 구멱 파고 살을 믹고 슈슈거리 그물질 낫낫치 즈바다가 무근 간장

〈5-뒤〉

의 늣다가 푹 사근 후의 니여다 짝지 쩨고 양염 헛쳐 쎄알나 먹어 바리니
제골가심도 업쥭난걸 어듸을 간단말그 네 사정도 그려ㅎ다 도미 都書房 너
좀 나가 보아라 네그 長廣尺數 갓고 不○心 ㅎ게 大事成功할 듯ㅎ다 도미
란 놈 픅ㅎ고 니겨던니 야이 소니리도 마라 시방 풋고살리그 혼창인듸 어
듸을 간단 말이야 公論이 未決할 졔 廣利 망망 歎息ㅎ되 엇던 나라난 忠臣
이 잇셔 割股事君 介子推와 詑楚死   紀信이도 죽근 人君 살엿신이 君臣
有義 ○ 할시고 니 라나난 一忠臣이 업셧신이 어이 안이 寃痛ㅎ리 의고 의
고 正言이 엿즈오듸 龍疾○地ㅎ오면 枯旱三年이라 ㅎ엿사오니 玉體을 安保
ㅎ옵소셔 世上이라 ㅎ옵난게 人心이 無○ㅎ아 水國鱗甲 얼는ㅎ면 잡기로만
○○ㅎ온이 智慧 勇猛

〈6-앞〉

업난 者난 成功치 못ㅎ옵고 죽기가 가련ㅎ온니 ○○○ 보너지 못ㅎ올이라
王曰 承相 거복이 엇더ㅎ고 ○○ 엿즈오되 知臣은 莫如主라 承相 거복은
등의 何話圖書을 点点니 긔려쌉고 智略은 만ㅎ오나 복판니 디논 고로 世上
의 나가오면 다토와 잡어다그 비즈고루살미리 網巾毋貝子풍잠니여 宕巾 밋
티 묏쏙기까지 ㅎ다 ㅎ니 보너지 못ㅎ리다 蚌蛉使 조긔가 엿더ㅎ고 蚌蛉使
로셔는 身甲니 굿굿ㅎ야 防身之計는 좃사오나 古書의 이르긔을 徐觀蚌鷸之
勢ㅎ야 坐收漁人之功이라 鷸鳥라 ㅎ난 식그 죠긔을 보면 나라드러 鷸鳥난
죠긔 물고 죠긔난 鷸鳥 물고 셔로 놋치 아니할 졔 漁人의게 모도 잡피여 두

슈업시 죽울테니 보너지 못ᄒ리라 鰕신

〈6-뒤〉

우 엇더ᄒ고 시우난 勇猛이 超等ᄒ야 ᄒ번 씌기난 잘 ᄒ오나 眼 睛이 突出
ᄒ야 短合ᄒ 氣象이라 보너지 못ᄒ오리다 守門將 물머기 엇더ᄒ고 물미여
기난 鬚長口大라 슈염이 질고 입이 커 風神은 좃사오나 食量이 너운고로
世上의 나가오면 조고만ᄒ 셰니물의 쥬린 口腹을 치우라고 여긔져긔 당일
젹의 斜風細雨不須歸라 ○○ᄒ져 漁翁이 입감쎄여 당쥴 낙시 貪食으로 덜
셕 싱겨 단불요디 낙거다가 痢疾 腹疾 冷病 泄瀉 뎁든 閒良 슐병 풀기난 唐
材로 실테온니 보너지 못ᄒ리다 出使海狗가 엇더ᄒ고 그놈도 못 보너지요
그놈은 筆韻이 絶人之力이나 腎徑이 죠ᄒ고로 식을 보면 쩌날 줄을 모로오
니 色○止身이란이 그런 淫男의 아들놈을 어듸을 보닌단 말이요 公論이 未
決할졔 靈德殿

〈7-앞〉

뒤의로셔 ᄒ 신ᄒ 나오난디 陰目短足으로 長頸烏喙니 이난 鼈主簿 자리엿
다 앙금앙금 드러와 鞠窮四拜ᄒ고 上書을 ᄒ난듸 惶恐伏以臣은 上言于主上
殿下 ᄒ옵니다 臣은 聞大舜은 ○○이 嵬嵬ᄒ사 南風王絃琴의 景星이 ○天
ᄒ고 周成王은 仁義蕩蕩ᄒ사 天無烈風謠雨ᄒ고 海不揚被 三年之間의 白雉
을 進須ᄒ고 黃河千一之淸과 ○○神馬之出이 壯於大王之聖○이온대 春㙉日
月과 玉燭乾坤이 莫九水府며 莫九龍宮이라 臣은 忠臣之後裔로 錐處○中의
脫穎而出ᄒ던 毛遂之才와 呑炭爲啞의 行乞於市ᄒ던 豫讓之忠과 二國을 從
合一 하던 蘇秦의 口辯과 七擒孟護ᄒ던 孔明의 智略을 藏○胸中ᄒ왓시니
何患求得山間一介兎○잇가 伏願

〈7-뒤〉

聖上은 擺脫紛傳之議ᄒ시고 ○令臣으로 斯速出世ᄒ라 靑山兎 一首을 損致
於殿下ᄒ와 玉體安寧 ᄒ옵심을 臣의 所願이로소이다 廣利 보시고 稱讚曰
忠哉라 主簿여 臣哉主簿여 비록 그러할지라도 仁國之善은 敵國之讐요 孔門
之良은 원문지도라 蕭何韓信을 沛公은 보면 忠臣이요 項羽난 보면 盜賊이
라 卿은 水國忠臣 이연만은 世上 人民 上下업시 솟조흔 쇠꼬치로다 질너
잡난단이 그 안이 危殆ᄒ가 水路 陸路 相距千里 碧○萬頃蒼世ᄒ듸 白雲이
九萬里라 幽顯이 路殊ᄒ니 엇지 셔로 밋칠손야 자리 엿즈오듸 그난 大王이
조금도 염예치 마옵소셔 臣이 목을 니고 드리고 頭客直을 잘ᄒ옵고 쏘ᄒ
鳴門宴擁盾直入○會씨던 도리방퓌을 세울의 아죠 졋지

<h3 style="text-align:center">〈8-앞〉</h3>

오니 쇠솟도 무셥잔ᄒ옵고 視思○ᄒ와 보기도 일슈 잘ᄒ옵고 聽思聰ᄒ와
듯기도 일슈 잘 ᄒ옵고 쏘ᄒ 발ᄒ염을 잘ᄒ와 물 우의 번뜻 쩌셔 망보기을
잘 ᄒ오니 人間逢敗은 족곰도 업사온나 臣이 海中之所生으로 퇴기 모양을
모르온니 容貌을 仔細히 글여 쥬옵시면 이졔 잡아 밧킬이다 廣利 반기 여
겨 畵師鮫人 급피 불너 퇴기 畵像 글이얄 졔 洞庭琉璃 靑玉硯의 거복 硯滴
金水淡 烏賊魚로 먹을 갈여 丹靑彩色 고로 셕거 靑年 花紫金紙예 細細揮筆
그려날 졔 峨眉山 月半輪秋의 望月ᄒ난 눈 그리고 落花寂寂啼鳥의 소리 듯
난 귀 그리고 麝過春山幽無目香의 닉 잘 맛난 코 그리고 碧○紅○春○○의
꼿 짜먹난 입 그리고 遠山寒山 近遠間의 往來ᄒ난 발 그리고 嚴冬

<h3 style="text-align:center">〈8-뒤〉</h3>

大寒 雪○○의 防風ᄒ난 털 그리고 두 귀 쫑○ 쏘리 못착 네 발 못독 허리
잘숙 左偏의 靑山이요 右偏의 綠水로다 綠水靑山 두 시히예 桂樹나무 그늘
숙의 들낭날낭 오락ᄀ락 앙금조촘 긔난 거동 靑山兎 望月兎가 이예셰 타할
손야 열는 그려니 쩌리이 자리 퇴기 畵像 바다들고 塵世의 나올 젹의 물 안

뭇치고 나올 일이 심난ᄒ구나 ᄌ리가 行裝이 잇시량이면 부담 농속의 넉코
온다던지 디련 쇽의나 넉코 나오던지 ᄒ단 말리셰 行裝이 엽난지라 강직할
디ᄀ 잇나 조희예 그려시니 물 무듸면 다 허여질데니 엇지ᄒ여야 오을고
大事成功할 意見이라 畵像을 되게 말더니 목을 쑥 쎼고 데슉이여다가 馬夫
치촉 쏫듯 쏩고 목을 잔득 움쳐 노니 막쏭창ᄌ ᄒᄒ고 나려갓졔 물 한셤

〈9-앞〉

무들 비 업고 십상 잘 되얏졔 龍王前의 下直하고 졔의 집의 도아온니 자러
갓튼 微物이로되 夫婦有別이 잇셔 짐진 암ᄌ리 비바닥 보얀흔 놈이 나오더
니 슐ᄌ리을 부여잡고 말유하여 이은 말이 여보시오 여보시오 어듸을 어듸
을 가라시요 마오마오 塵世山間 ᄀ지 마오 그듸 만일 나갓다ᄀ 客死塵世
하거드면 沙場白骨 어이ᄒ여 骨暴沙場 훗터져셔 烏鵲의 밥이 되들 뉘라 휘
여 날여슐가 ᄀ지 마오 ᄀ지마오 졔발 덕분 가지마오 世上消息 니 들으니
왕비탕이 別味라고 곳조흔 쇠쓰치로 다 질어 잡난단이 졔발 덕분 ᄀ지 마
오 力拔山楚覇王도 范增의 말 안이 듯다 烏江水 져문 날의 英魂이 ○○흔
이 엇지안이 可憐ᄒᄀ 부듸부듸 ᄀ지마오 鼈主簿 이은 말이 어 이게 웬말
인ᄀ 大丈夫 出世ᄒ야 立身世揚名흔 然後의 ○事ᄒ고 俯

〈9-뒤〉

育妻子通万古之臭亡이요 垂而谷前竹○이라 이 니 몸니 신ᄒ되야 나라을 셤
글진듸 死生間의 할 일이요 망흔 말 니지 말고 ᄀ만 잇쇼 그러ᄂ 나난 ○○
을 밧ᄌ와 塵世間에 가거니와 無論上中下ᄒ고 집안의 外人이 出入ᄒ면 誤
蒙得談ᄒ것다 이웃집 南星이란 놈 엄금엄금 단이난 것 니 보기 실터고 집
안을 단속ᄒ고 塵世예 나올젹의 水晶門 밧썩 나셔셔 ○○滄浪 거더잡고 上
界을 바라보니 湖口天邊日輪紅은 扶東의 놉퍼 듯고 漁丈付의 기ᄀ짓고 回
○峰의 구름 일고 芦花난 눈이 되고 浮萍은 물의 쓰고 漁翁은 잠을 자고 水

鳥난 펼펼 나라든다 洞在如天 波始秋의 今夕秋在 어리로다 압발노 滄浪을 찍어 달이고 뒤발

〈10-앞〉

노 碧波을 툭툭 차며 앙금앙금 놉피 쩌셔 左右偏을 ○○ᄒ니 天邊坐山十二峰은 구름 속의 소사잇고 海邊瀟湘一千里난 눈압피 경이로다 岳陽樓 놉은 집의 杜子美 지은 글은 洞○로 秉雄ᄒ고 蒼梧山 져문 구롬 南臺前 발근 달의 五絃琴이 씬어졋다 雲間의 가난 靑鳥 沃武帝의 片紙물고 瑤池宴의 도아들고 南浦의 나난 혼鳥 쏘각달 武關속의 楚○왕의 寃魂이라 江沃의 橘濃ᄒ니 黃金이 千片이요 芦花의 風起ᄒ니 白雲이 ○点이라 嘶霜七澤影傳吳요 叫日三湘○○楚라 北方消息 져 거력기 白雲天際万里邊의 口色口色祥이 셧드련다 大海을 다 지니여 靑山碧溪 모리 속의 ᄀ만이 藏身

〈10-뒤〉

ᄒ고 千峰萬壁을 바아본니 ○景○ 구름속의 鶴仙이 울어잇고 ○山東南五花峰은 虛空의 소사잇고 건녠 山 빗긴 길노 윗갓 김싱이 나려온다 이날은 山神任主日인 고로 윗갓 김싱이 禮拜次로 오던ᄀ 부더라 孔夫子作春秋의 絶筆ᄒ던 麒麟이며 三○司命蠢動時예 天子玉輦 쏘키리며 玉京仙官來彼할졔 風彩조흔 獅子이며 西伯의 渭水산양 非熊非비 곰이로다 ○○平沙 塻浪中의 ○○ᄒ던 다라미 江水東流○在○의 실피우난 잔나비 山林風 ○○○中의 起 ○○中 포범이며 伏羲氏○犧牲의 질러니던 老羊少羊 쌀죠혼 사심 털조혼 너구리 앙금 슙금 승양 밋돗 끽만혼 여

〈11-앞〉

희 날닌 노루 간ᄉ흔 묏쥐 튀기퇴기 가루쮜고 바루쮜고 아죠 펄펄 나려올

○ 즈리 퇴기畵像을 김성 나려오난 셜목의다 花柱曆 폐놋듯 펴여노고 ○揀
ㅎ여 보던이라 털 싱기고 귀 싱기고 혼계 건짐 빗밋빗밋하거든 모도 初面
이라 분간할 슈 잇나 예라 져 만이 나려오난 ○中의 應當 퇴기도 올 것시니
拍名ㅎ야 불여볼 발긔 슈ㄱ 업다 ㅎ고 불은잔이 퇴기야 혼즉 졔 일홈 갓텃
면 농업다고 안니 올것시요 兎先生 허잔니 니ㄱ 되고 제짜진 놈더려 兎先
生 ㅎ여 쥬잘 것시 업고 兎書房 허잔이 시골 物情의 乙方 말나부다 할 것시
요 兎哨官 허잔이 졔 골의셔 軍務從事의 단인지 안니 단인지 모로고 兎都
슈 허잔이 이놈이 着笠을 허엿는지 아니 허엿난ㄱ ○○○자탓 屈

⟨11-뒤⟩

이란니 늬 尊稱ㅎ야 불을박긔 슈가 업다 ㅎ 兎生員ㅎ고 불은단넌게 遠海風
中의 물살의 치여 아리턱이 구더쩐지 속은 兎生員이 되고 거족은 입이 그
루쳐쑤나 퇴퇴虎生員ㅎ고 불너노니 일홈 임즈ㄱ 虎狼이라 나려오난듸 디단
혼 즈ㄱ 나려오던이라 혼 김성이 나려온다 나려온다 松林 집푼 골노 혼 김
성이 나려온다 몸은 을승덜승 꼬리난 혼 발 즌뜩 雄壯혼 킨 소리로 朱紅입
을 쩍 별리고 엉금셥젹 나무도 와직근 돌도 썩쩨굴굴 느르쳠 느르쳠 거러
나려와 자리 압피 다달나 흐르령 ㅎ난 소리 山岳이 문어지고 河海가 뒤놉
난 듯 자리 大驚ㅎ야 목을 잔뜩 옴치고 죽은 듯긔 업쳐실졔 虎狼이가 그져
와 안져셔도 무셔울텐듸 즈리을 가지고 놀졔 이 놈이 목이 잇기여 날을 불
너

⟨12-앞⟩

쓰런만은 목이 슌젼 업네 이게 무엇신야 큰 김성이 지혜가 잇난고로 조고
만흔 것실 ㄱ지고 엿느라고 볼알을 못 보졔 발노 쑥 누르던니 뒤집어 노코
보와도 일반이요 업퍼노코 보와도 일반이로구나 졔ㄱ 일홈 한느을 造作으
로 지여 불너 보와 야 듕굴아 들고 만허 본이 비쳑지근혼 니ㄱ 난니 口味

죠흔 놈이 먹을 욕심이 잔득 드러던가 부더라 그례도 속을 모르고 먹기난 智慧가 안인고로 이놈이 가지고 노난듸 異常ᄒ계 싱겻다 孟狼ᄒ게 싱계네 옹골지게 싱겨네 맛지게도 싱겟다 술리박구 갓다만 궁거업셔 아이요 나무 졉시 갓다마난 굽이 업셔 아이요 숫쑥겅 갓다마난 꼭지업셔 안이요 밀북구 미 갓다마난 고슌 니ㄱ 안이나고 누워말은 쇠쏭인ㄱ 엇그계 소너기러 비마 진 자옥이 업시니 그도 아니노구나

〈12-뒤〉

四面을 無限이 살펴던니 피야의 하날을 치아다 보와 올코 이게 하날임 쏭 이로구나 놉흔 듸셔 나려져셔 밋시 납작ᄒ구나 에라 人間別味니 먹즈 자리 속으로 먹잔 말을 듯던니 질식ᄒ야 이고 口味 존놈이 나려왓나부다 千室遠 ○의 나와다가 成功도 못ᄒ고 단거름의 죽난 일을 싱각ᄒ니 寃○之心 그지 업다 속으로 두런거려 우난듸 忠誠 二字을 안이노코 우던이라 못보건네 못 보건네 병든 廣利 못보건네 니 忠誠이 不足턴가 身運이 不幸ᄒ가 客死塵世 이 니 八字 明天感動ᄒ와 우리 廣利 보게ᄒ요 이고이고 울다 싱가ᄒ니 울 음으로만 사라날 길이 업셔난 일이로다 이놈이 날을 무엇신줄을 모로고 먹 즈난 놈이니 니 일홈을 바로 일네줄

〈13-앞〉

박긔 슈가 업다 힝혀 져놈ᄒ고 相克이 되여도 속으로 니ㄱ 즈리요 虎狼이 듯고 반긔여겨 오 네ㄱ 자린야 平生의 왕비탕이 원일너니 언계 탕ᄒ여 먹 을야 회로 먹자 이고 먹을 줄도 쏙아난 놈이 왓구나 뉘ㄱ 자리라고 귀구먹 이 다 좀 먹어느부그려 ᄒ면 무엇신야 니 南星이요 남셩이 승어왕비탕이로 다 ○의 ○唐材라 먹자 이고 원슈놈이로다 뉘ㄱ 남셩이라고 네 그러면 무 엇신야 니 둑겁이로쇠 홀쇼륵 오 둑겁이 너옥 쏘타 六七月長魔 슷틔 잡은 둑겁이탕을 먹으면 瘀血病이 다 풀이난이라 그져 먹자 이놈이 들고 먹기로

만 드니 쥭을 박긔 할 일 업셔 예라 목 음쳐너두고 쥭을 바삭이야 달놈업다 목이나 마쥬 닉여 世上구경이나 다시ᄒᆞ고 져놈 모양이나 仔細히 보고 쥭으랴고 목을 닉여 노난듸 ᄒᆞᆫ

〈13-뒤〉

뼘쯤 되난 목을 千○발 될듯 기별여 닉여 뭉계뭉계 조츰조츰 열흘 나와도 팡지잔할 듯긔 ᄒᆞᆫ 달을 나와도 지치잔홀 듯긔 ᄶᅡ약ᄶᅡ약 비비 틀어 쏙 쎄논니 흔적업던 목이 왈작 나오난구나 虎狼이 감짝 놀닉여 뒤으로 물으창ᄒᆞ며 ᄋᆡ고 이놈음 목이 나온다 虎狼이 어이업셔 무러보와 그게 다 네 목인야 아직 나갈나면 멸여심네 다 나어노와라 어듸 보ᄌᆞ 다 나여 놀닉도 살려놀듸 업셔 못 닉놋커심네 이런 놈의 목이란니 사려놋타 말지라도 다 닉어노와라 닉 목 다 나가자게 늘거 쥭자할 노룻셜 엇지 할가 虎狼이 긔가 믹켜 너난 목부자로다 ᄌᆞ릭 ᄀᆞ만이 보니 虎狼이가 졔 목한틔 좀 질인난 氣色이 잇시이 이놈이다 긔ᄒᆞᆫ변 밧싹 써보와 딗쳬 게셔 뉘라 함나 ᄋᆡ고 이 不知怪物 연셕

〈14-앞〉

이 어룬하고 通性名ᄒᆞ러든네 나난 百獸之長山君이요 名曰 虎狼先生이라 ᄒᆞᆫ다 너난 무엇신다 나난 南海龍宮 輔國忠臣 諫議大夫 主簿佐郎 鼈나리라 ᄒᆞᆷ네 虎狼이 無識ᄒᆞ야 자리 별ᄌᆞ 모르고 별나리 별나리 네ᄀᆞ 그져 나리라도 어려운듸 별나란 말인야 그놈 등어리난 식로 싼 쇄목빗 됫난 놈이 職品은 도오놉다 그려ᄂᆞ 職品 잇난 자식이 예난 어이 나왓시며 목아지난 엇지 들낭날낭 우명거지 되얏난야 닉 목이 우명거지 되야이고 지나온 닉력을 자셔히 드러볼남다 그놈의 것 용골지계 말ᄒᆞ여라 들어보자 쏘 듯다가 닉쎌나고 닉가 네 ᄒᆞᆫ틔 놀닉야 닉쎈단 말인야 쏙 드러봅소 우리 水宮頹○ᄒᆞ야 千○間 지와 집을 식로 重修ᄒᆞ올 젹의 닉 손실노 盖宅

〈14-뒤〉

혼다 이 골이고 져 골이고 골골이 이여가다 츈여씃틔 도라들졔 혼 발 지치
뚝 쩌러져 목으로 잘칵 나려져 우멍거지 되앗기로 名醫다려 議論혼직 虎狼
이 씰기 먹엇시면 卽效ㅎ리라 이르기로 道路往鬼神 잡아타고 匕首劒 가라
차고 虎狼 산양 나왓시니 게ㄱ 진졍 虎狼이면 씰기 혼 보 못쥬것슴나 도로
광을 부르며 달여드니 虎狼이 엇지 놀닛쩐지 펄젹 쮜여 나려안지며 허 그
놈의 것 出行日이 不吉턴니 우순 것슬 보들여 ㄱ지고 일연 困境이 잇나 ㄴ
쎄잔이 ○風彩ㅎ고 不可使間○泰仁邑內塲이요 안져 바위잔니 져놈 속을 알
슈업고 니삘나고 도라셜 지경의 져놈이 무신 作梗 할 쥴도 모로고 붓들어
잡은 비 업시 은근이 잡펴 안져 각씀 뒤을 도라

〈15-앞〉

보머 눈을 비마진 쇠뉜 씀젹인듯 씀젹씀젹ㅎ고 안져실졔 즈리 가만이 본즉
그졔난 졔혼틔 꽉 질인 긔상이로고 나다긔ㄱ 봄날 안기피듯 ㅎ야 뎌쳬 간
니쥬고 씰기 니쥴 비 업시 아카 싱킬눈다 ㅎ엿신니 구미 죠흔 짐의 싱컵소
싱켜 虎狼이 져놈혼틔 놀니기난 단단이 놀리씬니 원간 口味 죤 놈이라 먹
을심 두고 말을 ㅎ여 싱켜면 엇져건난야 싱키이면 드려가졔 엇지여 虎狼이
말은 漸漸 죽지고 자리 말은 漸漸 일어셔는게 可觀이엇다 들어가면 엇져건
난야 드러가면 니달닐 비 업시 丸子낫 콩팟낫 口味 닷난디 디로 먹졔 엇지
예 먹으면 엇져건난야 졍 먹눌건만ㅎ면 게셔 살임사리ㅎ고 살졔 엇지어 니
가 老來의 鱉腸이 든단말가 굴어면 쏫 엇져건난야 게쳐 살기실으면 쎌롤
다 먹고 가

〈15-뒤〉

죽만 무움씨고 富子집의 갓시면 돈 열 딘양 아이 쥴가 싱킵소 싱켜 앙금앙
금 드여ㄱ니 虎狼이 긔ㄱ 막켜 져직 못가것난야 오 말이나 날남날남ㅎ소
니 입으로 드려ㄱ셔 간 다니려 먹을텐지 입으로 드려ㄱ단 말듯고 입을 싹
엉물고야 실어부아들놈야 오 요련 놈은 이판의 쏫차악씰 참이로구나 道路
往鬼神게 잇난야 龍宮匕首劍 씌여 들고 虎狼이 비갈나라 펄젹 쮜여 虎狼이
아리 틱을 물고 집신짝 미달이듯 디룽디룽ㅎ니 虎狼이ㄱ 엇지 겁이 낫던지
횈 쑤려논니 털 훈 쥼이 문덩 쌔져 나려지여 이놈이 다라는난듸 날닌 김싱
이 오직 ㅎ건난야 起○帳中○下城楚歌○의 놀닌 伯王○圍南出格으로 ○○
析○ 살씌가듯 귀약통 펄젹 鐵丸닷듯 太山乙 등지고 이산 져산 번듯

〈16-앞〉

벗듯 山과 물을 마구 건너 暫時間의 百里가 二頃刻間의 千里가고 굴근 맛
치 노와가며 뒤도 가금 돌아보며 우두등등 가만가만 ㄱ다가도 솔방울만 쩌
러져도 억게 후다짝 후다짝 쑥ㅎ고 쌔논거시 咸鏡道 亞水羅近方의 다라나
든가 부더라 산터 북녁이예 가안져 몸치 도라보며 壯談ㅎ게 니 壯力이 안
이더면 道路往鬼神훈틔 큰일날번 ㅎ엿꼬 그놈을 口味 조흔짐의 싱켜쩌면
그놈이 니속의 도려가서 훈쪽의다 官廳排設ㅎ고 니속의 것 다 먹은둘 할
슈닌나 안 싱켜고 도망ㅎ야 온 일 싱각ㅎ면 祖上이 술밧퇴로 움숙 들어가
쑤나 제 몸을 될아본이 영악훈 발톱니 다자다자지고 탐딘 털이 무어지고
살졈이 쩌려져구나 놀닌 거시 몸의 ㄱ 비여셔 공연이 안줏

〈16-뒤〉

다ㄱ 진져리쳬계 잇 짯예 즈리은 虎狼이 멸니 좃차졔 즈리 싱각ㅎ되 虎者
山之靈神이라 니 지리 보자고 니러온 것시니 情誠을 극진이 들려 퇴긔을
만나보리라 長松 졋가지 직근동 분질려 岩上을 살살 씰고 막고 말근 시니
물의 모욕지계 경이ㅎ고 銀魚丹 치잡아 니려 牛羊을 代ㅎ고 잠비 문비 銀

杏 살구 實果삼어 올너놋코 ○蔘人蔘○芽○物 菜蔬삼아 올어놋코 조고만혼
상수리잔의다 甘露水을 가둑 부어 祭酒삼아놋코 岩下의 쑤려안자 落葉으로
拜席ᄒ고 祝文지여 읍던니라 維歲次甲申八月乙卯朔十五日己巳南海水宮訓
練主簿鼈은 敢昭告于皇天○ 名山神靈之下伏○近日水府靈德殿을 新倡ᄒ야
萬已無惶이라 吾王未寧의 于今三朔의 ○劑고로 不量其力ᄒ고 四海登陸이라
○與兎로

<h3 style="text-align:center">〈17-앞〉</h3>

所每平生니라 猝然上危라도 鹿耳을 誰辨ᄒ○ 神監孔昭ᄒ사 庶咸茲者杜○所
願ᄒ소셔 謹以酒酌奠獻尙饗 祝文乙 告혼 後의 혼곳질 바라보니 혼 김싱이
나려오난듸 形容이 端正ᄒ야 月出精氣을 품은 듯혼지라 즈리보고 大喜ᄒ야
畫像을 펴여놋코 찬찬니 살펴보니 山中如畫中兎요 畫中兎如山中兎라 이놈
이 的實 퇴긔로다 영낙 아이면 승낙이요 불틔 아이면 지틔로다 악가난 그
릇불너 죽을 욕을 보왓거니와 이변은 工夫ᄒ야 부르리라 퇴퇴퇴 兎生員ᄒ
고 불너논나 김싱 즁의 방졍마신 서슨 퇴긔갓튼 깃시 업것다 兎生員 말을
듯더니 혼번 깡장 쒸여 귀을 발발 썰고 듯더니 니 ○山中의 數白年을 잇셔
도 퇴긔 二字 못면ᄒ고 生員二字 못듯더니

<h3 style="text-align:center">〈17-뒤〉</h3>

뉘ㄱ 날을 窮班 죽으로 도라보니여 부르난듸 니 地體안난 무엇시 왓나부고
니고 현 말이졔 이 山中關散은 벗것다 生員二字의 方正마진 마음이 다아나
고 단참의 단참의 졉잔ᄒ기로 드난듸 萬古○○○子와 同品 될쥴노 쑤미고
나려오던이라 게뉘시ㄱ 날을찬나 날을찬나 其山潁水別乾坤의 巢父許由 날
찬나 商山의 四皓先生 바돌 뒤즈고 날을 찬나 竹林의 모던 七賢 슐 먹자고
날찬나 赤壁江秋月의 蘇子○이 날찬나 蓮花峰石橋上의 八仙女 날찬나 詩中
天子李太白이 騎角帝上天 ᄒ난길의 함긔 ㄱ즈 날찬나 쌍장쌍장 나려오다ㄱ

졔 精神이 도로 들던니 졔 말을 ᄒ여 나려온다 건네산 과부퇴기 花草屛風
둘너치고 ○房 삼자 날찬나 너구리 스심리 날찬나 승량 미됫시

〈18-앞〉

날찬나 산달피 슈달피 날찬나 쌍쌍쌍쌍 나려온다 자리 퇴기 찍찐구리을 딱
ᄒ엿쎄 퇴기 디굴디굴 쑹글어 예 좀 만져줍소 자리난 안건더려도 잘 드려
ᄀ던가 부더라 즈리 속의셔 ᄒ기을 졔라 건방지계 오다ᄀ 담밧ᄀ 남다려
만져달나고 너 만져쥬면 컨이와 吾臭도 垂三尺이로다 퇴기 보더니 이놈 목
이 곳 여긔 잇더니 어디로 갓네 이놈이 도라안졋난야 이런 놈 보소 世上의
목 감츄난 놈도 다잇네 이게 무엇신야 낙기질군 方席도 갓다 안질 즈리로
니 쌀고 안져보와 원간 方正을 크게 질문 놈이라 方正 안 부리난듸ᄀ 업계
쮜어오를나고 ○○ 별으더니 쌍장 쮜여올나 궁둥이을 가불으며 엿다 그것
단단ᄒ다 즈리 싱각ᄒ되 이놈이 퇴기갓튼면 간지 들어씰테니 간곳더시면
근슈가 소담할졔니 니 좀 들마 츄어불박긔 들셕들셕ᄒ니

〈18-뒤〉

퇴기난 좀도 모르고 오호 숩다숩다 인졔 네 변만 더 들셕거려라 퇴기ᄀ 자
리 腹板을 실금이 눌웅즉 목아지가 쎄쥬쎄쥬루미 ᄂ오다ᄀ 쎈즉 드려ᄀ고
누룬즉 나오니 야 니놈 복판을 눌은즉 ○○ 쑥비여지져 널낭날낭ᄒ난 것
보기 조와라 고데 슉기예다 발을 디고 부렴 잣듯기 쑥 눌너노니 목아지가
이두름 나오듯 쏘약쏘약 나오니 퇴기 쌈짝 놀너여 디글릐 궁글며 니쎌 機
微ᄀ 잇계 자리 얼은 修人事 부쳐 게셔 뉘라 함나 게난이 눌다려 게라 ᄒ난
야 게더라랴졔 무어라 ᄒ건난야 악가난 兎生員ᄒ고 찻더니 건방지게 나려
졔 에이 후레아들놈 당신임이라 못ᄒ건난야 텰억이 승결승결 나고 눈이 도
야지 눈갓트면 당신임이간듸 그레셔 당신임치고 뉘라함나 네 니 根本을
알을난년야 나는 天上月宮의셔 理陰陽順四時ᄒ고 大小月 간음ᄒ던

〈19-앞〉

吏部常書月兎던니 千日酒을 醉케 먹고 不死藥을 그릇 짓타 上帝게 得罪ᄒ
야 謫下人間의 名四屯山 忠兎先生라 ᄒ난 난다 즈리 성각ᄒ되 兎先生이 달
으고 퇴기달은가 ᄒ야 再拜ᄒ고 무어보와 兎先生이라 ᄒ니 퇴기와 몃 촌간
이나 됨나 후례아들놈이려고 아무리 드른 말인난 본으로 어롬의 함즈을 더
히셔 퇴기퇴기예 이 후례아달놈이 的實리 퇴기로고 兎기 有無識을 알을 나
고 文字 한 두 마듸을 짐짓 그릇 쎠보와 久竹○岸러니 兎先生 이리 만나기
난 何相見之万万無據不測 아달이리고 퇴기ᄀ 본이 져놈이 文字을 한ᄒᄂ이
곳디고 씨거던 져놈이 어셜푼 文字 자양을 늬게다 ○나 ○○○○文字의 져
놈훈틔 밀여셔난 世間○○○ 되고 ○○의 兎無識을 못할텐니 암커나 文字
로 져놈을 미려볼박긔 슈ᄀ

〈19-뒤〉

업다ᄒ고 文字을 씨난듸 즈리 퇴기ᄀ 드니기 판으로 分數업난 文字을 假重
업시 씨련이라 말이 낫시니 그렷쳬 別有天地 바디방이 ○利不可 독장ᄉ ᄉ
노고 紅不甘醬이로고 出嫁外人이로고 魚東肉西로고 過門不入이로고 杜門不
出이로고 白晝○○이로고 我歌査唱이로고 明其爲賊은 全羅監令이로고 法之
不○은 장구통 속이로고 ○綠江邊의 馬糞之出이로고 放○通通夕陽風이로고
李縣令非縣令이로고 鹿者禾種이로고 丁口竹天이로고 立春大吉 建陽多慶 가
갸거겨 과궈와워로고 나도 有식하건이와 게도 장이 有識함네 우리 文字 구
만두고 나난 水宮의 사난 鼈主簿넌니이 고디 나와 디ᄒ여 본니 山水兩字이
今日相逢은 果是樂事라 우리 山水之樂이나 자랑

〈20-앞〉

ᄒ고 一場談話나 함이 엇더ᄒᆫ7 그리 하시 그려면 兎先生이 世上의 處ᄒ엿시니 世上興味 ᄌ랑을 먼져 합소 兎先生이 風度7 져러ᄒ고 밉시7 졀할진디 往亂도 만이 ᄒ엿실 것시니 암커ᄂ 世上興味 ᄌ랑을 좀 합소 퇴기 져을 츄어 쥰니 졔가 장이 잘난 쳬ᄒ고 졔라 큰 精氣탄 쥴노 말을 ᄒ난듸 말이 낫시니 그럿쳬 니 몸 한가함이 天地之間無雙이엿다 쏙 드러봅소 日暮英昏 잠드럿다 日出東嶺의 잠을 여 갑업신 山果木實 食量더로 飽食後의 天下의 第一江山 니 집 삼아 ○來할졔 秦國名山○丈峰 ○山東南五老峰과 雲外○山 十二峰蓬萊方丈瀛洲三山万壑千峰九月山을 안이본 곳 업시보고 崑崙山上上 峰을 生生이 긔여올나 林○의 日出구경 牛山○

<h3 style="text-align:center">〈20-뒤〉</h3>

照景을 歷歷커 본 然後의 登太山小天下孔夫子의 大觀인들 이예셔 더 할 수 야 나지면 遊山ᄒ고 밤이면 ○月ᄒ니 ○外江山風景眞○地○仙이 니쑨이요 赤松子安期生을 니의 ○子 삼이두고 不○ 그룻지면 종아리도 짱짱치니 ○ 外眞味 니쑨이라 西天祥迦如來 날다려 道○이 놉다ᄒ고 老兄老兄 이리ᄒ니 그만ᄒ면 엇더ᄒᆫ가 지아자 지아자 조헐시고 ᄌ리 듯고 홰을 너여 이게 興 味 자랑인가 무엇신가 人間苦樂이란 니론 일도 잇고 나진 일도 잇셔야 한 단말이졔 맛치 존 말만 ᄒ니 죠탈 것도 업고 자랑이난 것도 업네 니 水宮의 잇셔도 世上事을 디강 알쑨 외의 兎先生의 일은 니 더옥 자셰이 안니 니 말 ᄒ거든 드러봅소 말합소 드러봅시 퇴기 일컷한 말을 디번의 업셰기로 드난 듸 人間

<h3 style="text-align:center">〈21-앞〉</h3>

八難榮辱之事 니 일으거든 드러봅소 一箇寒兎 그디 몸이 三春九秋 다 보니 고 嚴冬雪色大寒時에 万壑의 눈싸이고 千峰의 바람칠계 鸚鵡○鶴 끈쳐지고 花木實 업난 고디 어둑훈 바위틈의 곱푼 비을 트러쥐고 곱증거려 안진 거

동 白登七日窮困ᄒ던 沃太祖의 氣像인들 이예셔 더할손ᄀ 그 ᄶ를 다 지니
고 碧桃紅杏春三月의 쥬인 口腹 치우랴고 여긔져긔 단일젹의 골골의 무든
거슨 목다라 엄착구요 峰峰이 셧난 거슨 미바든 슈왈자라 松下의 안진거슨
오난 퇴기 도으랴고 불찰이난 火砲手요 四面의 두룬것슨 퇴기 걸일 금물이
라 殷王成湯 가신 後의 그 그물을 뉘라 풀너게셔 졔우 사야나셔 들노 나려
다라날졔 百人遠之 쏫난거슨 신슐먹은 樵軍이라

<h3 style="text-align:center">〈21-뒤〉</h3>

작ᄶ기도 홀이치고 업난 긔도 후그리며 소리질너 쏫차올졔 져룬 꽁지 삿틋
ᄶ고 져근 눈 부름쓰고 層岩絶壁 바위틈을 벗씌되며 빗씌되며 亡命匙走 다
라날졔 그더 身世 싱각ᄒ면 赤壁江火戱時의 曹孟德의 氣像인들 이예셔 더
할손가 어니 時節 遊山ᄒ며 어니 밤의 翫月할가 기쁠갓튼 興味ᄌ랑 니 압
피셔난 니도 맙소 퇴기 드러본니 果若其言이라 남의 身數아난 품은 康節先
生의 第子로고 엇지 그리 암나 니 달리 퇴션싱 일을 아난게 안니라 우리 外
家이 世上 南星이네 집인고로 外家 단이닌 길의 듯고 보와 더강안네 그럴
일이요 그러면 水宮 이약기롬 드러보시 못ᄒ졔 셔로 말ᄒ자더니 남의 말듯
고 못ᄒ단 말이요 젼의도 혹 世上의 나와 그런 말을 ᄒ즉 다라오난 슈

<h3 style="text-align:center">〈22-앞〉</h3>

의 못할너고 가기난 姑舍ᄒ고 좀 합소 드러봅시 ᄯ라오연 路子난 업고 세
상이 구찬ᄒ여 니 안ᄯ라가게 좀 합소 졍 안ᄯ라 올나난게요 니 졍 안ᄯ라
감시 兎先生이 안ᄯ라가마ᄒ고 ᄒ라ᄒ라ᄒ니 젼될 슈ᄀ 엽셔 ᄒ기난 ᄒ되
존말이야 ᄒ건나 니 더강 말만ᄒ게 드러보소 말이 나신니 그렷체 우리 龍
宮이라 ᄒ난 더난 天壤之間의 海爲最大ᄒ고 人物之內에 神爲最靈이라 廣厚
千万間을 지여씨되 珊瑚珠로 欄干ᄒ고 琥珀柱碩 琉璃支棟 掛龍骨而爲裡ᄒ
니 靈光耀日이요 緝魚鱗而作尾ᄒ니 瑞氣〇空이라 그도 그러ᄒ련이와 우리

龍王 卽位初의 萬族이 歸仁ᄒ고 百靈이 竹○이라 王母金樽千日酒와 美人二
十八人○을 大紅船의 가득 실코 後夜瑤池 도라 들졔 三百里 失

〈22-뒤〉

棄가지 四面으로 벌엿난듸 ○○龍渭○○沃水 南海瀟湘洞庭八景 任去來로
여긔져긔 來流할졔 淸風赤壁蘇子瞻과 明月采石李太白眞味 이예셔 더할손야
원컨듸 兎先生도 八難榮辱下直ᄒ고 날을 ᄯᅡ라 水宮갑시 날을 ᄯᅡ라 水宮가
면 슐도 먹고 美도 ᄒ고 가진 ○樂細樂絲面万世同樂할것시요 그듸 ᄯᅩᄒ 져
風骨의 조흔 벼살 할 것시니 날을 ᄯᅡ라 龍宮갑시 庸○ᄒ 이 늬 모양도 士夫
ᄭᅡ지 ᄒ엿거든 兎先生의 져 風度난 大提學을 할 것시니 날 ᄯᅡ라 龍宮갑시
퇴기 듯더니 願一見之龍宮일넌니 보기난 볼만ᄒ 듸로고 ᄒ더니 이놈이 고
닥의 변ᄉᄒ야 못가것고 엇지 못가것씸나 水路千里 면면질의 一去消息 끈
어지면 誰親戚○墳墓의 다시

〈23-앞〉

올 질 업셧시니 못가것고 자리 일은말이 ᄀ기도 容易ᄒ고 요기도 쉽건이와
水路千里 멸다맙소 自古로 멸이 가셔 다 잘 되얏졔 갓차이 가 잘 된일이 別
般 업삼난니 예말을 드려봅소 孟子도 不遠千里梁惠王을 가보시고 百里奚도
穆公ᄯᅡ라 秦國의 宰相되고 品商도 文王 ᄯᅡ라 入闕ᄒ야 貴히되고 韓信도 蕭
何 ᄯᅡ라 沃나라 大將되이 원컨듸 兎先生도 날을 ᄯᅩ라 드려ᄀ면 그와갓치
될 것시니 잔말말고 드러갑시 퇴기 歆羨ᄒ야 어듸 水邊ᄭᅡ지나 나려가시 水
邊ᄭᅡ지 간단난 놈이 方正을 ᄶᅥ고 ᄀ던이라 갈가부다 갈가뵈시 가리가리 갈
가뵈시 鼈主夫 ᄯᅩ ᄯᅩ ᄯᅩ라 ᄀ리 갈가뵈다 자리난 압피셔 앙금앙금 퇴기난 뒤
예셔 ᄶᅡ장ᄶᅡ장   或先或後同行ᄒ야 ᄒᆫ 모롱이 도라드니 뜻박긔 너구리

〈23-뒤〉

獺僉知 쑤여 나셔며 야 퇴기야 웨야 네 어디가난야 나 水宮간다 水宮은 무엇흐러 ㄱ난야 벼살흐러 간다 네 누귀을 짜라 가난야 鼈主簿을을 짜라간다 허허 子息 밋쳐다 너 져긔셔 흐던 말을 니가 여긔셔 다드럿다 자리흔틔 돌이엿다 水宮은 危邦이니 危邦不入 모로난야 예말을 너일으마 칼 잘씬던 衛人荊軻易水寒風 실푼 노리 壯士一去 못왓잇고 千秋寃魂○○王도 秦武關의 구지갓쳐 六里靑山魂鳥 되고 千古大聖舜人君도 南巡狩不復還의 蒼梧山의 崩흐시고 年年春草 푸른 풀은 王孫도 敏不歸라 흔변가면 못온난니 부디부디 가지마라 늬 말듯고 가지마라 이리오는라 이리오는라 퇴기 듯고 셧던니 허허 獺僉知네 兄任말이 쏙 올체 나난 못가것다 네나 가거라 千辛

〈24-앞〉

○苦흐야 다리고 오난 놈을 너구리 단말의 노치게 되니 즈러 긔ㄱ믹켜 야 이놈 오고 십푸면 오고 오기 실커던 오지마라 네까진놈 짜라와야 늬 路子나 들지 씰듸 잇난야마난 스롬이느 김싱이나 눈이 털의 뭇치여노면 심스잇고 용심인난 법니라 달첨지란 놈이 거슈의 비ㄱ 곱푼지 낙푼 江으로 ㄱ즈상양 나와다ㄱ 낙푼강의 풍덩 싸져 거의 죽게 되미 우리 이종 四寸 大將 범치ㄱ 世上의 나와ᄃㄱ 드려오난 질의보고 不詳타고 건져 가지고 우리 水宮으로 드려왓더구나 龍王이 보시고 털수션흐고 風身이 무던타고 初入仕의 宣傳官을 시긴이 져놈이 넘어 感謝흐여라고 사양흐난 것실 龍王은 좀도 모르시고 塵世間先正子阿 地

〈24-뒤〉

체 믜우 존집안을 과이 박디히나부다 흐시고 다시 불너듸려 御營大將으로 軍中의 요다라 두어든이 져 盜賊놈이 벼살이느 하난계 안이라 銀金數十万兩을 暗困흐고 宮女十○人을 通間흐야 宮中의 抱胎흐야고느 그릴 엇지 되것난야 龍王이 쥬길야 흐시다ㄱ 다시금 싱각흐시되 塵世間 목심이 千里他

國의 와셔 죽거드면 그안이 寃魂인야 ᄒ시고 御前棍杖三十度의 正配出送塵
世런니 져놈이 그 ○○로 너도 못가게 ᄒ니 갈나면 ᄀ고 말ᄂ면 말소 퇴기
하난마리 達僉知心事 慾心은 已往의 아난 비라 大抵 獺僉知네 兄任이 心事
와 慾心은 후례아들이졔 날과갓치 명감 짜먹으러 ᄀ즈고 約束乙 말짜듯 허
엿쑤나 명감고젹은 니ᄀ 알지야 어다랴고 일너달나 ᄒ기여 已往의 約束한

<h2 style="text-align:center">〈25-앞〉</h2>

일이니난고로 일너 쥬어쩐니 그 잇튼날 食前아침의가 직면졔 ᄀ셔 다 짜먹
고 션놈이나 두고가난졔 안이라 발노 휘려 짜리고 갓졔 너구리 긔ᄀ 막켜
랴 즈리야 니ᄀ 언졔 水宮갓쩐야 네ᄀ 龍宮안왓단 말니냐 니 언져 龍宮ᄀ
야 그놈 싱긴 쏘디로 ᄒ너라고 능쳥시러쎄 쎈ᄂ듸 그만두어라 너갓턴롬 다
리고 말ᄒ잘 것업다 네 말은 피쥬 다올코 니 말은 말장 거잔말이다 그만하
면 네 속이 시원ᄒ지야 너구리 졔말 세잔ᄒ니 져 갈듸로 갓졔 퇴기 그려도
猶豫未決이졔 너구리 龍宮危邦이란 말도 그럴듯ᄒ고 자리 말을 들르면 그
럴듯ᄒ거든 兩手執餅의 苦甘을 難知러고야 퇴기야 웨야 네ᄀ 이놈 相書을
보왓난지 안니 본지 모로것다 相書의 일으기

<h2 style="text-align:center">〈25-뒤〉</h2>

를 短臭者난 無福이라 ᄒ엿난이라 네 코이 졀리 잘읍거던 무슨 福이쎠야
퇴기 졔 코 가령을 아난지라 도라안져 질양푹이 입을 데여 졔 코을 젼우어
보더니 코는 참 방졍맛고 퇴기야 잘 잇거라 나난 간다 두어 거름 나ᄀ더 야
퇴기야 게 잇거라 너와 이졔 갈이면 生前다시 못보것다 이왕 말이 낫시니
그럿체 니상이 名相일너니라 相ᄒ나 가지고 周遊天下을 ᄒ던 차의 예을 당
ᄒ야 너을 보니 凶相일너라 相書의 避凶趨吉이 잇난이라 너를 다려다가 凶
ᄒ 것시나 피ᄒ여 쥬라고 다려ᄀ작던니 네ᄀ 마다는 바야 엿졀슈 잇난야마
은 니 評論이나 ᄒ여쥴게 잔 苦狀이나 피ᄒ여 단이러라 큰 악이야 피ᄒ건

난야 이리 돌너라 有間이

〈26-앞〉

孔慘ᄒ다 年上壽上蘭坮尉左右觀骨 地閣法令一無可取로다 眉間의 火亡殺을
쓰엿다 來日午時을 當ᄒ면 난질 砲手 너을 보고 斷不饒貸 잡을 慾心 倭物
鳥銃 날닌 鐵丸 네 진구리 캉 퇴기 쌈작 놀너여 이놈이 니참 자랑 음잔ᄒ
말이로되 캉소리로 七代치 亡ᄒ여 나려오난듸 솔방울만 쩌려져도 불알이
덜덜ᄒ난듸 여푸안져 캉캉ᄒ난야 그쑨 아니라 작쩍기 싸기 산영기 독슈리
쑤치네 잔고상 許多ᄒ다 이러커 만난놈의 말이 잇단 말인야 다른 일은 或
눈치박게 덤병이면 或 避ᄒ련이와 火亡殺 피할 슈ㄱ 업다 來日 午時 넘길
슈ㄱ 업다 그례 龍宮의 드려ㄱ면 火亡殺을 피할가 예이 미련ᄒ 아들놈 五
行의 ᄒ가지 것시나 알고 단여야졔 水克火라

〈26-뒤〉

ᄒ엿난듸 불이 물속의 드려ㄱ면 엇졋턴고 그럴 일이로고 그러ᄒ면 드려갑
시 南海水邊 나려간다 이 모롱이 도라 져 모롱이 도라 망즁 모롱이 도라든
니 이 골 물 쥬륵쥬륵 져 골 물 쥬룩쥬룩 열의 열 골 물 한틔 合水쳐 天方
子地方子 얼덕져 방울져 건네산 屛風石을 쾅쾅 마조쳐 버컴이 북쳑 물놓울
쳐 魚船 바다로 쩨나갈졔 魚船이 빙빙 도라든다 퇴기 보고 겁을 니어 억쪄
져 물살 보와라 박젹업난 물썅 쓰것다 水宮의가 龍될지라도 나난 못 ㄱ것
다 네ㄴ ㄱ거라 야 이놈 보기엄창듯 것 가지고 난말을 마라 權○○에 知輕
重ᄒ고 度○臣에 知長短이라 집고 엿기난 드려ㄱ 보와야 알 일이졔 예셔
보와 알 일인야 니 졀운 발노도 발목박긔 안진다 드려ㄱ 살살 헤고

〈27-앞〉

단리면셔 드려오너라 이박긔 안된다 집퍼뵈니난 구만 드려갈 가망이 업난
듸 오 이놈 휀다 휘기난 뉘ㄱ 휀다고 네 이놈 발밋틔 후업다 즈러 나와 너
와 나와 킈디여 보자 킈스 너가 크다 그러면 그려야 네난 훼거든야 네ㄱ 니
말을 미덥잔ㅎ거던 압발노 江 어덕 잡고 뒤발노 차차 드러가 보와 집거던
드러ㄱ지 말고 야참거던 드려가거라 오 그말이 무던ㅎ다 야 이놈 밋털일ㄴ
져만치 셧거라 오 니 멀리 셧다 퇴기 압발노 江 어덕을 잡고 뒤발노 차차
드러갈졔 오런듸 갓틔면 드려가것다 어억겨 야 이런듸 갓트면 못 가것다
시우나셔 어덕밋치 구실여 픠여 실상 집푼이라 드러가면 야차오이 더 드러
가 보와라 오 이런듸 갓터면 드려가것다 차차 드려갈졔 싹거지른 급흐ㄱ
당ㅎ엇던가 부더라 뒤발발은 쑥 미끌쳐지고 압발 잡은 놈은 덜걱 문어지니
점쳐

〈27-뒤〉

잡으면 문어지고 문어지고 문어지고 문어지고 물가의 벼드나무 회초리로
커오른 놈 알들이 썩글나다 흔 쪽 부튼 놈이 물의 ㄱ 쩌신니 이놈을 얼는
겸쳐 잡엇졔 잡어 다리면 쫙 찌져지고 찌져지고 죠곰부터 신니망종 찌여지
면 엇졀 슈 업슨니 잡고 어분듸여셔 조타 精神 말장ㅎ고 죽난구나 져놈이
엇져다ㄱ ㄴ오면 그만 下直이로구나 즈러 쌜리 드러가 퇴기 뒤발을 왈칵
잡아거던노니 버드나무 가지 쪽 찌여지며 퇴장커너라고 이고 니 물장컨다
암면 물장커라 난 거 시여던이 야 나 죽엇다 암면 쥬거라 난 일이거던이 야
나 쏭마랍다 陸地예 가셔 쏭이나 좀 누고 가자 이놈 물탄쇠 싯지말라 쏭마
려 나 죽것다 물의다 쏭 누워라 물의다 쏭누고 별낙맛게야 그러면 비스롬
은 별낙

〈28-앞〉

맛너라고 볼일 못보것다 그려면 날이ㄴ 잘 업가즈 ○랑 그려ㅎ여라 퇴기을

둘너업고 드려갈졔 혼 고실 當臨ᄒ니 九義山 구름일고 巫山의 밤비오니 二
妃의 눈물인ᄃ 溝湘八景이 完然ᄒ다 퇴기야 져 건네 져긔 보라 山岳이 潛
形ᄒ고 陰○이 ○○ᄒ야 水間의 듯난 소리 千兵○馬 셔로 마자 鐵氣刀槍○
혼 形勢 百轉瀑ᄼ布 쏘와 오고 디숩풀의 헛뿌릴졔 皇英의 집푼 限을 葉葉
히 하소ᄒ니 溝湘夜雨 이 안인야 八景을 다 본후에 速如風雨 빠른 거롬 瞬
息間의 드러ᄀ니 黃金大字로 靈德澱龍晶門이라 두렷시 부쳐난듸 東으로 바
라보니 三百尺扶桑杖예 日輪紅이 어리엿고 南

〈28-뒤〉

으로 바라본니 大鵬飛畵龍如藍의 풀은 물결 둘어잇고 西으로 바라본니 龍
水流沙路不迷예 一雙靑鳥 나려들고 北으로 바라본니 一契靑山浮翠色의 故
國이 芒然ᄒ다 中天이 아득혼듸 白鹿탄 呂洞賓과 고릭탄 李靑蓮은 飛上天
ᄒ난구나 琪花瑤艸璇風瓊月景光이 絶勝ᄒ야 湖中天色 여긔로다 물은 좀 쎠
다마난 귀경은 할만한듸 이런 水景 다ᄒ고셔 글 안이 지여 붓쳐셔난 날다
려 無識다 할 거시니 글 혼긔을 지여 부칠난다 山林遊客이 臨龍宮ᄒ니 四
海風光이 一眼中을 자리가 퇴기 글을 디답ᄒ되 我背如舟載兎公ᄒ니 深深入
處可知忠을 퇴기ᄀ ᄌ릭 글을 解釋ᄒ여 보와 닉 등이 비갓트여 兎公을 실
엇시니 집고 집푼듸 드러온 고지

〈29-앞〉

예 가히 츙셩 든 거실 알을네라 ᄒ니 이놈의 츙셩 츙짜가 무신 속잇난 말이
셰 ᄌ릭ᄀ 짱을 쎵 동걸이고 네 드려ᄀ 안것라 이게 무엇신야 이게 옥이다
아 이런놈의 옥이 잇단 말인야 우리 水宮은 畵地爲獄ᄒ난니라 닉ᄀ 벼살을
ᄒ러왓난듸 옥의 드러간단 말인야 네ᄀ 모로난 말니로다 이계난 우리 龍宮
禁地니 이러고 안졋시면 만날 안져도 싸딕업다 너 혼자 외셕시로 단이면
환을 당할 것시니 더운 쥬검 안할나거든 러ᄀ 안거라 닉 드려ᄀ 龍王前의

奏遠ㅎ고 藍輿ㄱ지고 나오마 퇴기 드려ㄱ 안지여 ㅎ난말이 畵色爲獄이라도
議不入이라 ㅎ엇난듸 늬 實尙 참 실은듸 나올제 風樂이나 갓초와 ㄱ지고
나오너라 온야 그러ㅎ마 즈리 드러ㄱ 龍王○의 奏遠ㅎ

〈29-뒤〉

되 塵世間의 나갓던 鼈主夫 現身이요 龍王이 大喜ㅎ야 万里遠地예 無事히
단여오며 퇴기을 잡어온다 果然 퇴기을 生擒ㅎ야 門外예 待令ㅎ엿난이다
龍王이 반기여겨 兎기 밧비 즈바드리라 江神河伯別軍職 쪄만흔 도로목 左
右巡令首 쇠사실을 검쳐들고 별쪠갓치 나오며 이놈 이놈 퇴기야 퇴기 쌈작
놀너여 잇고 늬ㄱ 퇴기 안이요 퇴기 안이면 네 무엇시야 늬 누른밥술이나
어더먹고 마루밋틴 누워다가 盜賊 직키난 기요 네ㄱ 일정 기양이면 蜀나라
말근밤의 吠月ㅎ던 그 긴야 기갓튼면 덕옥 죳타 五六月三伏時에 가정도 조
컨이와 네 속의 든 간을 닉여 瘀血病의 먹어시면 병이 모도 풀인단니 넨들
아니 약이 될야 이 기싁기 모라ㄱ즈 잇고 늬ㄱ 기도 안이요 기 안이면 무엇
신야 늬ㄱ 참 말이요 말갓트면 더옥 죳타 周穆王의 八駿馬야 先

〈30-앞〉

看目後者足의 腰短馬項長이 죳타 渭人이 五百金은 죽은 말도 사가쩌던 ㅎ
물며 산 말이야 오직히 조흘손야 너를 급히 모라다가 龍王前의 밧쳣시면
千金常 어듸 갈ㄱ 이 미아지 모라가자 잇고 너가 말도 안이요 그런면 무엇
신야 늬 참소요 소 가타면 더옥 죳타 舜人君 짜부지여 ○山의 밧철 갈던 네
가 진졍 그 소야 소 갓터면 덕옥 죳타 屠牛坦이 너을 잡아 頭足○非千葉 공
팟 조흔 고기 陳午의 手段으로 分肉ㅎ여 먹근후의 네 껍줄을 벽겨닉여 북
도 미고 신도 짓고 네 속의 든 牛黃이 藥中의난 名藥이 안다던들 안이 藥이
될야 이 쇠식 모라가자 이라 이 쇼 이라 이 쇼 잇고 늬ㄱ 소도 안이요 그려
면 네ㄱ 무엇신야 늬 원 아무것도 안이요 아무것도 아니란니 늬 참 거식한

놈이요 거식훈 놈이라 이 이놈더리 펼쌍의셔 비만 쓰시고 도라 단니기만 ᄒᆞᄂᆞᆫ

〈30-뒤〉

구나 兎기 氣數 치고 實尙하잔훈 놈더리이 왓구나 늬 여긔왓다 壯士 말좀 듯고 갈 박긔 슈ㄱ 업고 퇴기 압발을 츄겨들고 政完使令 자ㄱ사리을 후썩 싹 부쳐노이 즈ㄱ사리 썩구려져 사름 갓터면 이고이고 ᄒᆞ련마난 졔 투더로 ᄒᆞ로라고 빗가빗가 드려ㄱ 龍王前의 엿즈오디 果然 나가보온즉 퇴기라 ᄒᆞ난 무엇시 체난 비록 소ᄒᆞ나 긔운이 絶人之力이라 단만 一枝兵으로난 잡불질 업사온니 엿지 ᄒᆞ옵시올넌지 龍王이 大怒ᄒᆞ야 문박긔 待令훈 퇴기을 水宮威嚴으로 못잡어 드인단 말인야 起兵ᄒᆞ야 잡어드리라 슈을 나린니 五軍門이 불쓴 뒤지피여 고리 거복과 御令軍卒이 물미덧 나오난듸 守門將 물먹기 나셔며 가만이 잇거라 너 어긔다 屯兵ᄒᆞ

〈31-앞〉

ᄒᆞ엿 잇거라 그놈이 퇴기 안리라고 쩨기ㄱ 일슈난디 늬ㄱ며 졔ㄱ 졔 입으로 퇵기다 ᄒᆞ게 말바드마 屯兵식어 노코 守門將 물먹기 체장사 긔운으로 궁둥이을 흔들 흔들ᄒᆞ고 나오더니 게ㄱ 兎生員이요 엇던 졔미할 놈이 兎生員인쥴 모르것고만 퇴기 본일도 업소 엇던 긔아달 놈이 퇴긴쥴 모르것고만 彼此 졈잔훈터의 그런 言本이 잇단 말이요 우리 水宮 鼈主簿가 塵世예 나가 퇴기 다려왓단 말을 龍王이 들으시고 兩司玉堂을 시기시냐고 入待令이 나셧난듸 퇴기ㄱ 업단 말ㄱ 남의 일이라도 읻달한 일이로고 이런 썬난 니라도 퇴기 노룻슬 ᄒᆞ면 졸너구만 龍王과 顔面이 익을 쑨외예 모양이 달너 노니 할 슈 이나 이런 썬난 퇴기 갓튼듯훈 놈이라도 불여드려 갓시면 조흔 벼살을 들고 쩨련만 난 엇지 할 슈 잇ᄂᆞ 드

〈31-뒤〉

려ㄱ 퇴기 업난 양으로 奏遠할 박긔 슈가 업고 흔들흔들 드러가난 체ㅎ니
퇴기 싱각흔즉 면졔왓던 놈들은 作亂軍 무엇더리 와셔 침노ㅎ고 간퉃ㅎ고
이번은 그러치 안니ㅎ야 말이 義理에 당ㅎ고 쏘흔 졈잔흔 자식이 거진말ㅎ
고 갈질도 업난 일이요 잘된 일을 니 입 方正으로 업셰난 것터니 에라 져놈
불너 속이나 쪄볼 박긔 슈ㄱ 업다 부르잔니 일홈을 알 슈 잇나 싱긴 모양
보와가며 불르져 鬚髥 둘쓰란이 난 져 분 눈이 녹둔 낫갓턴 져 분 져 뒤쑥
지 쌀고 안졋다 니논듯한 져 분 꽁지 넙쭉흔 져 분 등어리 갑풀 칠흔듯흔
져 분 비아지 밥보작이 찬듯흔 져 분 물먹기 홰을 너여 도아와 그 분이 남
의 일홈은 한가지로도 안 부

〈32-앞〉

루고 열어가지로 부르난듸 무엇하랴요 벼살은 참으로 쥰다오 쥬긔을 일으
것소 彼此의 졈잔흔 터의난 거진말만 하졔요 그게 무신 소리요 臣子之道禮
로 國事을 것진말ㅎ난 법이 잇소 퇴기 보기난 본뒷ㅎ요 여보 보와씨면 말
을ㅎ오 그거 심사 졔 남의 일을 그런 볍이 잇단 말리오 쥬장각을 곳더 가지
고 나오난 것실 예안져 곳 불것실 말안니 흔단 말리요 그만희도 우리ㄱ 親
흔터인지 그 말삼이졔요 어셔 말삼ㅎ오 親故라 ㅎ난게 五倫의 드난 것 안
이요 期約잇것소 우리ㄱ 兄弟갓튼니 그 말삼이졔요 어셔 말삼ㅎ오 거식ㅎ
사 거삭ㅎ고 그럼사 그렷체만은 어셔 말삼ㅎ오 그레셔 그레셔 니ㄱ 니ㄱ
참퇴기로구만야 이놈니 퇴기란댜 어셔 달여드려 졀박ㅎ라 무슈ㅎ 어병 軍
卒 별쪄갓치 달려드려

〈32-뒤〉

左右로 에워싸코 일이 졀리 무슈히 졀박ㅎ야 쎄들레며고 드려갈졔 이고 鼈

主夫야 이게 龍宮藍輿야 오 그게 龍宮藍輿다 그놈의 남예 두 변만 타다ㄱ
넌 쌔도 안남것다 휘휘들네 텅너룬 쓸의 동당이 쳐 잡바들러소 龍王니 반
기예겨 病席의 箭座ᄒ시고 이고 머리야 이고 비야 네ㄱ 퇴기다 ᄒ시난 소
리 ○府宮中이 뒤눕난듯 이고 이 목솔리 바라 果然 少兎ㄱ 퇴기로소이다
어허 반갑쏘다 愚然而病이 드러 百藥無效넌이 名醫 지시ᄒ사 네 肝이 藥이
된다 ᄒ기로 니의 忠臣 鼈主夫을 보난 반이 너듯시 엇더ᄒ다 퇴기 듯고 談
樂ᄒ야 이고 잘 죽난다 퇴기 싱각ᄒ되 안 죽글난다기로 안죽길도 업고 肝
안 니쥴난다기로 간 안니먹글니

<h3 style="text-align:center">〈33-앞〉</h3>

도 업난닐이요 人生禽獸間의 슌사나 딕 부쳐보리라 ᄒ고 大王은 尊重ᄒ신
玉體옵고 少兎난 미거ᄒ 퇴기온니 미거ᄒ 퇴기ㄱ 엇지 玉體을 安輔치 안이
하리요 잡어 잡슈시계요 어 奇特ᄒ지거 許樂이 슈이 나난 슈가 藥效도 쉬
리나건난 되어 奇特ᄒ직어 퇴기 비 갈나라 비 갈나셔 肝 보치니어셔 큰 간
언 琉璃장반의 담어셔 눌ᄒ게 언져누고 우션 쑈각간 소금겹시ᄒ고 일려 가
죠너라 더운 짐의 먹어보자 무슈ᄒ 魚軍卒언 장슈심 하난구나 이고 잘 죽
난다 ᄒ고 左右을 들너본니 무슈ᄒ 御兵軍卒四面의 擁衛ᄒ고 江沃之長과
川澤之君은 左右로 列立하엿ᄂ디 羝羊觸藩의 進退維谷니로다 愚者千慮이
必有一得으로 퇴기

<h3 style="text-align:center">〈33-뒤〉</h3>

쏘 ᄒᄂ을 싱각하야 비넌 갈르련이와 훈 말삼만 아루이다 아루라 퇴기 엿
즈오디 大王은 옛 일을 싱각ᄒ옵소셔 옛날의 商紂人君이 聖人之心은 七竅
가 잇다고 比干의 비을 갈은들 일곱 궁기 잇실잇가 헛비만 갈낫신니 小兎
의 비을 갈나 肝이 잇시면 조련이와 万一 肝이 업사오면 잔잉훈 一介兎가
千里龍宮 왓삽다ㄱ 合脈만 끈어지고 魂飛中天 둥둥 쩌셔 鬼哭○ 실피 울고

故國山川 ᄀ거드면 그안니 寃痛ᄒ오 細細洞○ ᄒ옵소셔 龍王이 듯던니 너
말이 미련ᄒ다 人生禽獸가 五行은 一體라도 臟○腑 다 갓던듸 肝이 엇업단
말ᄀ 目屬肝이라 ᄒ엿시니 肝이 萬一 업셧신면 엇지 환이 보난고 아루라
이럿탓 꼼작 못ᄒ게 뭇난 말을 퇴기 안이 뉘 능이 對答ᄒ리요 퇴기 엿즈오
듸 그난 大王이 知其一이요 未知其二요

〈34-앞〉

五行正體가 갓지 아니혼 니력을 아로이다 伏羲氏난 어이ᄒ야 蛇身八首 되
옵시고 神農氏 어이ᄒ이 人身牛首 되올깃ᄀ 舜人君과 項壯士난 눈의 瞳子
둘이옵고 周나라 文王은 졋시 넷시 잇사오니 이도 五行一體잇가 大王은 어
이ᄒ야 몸이 진듸란 ᄒ옵고 小兎난 어니ᄒ야 ᄭ오리 못착 ᄒ온잇가 小兎의
肛門궁긔 셰히 分明ᄒ오니다 혼 궁근 大便 보고 ᄯ 혼 궁근 小便 보고 혼
궁긔난 肝出入을 ᄒ난이다 小兎난 月輪精神으로 晝出肝夜入肝의 東方甲乙
三八木을 應ᄒ야 아젹 이실 젼역 안기 肝을 出入ᄒ옵기로 藥이된다 ᄒ엿삽
졔 그러치 안ᄒ오면 藥리라 ᄒ올잇가 龍王이 돌이너라고 퇴기 肛門 궁긔
셰인가 아라드리라 政完使令 나려와셔 퇴기 궁둥이 털을 활활 불고 보고
肛門 궁긔가 비 닷쥴 듸리난 구미 模樣으로 셰히 환쩌

〈34-뒤〉

던 果然 셰히 分明ᄒ옵난이다 그러면 人間의 셔에 肝 먹고 혹 效驗 본 이가
잇난다 그난 小兎가 알외이다 小兎의 아자비ᄀ 山陽水의 논이다가 洛浦江
의 풍덩 ᄲ져 거의 죽게 되었더니 漢나라 東方朔이 沐浴次로 나왓다ᄀ 급
히 건져 살엿기로 그 恩功을 갑흘야고 肝보 겁질 어울거지 콩낫만치 쥬엿
더니 東方朔이 呑之ᄒ고 三千甲子 사라잇고 그젼의 肝을 니여 渭水邊의 시
칠 ᄶ예 窮八十 姜太公이 낙기질 나왓다가 그 물 조금 쩌마시고 達八十을
사라잇고 그 남은 人生더니 效驗본니 許多ᄒ야 小兎을 보거드면 肝을 달나

ᄒᆞ옵기로 젼딀길이 젼혜 업셔 肝을 모도 보치 니여 不死藥 입의 담복싸셔 不老草 너츌거더 홰홰 감고 고을 너어 瀛洲山 바위틈의 홀노 셧난 桂樹나무 근을 속의 거러노코 소문업시 오난길의 듯박긔 路中의셔 鼈主簿을 셔로 만

〈35-앞〉

나 肝 말을 안이ᄒᆞ고 水宮景槪 조타기로 求景차로 왓삽더니 肝 말을 今時初聞이요 鼈主簿을 도라보며 여바라 鼈主簿야 肝 말 엇지 못ᄒᆞ엿던야 肝을 가져왓셔시면 大王의 病도 卽效ᄒᆞ고 너도 有功할련이와 닌둘어이 ○功하야 미련ᄒᆞ다 鼈主簿야 大王患候 危重ᄒᆞ니 그안니 罔極ᄒᆞ야 水路千里 면면질을 어이 쏘가 단여오리 미련ᄒᆞ다 鼈主簿야 鼈主簿 고닥의 쏭친 나무가 되엿구나 龍王이 싱각ᄒᆞ되 順理者난 興ᄒᆞ고 逆理者난 亡이라 이 퇴기을 돌나 肝을 어더 먹글박긔 슈ㄱ업다 ᄒᆞ고 네 兎公 解縛ᄒᆞ야 堂上으로 모시라 퇴기을 쓸너논니 사람가타면 졈잔ᄒᆞ게 올나가련만은 졔 투디로 ᄒᆞ녀라고 쌍장 쒸여 올나갓졔 龍王과 同席坐을 ᄒᆞ엿난디 龍土이 ᄒᆞ난 밀삼 兎公은 居山中ᄒᆞ고 寬龍은 處水宮하야 風馬牛之不及터니

〈35-뒤〉

天佑神助ᄒᆞ야 今日相逢ᄒᆞ니 쌈간 譏弄ᄒᆞᆫ 일을 농히 싱각지 말엿다 퇴기 엿ᄌᆞ오디 尊重ᄒᆞ신 大王게셔 微賤ᄒᆞᆫ 小兎 몸을 이더지 寬待ᄒᆞ시니 肝 아니라 살을 点点 깍ㄱ도 악갑지 아니ᄒᆞ이다 水宮의 가진 眞味 狼藉히 차려노코 一等美色侍女 불너 슐을 쳐권ᄒᆞ니 퇴기 쉴 시양을 ᄒᆞ졔 小兎가 슐은 過麥田大醉로소니다 이 슐은 人間슐과 다른지라 ᄒᆞᆫ 잔만 먹거라 퇴기ㄱ 구지 시양치 못ᄒᆞ야 ᄒᆞᆫ 잔을 먹은니 슐마시 奇異ᄒᆞ구나 方正을 크게 질벼논 놈이라 방졍이 쏘 出發ᄒᆞ던가 부더라 酒不單盃란니 ᄒᆞᆫ 잔만 더 쥬시요 부워쥬야 酒不雙盃란니 ᄒᆞᆫ 잔만 더 쥬시요 졔라 自稱ᄒᆞ야 毒酒四五盃을 먹어노

니 醉豊禮之乾坤이요 忘世間之甲子라 醉中의 眞情發노 일컷 버러논 말을
大當의 醉談으로 업세난듸 아리쑤리을 쇼와 듸듸고

〈36-앞〉

殿上의셔 비틀비틀ᄒ고 視龍을 如蝘蜓이라 龍王의 字ᄒ나을 造作으로 지어
불너 여보소 龍儉이 자리ㄱ 니 간을 먹어야 미도 世上보단 슷듸고 퇴기 간
약된단 말은 東醫寶鑑 잔쥬의도 업난 말이엿다 쏘ᄒ 비 속의 달인 肝을 함
부로 니고 드리고 ᄒ난 볍이 잇나 肝이사 니 비속의 드러계만은 니여 먹을
놈 잇나 이고 간 무격구라 무격구라 뉘가 니 간 니여 먹을 이 잇심나 웨고
싱각ᄒ니 져 죽을 말ᄒ엿구나 퇴기 쌈작 놀너 도라보니 龍王 亦是 술을 醉
ᄒ야 御榻의 비겨 조을 거날 퇴기 깡장 쒸여 드려가 高   으로 엿ᄌ오듸 大
王의 相을 본즉 ○準龍顔이요 身長體大ᄒ야 斷斷長壽ᄒ실엿다 龍王이 잠을
 찌여 어 그러쳐 니 命이 在天이요 不在兎肝이엿다 風樂 잡픠 兎公을 慰
勞ᄒ라 가진 風樂이 드러온다 王子晉의 鳳피례는 이ᄂ노노 成連子의 거

〈36-뒤〉

문고난 둥덩둥덩 지둥   康의   笛이며 阮籍의 쉬쌜음과 採蓮曲 羽衣曲 뒤
셧거 노리할져 퇴기 亦是 實名이 洛浦仙女 츔을 츄며 知我者ᄒ난 소리 龍
宮이 낭지할졔 퇴기 亦是 實名 나셔 압발을 츄겨들고 쌍장쌍장 츔을 츌졔
퇴기 빅 속의 간 드럿다 여바라 여바라 이놈 쓰시고ㄱ셔 우리까지 비갈나
간 니자 퇴기 듯고 네 이놈 어듸ㄱ 간 드려 드려 어 그놈 그져 못쥬글 놈
坐地不遷할 놈 皇天后土實所共鑑이라 ᄒ날니 보시고 짜히 보신다 간난 자
리예 술잔니나 드러ㄱ니 허궁 집퍼 출낭출낭 ᄒ난구만 어듸ㄱ 간드리 이놈
이놈 말긔운으로 훨신 모라ᄌ쳐졔 퇴기 싱각ᄒ되 君子난 可期○方이요 見
樣而作이라 니쎄난게 올타 龍王前의 奏遠ᄒ되 患候난 萬分危重ᄒᄃ 水路千
里 면면질

〈37-앞〉

을 슈리 단려 올 길 업사오니 鼈主簿을 眼同ㅎ야 쥬옵소셔 塵世間 쌜리 나ㄱ 간을 갓다 大王의 病患을 구원ㅎ오리다 龍王이 반기여겨 鼈主簿을 도아보와 卿의 忠誠은 朕이 已往 알건이와 兎先生과 함긔 나ㄱ 간을 갓다 朕의 病을 慰勞ㅎ라 이 씨 鼈主簿난 퇴기 꾀을 已往의 아난 비라 伏地ㅎ야 엿자오디 小臣이 비록 未渠ㅎ오나 竭忠輔國의 뜻시잇셔 一介兎을 잡아왓삽거날 졔 말을 고지 듯삽고 퇴기 奸計예 쌔져 도노 로와 보니시면 後世예 남의 우슴이 될 것시요 옛말노 의논컨딘 南蠻王 孟獲이을 七從七擒ㅎ던 孔明이 안 일진디 잡은 퇴기 노흔 후에 쏘 어디 ㄱ셔 잡불잇가 兎기 비을 갈으소셔 兎기 비을 갈나보와 간이 잇시면 죠컨이와 만일 간이 업스오면 小臣이 다시 진셰예 나ㄱ 쏘 한 기을 잡어다가 大王前의

〈37-뒤〉

바칠이다 어셔 비을 갈으소셔 龍王이 드려본즉 鼈主簿 말이 完노흔 말이려던 兎기 비을 갈느보와 간이 잇시면 죠코 업시면 쏘 흐나을 잡어와 그계난 간익게 잡을 판이여든 千辛万苦 잡어온 놈을 졔 말만 듯고 니보니난 것시 智慧가 아니로구나 아셔라 퇴기 비 갈나라 御兵軍卒이 연장슈십 ㅎ는구나 퇴기 기ㄱ막켜 가만 잇거라 가만 잇거라 비난 이졔 갈으연이와 한 말삼만 알욀이다 여바아 鼈主簿야 네 말이 미련ㅎ다 王命이 至重거날 니 어이 欺罔ㅎ리 옛말을 드려바라 夏桀의 暴虐으로 龍逢을 殺害할졔 未久의 亡國ㅎ고 商紂의 몹실 慮政比干의 비 갈으고 觀其心而滅亡ㅎ니 天道神明ㅎ사 而不可獨殺이라 아나 옛다 비 갈너라 니 비 이졔 갈라보와라 쏭박

〈38-앞〉

긔논 든것업다 아나 옛다 비 갈너라 니가 無罪히 즉 죽거드면 네 나라 寃鬼

되여 여긔셔긔셔 寒亂이 날졔 네의 水宮이 도모지 무엇신야 아나 옛다 비
갈너라 亡奏者난 胡라더니 亡水國者난 鼈主簿네로다 안나 옛다 비 갈너라
비 갈너라 비을 불슉불슉 니미니 龍王이 본즉 간 잇시면 져놈 가망이 업것
구나 간은 진졍 업난 간이로구나 明若觀火로 간은 진졍 업셔 간업난 쥴 알
고도 臣下의 말을 듯고 비을 갈나 져놈이 寃鬼되야 寒亂이나 잇것드면 이
도 쏘한 大患이라 어 니ㄱ 자칫ᄒ던면 誤決할변 ᄒ엿고 다시 兎公 害코져
ᄒ난 무엇시 잇셔짜난 浪死嚴棍홀쐬 외예 魚網殺을 쥬위 塵世예 니쏫칠엿
다 다시야 뉘 감히 말ᄒ리요 어 니가 兎公게 累次失貌을 ᄒ엿시니 부디 怒
히 싱각지 말나 兎기 엿즈오디 鼈主簿로 ᄒ여셔난 塵世

<h3 align="center">〈38-뒤〉</h3>

間 나갈 쓴시 純全 업고 예셔 쏙 죽을 마음만 잇삽니다 어 그련 말은 姑舍
ᄒ고 塵世上 빨리 ㄴㄱ 간을 갓다 니 병을 구완합소 퇴기 엿즈오디 小兎와
입을 마초오면 大病은 못 나사도 如干滯症 낫슨 나려ㄱ온니 엿지 ᄒ옵실넌
지 어 그려 졔자 넘어 커 맛츌슈 업심니다 오무리고 자 퇴기ᄒ고 입을 쑥
마츄니 그리ᄒ려셔 그럿턴지 龍王이 싱각겹 실언소리을 ᄒ야 어 퇴공과 입
을 마초니 滯症이 나려ㄱᄂ라고 속이 후련ᄒ구나 肝을 먹어시면 長年不死
을 쏙 할 것시로고 이례논니 水宮의 웬 滯症이 그리 만ᄒ던지 大魚난 中魚
食ᄒ고 中魚난 小魚食ᄒ다가 언친놈 죽걱틱 별군직 뿌치ㄱ 모도 와셔 여보
兎生員임 입 좀 마츄어 즙시요 滯症으로 살 슈 업심니다

<h3 align="center">〈39-앞〉</h3>

이리오소 보기실은 놈은 一字五結노 느려셰고 입운 감ᄒ고 단엿졔 侍女덜
도 와셔 여보시요 兎生員임 입 좀 맛츄워 쥬시요 滯症 쭈예 젼딜길이 업심
니다 그려소 두 귀을 틀어잡고 입을 쪽쪽 만츈후의 龍王前의 下直塵世○
나오랴 할졔 龍晶門 밧나온니 鼈主簿 짜러나와 야 퇴기 예게 안졋거라 우

리 私席의셔 말 좀 히보자 여바라 이놈야 白晝의 肝이 업다고 씐단 말인야
네フ 肝이 업다기로 뉘フ 고지들을 말인야 넌들 고지 듯건난야 닌들 고지
듯건난야 싱달리을 들고 밀어도 필야의 그 일이 成事フ 되니 너난 得旺ᄒ
놈인이라 여바라 이놈 네フ 時方도 날다려 간잇단 말이로구나 허 그놈 無
據ᄒ 놈이로고 에 이놈 나 안나

〈39-뒤〉

갈테다 龍王○의 드러 알울난다 야 이놈 이리 오느라 업고 나フ즈 업고셔
셔 이고 이놈 간예 드러다 ᄒ고 퇴기 비을 만져보니 야 이놈 나려노아라 업
다 이놈의 즈식 끔젹 소리을 못ᄒ게ᄒ네 퇴기을 잡고 나온다 다 ᄒ곳슬 當
到ᄒ니 ᄒ 君子フ 나오난듸 푸르 옷시 거문 관을 씨고 顏色이 憔悴ᄒ고 形
容이 枯槁로다 퇴기보고 ᄒ난말이 여바아 져 퇴기야 水路陸路相距千里예
何事로 ○○런고 퇴기 對答ᄒ되 回首靑山ᄒ니 看不過於溪澗이요 托身雲裡
ᄒ니 行不過於峰壑이라 素無知識ᄒ와 우리 平生 모로오니 尊號가 뉘신잇가
其人涕泣長歎일은 말니 君不見二閭大大奠於魚腹中ᄒ다 너일즉 處世ᄒ야 人
君을 밧드던니 長沙의 困ᄒ 몸이 이 물의 잠겨 잇

〈40-앞〉

셔 永不出世 셔른지거 네 世上의 나フ거던 吟風詠月才士덜게 니 글이나 誦
傳ᄒ라 帝高陽之苗裔芳朕皇考曰白庸이라 惟草木之零爲芳여 恐美人之遲暮
로다 이고이고 셧썰셧썰 울고 간다 퇴기 좀좀 싱각ᄒ이 이난 忠臣 屈原이
로다 그긔을 다 지너고 쏘 ᄒ 곳슬 당도ᄒ니 吳江上煙月속의 돗디 치난 져
사롬이 越范여 아일진디 秋月江東가난 形容張翰이 안일넌가 언外長江空自
流은 勝王閣이 어디민요 洞庭七百月下秋난 岳陽樓가 여긔로다 엇쩌ᄒ 두
婦人이 仙官을 놉피씨고 신을 쓰려 나오더니 크게 불너 ᄒ난 말이 져긔 가
난 져 퇴기야 니 말이ᄂ 듯고 가라 班竹枝에 쑤린 눈물 点点이 및쳐 잇셔

아롱농농 물듸렷다 蒼梧山崩湘水絶

〈40-뒤〉

이라야 竹上之疾乃可滅이라 실피 울고 가시거날 퇴기 살펴본니 飄飄흔 그
竹色이 黃凌廟로 向ㅎ더라 쏘 흔 곳슬 當到ㅎ니 潮頭白馬흔 壯士가 浙江上
의 논이더니 압피 직격 다다르며 네 날을 모로이라 실푸다 우리 吳王句○
의 誘訴듯고 탁鏤일 날을 쥬니 이 물의 몸이 잠겨 千秋의 寃○흔계 눈업난
한니로다 越兵이 歲吳함을 니 일즉 보야하고 니 눈을 키여다ㄱ 東門上의
거렷던니 니 曆曆히 보왓노라 무덤 압피 심문 나무 하마 古木되엿시리라
네 世上의 ㄴㄱ거던 니 눈차져 젼ㅎ여라 셧썰썰 울고가니 니난 ○○伍子胥
라 거긔을 다 지리여 赤壁江을 當到ㅎ니 三國風塵 지닌 후의 蘇子○의 노
던 痕跡寄蜉蝣秀於天地ㅎ고 彩后江 도라드니

〈41-앞〉

騎鯨仙子간 然後에 空秋月之團團이라 즈리 등의 져 달 실코 故國山川 도라
든니 엇지 안니 반갈손야 花枝上杜鵑鳥난 千里龍宮 갓던 兎가 어셔오라고
不如的을 실피 울러 니의 ○抱을 자어니고 불근 꼿 푸른 입은 山影을 거렷
잇고 나난 ㄴ부우난 시난 春光을 자랑ㅎ다 반갑도다 故國山川 다시 본니
경이로다 져건 네 鳥鵲의 쎄 모와드난 슈가 니 간 다 파먹나부다 어셔 가의
디여라 船艙의 비 붓치듯 실금이 디여논니 퇴기 깡장 쮜여 나려쑤나 후유
졍신 아득ㅎ다 즈리 퇴기 졋틔 안져며 니 예 안져씨끼 간을 가져 오느라 가
만이 잇거라 숩 좀 쉬여 가지고 말 좀 ㅎ여 보자 世上의 살을나면 긔믹건
일도 만흔 것시로고 肝이 도모지 무엇신야 나난 간 일음도 모른다 그놈 총
역 조타 子息을

〈41-뒤〉

졀연놈 두워시면 講經工夫을 식키것다 여바라 이놈 말듯거라 죽을 목슘 사
라오니 니 안이 美雄연야 ○出奇○陳平이ᄀ 쐬 만ᄒ기 니만ᄒ여 百計無○
諸葛孔明造化만키 날만ᄒ며 ○陸○○神仙인 ○閑暇ᄒ기 날만 ᄒ며 三千甲
子東方朔의 元命질기 니만ᄒ야 잔방긔 통통 쒸며 기금 팔팔 조시면셔 안아
옛다 肝바다라 ○得肝腸掛樹枝라 비속의 달인 肝을 엇지 남기어 거려실야
아나 옛다 肝바다라 즈리 긔ᄀ 믹켜 네 참으로 그러난야 네 참으로 간 달난
야 비속의 든 간을 홈부로 너고 드리고 한단 말인야 니 미련이 네 龍王갓고
네 용왕 실검이 날 갓트면 니 영낙업시 죽엇지야 ○○事을 싱각ᄒ면 너을
쏙 죽길 일이로다만 네 忠誠을 싱각ᄒ야 살어 보닉건이와 드려가셔 龍王前
의 날셔 젼갈ᄒ더라고 ᄒ여라

〈42-앞〉

자리 할 슈 업셔 痛哭ᄒ고 도라올졔 퇴기 깡장깡장 쒸어 올나가다 보니 洛
洛長松 졋가지예 명감남무 쥴기을 나가다ᄀ 열미가 발거케 잇거구나 영낙
업시 간갓트이 퇴기 얼는 쐬ᄒ나 싱각ᄒ야 져놈을 죽이던 안ᄒ여 모욕은
단단이 뵈야 보닐이라 즈리야 어이 자식 大事成功할 놈이 그리 속이 痛列
ᄒ단 말인야 니ᄀ 네 속 보느라고 글리을 ᄒ엿더니 쎄쏙ᄒ고 가네 이리 오
너라 간 예잇다 간 가지고 함긔 드려가면 爲○요 非爲趙라 네까진 놈이야
잘되던지 못되던지 나 잘 되잔난 일이로다 즈리 돌이여 오면셔 안이 돌인
체 ᄒ고 오네 가니 속보난듯 ᄒ기예 니ᄀ 쏘 네 속보느라고 갓던니라 어듸
잇난야 肝을 져 落落長松 졋ᄀ지예 걸인 것시 간 안인야 즈리 보니 물김싱
이 명감슘이을 알 슈 잇나 간 갓기난 갓더구나 야 어셔 올나가 나려오느라
니ᄀ 엇터

〈42-뒤〉

게 올나갈 것신야 九月山 다람미 삭셔 돈 쥬어서 갓다거럿다 그려면 肝 보
고도 못가져간단 말인야 예바라 네ㄱ 忠誠이 至極ᄒ야 肝 가져 갈 양이면
나 식이난더로 ᄒ면 되지야 엇더케 ᄒ단 말인야 니ㄱ 칙을 쩌셔 올무을 반
들악게 만드라 네 목을 살작 올가 쑥 찌치면 졔가져 안이걸니 건난야 肝만
짜셔 입의 물고 젓쪽으로 너며 셔거라 그려면 니ㄱ 예셔 칙을 살살 쥬면 져
건네가 안나려셔 건난야 그러셔 가지고 드러ㄱ자 퇴기훈틔 돌이난듯 ᄒ지
만은 忠誠이 하날의 사뭇찬 鼈主簿가 肝 열골 본 바의야 死生分揀 할 슈 잇
나 아나 올가라 목을 니미니 살짝 옥난단 놈이 탁 치여셔 옥더니 홰홰 니두
르다 쑥 찌쳬논니 장송 졋가지예 ㄱ 걸엿구나 본니 肝도 안이요 무신 나무
열마로구나 나려쥬기나 잘 나려 쥴쥴 알고 져 너머로 썩 너머션니

〈43-앞〉

칙을 셰네 쩸짐 쥬더니 칙곳셜 져 편 나무다 미고 요놈 엇더ᄒ야 여바라 니
목아지 빠진다 요놈 얼는 둘이엿다 龍宮의 ㄱ 辱 본 일을 싱각ᄒ면 마파람
의 陰乾ᄒ야 쥬기것다 즈린난 時刻이 急ᄒ듸 퇴기난 훨신 편이 안져 졔 바
나마 늘거사니 다시 졈던 못ᄒ리라 여보 兎生員 날 좀 살어쥬오 날을 이졔
살어쥬면 니 살라 水宮 가셔 生祠堂을 지여노코 兎先生을 慰勞ᄒ야 万世不
忘祝願함시 頃刻間의 잇난 목슘 寬厚ᄒ신 兎先生이 졔발 덕분 살러쥬오 퇴
기 싱각ᄒ되 족끔 더 두윗단은 죽걱거던 이놈 살여 쥬기난 살러 쥬련이와
나려올 씨 젼듸여 보와라 칙을 살살 쥬면 나려오련만은 욕을 좀더 뵈일야
고 칙을 쥬워짜가 자바달여짜 쥬워짜ㄱ 자바달여다 자바달여다 無限이 ᄒ
더니 잔쑥 썽겨짜 탕 노와 바리인니 툭

〈43-뒤〉

퉁기체계 네 바위예ㄱ 잘퍽 나려져 등이 산산 부셔졋구나 이려나 거러본니
등의셔 시긔쩸지고 ㄱ난 소리 모량으로 와쓱와쓱 ㅎ난구나 퇴기 칙입 한나
을 쩌든니 가만이 잇거라 간도 안니 쥬위보니며 龍王 먹고 병나실 藥花製
조차 안쥬위 보닛 건난야 무엇시라고 씨난지 무하이 씨더니 쏠쏠 마라 ᄒᆞᆫ
가온디 꽉 잠미쥬며 龍宮의도 다 잇난 약이다 龍宮의셔 일너쥬면 날을 안
니보닐네라 이놈 ᄒᆞᆫ 첩만 먹엇시면 즉효ᄒᆞ리라 藥花製 바다들고 痛哭ᄒᆞ며
드려올졔 퇴기난 조와라고 쌍장쌍장 쒸여가며 六國時節 니낫시면 蘇秦張○
놉푼 口辨 니 압피와 말을ᄒᆞ며 三國時節 니낫시면 曹孟德 의 奸詐ᄒᆞᆫ 쬐 니
압피와 出頭할가 지아자아자 조흘시고 이리할 짜예 어드셔 위ᄒᆞᆫ 소리 나
더니 독슈리가 툭 차가지고 바우 위의 가 안져 들고

〈44-앞〉

○○가노 드난구나 이고 龍宮의셔 니 죽거드면 醫┼簿○ 존 일이나 한 거
슬 이고 잘 죽난다 이놈이 別布頭로 우름을 우러 이고 니 意思츔치 이고 악
ㄱ온 니 意思츔치 나 죽기난 셥잔ᄒᆞ되 意思쥼치 악가 못 죽건네 이고 이고
독슈리 듯고 의ㅅ쥼치가 무엇신야 鷲將軍임 니 龍宮 드려가다 나온쥴 모르
시요 그레셔 龍宮을 갓던니 龍王이 귀히 여기여 意思쥼치을 쥬시기예 갓타
굴속의다 너코 혼몸으로 와셔 죽난 일을 싱각ᄒᆞ니 긔ㄱ 믹커요 意思쥼치난
게 무엇신야 긔믹커난 것시요 鷲將軍임 갓튼니ㄱ 가지고 안져 쒱 나오라면
쒱 나오고 딱 나오나면 딱 오고 쎡은 강아지 나오면 강아지 나오고 니오라
난디로 다 나오 나오지요 야 그려면 네 안 잡아 먹을게 그것 날다라 못ᄒᆞ것
소 날 잡아 잡슈시요 이놈 네 죽으면 身外예

〈44-뒤〉

○○物로 씰듸 잇난야 네 등의 表跡 질르고 八道 독슈리게 通文 돌니고 네
안 잡어 먹으마 그러면 無可何奈요 날 가지고 져 건네 바우 밋티로 갑시다
독슈리기 퇴기을 욱커고 휘 나러ㄱ 굴압피다 노왓졔 져긔 져 굴속의 발건
흔게 意思즘치요 그러지 본니 丹楓입 흐나가 바람의 날여 굴속의 잇든가
부더라 노와다난 드러가 안 느올 것시니 닌 네 쌜을 잡고 안져씨게 드러ㄱ
니오느라 그럽시다 발을 자피고 드러가던니 건짐닷야 열미 안나맛소 자 아
나 이고 콩낫만치 나마소 야 이놈 발톱만 잡엇다 퇴기 우루우루 나오며 옛
소 날 잡어잡슈 意思즘치 차지할나면 남을 그리 못 미더셔 어서 잡어잡슈
시오 가만잇거라 독슈리 흔 발로 퇴기 욱커고 흔 발노 칙을 쑥드던니 퇴기
허리을 싹 잠미여 언씰 쥬덧흐고 안졋졔 안나 드러가 니오너라 퇴기 드러
ㄱ 칙흐고 못 조와흐난 놈이 와삭와삭 식여 발리고 잡어 달여다 의스

〈45-앞〉

즘치 나간다 잡어노니 칙씃만 문덩 나와노니 네이놈 意思즘치 엇졧난야 굴
속의 ㄱ 누워셔요 게 의스츰치로다 네 이놈 못나오건난야 의스즘치 차지할
니면 이 굴노 드러오너라 네 이놈 못 나오건난야 네ㄱ 드려오너라 드려오
면 펏덕거리기 박긔 더할손야 쇠용부리 미발톱을 들고 식여 발일난다 드러
가셔난 이놈흐틔 씀쎡 못흐거것던 퇴기 뒨문턱을 버고 드러누워 말을 흐되
굴귤무나 먹으나 닌 집의 드러오니 장이 편흐도다 독슈리 긔가 믹커 나난
욕심으로 망흔다 그놈 나두고 흐디 느살틔 더 먹을 거셜 할 슈 업셔 날나가
며 네 이놈 훈날 보자 흐고 휘 날너 져리 둘너 도라와셔 굴 위에 ㄱ 셥푼
안져 나오기만 나오면 튀차리라 퇴기난 굴속의 오리 누워실 슈 업고 비난
곱푸고 흐니 ○엇 좀 뒤여 멱을 나고 나오되 독슈리 쩌난 졔ㄱ 머지안이

〈45-뒤〉

ᄒ고 無限操心ᄒ야 나오다가 굴압펄 보니 웬 낙시 갓튼 거름지ㄱ 돌렷렷ᄒ
거날 요게 무엇신야 웨 잇고 이놈 네 이 슈자 도젹놈 여바라 독슈리야

〈46-앞〉

히보자 너난 닷사만 굴무면 죽지야 네 고긔난 니ㄱ 먹고 네 짓션 東萊예 드
려ㄱ 染色ᄒ야 씨난이라 니사 발바당만 할고도 보롬이사 안이 졋듸 굼기로
드러셔난듸 퇴기훈틔 꼼짝 못ᄒ것구나 독슈리 할 슈 업셔 져 갈듸로 가니
퇴기 영영 사앗구나 즈리난 藥花製 바다들고 痛哭ᄒ며 드려간다 잇고 잇고
鳥援山〇伯王도 李左車의 돌엿 잇고 仁義英雄關公임도 呂蒙奸計 돌엿 잇고
忠誠智慧 鼇主簿도 퇴기 奸計 ᄲᅡ졋시니 無面渡江 어이할가 잇고 잇고 드러
가 龍王前의 奏遠ᄒ되 塵世갓던 鼇主簿 現身이요 龍王大喜ᄒ야 万里他國의
無事이 단여오며 퇴간을 가져온다 鼇主簿 惡〇으로 엿즈오다 간

〈46-뒤〉

잡슈량이면 그디지 답답ᄒ여요 퇴기 놈의게 無限逢悖ᄒ야 거의 죽게 되엿
더니 졔 우우 사라왓소 小臣의 등을 보압소셔 퇴기ㄱ 약화졔을 쥬웁난듸
臣은 精神이 업셔 본 일도 업심너다 龍王이 긔가 믹켜 藥花製을 바다본니
붕통괭가라탕이라 ᄒ고 藥名을 젹어난듸 處子 붕알 두 쪽 아흔 아홉살 멱
은 老人 비 안의 쏭 닷 말ᄒ고 셰 살 먹은 處子 쏭 것 모츔만ᄒ게 두츔만ᄒ
게 두츔ᄒ고 물코의 말나 죽은 송찰리 눈의 瞳子 부쳐 눈망울 닷되만 ᄒ고
비아리 여려 마리 ᄶᅡ셔 다 죽고 ᄒ나 남아 셜어셔 울고 단이난 눈물 셕동우
ᄒ고 마파람 간작써기 씰기 慶牛砒상 셔〇 좃놈 두 말만 ᄒ고 巴豆가루 닷
말만 ᄒ고 훈틔 調合ᄒ야

〈47-앞〉

구름 藥渴○의 거러노코 번기불의 푹신 다려 ○食ᄒ고 網巾 덥고 取汗ᄒ라
ᄒ엿거날 龍王이 震怒ᄒ시나 山中의 잇난 퇴기을 다시 잡을 슈 업고 鼈主
簿 忠誠으로 龍王의 病을 偶然이 勿藥自效되이 鼈主簿忠誠은 龍國의 第一
이라 ○物도 如此 ᄒ거든 사름이야 일너 무삼 그 뒤야 뉘가 알니 두둥두둥
　　庚戌臘月 院日의 戲抄干陳墓新坪

편저자 소개

◇ 김진영(金鎭英)
　　서울대학교 국어교육과, 동대학원 국어국문학과 졸업. 문학박사.
　　현재 경희대학교 국어국문학과 교수
　〈주요저서〉 이규보문학연구(집문당,1984)
　　　　　　　춘향전 어떻게 읽을 것인가(공편저;박이정,1993)
　　　　　　　춘향가·흥보전·심청전·토끼전·화용도·흥보가(공역주; 박이정,1996-2000)
　　　　　　　춘향전·흥보전·심청전·토끼전·적벽가 전집(공편저; 박이정,1997-2001)

◇ 김현주(金賢柱)
　　서강대학교 대학원 국어국문학과 졸업. 문학박사.
　　현재 경희대학교 국어국문학과 교수
　〈주요저서〉 판소리 담화 분석(좋은날,1998)
　　　　　　　춘향가·흥보전·심청전·토끼전·화용도·적벽가(공역주; 박이정,1996-1999)
　　　　　　　춘향전·흥보전·심청전·토끼전·적벽가 전집(공편저; 박이정,1997-2001)
　　　　　　　판소리와 풍속화, 그 닮은 예술 세계(효형출판,2000)

◇ 김동건
　　경희대학교 국어국문학과, 동대학원 국어국문학과 졸업. 문학박사.
　　현재 경희대학교 국어국문학과 강사.
　〈주요논문〉 이해룡전 연구(1997)
　　　　　　　수궁가 모족회의 대목의 존재양상과 의미(1998)
　　　　　　　토끼전 연구(박사학위논문;2001)

◇ 이성희
　　경희대학교 국어국문학과, 동대학원 국어국문학과 졸업. 문학박사.
　　현재 경희대학교 국어국문학과 강사.
　〈주요논문〉 아이지혜담의 의미와 구성원리(1997)
　　　　　　　수궁가와 용궁 관련 설화의 비교 고찰(1998)
　　　　　　　용궁의 서사문학적 구현 양상 연구(박사학위논문;2001)

◇ 김필래
　　경희대학교 국어국문학과 박사과정 수료.
　　현재 경희대학교 국어국문학과 강사.
　〈주요논문〉 구비문학 속에 나타난 호랑이 원형(1995)
　　　　　　　관우 설화 연구(1998)
　　　　　　　이승휴론(1998)

고전명작 이본총서

토끼전 전집 ④

2001년 11월 5일 인쇄
2001년 11월 15일 발행

지은이 : 김진영/김현주/김동건/이성희/김필래
펴낸이 : 박찬익

펴낸곳 : 도서출판 **박이정** (pjbook.com)

130-070 서울시 동대문구 용두동 129-162

전 화 : 922-1192~3, FAX : 928-4683

온라인 : 주택576037-01-001536 우체국010447-02-011581

등 록 : 1991년 3월 12일   제1-1182호

ISBN 89-89-7878-541-7 93810   정가 20,000원